JN307287

二見文庫

永遠なる時の恋人

J. R. ウォード／安原和見 訳

Lover Eternal

by

J.R.Ward

This edition published by arrangement with NAL Signet,
a member of Penguin Group (USA) Inc.
through Tuttle-Mori Agency, Inc., Tokyo

この本を、あなたに。
最初のうちは馬が合わなかったわれ、わたしたち。
でも、あなたの真実の姿に気づいたとき、わたしは恋に落ちた。
ありがとう、あなたの目を通して世界を見せてくれて。
しばらくあなたの立場でものを考えさせてくれて。
あなたはただひたすら……美しい。

謝辞

〈黒き剣《ブラック・ダガー》兄弟団〉の読者のみなさんに、心からの感謝を。

兄弟たちが活字の世界に居場所を見つけ出せたのも、すべてみなさんのおかげです。

カレン・ソーレム、カラ・セイザー、クレア・ザイアン、カラ・ウェルシュ、ローズ・ヒリアード、ほんとうにありがとう。

家族と友人たちに愛をこめて、そしてまた、わが執行委員会の面々――スー・グラフトン、ドクター・ジェシカ・アンダスン、ベツィ・ヴォーン――にも心からお礼を申し上げます。

用語と固有名詞

〈黒き剣兄弟団《ブラック・ダガー》〉（固）——*Black Dagger Brotherhood* 鍛《きた》え抜かれたヴァンパイア戦士の集団。〈レスニング・ソサエティ〉から種族を守るために戦っている。種族内での選択的交配の結果、〈兄弟団〉のメンバーはみな心身ともに並はずれて強健で、負傷してもたちまち治癒する。大半に血のつながりはなく、入団はメンバーからの指名による。その性格からしてとうぜん血の気が多く、他に頼るのを嫌い、秘密主義的なところがある。そのため一般ヴァンパイアとは距離を置いており、身を養うとき以外は他階級の同族とはほとんど接触しない。ヴァンパイア界では伝説的な存在で、崇敬《すうけい》の対象となっている。銃弾や刃物で心臓を直撃するなど、よほどの重傷を負わせないかぎり殺すことはできない。

血隷（名）——*blood slave* 男性または女性のヴァンパイアで、ほかのヴァンパイアに従属して血を提供する者。血隷を抱える慣習はおおむねすたれているが、いまも禁止はされていない。

巫女《みこ》（名）——*the Chosen* 〈書の聖母〉に仕えるべく生み育てられた女性のヴァンパイア。

貴族階級とされてはいるが、超俗的な意味での〝貴族〟であって世俗的な意味合いは薄い。男性と交渉を持つことはほとんどないが、同族を増やすために〈書の聖母〉の命令で兄弟たちと交わることはある。予言の能力を持つ。過去には連れあいのいない〈兄弟団〉のメンバーに血を提供していたが、この慣習は〈兄弟団〉によって廃止された。

ドゲン（名）――*doggen*　ヴァンパイア界の下僕階級。古くから続く伝統に従って上の者に仕え、着るものから立ち居ふるまいまで堅苦しい規範に従っている。日中も出歩くことができるが、比較的老化が早い。寿命はおよそ五百年。

〈冥界《フェード》〉（固）――*the Fade*　超俗界。死者が愛する者と再会し、永遠に生きる場所。

〈宗家《ファースト・ファミリー》〉（固）――*First Family*　ヴァンパイアの王と女王、およびその子供たちのこと。

ヘルレン（名）――*hellren*　男性のヴァンパイアのうち、決まった連れあいを持つ者のこと。男性は複数の女性を連れあいとすることがある。

リーラン（形）――*leelan*　親愛の情をこめた呼びかけ。おおよそ〝最愛の者〟の意。

〈殲滅協会〉(レスニング・ソサエティ)（固）──*Lessening Society* 〈オメガ〉の集めた殺戮者の団体。ヴァンパイア種族を根絶することが目的。

殲滅者(レッサー)（名）──*lesser* 魂を抜かれた人間。〈レスニング・ソサエティ〉の会員として、ヴァンパイアの撲滅をねらっている。レッサーは基本的に不老不死で、殺すには胸を刃物で貫かなくてはならない。飲食はせず、性的には不能。時とともに毛髪、皮膚、虹彩から色素が抜け、髪はブロンド、皮膚は白色、目の色も薄くなっていく。ベビーパウダーのような体臭がある。入会のさいに〈オメガ〉によって心臓を取り出され、それを収めた陶製の壺をそれぞれ所持している。

欲求期（名）──*needing period* 女性ヴァンパイアが受胎可能となる時期。一般には二日間で、この期間は性的欲求が旺盛になる。遷移後およそ五年で起こり、その後は一年に一度の割合で訪れる。欲求期の女性が近くにいると、男性ヴァンパイアは多かれ少なかれ反応する。ライバルの男性間でもめごとが起こりやすく、その女性に決まった連れあいがいない場合はとくに危険な時期である。

〈オメガ〉（固）──*the Omega* 悪しき超越的存在。〈書の聖母〉への恨みを晴らすため、ヴァンパイアの絶滅をめざしている。超俗界に生き、強大な能力を持っているものの、生命を創造する力はない。

第一階級《プリンセプス》（名）――*princeps*　ヴァンパイアの貴族階級中最高の階級。その上に立つのは〈ファースト・ファミリー〉あるいは〈書の聖母〉に仕える巫女たちだけである。生まれつきの身分であり、ほかの階級に生まれた者がのちにプリンセプスに列せられることはない。

パイロカント（名）――*pyrocant*　ある者の重大な弱点のこと。依存症などの内的な弱点のこともあれば、愛人などの外的な弱点のこともある。

ライズ（名）――*rythe*　名誉回復のための儀式。名誉を傷つけた側が、傷つけられた側に対して申し出る。申し出が受け入れられた場合、名誉を傷つけられた者が武器をひとつ選んで攻撃をしかけることになるが、そのさいにはよけたりせずに甘んじて攻撃を受けなくてはならない。

〈書の聖母〉（固）――*the Scribe Virgin*　超越的存在で、王の相談役を務め、ヴァンパイアの記録保管庫を守り、また恩典を授《さず》ける力を持つ。超俗界に存在し、さまざまな能力を持っている。一度だけ創造行為をなす能力を与えられており、その能力を用いて生み出したのがヴァンパイア種族である。

シェラン（名）――*shellan*　女性ヴァンパイアのうち、決まった連れあいを持つ者のこと。

女性は一般に、複数の男性を連れあいにすることはない。これは、連れあいを持った男性は縄張り意識がひじょうに強くなるからである。

〈廟《びょう》〉（固）――*the Tomb* 〈ブラック・ダガー兄弟団〉の地下聖堂。儀式の場として用いられるほか、レッサーの壺の保管場所でもある。ここでおこなわれる儀式には、入団式、葬儀、および〈兄弟〉に対する懲罰の儀式がある。この聖堂に足を踏み入れるのは、〈兄弟団〉のメンバー、〈書の聖母〉、入団候補者のみである。

遷移（名）――*transition* ヴァンパイアが子供からおとなになる重大な節目。これ以後は、生きるために異性の血を飲まねばならず、また日光に耐えられなくなる。一般に二十代なかばで起きるが、遷移を乗り越えられないヴァンパイアは少なくない（とくに男性）。遷移前のヴァンパイアは身体的に虚弱で、また未成熟であるため性的刺激には反応しない。非実体化の能力もまだない。

ヴァンパイア（名）――*vampire* ホモ・サピエンスとはべつの生物種。生きるために異性の生き血を飲まなくてはならない。人類の血液でも生きられないことはないが、長くはもたない。二十代なかばに遷移を経験したあとは、日中に外を出歩くことはできなくなり、定期的に生き血で身を養わなくてはならない。血を吸ったり与えたりしても、人間をヴァンパイアに〝変身〟させることはできない。ただし、まれに人間とのあいだに子供が生まれることはある。意志によって非実体化することができるが、それには心を鎮《しず》めて精神を集中しなくてはならない。また、そのさいに重いものを持ち運ぶことはできない。短期的な記憶に限られるものの、人間の記憶を消すことができる。他者の心を読める者もいる。寿命は一千年ほどだが、それを超える例もある。

往還者《ウォーカー》（名）――*wahlker*　いちど死んで、〈フェード〉から戻ってきた者のこと。苦しみを乗り越えてきた者としてあつく尊敬される。

永遠なる時の恋人

登　場　人　物　紹　介

レイジ	黒き剣兄弟団
メアリ・ルース	法律事務所の秘書
ラス	ヴァンパイア一族の王
トールメント	黒き剣兄弟団のリーダー
ヴィシャス(V)	黒き剣兄弟団
フュアリー	黒き剣兄弟団。ザディストと双生児
ザディスト(Z)	黒き剣兄弟団。フュアリーと双生児
ブライアン(ブッチ)・オニール	殺人課刑事
ベラ	メアリの友人
ジョン・マシュー	口が利けず身寄りのない青年
リヴェンジ	ベラの兄
ドクター・デラ＝クロース	メアリの主治医
フリッツ・パールマター	〈兄弟団〉の館の執事
ハヴァーズ	ヴァンパイア一族の医師
ウェルシー	トールメントのシェラン
アナリース	書の聖母
ベス	ラスのシェラン
ミスターX	レスニング・ソサエティの指揮官
ミスターO	ミスターXの右腕

1

「ちくしょう、V、おまえにはむかつくぜ」ブッチ・オニールは引出しをあさって靴下を探していた。黒のシルクを探しているのに、白い綿のやつしか見あたらない。

いや待て、これなら……と、ドレスソックスの片方を引っぱり出してみた。ぜんぜんだめだ。

「靴下を引っかきまわしてて、なんでおれにむかつくんだ」

ブッチはルームメイトに目を向けた。同じ〈レッドソックス〉ファンで、言ってみれば……親友ふたりのうちのひとりだ。

そのふたりがふたりとも、どういうわけだかヴァンパイアだった。

ヴィシャスはシャワーを浴びてきたばかりだ。腰にタオルを一枚巻いているだけで、厚い胸板と太い腕をあらわにしている。黒い革のドライビング・グローブをはめて、刺青《いれずみ》の入った左手をおおった。

「おまえ、またおれの黒のドレスソックスはいただろ」

Vはにっと笑った。ひげが分かれて牙がひらめく。「気に入ってるもんでな」

「フリッツに頼んで買ってもらえよ」

「フリッツは忙しいんだよ、おまえのスーツ中毒のせいで」

たしかに最近、ブッチの内なる〈ヴェルサーチ〉は目覚めすぎかもしれない。彼にそんな面があるなどとだれが想像しただろうか。それはそれとして、こんなばかな話があっていいものか。この家なら、シルクの靴下ぐらいいつでも十足やそこらあまっていそうなものなのに。

「おれが頼んどいてやる」

「そりゃどうも、ご親切に」Vは黒髪をかきあげた。左のこめかみの刺青がちらと現われて、また隠れた。「今夜は〈エスカレード〉を使うだろ?」

「ああ、借りるよ。すまん」ブッチは〈グッチ〉のローファーに裸足を突っ込んだ。

「マリッサに会いに行くのか」

ブッチはうなずいた。「確かめたいんだ。吉と出るか凶と出るか知らんけどな」

そう言いながらも、たぶん凶のほうだろうと感じていた。

「おまえ、女の趣味がいいよな」

まったくそのとおりだ。何度電話しても向こうから電話が来ないのも、たぶん趣味がよすぎるからだろう。スコッチ浸《びた》りのもと警官など、女にとって理想的な交際相手とは言いがたい。人間でもヴァンパイアでもそれは同じだ。おまけに種族までちがうときては、うまく行くと思うほうがどうかしている。

「なあ刑事《デカ》、おれはレイジと〈ひとつ眼《ワン・アイ》〉で引っかけてるから、用がすんだら――」

ドンドンと、玄関のドアを破城槌《はじょうつい》でぶち割ろうとしているような音がして、ふたりはそろってふり向いた。

Ｖはタオルをずりあげた。「まったくあの撃墜王、チャイムの鳴らしかたも知らんのか」

「おまえ教えてやってくれよ。おれの言うことなんか聞きゃしねえんだから」

「レイジはだれの言うことも聞きゃしねえんだよ」Ｖは小走りに玄関に向かった。

ドンドンがやむと、ブッチは増えるいっぽうのネクタイのコレクションに目を向けた。淡青色の〈ブリオーニ〉を選ぶと、ボタンダウンのワイシャツのカラーを立て、シルクのネクタイを首にまわした。リビングルームに出ていこうとしたら、レイジとＶの話し声が聞こえてきた。〈２パック〉の「ＲＵ《アー・ユー》・スティル・ダウン？」に負けじと声を張りあげている。

ブッチは思わず笑った。まったく、これまで生きてきていろんなことがあったし、それもたいていはろくでもないことばかりだったが、まさかこんなことになるとは夢にも思わなかった。なにしろ、ヴァンパイア戦士六人と同居している——というより、ひっそりと絶滅に向かいつつある種族を守るために、六人が戦っているのをそばで眺めているのだ。だが不思議なことに、ブッチは〈黒き剣《ブラック・ダガー》兄弟団〉にしっくりなじんでいた。ヴィシャスとレイジとは、息の合った三人組でいつもつるんでいるほどだ。

中庭をはさんで向かいの館《やかた》に、〈兄弟団〉のほかのメンバーとともにレイジは自分の部屋を持っている。それなのに、Ｖとブッチが寝起きしているこの門番小屋に入り浸っている。いままでは〈穴ぐら《ピット》〉と呼ばれているが、ブッチが住んできたぼろ家にくらべたらはるかに快適なねぐらだった。寝室がふたつ、バスルームがふたつ、小さいキッチンがあり、リビングルームは明るいポストモダンふうの内装で、男子学生用の地下クラブハウスを思わせる。そろいの革張りのソファが二脚、プラズマ画面の高品位テレビはともかく、テーブルサッカー台があって、おまけにジムバッグがあちこちに放り投げてあるのだ。

リビングルームに入ると、今夜のレイジのコーディネートに目を留めた。くるぶしまで届く黒のレザーのトレンチコートを肩に引っかけ、黒のそでなしシャツをレザーパンツにたくし込んでいる。ごついブーツのせいで、身長は二メートルを超えるだろう。ほれぼれしてよだれが出るほど決まっていた。その気《け》のかけらもないブッチでも見とれるぐらいだ。

まったく憎たらしい、物理法則さえねじ曲げて人目を惹《ひ》く美男子だった。ブロンドの髪は後ろは短く、前髪は少し長めに切ってある。碧《みどり》を帯びた青い目は、さながらバハマの海の色だ。さらにその顔だちときては、ブラッド・ピットも変身番組『ザ・スワン』の出場者に見えてくるほどだった。

レイジはしかし、女たらしではあっても非力な色男にはほど遠い。目もくらむ美貌の陰には、どす黒く凶悪なものがふつふつとたぎっている。ひと目見ればわかる。彼の放つオーラは、顔に笑みを浮かべながら、記録的なスピードでストレートパンチを決める男のそれだ。平然と折れた歯を吐き捨てながら、やるべきことをやってのける男の。

「ハリウッド、調子はどうだ」ブッチは声をかけた。

レイジは笑顔になった。真珠のように真っ白い歯と、長い牙がひらめく。「出撃の時間だぜ、デカ」

「このヴァンパイアときた日にゃ、昨日の今日でまだ足りないのか。あの赤毛、やる気満々だっただろ。妹のほうだって」

「なにをいまさら。おれはいつも飢《う》えてるんだよ」

それはそのとおりだ。レイジにとっては幸いなことに、彼の欲求を喜んで満たそうという女はひきも切らない。またレイジのほうも、それを片っ端からものにしていく。酒は飲まず、煙草も吸わず、かわりに女をむさぼる。これほどの貪欲《どんよく》ぶりは、ブッチはほかに見たことがない。

念のため断っておくが、ブッチのまわりにうぶな純朴少年しかいなかったという意味ではない。

レイジはVに目をやった。「服を着ろよ。タオル一枚で〈ワン・アイ〉にくり出す気か」

「せかすなよ、兄弟」

「だったらぐずぐずしてんなよ」

ヴィシャスは作業台の向こうから立ちあがった。その作業台には、ビル・ゲイツもちびりそうなコンピュータ機器がところ狭しと並んでいる。これがVの指令センターだ。〈兄弟団〉の敷地を守る監視防衛システムは、ここから運用されている。居館はもちろん、地下の訓練センター、〈廟《びょう》〉、この〈ピット〉、建物と建物をつなぐ地下トンネルのシステムまで、すべてがここで制御されているのだ。窓という窓に取り付けてある鋼鉄のシャッターも、鋼鉄の扉のロックも、室温や照明、監視カメラ、ゲートもすべて。

このいっさいをVはたったひとりで設置して、〈兄弟団〉はそのあとでここに移ってきた。それが三週間前のことだ。建物とトンネルは一九〇〇年代はじめに建造されたものの、ほとんど使われていなかった。しかし七月の事件のあと、〈兄弟団〉の活動を統合するという決定が下され、全員をここに集めることになったのだ。

Vが自室に引っ込むと、レイジはポケットから棒つきチョコレートキャンディを取り出し、赤い包み紙をむいて口にくわえた。ブッチは見られているのを感じた。予想どおり、今度はこっちに矛先《ほこさき》が向いてきたわけだ。

「なあデカ、そこまで飾りたててるのは、まさか〈ワン・アイ〉に出かけるためじゃないよな。だって重武装すぎだろ、いくらおまえでも。そのネクタイだって、カフリンクだって
——みんなおろしたてだろ?」

ブッチは胸もとの〈ブリオーニ〉をなでつけ、黒のスラックスに合わせた〈トム・フォード〉のジャケットに触れた。マリッサの話はしたくなかった。Vと遠回しに話しただけで、もうたくさんという気分なのだ。だいたい、なんと言えばいいんだ?

ひと目会った瞬間にノックアウトされたんだが、この三週間てもの避けられてる。それだけで相手の気持ちはわかりそうなものを、未練たらしく泣いてすがりに行こうとしてるのさ。

こんな情けないせりふを、レイジの前で吐き出してみせてうれしいわけがない。このミスター・パーフェクトがどんなにいいやつでもだ。

レイジは口に突っ込んだ棒つきキャンディをまわした。「前から不思議に思ってたんだけどな、なんでそこまで着るもんに気を遣《つか》ってんだ? せっかくめかし込んだって、ぜんぜん意味ないじゃないか。おまえ、バーで女が寄ってきたっていつもそでにしてるだろ。お婿《むこ》に行けなくなるってか?」

「ああ、よくわかったな。ウェディングベルを聞くまでは、こわくて手も足も出ないんだ

よ」

「はぐらかすなって、まじめに訊いてんだぞ。だれかに操《みさお》でも立ててるのか」答えが返ってこないと見て、ヴァンパイアは低く笑った。「おれの知ってる女か？」

ブッチは目を細めて考え込んだ。この話題を早く切りあげるには、黙っていたほうがいいだろうか。いや、たぶん逆だろう。いったん食いついてきたら、洗いざらい聞いたと満足するまでレイジは絶対あきらめない。敵を殺すときと同じぐらいしつこいのだ。

レイジはやれやれと首をふった。「あっちにその気がないのか」

「それを今夜確かめに行くんだ」

ブッチは持ちあわせをあらためた。殺人課の刑事を十六年務めてきたが、ふところはさして温まることもなかった。それが、〈兄弟団〉とつるんでいるいまはどうだろう。現金がありあまっていて、いくら使っても使いきれないぐらいだ。

「デカ、運のいいやつだな、おまえ」

ブッチはレイジに目を向けた。「どこかだよ」

「昔からずっと思ってたんだが、ちゃんとした女と身を固めるってのはどんなもんだろうな」

ブッチは笑った。レイジは性愛の化身《けしん》で、一族では伝説の色事師《いろごとし》になっている男だ。Vから聞いたところでは、レイジの手柄話けすでに言い伝えになっていて、父親が折りを見て息子に語って聞かせているそうだ。その彼がシフトダウンしてひとりの女の夫に納まるなど、考えるだけでばかばかしい。

「よしハリウッド、聞こうじゃないか。オチはなんだ。早く笑わせてくれよ」

レイジは顔をしかめて目をそらした。

しまった、本気で言ってたのか。「いやその、すまん、悪気はなか――」

「いいんだ、気にすんな」口もとに笑みが戻ってきたが、目の光は暗い。ぶらりとくずかごに寄っていき、キャンディの棒を放り込んだ。「なあ、そろそろ出かけようぜ。まったく、いつまで待たせるんだよ」


メアリ・ルースは〈シビック〉を自宅のガレージに入れ、エンジンを切り、正面の壁にかけてある雪かきスコップを眺めた。

疲れていた。もっとも、大変な一日だったわけではない。法律事務所で電話に出たり書類をファイルしたりするのは、肉体的にも精神的にもきつい仕事ではない。ほんとうならこんなに疲れるはずはないのだ。

でも、むしろ逆なのかもしれない。仕事にやりがいがないから、気力が萎《な》えてきているのかも。

子供相手の仕事にそろそろ戻ったほうがいいのだろうか。だいたい、そのために教育を受けてきたのではないか。大好きな仕事、手応えを感じられる仕事だ。自閉症患者とともに歩み、他者と意思を通わせられるよう手助けをするのは、あらゆる意味でやりがいがあった――人としても、また専門家としても。やめて二年になるが、やめたくてやめたわけではなかった。

センターに電話して、働き口がないか訊いてみようか。いまはなくても、あきができるまでボランティアで働いてもいい。

そうだ、明日電話しよう。善は急げだ。

メアリはハンドバッグをとり、車をおりた。ガレージのシャッターががらがらとおりるのを背中に聞いて、郵便物をとりに家の正面にまわる。請求書をぱらぱらやりながら立ち止《な》まり、ひんやりした十月の夜気を鼻から吸ってみた。鼻孔にじーんとしみ込んでくる。夏の名残《ごり》はとっくに一掃されている。ゆうにひと月も前に、カナダから押し寄せる寒気の背に乗って秋が到来し、季節の交代は終わっていた。

秋は好きだ。ニューヨーク州北部には、とくに秋が似つかわしいと思う。

ニューヨーク州コールドウェル——彼女はこの街で生まれ、たぶんこの街で死ぬことになるだろうが、マンハッタンから北へ一時間あまりかかるから、ここを「北部」と言ってもまちがいではない。ハドソン川で二分されるザ・コーディ（土地の人間はそう呼んでいる）は、アメリカのどこにでもある中規模都市だ。裕福な地区があり、貧しい地区、危険な地区、ふつうの地区がある。〈ウォールマート〉や〈ターゲットストア〉や〈マクドナルド〉があり、博物館や美術館や図書館がある。郊外のショッピングセンターにじわじわと浸食されて、ダウンタウンは寂《さび》れるいっぽうだ。大病院が三カ所、地域短大《コミュニティカレッジ》が二カ所、公園にはジョージ・ワシントンの銅像が立っている。

頭をのけぞらせて星を眺めた。この街を出る気になることはないだろう。ここが好きだからか、それともただの惰性からか、それはわからないけれど。

この家があるからかもしれない。そう思いながら、玄関に歩いていった。納屋《なや》を改造した家で、古い農家の地所の端にある。不動産屋に案内されてきたとき、見て十五分で買いたいと申し出ていた。なかは居心地よくこぢんまりしている。愛らしい家。

だから買ったのだ。四年前、母が亡くなってまもないころは、愛らしいものに飢えていた。それに、環境をがらりと変えずにはいられなかった。このもと納屋の家には、彼女の育った家になかったものがすべてである。松材の床板は蜂蜜《はちみつ》色で、きれいに磨かれてしみひとつない。家具はすっきりした〈クレート・アンド・バレル〉で、すべて真新しい。すり切れてもいないし、古ぼけてもいない。ラグは毛足の短いサイザル麻で、スエードで縁取りしてある。そして、椅子のカバーからカーテンや壁や天井まで、すべて淡いクリーム色だった。

暗いのはいや、それだけを方針にして内装を選んだ。それに、なにもかもベージュの濃淡であれば、コーディネイトに悩まなくてすむ。

鍵とバッグをキッチンに置いて、電話機を手にとった。**メッセージが……二件……あります。**

「やあメアリ、ビルだよ。あのさ、申し出を受けさせてもらっていいかな。今夜一時間ぐらい、ホットラインをかわってくれるとすごく助かる。都合が悪かったら電話して。それじゃ、よろしく」

ピッとボタンを押して消去した。

「ドクター・デラ＝クロースのオフィスです。定期検診後の精密検査にいらしてください。スケジュールを決めますから、このメッセージを聞いたらお電話をいただけますか。そちらのご都合に合わせますので。お電話お待ちしてます」

メアリは電話を置いた。

膝ががくがく震えだし、その震えが腿の筋肉を這《は》いのぼってくる。それが胃に達して、吐くのではないかと思った。

精密検査。ご都合に合わせます。

再発だわ。白血病が再発したのだ。

2

「いったいなんて報告すりゃいいんだ。あと二十分で来るんだぞ！」

ミスターOは、仲間の〝殲滅者《レッサー》〟の大騒ぎをうんざりした目で眺めていた。いつまで飛んだりはねたりしてるんだ、ポーゴー・スティックじゃあるまいし。

やれやれ、それにしてもEは無能なやつだ。だいたい、この男を〈殲滅協会《レスニング・ソサエティ》〉に入会させたやつは、いったいなにを考えていたのだろう。まるでやる気がないし、集中力もない。ヴァンパイア種族との戦争は新しい局面を迎えているのに、それに適応しようという気もない。

「いったいなんて――」

「なにも言う必要はないさ」そう言いながら、Oは地下室を見まわした。ナイフやカッターやハンマーが、すみの安っぽい棚に乱雑に置かれている。あちこちに血溜まりができていたが、本来あるはずの台の下にはない。赤に光沢のある黒が混じっているのは、Eが浅い手傷を負ったせいだ。

「でも、ヴァンパイアは逃げちまったんだぞ、まだなにひとつ聞き出してなかったのに！」

「状況をひとことでまとめてくれて助かるよ」

ふたりは男のヴァンパイアに対して仕事にかかったところだった。ところが、応援のためにOがちょっと出かけて戻ってみたらこのざまだ。Eはヴァンパイアを抑えておけなくなり、あちこちに切り傷を作って、すみでひとり小さくなって血を流していたというわけだ。

あの厭味《いやみ》な指揮官はさぞかし怒り狂うだろう。まったく好きになれない男だが、少なくともこの点に関しては、OはミスターXと同意見だった——仕事がきっちりできないやつは糞《くそ》以下だ。

Eがじたばたするのをしばらく眺めていた。そのぎくしゃくした動きを見るうちに、いい解決法を思いついた。日下の問題も長期的な問題も、これなら両方いちどに片がつく。Oが笑顔になったのを見て、Eはほっとしたようだった。ばかなやつだ。

「心配するな」Oはつぶやくように言った。「死体を森に運び出して、日光に当てて片づけたと報告するから。大した問題じゃない」

「あんたが報告してくれるか？」

「ああ。だがおまえは席をはずしたほうがいい。どっちみちご機嫌を損ねるだろうからな」

Eはうなずき、そそくさとドアに向かった。「またな」

ああ、きさまとはこれっきりだ、この役立たずめ。Oは地下室の片づけに取りかかった。

かれらが仕事をしているこの小さなぼろ家は、通りから見るとまったく目立たない。両側にあるのは、いっぽうは骨だけ残ったバーベキュー屋の焼けあと、もういっぽうは、居住に不適として政府に収用された下宿屋だ。むさ苦しい住居と安手の店が入り交じる、ここはかれらにとって理想的な地区だ。付近の仕人は陽《ひ》が落ちたあとは出歩かないし、銃声は車のクラクションと同じくらいありふれている。悲鳴のひとつふたつ聞こえたぐらいではだれも騒がない。

また、ここは出入りも容易だ。近所のごろつきのおかげで街灯はすべて壊れているし、周囲の建物からは大した明かりも漏れてこない。さらに好都合なことに、この家には外から地下室に出入りのできる跳ねあげ戸がある。中身の詰まったボディバッグを運び入れるのも運び出すのも簡単だ。

もっとも、たとえだれかに見られたとしても、口封じはあっというまだ。これまた、このあたりでは珍しいことではない。貧乏白人はしょっちゅうくたばっている。女房を殴り、ビールをあおることをべつにしたら、死ぬぐらいしかまともにできることがないからだろう。

Oはナイフをとり、刃についたEの黒い血をぬぐいとった。

地下室は広いとは言えず、天井も低い。とはいえ、作業場にしている古い台と、傷だらけの道具棚を置くだけなら、広さが足りないことはない。それでもやはり、ここは適当な施設とは言えないと思う。なにしろヴァンパイアを殺さず逃がさず確実に監禁することができない。口を割らせる重要な手段を、みすみす捨てているようなものだ。だれでも、時間が経《た》つにつれて心身はすり減っていく。うまく利用すれば、骨を砕く道具より、時間は強力な武器になる。

Oが望んでいるのは、森のなかの一軒家のような建物だ。一定期間、捕虜を監禁できるだけの広さも欲しい。ヴァンパイアは陽に当たると煙と消えてしまうから、日光を遮断《しゃだん》できなくてはならない。しかし、ただ閉じ込めておくだけでは、非実体化されてあっさり逃げられる恐れがある。鋼鉄の檻《おり》のようなものがあれば……

頭上で、裏口のドアの閉じる音がした。階段をおりる足音がそれに続く。

ミスターXが裸電球の下を歩いてきた。

筆頭殲滅者《フォアレッサー》は身長百九十五センチほど、アメフトのラインバッカーのようながっちりした体格だ。〈ソサエティ〉に入って長い者の常で、身体から色素が抜けている。髪と肌は小麦粉のように白く、目の虹彩も色が薄く透明で、まるで窓ガラスのようだ。Oと同じく、着ているのは〝レッサー〟標準の作業服――黒のカーゴパンツ、黒のタートルネック、レザーのジャケットの下には武器を隠している。

「それで、仕事はどんな具合だね、ミスターO」

地下室のこの惨状が、まさか目に入らないわけでもあるまいに。

「この家の管理はおれに任されてるんだろ」Oは挑むように言った。

ミスターXはのんびりと戸棚に歩いていき、のみを手にとった。「見かたによるが、まあそうだろうな」

「だったら、こういうことが」――と、滅茶苦茶《めちゃくちゃ》になった室内を指し示して――「二度と起きないように手を打ってかまわんよな」

「なにがあった？」

「細かい話は退屈なだけだ。ヴァンパイアが逃げた」

「致命傷を負わせたのか」

「さあ」

「きみはその場にいたのかね」

「いや」

「最初から説明してくれ」沈黙が続くと見て、ミスターXはにやりとした。「いいかね、ミスターO。仲間をかばい立てするとろくなことにならないぞ。罰は正しく与えるべきだとは思わないのかね」

「おれは自分で手を下したいんだ」

「そうだろうとも。ただ、ちゃんと説明してくれないと、いずれにしてもきみがこの失敗の責任を問われることになるんだぞ。それでもいいのか」

「ああ、本来の責任者をおれの好きなようにしていいんなら」

ミスターXは笑った。「なにをするつもりか、わかるような気もするが」

Oは決定を待ちながら、のみの鋭い刃が光を反射するのを眺めていた。ミスターXは室内を歩きまわっている。

「組ませる相手をまちがったようだな」ミスターXはつぶやくように言いながら、床に落ちた手錠を拾いあげた。それを道具棚に放り込む。「きみを手本に、ミスターEが成長してくれるかと思ったんだが。ただ、制裁を加える前に、まずわたしに話してくれたのはよかったね。きみが独断で動くのが好きなのはお互いわかっているし、それをわたしが不快に思っているのもお互いわかっているはずだ」

ミスターXは肩ごしにふり向き、Oにひたと目を当てた。「いろいろ考えあわせてみるに、まずわたしに相談してくれたということもとくに考慮して、ミスターEはきみに任せるのがよさそうだな」

「見物人の前でやりたいんだが」

「きみの部隊のことかね」

「ほかのメンバーも」

「また自分の力を見せつけたいのか」

「活を入れるためさ」

ミスターXは冷やかな笑みを浮かべた。「まったくへどが出るほど生意気なやつだ。このちびが」

「おれの身長はあんたと変わらん」

ふと気づくと、Oは手も足も動かせなくなっていた。以前にもミスターXにこの麻痺《まひ》の術をかけられたことがあったから、予想できないことではなかった。しかし、向こうはあいかわらず手にのみを持っていて、こちらに近づいてこようとしている。

Oは拘束にあらがったが、汗が噴き出すばかりで、いくら力んでも身体は動かない。ミスターXがぐいと身を乗り出してきた。胸と胸が触れあったとき、Oはなにかが尻に触れるのを感じた。

「せいぜい楽しむがいい」ミスターXはOの耳にささやきかけた。「だがいいか、脚がどれだけ長かろうが、きみはわたしにはなれない。またあとでな」

彼は悠然と地下室を出ていった。上階《うえ》でドアが開いてまた閉じる。

身体の自由が戻ると、Oはすぐに尻ポケットに手をやった。

入っていたのは、ミスターXがもてあそんでいたあののみだった。

レイジは〈エスカレード〉をおりて、〈ワン・アイ〉の周囲の闇を探った。〝レッサー〟の二、三人も飛びかかってこないものか。しかし、今夜はツキに見放されているようだ。ヴィシャスとふたりで何時間も流したのだが、まったくの空振りだった。影すら見えないとは、どう考えても奇妙だ。

レイジのように、個人的な理由で戦闘なしではいられない者にとっては、これはまたひどくもどかしいことでもあった。

しかしなんでもそうだが、〈レスニング・ソサエティ〉とヴァンパイアとの戦争にも周期がある。いまは下火の時期だった。それも不思議はない。〈黒き剣《ブラック・ダガー》兄弟団〉はこの七月、〈ソサエティ〉の新規勧誘のための地元の施設を破壊し、それと同時に選《え》りすぐりのメンバーを十人ほども始末した。〝レッサー〟たちはいま、次に打つべき手を模索しているのだろう。

ありがたいことに、ささくれ立った神経を鎮める手段はほかにもある。

目の前にあるのは、手のつけようもなくはびこる堕落の温床だ。近ごろの〈兄弟団〉は、ここを〝休養《R&R》〟時のたまり場にしている。〈ワン・アイ〉は街のはずれにあって、たむろしているのはバイカーや建設現場の作業員。すかした人種よりも、無学な田舎者に近しい荒くれタイプだ。店じたいはごくふつうの酒場だった。平屋建てで、アスファルト敷きの駐車場が周囲をつばのように囲んでいる。トラック、アメリカ製のセダン、ハーレーがぽつんぽつんと駐まっていた。ちっぽけな窓から、赤青黄色のビールのネオンサインの光がもれ、〈クアーズ〉や〈バド・ライト〉や〈コロナ〉や〈ミケロブ〉のロゴが見えた。

ここらの連中には、〈コロナ〉や〈ハイネケン〉はお呼びでないのだ。

車のドアを閉じたときには、全身が低くうなりを発し、皮膚はぴりぴりし、太い筋肉はぴくぴくしていた。両腕を伸ばして少しは緊張をやわらげようとしたものの、驚くようなことではないが、さっぱり効果がなかった。彼の呪《のろ》いが思うさま圧力をかけてきて、危険な領域に踏み込みそうになっていた。すぐになにかはけ口を見つけないと、えらく厄介《やっかい》な問題が持ちあがる。いやそうではない、彼自身がえらく厄介な問題になってしまうのだ。

だいたい、腕力のありあまる生きた導火線として生まれてきただけで、もうじゅうぶん厄介だったのだ。せっかくの強さをもてあまし、活《い》かすことも手なずけることもできなかった。そこへ持ってきて、一族の上にでんと君臨する不可思議な女を怒らせた。そのせいで、持って生まれた堆肥《たいひ》の山に、待ってましたとばかりにさらに糞の山を盛りあげられてしまった。

〈書の聖母〉には感謝してもしきれないぜ。

というわけで、定期的にガス抜きをしないと爆発してしまうのだ。

ガス抜きのはけ口といえば、戦闘とセックスのふたつしかない。糖尿病患者がインスリンに頼るように、彼はこのふたつに頼っていた。これをたえず補給すれば、なんとか平静を保っていられる。しかし、つねに効くとはかぎらない。そして平静を失ったときには、彼自身も含めて全員がさんざんな目にあうのだ。

ちくしょう、この肉体に足をとられるのはもううんざりだ。その要求を満たしてやって、獰猛《どうもう》な無意識に落ち込まないように、たえず気を張っていなくてはならない。たしかに、人目を惹く美貌と強靭《きょうじん》な肉体はどちらも大いにけっこう。しかし、非力で不細工なごくつぶしに変身しても、それで心の平安が得られるなら大歓迎だ。まったく、心の平安というのがどんなものだったか、もう思い出すこともできない。自分が何者なのかすら思い出せない。

自分というものがどんどんなくなっていく。呪いを身に受けて最初の二、三年で、すでに真の救済を望むのはあきらめて、だれも傷つけずにやっていければよいと思うようになった。彼が内側から死にはじめたのはそのときだ。百年以上が過ぎたいまでは、ほとんど完全に麻痺している。残っているのは、はなやかなウィンドウ・ディスプレイと、中身のない空疎《くうそ》な魅力だけだ。

だいたいにおいて、彼は危険物以外のなにものでもない。そのことはとうに認めてしまっていた。はっきり言って、彼のそばにいる者はみな危険にさらされているのだ。ほんとうにつらいのはそこだ。呪いが表面に現われるときの身体的な苦痛も、それにくらべたらものの数ではない。兄弟たち——一カ月ほど前からは、そこにブッチも加わった——の身に危害を加えてしまうのではないか、彼はつねにそれを恐れながら生きていた。

レイジはSUVの向こう側へ歩いていきながら、フロントガラスごしに人間の男を眺めた。彼がホモ・サピエンスとこれほど親しくなるなどと、いったいだれが予想しただろう。

「デカ、あとでまた来るんだろ?」

ブッチは肩をすくめた。「さあな」

「うまく行くといいな」

「なるようになるさ」

レイジは声を殺して毒づきながら、〈エスカレード〉が走り去るのを眺めていた。ヴィシャスとふたりで駐車場を歩いていく。

「V、どんな女だ。おれたちの同族か」

「マリッサだよ」

「マリッサ？　あの、ラスの〝シェラン〟だった？」レイジは首をふった。「信じられん、こいつはくわしい話を聞かんとな。V、話してくれよ」

「その話にはさわらんことにしてるんだ。だからおまえもあいつの前では口にすんな」

「だって、気にならないのか」

Vは返事をせず、バーの入口に近づいていった。

「ああ、そうか。もうわかってるんだろ」レイジは言った。「これからどうなるか、とっくに知ってるんだな」

レイジはドアを手で押さえて、Vを引き止めた。「なあV、おれの夢を見たことあるか。おれの未来はどうなるんだ？」

ヴィシャスはくるりとこちらに顔を向けた。〈クアーズ〉のネオンサインの光のなか、刺青に囲まれた左目が黒一色になっていた。瞳孔が広がって、虹彩も白目の部分もおおい尽くし、あとには黒々とした穴しか残っていない。

無限をのぞき込んでいるようだ。あるいは、死んで〈冥界《フェード》〉をのぞき込んでいるようと言おうか。

「ほんとに聞きたいのか」兄弟は言った。

レイジは手を下げた。「知りたいのはひとつだけだ。呪いが解けるときまでおれは生きていられるか？　つまりさ、いつかはひと息つける時が来るのかな」

ドアが勢いよく開き、車軸の折れたトラックのようによろめきながら、酔っぱらいがころげ出してきた。やぶに向かってへどを吐くと、アスファルトの地面にうつぶせに伸びてしまった。

死ねば確実に平安が得られる、とレイジは思った。だいたい、みんないつかは死ぬのだ。ヴァンパイアも、しまいには。

兄弟とはもう目を合わそうとせずに、レイジは言った。「V、さっきのは取り消しだ。言わないでくれ」

彼はすでに呪われていて、あと九十一年はその呪いから逃れられない。罰がようやく終わり、彼のなかからけものが消え失せるのは、九十一年と八カ月と四日後だ。なにも自分から超弩級《ちょうどきゅう》の衝撃を招き寄せることもないだろう。そのときまで生きてはいられない、自由になる日は来ないと聞かされたら立ち直れない。

「レイジ」

「うん」

「ひとつ教えとこう。おまえには運命の相手がいる。それも、もうすぐ現われる」

レイジは笑った。「ほんとかよ。どんな女だ？　できれば――」

「ヴァージンだ」

冷たいものが背筋を駆け下り、そのまま釘でも打ち込まれたように腰に突き刺さった。

「冗談だろ」

「おれの目を見ろ。かついでるように見えるか」

Vは静かに立っていたが、やがてドアをあけた。ビールのにおいや人間の体臭とともに、〈ガンズ・アンド・ローゼズ〉の昔の歌がビートに乗って噴き出してくる。

なかに入りながらレイジはぼやいた。「兄弟、おまえほんと気色悪いやつだよな。ったく、かんべんしろよ」

3

パヴロフの言うとおりだ。車でダウンタウンを抜けながら、メアリはそう思っていた。ドクター・デラ＝クロースのオフィスから電話があって、それでパニックが起きたのは学習の結果だ。論理的な反応とはいえない。「精密検査」はどんな意味にでもとれる。病院からの知らせがなんでも不幸の前触れに思えるのは、未来がわかるからではない。かりに問題があるとしても、どんな問題なのかまだわからないではないか。なにしろ二年近くも寛解《かんかい》が続いているし、いまも元気でやっているのだ。たしかに疲れてはいるが、べつに不思議なことではない。仕事とボランティア活動で、毎日こんなに忙しいのだから。

明日の朝一番に予約の電話を入れよう。いまのところは、ビルの当番の前半を穴埋めするために、〈自殺防止ホットライン〉に向かうことだけ考えよう。

少し不安が鎮まってきて、大きく深呼吸をした。これからの二十四時間は耐久試験になるだろう。神経の緊張で身体はトランポリンのよう、頭のなかは渦を巻いている。大事なのは、パニックが収まるのを待ち、恐怖が軽くなったところで気力を奮《ふる》い立たせることだ。

〈シビック〉を十番通りのあいた駐車場に駐《と》め、古ぼけた六階建てのビルに急いだ。このあたりは薄汚い街で、七〇年代の残した夢のあとだった。当時「ガラの悪い地域」だったこの九平方ブロックを、ビジネス街に生まれ変わらせようとしたのだが、そんな楽観主義は通用しなかった。閉鎖されたオフィスビルに混じって、いまでは安っぽい賃貸住宅が並んでいる。

ビルの入口で立ち止まり、パトカーで通りかかった警官ふたりに手をふった。

〈自殺防止ホットライン〉の本部は二階の正面側にある。その明るい窓を見あげた。この非営利団体と最初に接触したときは、電話をかける側だった。三年後のいまは、毎週木曜と金曜と土曜の夜にここで電話を受けている。祝日にも来ているし、都合が悪い人の代役も引き受けている。

彼女が電話してきたことがあるのを、知っている人はいない。また、白血病だということも知られていない。ふたたび血液との戦争に戻ることになったとしても、やはりだれにも言うつもりはなかった。

母の最期を看取《みと》ってからというもの、ベッドのそばで人に泣かれるのはいやだと思うようになった。救済の恩寵《おんちょう》がたちどころにあらわれなかったときの、やり場のない怒りの味はすでに知っている。呼吸をしようとあえぎ、死んでいく器官の海を泳いでいるときに、あの愁嘆場《しゅうたんば》を再演されるのはぞっとしない。

よかった。気力が戻ってきたようだ。

左手のほうで足音が聞こえ、なにかがすばやく動くのがちらと見えた。だれかがさっとビルの陰に隠れたような。ぎくりとして、メアリは玄関のロックに暗証番号を打ち込み、なかに入って階段をのぼった。二階にたどり着くと、ホットラインのオフィスの入口でインターホンを鳴らした。

受付デスクの前を歩きながら、電話中の所長のロンダ・クヌートに手をふった。続いて、ナン、スチュアート、ローラという今夜の顔ぶれに会釈してから、あいた仕切りに入って腰をおろした。相談受付用紙の厚い束、ペンが二本、ホットラインの介入参照資料がそろっているのを確かめて、ハンドバッグから水のボトルを取り出した。

ほとんど間髪《かんはつ》を入れずに、担当の電話回線のひとつが鳴りだした。画面に表示された発信者番号に目をやる。憶えのある番号。警察が言うには公衆電話の番号らしい。ダウンタウンの。

いつもの人だ。

二度めのベルで電話をとり、ホットラインのマニュアルどおりに応対した。「〈自殺防止ホットライン〉のメアリです。どうなさいました?」

答えはない。息の音さえしない。

かすかな車の音。電話の向こうで車のエンジン音が近づき、遠ざかっていく。警察が着信記録を調べたところでは、この人物はいつも街からかけてくるうえ、場所もしょっちゅう変わるので、本人を特定するのは不可能だという。

「わたしはメアリです。どうなさいました?」声を低くして、マニュアルにないせりふを口にした。「いつもの人でしょう、今夜もまたかけてきてくれたのね。うれしいんだけど、お名前を教えてくれない? 悩みがあるなら話してみない?」

そのまま待ったが、やがて電話は切れた。

「またいつもの人?」ロンダが尋ねてきた。マグからハーブティーを飲んでいる。

メアリは電話を置いた。「どうしてわかったんですか」

ロンダは肩ごしにあごをしゃくって、「わたしはあっちで電話が鳴るのを何度も聞いてたけど、みんなあいさつ程度で終わりだったわ。それが急に、あなたが電話にかぶりつきになるのが見えたからよ」

「ええ、その――」

「あのね、今日また警察から連絡があったのよ、警察にできることはなんにもないって。街じゅうの公衆電話に人を張りつかせるっていうならべつだけど、いまの時点ではそこまではちょっとって」

「でもわたし、身の危険を感じてるわけじゃないんですよ」

「危険がないとは言いきれないじゃない」

「ねえロンダ、この電話はもう九カ月も前から続いてるんですよ。わたしを襲うつもりなら、とっくにやってると思うわ。それにわたし、できればこの人の力になりたいって――」

「じつはそれも心配してるのよ、わたしは。どんな人かもわからないのに、あなたったらどう見ても、かばおうかばおうとしてるみたい。ちょっとのめり込みすぎよ」

「そんなことないわ。ここに電話してくる人はみんなそれなりの理由があるんだし、わたし、そういう人たちの力になれると思うんです」

「ほらね、メアリ。自分でもわかるでしょ？」ロンダは椅子を引き寄せ、腰をおろした。声を低くして、「こういうことを言うのはつらいんだけど……でも、しばらく離れるべきだと思うの」

メアリはぎくりとした。「なにからですか？」

「あなた、ちょっと来すぎよ」

「でも、来てる日数はみんなとおんなじなんですよ」

「だけど、割当の時間が終わったあとも何時間も居残ってるじゃない。しょっちゅうほかの人のかわりもしてるし。あんまり熱心すぎるわ。いまだって、ビルのかわりなんでしょう。ビルが来たら今日はもう帰って、二週間ぐらい休んだほうがいいと思うの。少し冷静にならなくちゃ。これは精神的にこたえる仕事だし、あるていど距離を置かないと、こっちがまいっちゃうわ」

「でも、いまだけは……ねえロンダ、いまは休みたくないんです。いまはどうしてもここに来ていたいんです」

ロンダはやさしく、メアリのこわばった手をにぎった。「ここは、自分の問題を解決しに来る場所じゃないのよ。それは自分でわかってるでしょ。あなたみたいに優秀なボランティアさんは少ないし、またぜひ戻ってきてもらいたいと思ってるわ。でもそれは、いったん頭を冷やしてからにしてほしいのよ」

「わたしにそんな時間があるかしら」メアリは息の下でささやいた。

「えっ？」

メアリは気を取りなおし、無理に笑顔を作った。「いえ、なんでも。そうですね、わたし、少しやりすぎですよね。ビルが来たらすぐに帰ります」

一時間ほどしてビルが顔を出すと、メアリはその二分後にはオフィスをあとにしていた。家に帰り着き、ドアを閉じて、ドアの羽目板に背中を預け、あたりをとりまく静寂に耳を傾けた。身も凍る、のしかかるような静寂。

ホットラインのオフィスに戻りたくてたまらない。ほかのボランティアたちの静かな声を聞いていたい。電話が鳴るのを聞き、天井の蛍光灯の立てるかすかな音を聞いていたい……

気をまぎらすものがなかったら、たちまちまぶたにおぞましい光景がよみがえってくる。病院のベッド。点滴の針。横に吊り下げられている薬液の袋。おぞましい心中のスナップショットの一枚に、自分自身の姿が見えた。髪は残らず抜け、肌は血の気が失せ、目は落ちくぼみ、とても自分の顔には見えない。これは自分の顔ではない。

思い出す——ひとりの人間でなくなるのがどういうものか。化学療法が始まったら、あっという間《ま》に一人前の人間ではなくなり、〝患者〟に、〝瀕死《ひんし》の病人〟に成り下がる。痛ましくて正視にたえない、人に死を思い出させる存在でしかなくなる。生の終わりを象徴する広告塔でしかなくなるのだ。

メアリはいたたまれず駆けだした。リビングルームを突っ切り、キッチンを抜け、思いきりスライドドアをあけ、夜闇に向かって飛び出した。恐怖にあえいでいたが、凍《い》てつく空気に肺が縮みあがる。

まだどこが悪いのかわからないのよ。まだなんにもわかってないんだから……

その言葉を呪文《じゅもん》のようにくりかえし、のたうつパニックに網をかけて押さえようとしながら、プールに向かった。

地面に掘ったプールはルーサイト製で、プールというより大きめの浴槽と言ったほうが近い。寒さで重くよどんだ水は、月光を浴びて黒い油のようだった。腰をおろし、靴と靴下を脱いで、氷のような水に足を垂らした。つかっているうちに感覚がなくなってくる。飛び込む勇気があればいいのに。もぐって底の格子をつかみ、全身の感覚が麻痺するまでずっとそうしていたい。

母親のことを思い出す。母のシシー・ルースは自分のベッドで息を引きとった。ずっとわが家と呼んでいた家の自分のベッドで。

あの寝室のことは、いまでもはっきり憶えている。光がレースのカーテンから射し込んできて、室内に雪片の模様を描いていたこと。淡い黄色の壁、床に敷きつめたオフホワイトのカーペット。母が好きだった掛けぶとんは、クリーム色の地に小さいピンクのバラの模様。ポプリ皿から漂《ただよ》うナツメグとジンジャーの香り。曲線を描くヘッドボードの上に掛かった十字架、部屋のすみの床にじかに置いた大きな聖母の聖像《イコン》。

思い出すと胸が痛い。そこで無理やり、すべてが終わったあとの寝室のようすを思い描いた。闘病と臨終《りんじゅう》と清掃と、家の売却が終わったあとの。引っ越す直前に見たときには、すっかりきれいになっていた。母が杖とも柱とも頼っていたカトリックの護符は片づけられ、壁にかすかに残る十字架のあとは、額入りのアンドルー・ワイエスの複製画で隠してあった。

涙があふれるのは止められなかった。ゆっくりと、容赦なく、水にしたたり落ちていく。水面に当たって消えていく。

ふと顔をあげて、ひとりきりでないのに気づいた。

　ぎょっとして立ちあがり、よろめきながらあとじさりかけたが、ふと立ち止まって目をこすった。まだ子供ではないか。ティーンエイジの少年。黒っぽい髪に白い肌。きゃしゃというよりやせ細っていて、はかなげな美貌はこの世のものではないかのようだった。

「どこから来たの？」彼女は尋ねたが、さほど恐ろしいとは思わなかった。こんな天使のような少年をこわがれというほうが無理だ。「あなた、だれ？」

　少年はただ首をふるだけだ。

「道に迷ったの？」きっとそうにちがいないと思った。そうでなかったら、こんな寒い夜にジーンズとTシャツ一枚で出歩くわけがない。「名前は？」

　少年は片手を自分ののどもとにあげ、その手を前後に動かしながら首をふった。外国人で、言葉がわからなくていらいらしているのだろうか。

「英語わかる？」

　今度はうなずいたが、両手をせわしなく動かしはじめた。アメリカ式手話言語《ASL》だ。ＡＳＬを使っている。

　メアリは昔の記憶をたぐった。自閉症の患者に、手話で言いたいことを伝える方法を教えていたのだ。

唇が読めるの、それとも耳は聴こえるの？　彼女も手話で応じた。

　少年は目を丸くした。手話が通じるとは夢にも思わなかったかのように。

耳はふつうに聴こえます。ただ口がきけないんです。

　メアリはじっと少年を見つめていた。「電話してきてたのはあなたね」

彼はちょっとためらったが、やがてうなずいた。おどかすつもりはなかったんです。いたずらで電話してるんじゃないんです。ただ……あなたがあそこにいるって確かめたくて。でも、変な気持ちじゃありません。ほんとです。

少年の目は、彼女の目をまっすぐに見返していた。

「信じるわ」とは言ったものの、こんなことをしていていいのだろうか。ホットラインでは、電話の相手と接触するのを禁じているのに。

だからといって、こんな頼りなげな子供を追い出すわけにはいかない。

「おなかすいてない？」

彼は首をふった。しばらくいっしょに座っててていいですか？　プールのこっち側にいますから。

あっちへ行けと言われるのに慣れているような口調だった。

「でも……」と彼女が言うと、少年はこくんとうなずいて向きを変えた。「ちがうのよ、こっちへ来てって言いたかったの。となりに座って」

少年はそろそろと近づいてきた。彼女が気を変えるにちがいないと思っているかのように。メアリが腰をおろしてまた足をプールにつけていると、少年も古ぼけたスニーカーを脱ぎ、バギーパンツのすそをまくりあげて、一メートルほど離れて腰をおろした。

なんて小柄な子なんだろう。

足を水にすべりこませ、驚いたように笑顔になった。

冷たいですね、と手で語りかけてくる。

「セーター着る？」

彼は首をふり、水のなかに足で円を描いている。

「名前はなんていうの？」

ジョン・マシューです。

メアリは笑みをこぼした。この子とは共通点があると思いながら、「ふたつとも新約聖書の預言者の名前ね（ジョンはヨハネ、マシューはマタイの英語読み）」

修道院のシスターたちがつけてくれたから。

「修道院？」

長い間《ま》があった。打ち明けたものかどうかと迷っているようだ。

「孤児院で育ったのね？」やさしく水を向けてみた。たしかいまも市内に一ヵ所あったはず、〈慈悲の聖母〉修道会の運営しているところが。

ぼくはバス停のトイレで生まれたんです。守衛の人が見つけて、〈慈悲の聖母〉に連れていったんです。それでシスターたちが名前を考えてくれたんです。

メアリはたじろいだが、表情は変えずに言った。「それで、いまはどこに住んでるの？養子になってるの？」

彼は首をふった。

「それじゃ、里親さんのところ？」お願い、そうだと言って。親切な里親さんと暮らしてると言って。温かい家庭で食べさせてもらっていると。生みの親に捨てられたからといって、けっして要《い》らない子供ではないのだと言ってくれる、やさしい人がそばにいると。

少年は答えない。古びた服、その服よりさらに年を経て見える表情。やさしさやぬくもりをふんだんに味わってきたようには見えなかった。

やがて彼は両手を動かしはじめた。十番通りに住んでるんです。

ということは、収用された建物を不法占拠しているか、ネズミだらけの安アパートを借りているかだ。こんなに身ぎれいにしているのが不思議なほどだった。

「ホットラインのオフィスの近くに住んでるのね。だから、今夜もわたしが来てるってわかったのね。ほんとは当番じゃないのに」

彼はうなずいた。ぼくのアパートは通りの向かいなんです。あなたが来て帰っていくのを見てるんです。でも、ストーカーじゃないです。なんだか、友だちみたいな気がして。初めて電話したとき……なんていうか、ちょっとした気まぐれだったんだけど、あなたが出て……この人の声が好きだって思ったんです。

きれいな手をしている、と思った。女の子の手のようだ。上品で、きゃしゃな。

「それで、今夜はうちまでつけてきたのね？」

たいていいつも来てるんです。自転車持ってるし、あなたはいつも安全運転だから。ぼくが見張ってれば安全だと思って。あなたはいつも遅くまでいるし、あのあたりに女の人がひとりでいるのは不用心だから。いくら車に乗ってても。

メアリは首をふった。この子は少し変だ。幼い顔をしているのに、おとなの男性のような口をきく。知れば知るほど、気味が悪くなっても不思議はないところだと思った。この少年は彼女につきまとって、自分を保護者かなにかのように思っている。どう見ても、保護が必要なのは自分のほうなのに。

さっき、どうして泣いてたんですか。

まっすぐこちらの目をのぞき込んでくる。奇妙だ——幼い顔におとなの男性の目がついている。

「そろそろ時間切れかなと思って」彼女は思わず漏らした。

「メアリ？　お邪魔していい？」

メアリは右のほうをふり向いた。ベラだ。ただひとりの隣人。ふたりの家と家を隔てる二エーカーの草地を歩いてきて、庭のとば口に立っていた。

「まあベラ、もちろんよ、ジョンを紹介するわ」

ベラはすべるようにプールに近づいてきた。一年前に大きな古い農家に越してきた女性で、いまでは夜におしゃべりをする仲になっていた。百八十センチを超える長身、腰まで届く豊かに波打つダークヘア、ベラは正真正銘の美女だった。あまりの美貌についじっと見つめてしまい、それをやめられるようになるまでメアリは何カ月もかかった。プロポーションもみごとなもので、『スポーツ・イラストレーテッド』誌の水着特集号の表紙から抜け出てきたようだ。

ジョンがぽかんと見とれるのも無理はなかった。

どんな気分かしら、メアリはふとそう思った。男性どころか、思春期前の子供にまでこんなふうに見つめられるなんて。メアリ自身はきれいと言われたことはない。不細工ではないがとくにきれいでもないという、大多数の女性と同じ部類に収まっている。しかもそれは、化学療法のせいで髪や肌がいろいろだめになる前の話だ。

ベラはかすかに笑みを浮かべて身をかがめ、少年に片手を差し出した。「こんばんは」

ジョンは手をあげ、差し出された手にそっと触れた。現実の存在とは信じられないというように。メアリはちょっとおかしくなった。彼女自身も、同じように感じることがよくある。ベラはあまりに……あまりに過剰なのだ。現実からはみ出しているというか、存在感が強烈すぎるというか。これまでこんな人には会ったことがない。いままで会っただれより華やかなのはもちろんだが。

とはいえ、ベラは魔性の美女《ファム・ファタル》を気取っているわけではない。もの静かで控えめだし、ひとり暮らしだ。どうやら文章を書く仕事をしているらしい。昼間には会ったことがないが、あの古い農家にはほかに出入りする人もいないようだった。

ジョンはメアリに目を向けて、**ぼく、帰ったほうがいいですか**。

答えはわかっているというように、水につけていた足を引きあげにかかる。

メアリは彼の肩に手を置いた。Tシャツの下に突き出す骨には努めて気づかないふりをして、「いいのよ、まだ帰らないで」

ベラもランニングシューズと靴下を脱ぎ、水面にちらと爪先をのぞかせた。「そうよ、ジョン。わたしも仲間に入れて」

4

レイジは今夜最初の獲物に目を留めた。ブロンドの人間の女で、色気むんむん、いつでもＯＫケイと全身に書いてある。このバーにたむろする同種の女たちはみなそうだが、レイジに向かって合図を送ってきている。お尻をちらとのぞかせたり、ふくらませた髪に手をやったり。

「いいのが見つかったか」Ｖが醒《さ》めた口調で尋ねた。

レイジはうなずき、人さし指をくいくいとやって女を呼んだ。呼ばれるとやって来る、それが人間のいいところだ。

女の腰が左右に揺れるのを見守っていると、べつの女の引き締まった身体が目の前に割り込んできた。目をあげ、顔をしかめそうになるのをこらえた。

ケイスは同類だ。黒髪に黒い目のそれなりの美女だが、〈兄弟〉たちを追いかけまわし、しじゅうつきまとっては抱かれたがる。仲間に自慢できる戦利品かなにかと勘ちがいしているようだ。いらいらする。

レイジの見るところ、彼女が発しているのは色気ではなく毒気だ。

「こんばんは、ヴィシャス」ケイスはからみつくような低い声で言った。

「よう、ケイス」Vは〈グレイグース〉をひと口なめた。「どうした?」

「どうしてるかと思って」

レイジは首を傾け、ケイスの腰の向こうをうかがった。助かった、さっきのブロンドはライバル登場も気にしなかったらしい。このテーブルにいまも近づいてきていた。

「レイジ、こんばんはも言ってくれないの」ケイスが催促《さいそく》する。

「言うとも、そこをどいてくれればな。真ん前に立たれちゃなんも見えん」

女は笑った。「何千人っていうあなたの相手役のひとりね。運のいいお嬢さんだこと」

「ケイス、残念だったな」

「ええ、残念だわ」ぎらぎら光る飢《う》えた目がレイジをなめまわす。「ヴィシャスとあたしと三人でつるまない?」

手を伸ばして彼の髪をなでようとする、その手首をレイジはつかんだ。「さわるな」

「人間の女とはいくらでも寝るくせに、なんであたしはだめなの」

「興味がないからさ」

身をかがめて、耳もとでささやいた。「いつか試してみてよ」

レイジは彼女の手首をつかむ手に力を込め、向こうに押しやった。

「うれしいわ、レイジ、もっと強くにぎって。この痛いのがたまらないわ」あわてて放すと、彼女は手首をさすりながらにやりとした。「それでいまはどう、V」

「いま来たばっかりなんだよ。たぶん、もう少ししたらな」

「あたしの居場所はわかるわよね」

るな」

彼女が離れていくと、レイジはヴィシャスに目を向けた。「よくあんな女に愛想《あいそ》よくできるな」

Vはウォトカのグラスを干しながら、目を細くして女を見送っている。「けっこういいところもあるしな」

ブロンドがそばに寄ってきて、レイジの前で気取ったポーズをとってみせた。その腰を両手でつかんで引き寄せ、膝にまたがらせた。

「いきなりね」女は言って、腰を支えるレイジの手に体重を預けた。熱心に観察している。着ている服を値踏みし、トレンチコートのそでからのぞく、ごつい金のロレックスに目を留める。その目に浮かぶ計算の冷たさは、レイジの胸の奥にわだかまる冷たさといい勝負だ。

ちくしょう、放り出せるものなら放り出してしまいたい。もううんざりだ。しかし、彼の肉体は発散を欲している。要求している。欲望がせりあがってくる。そのいまわしい炎の前に、彼の冷えきった心臓はいつものとおり手も足も出せない。

「名前は？」彼は尋ねた。

「ティファニーよ」

「会えてうれしいよ、ティファニー」と心にもない出まかせを言った。

そこから二十キロと離れていない裏庭のプールで、メアリとジョンとベラは、びっくりするほど愉快なひとときを過ごしていた。

メアリは声をたてて笑いながら、ジョンに目をやった。「冗談でしょう」

ほんとだよ。映画館と映画館を行ったり来たりしてたんだ。

「なんて言ってるの?」ベラが笑顔で尋ねる。

「『マトリックス』を公開初日に四回も観《み》たんですって」

ベラも笑った。「ジョン、あんまりはっきり言っちゃ悪いとは思うけど、それはいばれたことじゃないわよ」

ジョンは少し赤くなって、ベラに笑みを向けた。

「それじゃ、やっぱり『ロード・オブ・ザ・リング』のシリーズにもはまったほう?」

彼は首をふり、手を動かしてから、助け船を期待するようにメアリに目を向けた。

「武闘ものが好きなんですって」メアリは通訳した。「エルフには興味ないみたいよ」

「それは同感ね。足に毛がはえてるとかいうあれ、ぞっとしないわよね」

一陣の風に巻きあげられて、枯れ葉がプールに落ちた。そばを流れるところを、ジョンが手を伸ばして一枚拾いあげる。

「あら、手首になにをはめてるの?」メアリが尋ねた。

ジョンが腕を差し伸ばしてきたのを見ると、革のブレスレットだった。表面に模様のようなものが整然と並んでいる。なにかの記号のようだ。エジプトの神聖文字と中国の漢字を足して二で割ったような。

「すてきね」

自分で作ったんだ。

「見せてもらっていい?」ベラが身を乗り出してきた。笑みが薄れ、ジョンの顔を探るように見つめている。「これ、どこで手に入れたの」

「自分で作ったんですって」

「出身はどこ？」

ジョンは腕を引っ込めた。ベラのただならぬようすに、いささかとまどっている。

「この街に住んでるのよ」メアリが言った。「生まれもここですって」

「ご両親はどこにお住まいなの？」

メアリはベラの顔を見なおした。なぜいきなり、こんなに熱心に詮索《せんさく》を始めるのだろう。

「ご両親はいないみたい」

「両方とも？」

「施設で育ったんですって。そうでしょ、ジョン」

ジョンはうなずいた。ブレスレットを守るように、腕を腹部に押し当てている。

「その記号だけど」ベラが水を向ける。「どういう意味だか知ってる？」

少年は首をふり、うっと顔をしかめて両方のこめかみを押さえた。ややあって、ゆっくり両手を動かしはじめた。

「なんの意味もないって言ってるわ」メアリが低い声で通訳する。「夢で見て、なんだか気に入ったんですって。ねえベラ、あんまり問い詰めないであげて」

ベラはわれに返ったようだった。「ごめんなさい。わたしったら……ほんとにごめんなさいね」

メアリはジョンに目を向け、気を引き立たせようと話しかけた。「それで、ほかにはどんな映画が好き？」

ベラは立ちあがり、ランニングシューズに足を突っ込んだ。靴下もはかずに。「ちょっと失礼していいかしら。すぐ戻ってくるわ」

メアリの返事も待たず、小走りに草地を遠ざかっていく。声が聞こえないほどになったとき、ジョンは顔をあげてメアリに目を向けた。まだ顔をしかめている。

もう帰らないと。

「頭が痛いの？」

ジョンはこぶしを眉間に押し当てた。アイスクリームを大急ぎで飲み込んだときみたいな感じ。

「夕食は何時ごろ食べた？」

肩をすくめた。さあ。

かわいそうに、きっと低血糖なんだわ。「ねえ、なかに入っていっしょに食べない？　わたし、今日はお昼にテイクアウトを食べたきりなの。もう八時間も前に」

たぶんプライドが許さないのだろう、少年はきっぱりと首をふった。おなかはすいてないから。

「それじゃ、これからわたし夜食を食べるから、そのあいだいっしょにテーブルに着いててくれない？」そうすれば、食べるように仕向けられるかもしれない。

ジョンは立ちあがり、手を貸そうとするかのように片手を差し出してきた。その小さな手をにぎり、好意を無にしない程度に体重をかけて立ちあがった。靴を手に持ち、いっしょに裏口に向かう。プールを囲む冷たい敷石に、濡れた素足のあとを残しながら。

ベラは自宅のキッチンに駆け込み、そこではたと立ち止まった。あの場を立ち去ったものの、はっきりした心づもりがあったわけではない。しかし、このまま放っておくわけにはいかない。

ジョンは問題だ。重大問題だ。

信じられない、彼が何者かすぐに気がつかなかったなんて。とはいえ、まだ変化していないのだからしかたがない面はある。それにいったいどうして、メアリの家の裏庭にヴァンパイアがいるの？

ベラは笑いだしそうになった。自分だってメアリの家の裏庭にいたじゃない。ほかのヴァンパイアがいていけない理由はないわ。

両手を腰に当てて、床をにらんだ。いったいどうしたらいいだろう。ジョンの意識を探ってみたが、そこには自分の種《しゅ》のことも、家族や伝統のこともなかった。あの少年はなにひとつ知らない。自分がほんとうは何者なのか——というより、何者に変化することになっているのか。そしてまた、あの文字の意味もほんとうに知らないようだった。

だが、ベラは知っている。〈古語〉の文字でＴＥＨＲＯＲ（テラー）とあった。戦士の名前だ。

どうして人間の世界に紛れ込んでしまったのか。あとどれぐらいで遷移を迎えるのか。あのようすだと二十代はじめぐらいだろうから、あと一年か二年は猶予《ゆうよ》がある。しかし、その見立てがまちがっていたら。もっと二十五歳に近ければ、すぐそこに危険が迫っていることになる。支えてくれる女性のヴァンパイアがいなかったら、変化を乗り切れずに命を落としてしまう。

まっさきに考えたのは兄に電話することだった。リヴェンジなら、いつなにを訊いてもどうすればいいか教えてくれる。ただ困るのは、いったん関わったとなったら、なにからなにまで采配をふるわずには気がすまない性質《たち》なのだ。しかも、たいていみんなを震えあがらせてしまう。

ハヴァーズなら——ハヴァーズに相談してみようか。彼は医師だから、遷移を迎えるまでどれぐらいあるかわかるだろう。将来の身のふりかたが決まるまで、ジョンを病院に置いてくれるかもしれない。

ただ、ジョンは病人ではない。遷移前の男子だから虚弱なのはたしかだが、具合の悪いところがあるとは感じなかった。ハヴァーズのところは病院で、下宿屋のたぐいではない。

それに、あの名前のことがある。あれは戦士の——

それだわ。

キッチンを出て居間に入り、デスクに置いてあるアドレス帳を手にとった。最後のページに番号を控えてある——十年ほど前から伝わっている番号。うわさでは、この番号に電話をすれば〈黒き剣《ブラック・ダガー》兄弟団〉に連絡がつくという。一族の戦士たちに。

戦士の名を持つ少年がひとり放り出されていると聞けば、きっと関心を持ってくれる。引きとってくれるかもしれない。

汗のにじむ手で電話機をとりあげた。たぶん通じないだろう。かりに通じても、くたばれと言われるのがおちだろう。そう思っていたのだが、聞こえてきたのは電子的な合成音声だった。いまかけた番号が復唱され、ピーと電子音が鳴った。

「わたし……あの、ベラと言います。〈兄弟団〉にお話が……お力を借りたいんです」自分の番号を言って電話を切った。具体的なことは言わないほうがいい。番号がまちがっていたら、くわしいメッセージをどこかの人間のボイスメールに残すことになってしまう。

窓の外に目をやると、草地の向こうにメアリの家の明かりが小さく見えた。いつごろ連絡がもらえるだろうか――連絡が来るとしての話だが。先に、あの子がどこに住んでいるか聞いておいたほうがいいかもしれない。それと、どうしてメアリと知りあったのか。

メアリ、そうだった。あの恐ろしい病気がぶり返している。再発を感じとり、どうしたものかと迷っていたその矢先、年四回の定期検診を受けに行くとメアリから聞いた。それが二日ほど前のことで、今夜は検診の結果を尋ねるつもりで会いに行ったのだ。少しでも力になれないかと思って。

急いで居間を出て、草地に面するフレンチドアに引き返そうとした。もっとジョンからいろいろ聞きだして、それから――

電話が鳴った。

こんなに早く？　まさか。

キッチンのカウンターに向かい、子機で電話を受けた。「もしもし」

「ベラ？」低い男の声。威圧的な。

「そうです」

「電話をくれたね」

信じられない、ほんとに通じた。

ベラは咳払いをした。一般市民はみなそうだが、彼女も〈兄弟団〉のことはよく知っている。メンバーの名前、その評判、立てた手柄やうわさなどなど。しかし、実際に会ったことはいちどもない。夢を見ているのではあるまいか、わが家のキッチンで戦士と話をしているなんて。

早く、手短に用件を話さなくちゃ。

「あの、ちょっと問題があって」相手の男性に、ジョンについて知っていることを説明した。

しばしの沈黙のあと、「明日の夜、その少年をこちらへ連れてきてもらいたい」

えっ、そんな。なんだか大変なことになってしまった。

「あの、その子は口がきけないんです。耳は聴こえるんですけど、話をするには通訳がいないと」

「では、通訳もいっしょに」

こちらの世界に巻き込まれたら、メアリはどう思うだろうか。「いま通訳してくれてる女性は人間なんです」

「その人間の記憶はこちらで手を打つから」

「そちらへはどう行けばいいのかしら」

「迎えの車をやる。明日の九時に」

「わたしの住まいは――」

「住所はわかっている」

電話が切れたとき、ベラは小さく身震いした。ジョンとメアリにうんと言わせなくてはならない。

よかった。あとは〈兄弟団〉のところへ行く話をして、ジョンとメアリにうんと言わせなくてはならない。

納屋を改造したメアリの家に戻ってみると、ジョンをキッチンのテーブルの椅子に座らせて、メアリはスープかなにかを食べていた。近づいていくベラに、ふたりはそろって顔をあげた。ベラは努めてなに食わぬ顔で腰をおろした。しばらくようす見をしてから、おもむろに口を開く。

「ねえジョン、わたしの知りあいに武術をやってる人たちがいるのよ」これはまったくの嘘《うそ》ではない。〈兄弟〉たちはどんな戦闘法にも通じているそうだから。「でね、その人たちに会いに行く気はない?」

ジョンは首をかしげて、メアリに目を向けながら手を動かした。

「なんのためかって訊いてるわ。訓練のため?」

「そんなところね」

ジョンがまた手を動かす。

メアリは口もとをぬぐった。「訓練を受けるお金がないんですって。それにちょっと身体が小さいし」

「お金はかからないのよ。そしたら行く?」なんてこと、わたしったら、守れるあてもない約束なんかして。〈兄弟団〉がジョンをどうする気かもわからないのに。「ねえメアリ、ジョンを連れていきたいのよ、その人たちの……つまりその、武術の専門家がいるところだって伝えてくれない？　話もできるし、仲よくなればいろいろ——」

ジョンはメアリのそでを引き、手をしばらく動かしてから、ベラに目を向けた。

「耳はちゃんと聴こえるのを忘れないでくださいって」

ベラはジョンに向かって、「ごめんなさい、うっかりしてたわ」

気にしてませんよと言うように、彼はうなずいてみせた。

「明日、会うだけでも会ってみない？」ベラは言った。「なにも損するわけじゃないんだし」

ジョンは肩をすくめ、手をなめらかに動かしてみせた。

メアリはにっこりして、「行くって言ってるわ」

「あなたもいっしょに来てもらえる？　通訳として」

メアリは驚いたようだったが、少年に目を向けると、「何時？」

「九時に」ベラは答えた。

「ごめんなさい、その時間は仕事だわ」

「いえ、朝じゃないの。夜の九時」

5

〈ワン・アイ〉に入っていったとき、ブッチは内臓という内臓の栓《せん》をだれかに抜かれたような気分だった。マリッサは会ってくれず、予想していたこととはいえ、やはり胸が引き裂かれるように痛んだ。

というわけで、そろそろスコッチ療法が必要だ。

酔った用心棒、あばずれの集団、腕ずもう中のふたりをよけて、ブッチは三人組のいつものテーブルにたどり着いた。レイジは奥のすみにいた。ブルネットといっしょに壁に寄りかかっている。Vの姿は見えないが、〈グレイグース〉のグラスと、ねじ曲げて結び目を作ったプラスティックのマドラーが椅子の前に置いてある。

ショットグラスを二杯あけ、それでもまるで気分はよくならない。そこへヴィシャスが奥から出てきた。シャツのすそははみ出してしわが寄っているし、すぐあとから黒髪の女がついてくる。ブッチに気づくと、Vは女を追い払った。

「よう、刑事《デカ》」Vは言って腰をおろした。

ブッチはショットグラスを傾けた。「やあ、どんな具合だ」

「首尾は――」

「そうか、そりゃ……残念だったな」

「脈なし」

「ああ、まったくだ」

Vの携帯が鳴りだした。ヴァンパイアはそれをひょいと開き、ひとことふたこと返事をし、またポケットに戻した。上着に手を伸ばす。

「ラスからだ。三十分以内に戻ってこいとさ」

ブッチは、ここに座ってひとりで飲んでいようかと考えた。しかし、そのプランには全体に〝身の破滅〟と書いてある。「ぽんとひと飛びか、それともいっしょに車に乗って帰るか?」

「車で帰る時間はある」

ブッチは〈エスカレード〉のキーをテーブルごしに放った。「車をまわしてきてくれ。おれはハリウッドを呼んでくるから」

立ちあがり、暗い片隅に向かった。レイジのトレンチコートは大きく広がって、ブルネットの全身を包み込んでいる。あの下でどこまで行っていることやら。

「よう、レイジ、帰るぞ」

ヴァンパイアは顔をあげた。唇をぎゅっと結び、目は険悪に細めている。

ブッチは降参のしるしに両手をあげてみせた。「お楽しみに横やりを入れたいわけじゃないんだが、母艦から帰艦命令が出てるんだよ」

舌打ちをして、レイジは一歩さがった。ブルネットは服を乱し、息を切らしていたが、まだショータイムは始まっていない。ハリウッドのレザーの上下は、どちらもあるべき場所にあった。

レイジが身を引こうとすると、一生に一度のオルガスムスがふいになると気づいたかのように、女がしがみついてきた。慣れたもので、レイジは女の顔に手をかざし、弧を描くように動かした。女は一瞬固まり、やがて白分の身体を見おろした。なぜこんなにはてっているのかと面食らっている。

こちらを向いたとき、レイジは噛《か》みつきそうな顔をしていた。しかし、ブッチとふたりで店の外に出るころには、情けなさそうに首をふっていた。

「なあデカ、さっきはにらみつけたりして悪かった。いまちょっと……まわりが見えなくなってんだ」

ブッチはレイジの肩を叩いた。「気にすんな」

「そうだ、そっちの彼女はどうなって――」

「絶望的」

「そうか、そりゃきついな」

三人は〈エスカレード〉に身体を押し込み、二十二号線を北に向かった。しだいに人家もまばらになっていく。かなりの速度ですっ飛ばし、〈トリック・ダディ〉の「サグ・マトリモニー」を削岩ドリル《ジャックハンマー》よろしく響かせているとき、Vがブレーキを踏んだ。空き地の奥、道路から百メートルほど引っ込んだところで、なにかが木からぶら下がっている。

いや、そうではない――ちょうどいま、だれかがなにかを木から吊り下げようとしているのだ。見物しているのは、白っぽい髪に黒い服のごつい男たちだった。

「〝レッサー〟どもだ」Vがつぶやき、スピードを落として車を路肩に寄せた。

完全に止まりきるのも待たず、レイジはドアを突き破らんばかりに車を飛び出し、まっしぐらに集団に突っ込んでいった。

ヴィシャスがこちらに顔を向けて、「デカ、おまえは残っても——」

「ぬかせ」

「おれの武器を持って——」

「とんでもない、素っ裸で出てってやるさ」ブッチは座席の下からセミオート拳銃〈グロック〉をつかみ出し、安全装置を解除すると、ヴィシャスとともに車から飛びおりた。

ブッチはこれまで〝レッサー〟はふたりしか見たことがないが、鳥肌が立つほど気色が悪かった。見た目は人間のようだし、動作も話しかたも人間そのものだが、〝レッサー〟は生きていない。目をのぞき込んでみれば、主《ぬし》をなくした虚《うつ》ろな容《い》れものと知れる。魂はどこかへ飛び去ったあとなのだ。おまけに吐きそうなにおいがする。

そもそも、ブッチはベビーパウダーのにおいが大の苦手なのだ。

空き地に目をやると、〝レッサー〟たちは攻撃体勢をとり、上着のなかに手を突っ込んでいた。草地を驀進《ばくしん》するレイジは急行列車のようだ。武器を抜こうともせず、怒濤《どとう》の自殺衝動に運ばれるかのように集団に襲いかかっていく。

まったく、あいつは頭がどうかしてる。少なくとも〝レッサー〟のひとりは拳銃を抜いているのに。

ブッチは〈グロック〉を構え、敵の動きを目で追ったが、標的をきれいにとらえることができなかった。それに、気づいてみれば応援《バックアップ》など必要なかった。

レイジはひとりで難なく〝レッサー〟を料理していた。野生のけもののような筋力と反射神経。何種類もの武術を融合させた技を次々にくり出し、トレンチコートを大きくなびかせ、敵の頭を蹴り、腹にこぶしを沈める。月光を浴びて戦う姿は凄惨《せいさん》なまでに美しく、顔を歪《ゆが》めて牙を剝《む》き出し、巨体で〝レッサー〟をぶちのめしていく。

右のほうからいきなり怒号があがり、ブッチはくるりとそちらに身体を向けた。逃げようとした〝レッサー〟にVが襲いかかっていた。いまではがっちり組み伏せている。

『ファイト・クラブ』はヴァンパイアたちに任せて、ブッチは木のほうへ向かった。太い枝から吊り下げられていたのは〝レッサー〟の死体だった。徹底的に痛めつけられている。

ブッチはロープをゆるめて死体をおろし、そこで肩ごしにふり向いてようすをうかがった。殴りあいの騒音とうなり声が、だしぬけに大きくなったからだ。乱闘にさらに三人の〝レッサー〟が加わっていたが、それで兄弟たちに危険が及ぶとは思えなかった。

目の前の〝レッサー〟にかがみ込み、ポケットを探りにかかる。札入れを引っぱり出したとき、銃声が響いた。胸の悪くなるパンという破裂音。レイジが地面にころがり、仰向けに倒れた。

間髪を入れずブッチは射撃姿勢をとり、レイジに鉛をもう一発叩き込もうとしている〝レッサー〟に狙いをつけた。しかし、〈グロック〉の引金をしぼるより早く、どこからともなくまばゆい白光が炸裂《さくれつ》した。核爆弾でも落ちたかのようだ。真昼のような明るさに、空き地のすみずみまでくっきりと照らし出される。紅葉した木々も、格闘のありさまも、平坦な地面も。

その白光が薄れるころ、だれかがブッチに向かって走ってきた。Vだとわかって銃を下げる。

「デカ！　車に戻れ！」Vはわき目もふらず、尻に火がついたかのようにがむしゃらに走っている。

「レイジは――」

最後まで言い終えることができなかった。Vに引っつかまれ、有無を言わさず引きずっていかれ、やっと解放されたのはふたりして〈エスカレード〉に乗り込んでからだった。Vが勢いよくドアを閉じる。

ブッチは食ってかかった。「レイジを置いてく気か！」

腹に響く咆哮《ほうこう》が闇を引き裂き、ブッチはそろそろとそちらに目を向けた。

空き地に怪物がいた。身長は二メートル半ほど、身体つきはだいたいドラゴンに近い。ティラノザウルスのような牙、たくましい二本の前肢《あし》。月光を浴びてきらめくと見れば、力強い体軀も尾も、紫と緑に輝くうろこでおおわれていた。

「なんだ、ありゃ」ブッチはかすれ声でつぶやき、ドアがロックされているか手さぐりで確かめた。

「レイジだ。滅茶苦茶に機嫌が悪いとああなる」

怪物はまた咆哮を発し、まるでおもちゃにするかのように〝レッサー〟たちを追った。追いついて、それから……かんべんしてくれ。あれでは死体のかけらも残らない。骨の一本すら。

気がついたら、ブッチは過呼吸を起こしかけていた。

かすかにライターの音が聞こえ、ブッチは座席のほうをふり向いた。Vの顔が火明かりを受けて黄色く浮かびあがっている。手巻き煙草に火をつける手が震えていた。煙を吐き出すと、トルコ煙草のにおいがつんと鼻を刺した。

「いつからあんな……」ブッチはまた、空き地で暴れている怪物の姿に目を向けた。とたんに、なにを言おうとしていたのか思い出せなくなった。

「レイジは〈書の聖母〉の怒りを買って、それで呪いをかけられてな。二百年間続く責め苦だ。頭に血がのぼると、たちまちぱっと早変わりってわけさ。痛さでスイッチが入ることもあるし、腹が立ったとか、欲求不満で爆発とか――わかるだろ」

ブッチは片方のまゆをあげた。先ほど、レイジがやろうとしているときにあいだに割って入ったのを思い出した。あんなおっかないまねは二度とするまい。

大虐殺が続くのを見るうちに、音を消して〈サイファイ・チャンネル〉を観ているような気がしてきた。これほどの暴力ざたは、ブッチの守備範囲からもはみ出している。殺人課の刑事を長年務めてきて、死体はいやというほど見てきたし、なかには半端でなくおぞましい死体もあった。しかし、虐殺が実際におこなわれているのを生《なま》で目撃したことはない。奇妙なことに、ショックが大きすぎて現実味が感じられなかった。

おかげで助かるぜ。

とはいえ、怪物の動きにむだがないのは認めないわけにはいかなかった。〝レッサー〟をふりまわして放りあげ、落ちてきたところを……

「こういうことはしょっちゅうあるのか」ブッチは尋ねた。

「まあな。あいつがセックスに走るのはそのせいだ。衝動が鎮まるからな。言っとくが、あのけものにちょっかい出すんじゃないぞ。どれが味方でどれがごちそうか、区別のつくやつじゃないからな。おれたちにできることはなんにもない。ただレイジが戻ってくるまで待って、あとの面倒を見てやるだけだ」

〈エスカレード〉のボンネットに、なにかがどんと当たって跳ねかえった。げっ、いまのは頭か？　いや、長靴だ。たぶんゴムの味が気に入らなかったのだろう。

「あとの面倒って言うと？」ブッチはかすれ声で尋ねた。

「全身の骨がはずれたらどうなると思う。あのけものが出てくるときは、そういうことが起きるんだよ。で、引っ込むときはまたそれがもとに戻る」

あっと言うまもなく、空き地から〝レッサー〟は一掃されていた。けものは耳を聾《ろう》する咆《ほう》哮《こう》をあげ、新たな獲物を探すかのようにぐるりと身体の向きを変えた。〝レッサー〟の姿が見当たらないと知って、その目は〈エスカレード〉にひたと向けられた。

「車に肢を突っ込んできたりするか？」ブッチは尋ねた。

「その気になればな。ただ、もうそんなに腹は減ってないだろう」

「だといいが……どうすんだよ、デザートは別腹だったら」ブッチはぼやいた。

けものが首をふると、月光に黒いたてがみがひるがえった。ひと声吠えると突っ込んできた。後肢だけで立って走っている。肢が地面を蹴るごとに、地の底から雷鳴と震動が湧《わ》く。

ブッチはドアのロックをもう一度確かめた。意気地なしと嗤《わら》われようが、床に這いつくばったほうがよくはないかと思案する。

怪物はSUVのそばで立ち止まり、腰を落としてうずくまった。すぐそこに迫っている。怪物の吐く息に、ブッチの側の窓が曇《くも》るほどだった。間近に見るとますますおぞましい。細めた白い目、うなり声を発するのど。大きくあけた口にずらりと並ぶ牙は、熱に浮かされた悪夢から迷い出てきたかと思わせる。胸を垂れ落ちる黒い血が原油のようだった。

けものは、筋肉隆々の前肢をふりあげた。

ちくしょう、あの鉤爪《かぎづめ》はまるで短剣だ。フレディ・クルーガー（ホラー映画『エルム街の悪夢』の登場人物。右手に鉤爪状の刃物をつけている）のお楽しみの道具など、あれにくらべたらパイプクリーナーにしか見えない。

しかし、あのなかにはレイジがいるのだ。あのなかのどこかに。

レイジに向かって差し伸べるかのように、ブッチは片手を窓に当てた。

けものは首をかしげ、白い目をぱちくりさせた。ふと大きく息をしたかと思うと、巨大な身体が震えはじめた。耳をつんざく甲高い絶叫がのどから噴き出し、夜の闇が粉々に打ち砕かれる。ふたたびまばゆい白光が閃いた――と思うと、レイジが裸で地面に倒れていた。

ブッチは即座に車のドアをあけ、友人のそばにひざまずいた。

レイジは、草のはえる地面に倒れてぶるぶる震えていた。肌はじっとり湿り、目はぎゅっとつぶっている。なにかつぶやくようにゆっくりと口を動かしていた。顔じゅう黒い血にまみれ、それが髪を濡らし、胸もとにも垂れ落ちている。腹は恐ろしく膨らんでいた。銃弾が当たったらしく、肩には小さな穴があいている。

ブッチは自分の上着をむしりとるように脱ぎ、レイジの肩にかけてやった。かがみ込んで、なにを言っているのか聞きとろうとした。「なんだって？」

「けがさせなかったか……おまえや……Vに……」

「なに言ってんだ、んなわけないだろ」

レイジは少し安心したようだった。「連れて帰ってくれ……頼む……うちに……」

「心配するな、おれたちがちゃんと面倒見てやるから」


Oは空き地をすばやく移動し、身を低くして虐殺の場から逃げ去った。トラックが道路の先、空き地から一キロ半ほどのところに駐めてある。あと三、四分ほどでそこまでたどり着けるだろう。いまのところ、追手の姿はなかった。

光が空き地を貫いた瞬間に、彼は迷わずその場から逃げ出した。あんな閃光が見えたら、ろくなことにならないのはわかりきっている。神経ガスか、なにかの爆発の前触れだろうと思ったそのとき、あの咆哮が聞こえた。肩ごしにふり向いて、ぎょっとして足がすくんだ。得体《えたい》の知れないものが、仲間の〝レッサー〟たちをなぶり殺しにしていた。ハエでもひねりつぶすかのように。

化物だ。いったいどこからあんなものが。

ぼうぜんと眺めていたのはわずかなあいだだった。いままた走りながら、Oはふたたびふり返って、追われていないことを確かめた。後ろに追手の姿はいまもなく、前方にはトラックが見えた。たどり着くなり飛び乗り、エンジンをかけ、アクセルを踏み込んだ。

まっさきにやるべきことは、この現場から逃げることだ。あれほどの大虐殺は人目を惹く。さなかの光景や騒音のせいもあるし、終わったあとの惨状も隠しようがない。情報収集はその次だ。ミスターXは人相が変わるほど怒り狂うだろう。Oの率いる主要部隊は消滅し、Eの制裁を見物しに招《よ》ばれてやって来た〝レッサー〟たちも死んだ。三十分あまりで六人。

しかもちくしょう、これだけ損害をこうむったのに、あの怪物のことはなにもわかっていない。Eの死体を木に吊り下げようとしていたとき、〈エスカレード〉が道路ぎわに停まった。おりてきたのはブロンドの戦士だった。巨体でありながらスピードもあり、どう見ても〈兄弟団〉の戦士だった。もうひとり、こちらも恐ろしいほどの戦士だったが、ほかに人間がいっしょだった。人間が〈兄弟〉ふたりに混じって、いったいなにをしているのか。

戦闘は八分から九分ほど続いた。Oはブロンドに挑みかかり、何度かパンチを食わせたものの、相手は持久力も腕力もまったく落ちる気配がなかった。素手の格闘にどっぷりはまり込んでいたとき、仲間の〝レッサー〟が発砲した。Oはとっさに地面にころがってよけたが、あやうく銃弾を食らうところだった。顔をあげてみると、ヴァンパイアが肩を押さえて後ろざまに倒れようとしていた。

いまだとばかりに飛びかかろうとしたが、先に発砲した〝レッサー〟も、自分でとどめを刺そうとしていた。そのせいで、飛び起きたOの脚にあのまぬけがつまずいて、ふたりはそろって地面に倒れ込んだ。そのとき光がはじけたと思ったら、あの怪物が現われたのだ。まさかと思うが、ブロンドの戦士が変身したのだろうか。もしそうなら、まさにとんでもない秘密兵器だ。

Oはあの戦士の姿を思い描いた。目の色から顔かたち、着ていた服、身のこなしなど、ありとあらゆる特徴を思い起こす。〈ソサエティ〉の尋問のさいに、あのブロンドの戦士の特徴を正確に描写できるようにしておかなくては。捕虜に対して具体的な質問ができれば、適切な答えが返ってくる見込みも高まる。

そしていま、かれらがなにより欲しいのが兄弟たちの情報だった。何十年間も一般のヴァンパイアばかり片づけてきたが、いま〝レッサー〟たちはとくに〈兄弟団〉を狙っている。戦士たちがいなくなれば、ヴァンパイア一族は完全に守りを失う。〝レッサー〟たちはついに、かれらを根絶やしにするという任務を完了することができるのだ。

Oは、地元のレーザータグ（殺傷力のないレーザー光線を発する銃と、レーザー光が当たると反応するセンサーつきベストを使った撃ち合いのこと。〝タグ〟は鬼ごっこの意）場の駐車場にトラックを入れた。今夜の唯一の収穫は、Eを時間をかけてなぶり殺しにしてやれたことだった。あの〝レッサー〟の身体にうっぷんをぶちまけるのは、暑い夏の日に冷えたビールを飲むようだった。身も心も満ち足りて、ほっと力が抜けるような。

ところがそのあとの出来事のせいで、またいらだちがぶり返してきた。

携帯を開き、短縮ダイヤルを押した。どうせ報告するなら、帰ってからとは言わず早いほうがいい。知らせるのを後まわしにしたと思われたら、ミスターXの心証がますます悪くなる。

「まずいことになった」向こうが出ると、彼は言った。

五分後に電話を切り、トラックをまわして、また市の辺鄙《へんぴ》な地域に向かった。

ミスターXが直接話を聞きたいと言ってきたのだ。森のなかにある彼個人のキャビンで。

6

レイジには影しか見えなかった。目の焦点が合わないのか、光を処理できなくなっているのか。能力を失うのがいやで、近くで動いているふたつの大きな影を目で追った。両の脇の下に手が差し込まれたかと思うと、抱えられて立ちあがる格好になり、彼はうめき声をあげた。

「ようしよし、レイジ、すぐにまた寝かしてやるからな、ちょっと我慢してろ」Vの声だった。

痛みの火の玉に全身を貫かれるようだったが、地面から抱えあげられて〈エスカレード〉の後部に運ばれた。座席におろされた。ドアが閉じる。エンジンがかかり、低いうなりが伝わってくる。

寒くて歯の根が合わず、肩に掛けられたものを引き寄せようとした。手が言うことをきかなかったが、おそらくジャケットらしきそれを、だれかが身体にしっかり巻きつけてくれた。

「もうしばらくの辛抱だからな」

ブッチだ。これはブッチの声だ。

返事をしようとしたが、声が出ない。口のなかは耐えがたいほどいやな味がする。

「いいから楽にしてろよ、ハリウッド。大丈夫、Vとおれですぐ連れて帰ってやるからな」

車は動きだしたが、路肩から道路におりでもしたか、がくんとあがってまた落ちた。ついうめき声が漏れる。だらしないとは思うがどうしようもなかった。全身が激しく痛んで、まるで野球のバットでめった打ちにされたようだ。それも、端に鋭い金属のとげ《スパイク》が一本突き出しているバットだ。

そんな骨や肉の痛みも、腹痛にくらべたらものの数ではなかった。早く帰り着かないと、Vの車にへどを吐いてしまいそうだ。帰り着くまで我慢できるかどうかおぼつかない。唾液腺が超過勤務をこなしていて、しょっちゅうつばを飲み込まなくてはならない。そのせいで嘔吐《おうと》反射が起きそうになり、いよいよ胸やけに拍車《はくしゃ》がかかり、それでますます……!

悪循環を断ち切ろうと、鼻からゆっくり呼吸をしてみた。

「ハリウッド、具合はどうだ」

「着いたら……すぐ……シャワー浴びてえ」

「よっしゃ、任せとけ」

いつのまにか気を失っていたらしい。気がついたら車からおろされるところだった。聞き慣れた声。Vとブッチの声だ。それと低いうなるような声。あれはラスにまちがいない。

また意識が遠のいた。次に気がついたときは、背中に冷たいものが当たっていた。

「ちょっと立てるか?」ブッチが尋ねる。

試してみたら、ありがたいことに脚は体重を支えてくれた。それにもう車中ではないから、吐き気も少し収まっていた。

やさしい鐘のような音がしたと思ったら、温かいものが全身に当たりはじめた。

「どうだ、レイジ、熱くないか?」ブッチの声。耳もとで聞こえる。

デカもいっしょにシャワーブースに入っているのだ。トルコ煙草のにおい。Vもバスルームのなかにいるのだろう。

「ハリウッド、どうだ、熱くないか」

「いや」石けんをとろうと手さぐりした。「目が見えん」

「そのほうがいい。男どうしでいっしょに裸のとこなんか、見えたってしょうがないもんな。正直な話、おまえのぶんまでおれがトラウマになりそうだぜ」

レイジはちらと笑みをこぼした。顔や首や胸をタオルでこすられている。ちくしょう、なんて気持ちがいいんだ。頭をのけぞらせて、けものの残した痕跡が、石けんとお湯で洗い流されていく感触を味わった。

シャワーはあっというまに止まってしまった。腰にタオルが巻かれ、べつのタオルで身体を拭かれている。

「横になる前に、なんかしてほしいことはないか?」ブッチが尋ねた。

「アルカセルツァー。棚の」

「V、その薬ちょっと用意してくれ」ブッチの腕がレイジの腰にまわされた。「おれに寄っかかれ。そうそう、その調子——うおっと。このくそ、これから絶食させてやらんといかん」

レイジは、連れていかれるままに大理石の床を歩いた。やがて床がカーペット敷きに変わる。寝室に入ったのだ。

「よしいいぞ、横になれ」

そうだ、ベッドだ。ありがたい。

「よかったな、看護婦さんが来てくれたぞ。ヴィシャスお姉さんだ」

頭が持ちあげられ、口にコップが当てられた。精いっぱい飲めるだけ飲むと、また枕に頭を落とす。遠のいていく意識のなかで、押し殺したブッチの声が聞こえた。

「少なくとも弾丸《たま》はきれいに貫通してる。だけど、ひどく具合が悪そうだ」

Vが低い声で答える。「一日かそこらでよくなるさ。なにがあっても、あいつはすぐに回復するんだ。もっとも、だからきつくないってわけじゃないが」

「そりゃ、あんな化物が出てくりゃ話はちがうさ」

「あれが出てくるのを、あいつはすごくこわがってんだよ」ライターのかすかな音がして、煙草の芳香がまた漂ってくる。「ひとにには見せないようにしてるけどな。あの派手なかっこやなんかでごまかしてる。だが本心じゃ、だれかにけがさせやしないかとびくびくしてるんだ」

「そう言や、もとに戻ったときまっさきに訊いてきたな。おまえやおれにけがはないかって」

レイジはなんとか眠ろうとした。黒い穴に飲み込まれるほうが、仲間たちに憐《あわ》れまれるのを聞いているよりははるかにましだ。

あと九十一年と八カ月と四日。それだけ過ぎれば、やっと自由の身になれる。

メアリは必死で眠ろうとしていた。目を閉じた。深呼吸法とやらを試してみた。足ゆび一本一本に意識を向けて力を抜いていった。知っている電話番号をすべてそらんじてみた。どれも効果がなかった。

仰向けになって、天井を見つめた。すると心に浮かんだのはジョンの顔だった。ありがたい。くよくよ考えたくなりそうな問題はほかにいくらでもあるが、あの少年のことを考えているほうがいい。

二十三歳と聞いて信じられなかった。ただ、考えれば考えるほど、それぐらいかもしれないという気がする。『マトリックス』に夢中なのをべつにすれば、見かけよりずっとおとなびている。老成していると言いたいくらいだ。

そろそろ帰ると彼が言いだしたとき、メアリはどうしてもアパートまで送っていくと言い張った。ベラも同行したいというので、ジョンの自転車を〈シビック〉の後部からはみ出させて、三人でダウンタウンに戻った。あの見すぼらしいアパートの前で少年をおろすのはつらかった。できるものなら、いっしょに連れて帰りたかった。

でも少なくとも、明日の夜にベラの家に行くことには同意してくれた。武術の学校に通えば、将来の展望も少しは開けるかもしれない。あまり友だちは多くなさそうだし、あの少年のために骨を折ってくれるとは、ベラはなんてやさしいのだろう。

ジョンがベラを見たときの表情を思い出して、メアリは思わずにやにやした。美女を前にして、あんなにはにかんじゃって。そんな称賛の目で見られても、ベラはさらりとかわしていた。きっと、あんなふうに見つめられるのに慣れているのだろう。たぶんいつものことだろうから。

しばし、メアリは自分がベラになったと想像してみた。あのみごとな瞳で世界を眺め、あのみごとな脚で歩き、あのみごとな髪を肩に波打たせたらどんなふうだろう。

空想の世界に遊ぶのはよい気分転換になる。ニューヨークシティに行くことにした。すてきなドレスを着て、五番街をさっそうと歩こう。それとも海岸がいいかな。黒のビキニを着けて海を歩く。そうだ、黒のビキニとTバックにしよう。

いや、それはちょっとやりすぎだわ。

それでも、たったいちどでいいから、男性にうっとりと見つめられてみたい。男性の心をとりこにしてみたい。そう、それだ。とりこにしてみたい。どんなにかうれしいだろう――男性の心をとりこにすることができたら。

でも、そんなことは起きっこない。若く美しく、ぴちぴちしていた時期はとっくに過ぎてしまった。というより、そんな時期などなかった。いまの彼女はどこにでもいる三十一歳の女で、しかもガンのおかげでつらい毎日を送っている。

メアリはうめいた。まったく、上等じゃないの。パニックこそ起こしていないが、自己憐《れん》憫《びん》の泥沼にひざまで浸かっている。ぬるぬるとまとわりつく不快な泥沼に。

明かりをつけ、決意も固く雑誌『ヴァニティ・フェア』を手にとった。ドミニク・ダン（セレブ関連の記事を多く発表するジャーナリスト）、**わたしを遠くへ連れていって。**

7

レイジが眠ったあと、ブッチはVと並んで廊下を歩き、ラスの私室の書斎に入った。ふだんブッチは〈兄弟団〉の仕事の話に首を突っ込むことはないが、今夜は帰りに遭遇した出来事をヴィシャスが報告することになっているし、あの木にぶら下がっていた〝レッサー〟を間近に見たのはブッチだけなのだ。

なかに入ったときには、ここのヴェルサイユふうの内装を見ていつも思うことを思った——これはちがうだろう。壁を飾る金の渦巻きとか、天井に描かれた羽根のはえた太った幼児とか、きゃしゃで華麗な家具調度とか。この部屋は、かつらに髪粉をふった昔のフランス人の家のようだ。ごつい大男ぞろいの戦士集団が、作戦会議を開く部屋ではない。

まあ、文句を言ってもしかたがない。〈兄弟団〉がこの屋敷に移ったのは、ここが便利で安全だったからで、きんきらきんの内装が気に入ったからではない。

か細い脚の椅子を引き寄せ、全体重をかけないようにそろそろと腰をおろした。なんとか落ち着いたところで、あいさつがわりにトールメントにうなずきかける。あちらは向かいの絹張りのソファに座っているのだが、そのソファをひとりで完全に占領していた。淡青灰色《パウダーブルー》のクッションに大きな身体が伸び広がっている。軍人のように短く切った黒髪、盛りあがった肩は恐ろしげだが、濃青色の目を見るとまるで印象がちがう。

戦士らしいいかつい風貌はしていても、トールはほんとうは好人物だった。それに驚くほど心が温かくて、不死のゾンビを退治してまわるのが仕事とは信じられないほどだ。二カ月前にラスが玉座に登ってからは、〈兄弟団〉の正式な指揮官になった。そしてまた、この屋敷に寝起きしていない唯一の戦士でもある。トールの〝ジェラシー〟のウェルシーはいま最初の子を妊娠中で、ここに越してくるのを渋ったのだ。なにしろ独身男の巣なのだから、それも無理はない。

「帰り道でお楽しみだったんだってな」トールがヴィシャスに向かって言った。

「ああ、レイジが本気で大暴れしちまって」Vは答えながら、ホームバーのウォトカをひと口ついだ。

次にフュアリーが入ってきて、こちらに軽くうなずきかけてきた。ブッチはこの戦士を大いに好ましいと思っているが、もっともふたりにあまり共通点はなかった。まあ、服に凝《こ》るたちなのは似ているが、その点でもかなりちがっている。ブッチの衣装道楽は、安普請《やすぶしん》の家を新しいペンキで塗り立てるようなものだ。だがフュアリーの趣味と男性的な品のよさは、生まれつき身にそなわったものだった。敵にまわすとこわい男なのはたしかだが、都会的な垢《あか》抜けた雰囲気の持主でもあった。

洗練された紳士という印象は、しゃれた服のせいばかりではない——いまのいまも、黒のカシミヤセーターに、上等の綾織《ツイル》のスラックスという姿ではあるが。なにしろ、めったにお目にかかれないほどみごとな髪をしているのだ。ブロンドと赤とブラウンの三色に波打つ長く豊かな髪は、女の髪としても並はずれて美しい。それに加えて、あの不思議な黄色の目。これがまた、陽光を浴びる黄金のように明るく輝いているのだ。

どうして禁欲などしているのか、さっぱり理解できない。

フュアリーはバーに歩いていき、自分でグラスにポートワインを注いだ。ほとんど目立たないものの、片脚を引きずっている。聞いたところでは、あるとき膝から下を失ったらしい。いまは義肢をつけているが、そのために戦場で動きが鈍《にぶ》ることはまるでないようだ。

まただれかが入ってくる気配がして、ブッチはそちらに目をやった。

フュアリーの双子の片割れも、あいにく時間どおりに顔を出すことにしたようだ。とはいえ、少なくともザディストは奥のすみに陣取って、ほかの面々からは離れて立っている。ありがたい。あの悪党がそばにいると、ブッチはどうも落ち着かないのだ。

顔の傷痕と黒く光る目は、Zの不気味さのほんの一端でしかない。ぎりぎりまで刈り込んだ髪、首と手首に輪のように入れた刺青、それにピアス。威嚇《いかく》を絵に描いたような外見に加えて、その印象を強めているのが高純度《ハイオク》の憎悪《ぞうお》だった。警察の隠語で言えば、まさしく〝三拍子そろった〟男だ。冷酷無比、ヘビのように陰険、しかもなにをするかまったく予想がつかない。

話によると、ザディストは生まれてまもなく誘拐され、売り飛ばされてなにかの奴隷にされたらしい。百年ばかり監禁されていて、そのあいだに人間らしさ――いや、ヴァンパイアらしさか――を根こそぎ奪い去られた。いまの彼は、傷だらけの皮膚をかぶった黒い憎悪でしかない。わが身をかわいいと思うなら、近づかないのがいちばんだ。

外の廊下から重い足音が響いてきた。兄弟たちが口をつぐんでまもなく、戸口をふさぐようにしてラスが現われた。

ラスは見あげる巨体、黒髪に酷薄な口もとをした男で、その姿は悪夢からさまよい出てきたかと思わせる。黒いラップアラウンドのサングラスをいつもかけていて、全身をレザーで包み、おそらくこの世でいちばんちょっかいを出したくない相手だろう。

それでいて、いざというとき頼れるやつと言われて、ブッチがまっさきに名をあげるのもこの巨漢だった。ブッチとラスが固いきずなで結ばれたのは、ラスが〝レッサー〟から妻を取り戻そうとして撃たれた夜だった。ブッチがそのとき救援に駆けつけたから、つまりはそういうことだ。以来、ふたりは固く信頼しあっている。

ラスは、全世界の所有者のように部屋に入ってきた。皇帝にもふさわしい風格の持主だが、実際そのとおりなのだからそれも不思議はない。盲目の王。この地球最後の純血のヴァンパイア。一族の支配者。

ラスはブッチのほうに顔を向けた。「今夜はレイジが世話になったな。礼を言う」

「立場が逆なら、あいつも同じことをしてくれるよ」

「それはそうだろうな」ラスはデスクの奥にまわり、腰をおろして胸の前で腕組みをした。「今夜集まってもらったのはこういうわけだ。さっき、ハヴァーズが外傷患者を診《み》たそうだ。一般の男だが、めった打ちにされて、ほとんど意識不明の状態だった。こと切れる前に、〝レッサー〟にやられたとハヴァーズに話したらしい。〈兄弟団〉のことを訊かれたそうだ。どこに住んでいるかとか、なにか知らないかとか」

「またたな」トールがぽつりと言った。

「そうだ。たぶん〈殲滅協会《レスニング・ソサエティ》〉は戦略を変えてきてるんだと思う。その男が連れていかれたのは、手荒な尋問をするために用意した場所だったそうだ。惜しいことに、それがどこにあったか話す前に息を引きとった」ラスは突き刺すような目をヴィシャスに向けた。「V、その一般市民の家を訪ねて、報復はかならず果たすと家族に伝えてきてくれ。フュアリー、ハヴァーズの病院へ行って、その男といちばん長く話をした看護師に会ってきてくれ。どこへ連れていかれたのか、どうやって脱出してきたのか、そのあたりをくわしく訊けばなにか出てくるかもしれん。あの外道《げどう》どもに、おれの臣民を爪とぎがわりに使わせるわけにはいかん」

「あいつら、仲間うちでも爪とぎやってるぜ」Vが言葉をはさんだ。「帰る途中で、〝レッサー〟が木から吊るされてるのを見たんだ。お仲間に囲まれてた」

「なにをやられてたんだ」

ブッチは口を開いた。「いろいろな。もう息をしてなかったが、そのあともやられてた。あいつら、仲間どうしでしょっちゅう殺しあいをしてるのか」

「いや、そんなことはない」

「だとしたら、こりゃえらい偶然じゃないか。一般市民が今夜、拷問場所から逃げ出した。そしたら針山みたいにされた〝レッサー〟が現われた」

「デカ、おれもそう思う」ラスはVに顔を向けた。「その〝レッサー〟どもから、なにか情報は手に入ったか。それともレイジがきれいに大掃除をしてくれたか」

Vは首をふった。「なにも残ってなかった」

「いや、ちょっと待った」ブッチはポケットに手を入れて、木に吊るされていた〝レッサー〟の札入れを引っぱり出した。「やられてたやつのをとってきたんだ」なかをあらためて、運転免許証を見つけた。「ゲイリー・エッセン。あれ、この住所、おれが前に住んでたマンションじゃないか。となりはなにをする人ぞとはよく言ったもんだな」

「そのマンションはおれが捜索する」トールが言った。

ブッチが札入れを投げ渡すと、兄弟たちは部屋を出ようと立ちあがった。だれも外へ出ないうちに、トールが口を開いた。「もうひとつ話があるんだ。さっき電話があった。一般の女性からで、一族の子供がひとりではぐれてるのを見つけたそうだ。しかも名前がテラーだ。明日の夜、訓練センターに連れてくるように言っておいた」

「それは捨てておけんな」ラスが言った。

「口がきけないらしくて、通訳もついてくる。ちなみにその通訳は人間だ」トールはブッチに笑顔を向けて、〝レッサー〟の札入れをレザーパンツの尻ポケットに入れた。「だが心配は要らん。記憶は消してしまうから」

キャビンの正面のドアをあけたとき、ミスターOの態度を見てもミスターXの気分は少しも晴れなかった。ドアの外に立つ〝レッサー〟は、まゆひとつ動かさず平然と視線を合わせてくる。謙虚さは少しは身に着いたかもしれないが、弱さとか従順と呼べそうなところは少しもない。いまはまだ。

ミスターXは、なかに入れと身ぶりでうながした。「いいか、さっき聞かされた失敗の告白とやらを、わたしが真に受けるなどと思うな。きみを信用したのがまちがいだった。なぜ自分の部隊を皆殺しにしたのか、説明する気はあるのか」

ミスターOはくるりとふり向いた。「なんだって？」

「しらを切るのはよせ。ずうずうしいやつだ」ミスターXはドアを閉じた。

「おれが殺したんじゃない」

「怪物がやったというのか。ミスターO、ばかも休み休み言え。せめてもう少し気の利《き》いたことは言えなかったのか。〈兄弟団〉のせいにするほうがまだしもだ。それなら少しは説得力があったろうに」

ミスターXはキャビンの主室の奥へ歩いていった。しばらく無言のまま、この手下に態度を改めて反省する時間を与えてやった。ラップトップをいじり、自分の住居を眺めた。質素な造りで、家具もほとんどない。敷地は七十五エーカー（約三十万平方メートル）もあって緩衝《かんしょう》地帯としてじゅうぶんだ。トイレは壊れているが、〝レッサー〟は飲み食いをしないからその手の設備は必要ない。とはいえ、シャワーはちゃんと使える。

しかし、次の新規勧誘センターが見つかるまでは、この貧弱な住居が〈ソサエティ〉の本部なのだ。

「おれはこの目で見たとおり話したまでだ」ミスターOが張りつめた声で沈黙を破った。

「嘘をつく理由がない」

「理由はどうでもいい」ミスターXは、なに食わぬ顔で寝室に通じるドアをあけた。蝶番《ちょうつがい》がきしむ。「先に言っておくが、きみがここに車で向かっているあいだに、現場に部隊を送っておいた。その報告によると、死体はまったく残っていなかった。胸を突き刺してあの世に送り込んだんだな。たしかに激しい戦闘のあとがあって、おびただしい血が流れていたそうだ。きみの部隊の戦いぶりは想像がつく。それに勝利を収めるとは、じつに見あげたものだ」

「もしそれほど激しい戦闘で皆殺しにしたのなら、おれの服は血まみれになってるはずじゃないか」

「ここに来る前に着替えたんだろう。きみは阿呆ではない」ミスターXは寝室の戸口の前に立った。「ミスターO、これで問題はけっきりしただろう。きみは厄介者だ。いま考えなくてはならないのは、こんな重大な罪を犯したきみを、このさき生かしておく価値があるのかということだ。きみが皆殺しにしたのは主力部隊だ。歴戦の〝レッサー〟だ。どれだけの時間が――」

「殺したのはおれじゃ――」

ミスターXはすっと二歩前に出て、この手下のあごに一発食らわせた。ミスターOが床に倒れる。

ミスターXは、ミスターOの横顔をブーツで踏みつけ、動きを封じた。「いい加減にしろ。わたしが言おうとしていたのは、主力部隊をひとつ育てるのにどれだけ時間がかかるかわかってるのか、ということだ。何十年、何百年だぞ。うち三人をきみはひと晩で片づけてしまった。これで合計四人だ、わたしの許可なく切り殺したミスターMも入れてな。そのうえ、今夜は補助部隊まで殺してくれた」

ミスターOは怒り狂い、〈ティンバーランド〉の靴底の下からにらみつけてくる。ミスターXが足に体重をかけると、険悪に細めていた目が大きく広がった。

「それでだ、くりかえすが、わたしとしては考えなくてはならないわけだ。きみにそれだけの価値があるのか。きみは〈ソサエティ〉に入ってまだたった三年だ。戦闘はうまいし手ぎわもいいが、まったく抑えがきかないのはよくわかった。きみに主力部隊を任せたのは、かれらの能力に合わせて自分を抑えることを憶えてくれると思ったからだ。ところが、きみは仲間を皆殺しにした」

頭に血がのぼってきたが、怒りは指揮官にふさわしくないと自分に言い聞かせた。落ち着け、冷静に威圧するのが成功の鍵だ。深く息を吸ってから、先を続けた。

「今夜、きみは〈ソサエティ〉最高の資源を損なった。ミスターO、こういうことはやめてもらう。たったいまからな」

ミスターXが足をあげると、ミスターOははじかれたように床から飛びあがった。

そして口を開こうとしかけたとき、夜気のあいだを縫うように、耳障《ざわ》りなブーンという奇妙な音が響いてきた。ミスターOが音のほうに目を向ける。

ミスターXはにっと笑って、「それじゃ、よかったら寝室に入ってもらおうか」

ミスターOは腰を落として身構えた。「なんの音だ」

「そろそろ、少しは態度を改めてもらおうと思ってね。多少の罰も必要だしな。さあ、寝室に入るんだ」

音はいよいよ高まり、いまでは耳に聞こえる音というより、空気の震動に近くなっていた。

ミスターOが怒鳴った。「嘘はついてない」

「寝室に入れ。おしゃべりの時間は終わりだ」ミスターXは、震動音のしてくるほうを肩ごしにふり向いた。「まったく、しかたがない」

ミスターOの大筋群の動きを封じ、手荒く寝室に引きずっていくと、ベッドに押し飛ばした。

キャビン正面入口のドアが、吹っ飛ぶほどの勢いで大きく開いた。

ミスターOの目が飛び出しそうになる。〈オメガ〉の姿を認めたのだ。「そんな……それは……それだけは……」

ミスターXは、ミスターOのジャケットとシャツをなでつけ、服装の乱れを直した。ついでに濃褐色の髪をきれいになでつけ、子供にするようにひたいにキスをしてやった。

「では、わたしはこれで」ミスターXは押し殺した声で言った。「あとはふたりでどうぞ」

ミスターXはキャビンの裏口のドアから外へ出た。車に乗り込むのとほとんど同時に、悲鳴が聞こえはじめた。

8

「ああベラ、お迎えが来たみたいよ」メアリはあげていたカーテンをおろした。「でもひょっとしたら、第三世界の独裁者がコールドウェルで道に迷ったのかも」

ジョンが窓に近づいてきて、手話を使いだした。**すごい、あの〈メルセデス〉を見てよ。あの黒い窓、防弾ガラスじゃないかな。**

三人はベラの家を出て、〈メルセデス〉のセダンに近づいていった。黒いお仕着せ姿の小柄な老人が、運転席の側からおりてきた。三人を出迎えにこちらにまわってくるのを見ると、車に似合わぬ愛嬌《あいきょう》のある人物で、満面に笑みを浮かべていた。顔の皮膚はたるみ、耳たぶは長く、あごの肉も垂れ下がって、まるでいまにもとろけそうだ。しかし、いかにも幸福そうな晴れやかな表情を見るかぎり、年をとるのはそう悪いことでもなさそうだった。

「フリッツと申します」老人は言って、深々とお辞儀をした。「お迎えにあがりました」

老人が後部座席のドアをあけると、ベラが最初に乗り込んだ。ジョンがそれに続く。最後にメアリが座席の背もたれに身体を預けるのを待って、フリッツはドアを閉じた。やがて車は走りだした。

すべるように走る〈メルセデス〉のなかから、メアリは外のようすを確認しようとした。

しかし、窓ガラスが暗すぎる。どうやら北に向かっているようだが、はっきりしたことはわからない。

「ベラ、その人たちのいるところってどこなの？」メアリは尋ねた。

「そんなに遠くないわ」と言う口調はしかし、あまり自信ありげではない。そもそも今夜のベラは、メアリとジョンの顔を見たときからずっとそわそわしていた。

「この車がどこに向かってるのか知ってるの」

「あら、もちろんよ」ベラは笑みを浮かべてジョンに目を向けた。「いままで会ったこともないような、すごい人たちに会いに行くのよ」

いやな予感が胸のなかをうろうろ行ったり来たりして、足もと注意の危険信号をあの手この手で送ってくる。こんなことなら自分の車で来ればよかった。

二十分後、〈メルセデス〉は速度を落とし、やがて停まった。じりじりと進み、また停まる。これが一定の間隔を置いて何度かくりかえされた。と、フリッツが運転席の窓をおろして、インターホンかなにかに向かってしゃべっている。そこからさらに進んで、やがてまた停まった。今度はエンジンも切られる。

メアリはドアに手を伸ばしたが、ロックされていた。

『**アメリカの最重要指名手配犯**《アメリカズ・モスト・ウォンテッド》（一九九一年に始まったアメリカの長寿テレビ番組。FBIの最重要指名手配犯上位十人を紹介し、犯人逮捕への協力を呼びかける）』**に出られそうだわ。**暴力犯罪の被害者として、自分たちの顔写真がテレビに映るのが目に見えるようだった。

しかし、運転していた老人がすぐにドアをあけてくれた。その顔の笑みは、最初に見たときのままだ。「どうぞ、ご案内いたします」

車をおりると、メアリはあたりを見まわした。どこかの地下駐車場のようだが、ほかにはほとんど車は駐まっていなかった。ただ、空港内を走っているような小型バスが二台見えるだけだ。

三人はフリッツのあとにぴったりくっついて歩いた。分厚い金属の両開き扉を抜けると、蛍光灯に照らされた廊下に出る。まるで迷路さながらだったが、幸い老人は道順を飲み込んでいるようだ。廊下は四方八方に枝分かれして、規則性などありそうにない。人を迷わせて逃げられないようにするために、わざとこうしてあるのかと思うほどだった。

とはいえ、迷い込んだ者の居場所は、つねにだれかに知られているようだ。十メートルほどの間隔を置いて、天井にポッドがはめ込んである。ショッピングセンターで同じものを見たことがあるし、病院にもつけてある――監視カメラだ。

しまいに案内されたのは狭い部屋で、両面鏡と金属のテーブル、それにパイプ椅子が五脚あるだけ。ドアと向かいあう壁のすみに、小さなカメラが取り付けてある。警察の取調室にそっくりだ。というか、『ＮＹＰＤブルー（ニューヨーク市警を舞台にしたアメリカの刑事ドラマ）』のセットを信じるとすれば、取調室というのはきっとこういう部屋のはずだ。

「長くはお待たせいたしません」フリッツは言って、軽く頭を下げた。彼が腰をかがめて出ていくと、ドアは自然に閉まった。

ドアに近づいていって把手《とって》をまわしてみたら、あっさり開いたのでメアリは驚いた。だが考えてみれば、ここの管理をしている側は、訪問者を見失う心配などしなくてよいはずだ。

ベラに目を向けて、「説明してくれない？　ここはどういう場所なの」

「施設よ」

「施設って」

「つまり、トレーニングの施設よ」

ふーん、でもどんなトレーニングなんだか。「あなたのお知りあいって、政府の関係者かなにかなの？」

「まあ、まさか。とんでもない」

ジョンが手話で語りかけてきた。**ここは武術の学校には見えないね。**

まったくそのとおりだ。

「なんて言ってるの？」ベラが尋ねる。

「ジョンも不思議がってるのよ」

メアリはまた向きなおり、少しドアをあけて、廊下に首だけ出してみた。規則的な音が聞こえてくる。興味を惹かれて部屋を出たが、ドアのそばは離れなかった。

足音だ。歩いてくる、というか、足を引きずってるみたい。いったい――

長身のブロンドの男だった。黒のそでなしTシャツにレザーパンツという姿で、よろめくようにかどをまわってくる。ふらふらしている。裸足で、片手を壁に当てて、目は足もとに向けていた。床をじっと見つめているのは、距離をつかんでいないと、バランスを崩しそうになるからだろうか。

酔っているのか、具合が悪いのかしら。でも……信じられない、すごい美形。目がくらみそうな美貌に、何度かまばたきをせずにいられないほどだった。完璧に張り出したあご、豊かな唇、高い頬骨、広いひたい、髪は豊かに波打ち、前髪は明るめ、短く切った後ろの髪は暗めのブロンド。

身体つきも、目鼻だちに負けず劣らずみごとだった。がっしりした骨格、発達した筋肉、贅肉《ぜいにく》などどこにもない。蛍光灯の下で見ても、肌は金色に輝いている。

ふいに男は顔をあげてこちらを見た。碧《みどり》を帯びた冴えた青い目。明るく生き生きと輝いて、まるでネオンのようだ。しかしその目は、彼女の身体を突き抜けて向こうを見ているようだった。

とりあえずあとじさりながら、無反応なのは当然だとメアリは思った。ああいう男性から見れば、わたしみたいな女はいないのと同じなのだ。それが自然の摂理というものだ。

部屋に戻ったほうがいい。見つめていてもしかたがない。向こうはこちらに気づきもせず、通り過ぎていくだけなのに。ただ……彼が近づいてくるにつれて、いよいよ頭がぼうっとしてくる。身体が言うことをきこうとしない。

まあ、ほんとうに、なんて……なんて美しい。

レイジは、最悪の気分で廊下をよろよろ歩いていた。あのけものが出てくると、視力は休暇に出かけてしまう。そしてそのたびに、ぐずぐず遊んでいてなかなか帰ってきたがらない。身体のほうも働きたがらないのは同様で、脚も腕も重りのように胴からぶら下がっている。まったく使えないわけではないが、それにかなり近い。

胃袋もまだ休暇中だ。食べもののことを考えただけで吐き気がする。

しかし、部屋でだらだらしているのはもううんざりだった。十二時間も寝っころがっていればたくさんだ。訓練センターのジムに行って、リカンベント・バイク(背もたれつきの自転車。仰向けに近い姿勢でこぐ)に乗ってこよう。少し身体をほぐせば——

はっとして足を止めた。よく見えないが、この廊下にはまちがいなくだれかがいる。そのだれかは彼の左側、すぐ近くに立っている。よそ者だ。

くるりと向きを変えて、そのだれかをドアのそばから引きはがした。のどをつかみ、反対側の壁に押しつける。そこでやっと、相手が女だと気がついた。甲高いあえぎに罪の意識を覚え、あわてて手をゆるめたが、放しはしなかった。

手のひらに触れる細い首は温かく、やわらかかった。脈が躍《おど》っていて、心臓から血管へ血液が駆けあがってくるのを感じる。身をかがめ、鼻から息を吸い込んだ。ぎょっとしてすぐに身を起こした。

なんてことだ、人間じゃないか。しかも重い病気にかかっている。死病かもしれない。

「おまえはだれだ」彼は詰問した。「どうやって入ってきた?」

答えはなく、せわしない呼吸の音しかしない。女はおびえきっていて、その恐怖のにおいが薪《まき》の煙のように鼻孔を打つ。

口調を少しやわらげた。「痛い目にあわせるつもりはない。だが、きみはここの者じゃないだろう。だからだれだと訊いてるんだ」

手の下で女ののどが動いて、つばを呑んだのがわかった。「わたし……わたし、あの、メアリっていって、友だちに連れてきてもらったんです」

レイジは息が止まった。心臓の鼓動も一拍飛んで、そのあとゆっくり動きだした。

「もういっぺん言ってくれ」ささやくように言った。

「あの、わたし、メアリ・ルースっていう、ベラの友だちで……男の子といっしょに来たんです。ジョン・マシューっていう子。招《よ》ばれて来たんです」

レイジは身震いした。全身の皮膚から、かぐわしいなにかがどっと噴き出してくる。音楽的な女の声、歌うようなリズム、言葉の響き、それが胸いっぱいに広がり、神経を鎮《しず》め、心を慰める。

目を閉じた。甘い鎖でがんじがらめにされる。「もっとしゃべってくれ」

「えっ？」女は面食らったように訊き返してきた。

「話してくれ。なにか話してくれ。もっと声が聞きたい」

女は黙っている。話してくれと重ねて言おうとしたとき、やっと口を開いた。「あの、なんだか具合が悪そうですけど……病院に行かなくてもいいんですか」

気がつくと身体が揺れていた。内容はどうでもいい。重要なのは声だ。低く、やわらかく、耳をそっとなぶっていく。皮膚の内側から愛撫されているようだ。

「もっと」と、手のひらを女の首の正面側に当てて、のどの振動をもっとよく感じようとした。

「あの……よかったら放してもらえません？」

「だめだ」もういっぽうの腕をあげた。女はフリースのようなものを着ている。えりのなかに手を入れて、逃げられないように肩を押さえた。「もっと話してくれ」

女は身をよじりはじめた。「ちょっとしつこいですよ」

「わかってる。いいから話してくれ」

「そんなこと言ったって……なにを言えばいいの？」

いらいらしていても、女の声は美しかった。「なんでもいい」

「いいわ。その手をのどから放して、すぐにどいてちょうだい。でないと痛いところにひざ蹴りを入れてやるから」

彼は笑った。それから下半身を女に押し当て、太腿と腰でがっちり押さえつけた。女は身を固くしたが、それでもかなりのことが感じとれる。ほっそりしてはいるものの、まちがいなく女性らしい身体つきだった。胸板に当たる乳房、こちらの圧迫を受け止める弾力のある腰。やわらかい腹部。

「もっとしゃべってくれ」耳もとでささやいた。ちくしょう、いいにおいだ。清潔でさわやかで、レモンのような。

女が押し返そうとしてきたので、逆に全体重をのせて押さえつけた。女ののどから息が噴き出してくる。

「頼むよ」彼はつぶやいた。

胸の下で、女の胸が動くのがわかる。息を吸ったのだろう。「わたし……でも、なんにも言うことなんかないわ。放してって言いたいだけだもの」

彼はにやりとしたが、歯は見せないように気をつけた。牙を見せびらかしてもしかたがない。とくに、この女はこちらが何者か知らないだろうから。

「じゃあ、そう言ってくれ」

「え?」

「なんにも言うことなんかないと言ってくれ。何度でも何度でも。頼むよ」

女はむっとしていた。恐怖のにおいにかわって、きついスパイスの香りが立ちのぼる。庭で摘《つ》んだばかりのつんとするミントの香り。腹を立てている。

「言ってくれよ」女の声の効果を、もっと確かめずには気がすまない。

「わかったわよ。なんにも言うことなんかない。なんにもない。なんにも」ふいに女は笑いだした。その響きが背筋を貫き、身内に火をつけた。「なんにもない。なんにも。なーんにも。なーんにもない。ねえ、もういいでしょう。そろそろ放してくれない?」

「いやだ」

女はまたもがきだし、そのせいでふたりの肉体と肉体が甘くこすれあった。そしてその瞬間、女の不安といらだちが熱いものに変化したのがわかった。女の昂《たかぶ》りのにおい、その快く甘い香りを嗅いだとたん、彼のほうもその求めにたちまち反応していた。

ダイヤモンドそこのけに固くなる。

「メアリ、なにか言ってくれ」腰に押し当てた腰でゆっくりと円を描き、固く起きあがったものを彼女の腹にこすりつけると、彼はいよいようずき、彼女はいよいよ熱くなる。

やがて、彼女の身体から力が抜け、胸板や固く怒張《どちょう》したものに当たる手ごたえがやわらいだ。こぶしをにぎっていた手がほどけて彼の腰に触れ、なぜこんなことをするのかわからないというように、そろそろと背中のくびれのあたりにすべっていく。

それでいい、もっとせかすように、彼はさらにおおいかぶさっていった。手のひらで背筋をなぞるようになであげられると、のどの奥から低くうなり声を漏らしながら、頭をいよいよ下げて、耳を彼女の口もとに寄せた。なにかひとこと言ってもらいたかった。なんでもいい。「芳香」でも「ささやき」でも「イチゴ」でもいい。

そうだ、「国教廃止条例反対論(antidisestablishmentarianism、自然な英語としてもっとも字数の多い単語とされる)」ならうってつけだ。

女がもたらした効果は麻薬さながらだった。情欲と深い安心感がひとつになった不思議な感覚。絶頂に昇りつめるのと同時に、安らかな眠りに沈んでいくような。こんな感覚は初めてだった。

冷水を浴びせられたように、全身がざっと冷えた。

ヴィシャスに言われたことを思い出し、はっと顔をあげる。

「きみはヴァージンか？」詰問調になっていた。

セメントが固まるように、女はまた身を固くした。力いっぱい押しのけようとしてきたが、彼の身体はびくともしない。

「失礼な人ね。なんてことを訊くのよ」

不安に駆られて、女の肩をつかむ手に力が入った。「これまでに男に抱かれたことは？質問に答えろ」

女の美しい声が、恐怖にうわずった。「ええ。ええ、あるわ……男の人とつきあってたわ」

がっかりして手の力が抜けたが、すぐに安堵《あんど》感が押し寄せてきた。

いろいろ考えてみると、この十分以内にどうしても運命の相手に出会いたいわけではない。それに、たとえ運命の相手でないとしても、この人間の女はふつうとちがう……特別なものを持っている。

それをぜひ自分のものにしたい。

のどをつかむ手の力がゆるむと、メアリは深く息を吸った。

夢を見るときは気をつけなくちゃ。昨夜《ゆうべ》、男の人の心をとりこにしてみたいと夢見たのを思い出す。

でも、予想していたのはこんな経験ではない。あまりにもちがう。彼女はすっかり圧倒されていた——押しつぶされそうな男性の肉体に。彼からふつふつと噴き出すセックスの予感に。そしてこの恐ろしい腕力に。その気になれば、男はまた首を締めあげて、やすやすと彼女の息の根を止めてしまうだろう。

「どこに住んでるの」男は言った。

答えないでいると、彼は腰をくねらせ、あの大きく固いものを彼女の腹部に押しつけ、円を描くように動かしてきた。

メアリは目を閉じた。想像すまいとしても、なかでこんなふうに動かれたらどんな感じだろう、と思わずにいられない。

男は頭を下げてきて、首を唇がかすめた。鼻をこすりつけるようにして、「教えろよ。どこ？」

やわらかく濡れたものに愛撫されている。舌だ。のどを舌でなめあげている。「いつかは教える気になる」彼はつぶやいた。「でもあわてることはない。いまはそんなに急いでないから」

男の腰が離れたと思ったら、今度は脚のあいだに腿を押し込まれて、それが彼女の花芯をかすめた。首の付け根に当てられた手が、胸骨をなぞるようにおりてきて、乳房のあいだで止まる。

「メアリ、心臓がどきどきしてるよ」

「そ——それは、こわいからよ」

「こわいだけじゃないだろ。自分の手がいまなにをしてるかわかってないのか」

しまった。いつのまにか、手を男の上腕に当てている——どころか、つかんでこちらに引き寄せていた。爪を皮膚に食い込ませて。

あわててその手を放すと、男はまゆをひそめた。「そのままでよかったのに。なんで放すんだよ」

背後でドアが開いた。

「メアリ、どうし——まあ……まあ——」ベラの声がしりすぼみに途切《とぎ》れた。

メアリが落胆《らくたん》を待ち受けているのをよそに、男は上体をひねってベラに目を向けた。目を細め、視線を上下に走らせたが、すぐにその目をメアリのほうに戻してきた。

「友だちが心配してるぞ」男はささやくように言った。「心配しなくていいって言ってやったら」

メアリは身をふりほどこうとした。とくに意外とは思わなかったが、その突然の抵抗もあっさり押さえ込まれた。

「いい考えがあるわ」彼女は小声で言った。「あなたがわたしを放してくれれば、心配要らないなんて言う必要はなくなるでしょ」

事務的な男性の声が廊下に響いた。「レイジ、その女性はおまえのお遊びの相手をしに来てるんじゃない。それにここは〈ワン・アイ〉じゃないんだ。廊下でセックスなんかするな」

メアリはそちらに顔を向けようとしたが、乳房のあいだに置かれていた手が、のどを伝ってあがってきてあご先をつかんだ。碧を帯びた青い目が、こちらの目をのぞき込んでくる。

「邪魔は無視すればいい。きみもそうしてくれれば、おれたちふたりきりだ」

「レイジ、彼女を放せ」とがった言葉のやりとりが始まったが、外国語らしくてなにを言っているのかわからない。

激した口論が続くあいだも、ブロンド男の明るく輝く目は彼女の目を離れず、親指はやさしく彼女のあごをなぞっている。そのしぐさはゆったりとしてやさしかったが、あとから来た男に言い返す声は固く激しく、その肉体と同じく力に満ちていた。また言葉の奔流《ほんりゅう》が始まったが、今度はさっきより穏やかだった。向こうの男が戦術を変えて、なだめすかしにかかったらしい。

ふいにブロンド男は手を放し、一歩後ろにさがった。温かい肉体のずっしりした重みが消え、その突然の変化に不思議なショックを覚えた。

「またな、メアリ」人さし指で彼女の頰をなでて、男はこちらに背を向けた。

膝ががくがくして、メアリは壁にぐったりと寄りかかった。男はよろめきながら遠ざかっていく。バランスをとるかのように片腕を広げていた。

そうだった。なすがままにされていたときは忘れていたが、具合が悪そうだと思っていたのだ。

「少年はどこにいる？」あとから来た男性の尋ねる声がした。

メアリは左手に目をやった。大男だった。黒いレザーの上下、軍人ふうの髪形、鋭い濃青色の目。

軍人だ。そう思ったらなぜか安心した。

「少年は？」男が重ねて尋ねる。

「ジョンはなかです」ベラが答えた。

「じゃあ、始めようか」

男はドアをあけ、そのドアに身体を預けた。メアリとベラはしかたなく、男の前をすり抜けてなかに入った。そのあいだも男はふたりに目もくれず、ただジョンを見つめていた。ジョンもまっすぐ軍人を見返している。値踏みするように目を細くしていた。

全員がテーブルを前にして腰をおろすと、男はベラにうなずきかけ、「電話をくれたのはあなただな」

「そうです。こちらがメアリ・ルース、こちらがジョンです。ジョン・マシュー」

「わたしはトールメント」彼はまたジョンに向きなおった。「よろしくな」

ジョンが手話で答え、メアリはひとつ咳払いをして、通訳した。「その、『こちらこそ、初めまして』と言ってます」

男は少し微笑《ほほえ》んで、ベラに目をやった。「廊下で待っていてくれないか。この少年と話がすんだら、あなたの話を聞くから」

ベラはためらった。

「すまないが、これは命令だ」彼は穏やかな声で言った。

ベラが出ていくと、男は椅子をジョンのほうへ向け、背もたれに寄りかかり、長い脚を伸ばした。「それで、きみはどこで育ったんだ?」

ジョンが手を動かすのに合わせて、メアリは言った。「この市内です。最初は孤児院で、そのあとは二、三の養親のところで」

「じつのご両親のことは、なにもわからないのか」

ジョンはうなずいた。

「ベラの話では、模様の入ったブレスレットを持っているそうだね。見せてもらえるかな」

ジョンはそでをまくって、腕を伸ばした。男の手が少年の手首を包み込む。

「よくできてるな。自分で作ったのか」

ジョンはうなずいた。

「それで、この模様はどこから思いついた?」

ジョンは軍人の手から手を抜いて、手話で答えはじめた。それが終わると、メアリは言った。「夢に見るんですって」

「夢に？　よかったらどんな夢か教えてくれないか」男はまたさっきのくつろいだ姿勢に戻ったが、目は鋭く光っている。

武術の訓練なんて、大嘘だわ。カラテのレッスンなど関係ない。これは尋問ではないか。ジョンはためらっている。メアリはそれを見て、いますぐ少年の手をつかんで部屋を出ていこうかと思った。しかし、ジョンはそれに従わないだろうという気がする。この男にすっかり心を奪われている。まわりがなにも見えないくらいに。

「心配しなくていい。どんな話でも笑ったりしないから」

ジョンは両手をあげ、メアリはその手を見ながら話しはじめた。

「その……暗い場所にいるんですって。祭壇の前にひざまずいてるんだけど、その向こうの壁に、黒い石に何百行って文字が書かれていて――ジョン、もう少しゆっくりやって。そんなに速いと通訳が追いつかないわ」メアリは少年の手を一心に見つめた。「その夢ではいつもその壁に近づいていって、こういう模様の書いてあるところに手を触れるんですって」

男はまゆをひそめた。

ジョンが恥ずかしそうに顔を伏せると、軍人は言った。「心配するな、なにも恥ずかしいことじゃない。ほかには不思議に思うようなことはないかな。ふつうとちがうんじゃないかと思うような」

メアリは椅子の上でもぞもぞした。ことのなりゆきに不安がつのってくる。ジョンはどんな質問にも答える気でいるようだが、でもこの男が何者なのかもわからないのに。それにベラも、紹介はしてくれたものの、見るからに不安そうな顔をしていた。

メアリはジョンに手話で注意しようと両手を構えたが、それより早く少年はシャツのボタンをはずしはじめた。片方を開いたとき、左胸の上の丸い傷痕がちらと見えた。

男は身を乗り出し、その傷痕をじっくりと眺め、また身を起こした。「どこでつけられた？」

少年の両手が身体の正面で飛ぶように動く。

「生まれつきついてたと言ってます」

「ほかには？」男が尋ねた。

ジョンはメアリに目を向けた。深呼吸をすると、また手を動かしはじめた。**血の夢を見ます。牙があって……噛みつく夢。**

メアリは、目が丸くなるのを止めることができなかった。

ジョンは不安そうにこちらに目を向け、**メアリ、心配しないで。頭のおかしい変質者とかじゃないんだ。初めてその夢を見たときは、自分でもすごくこわかった。でも、脳が送ってくるものをどうすることもできないじゃない。**

「ええ、わかってるわ」彼女は言って、ジョンの手をにぎった。

「なんと言ったんだね」男が尋ねた。

「最後のほうは、わたしに向かって言ったことなんです」

大きく息を吸って、また通訳に戻った。

9

ベラは廊下の壁にもたれて、自分の髪をひと房とって三つ編みにしはじめた。そわそわしているときのくせなのだ。

〈兄弟団〉のメンバーはほとんど別種の生物だと聞いてはいたが、まさかそんなはずはないと思っていた。だが、それはさっきまでの話だ。あのふたりの男性は、たんに体格が立派というだけでなく、全身から支配欲と攻撃性のオーラを発していた。あのふたりの豪傑ぶりにくらべたら、兄のリヴェンジもとうてい太刀《たち》打ちできない。これまでは、リヴェンジぐらい強い男はめったにいないと思っていたのに。

　ここにメアリとジョンを連れてきて、ほんとうによかったのだろうか。ジョンのことも心配だが、もっと心配なのはメアリだ。あのブロンド戦士のメアリにたいする態度は、どう考えても厄介の種だ。海の水も沸騰《ふっとう》するほどの情欲を発散させていたし、〈黒き剣《ブラック・ダガー》兄弟団〉のメンバーが、拒絶されておとなしく引っ込むはずがない。聞くところによれば、欲しい女はすべて手に入れる男たちのようだから。

　ただ幸い、レイプするとは聞いたことがない。もっとも、さっきのあのようすから見て、そんな必要がないのだろう。あの、セックスのためにあるような肉体。かれらと交わり、あの強靭な肉体に征服されるのは、きっと夢のような経験にちがいない。

でもメアリは人間なのだから、そんなふうには感じないかもしれない。

ベラは廊下の左右を見渡した。不安でじっとしていられない。だれの姿も見えないし、これ以上ここにじっと突っ立っていたら、頭が三つ編みだらけになってしまう。頭をふって髪をほどき、当てもなくぶらぶら歩きはじめた。遠くからズン、ズンとリズミカルな音が聞こえてくる。その音をたどるうちに、両開きの金属扉に行きあたった。扉のいっぽうを開いてなかに入ってみた。

ジムだった。プロバスケットボールのコートほどの広さがあって、板敷きの床はぴかぴかにワックスがかかっていた。明るい青のマットがあちこちに敷かれ、高い天井からは金網で保護した蛍光灯が下がっている。左手には階段席のあるバルコニーが張り出していて、その張り出した下にはサンドバッグがずらりと吊り下げてあった。

堂々たる男性が、こちらに背を向けて、そのサンドバッグのひとつをさんざん叩きのめしていた。かかとをあげて立ち、軽快に舞うさまは風のように軽く、くりかえしパンチをくり出し、首をすくめ、また打つ。その力の激しさに押されて、重いバッグがななめにかしいでいた。

顔は見えなかったが、きっと魅力的な男性にちがいない。地肌が見えるほど短く切った髪は明るい茶色、ぴったりした黒のタートルネックに、ゆるやかな黒のナイロンのトレーニングパンツをはいている。広い背中にホルスターがななめ十字に掛かっていた。

背後で扉が閉まり、かちりと音を立てた。

腕をひと振りしたかと思うと、男性は黒い刃の短剣を抜いた。サンドバッグに深々と突き立て、一文字に引き裂く。砂や詰めものがマットに滝のように流れ落ちるなか、男はこちらをふり向いた。

ベラはとっさに片手を口に当てた。男の顔には傷痕があった。だれかが刃物でその顔をふたつに裂こうとしたかのような。太い瘢痕《はんこん》はひたいで始まり、鼻梁《びりょう》を横切り、頬でカーブし、口の端まで達していた。そのせいで上唇が歪んでいる。

険悪に細めた目は、夜のように黒く冷たく、彼女の姿を認めるとごくわずかに見開かれた。面食らったようすはなく、荒い息をついているほかは、その巨体は微動だにしていなかった。

この男性はわたしを欲しがっている、と彼女は思った。でも、その気持ちをどうしていいかわからないようだ。

ただ、その思いと奇妙な混乱はすぐに埋もれてしまい、かわって現われたのは氷のように冷たい怒りだった。ベラはぞっとした。男に目を当てたままあとじさっていき、扉をあけようとバーを押し下げた。ところが扉はびくともしない。この男のしわざだ、と思った。閉じ込められてしまった。

なんとか扉をあけようとする彼女を、男はしばらく眺めていたが、やがて迫ってきた。マットを踏んで歩きながら、短剣を空中に投げあげ、落ちてくるのを柄《つか》で受け止めた。投げてはまた受け止める。投げて、受ける。

「ここでなにをしてる」男は低い声で言った。「トレーニングの邪魔をしに来たのか」

あの目で彼女の顔と身体をじろじろ見まわしている。全身から発する敵意は手で触れられるほどだが、同時にぎらぎらした熱も発散している。危険な情欲のような。恐ろしいと思いながら、つい心を奪われてしまいそうな。

「ごめんなさい、知らなかったものだから……」

「なにを知らなかったって？」

もうそこに迫っていた。見あげるほどに大きい。

扉にぴったり背中をつけて、「ごめんなさい――」

金属の扉がへこみそうな勢いで、男は両手をベラの頭の両側に打ちつけた。その手に構えた短剣に彼女は目をみはったが、すぐにそんなことは頭から抜け落ちてしまった。男が身を寄せてきて、身体が触れあう手前で止めた。

ベラは大きく息を吸った。男のにおいがした。鼻孔を突くそのにおいは、ほかのなにより炎に似ていた。たちまち身体が反応し、熱い欲求が目を覚ます。

「本気で悪かったと思ってるのか」男は言い、首をかしげてベラの首を見つめた。にやりと笑うと、長く真っ白な牙がのぞく。「ああ、そうみたいだな」

「ほんとにごめんなさい」

「態度で示せ」

「どうやって？」声がかすれていた。

「四つんばいになれ。そしたら謝罪の気持ちを受け取ってやる」

ジムの反対側の扉が勢いよく開いた。

「いったいなにを……その女性に手を出すな！」髪の長い男性が、広いジムを走って近づいてくる。「手をおろせ、Z。いますぐ」

傷痕のある男は身をかがめてきて、歪んだ口を耳もとに寄せてきた。なにかが彼女の胸骨を、心臓のすぐ上を押している。男の指先だった。

「命拾いしたな」

男はわきに寄り、扉を抜けて出ていった。ちょうどそこへ、長髪の男性が駆けつけてくる。

「大丈夫ですか」

ベラは、切り裂かれたサンドバッグに目をやった。息が苦しい。ただ、それが恐怖のせいなのか、それとも純粋に情欲のせいなのか、自分でもよくわからなかった。たぶん両方なのだろう。

「ええ、大丈夫です。あれはだれ？」

男性は扉をあけて、先ほどの尋問室にまた彼女を案内していった。質問には答えようとしない。「頼むから、ここにじっとしてて。いいですね」

もっともなアドバイスだわ。彼女はまたひとり取り残された。

10

レイジははっとして目を覚ました。ベッドサイドテーブルの時計に目をやって驚いた。目の焦点が合ってちゃんと文字が見える。喜びもつかのま、すぐにむっとした。もうこんな時間だ。

トールはどこだ？　人間の女の用がすんだら、すぐ電話すると約束したくせに。あれからもう六時間以上も経ってるじゃないか。

レイジは電話に手を伸ばし、トールの携帯を呼び出した。ボイスメールになっている。悪態をついて電話を切った。

ベッドを出て、慎重に手足を伸ばしてみた。腹がしくしくしてむかつくが、ずっとまともに動けるようになった。ざっとシャワーを浴びて、新しいレザーの上下を身に着けたら、さらに気分がよくなった。晴々《はればれ》とラスの書斎に向かう。もう夜明けが近い。トールが電話に出ないのは、たぶん家に帰る前に王に報告《ダウンロード》をしているのだろう。

書斎の両開き扉は開いていて、驚くまいことか、トールメントがオービュソンのカーペットをすり減らしていた。うろうろ歩きまわりながら、ラスに話をしている。

「おやおや、だれかさんはこんなところにいたのか」レイジはすかして言った。

トールはこちらに目を向けて、「おまえのとこには、このあと行こうと思ってたんだ」

「そうだろうとも。やあ、ラス」

盲目の王は笑顔になった。「よかったな、ハリウッド、その調子ならもう戦闘に出られそうじゃないか」

「ああ、いつでも暴れられるぜ」レイジはトールをにらんだ。「おれに言うことがあるだろ？」

「いや、とくにない」

「あの人間がどこに住んでるのか知らないって言う気かよ」

「会いたがる理由がわからんと言ったほうがいいか？」

ラスは椅子の背もたれに背中を預け、両足をデスクにのせた。そのばかでかいごついブーツにくらべると、きゃしゃなデスクはまるで足のせ台《フットスツール》だ。

にやりとして、「ふたりしてごちゃごちゃ言ってないで、おれにもわかるように説明しろ」

「個人的な話なんだよ」レイジがもごもごと答えた。「大したことじゃない」

「ほざけ」トールはラスに顔を向けて「この坊やと来た日にゃ、あの少年についてきた人間の通訳とお近づきになりたいらしい」

ラスは首をふった。「とんでもない、それはだめだぞ、ハリウッド。寝るならほかの女にしろ。おまえなら不自由はせんだろうが」トールにうなずきかけて、「さっきも言ったが、おれに異論はない。訓練生の初等クラスに入れてやるといい。ただし、その前に身辺を確認してくれよ。それから、その人間のことも調べる必要があるな。少年が急に行方をくらましたとき、騒がれたら厄介だ」

「そっちはおれが引き受ける」レイジが口を開いた。そろってこちらをふり向くふたりに、肩をすくめてみせる。「おれに任せてくれないなら、任されたやつのあとを尾《つ》けていくだけだ。どっちみち、女の居場所は見つけるさ」

トールが思いきりまゆをあげると、ひたいが畝《うね》だらけの畑になった。「いい加減にしろよ、兄弟。あの子がここに来ることになれば、それでなくてもあの人間とは抜き差しならんつながりができてしまうんだ。あきらめろ」

「悪いけどね、あの女はおれのもんだから」

「まったく、おまえってやつはどうしてそう厄介なんだ。思いついたらすぐに手を出すくせに、思い込んだらてこでも動かん。せめてどっちかにしろよ」

「なあ、どっちみちものにするんだからさ、そのついでにおれに調べさせたって損はないだろ?」

トールが目をこすり、ラスが悪態をつく。勝ったな、とレイジは思った。

「しょうがない」トールはぼやいた。「女の身辺を洗って、少年とどういうつきあいなのか調べろ。やるならそのあとにしろよ。だがそれがすんだら、記憶を消して二度と会うな。ちゃんと聞いてるのか。気がすんだら女の記憶を消して、二度と会うんじゃないぞ」

「了解」

トールは携帯を開き、ボタンを押した。「あの人間の電話番号を、おまえの携帯にメールで送っとくから」

「それから、あの友だちのも頼む」

「あっちともやる気なのか」

「いいから教えてくれって」


その日の終わり、ベラがベッドに入ろうとしていると、電話が鳴った。とりながら、兄でなければよいがと思う。夜が退場しようとするころ、ちゃんと家にいるかどうか点検されるのが不愉快でたまらない。男と遊びまわっているとでも思っているのだろうか。

「もしもし？」

「メアリに電話して、明日の夜いっしょに食事したいと伝えてくれ」

ベラはがばと起きあがった。**あのブロンドの戦士だ。**

「聞こえたか？」

「ええ……でも、メアリをどうするつもりなの」訊かなくてもわかっているのに。

「いいからすぐ電話してくれ。おれはきみの友人だから、楽しんできてくれと言うんだ。そのほうがいい」

「なによりいいの？」

「おれに家に押し入られて会うよりさ。ほかに手がなければそうするつもりだ」

目を閉じると、壁に押しつけられていたメアリの姿が目に浮かんだ。この男性はメアリの上にそびえ立つほど大きくて、巨体で彼女を釘付けにしていた。彼がメアリを追いまわす理由はひとつしかない。あの肉体にみなぎる男性を放出するためだ。彼女のなかに。

「ねえ、お願い……メアリを傷つけないで。一族の者じゃないし、それに病気なのよ」

「わかってる。危害を加える気はない」

ベラはあいたほうの手で頭を押さえた。こんな強引いっぽうの男性に、なにをすれば相手が傷つくとか傷つかないとか、ほんとうにわかるものだろうか。

「でも……彼女はわたしたち一族のことはなにも知らないのよ。メアリは――お願い、どうか――」

「終わったあとは、おれのことは憶えてないはずだ」

そうと聞けば、後ろめたさが軽くなるとでも思うのだろうか。それでなくても、メアリを皿にのせて差し出しているような気分なのに。

「なんと言われてもおれはあきらめないぞ。でも協力してくれれば、そのほうが友だちのためなんだよ。考えてもみてくれ。同じ会うなら、街なかで会うほうが彼女だって安心だろ。おれの正体も知らずにすむし、ふつうのデートみたいに感じるだろうしさ」

ベラはいいように利用されるのは気に入らなかったし、メアリとの友情を裏切っているようで気がとがめた。

「連れていくんじゃなかったわ」彼女はつぶやいた。

「おれはそうは思わないな」少し間《ま》があって、「彼女には……ちょっと不思議なところがある」

「メアリがいやだと言ったらどうするの」

「言うもんか」

「でも、もし言ったら？」

「それは彼女が決めることだ。無理強《じ》いはしない。約束する」

ベラは手をのどもとに下げ、いつも首にかけている〈ダイヤモンド・バイ・ザ・ヤード〉のチェーンに指をからめた。

「どこで？」ベラは暗い声で尋ねた。「どこで会うの」

「人間はふつう、デートのときはどこで会うんだ？」

そんなの、わたしだって知らないわよ。ただ、そのときふと思い出した。メアリの同僚が、男の人とデートしたとかいう話を聞いたような……なんて店だったかしら。

「〈TGIフライデーズ〉」彼女は言った。「ルーカス・スクエアにあるお店」

「わかった。それじゃ、今夜八時にそこで会おうと伝えてくれ」

「名前はなんて教えとけばいい？」

「そうだな……ハルと言っといてくれ。ハル・E・ウッド」

「あの……」

「うん？」

「お願いだから……」

意外にも声がやさしくなった。「ベラ、心配するなって。ちゃんとやさしく扱うからさ」

電話は切れた。

森の奥深く、ミスターXのキャビンのベッドで、Oはゆっくり上体を起こそうとしていた。

そろそろと起きあがると、濡れた頬を両手でこすった。〈オメガ〉が立ち去ってから一時間しか経っておらず、あちこちの傷口はもちろん、傷口でないところからもまだ体液が流れ出ている。動けるかどうかわからないが、この寝室から一刻も早く出ていきたかった。

立ちあがろうとしたら、目の前がぐるぐるまわった。腰を落とし、部屋の反対側の小さな窓に目をやった。夜が明けようとしている。暖かい光が、松の木々ごしに幾条《いくすじ》にも分かれて射し込んでくる。懲罰がまる一日続くとは思わなかったし、途中で何度ももうだめかと思ったものだった。

〈オメガ〉に連れていかれたのは、彼自身の内部だった。自分のなかにこんな場所があったと知って慄然《りつぜん》とするような場所。恐怖と自己嫌悪の場所。完全な恥辱と不名誉の場所。その余波にもまれているいま、皮膚をすべて剝かれたような気がする。完璧に裏返しにされてすべてを白日のもとにさらされ、ぱっくり開いた傷口だけになって、それでもなお息をしているような。

ドアが開いた。ミスターXの肩がドアの横幅を完全にふさいでいる。「生きてるかね」

Oは毛布をかぶり、口を開いた。声が出てこない。何度か咳払いをして、「ああ……なんとか」

「きみなら乗り越えると思っていたよ」

Oは目を疑わずにはいられなかった。向こうはいつもの服を着て、クリップボードを持ち、なにごともなかったかのように、今日もまた忙しい一日を始めようとしている。Oがこの二十四時間を過ごした場所にくらべると、この当たり前の日常が現実とは思えず、空恐ろしくすら感じられた。

ミスターXは薄い笑みを浮かべた。「さて、それでは契約を結ぼうじゃないか。きみが分をわきまえて今後は突出をつつしむなら、二度とこういうことは起きない」

Oは消耗しきっていて、言い返す気力もなかった。いずれは闘志が戻ってくるだろう——それはまちがいない——が、いまはただ石けんと熱い湯が恋しかった。それとひとりの時間が。

「返事がないようだが?」とミスターX。

「わかりました、センセイ」なにをさせられようと、なにを言わされようとどうでもいい。ただひたすら出ていきたかった。このベッドから、この部屋から、このキャビンから。

「服はクロゼットに入っている。運転はできそうかね」

「はあ。はあ……大丈夫です」

Oは自宅のシャワーを思い浮かべた。全面クリーム色のタイルと白いしっくいの、清潔な場所。ぴかぴかに清潔な。あそこから出るときは、彼自身も同じくらいぴかぴかになっているはずだ。

「ミスターO、今後はよくよく気をつけてもらいたいね。仕事にかかるときには、あれがどんな気分だったか思い出せ。つねに思い起こし、胸に刻んで、その思いを敵にぶつけるといい。きみの勝手な行動にはいらいらすることもあるが、わたしにへつらうようなことをしたら軽蔑するからな。いいね」

ミスターXはこちらに背を向けたが、そこで肩ごしにふり向いて、「〈オメガ〉がきみを生かしておいた理由がわかるような気がするよ。去りぎわにたいそう褒《ほ》めておられた。またきみに会いたいらしい。ご訪問をお待ちしていると伝えようか？」

Oは首を絞められたような声を漏らした。抑えられなかった。

ミスターXは低く笑った。「やめといたほうがよさそうだな」

「はい、センセイ」

11

メアリは〈TGIフライデーズ〉の駐車場に車を入れた。周囲の乗用車やミニヴァンを見まわしながら、どうも合点がいかなかった。どこかの男性と会って食事をするなんて、そんな話になぜうんと言ってしまったのだろう。思い出せるかぎりでは、今朝がたベラから電話があって、それでこういうことになったはずだ。ところが信じられないことに、細かいことはさっぱり記憶にない。

だがそもそも、いまは頭がほかのことでいっぱいなのだ。明日の朝、精密検査のために病院へ行くことになっている。それが心に重くのしかかって、ついぼんやりしてしまう。昨夜《ゆうべ》がいい例だ。まちがいなくジョンやベラとどこかへ行ったはずなのに、そのときのことは完全なブラックホールだった。職場の法律事務所でも、今日は仕事をするふりをしていただけだった。単純なミスは連発するし、気がつけば空《くう》を見つめているし。

〈シビック〉をおりながら、なんとか気を引き締めようとした。これから会う男性の前で、ぼんやりしていたら申し訳ない。だがそれを除けば、その男性に対してはなんの義理も感じなかった。たんに友だちとして会うだけだと、ベラにははっきり言っておいた。食事は割り勘にして、「初めまして」と「また会いましょう」でおしまいだ。

この点では、彼女の態度に変わりはなかっただろう——たとえ、病気のロシアンルーレットがずっと心にわだかまっていなくて、そのせいで上《うわ》の空になっていなかったとしても。再発の心配があるのはともかく、デートのようなことはもうやりかたを忘れてしまっているし、衰えた容姿がもとに戻るとも思えない。こんな不幸を背負った女と、だれがつきあいたがるだろう。三十代前半の独身男性はみんな、まだまだ遊び足りない享楽的なタイプだ。そうでなかったら、もうとっくに結婚しているはず。それなのに、彼女自身は地味で面白みのない女だ。もともとまじめな性質《たち》のところに、つらい経験をしすぎている。

おまけにデートに出てくるような格好でもない。ぱっとしない髪はきつくひっつめにして、スクランチー（髪を結ぶゴムを布で包んでフリル状にしたもの）で結んでいる。クリーム色のアイリッシュニットのセーターはだぶだぶの防寒用だし、カーキ色のパンツも着やすさ優先で、ぺたんこの茶色の靴は爪先がすりきれている。子供がいるように見えるかも——子供を持つことなど絶対にないのに。

レストランに入り、接客係を見つけると、奥のすみのボックス席に案内された。ハンドバッグをおろしたとき、ピーマンとタマネギのにおいがした。顔をあげる目の前を、ウェイトレスが飛ぶように通り過ぎていく。じゅうじゅう音のする鉄のプレートを持っていた。

レストランは混んでいて、人々の発する不協和音がやかましく鳴り響いていた。ウェイターは湯気の立つ料理や汚れた皿の山を持って飛びまわり、家族連れやカップルや友人のグループは、笑ったりしゃべったり言いあいをしたりしている。ごくふつうの光景なのに、その狂騒ぶりがなにか異様に感じられて、ひとりで座っていると完全に浮いているような気がした。本物の人間に混じって人間のふりをしているような。

あの人たちには幸福な未来がある。わたしには……病院の予約があるだけだ。

舌打ちをして、メアリはは びこる感情を短く刈り込み、パニックと大げさな悲嘆をきちんと切りそろえた。あとに残したのは、今夜はドクター・デラ＝クロースのことは考えない、という決意だけ。

装飾的刈り込みだわ、と思ってふっと笑顔になったところへ、ウェイトレスが不機嫌な顔でテーブルに近づいてきた。水の入ったプラスティックのコップを無造作に置くと、中身が少しこぼれた。

「お待ちあわせですか」

「ええ」

「お飲物は？」

「これでいいです。どうも」

ウェイトレスが離れていくのを待って、水をひと口飲んだ。金属臭がする。コップを押しやったとき、目のすみに引っかかるものがあった。正面入口のあたりがざわざわしている。

いったい――うわ。

ひとりの男が店に入ってくるところだった。それがもう、ほんとうに……ものすごく豪華な男だった。

ブロンドで、映画スターのような美貌。黒いレザーのトレンチコートを着た巨像のよう。肩幅の広いこと広いこと、いま入ってきたドアの枠からはみ出しそうだった。脚も長くて、この店のだれより背が高い。入口の人だかりを抜けて、ゆうゆうと歩いてくる。男たちはみな下を向き、目をそらし、時計を見るふりをする。彼が軽々と維持しているものを、自分はとても手に入れられないと知っているかのように。

メアリはまゆをひそめた。この人にはどこかで会ったことがある。

そうでしょうとも、そのどこかって大画面のなかでしょ。市内で、いま映画の撮影でもしているのだろうか。

男は接客係に近づき、サイズが合うか考えているかのようにしげしげ眺めまわした。赤毛の接客係は目をぱちくりさせ、ぽかんと男を見つめていたが、どうやら女性ホルモン受容器が応援に駆けつけてきたようだ。これを見せておかなくちゃとばかりに赤い髪を前に垂らし、関節がはずれそうな勢いで腰を横に突き出した。

心配しなくても、彼はあなたを見てるわよ。

ふたりして店内を歩きだしながら、男はテーブルをひとつひとつ確認していく。あの人と食事をするのはどんな人だろう。

ああ、あれね。ふたつ離れたボックス席に、ブロンドがひとりで座っている。ぽわぽわの青いセーターは身体にぴったり貼りついて、豊満な肉体をひけらかすアンゴラ製のシュリンク包装のようだ。期待に顔を輝かせて、男が近づいてくるのを見守っている。

やっぱり。まさにケンとバービーだわ。

ただ、ケンとは少しちがうかもしれない。歩く姿を見ていると、お行儀《ぎょうぎ》のいい美男子とはちがうなにかを感じる。目もくらむ美貌にはまちがいないのだが、なにか……動物的なもの。ふつうの人とは身のこなしがちがう。

はっきり言ってしまえば、肉食獣のような身のこなしだった。歩みとともに分厚い肩がなめらかに動き、頭をまわし、周囲をうかがっている。なにか不安になってきた。あの男がその気になれば、素手で店内の人間を皆殺しにすることもできるだろう。

意志の力を総動員して、メアリは無理やり水のコップに目を向けた。ほかのみんなのように、ぽかんと見とれるのはみっともない。

そうは言っても、また顔をあげずにはいられなかった。

男はブロンドのそばを素通りし、いまは通路をはさんですぐ横のブルネットの前に立っていた。女性はこぼれそうな笑みを浮かべている。それはじつに無理もないことに思えた。

「やあ」彼は言った。

まあ、信じられない。声までぞくぞくするような声だった。よく響く深い声で、母音を長く伸ばして発音している。

「あら、こんにちは」

男の声が鋭くなった。「メアリじゃないね」

メアリはぎくりとした。そんな、まさか。

「そのほうがよければメアリになるわよ」

「メアリ・ルースって人を探してるんだ」

そんな……最低。

メアリは咳払いした。どこかよそに逃げていきたい、べつのだれかになりたいと思いながら、「あの……あの、メアリはわたしです」

男はくるりとふり向いた。あざやかな碧を帯びた青い目が、彼女の目をひたと見すえている。大きな身体がびくりとした。

メアリはとっさにうつむいて、ストローをコップに突き刺した。

まさかこんな女とは思ってなかったんでしょ？

沈黙が続く。失礼にならずに逃げ出すには、なんと言いわけすればいいかと考えているのだろう。

ひどいわ、ベラ。なぜわたしにこんな恥をかかせるの。


レイジは息もできず、その人間をただ見つめていた。ああ、きれいな女だ。期待していたのとはちがうが、それでもきれいだ。

肌は透けるように白くなめらかで、薄い〈アイヴォリー〉の便箋《びんせん》のようだ。顔の骨格も同じく繊細で、あご先から耳の付け根まで、あご骨は上品な曲線を描いている。頰骨は高く、自然な赤みを帯びていた。首は長く細く、手も、たぶん脚も同じだろう。濃い茶色の髪は後ろでまとめてポニーテールにしている。

化粧っけがなく、香水をつけている気配もない。身に着けたアクセサリーは、小さな真珠のイヤリングだけ。オフホワイトのセーターは分厚くゆったりしているし、きっとパンツもぶかぶかにちがいない。

人目を惹くところはどこにもなかった。彼が粉をかけるたぐいの女ではない。それなのに、派手な軍楽隊の行進のように、彼の目を吸い寄せて離さない。

「やあ、メアリ」そっと声をかけた。

先ほどは目の表情がよく見えなかったから、また顔をあげてこっちを見てほしかった。それに、またあの声を聞くのが待ちきれなかった。さっきの声は小さすぎたし、あれではとうてい聞き足りない。

手を差し出した。彼女の身体にさわりたくてうずうずする。「ハルだ」

その手を宙ぶらりんにしたまま、彼女はハンドバッグを手にとって、ボックス席からすべり出ようとした。

彼はその出口をふさいで、「どこに行くの」

「あの、気にしないで。ベラには言いませんから。いっしょに食事したことにしときましょう」

レイジは目を閉じ、周囲の雑音を閉め出して、彼女の声をぞんぶんに味わった。身体が騒ぎだすと同時に鎮まり、かすかに左右に揺れた。

とそのとき、言葉の内容に気がついた。

「嘘をつく必要なんかないじゃないか。いっしょに食事するんだからさ」

彼女は唇をぎゅっと結んだが、少なくとも逃げようとするのはやめた。

いきなり逃げ出す気はないと見て、彼は腰をおろし、長い脚をテーブルの下に収めようとした。そのとき、彼女がこちらに向けた目を見て、もぞもぞしていた膝の動きが止まった。

こいつは驚いた。鈴をころがすような声とは、あまりに印象がちがう。戦士の目だった。

鈍色《にびいろ》の瞳が、髪と同じ色のまつげに縁どられている。厳しくきまじめな目つきけ、命がけの戦闘を生き延びた男の目を思い起こさせる。そのまなざしの強さが、息を呑むほど美しかった。

声が震えた。「おれはぜひとも……ぜひとも、きみと食事がしたい」

彼女はその目をかっと光らせ、次に険悪に細めた。「ふだんから、そういう慈善活動をしてるんですか」

「なんだって？」

ウェイトレスが近づいてきて、そっと水のコップを置いた。彼の顔と身体に情欲を起こしたのがにおいでわかり、彼はうんざりした。

「いらっしゃいませ、アンバーです」彼女は言った。「お飲物はなんになさいます？」

「水だけでいい。メアリ、なにか飲む？」

「いいえ、けっこうです」

ウェイトレスは彼ににじり寄った。「当店のお勧めをご説明しましょうか」

「ああ、頼むよ」

リストが延々と続くあいだ、レイジはメアリから目を離さなかった。しかし、彼女は目をそらしている。ちくしょう。

ウェイトレスが咳払いをした。二度も。「ビールでもお持ちしましょうか。それとももっと強いもののほうがいいかしら。たとえば――」

「ありがとう、またあとで注文をとりに来てくれるかな」

アンバーはやっと引き下がった。

ふたりきりになると、メアリは言った。「ほんとに、もうこれでお開きに――」

「おれ、きみと食事をしたがってないように見える?」

彼女は目の前のメニューに片手を置き、ローストビーフの絵をなぞった。だしぬけにわきへ押しやり、「どうしてじろじろ見るの」

「男はそうするもんだよ」欲しい女を見つけたときは、と心のなかで付け加える。

「でも、わたしを見る男の人はいないわ。あなたがどれだけがっかりしたかは想像がつきますけど、だからってじろじろあら探しをすることないでしょう。それに、あなたの自己犠牲を一時間も我慢して見ている趣味はないの」

ああ、この声だ。また同じことが起きている。ぞっと鳥肌が立って、それが鎮まると、すっと力が抜けていく。深く息を吸って、彼女のレモンのような自然な香りを嗅ごうとした。

いきなり沈黙が落ちると、レイジは彼女のメニューをまたもとの位置に押しやった。「なにを頼むか決めて。おれが食べるのをただ眺めてるつもりならべつだけどさ」

「わたしはいつでも席を立って帰れるんですからね」

「ああ、でも帰らないさ」

「そうかしら。どうしてそう思うの」彼女の目がひらめき、レイジの身体はその光を浴びて、フットボール・スタジアムさながらに輝き出すようだった。

「どうしてかっていうと、きみはベラと仲良しだからさ。途中で帰ったりして彼女に恥をかかせたくないだろ。おれはきみとちがって、置いて帰られたってベラに言いつけるからね」

メアリはまゆをひそめた。「それ、脅迫?」

「説得だよ」

彼女はしぶしぶメニューを開いて眺めた。「まただじろじろ見てるわよ」

「うん」

「どこかよそを見てくれない？　メニューでも、通路の向こうのブルネットの彼女でも。気がついてるとは思うけど、ボックス席ふたつ向こうにブロンドの女性もいるし」

「きみは香水つけてないんだね」

彼女の目がぱっとあがって、彼の目と合った。「ええ、つけてないわ」

「いい？」と、彼女の片手のほうにあごをしゃくった。

「なんのこと？」

彼女の肌のにおいを近くで嗅ぎたいと、うまく説明する自信がなかった。「いっしょに食事するんだったらさ、握手ぐらいするのが礼儀ってもんじゃない。最初に握手しようとしたときは無視されたけど、もういっかいトライしてみようと思ってさ」

返事がないので、テーブルの向こうまで手を伸ばして、彼女の手をとった。彼女があっけにとられているうちに、腕をこちらに引っぱってきて、身をかがめ、手の甲に唇を押し当てた。そのまま深く息を吸った。

そのにおいに、身体がたちまち反応した。固く起きあがってレザーパンツにパンチをくわせ、力いっぱい押してくる。もぞもぞして、股間にもう少し余裕を作ろうとした。

彼女を家に送ってふたりきりになるときが待ちきれなかった。

12

ハルに手を放されたとき、メアリは息を止めていた。

たぶん夢を見ているのだ。そうだ、そうにちがいない。だってこの人はあんまりすてきすぎる。あんまりセクシーすぎる。それに、こんなにわたしだけを見つめているなんて、現実にはありえない。

ウェイトレスが戻ってきて、ハルにぴったり身を寄せた。ひざに座らんばかりの勢いだ。考えてみれば当然だが、リップグロスをつけなおしてきていた。口もとをオイル交換してきたわけね。フレッシュピンクとか、キュアリアスコーラルとか、そういう頭の悪そうな名前のと。

メアリは首をふった。こんな意地悪なことを考えるなんてどうかしている。

「なんになさいます？」ウェイトレスがハルに尋ねた。

彼はテーブルごしにこちらに目を向けて、まゆを片方あげてみせた。メアリは首をふり、メニューをめくりはじめた。

「そうだな、なにがいいかな」彼は言って、自分のメニューを開いた。「チキン・アルフレッドにしようかな。それとＮＹストリップ（ビーフステーキの一種）をレアで。それからチーズバーガーをひとつ、これもレアで。ポテトはダブルにして。それからナチョ。そうだな、ここに載ってるの全部つけて持ってきて。これもダブルでね」

メアリがものも言えずに目を丸くしていると、ハルはメニューを閉じて待っている。

ウェイトレスは少しまごついたようだった。「それ全部、妹さんとふたりで召しあがるんですか」

家族でもなかったら、こんな男性がこんな女と出歩くわけがないということか。まったくもう……

「いや、いまのはおれひとりぶん。それと、彼女とおれはデートしてるとこで、きょうだいじゃない。メアリ、きみはなににする」

「わたしは……その、わたしはシーザー・サラダだけにするわ。彼の」――四人ぶん、それとも五人ぶんかしら――「ぶんが来てから持ってきてくれれば」

ウェイトレスは、メニューを持って離れていった。

「それじゃメアリ、きみのことを少し話してくれよ」

「あなたが自分のことを話してくれたら？」

「それだと、きみの声が聞けないじゃないか」

メアリははっとした。意識の表層に届かないところで、なにかざわめくものがあった。

話してくれ。声が聞きたい。

なんにも言うことなんかないと言ってくれ。何度でも何度でも。頼むよ。

まちがいなく、この人にそういうことを言われたことがある。でも、今日が初対面なのに。

会ったことがあれば忘れるはずがない。

「仕事はなにをしてるの」彼が水を向けてきた。

「その……秘書をしているわ」

「どこで？」

「市内の法律事務所」

「でも、以前はちがうことをしてたんだろ？」

ベラはこの人にどれぐらい話したのだろう。まさか、病気のことまで話したのだろうか。彼が帰らずにいるのはそのせいなのだろうか。

「メアリ？」

「前は子供相手の仕事をしていたわ」

「学校の先生？」

「セラピストよ」

「心の、それとも身体の？」

「両方。自閉症の子供のリハビリが専門だったの」

「どうしてそういう仕事を選んだの」

「こんなことをする必要があるの？」

「こんなことって？」

「よく知りあいたいってふりをすることよ」

彼はまゆをひそめたが、そこで身を起こした。ウェイトレスがナチョの大皿を運んできたのだ。

ウェイトレスは彼の耳もとに口を近づけて、「ないしょですよ。ほかの人が注文したぶんを先に持ってきたの。あの人たちより、あなたのほうがずっとおなかがすいてるみたいだから」

ハルはうなずいて笑顔になったが、さして関心を惹かれたようでもなかった。礼儀正しいのは認めないわけにはいかないわね、とメアリは思った。こうしてテーブルをはさんで向かいあっているいま、ほかの女性には目もくれないのだから。

勧められて彼女が首をふると、彼はナチョをひとつ口に放り込んだ。

「当たりさわりのない世間話に、きみがいらつくのはわかるよ」

「どうして？」

「いろいろつらい目にあってきてるから」

彼女はまゆをひそめた。「ベラはあなたになにを話したの？」

「とくになにも」

「それじゃ、わたしがどんな目にあってきたか、なぜわかるの」

「目を見ればわかる」

信じられない。頭までいいなんて。すべて取りそろえてますってわけね。

「でも、こんなことは言わないほうがよかったな」彼は言いながら、ナチョを見る見る、しかしきれいに平らげていった。「きみがいらつこうが、そんなことはどうでもいいんだ。どうしてそういう仕事に興味を持ったの。訊きたいんだから答えてくれよ」

「それで、いつになったの」

「人は見かけによらないって言うだろ？」口をあけずに笑みを作って、「それで、いつになったら質問に答えてくれるのかな。なあ、どうしてそういう仕事をする気になったの」

その答えは、母が筋ジストロフィと闘っていたからだ。母の苦しみを見てきて、人が自分の限界を乗り越えられるよう手助けをするのが自分の天職だと思ったのだ。日に日に弱っていく母を横目に、ひとり健康だったことへの罪悪感もあったかもしれない。その罪悪感から逃れたかったのかも。

それなのに、メアリ自身が健康を大きく損なう破目になってしまった。

おかしなもので、診断を聞いたとき最初に頭に浮かんだのは、これは不公平だという思いだった。母の闘病を間近に見て、そばでいっしょに苦しんできたのに。それなのになぜ、その間近に見てきた苦しみをじかに体験しなくてはならないのか。そして、そのときその場で悟った――人間の不幸は割当制ではない。ある一定の値をクリアしたら、奇跡が起きて不幸の底から引きあげてもらえるわけではないのだ。

「ほかにやりたいことがなかったから」彼女はあいまいにごまかした。

「それじゃ、なぜやめたの」

「状況が変わったのよ」

幸い、彼はそこを突っ込んで訊こうとはしなかった。「障害のある子供と仕事するのは楽しかった？」

「自閉症は障害じゃないのよ」

「ごめん」口先だけでなく、本気であやまっているのが伝わってきた。

その真情のこもる声に、固いガードがふとはずれた。どんなお世辞にも笑顔にもびくともしなかったのに。

「あの子たちは、ただちがうだけなの。この世界をちがう角度から見てるのよ。正常っていうのはたんに平均値なの、それ以外の存在のありかたとか、生きかたがないわけじゃ――」

彼女は口をつぐんだ。彼が目を閉じている。「こんな話、退屈だった？」

彼はゆっくりとまぶたをあげた。「きみの声を聞いてるとうっとりする」

メアリはあえぎ声を呑み込んだ。彼の目はネオンのように輝き、光を放っていた。きっとコンタクトだわ。あんな碧を帯びた青い目をした人なんか、現実にいるわけがないもの。

「それじゃ、ふつうとちがうのがきみは気にならないんだね」彼はつぶやくように言った。

「ええ」

「いいね」

どういうわけか、気がついたら彼女は笑顔になっていた。

「思ったとおりだ」彼はささやいた。

「なにが？」

「笑うととてもきれいだ」

メアリは目をそらした。

「どうした？」

「お願いだからお世辞はやめて。まだ世間話のほうがいいわ」

「お世辞じゃない、正直に感想を言ったんだけだ。おれの兄弟たちに訊いてみるといい。しょっちゅう言わなくていいことを言って失敗してるんだから」

こんな人がほかに何人もいるのだろうか。一家勢ぞろいの写真をクリスマスカードにしたら、さぞかし壮観だろう。「ご兄弟は何人？」

「五人だ。いまはね。ひとり亡くなった」そう言うと、水をごくごく飲んだ。目を見られたくなかったのかもしれない。

「お気の毒だわ」彼女は低い声で言った。

「ありがとう。まだそんなに昔のことじゃないんだ。会えなくてつらいよ」

ウェイトレスがずっしり重いトレイを運んできた。彼の前に皿がずらりと並び、メアリのサラダがテーブルに置かれても、ウェイトレスはなかなか立ち去らず、しまいにハルがつっけんどんに礼を言うとやっと離れていった。

彼はまずアルフレッドに取りかかった。もつれあうフェットゥチーネにフォークを刺し、まわしてパスタを巻きつけると、口に運んだ。味わうように噛んで、いくらか塩をかけた。次はストリップ・ステーキを口に運び、少しコショウをふった。続いてチーズバーガーを手にとった。口まで運びかけて、まゆをひそめ、またおろした。フォークとナイフを使ってひと口ぶん切り取った。

完璧な紳士の食べかただった。上品さすら漂わせている。

ふいに彼女に目を向けた。「なに？」

「ごめんなさい、わたし、あの……」彼女はサラダを食べはじめたが、すぐに彼の食事ぶりを眺めるほうに戻ってしまう。

「そんなに見つめられると照れるな」わざと気取って言う。

「ごめんなさい」

「あやまらなくていいよ。きみに見られてるのはいやじゃない」

メアリの胸の奥にぽっと小さな炎がともり、ちらちらとゆらめいた。それに反応して、じつに間《ま》のいいことに、クルトンを膝にこぼしてしまった。

「なにを見てるの？」彼は尋ねた。

パンツに飛んだドレッシングをナプキンで拭きとりながら、「あなたのテーブルマナー。食べかたがとてもきれい」

「食事は味わって食べなくちゃ」

彼はほかのこともこんなふうに味わうのだろうか。ゆっくりと、じっくりと。彼の愛情生活はどんなものか、想像がつくような気がする。ベッドではきっとすばらしいだろう。あの大きな身体、あの金色の肌、あのすんなりと長い指……

メアリはのどがからからになって、水のコップを手にとった。「でも、いつも……いつもそんなに食べるの？」

「じつは胃の調子が悪くてさ、ちょっとセーブしてるとこなんだ」フェットゥチーネにまた塩をかける。「それで、以前は自閉症の子供相手の仕事をしてたけど、いまは法律事務所で働いてるわけだ。ほかにはどんなことをしてるの。趣味とか、好きなこととかは？」

「料理するのが好き」

「ほんとに？　おれは食べるのが好きだよ」

彼女は顔をしかめた。想像するまいとしても、わが家のテーブルで彼が食事をしているところが目に浮かぶ。

「また怒ってる」

メアリは手をふった。「怒ってないわ」

「いや、怒ってる。おれのために料理するって思ったらむっとしたんだろ」

この人は、思ったことをそのまま口にする人のようだ。こちらがなにを言っても、彼は自分の思ったまま、感じたままを答えるのだろうと思った。いいことでも、悪いことでも。

「ねえハル、あなたって、脳と口のあいだにぜんぜんフィルターがついてないんじゃない？」

「ついてないな」彼はアルフレッドを食べ終えて、皿をわきへどけた。次にステーキに取りかかる。「ご両親はどうしてるの」

メアリは大きく息を吸った。「母は四年前に亡くなったわ。父はわたしがふたつのときに亡くなったの。たまたま、まずいときにまずいところにいたっていうあれで」

彼はしばらく黙っていたが、やがて言った。「それはつらいな。ふたりともっていうのは」

「ええ、つらかったわ」

「おれも両親とも亡くしたけど、とりあえずふたりとも、年寄りと呼べるくらいまでは生きてたからなあ。きょうだいはいないの？」

「ええ。母とずっとふたり暮らしだったわ。いまはひとりきり」

長い沈黙があった。「それで、ジョンとはどういう知りあい？」

「ジョンって……ああ、ジョン・マシューのこと？　ベラから聞いたの？」

「まあね」

「そんなによく知ってるわけじゃないのよ。つい最近会ったばっかりっていうか。あの子はちょっと特別なところがあると思うの。やさしい子だし。ただ、いろいろつらい目にあってきたんじゃないかって気がするわ」

「ジョンの両親ってどんな人たち？」

「いないって言ってたけど」

「住まいを知ってる？」

「街のどのあたりかは知ってるわ。あまりいいところじゃないわね」

「メアリ、ジョンを助けたいと思ってる？」

なんて不思議なことを訊くのかしら。

「あの子に助けが必要だとは思わないけど、友だちになりたいとは思うわ。正直言って、あの子のことはほとんど知らないの。ある晩、ひょっこりうちを訪ねてきただけなのよ」

彼はうなずいた。聞きたかった答えが聞けたというように。

「ベラとはどういうお知りあいなの？」彼女は尋ねた。

「サラダ、食べないの？」

彼女は自分の皿を見おろした。「おなかすいてないのよ」

とった。

「ええ」

彼はバーガーとポテトを平らげると、塩・コショウ入れのそばから小さなメニューを手に
「デザートなら入る？」

「今夜はいいわ」

「もっと食べたほうがいい」

「お昼が多かったのよ」

「それは嘘だな」

メアリは胸の前で腕を組んだ。「そんなこと、あなたにわかるわけないでしょ」

「わかるんだよ」

息が止まった。あの目がまた光っている。あくまでも青く、あくまでも明るく、底の見えない青はまるで海のようだ。あの大海原で泳ぎ、溺《おぼ》れ、死んでいけそうな。

「どうしてわかるの、わたしが……おなかがすいてるって」周囲の世界がすべり落ちていくような気がする。

彼は声をひそめ、しまいにのどの奥で話しているような声になって、「でもそのとおりだろ？　だったら、どうしてわかったかはどうでもいいじゃないか」

運よく、そこへウェイトレスが皿を下げにやって来て、おかげで緊張は破れた。ハルがアップル・クリスプとブラウニーかなにかとコーヒーを注文するころには、メアリはまたもと

の世界に戻ってきたように感じていた。

「お仕事はなにをしてるの？」彼女は尋ねた。

「いろいろ」

「俳優とか、モデルとか？」

彼は笑った。「そんなんじゃない。お飾りより、実際に役に立つ仕事のほうが好きなんだ」

「じゃあ、どんなふうに役に立ってるの？」

「そうだな、兵士みたいなもんかな」

「軍隊に入ってるの？」

「そんなとこ」

なるほど、それなら説明がつく。全身から発する殺気も、自信に満ちた物腰も、この鋭いまなざしも。

「どんな部隊？」きっと海兵隊だわ。それとも海軍特殊部隊《SEAL》かしら。それぐらいただ者でない感じがする。

ハルの顔が引き締まった。「ふつうの兵士だよ」

どこからともなく、香水の雲がメアリの鼻に襲いかかってきた。あの赤毛の接客係がテーブルにさっそうと近づいてくる。

「なにかご用はございません？」ハルの視線を浴びたとき、接客係の全身から湯気が立つのが見えるようだった。

「いや、どうも」彼は言った。

「そうですか、でしたら」と言って、なにかをテーブルにすべらせた。ナプキン。名前と電話番号が書いてある。

接客係は目をぎらりと光らせ、ゆっくりと離れていく。メアリはうつむいて自分の手を眺めた。目のすみにハンドバッグが見える。

もう帰ろう。どういうわけか、ハルがあのナプキンをポケットに入れるのを見たくなかった。そうしていけないわけはなにひとつないのに。

「あの、今夜はその……楽しかったわ」彼女は言った。バッグをとり、ボックス席から出ていこうとした。

「なんで帰るんだよ」まゆをひそめた顔は、まさしく軍人の顔だった。セクシーな男性モデルに見えたのが嘘のようだ。

胸に不安がひらめいた。「疲れたから。でも、ハル、今夜はありがとう。今夜はその……ともかく、ありがとう」

そばを通り抜けようとしたとき、手をつかまれた。手首の内側を親指でなでながら、「せめてデザートを食べ終わるまでいてよ」

彼の完璧な顔と広い肩から目をそらした。通路の向こうの席で、ブルネットが立ちあがろうとしている。彼を見つめ、手には名刺を持っている。

メアリは身をかがめて、「いっしょに食べてくれるお相手なら、すぐ見つかるでしょ。すぐどころか、もうこっちに向かってる人がいるわよ。うまく行くといいわね。まず大丈夫だと思うけど」

メアリはまっすぐ出口に向かった。外へ出ると夜気はひんやりと冷たく、店内にくらべれば静かだ。人いきれを逃れられてほっとした。それなのに、車に向かって歩きながらみょうな胸騒ぎがした。だれかいる。肩ごしにふり向いた。

すぐ後ろにハルが立っていた。レストランに残してきたはずなのに。くるりとそちらに身体を向ける。心臓が激しく打って、胸から飛び出しそうだ。

「驚いた！　なにしてるの？」

「車まで送ろうと思って」

「そんな……いいのよ、気にしないで」

「もう遅いよ。その〈シビック〉がきみのだろ」

「どうしてわか――」

「ロックを解除したとき、ライトが点滅したからさ」

離れようとしたが、あとじさるとハルは前に出てくる。車に背中が当たって、彼女は両手を前にあげた。

「来ないで」

「こわがらないでくれよ」

「だったらしつこくしないで」

彼に背を向け、ドアの把手をつかもうとした。手がすばやく伸びてきて、車の窓と屋根の継ぎ目を押さえる。

これでは乗り込むことができない。彼が手を放してくれるまでは。

「メアリ……」深く響く声が顔のすぐそばで聞こえて、彼女は飛びあがった。

彼があからさまに誘っているのを感じ、大きな身体に包まれて、檻に閉じ込められているようだと思った。するとなんという皮肉、恐怖は消え、みだらな飢えのようなものが湧いてくる。

「帰らせてよ」彼女はささやいた。

「まだだめだ」

深々と息を吸う音がした。においを嗅いでいるのだろうか。と、リズミカルに波打つ音が耳に満ちて、ほかはなにも聞こえなくなった。まるで彼がのどを鳴らしているようだった。やがて身体から力が抜け、熱を帯び、脚のあいだがほころんでくる。彼を受け入れようとするかのように。

なんてこと、すぐにこの人から逃げなくては。

彼の前腕をつかんで押したが、びくともしなかった。

「メアリ……」

「なによ?」嚙みつくように言った。恐怖にこわばって当然のときに、興奮している自分に腹が立つ。この人は赤の他人なのだ。それも大柄でずうずうしい他人。そしてこちらはひとりぼっちの女で、帰ってこないと言って心配してくれる人もいない。

「今日は、最後までつきあってくれてありがとう」

「どういたしまして。それじゃ、そろそろ帰らせてくれない?」

「おやすみのキスをさせてくれたらね」

胸が苦しくて、メアリは口で息をしていた。

「なぜ?」かすれ声で尋ねた。「なぜそんなことがしたいの」

両手が肩におりてきて、メアリにこちらを向かせる。彼は頭上にそびえていて、レストランの明かりはその陰になって見えない。駐車場の照明も、空の星々も。

「キスだけでいいんだ、メアリ」両手がのどをするするとあがって、顔を両側からはさんだ。

「いっぺんだけ。いいだろ?」

「よくないわ。だめ」ささやいたが、彼の手で顔を上向きにされた。

唇がおりてきて、彼女の口もとが震えた。最後にキスをされてからもうずいぶんになる。こんな男性にされるのは初めてだ。

触れた唇はやわらかく、やさしかった。大きな身体からは予想もできないほど。

熱い風が乳房をなぶり、脚のあいだになだれ落ちてきたとき、鋭く息の漏れるような音がした。

ハルはよろめくようにあとじさり、おかしな表情でこちらを見ていた。ぎくしゃくした動作で太い腕を交差させ、自分の胸に巻きつける。自分で自分にしがみつこうとするかのように。

「ハル……?」

彼はものも言わず、突っ立ってこちらをじっと見つめている。そんなはずはないとわかっていなかったら、震えていると思うところだった。

「どうしたの、ハル、大丈夫?」

彼はいちどだけ首を横にふった。
やがて離れていき、駐車場の向こうの闇に呑まれるように姿を消した。

13

レイジは、〈穴ぐら《ピット》〉と館にはさまれた中庭に実体化した。

身内の感覚を正確にこれと名指しすることはできなかったが、筋肉と骨が低くブーンと振動音を立てているようだった。まるで音叉《おんさ》のようだ。確実に言えるのは、こんな振動を感じるのは初めてだということ。そしてそれが始まったのが、メアリの唇に唇を重ねた瞬間だったということだ。

この肉体に関しては、初めてとか変わった経験というのはろくでもないことに決まっているから、彼は泡を食って逃げ出した。彼女のそばを離れると薄れてくるようだった。ただまずいことに、その感覚が薄れてくると同時に、欲求不満でうずうずしてきた。これはあんまりだ。けものが出てきたあとは、たいてい数日は楽になるのに。

時計に目をやった。

ちくしょう、〝レッサー〟を狩りに出かけて、ひと目盛かふた目盛ぶんガス抜きをしたいところだった。しかし、トールが〈兄弟団〉の手綱《たづな》をにぎってから規則が変更され、変身のあと二日間は、しばらくジェットエンジンを冷やさなくてはならない。バーナー全開に戻していいのはそのあとだ。この夏にダライアスが死んでから、兄弟は六名に減った。そのあとラスが玉座に登って抜け、いまはたった五名だ。一族のために、もうこれ以上戦士を失うわけにはいかない。

保養休暇《R&R》を強制される理由はわかるが、レイジは指図されるのが嫌いだ。それに戦闘に出られないのは我慢ならない。ガス抜きが必要なときはとくにそうだ。

コートからキーの束を取り出し、改造GTOに向かった。車は咆哮とともに目覚め、一分半後には公道を走っていた。どこに向かっているのか自分でわからない。そんなことはどうでもいい。

メアリ。あのキス。

ちくしょう、重ねた唇は震えていて、信じられないほど甘かった。あまりの甘さに、舌で唇を押し開いてなかに差し入れたかった。内側をなめて引っ込め、もういちど差し入れて味わいたかった。そのあとは、彼女の脚のあいだで、この肉体で、同じことをしたかった。

だが、途中でやめるしかなかった。あの振動の正体がなんだろうと、そのせいでぴりぴりするなら危険な徴候だ。しかし、あんないまいましい反応が起きるのはどう考えてもおかしい。メアリといると神経が鎮まり、気持ちが安らぐのに。彼女が欲しいのはたしかだし、それを思うと興奮するが、それは危険なたぐいの興奮ではないはずだ。

くそったれめ。読みちがいだったのかもしれない。全身を貫くあの振動は、かつて経験したことのない深い性的欲求のあらわれだったのかも……ふだん感じるのはやりたいという衝動でしかなく、だから肉体に暴走されるのではないかと心配したことはなかった。

これまで抱いてきた女たちのことを考えた。数えきれないほどいる。全員が名前も顔もない肉体、たんに欲望のはけ口にすぎなかった。真の快楽を与えてくれた者はひとりもいなかった。それでも愛撫し、キスをしてきたのは、相手にも快感を与えなければ、使い捨てにするようで後ろめたかったからだ。

くそったれ、どっちみち後ろめたさに変わりはなかった。現に使い捨てにしてきたのだ。というわけだから、メアリにキスをしたあと、かりにブーンという振動音で逃げ出さなかったとしても、たぶんあの駐車場で別れていただろう。美しい声と戦士の目と震える唇を持った、あんな女を使い捨てにはできない。たとえメアリが望んだとしても、それは汚れないものを踏みにじる行為のような気がする。彼にはもったいない、畏《おそ》れ多いことのような。

携帯電話が鳴りだし、ポケットから取り出した。発信番号を確認し、悪態をつきながらも出た。「ようトール、電話しようと思ってたんだ」

「さっきおまえの車が出てくのを見たぞ。これから人間の女に会いに行くのか」

「もう会った」

「早かったな。当然のむくいで肘鉄《ひじてつ》をくらったか」

レイジは歯を食いしばった。今回ばかりはやり返す言葉が出なかった。「例の子供の話を聞いてきた。なにも問題はない。好きで同情はしてるみたいだが、行方をくらましても騒ぎたてる心配はない。つい最近会ったばっかりなんだとさ」

「そうか、よくやった。それで、これからどこへ行くんだ」

「べつに。ただのドライブさ」

トールの声がやわらいだ。「戦闘に出られなくていらついてるんだろう」

「おまえだったらどうだよ」

「わかってるさ。だが心配するな、明日の夜までなんかあっという間だし、そしたらまた戦場に出られるんだ。それまでは、ありあまった精力は〈ワン・アイ〉で発散してくればいい」トールはくすくす笑って、「そう言えば、ふた晩前には姉妹ふたりとやったんだってな、立て続けに。まったく、おまえには感心するよ」

「まあな。トール、頼みがあるんだが」

「どうした兄弟、改まって」

「その……女のことでからかうのはやめてほしいんだ」レイジは大きく息を吸った。「正直、好きでやってるわけじゃない。ほんとはいやなんだよ」

そこでやめるつもりだったのだが、急に言葉が口からあふれ出して止まらなくなった。

「いやなんだよ、だれかれかまわずなのが。あとで胸が痛むし。帰ってきたときには身体にも髪の毛にもにおいがぷんぷんする。でもなによりいやなのは、またすぐにやらなきゃならないだろ。でないと、おまえたちとか、関係ない通りすがりのだれかにけがをさせることになるもんな」口から息を吐き出した。「それに、おまえの感心してくれた姉妹ふたりだけどな、そんないい話じゃねえんだよ。おれはただ、だれが相手だろうが気にしない女を選んでるだけだ。でないと相手に悪いだろ。あのふたりのあばずれは、おれの時計と札束を見て、派手な戦利品だと思っただけなのさ。ベッドのよかったことといったら、自動車事故のほうがまだ楽しいぐらいだ。今夜だって、おまえはウェルシーの待つ家に帰るだろ。でも、おれはひとりで部屋に帰るんだ。昨日もそうだったし、明日もそうだ。女あさりなんか面白くもなんともない。何年も前からもううんざりしてるんだ。だからもうやめてくれよ、な」

　長い沈黙のあと、トールは言った。「すまん……ほんとにすまん。そんなこととは知らなかった。ぜんぜん——」

「いや、その……」この話はもう切りあげなくてはならない。「あのさ、もう切るぞ。その、もう切らないと……またあとでな」

「いや、レイジ、ちょっとま——」

　レイジは電話を切り、車を路肩に寄せて停めた。周囲を見まわして、街から遠く離れてしまったことに気がついた。いっしょにいてくれるのは森の木々だけだ。ハンドルに頭を預けた。

　メアリの顔が目に浮かんだ。彼女の記憶を消してくるのを怠ったのを思い出す。怠っただと？　**よく言うぜ**。記憶を消してこなかったのは、また会いたかったからだ。忘れられたくなかったからだ。

　まいった……まずいな。なにもかもまずいことばかりだ。

14

メアリはベッドのなかで寝返りを打ち、上掛けと毛布を足で押しのけた。半分眠った状態で、両脚を伸ばして涼をとろうとする。

ほんとにもう、エアコンの設定温度を下げないまま——

ぞっとして目が覚めた。恐ろしい予感に襲われて眠気も吹っ飛ぶ。

微熱だ。微熱が出ている。

ああ、やっぱり……あまりにおなじみの感覚。こののぼせ、熱っぽさ、関節の痛み。時計を見れば午前四時十八分。以前発病したときも、これぐらいの時刻になるといきなり熱があがったものだ。

頭上に手を伸ばし、ベッドの上の窓を少しあけた。待ってましたとばかりに、冷気がどっと吹き込んできた。暑さが去り、気持ちが鎮まる。まもなく熱も下がり、それを告げるかのように汗がうっすらとにじむ。

ただの風邪の引きはじめかもしれない。こんな病歴を持っているからといって、ふつうの人のかかる病気にかからないわけではない。まったくもう。

ただ、風邪のウイルスだろうと再発だろうと、また寝なおすのはもう無理だ。Tシャツとボクサーショーツの上からフリースをはおり、階下《した》におりていった。キッチンに向かいながら、その途中にある電灯のスイッチを次々に入れていく。家じゅうどこにも暗い片隅が残らないように。

めざすはコーヒーポットだ。コロンブス記念日（アメリカ大陸発見の日。十月十二日だが、十月の第二月曜日を休日とする州も多く、ニューヨーク州もそのひとつ）を含む長い週末に備えて、オフィスのメールに返事を書くほうがずっとまし――ベッドに横になって、病院の予約まであと何時間と指折り数えているより。

ちなみに言うと、あと五時間半だ。

こうして待っていると、ほとほといやになってくる。

〈クラプス〉のコーヒーメーカーに水を入れ、戸棚に手を入れてコーヒーの缶をとった。ほとんど空だったので、買い置きと缶切りを取り出し――

だれかいる。

メアリは身を乗り出し、シンクの上の窓から外を見ようとした。外は明かりがついておらず、なにも見えなかった。スライドドアのほうに歩いていき、ドアのわきの電灯のスイッチを入れた。

「きゃあっ！」

大きな黒い影が、ガラス戸の向こう側に。

電話に走ろうとしかけて、ふと足を止めた。ブロンドの髪がきらめくのが見えた。

ハルがあいさつがわりに手をあげた。

「やあ」ガラスごしに聞く声はくぐもっている。

メアリは両手をおなかに巻きつけた。「ここでなにをしてるの」

広い肩をすくめて、「きみに会いたくなって」

「どうして？　それに、どうしてこんな時間に？」

また肩をすくめる。「いい考えだと思ったから」

「あなた、頭がおかしいの？」

「うん」

思わず口もとがほころびそうになって、はっとして気を引き締めた。この近くには一軒も家がないし、相手はこの家に入りきらないほどの大男なのだ。

「どうしてここがわかったの」たぶんハラから聞いていたのだろうが。

「入っていいかな。それともきみが出てきてくれる？　そのほうが気が楽なら」

「ハル、いま午前四時半なのよ」

「わかってる。でもきみは起きてるし、おれも起きてるし」

それにしても、なんて大きいんだろう。全身黒いレザー姿で、顔はほとんど影に隠れて見えない。あまりに恐ろしげで、いまは美男子とは思えなかった。

それなのに、どうしてドアをあけようかなどと思っているのだろう。頭がおかしいのは彼女のほうも同じらしい。

「ねえハル、わたし、そういうのは気が進まないわ」

彼はガラスごしにこちらを見つめている。「それじゃ、このままでちょっと話せないかな」

メアリは声もなく彼を見つめた。犯罪者扱いでなかに入れてももらえないのに、それでもここにいたいというのだろうか。ただおしゃべりをするためだけに？

「ハル、悪くとらないでね。でも、この郵便番号の地域だけでも十万人ぐらいはいるわよ、あなたならいつでも家に入れたいし、ベッドにだって入ってほしいっていう女の人。わたしのことは放っといて、そういう人を見つけたら？」

「きみがいいんだ」

顔に落ちる影のせいで、目の表情は見えない。しかし、声はあくまでも真剣だった。その後に落ちた長い沈黙のなか、彼をなかに入れてはいけないと、メアリは自分で自分を説得しようとしていた。

「メアリ、おれにその気があれば、きみに危害を加えるぐらいちょろいもんだ。うちじゅうのドアや窓に鍵をかけたって、簡単に押し入ってみせるよ。おれはただ……少しきみと話がしたいだけなんだ」

彼の広い肩に目をやった。押し入るのは簡単だというのは、たしかにそのとおりだろう。それに、あいだに閉じたドアがあるほうがいいと彼女が言えば、彼はローンチェアを引っぱってきてテラスに腰をおろすだろうという気がした。

掛け金をはずし、スライドドアをあけて、一歩さがった。「説明してほしいことがあるんだけど」

彼はなかに入りながら、歯を見せずに微笑んだ。「なに？」

「どうして、あなたと遊びたがってる女の人と遊んでないの？」ハルは顔をしかめた。「だって、昨夜《ゆうべ》あのレストランにいた女の人たちは、みんなあなたにのぼせあがってたでしょう。

どうしてあのうちのひとりと——」熱々のセックスをしていないの？——「その……楽しくやってないの？」

「ここできみと話してるほうがいいんだ。ああいう女とやるより」

そのあけすけな言葉に少しぎょっとしたが、そこで気がついた。品がないのではなく、身も蓋《ふた》もないほど正直な人なのだ。

少なくともこれだけは正解だった——軽いキスをしただけで彼が離れていったのは、情欲のかけらも起きなかったからだろうと思ったのだが、どうやら思ったとおりだったようだ。この人はセックスをしに来たのではないのだ。わたしに情欲を感じているわけではない、だから安心だ、と自分に言い聞かせた。そう信じる気にすらなった。

「コーヒーを淹《い》れようと思ってたんだけど、いっしょにどう？」

彼はうなずき、リビングルームをうろうろしはじめた。そこにあるものにいちいち目を留めていく。白一色の家具とクリーム色の壁を背景に、彼の黒い服とがっしりした体格は恐ろしげに見えたが、顔に日をやったら、締まりのないにやにや笑いを浮かべていた。家に入れてもらったのがうれしくてしかたがないみたいに。ずっと庭につながれていたのが、ついに家に入れてもらった犬かなにかのようだ。

「コートを脱いだら？」彼女は言った。

彼はレザーのコートを肩からはずして、無造作にソファに放った。重い音がしてクッションがつぶれる。

ポケットになにを入れてるのかしら。

けれどもその下の身体を見たとたん、コートのことなどどうでもよくなった。黒のTシャツのそでから伸びる二本の腕はたくましく、横幅のある胸は筋肉がくっきりと盛りあがり、おなかも引き締まっていて、シャツの上からでも割れた腹筋が見えるほど。脚は長く、腿は太くて――

「気に入った?」彼は低い声でぼそりと尋ねた。

それはもう。その質問に答える気になれないぐらいにね。

彼女はキッチンに向かった。「コーヒーは、どのくらいの濃さが好き?」

缶切りを〈ヒルスブロス〉の缶に突き立て、しゃかりきにキコキコやりはじめた。缶蓋がなかに落ち込んでしまい、取り出そうと指を差し入れた。

「質問に答えてよ」耳もとで声がした。

ぎょっとしたはずみに、缶のふちで親指を切った。うっとうめいて手をあげてみると、ざっくり切れて血が流れている。

ハルは悪態をつき、「おどかす気はなかったんだ」

「大丈夫よ」

水道の栓をひねったが、蛇口の下に手を入れる前に、その手首をつかまれた。

「ちょっと見せて」断るひまもなく、彼は傷ついた指に顔を近づけて、「ずいぶん深く切ったね」

その親指を、彼は口に含んでそっと吸った。

メアリはあえいだ。温かく濡れた感触、吸われる感覚に頭がしびれた。舌でなでられるのを感じる。手を放されたときには、彼を見つめることしかできなかった。

「ああ……メアリ……」彼は悲しげに言った。

驚愕《きょうがく》のあまり、彼の雰囲気が変わったのをおかしいとも思わなかった。「こんなことしちゃだめよ」

「どうして」

あまりに快感だったから。「わたしがＨＩＶとかに感染してたらどうするの」

肩をすくめて、「関係ないよ。きみが感染してたって」

顔から血の気が引いた。彼のほうが感染しているのだ。それなのに、開いた傷を彼の口に入れさせてしまった。

「ちがうちがう、メアリ、おれは感染してない」

「それじゃ、どうして関係ないなんて――」

「おれはただ、痛そうだと思ってやっただけだよ。ほら、もう血は止まってる」

親指に目を向けてみたら、傷口はふさがっていた。治りかけている。いったい――

「それで、質問に答える気になった？」ハルは言った。なにを訊こうとしているか察して、わざと先まわりして封じるかのように。

顔をあげると、彼の目はまたあの光りかたをしていた。碧を帯びた青い目があやしく輝き、見つめていると頭がぼうっとしてくる。

「質問って？」つぶやくように尋ね返した。

「おれの身体を見てどう思った？」

彼女は唇をきゅっと結んだ。女にすてきと言われたいのならお気の毒、がっかりして帰る破目になるだけだ。

「そんなこと訊いてどうするの」彼女はやり返した。

「見たくないなら隠してようかと思ってさ」

「じゃあ、隠せば」

彼は首をかしげた。彼女の気持ちを読みそこねたかといぶかしむように。やがて、コートを置いたリビングルームに引き返そうとした。

どうしよう、本気だったなんて。

「ハル、戻ってきて。そこまでしなくても……その、わたしはつまり、あなたはとってもすてきな身体をしてると思うわ」

彼は笑顔で引き返してきた。「ならよかった。喜んでもらえてうれしいよ」

あらほんと。だったらそのTシャツも、レザーパンツも脱いじゃって、このタイルの床に横になってよ。かわりばんこに、上になったり下になったりしましょうよ。

胸のうちで自分に舌打ちをしながら、メアリはコーヒーを淹れる作業に戻った。粉をすくってコーヒーメーカーに入れながら、ハルに見られているのを意識していた。大きく息を吸うのも聞こえる。彼女のにおいを嗅いでいるかのように。そしてそのあいだずっと、彼が少しずつ近づいてくるのを感じていた。

パニックの先触れが全身を貫く。そんなにくっついてこないで。この人は大きすぎる。それに……すてきすぎる。彼に点じられた情欲の炎は、あまりに火勢が強すぎる。

ポットをセットすると、あとじさって彼と距離を置いた。

「どうして逃げるんだよ。喜んでくれてると思ったのに」

「そういう言いかたやめて」彼が〝喜ぶ〟と言うたびに、どうしてもセックスを連想してしまう。

「メアリ」深くてよく響く声。胸を貫くような。「おれはきみに――」

彼女は耳をおおった。急に、家のなかが彼でいっぱいになったような気がした。そして頭のなかも。

「やっぱりこんなのだめよ。もう帰って」

大きな手がそっと肩にのせられた。

メアリは一歩引いてその手を逃れた。胸が詰まりそうだ。彼は健康で、活力に満ち、生《き》のままの性的魅力にあふれている。望んでも彼女の手には入らないもの、そのすべてを持っている。まるで生命の権化《ごんげ》だ。それなのに彼女のほうは……まずまちがいなく病気を再発している。

メアリは歩いていって、スライドドアをあけた。「帰って。お願いだから、もう帰って」

「帰りたくない」

「出ていって。お願い」だが、彼はこちらをじっと見つめるばかりだ。「もうほんとに、もぐり込んできて出ていかない迷い犬みたい。まといつくならほかの人にまといついてよ」

ハルのたくましい身体がこわばった。辛辣《しんらつ》な言葉を浴びせてきそうに見えたが、やがて無言でコートを取りあげた。レザーを肩に引っかけ、ドアに向かって歩いてくる。こちらには目もくれずに。

ああ、最低。今度は後悔で胸が痛んだ。

「ハル。ハル、待って」と彼の手をにぎった。「ごめんなさい、ハル――」

「その名前で呼ぶな」彼はぴしゃりと言った。

手をふりほどかれて、メアリは彼の前に立ちはだかった。とたんにやめておけばよかったと思った。彼の目は底なしに冷たかった。アクアブルーのガラスの破片のようだ。口から発した言葉も鋭くとがっていた。「邪魔してすまなかった。わかるよ、そりゃ迷惑千万だろうな、友だちになりたいと人に思われるっていうのは」

「ハル――」

彼女をやすやすと押しのけながら、「もういっぺんその名前で呼んだら、壁にパンチをくわせて穴をあけてやる」

大またで外へ出ると、庭の左端に迫る木立に入っていった。

とっさに、メアリはランニングシューズに足を突っ込み、ジャケットを引っつかんで、スライドドアから外へ飛び出した。彼の名を呼びながら芝生を走り、森のとば口で立ち止まった。

小枝の折れる音も、枯れ枝のはじける音もしない。あんな大きな人が歩いていれば、かなりの音がするはずなのに。でも、彼はこっちに歩いていった。それはまちがいないはず。

「ハル?」声を高めた。

どれぐらい経っただろうか、メアリはついにあきらめて家のなかへ引き返した。

15

「ミスターO、今夜はよくやった」

キャビン裏手の納屋を出ながら、Oはミスターxの称賛に胸をむかむかさせていた。しかし、そんないらだちを顔に出すようなことはしなかった。〈オメガ〉の魔手を逃れて一日経つか経たないかで、とてもことを荒立てる気分ではない。

「でも、なにひとつ聞きだせなかった」彼はぼそりと言った。

「それは、あの男がなにも知らなかったからだ」

Oは立ち止まった。夜明けの薄暗い光のなか、ミスターXの顔が常夜灯のようにぼうっと白い。

「どういうことですか、センセイ」

「きみが来る前に、先に締めあげてみたからわかるのさ。きみを信用できるか確かめたかったが、その反面、きみがもう使いものにならんとなったとき、この機会をふいにすることになるのももったいないと思ってね」

なるほど、それであのヴァンパイアはあんな状態だったのか。誘拐されるときに激しく抵抗したのだとばかり思っていたら。

時間のむだ、労力のむだだったわけか。Oはそう思いながら車のキーを取り出した。

「まだテストが残ってますか」このくされ野郎が。

「いや、いまのところは」ミスターXは腕時計を見た。「きみの新しい部隊がそろそろ集まってくるころだ。そのキーはしまっておけ。なかに入ろう」

あのキャビンに近づくと思っただけで、ぞっとして足の感覚がなくなった。ちくしょう、完全にしびれてやがる。

しかし、Oは笑顔で言った。「お先にどうぞ、センセイ」

なかに入ると、Oはまっすぐ寝室に向かい、ドア枠に寄りかかって立った。肺に綿《わた》が詰まっているようだったが、平静を失うことはなかった。この部屋を避けるそぶりを見せれば、ミスターXはなにかと理由をつけて入らせようとするだろう。新しい傷口は突ついてみなければ、どれぐらい治っているのか、それとも膿《う》んでいるのかわからない。そのことを、あの下司《げす》野郎はよく知っている。

殺戮《さつりく》者たちがぞろぞろキャビンに入ってくるのを、Oはひとりひとり値踏みしていた。見知った顔はひとつもないが、〈ソサエティ〉に入って長い者ほど、見分けがつきにくくなるものだ。髪の色も肌色も目の色もしだいに抜けていき、しまいには〝レッサー〟は〝レッサー〟にしか見えなくなる。

Oに目を留めると、ほかのメンバーは彼の濃色の髪を見て険しい顔になる。〈ソサエティ〉では新人はいちばんの下っぱだから、歴戦の強者《つわもの》の集団に混じっているのは珍しい。ああ、それがどうしたよ。Oはひとりひとりと目を合わせていき、文句があるなら喜んでお相手するつもりだとはっきりわからせてやった。

力と力の対決になるかもしれない、そう思うと生き返るようだった。ひと晩ぐっすり眠って目が覚めたようだ。湧きあがる闘争心、おなじみの征服欲の高まりが快い。自分はもとのままの自分だと自信が湧いてきた。結局のところ、〈オメガ〉にも彼の根っこの部分を奪い去ることはできなかったのだ。

会合は長くはかからなかったし、特別な集まりでもなかった。メンバーの紹介。毎朝かならず、各自現況報告のメールを送信すること、という規則の再確認。それに加えて、情報収集戦略のこと、捕獲と抹殺の割当数の念押しもあった。

会合が終わると、Oはまっさきにドアに向かった。そこへミスターXが進み出てきて、行く手をふさいだ。

「きみは残ってくれ」

あの淡色の目がこちらの目をのぞき込んでくる。恐怖がひらめくのを待ち構えている。

Oは一度だけうなずき、足を広げて立った。「わかりました、センセイ」

ミスターXの肩ごしに、ほかのメンバーが出ていくのを眺めた。全員が互いによそよそしい態度だった。話し声はなく、目はまっすぐ前に向けたまま、肩と肩が軽く触れあうことすらない。全員が全員と初対面なのは明らかだ。ということは、別々の地区から呼ばれてきたにちがいない。兵卒レベルにまで手を広げてかき集めているということか。

最後のひとりが出ていき、ドアが閉まった。パニックで皮膚がぞわぞわしはじめたが、Oは岩のように身じろぎもしなかった。

ミスターXはそれをじろじろ眺めていたが、やがてキッチンのテーブルに歩いていき、ラップトップを起動した。まるであとから思いついたかのように、「あの二部隊は、両方ともきみに指揮を任せる。情報収集法を仕込んでやってくれ。部隊としてまとまって動けるようにしてほしい」光る画面から顔をあげた。「息の根を止めてやれと言ってるわけじゃないぞ。わかってるな」

Oはまゆをひそめた。「そういうことは、全員そろってるときに発表すりゃいいでしょう」

「まさか、わたしの後押しがないと指揮がとれないと言うんじゃないだろうね」

そのあざけるような口調に、Oは険悪に目を細めた。「指揮をとるぐらい簡単ですよ」

「お手並み拝見だな」

「ほかになにか？」

「言い出せばきりはないが、今日のところはもう帰っていいぞ」

Oは歩きだしたが、出口まで来た瞬間に呼び止められるのはわかっていた。ドアのノブに手をかけたとき、気がついたら自分から立ち止まっていた。

「なにか言いたいことでもあるのかね」ミスターXがひとりごとのように言った。「早く帰りたいのかと思っていたが」

室内を見まわすうちに、立ち止まったのを正当化する口実を思いついた。「ダウンタウンのあの家、情報収集にはもう使えんでしょう。あのヴァンパイアに逃げられたし。べつの場所が要りますよ、裏の納屋のほかに」

「わかっている。土地の下見に行かせたのはなんのためだと思ってたんだね」

では、そういう計画だったのか。「昨日見てきた土地は向いてませんね。湿地だらけだし、まわりに道路が何本も通ってるし。ほかに目ぼしい土地はありますか」

「不動産屋の共同斡旋《あっせん》のリストをメールで送ろう。建てる場所をわたしが決めるまでは、捕虜はここに連れてきたらいい」

「あの納屋じゃ、見学者を入れるには広さが足りませんよ」

「わたしが言ってるのはここの寝室のことだ。あの部屋はかなり広い。きみも知ってのとおりな」

Oはつばを呑んだが、言葉はすらすらと出てきた。「情報収集のやりかたを仕込むんなら、もっと広い場所でないと」

「建つまではここを使うんだ。わかったかね。なんなら図を描いて説明しようか」

上等だぜ。しょうがない。

Oはドアをあけた。

「ミスターO、なにか忘れていないかね」

ちくしょう。背筋がぞっとすると人の言う意味が、身にしみてわかった。

「というと?」

「昇進させてやったんだから、礼のひとつも言ってもらいたいな」

「ありがとうございます、センセイ」Oはあごをこわばらせて言った。

「期待を裏切るなよ、若いの」

ああ、さっさとくたばれ、このくそじじい。

Oは軽く頭を下げ、そそくさと出ていった。トラックに乗り込んで、エンジンをかけたときはほっとした。ほっとしたどころか、命拾いした気分だった。

帰る途中でコンビニに寄った。目当ての品はすぐに見つかり、十分後には自宅の玄関ドアを閉じて、防犯アラームを解除していた。彼の家は小さな二階建てで、活気があるとは言いがたい住宅街にあり、それがいい目隠しになっていた。近所に住んでいるのは高齢者がほとんどだし、そうでない住人はグリーンカードを持った外国人で、ふたつも三つも職をかけもちしている。他人のことなど気にする者はいなかった。

二階の寝室に向かう。剝き出しの床に響く足音が、なんの装飾もない壁から跳ねかえってくる。それを聞いていると不思議に心がなごんだ。とはいえ、ここは安息の場ではないし、それは以前からずっと変わらない。この家は兵舎だ。家具と言えば、マットレスがひとつに〈バーカラウンジャー〉の安楽椅子が一脚あるだけ。窓には残らずブラインドが掛かっていて、外からのぞかれることはない。クロゼットには武器と制服の予備が入っているだけだし、キッチンは完全にからっぽで、越してきてから一度も使ったことがない。

服を脱ぎ、銃をはずし、コンビニの白いビニール袋を持ってバスルームに入った。身を乗り出して鏡をのぞき、髪の毛を分けてみた。根もとに二、三ミリ白い部分が見える。

変化は一年ほど前に始まった。最初は頭頂部のごく一部だったが、それが正面から後ろまで全体に広がっていった。こめかみの髪は最後までねばっていたが、それもいまでは色が抜けてきている。

〈クレイロール・ハイドリエンス〉の四十八番、〈セーブル・コーヴ（ダークブラウン）〉のおかげで問題は解決し、また茶色の髪に戻ることができた。最初は〈ヘアカラー・フォーメン〉を使ったが、すぐに気づいたとおり、女性用のほうがよく染まるし、色持ちもいい。

箱をあけたが、透明のポリ手袋をはめる手間はかけなかった。チューブの中身をスクイーズボトルにあけ、よく振って、何カ所かに分けて頭皮に筋状に絞り出していった。この薬品臭がいやだ。この手間が。このスカンクみたいな縞《しま》が。しかし、色が抜けていくことを思うと虫酸《むしず》が走る。

〝レッサー〟が時とともに色素を失っていくのはなぜなのか、その理由はわかっていない。というより、少なくとも彼は尋ねたことがない。理由はどうでもいい。ただ、個を失って集団に埋没《まいぼつ》するのがいやだ。

スクイーズボトルをおろし、鏡のなかの自分をにらんだ。頭全体に茶色のべたべたを塗りたくった姿は、完全に間が抜けて見える。ちくしょう、なんでこんなことになったんだ。

それがばかな問いなのはわかっている。決定はとっくになされて、いまさら後悔しても遅すぎる。

あの入会の夜、何年も何年も殺戮に明け暮れるチャンスと引き換えに、自分の一部を手放したときには、ちゃんとわかっているつもりだった。なにを失い、そのかわりになにを得ることになるのか。公平どころか、有利な取引だと思っていた。

三年間は、いい取引をしたとずっと思っていた。性不能のことは大して気にならなかった。欲しい女はもう死んでいたから。飲食ができないのも、少し時間はかかったものの、やがては慣れた。もともと、大食漢でも酒飲みでもなかったのだ。それに警察に追われる身だったから、昔の自分を捨てるので忙しかった。

対して、利点の大きさは計り知れないように思えた。腕力は予想以上に強まった。スー・シティで用心棒をしていたころから腕っぷしの強さで鳴らしてはいたが、〈オメガ〉がやることをやり終えてからは、腕にも脚にも胸にも人間離れした筋力がついた。そしてそれをふるうのが楽しかった。

おまけにもうひとつ、金銭の苦労から解放された。務めを果たすのに必要なものは、〈ソサエティ〉がなにもかも与えてくれる。この家もトラックも、武器、衣服、電気のおもちゃも、経費は全部〈ソサエティ〉持ちだ。なにも気にせずに獲物を狩っていればいいのだ。

もっとも、それは最初のうちだけだった。ミスターXが指揮官になってからは、そんな勝手気ままは許されなくなった。いまでは点呼があり、部隊があり、割当がある。

〈オメガ〉の訪問まで受けた。

Oはシャワー室に入り、髪から染料を洗い落とした。タオルで拭きながら鏡の前に戻り、自分の顔を眺めた。虹彩は髪と同じくかつては茶色だったのに、灰色に変わりかけている。あと一年もしたら、かつて彼を形作っていた特徴はあとかたもなくなるだろう。

咳払いをして、「おれの名前はデイヴィッド・オーモンドだ。デイヴィッド。オーモンド。ボブ・オーモンドとリリー・オーモンドの息子。オーモンド。オーモンド」

ちくしょう、自分の名前を自分で言ってみて、それが奇異に聞こえるとは。頭のなかに響くのは、ミスターOと呼びかけてくるミスターXの声だった。

込みあげる感情に圧倒されそうだった。パニックと悲しみの入り交じった感情。戻りたい。

戻って……戻ってやり直したい。なかったことにしたい。魂を売るのは結構な取引に思えた。だが実際には、特殊な地獄に生きるようなものだった。いまの彼は、生きて呼吸をして殺戮する幽霊だ。もう人間ではなく、ただのモノだ。

Oは震える手で服を着、トラックに飛び乗った。ダウンタウンに着くころには、もう冷静にものを考えられなくなっていた。トレード通りにトラックを駐め、路地を歩きはじめた。しばらく時間がかかったが、ついに探していたものを見つけた。

長いダークヘアの売春婦。歯を見せなければ、ジェニファに似ていないこともない。女の手に五十ドルをすべり込ませ、人型ごみ収集容器《ダンプスター》の陰に連れ込んだ。

「デイヴィッドと呼んでくれ」彼は言った。

「いいわよ」女は笑みを浮かべながらコートを開き、剝き出しの胸をちらりと見せた。「あたしのことはなんて呼びた――」

片手で女の口をふさぎ、その手に力を込めた。しだいに女の目が飛び出しそうになる。

「名前を呼べ」

手を放して待ったが、女は過呼吸を起こしてあえぐばかりだ。ナイフを取り出してのどに押し当てた。

「名前を呼べと言ったんだ」

「デイヴィッド」ささやくように言った。

「愛してると言え」女が口ごもると、彼はナイフの切っ先を首の皮膚に浅く突き立てた。血が盛りあがってきて、輝く刃の上を流れる。「早く」

女のたるんだ乳房——ジェニファとは似ても似つかない——が上下した。「あ……愛してるわ」

彼は目を閉じた。声がぜんぜんちがう。

これでは欲しいものは手に入らない。

突きあげてくる怒りは、もう抑えがきかなかった。

16

レイジは胸からバーベルを持ちあげた。歯を剥き出し、全身を震わせ、滝の汗を流している。

「それで十回だ」ブッチが声をかけた。

レイジはバーベルをあげてスタンドにのせた。スタンドがきしむ。ウェイトどうしがぶつかってがたがたと音を立て、やがて静かになる。

「あと五十足してくれ」

ブッチがバーベルに顔を寄せた。「もう五百二十五まで行ってるぜ」

「いいから、あと五十足せよ」

薄茶色《ヘーゼル》の目がいぶかるように細くなって、「なにかりかりしてんだよ。胸筋をずたずたにしたいってんなら、そりゃおまえの勝手だ。けどな、おれに噛みつくことないだろ」

「すまん」レイジは上体を起こし、ほてった両腕をふった。いまは朝の九時で、このウェイトトレーニング室にデカと入ったのが七時だった。全身どこもかしこも燃えるようだったが、まだまだ切りあげる気になれない。骨の髄までへとへとに疲れきるまで続けるつもりだった。

「続けていいか？」彼はぼそりと言った。

「ちょっとこの留め金締めなおすから待ってくれ。よし、いいぞ」

レイジはまた横になり、バーベルをスタンドから持ちあげ、胸もとにおろした。息を整えてから上げ下げにかかる。

迷い犬。みたい。

迷い犬。みたい。

負荷に耐えて上げ下げしていたが、残り二回を残すところで、ブッチが手を出してきてバーベルを支えた。

「気がすんだか？」ブッチは、バーを支えてスタンドに戻しながら尋ねた。

レイジは起きあがり、前腕を膝にのせて荒い息をついていた。「ちょっとひと休みしたら、あとワンセットやる」

ブッチが正面にまわってきて、脱ぎ捨てていたシャツをぞうきんのように絞った。いっしょにウェイトトレーニングをしているおかげで、胸や腕に筋肉がついてきていた。と言っても、もとからけっして貧弱だったわけではない。レイジほど重いバーベルはとてもあげられないが、人間としてはブルドーザー並みだ。

「デカ、だいぶ締まってきたじゃないか」

「ちぇっ、やめてくれよ」ブッチはにやりと笑った。「いっしょにシャワー浴びたせいで、頭に血がのぼったんだろ」

レイジはタオルを投げつけた。「ビール腹が消えたって言っただけだ」

「スコッチ腹と言ってくれ。消えて残念てわけじゃないけどな」ブッチは割れた腹筋を手でなぞった。「なあ、今朝はなんだって、そんなにめたくそにがんばってるんだ？」

「マリッサの話をしたいのか？」

ブッチの顔がこわばった。「いや、とくに」

「だったらわかるだろ、その話をする気分じゃないんだよ」

ブッチは濃いまゆをあげた。「好きな女ができたのか。そのつまり、特別な女が」

「だから、お互い女の話はしたくないって言ってたんじゃないのかよ」

デカは腕を組んで眉根を寄せた。ブラックジャックで手持ちの札をにらみながら、もう一枚もらおうかどうしようか考えている男のようだ。

思い切ったように早口で言った。「おれは首ったけなんだが、マリッサは会ってくれない。要はそういうことで、話はこれだけだ。よし、今度はおまえが話す番だぞ」

レイジは思わず苦笑した。「坂をころげ落ちてんのはおれひとりじゃないってことか。安心したよ」

「それじゃなんもわからん。くわしく話せよ」

「今朝早く、女の家から追ん出されたんだよ。プライドをずたずたにされてたな」

「ずたずたって、どんな大ナタを使われたんだ」

「自由契約のイヌ科の動物にそっくりだってくさされた」

「あたた」ブッチはシャツを今度は逆方向に絞った。「それじゃあもちろん、また会いたくて会いたくてしょうがないわけだ」

「ああ、そういうことだ」

「情けねえ」

「わかってるよ」

「おれもひとのこと言えないけどな」デカは首をふった。「昨夜《ゆうべ》は、その……えー……マリッサの家まで行ってきたんだ。いつのまに〈エスカレード〉がそっちに行ってたのかよくわからん。つまりその、ひょっこり出くわしたりしたら最悪なのにさ。だろ」

「なるほど。家の外で待ってたわけだな。ちらとでも姿を――」

「茂みんなかだぜ、レイジ。茂みんなかにしゃがんでたんだ。マリッサの寝室の下の」

「おいおい、そりゃ……」

「ああ、以前のおれだったらストーカーで自分を逮捕してるとこだ。なあ、そろそろ話題を変えないか」

「そうしよう。そう言や、〝レッサー〟のとこから逃げてきた、あの男の調査はどうなってる?」

ブッチはコンクリートの壁に背中を預け、片腕を胸の前にななめにあげてストレッチを始めた。「それなんだが、手当をした看護師にフュアリーが話を聞いてきたんだ。男はもう虫の息だったそうだが、それでも〈兄弟団〉のことを訊かれたと言ってたそうだ。どこに住んでるのかとか、交友関係とかな。どこで拷問されたのか正確な場所は言ってなかったらしいが、ダウンタウンのあたりだったのはまちがいないだろう。発見されたのがあのあたりだからな。遠くまで移動できるような状態じゃなかったし。そうだ、それからずっとX、O、Eって文字をくりかえしてたそうだ」

「それは〝レッサー〟どうしが呼ぶときの呼びかただ」

「へえ、面白いな。007みたいだ」ブッチはもういっぽうの腕のストレッチを始めた。肩の関節が鳴る。「ともかく、あの木から吊るされてた〝レッサー〟の札入れを失敬してきたから、トールがそいつの住処《すみか》を調べに行ったんだが、きれいさっぱりからっぽにされてたそうだ。どうも、死んだのがわかってたみたいだな」

「壺はあったのか」

「いや、トールが言うにはなかったらしい」

「それじゃ、まちがいなく来てるな」

「それはそうと、あんなかにはなにが入ってるんだ」

「心臓だ」

「うへえ。もっとも、べつんとこが入ってるよりはいいか。あいつら立たないって聞くからな」ブッチは両腕をおろし、考え込むように歯の裏側を吸って小さい音を立てている。「なあ、なんか見えてきたような気がするんだよな。この夏、裏の路地で殺された売春婦がいたろ、おれが捜査してた事件。首に歯のあとがあって、血液からヘロインが検出されたやつ」

「ザディストの彼女たちだろ。あれで身を養ってるんだ。人間しか相手にしない。あんな薄い血で、どうやって生きてられるのか知らんけど」

「やってないって言ってたぜ」

レイジは目をぎょろつかせて、「あいつの言うことを信じられるってか」

「けどな、そのまんま受け取るとすれば——まあ、いいから聞けよ、ハリウッド。まんま信じるとすれば、べつの説明ができるんだよ」

「どんな？」

「罠《わな》さ。ヴァンパイアを誘拐するとしたらどうする？　餌《えさ》を見せるんだよ。餌を用意して待ってりゃ、いずれ寄ってくるだろ。それを薬で眠らせて、好きなとこへ引きずっていきゃいい。現場でダーツが見つかってるんだ。野生動物に麻酔を打ち込むのに使うようなやつ」

「マジか」

「それだけじゃない。今朝、警察の無線を傍受してたんだが、また路地で売春婦の死体が見つかってる。前のふたりが殺された現場のすぐ近くだ。Vに頼んで警察のサーバに侵入してもらったら、女はのどを切り裂かれてたってオンラインの報告書に書いてあった」

「その話、ラスやトールにはしたのか」

「いや」

「しろよ」

ブッチはもじもじした。「おれがそこまで関わっていいもんかな。つまりその、出しゃばって首突っ込みたくないんだよ。おれは部外者だし」

「なに言ってんだ、おまえはおれたちの仲間だろ。少なくともVはそう言ってたぜ」

ブッチはまゆをひそめた。「Vが？」

「うん。だからおまえをここに連れてきたんだよ、でなかったら……まあ、その……」

「墓場に送り込むかわりにってことか」と片頰を歪めて苦笑いをした。

レイジは咳払いをして、「もしそうなってたとしても、喜んでやったろうなんて思わないでくれよ。まあ、Zはべつだけどな。いや、それもちがうな、あいつはなにがあっても喜ぶようなやつじゃ……まあその、言ってみりゃ、おまえはだんだん――」

トールメントの声が割って入ってきた。「これはどういうことだ、ハリウッド！」

トレーニング室にどすどす入ってくるさまは雄牛さながらだった。〈兄弟団〉のうちで、トールはだれよりも冷静な男なのだ。よほどのことがあったにちがいない。

「どうしたんだ、兄弟」レイジが尋ねた。

「おまえあてに、一般用のボイスメールにメッセージが入ってるぞ。あの人間からだ。メアリとかいう」トールは両手を腰に当て、上体をぐっと前に突き出した。「どうしておまえを憶えてるんだ。どうしてここの番号を知ってるんだ」

「番号は教えてない」

「だとしても、記憶を消してこなかったのはたしかだろうが。いったいぜんたいなにを考えてるんだ」

「べつに厄介なことにはならないだろ」

「もうなってるじゃないか。ここに電話かけてきてるんだ」

「そうかっかしなさんなって――」

トールは指を突きつけて、「おまえがちゃんと片をつけてこないなら、おれがつけてやる。わかったか」

ベンチから立ちあがったと思うと、まばたきの間にレイジはトールと鼻と鼻を突き合わせていた。「彼女に近づくやつには、おれが目にもの見せてやる。きさまだって例外じゃないぞ」

トールは濃い青の目を険悪に細めた。本気で取っ組みあいになれば、どちらが勝つかはふたりともわかっている。素手と素手の格闘でレイジに勝てる者はいない。これは証明済みの事実だ。そしてレイジはいま、手出しをしないという確約をトールから叩き出すつもりでいた。必要とあれば、いまここで。

トールが陰《いん》にこもって言った。「ハリウッド、ひとつ深呼吸をして一歩さがれ」

レイジは動かなかったが、マットを踏む足音が聞こえ、ブッチの腕がレイジの腰に巻きついてきた。

「ちったあ頭を冷やせよ、な?」ブッチがことさらのんびりした声で言う。「そら、くっついてないで、離れて離れて」

レイジは引きずられるままに後ろにさがったが、目はトールの目にひたと向けられている。緊張で空気がぴりぴりしている。

「いったいどうなってるんだ」トールが詰問した。

レイジは一歩よけてブッチの手をほどくと、ウェイトトレーニング室をうろうろしはじめた。床に置いたバーベルやベンチのあいだを縫って歩いている。

「どうも。どうもなってやしない。向こうはおれの正体を知らないし、なんでここの番号がわかったのかおれは知らん。たぶんあのベラとかいう女が教えたんだろう」

「こっちを見ろ、兄弟。レイジ、歩きまわるのはやめてこっちに顔を見せろ」

レイジは立ち止まり、目だけトールのほうへ向けた。

「どうして記憶を消してこなかった。長期記憶に定着したら、きれいに消せなくなるのはわかってるだろう。消すチャンスはあったのに、なぜ消さなかったんだ」長い沈黙が落ちた。やがてトールは首をふった。「まさか惚《ほ》れたって言うんじゃないだろうな」

「なんとでも言ってくれ」

「それはイエスって意味だな。まったく……なあ、なにを考えてるんだ。人間とあまり関わりあいになっちゃいかんのはわかってるじゃないか。とくにあの女の場合は、あのぼうずのことがあるんだから」トールの目つきが鋭くなった。「いいか、これは命令だぞ。これで二度めだ。あの女のおまえに関わる記憶を消して、今後はもう会うんじゃない」

「言っただろ、おれの正体は知られてないし――」

「この件でおれと取引しようっていうのか。ばかなまねはよせ」

レイジは険悪な目で兄弟をにらんだ。「また鼻先に立たれたいのか。今度はデカに引っぱられたぐらいじゃ引きさがらないぞ」

「おまえ、その口で女にキスをするつもりか。その牙のことをなんて説明するんだ、ええ?」レイジが目を閉じて口のなかで毒づくと、トールは口調をやわらげた。「頭を冷やせ。こんな厄介ごとを増やしてどうするんだ。おまえのためにだってならん。現に、おれの命令よりあの女を優先してるじゃないか。レイジ、おれはな、おまえをやっつけたくてこんなことを言ってるんじゃないんだぞ。そのほうがみんなのためなんだ。彼女のためなんだ。わかってくれよ、兄弟」

彼女のため。

レイジは前屈して足首をつかんだ。膝腱が思いきり伸びて、脚からはがれそうだ。

メアリのため。

「片をつけてくるよ」しまいにレイジは言った。


「ミズ・ルースですね？　どうぞこちらへ」

メアリは顔をあげたが、目の前に立っている看護師には見憶えがない。ゆったりしたピンクの制服を着て、とても若く見える。たぶん学校を出たばかりなのだろう。にっこりするとえくぼができて、ますます若く見えた。

「どうかなさいました？」そう訊きながら、両腕の分厚いファイルを抱えなおす。

メアリはバッグを肩にかけて立ちあがり、看護師のあとについて待合室を出た。淡い黄色の長い廊下をなかほどまで進み、診察準備ステーションの前で立ち止まる。

「ちょっと体重と体温を測りますね」看護師はまたにっこりした。おまけに体重計や体温計の扱いがじょうずで、さらに好感度がアップした。手早くて、それでいてていねいだ。

「少し体重が落ちてますね、ミズ・ルース」ファイルに記入しながら、「お食事はいつもどおりですか？」

「いつもと同じです」

「左側のお部屋にどうぞ」

診察室はいつもと変わりなかった。額入りのモネの複製画、ブラインドのおりた小さな窓。デスクの上のパンフレットとコンピュータ。診察台には紙製の白いカバーがかけてある。流し台のまわりのさまざまな器具。すみには医療ごみ用の赤い容器。

胸がむかむかしてきた。

「ドクター・デラ＝クロースが、生命徴候《バイタル》をお調べしたいと言ってました」看護師はきちんと四角く畳《たた》んだ布を差し出してきた。「これに着替えてくださいね。ドクターはすぐに見えますから」

ガウンもまったくいつもどおりだった。薄くてやわらかい綿《めん》で、青地に小さなピンクの模様が入っている。二カ所に紐《ひも》がついている。このガウンを着るときは、いつもこれでいいのかと迷う。前開きなのか、後ろ開きなのだろうか。今日は前開きで着てみた。

着替えが終わると、メアリはずりあがるようにして診察台に腰掛け、縁から脚を垂らした。服を着ていないと寒い。脱いだ服はきちんと畳んで、デスクのそばの椅子にのせてある。いまあれを着られるならいくら払ってもいいと思った。

チャイムと口笛の音がした。バッグのなかで携帯が鳴りだしたのだ。床に飛びおりて、靴下のまま歩いていった。

発信者IDを見ると、憶えのない番号だ。期待しながら出た。「もしもし？」

「メアリ」

よく響く男性の声を聞いて、安堵のあまり全身の力が抜けそうだった。ハルからはもう電話はないだろうとあきらめていたのだ。

「ああ、ハル、電話してきてくれてありがとう」診察台のほかに座るところはないかと見まわした。脱いだ服を膝に移して、椅子に腰をおろす。「あの、昨夜はほんとにごめんなさい。わたしはただ——」

ノックの音がして、さっきの看護師が首だけなかに入れてきた。「ちょっとすみません、この七月に撮影した骨シンチグラムの利用は同意していただいてます？」

「ええ、わたしの記録に入ってるはずです」看護師がドアを閉じると、メアリは電話に向かって「ごめんなさい」

「いまどこ？」

「いまは、あの……」咳払いをした。「いいの、気にしないで。わたしはただ、あんなひどいことを言って、ほんとに申し訳ないって言いたかっただけなの」

長い間《ま》があった。

「わたし、ふつうじゃなかったから」

「どうして？」

「あなたといると……その、なんていうか……」ガウンのすそをいじっているうちに、ふいに言葉が口を突いて出た。「ハル、わたしガンなの。つまりその、以前ガンにかかって、再発してるかもしれないの」

「わかってる」

「ベラから聞いたのね」彼がうんと言うのを待ったが、返事がない。ひとつ深呼吸をした。「白血病を口実にして、だからなにをしてもしょうがないなんて言うつもりはないのよ。ただ……わたしいま、すごく不安定な状態なの。気持ちの浮き沈みが激しくて、あなたに家に入ってもらったら」──あなたにすっかりのぼせあがってしまったら──「なにかのスイッチが入ったみたいで、それであんなひどいことを言ってしまったの」

「わかるよ」

なぜだか、ほんとうにわかってくれたという気がした。

でも、どうしてずっと黙っているのかしら。いたたまれず、だんだん決まりが悪くなってきた。いつまでも彼を電話口に縛《しば》りつけておいてはいけない。

「ともかく、それだけ言っておきたかったの」

「今夜八時に迎えに行くよ。きみの家に」

メアリは電話をぎゅっとにぎった。こんなに彼に会いたかったなんて。「待ってるわ」

診察室のドアの外から、ドクター・デラ＝クロースの声が、看護師の声と混じって高く低く聞こえてくる。

「それからさ」

「なに？」

「髪をおろしといてよ」

ノックの音がして、医師が入ってきた。

「わかったわ」メアリは言って電話を切った。「こんにちは、スーザン」

「お待たせ、メアリ」ドクター・デラ＝クロースは、狭い診察室を突っ切ってきた。笑顔になると、茶色の目のすみにしわが寄る。五十歳ぐらいで、豊かな白髪をあごのあたりでまっすぐに切りそろえていた。

デスクの向こうに腰をおろし、脚を組んだ。ひと呼吸おいて覚悟を決めようとしている。

メアリは首をふった。

「やっぱり思ったとおりだったんですね」とつぶやくように言った。

「なんのこと？」

「再発してるんでしょう」

少し間があった。「わたしも残念だわ、メアリ」

17

メアリは仕事には行かなかった。家に車を走らせ、服を脱ぐとベッドに入った。オフィスに短い電話をかけ、今日一日とこれから一週間の休みをとった。それぐらいは時間が必要になる。コロンブス記念日の長い週末があけたら、さまざまな検査を受けてセカンド・オピニオンを求めることになるだろうし、そのあとはドクター・デラ＝クロースと治療法を話しあわなくてはならない。

不思議なことに、メアリに驚きはなかった。胸のうちではずっとわかっていた――病気はたんに一時退却しただけで、降伏したわけではなかったのだ。

それとも、いまはたんにショックで麻痺しているだけだろうか。だから、またかぐらいにしか感じないのかも。

これからどうなるかと考えてみて、こわいのは病気の苦痛ではなかった。時間を失うことだ。また病気を抑えられるまでどれぐらいかかるだろう。次の寛解はどれぐらい続くだろう。いつまたふつうの生活に戻れるだろうか。

寛解とはべつの可能性もあるが、それは考えないことにした。そっちのほうに考えを進めてはいけない。

寝返りを打ってわきを下にし、部屋の反対側の壁を眺めて母のことを思い出した。指先でロザリオをまさぐりながら、ベッドのなかで祈りの言葉を低く唱えている姿。ロザリオの珠《たま》と単調な祈りの声に、モルヒネにも与えられないほどの安らぎを母は見出していた。不幸のただなかにあっても、苦痛と恐怖のどん底にあるときでさえ、なぜだか母は奇跡を信じていたのだ。

メアリはあのころ母に訊いてみたいと思っていた。ほんとうに救済されると思っているのか。比喩的な意味ではなく、現実的な意味で。母のシシーはほんとうに、ありがたい祈りを唱え、まわりにありがたいものを集めていれば、病気がよくなると、いつかまた元気に起きられるようになると信じていたのだろうか。

その問いを口に出したことはない。そんなことを尋ねるのは残酷なことだし、訊かなくても答えはわかっていた。最後の最後まで、母がこの世での救済を待っているのはひしひしと伝わってきていたものだ。

だが考えてみると、メアリはたんに、自分ならそう願うだろうと思って、それを投影していただけかもしれない。彼女にとって神の恩寵とは、ふつうの人のように元気に生きられることだ。健康な人には、死ははるか遠くにあるもの、あるかないかのわずかな可能性だ。借金は借金でも、想像もつかないほど遠い未来に返すべき借金のような。

きっと母はちがう見かたをしていただろうが、ひとつだけたしかなことがある。結果は変わらなかった。祈りは母を救ってはくれなかった。

目を閉じると、どっと疲れの波が押し寄せてきた。それにすっかり呑み込まれたとき、その一時的な忘却がありがたかった。何時間か眠り、ときおり意識が戻ってはまた薄れ、何度も寝返りを打った。

七時に目が覚めたとき、電話に手を伸ばし、ベラから教えてもらったハルの番号にかけた。メッセージは残さずに電話を切る。断るべきだろうと思う。今夜の彼女はいっしょにいて楽しい相手ではない。だが、そんなことはどうでもいい。いまはわがままを通したかった。ハルに会いたい。彼といると生き返ったような気になれる。あの胸の高鳴りをどうしても感じたかった。

ざっとシャワーを浴びたあと、スカートとタートルネックを着た。全身の映るバスルームのドアの鏡で見ると、どちらも以前よりゆるくなっていた。今朝、病院で体重を測ったのを思い出す。今夜はハルに負けないぐらい食べなくちゃ。いまはダイエットする理由などなにひとつないのだ。また化学療法が始まるのなら、せっせと肉をつけておかなくては。

そう思ったとたん、ぎくりとして凍りついた。

両手を髪に差し入れ、根もとから毛先に向けて指で梳《す》いて、肩に流した。ぱっとしない茶色の髪。他人から見れば、まったくなんということもない髪だ。

それでも、これを失うかと思うと泣きたかった。

険しい表情で髪をひとつにまとめ、ねじってきちんと留めた。

数分後には、玄関から外へ出て車寄せに立っていた。ぎょっとするほど寒くて、コートを着てくるのを忘れたのに気がついた。またなかに引き返し、黒いウールのジャケットをとったが、その途中で鍵をどこかへやってしまった。

鍵はどこだろう。どこかに差して――

そうだ、ドアに差したままだった。

家の外に出てドアを閉め、ロックをかけて、かちゃかちゃ言わせながら鍵をジャケットのポケットに突っ込んだ。

待ちながら、ハルのことを考えた。

髪をおろしといてよ。

わかったわ。

バレッタをはずし、手櫛《てぐし》でできるだけ整えた。それが終わると、じっとして待った。

なんて静かな夜だろう。これだからこの田園地帯が好きなのだ。隣人と言えばベラがいるだけ――

それで思い出した。電話してデートの報告をするつもりだったのに、その気になれずにいたのだ。明日だ。明日はベラと話そう。そして二度のデートのことを報告しよう。
七、八百メートルほど向こうで、こちらに曲がってくるセダンが見えた。低いうなりをあげて加速するのがはっきり聞こえる。ヘッドライトがふたつ見えなかったら、ハーレーが近づいてきていると思ったにちがいない。
濃紫色の高速車が目の前に停まったとき、なにかのＧＴＯ（長距離・高速走行の可能な高性能車のこと）のようだと思った。ぴかぴかで、騒々しくて、けばけばしくて……スピードにこだわり、注目を浴びて平然としていられる男にぴったりだ。

ハルが運転席側のドアからおりてきて、ボンネットをまわって歩いてくる。スーツ姿だった。はっとするほど垢抜けた黒いスーツに、下はオープンカラーの黒いシャツ。髪は後ろになでつけて、豊かな黄金のふさがうなじに垂れ落ちていた。まるで夢から抜け出してきたように、セクシーでたくましくて謎めいている。

ただ顔の表情だけは、覚めて見る夢にふさわしくなかった。眉間にしわを寄せ、唇とあごはこわばっている。

それでも、近づいてくるにつれて小さく笑みを浮かべた。「髪をおろしてくれたんだ」

「そう約束したから」

触れようとするかのように手をあげたが、ふとためらった。「出かけられる?」

「どこへ連れていってくれるの?」

「〈エクセル〉に席を予約してある」手をおろし、顔をそむけ、黙り込んでじっと立ち尽くしている。

ああ……やっぱり。

「ハル、ほんとに出かけたい? 今夜はちょっと元気がないみたいよ。じつを言うとわたしもそうなの」

彼は一歩離れ、車寄せの路面をにらみながら歯ぎしりをしている。

「また今度にしましょうか」延期の約束でもしないと、ハルはいい人すぎて中止を言い出せないだろう。「そんなに気にしな――」

目にも止まらぬとはこのことだろうか。いま一、二メートル先にいたのに、次の瞬間には触れあわんばかりに近くに立っていた。両手で彼女の顔を包み込み、唇を寄せてきた。ぴったりと唇を重ねながら、まっすぐ目をのぞき込んでくる。

情熱はかけらもなかった。ただ固い決意が、このキスをなにかの誓いの儀式に変えていた。

手を放されたとき、メアリはよろけて、しりもちをついた。

「しまった、メアリ、ごめん」膝をついて、「大丈夫？」

うなずいたものの、大丈夫とはほど遠い気分だった。地面に引っくり返るなんて、みっともなくて恥ずかしかった。

「ほんとに大丈夫？」

「ええ」差し出された手に気づかなかったふりをして、立ちあがると芝草を払った。スカートが茶色でよかった。それに地面も乾いていたし。

「メアリ、とにかく食事に行こう。おいでよ」

大きな手を首筋にまわされ、首を押す形で車に連れていかれては、従うほかに道はなかった。

もっとも、逆らおうなどとちらとでも思ったわけではない。頭がぼうっとしていた——いちどにいろんなことがありすぎたし、なにより彼に出会ってしまったし、疲れがひどくて抵抗する気力もない。それに、唇と唇が触れた瞬間に、ふたりのあいだになにかが起こっていた。それがなんなのか、なにを意味しているのかはわからないが、なにか結びつきが生まれたのはたしかだった。

ハルが助手席側のドアをあけ、手を貸して乗り込ませてくれた。彼が運転席にすべり込んできたとき、彼女はしみひとつない内装を見まわした。そうでもしないと、彼の横顔から目が離せなくなってしまう。

　彼がギヤをファーストに入れると、ＧＴＯはうなりをあげ、彼女の家の細い車寄せをたちまち走り過ぎ、二十二号線の停止標識の前まで来た。両側を確認すると、アクセルを踏み込んで右に曲がる。ギヤを替えるごとに、呼吸でもするようにエンジン音が上がっては下がる。やがて車は一定の速度で走りはじめた。

「すごい車ね」

「どうも。兄弟が改造してくれたんだ。トールは車が好きでね」

「おいくつなの？」

　ハルは小さく微笑した。「ずいぶんな年だよ」

「あなたより年上？」

「うん」

「あなた、末っ子なの？」

「いや、だけどそういうのとはちがうんだよ。同じ女から生まれた兄弟ってわけじゃないんだ」

　なんだろう、この人はときどきとても不思議な言葉の使いかたをする。「つまり、同じおうちに養子に来たっていうこと？」

　ハルは首をふった。「寒い？」

「え……いいえ」自分の両手に目をやると、両膝にはさみ込むようにしていた。おまけに肩はすぼまっている。これでは寒がっているように見えるのは当然だ。メアリは努めて肩の力を抜いた。「大丈夫」

フロントガラスの向こうを眺めた。道路中央の黄色い二重線が、ヘッドライトを浴びて光っている。アスファルトの路面の端には森が迫っている。暗がりのなか、まぼろしのトンネルには催眠効果があり、この二十二号線がどこまでも続いているような気がしてくる。

「この車、どれぐらいスピードが出るの？」ささやくように尋ねた。

「ものすごく」

「出してみせて」

彼は座席の向こうからこちらに視線を投げてきたが、よしとばかりにシフトダウンし、アクセルを踏み込んだ。と、車は天翔《あまか》けるかのように加速しはじめた。

エンジンは生きものさながらに雄叫びをあげ、車体は振動し、木々はぼやけて一枚の黒い壁に変わる。ぐいぐい速度があがっていく。ハルは余裕をもってハンドルをあやつっていたが、車はカーブにしがみつくように曲がり、車線を出たり入ったり蛇行《だこう》する。

スピードが落ちてきたのを感じて、メアリはハルの引き締まった腿に手を置いた。「やめないで」

ためらうそぶりを見せたのも一瞬、ハルは手を伸ばしてステレオのスイッチを入れた。七〇年代のテーマ曲「夢織人」が、耳をつんざく大音量で車内にあふれた。アクセルを踏み込むと車は爆発したように突っ走り、むちうちになりそうなスピードで、無限に続くがらんとした道路を駆け抜けていく。

メアリは窓をおろし、風をなかに入れた。吹き込む疾風に髪は乱れ、頬は冷え、無気力が

――病院を出てからずっと落ち込んでいた無気力が吹き払われていく。メアリは笑いだした。笑い声にヒステリーの気配が混じるのも気にならなかった。頭を窓から突き出すと、冷たい風が耳もとで絶叫している。

この人に、この車に連れ去られて、姿を消してしまえたら。

新たに編制した主要部隊二個が、二度めのミーティングのためにキャビンに入ってくる。ミスターXはそれを鋭く観察していた。〝レッサー〟たちの巨体が空間を埋め尽くし、部屋は急に手狭になった。よし、これだけ頭数があれば、前線をすきまなく固めるのにじゅうぶんだ。今回また召集をかけたのは、通常の情報伝達のためだ。しかし、ミスターOの指揮下に入ったいま、そのことをかれらがどう思っているか、じかに反応を見たいという腹づもりもあった。

ミスターOは最後に入ってきた。まっすぐ寝室の戸口に向かい、なに食わぬ顔でドアの枠に寄りかかり、胸の前で腕を組む。目つきは鋭かったが、態度は控えめになっている。自制心は怒りよりずっと使いでがある。凶暴な子犬が服従を憶えたというところか。このまま行けば、どちらにとっても吉と出ることになるだろう。ミスターXには副官が必要だった。

このところの兵力の減少で、ミスターXは新規勧誘に本腰を入れざるをえなくなっていた。片手間にできる仕事ではない。適切な候補者を選び、仲間に加え、鍛える――どの段階も慎重に進めなくてはならず、それだけで手いっぱいになるだろう。しかし、〈ソサエティ〉の欠員を補充しているあいだ、せっかく軌道に乗りかけた誘拐・情報収集戦略を失速させるわけにはいかない。〈ソサエティ〉内部の統制がゆるむのも困る。

多くの点で、Oは副官にふさわしい資質をそなえている。仕事熱心で、大胆にして有能、頭も切れる。権力の体現者として、ほかの者を恐怖によって動かすことができる。〈オメガ〉のおかげで反抗心が摘みとられていれば、完璧に近い副官になるだろう。

ミーティングを始める時刻だった。「ミスターO、例の土地のことをみなに説明してくれ」

日中に下見に行った二カ所の土地について、Oが報告を始めた。この二カ所については、現金で購入するとミスターXはもう決めていた。また、〈ソサエティ〉はすでに七十五エーカーの土地を辺鄙な地域に所有しているから、これらの土地の購入を進めるいっぽうで、この二個部隊に命じて情報収集センターを建設させるつもりだった。最終的にはミスターOにセンターの運営は任せるが、コネティカット州で建設プロジェクトを監督した経験を買って、建設段階ではミスターUに指揮をとらせようと思っている。

つまりは、適材適所で仕事のスピードアップを図ろうということだ。このキャビン以外に、〈ソサエティ〉には仕事の場所が必要だ。人里離れた場所にあり、警備が容易で、仕事のために作られた施設。それもいますぐ必要なのだ。

ミスターOの報告は終わった。ミスターXは、新センターの建設にOとミスターUを任命したあと、街へ出て今夜の仕事にかかれと命じてミーティングを終えた。

ミスターOが居残っている。

「なにか用かね」ミスターXは尋ねた。「また問題が持ちあがったんじゃあるまいな」

茶色の目がぎらりと光ったが、ミスターOは言い返そうとはしなかった。ますますいい徴候だ。

「新しい施設に監禁設備を作りたいんです」

「なんのためだ。ヴァンパイアを飼ってどうする。ペットにでもするのか」

「いちどに何匹か相手にすることになるかもしれんでしょう。そういうときに好きなだけ生かしておけるようにしたい。そのためにゃ、非実体化して消えられるのを防がなきゃならんし、陽《ひ》が当たらないようにしなくちゃならない」

「なにか良案があるのか」

ミスターOが説明した方法は、現実的というだけでなく、費用対効果も高かった。

「いいだろう」ミスターXは笑顔で答えた。

18

〈エクセル〉の駐車場に入ったとき、レイジは駐車係のわきをすり抜けて車を先に進めた。クラッチが扱いづらいことをべつにしても、このＧＴＯのキーを他人に預けるつもりはない。なにしろ、トランクには武器弾薬がどっさり積んであるのだ。

奥のあたりにあいた区画を見つけた。店の横手の出入口のすぐそばだ。イグニッションを切って、シートベルトをはずそうとし……

そこで手が止まった。ベルトに手を置いたまままじっと座っている。

「ハル？」

目を閉じた。いちどでいい、自分のほんとうの名前を彼女に呼んでもらえるなら、なにをくれてやっても惜しくない。それから……ちくしょう、裸の彼女をベッドに迎え入れたい。枕に頭をのせて、シーツにその身を横たえてほしい。ふたりきりで、人目を気にせず抱きたい。だれもいないところで、トレンチコートを即席の目隠しにしなくてもよい場所で。廊下やトイレで手早くやっつけるようなことはしたくない。

爪を背中に立てられ、舌を口に含み、腰の下で腰が揺れるのを感じながら、目の前に星が飛ぶほどの絶頂を味わいたい。そしてそのあとは、彼女をこの腕に抱いて眠るのだ。目が覚めたらなにか食べて、また愛しあう。暗がりのなかで、くだらないことも大事なことも語りあって――

ああ、ちくしょう。これがひとりの女と結びつくということか。いま彼の身に起きているのはそれなのか。

男たちだけで話しているとき、こんなふうだと聞いてはいた。あっという間に、深いきずなが生まれると。理屈ではない。強力で原始的な本能に身も心も乗っ取られる。女の身体を自分のものにし、その行為によってしるしをつけたいという強烈な衝動。この女には連れあいがいるとほかの男に知らせ、手を出すなと警告するために。

彼女の身体に目を向けて、レイジは悟った。自分と同じ性別に属するだれかが、彼女に手を触れようとしたら、彼女とつきあい、彼女を抱こうとしたら。それがどんなやつでも生かしてはおけない。

目をこすった。まちがいない、しるしをつけたいという衝動を強く感じている。

しかも、問題はそれだけではなかった。あの奇妙なブーンという振動が、また身内に感じられる。しかもどんどん強くなってくる。まぶたの裏に彼女の姿がはっきり浮かぶたびに。身体のにおいを嗅ぎ、かすかな呼吸の音を聞くたびに。

そして、血の流れを感じるたびに。

どんな味がするだろう……彼女の血は。

メアリがこちらに顔を向けた。「ハル、どうかし――」

サンドペーパーのようにざらざらの声で、彼は言った。「話があるんだ」

おれはヴァンパイアで、戦士で、凶暴なけだものなんだ。
今夜別れたあとでは、おれに会ったことさえきみは憶えていないんだ。
それなのに、きみに忘れられると思うだけで、えぐられるように胸が痛いんだ。

「ハル……話って？」

トールの言葉がよみがえってくる。彼女のためだ。

「いや、いいんだ」と言って、ベルトをはずして車をおりた。「なんでもない」

助手席側にまわってドアをあけ、立ちあがるのを助けようと手を差し出す。彼女が手のひらを重ねてきたとき、彼はまぶたを閉じた。彼女の腕が、脚が伸びるのを見ていると、全身の筋肉が引きつれて、小さなうなりがのどにせりあがってくる。

まったくおれってやつは。一歩さがって彼女を通さなくてはならないのに、そのまま突っ立っていたせいで、身体が触れあいそうになった。身内の振動がいよいよ高く激しくなり、それとともに荒々しい欲望が頭をもたげてくる。目をそらさなくてはならない。まちがいなく虹彩がかすかに光を放ちはじめている。だが、できなかった。

「ハル……」細い声。「あなたの目……」

彼はまぶたを閉じた。「ごめん。なかに入ろうか」

にぎっていた手を彼女が引っ込めた。「ディナーはあんまり欲しくないわ」

とっさに反論しそうになったが、無理強いはしたくなかった。それに、いっしょに過ごす時間が短ければ短いほど、消さねばならない記憶も少なくなる。

くそ、それを言うなら、今夜彼女の家に車で乗りつけた瞬間に、記憶を消すべきだったたんだ。

「家まで送るよ」

「そうじゃなくて、つまりその、ちょっとそのへんを散歩しない？　向こうの公園なんかどう？　いまは、テーブルの前にじっと座っていられそうな気がしないの。なんだか……落ち着かなくて」

レイジは車のキーをポケットに突っ込んだ。「散歩はいいな」

芝生を踏んでぶらつき、色づいた木々の天蓋《てんがい》の下を歩きながら、彼は周囲のようすをうかがった。危険はなかった。おかしな気配は感じられない。天を仰ぐと、半月がかかっていた。

彼女が小さく笑った。「ふだんなら、こんなこと絶対にしないんだけど。その、夜に公園を歩くなんてことはね。でも、あなたといっしょなら、襲われる心配はしなくていいものね」

「ああ、もちろんさ」彼女に危害を加えようとするやつは、この手で八つ裂きにしてやる。人間だろうとヴァンパイアだろうと、ゾンビだろうと。

「いけないことしてるみたい」彼女はつぶやいた。「つまり、暗くなってから外に出てるでしょ。なんだか規則を破ってるみたいで、ちょっとこわい感じ。母にいつも言われてたからかしら、夜中に出歩いちゃいけないって」

彼女は立ち止まり、顔をあげて空を眺めた。手のひらを上に向けて、腕を空に向かってゆっくり伸ばしていく。片目をつぶった。

「なにをしてるの」

「手のひらに月をのせてるのよ」

身をかがめて、下から彼女の腕を目でたどった。「ほんとだ」

身を起こし、後ろから両手を腰にまわして、こちらに抱き寄せた。彼女ははっと身を固くしたが、すぐに力を抜いて、あげていた手をおろした。

ちくしょう、なんていい香りだろう。清潔でさわやかで、少し柑橘《かんきつ》系の香りに似ている。

「病院にいたんだろ、今日電話したとき」彼は言った。

「ええ」

「どんな治療を受けるの」

彼女は身をほどいて、また歩きはじめた。レイジは、彼女に歩調を合わせて並んで歩いた。

「メアリ、病院ではなんて言われた?」

「その話はしなくていいのよ」

「どうして」

「あなたには似合わないもの」彼女はあっさりと言った。「プレイボーイって、面白おかしく暮らすことしか知らないものでしょう」

彼は自分のけもののことを考えた。「人生、面白おかしいことばっかりじゃないのはよく知ってるよ」

メアリはまた立ち止まり、首をふった。「ねえ、やっぱりこれって変よ」

「そうだな。ふたりで散歩するなら手をつながなくちゃ」

手を差し出したが、彼女は身を引いてしまう。「ハル、まじめに言ってるのよ。どうしてなの。どうしてわたしを誘うの」

「きみの言うことを聞いてると、頭がこんがらがってくる。きみとつきあいたいと思うことのどこが変なんだよ」

「言わなくてもわかると思うんだけど……わたしの容姿はせいぜい十人並みだし、残りの寿命は十人並み以下なのよ。それにひきかえ、あなたはすごい美男子で、健康で、たくましくて——」

　おれは底抜けのとんまだ、と自分で自分をののしりながら、レイジは彼女の正面にまわり、両手を彼女の首の付け根に置いた。まずいのはわかっているが、キスをせずにはいられない。今度のは、彼女の家の前でしたのとはわけがちがうぞ。

　頭を下げるにつれて身内の奇妙な振動が強まったが、それでやめる気はなかった。いつもいつも自分の肉体にあれこれ指図されてたまるか。ブーンという振動を押さえつけ、意志の力でその感覚をねじ伏せる。ありがたいことに、いくらか振動が弱まってきた。

　彼女のなかに入らずにおくものか。口に舌を差し入れるだけだとしてもだ。

　メアリは、ハルの冴えた青い目を見あげた。闇のなか、まぎれもなく光を放っている。まちがいなく碧の光が射している。そう言えば、駐車場でもそんな気がしたのだったと思い出す。

　うなじの毛がぞっと逆立《さかだ》った。

「目が光るのは気にしないで」心を読んだかのように、彼がそっと言った。「なんでもないんだ」

「あなたのことがわからないわ」ささやいた。

「わかろうとしなくていいんだよ」

彼は少しずつ頭を下げてくる。ふたりの距離が少しずつ縮まっていく。唇と唇が触れあう。スエードのようにやわらかい唇が、名残惜しげにまとわりついてくる。舌が出てきて、彼女の口を愛撫する。

「メアリ、口をあけてよ。入れてくれよ」

なめられるうちに、唇が自然に分かれていた。舌がすべるように入ってくる。そのベルベットの侵入に、脚のあいだにずきんと痛みが走った。ぐったりと彼に身を預けると、乳房が胸板に触れた瞬間に熱いものが全身を走り抜けた。彼の肩をしっかりつかみ、たくましい肉体と熱い血をもっと近くで感じようとした。

だがそれもつかのま、ふいに彼は身を引いた。もっとも、唇はいまも触れあったままだ。キスをやめないのは、身を引いたのを隠すためだろうか。それとも、少しペースを落とさせようとしただけだろうか——彼女の勢いに驚いたとか？

メアリは顔をそむけた。

「どうした？　感じてるのに」

「ええ、でもあなたはそうでもないみたいだから」

離れようとしたが、彼はうなじに当てた手を放そうとしない。

「おれはまだやめる気はないから」親指で彼女ののどくびの肌を愛撫し、その親指をあごの下にあてがって顔を持ちあげた。「もっと熱くなってよ。おれのこと以外はなんにも感じないぐらいに。おれにされてることのほかは、なにも考えられなくなるぐらいに。もっと熱くとろけてくれよ」

おおいかぶさって唇を重ね、奥まで入ってきて奪い尽くす。すみずみまで探って、探り残した場所がなくなったところで、彼のキスが変化した。後退しては前進し、リズミカルに貫通されて、ますますうるおってくる。

「メアリ、それでいいんだ」重ねた唇のあいだから彼がささやいた。「頭をからっぽにして。興奮してるね、においでわかる……極上の香りだ」

彼の両手がいつのまにかおりてきて、コートのえりの下にもぐり込み、鎖骨に触れられた。なにもかも忘れてしまいそうだ。そうしろと言われたら、この場で服を脱いでしまうだろう。そうしろと言われたら、芝生に横たわって脚を開くだろう。なんでもする。彼の望むことならなんでも、このキスがいつまでも続くように。

「さわるよ」彼は言った。「足りないけど。とうてい足りないけど、少しだけ……」

カシミヤのタートルネックの上を指が動き、少しずつおりていって――

固く起きあがったふたつの乳首に触れられて、全身がびくりとした。

「もうこんなに」とつぶやきながら、乳首をつまむ。「口にくわえたい。思いきり吸ってみたい。メアリ、そうさせてくれる？」

手のひらを広げて、乳房の重みを下から支える。

「させてくれる、ふたりきりだったら？　大きな暖かいベッドのなかで、服を脱いで、そうしたらこれの味見をさせてくれる?」メアリがうなずくと、彼の口もとが派手にほころんだ。

「だろうと思った。ほかに口でしてほしいところはどこ?」

答えずにいると、彼はいっそう激しく唇をむさぼった。「言ってよ」

息が切れて、声が出てこない。なにも考えられず、なにも言葉にならない。

ハルはメアリの手をとり、彼の手をにぎらせた。

「じゃあ、手を持っていって」彼が耳もとでささやく。「どこをさわってほしいか教えてよ。ほら。早く」

自分を抑えるひまもなく、彼の手をとって首筋にあてがっていた。弧を描くようにして、その手をゆっくりとまた乳房へおろしていく。彼は満足そうにのどを鳴らし、あご骨の横のほうにキスしてきた。

「ああ、そこだ。そこにさわってほしいのはわかったよ。ほかには?」

なにも考えられず、われを忘れて、手をおなかに持っていった。それから腰骨に。

「いいぞ。その調子」彼女がためらっていると、またささやきかけてきた。「メアリ、やめないで。「どこをさわってほしいか教えて」

おじけづかないうちにと、思い切って手を脚のあいだに持っていった。ゆったりしたスカートごしに、彼の手が奥に入ってくる。手のひらが花芯にぴったりと当たり、その感触に口からうめきが漏れた。

「そうだ、メアリ、その調子」愛撫されるうちに、彼女はハルの太い上腕をつかみ、頭をのけぞらせた。「すごく感じてるね。メアリ、もう濡れてる? 濡れてるんだろう? 蜜であふれてるんだろうな……」

彼の身体を感じたい。両手を彼のジャケットに突っ込み、腰をつかんだ。肉体にみなぎる、生々しい、少し恐ろしいほどの力が伝わってくる。だがそのとたん、彼に両手を引き抜かれ、片手で両の手首をつかまれていた。けれどもここでやめるつもりはないようだ。彼の胸に押し戻されて、背中のまんなかにごつごつした木の幹が当たるのを感じた。

「メアリ、なにもしないでただ感じていてよ」スカートごしに指でまさぐり、感じやすい場所を探り当てる。「きみをいかせたい。いま、ここで」

声をあげながら、メアリはふと気がついた。こちらはオルガスムス寸前なのに、彼のほうは完全に醒めている。彼女の快感を自在に引き出しながら、自分はまったく感じていない。息は乱れていないし、声も平静そのものだ。彼の肉体は少しも反応していない。

「やめて」うめくように言った。

ハルの愛撫する手が止まった。「えっ？」

「もうやめて」

「本気で言ってるの」

「ええ」

即座に彼は身体を退《ひ》き、メアリの前に静かに立っている。こちらは荒い息を鎮めようと苦労しているのに。

あっさり言うことを聞かれて胸が痛んだが、そもそも彼はどうしてこんなことをする気になったのか、といぶかしく思った。たぶん人を思うとおりに動かすのが好きなのだろう。女を喜ばせてはあはあ言わせて、自分の魅力を確認して悦に入っているのだ。もっとセクシーなタイプでなく、彼女を誘った理由もそれでわかる。魅力に乏しい女なら、自分ものめり込んでしまう心配がないからだ。

屈辱に胸が締めつけられた。

「帰るわ」泣きだしそうだった。「もう帰らせて」

彼は深く息を吸い、「メアリ――」

「あやまらないで。あやまられたら、ますます気分が悪く――」

ふいにハルがまゆをひそめ、メアリはくしゃみが出そうになった。

どうしたことだろう、ひどく鼻がむずむずしはじめた。なにかのにおいがする。甘ったるいにおい。洗剤だろうか。それともベビーパウダー？

ハルに上腕をわしづかみにされた。「伏せろ、早く」

「なぜ？　いったい――」

「伏せろったら」押しつけられて、メアリは膝をついた。「頭をかばっておくんだ」

くるりとまわれ右をして、彼女を守るように立ちはだかった。大きく脚を開き、両手を胸の前に構えている。彼の開いた脚のあいだから向こうを見ると、カエデの木々の奥からふたりの男が現われた。黒い作業服姿で、月光を浴びて肌も髪も白い。その恐ろしい姿に、メアリはたと気がついた。いつのまにか、公園のずっと奥のほうへさまよい込んでいたようだ。

バッグをかきまわして携帯電話を探しながら、自分で自分に言い聞かせていた。そこまでこわがる必要は――

あったみたい。

男たちは左右に分かれ、両側からハルに攻撃をしかけてきた。身を低くしてすばやく迫ってくる。メアリは恐怖に悲鳴をあげたが、ハルは……信じられない、ハルは落ち着いて対処していた。右に飛んでいっぽうの男の腕をつかみ、やすやすと引っくり返して地面に叩き伏せた。立ちあがるひまを与えず、胸を踏みつけて地面に釘付けにする。もういっぽうの敵は、背後から首に腕をまわされ、締めあげられていた。手足を激しくばたつかせ、息をしようとあえいでいるが、ハルはびくともしない。

ぞっとするほどハルは落ち着いていた。平然として暴力をふるっている。危ないところを救われたのには感謝しながらも、その冷静な表情には震えが走った。

やっと携帯電話が見つかったので、九一一にかけようとした。ハルのあのようすなら、警察が駆けつけてくるまで暴漢ふたりを楽に押さえていられるだろう。

そのとき、ぼきっという胸の悪くなる音がした。

顔をあげると、首を締めあげられていた男が地面に倒れていた。頭がひどくおかしな角度でよじれている。身じろぎもしない。

あわてて立ちあがった。「なにをしたの!」

ハルは、刃の黒い長いナイフをどこからともなく取り出し、ブーツで踏みつけている男めがけてふりあげた。男は逃げようと身をよじっている。

「やめて!」メアリはハルの前に飛び出した。

「さがってろ」不気味な声。感情のかけらもない、完全に無関心な。

ハルの腕をつかんで、「やめてよ!」

「始末をつけないと――」

「ふたりも人を殺すのを黙って見てるわけには――」

だれかに髪を乱暴につかまれ、力まかせに引き倒された。と同時に、もうひとりの黒服がハルに襲いかかる。

頭から首にかけて激痛が走り、気がついたら地面に仰向けに叩きつけられていた。痛みに息が止まり、爆竹《ばくちく》が破裂したように目の前に火花が噴き出す。息を吸おうとあえいでいると、両腕をねじりあげられ、と思ったら引きずられていた。速い。

地面に身体が当たってバウンドし、そのたびに歯が鳴る。痛みの針に脊髄《せきずい》を射抜かれながらも、なんとか頭をあげると、恐ろしくも心強い光景が目に飛び込んできた。ハルがまた草地に死体を投げ捨て、まっしぐらに彼女を追って走ってくる。力強い腿がたちまち距離を縮め、ジャケットはひるがえり、手には短剣をにぎっている。夜闇のなか、ふたつの目がぎらぎらと青く光り、車のキセノン・ヘッドライトのようだ。その大きな身体は、迫り来る死神以外のなにものでもない。

助かった。

だがそのとき、またべつの男がハルの背中に飛びかかってきた。

それを振り払おうとハルが闘っているあいだに、メアリは護身術のトレーニングを思い出し、身をよじって逃れようとした。しっかりつかまえなおそうとして男の手がゆるんだところで、思いきり身を引いた。ふり返った男はすぐにまた彼女をつかまえたが、さっきほどしっかりつかめなかった。メアリがまた身体を引くと、男は足を止めてこちらに向きなおった。殴られる、と思って身がすくんだが、少なくともこれで時間稼ぎにはなる。ハルが追いついてきてくれるかも……

だが、こぶしが飛んでくることはなかった。苦痛の絶叫をあげたかと思うと、男はこちらに倒れかかってきた。ずっしりとのしかかる重みに息が止まりそうだ。パニックと恐怖で思わぬ力が出て、彼女は男を押しのけた。

男は力なくごろりところがった。ハルの短剣が左目に突き刺さっている。

ショックで悲鳴もあげられず、メアリはがばと立ちあがり、無我夢中で走りだした。きっとまたつかまる、今度はもう助からない。

そのとき光が見えた。レストランから漏れる照明の光だ。足に駐車場のアスファルト面を感じたときには、安堵のあまり泣きだしそうになった。

それもつかのま、目の前にハルが立ちはだかっていた。まるで降って湧いたように。

メアリはたたらを踏んで立ち止まった。息が切れ、目まいがする。どうして彼に先まわりができたのか理解できない。膝が折れそうになり、手近の車に寄りかかって身体を支えた。

「さあ、早く」彼はぶっきらぼうに言った。

冷水を浴びせられたようだった。首の骨の折れる音、目に突き刺さった短剣が脳裏によみがえる。そしてハルの、あの落ち着きはらった無慈悲な態度。

この人は……死神だ。外側はどんなに美しくても、中身は死神なのだ。

「そばに来ないで」脚がもつれてころびそうになるところへ、彼が支えようと手を差し出してきた。「やめて！　さわらないで」

「メアリ――」

「そばに来ないで」メアリはレストランのほうへあとじさった。押し返そうとするように両手をあげたが、彼を相手にそんなことをしてなんになるだろう。

あの強靭な腕と脚を動かして、ハルが追ってくる。「話を聞いて――」

「警察に……」メアリは咳払いをした。「警察に電話しなくちゃ」

「しなくていい」

「でも襲われたのよ！　それにあなたは……人を殺したのよ。人を、人を殺しちゃったのよ。警察に電話しないと――」

「これは仲間うちの問題なんだ。警察じゃきみは守れない。おれなら守れる」

メアリは足を止めた。彼が何者なのか、おぞましい真実をいきなり目の前に突きつけられた。これでなにもかも説明がつく。魅力的な仮面の下に、恐ろしい力を隠していること。襲われたときに、恐怖のかけらも見せなかったこと。警察にどうしても知らせようとしないこと。人の首の骨をあっさり折ってしまったこと――まるで、前にもやったことがあるかのように。

九一一に電話させたがらないのは、ハルも法律の向こう側にいるからだ。襲ってきた男たちと大差のない人殺しなのだ。

逃げなくては。バッグをつかもうとわきに手をやってはっとした。ない。

ハルがくそっと鋭く悪態をついた。「バッグを落としてきたんだな」あたりに目をやって、

「メアリ、いっしょに来てくれ」

「冗談じゃないわ」

レストランに向かって走りだしたが、ハルが目の前に飛び込んできて行く手をふさぎ、両腕をつかんだ。

「大きな声を出すわよ！」駐車場の案内係を目で探した。三十メートルほど先に立っている。

「すごい悲鳴をあげてやるから」

「きみは生命の危険にさらされてる。おれなら守ってやれる。信じてくれ」

「あなたがどういう人かもわからないのに」

「わかってるはずだ」

「ああそうね、あなたはハンサムだから。悪人のはずがないっていうのね」

彼は公園のほうを指さした。「あそこできみを守ったじゃないか。おれがいなかったら、いまごろきみは生きてないぞ」

「ああそう、それはどうもありがとう。もう放っといてよ！」

「こんなことはしたくない」彼はぽつりと言った。「できればしたくないんだ」

「なんのことよ！」

ハルは彼女の顔の前に手のひらをかざし、なでるように動かした。

とたんにメアリはわからなくなった――なにをあんなにかっかしていたのだろう。

19

レイジはメアリの前に立ち、いまなら彼女の記憶を思いのままにできる、やるべきことをやれと自分に言い聞かせていた。しみを拭きとるように、彼のことを記憶から消し去るのだ。

だが、そのあとはどうすればいい？

あの公園で、少なくとも一匹、たぶん二匹は〝レッサー〟を仕留めそこねた。メアリのあとを追わなくてはならなかったからだ。あの外道《げどう》どもがハンドバッグを盗《と》っていったのなら（たぶんそれはまちがいないと思うが）、メアリは標的にされる。〈兄弟団〉のことをなにも知らない一般のヴァンパイアすら、〈ソサエティ〉は誘拐しているのだ。彼といっしょのところを見られているのだから、メアリが狙われないはずがない。

だが、いったいどうしたらいいのだろう。自宅にひとり置いておくわけにはいかない。運転免許証には住所が書いてあるだろうから、〝レッサー〟どもはまっさきに家にやって来る。ホテルに連れていくという手も使えない。おとなしく泊まっていてくれるとは思えないからだ。襲われたのを憶えていないのに、自宅に帰ってはいけないと言われても納得しないだろう。

少なくとも、このくそいまいましい事態を打開する道が見つかるまでは、できれば館《やかた》に連れて帰りたいところだ。ただ、メアリを部屋に連れていけばいずれはばれるだろうし、そうなったらだれもいい顔をしないだろう。記憶を消せというトールの命令がなかったとしても、人間をこちらの世界に連れ込むのは禁じられている。危険が大きすぎるのだ。ヴァンパイア種族が存在すること、そして闇に紛れて〝レッサー〟と闘っていること、その秘密がホモ・サピエンスに漏れるのはどうしても避けなくてはならない。

とはいえ、メアリの生命を守るのは彼の義務だ。それに、規則は破るためにあるものだし……。

たぶん、ラスに頼めば許可してくれるだろう。ラスの〝シェラン〟は人間の血が半分混じっているし、彼女と連れあいになってから、盲目の王は女の問題には寛容になっている。王の決定には逆らえない。トールでも、だれでもだ。

ただ、レイジが王に訴え出ているあいだに、メアリの身の安全をどう確保するかが問題だ。メアリの家のことを考えた。人の行き来の少ない奥まった場所にあるから、やばい事態になって彼女を守ることになっても、警察が駆けつけて大騒ぎになる心配はないだろう。車にはどっさり武器が積んである。家に連れて帰って、必要なら防衛手段をとってからラスに連絡しよう。

レイジは彼女の心を解放し、車をおりた直後からの記憶を消した。あのキスのことさえ忘れてしまうのだ。

だが、いろいろ考えてみると、そのほうがいい。まったくおれってやつは。あまりにも性急に彼女を求めすぎて、あやうく正体をあらわすところだった。口と手で彼女に触れているあいだ、身内の振動は耳を聾するばかりに高まっていた。とくに、彼女に手をとられて脚のあいだに導かれたときには。

「ハル……」メアリは面食らったように彼を見あげた。「なにがあったの?」

ひどく申し訳ない気分で、彼女の大きな目をのぞき込み、心中のイメージを消す作業を終えた。これまで数えきれないほど人間の女の記憶を消してきたが、罪の意識を覚えたことなどいちどもなかった。しかし今度ばかりは、メアリの一部を奪い去っているような気がした。プライバシーを侵害しているような、裏切り行為を働いているような。

自分の髪に手を突っ込み、わしづかみにした。いらだちのあまり引き抜いてしまいたくなる。「それじゃ、ディナーはパスしてうちに帰りたいっていうんだね。わかった、そうしよう。おれも少し頭を冷やす時間が必要だし」

「ええ、でも……ほかにやることがあったような気がするんだけど」メアリは自分の服を見おろし、草を払い落としはじめた。「でも、家を出るときにスカートをこんなにしちゃってたんだから、どっちみち人前には出ないほうがよかったかも。あのとき、草はきれいに払ったつもりだったんだけど――あら、そう言えばハンドバッグはどこかしら」

「車のなかじゃないの」

「そんなはずは――まあ」彼女は激しく震えはじめた。息が速く、浅くなる。目は狂おしく見ひらかれていた。「ハル、ごめんなさい……わたし……わたし、ちょっと……いやだ、どうしよう」

アドレナリンが全身を駆けめぐっているせいだ。頭は落ち着いていても、身体にはいまも恐怖があふれている。

「おいで」彼はメアリを抱き寄せた。「落ち着くまでこうしてて」

耳にささやきかけながら、彼女の手が背中にまわらないように気をつけていた。わきの下には短剣を吊っているし、腰のくびれには九ミリの〈ベレッタ〉が差してある。油断なく周囲を見まわし、右手の公園、左手のレストランの暗がりを探った。早く彼女を車に乗せなくてはとじりじりする。

「恥ずかしいわ」メアリが彼の胸に向かって言った。「パニック発作なんて、もう長いこと起きてなかったのに」

「気にすることないよ」彼女の震えが収まると、彼は身体を引いて、「じゃあ、行こうか」あたふたと彼女をＧＴＯに乗せた。ギヤを入れ、駐車場をあとにすると、ようやく気分が落ち着いてきた。

メアリは車のあちこちを見まわしている。

「いやあね、バッグはここにもないみたい。きっと家に置いてきちゃったんだわ。今日はなぜこんなにうっかりしてるのかしら」座席の背もたれに身を預けて、ポケットのなかを探った。「よかった、とりあえず鍵だけはここに入ってた」

帰り道ではなにごともなく、ＧＴＯはたちまち彼女の家の前に停まった。メアリはあくびをかみ殺しながらドアに手を伸ばしたが、その腕にレイジは手を置いた。

「レディにそんなことさせられないよ。おれにやらして」

照れたように笑顔になって、彼女は目を伏せた。男性に世話を焼かれるのに慣れていないのだろうか。

レイジは車をおりた。空気のにおいを嗅ぎながら、目と耳を使って闇の奥を探る。なんの気配もない。まったくなにも感じなかった。

車の後ろにまわりながら、トランクをあけ、大きなダッフルバッグを取り出し、そこでまた足を止めた。静かだ。彼の鋭い五感さえおとなしくしている。

助手席側のドアをあけたとき、彼が肩にかついでいるものを見て、メアリはまゆをひそめた。

レイジは首をふって、「今夜泊めてもらおうとか思ってるわけじゃないよ。いま見たらトランクのロックが壊れてたんだ。外に放っとくわけにいかないからね、丸見えだし」

彼女に嘘をつくのが後ろめたくて、胃がほんとうにむかむかした。

メアリは肩をすくめ、玄関のドアに歩いていった。「きっと、大事なものが入ってるんでしょうね」

いや、十階建てのオフィスビルを吹っ飛ばせるほどの火器が入ってるだけさ。それでも、彼女を守るのにはじゅうぶんな気がしなかった。

メアリはぎこちない手つきで玄関の鍵をあけ、なかに入った。部屋から部屋をまわり、次々に電灯をつけ、不安を鎮めていく。レイジは口をはさまず、しかし彼女のそばを離れなかった。あとをついて歩きながら、ドアや窓を目で確認する。すべて鍵がかかっていた。戸締りは万全だ。少なくともこの一階は。

「なにか軽い食べものでもいかが？」彼女が尋ねた。

「いや、おかまいなく」

「わたしもあんまりおなかがすいてないの」

「二階にはなにがあるの」

「その……わたしの寝室」

「見せてくれないかな」二階の戸締りも確認しなくてはならない。

「またあとでね。でもあの、どうしても見たい？　その……つまり……」彼女は足を止めて、両手を腰に当てて彼を見つめた。「正直に言うわね。この家に男の人を入れるの、これが初めてなのよ。お客さんをどうもてなしたらいいんだか、久しぶりすぎてよくわからないし」

　レイジはダッフルバッグをおろした。戦闘にそなえて猫のように気が立っているとはいえ、彼女の言葉に反応するぐらいの気持ちの余裕は残っている。このプライベートな空間にほかの男は入ったことがないと聞いて、うれしくて胸が高鳴った。

「いや、ちゃんともてなしてもらってるよ」そうつぶやきながら、手を伸ばして彼女の頬を親指でなでた。二階の寝室で、彼女とやりたいあれこれが頭に浮かぶ。

　とたんに肉体のスイッチが入り、あの奇妙な灼《や》けつく感触が背筋に沿って凝集してくる。しかたなく、手をわきにおろした。「ちょっと電話しなくちゃならないんだ。内密の話なんで、二階でかけてきていいかな」

「ええ、もちろんよ。わたしはここで……待ってるから」

「すぐにすむよ」

　小走りに階段をのぼり、彼女の寝室に入ってポケットから携帯電話を取り出した。くそ、ひびが入ってるじゃないか。たぶん〝レッサー〟の横蹴りをくらったときだろうが、ともあれ電話はちゃんとかかった。ラスのボイスメールの応答を聞いて、短いメッセージを残す。一刻も早く返事が来るよう祈るような気持ちだった。

戸締りをすばやく確認したあと、また一階におりていった。メアリは、ソファの上に膝を折って座っていた。

「で、なにを観ようか」と尋ねながら、白い顔が見えないかとドアや窓に目をやった。

「どうしてそんなにきょろきょろしてるの？　スラム街に迷い込んだ人みたいよ」

「ごめん、もう癖になってるんだよ」

「よっぽど大変な部隊に入ってたのね」

「なにが観たい？」ＤＶＤがずらりと並ぶ棚に歩いていった。

「あなた選んで。わたし、ちょっと着替えて……」と言いかけて、顔を赤くした。「つまりその、もっと楽な服に着替えてくるってこと。この服には草もついちゃってるし」

心配で、彼は階段の下で待っていた。彼女が寝室を歩きまわっている。やがて階段のほうへやって来る気配がして、彼はまたＤＶＤの棚に引き返した。

映画のコレクションをひと目見て、困ったことになったと思った。外国映画がどっさり、お固いアメリカ映画がいくつか。それになつかしの名作映画が数本――『めぐり逢い』とか、やれやれな『カサブランカ』とか。

サム・ライミもなければ、ロジャー・コーマンもない。『死霊のはらわた』シリーズなんか聞いたこともないんだろうか。いや待て、ここによさそうなのがある。彼はケースを取り出した。『吸血鬼ノスフェラトゥ』、一九二二年のドイツの傑作ヴァンパイア映画だ。

「観たいものがあった？」彼女が言った。

「うん」彼は肩ごしにふりかえった。

こいつは……まいった。なんとそそられる彼女の姿——少なくとも彼にとっては。フランネルのパジャマのズボンは、星と月の模様入り。小さいサイズの白いTシャツに、やわらかいスエードのモカシン。

短いのを気にして、彼女はTシャツのすそを引っぱった。「ジーンズをはこうかと思ったんだけど、疲れてるし、寝るときは……その、楽にしたいときはいつもこの格好だから。ぜんぜんおしゃれじゃないけど」

「そんなことないよ」彼はぼそぼそと言った。「着心地がよさそうだし」

なに言ってやがる。食べてしまいたいほど魅力的だった。

映画が始まると、彼はダッフルバッグをとってソファに持っていき、メアリの反対端に腰をおろした。脚を伸ばして、すっかりくつろいでいるふりをしようとした。だが実際には、全身の神経がびりびりに張りつめている。〝レッサー〟が襲ってくるのを待ち構え、ラスからの電話をいまかいまかと待ちわび、そのいっぽうでは、彼女の腿の内側をキスで這いのぼりたいと妄想している。そんなこんなで、まるで生きて呼吸している鋼鉄製のケーブルのように緊張しきっていた。

「よかったら、足をコーヒーテーブルにのせて」彼女は言った。

「いや、このままで大丈夫」彼は左手のランプを消した。彼女が眠ってくれればいいのだが。

そうすれば、うろうろして外を見張っていても、少なくとも彼女の気分を害することはなくなる。

映画が始まって十五分ほどするころ、彼女は言った。「ごめんなさい、眠くなってきちゃった」

レイジは彼女に目を向けた。髪を扇状に肩に垂らして、身体を丸くしている。つやのある肌が、ちらつくテレビの光を浴びて赤みを帯びて見えた。まぶたが垂れ下がってきていた。

朝、目を覚ましたばかりのときは、こんな顔をしているのだな。

「眠かったら寝ていいよ、メアリ。おれはもうちょっとここにいたいんだけど、かまわないかな」

彼女はやわらかいクリーム色の毛布をかぶりながら、「ええ、もちろんよ。だけど、その、ハル――」

「ちょっと待った。その名前じゃなくて、その……べつの名前で呼んでくれないかな」

「いいわよ、なんて名前？」

「レイジ」

まゆをひそめた。「レイジ？」

「うん」

「わかったわ。それ、ニックネームみたいなもの？」

彼は目を閉じた。「まあね」

「そう、それじゃレイジ……今夜はありがとう。その、わたしのわがままを聞いて、予定を変えてくれて」

彼は声に出さずに毒づいた。ほんとうなら、感謝されるどころか引っぱたかれてもしかたのないところなのだ。彼のせいで殺されかけたうえに、いま彼女は〝レッサー〟の標的になっている。しかも、彼女を相手にああもしたいこうもしたいと妄想していて、その妄想の半分でも知られたら、メアリはいまごろバスルームに立てこもっているだろう。

「ねえ、心配しなくていいのよ」彼女はつぶやいた。

「なにを？」

「ちゃんとわかってるから。友だちになりたいだけだって」

友だちだって？

彼女は落ち着かないふうに笑った。「つまりその、わたしが誤解したんじゃないかって、心配しないでほしいの。迎えに来てくれたとき、キスしたでしょ。あれはその……そういうことじゃないって、ちゃんとわかってるわ。ともかく心配しないでね、変なふうにとったりしないから」

「どうしておれがそんな心配をするって思うの」

「だって、ソファの反対側に座って、かちんかちんに緊張してるじゃない。飛びかかられるんじゃないかって心配してるみたいよ」

外で物音がした。はっと右手の窓に目を向けたが、木の葉が風に飛ばされてガラスに当たっただけだった。

「気づまりな思いをさせるつもりはなかったの」彼女はふいに言った。「ただ……その、心配しないでって言いたかっただけ」

「メアリ、なんて言っていいか」なぜなら、ほんとうのことを言えばこわがらせるだろうし、嘘はもうつきすぎるほどついたから。

「なにも言わないで。こんな話、持ち出さなければよかった。わたしはただ、あなたがここにいてくれてうれしいの。友だちとしてね。車に乗せてもらってほんとに楽しかった。こうしていっしょにいるだけで楽しいの。これ以上のことを求めるつもりはないわ、ほんとよ。あなたとはいいお友だちになれそうだもの」

レイジははっと息を呑んだ。子供のころはともかく、かつて女性に友だちと呼ばれたことはなかった。セックス以外のことで、いっしょにいて楽しいと言われたことも。

彼は〈古語〉でささやいた。「**かける言葉も見つからない。わが口から出る声は、あなたの耳に入れる価値もないから**」

「それ、何語？」

「おれが生まれた国の言葉だよ」

彼女は首をかしげて考えている。「フランス語に似てるけど、ちょっとちがうわね。スラヴ系の言葉みたいな感じ。ハンガリー語かなにか？」

彼はうなずいた。「そんなとこ」

「なんて言ったの？」

「きみといっしょにここにいられて、おれもうれしい」

彼女はにっこりして、また頭を下げた。

メアリが眠り込んだのがわかると、すぐにダッフルバッグのファスナーを開き、なかの銃器が装塡《そうてん》されているか念のため確認した。それから家じゅう歩きまわり、電灯をすべて消していった。真っ暗になり、目が闇に慣れると、五感がいっそう研《と》ぎ澄まされる。

家の裏にある林の気配をうかがった。次に右手の草地。それから遠くの大きな農家。正面の通り。

耳を澄まし、草地を動きまわる動物の足音を追い、家の羽目板をかすめる風の音を聞いた。外気温が下がると、家のきしむ音がしはじめる。侵入者の物音ではないかと聞き直し、探りを入れ、ふるいにかけていく。部屋から部屋へとうろつくうちに、緊張のあまり爆発しそうな気がしてきた。

携帯電話をチェックした。電源は入っているし、呼出音もオンになっている。電波の受信状態も良好だ。

悪態をつき、またうろうろ歩きまわった。

映画が終わった。彼女が目を覚まして、まだ彼がいる理由を訊いてきたときの用心に、また最初から流した。それからふたたび一階の巡回に取りかかった。

リビングルームに戻ったとき、ひたいをこすると汗をかいていた。この家の暖房が彼にとってはきすぎなのか、それともたんに興奮しているせいだろうか。どちらにしても暑いことに変わりはない。ジャケットを脱ぎ、武器と携帯電話をダッフルバッグのすぐにとれるところに入れた。

そでをまくりあげながら彼女の前に立ち、ゆっくりした穏やかな寝息に耳を傾けた。ソファの上の彼女はとても小さかった。強い光を放つ灰色の戦士の目が、まぶたとまつげに隠れているせいで、ふだんよりいっそう小さく見える。かたわらに腰をおろし、腕のなかに収まるようにそっと彼女の身体をずらした。

彼の太い腕とくらべると、ますます小さく見えた。

身じろぎして、彼女は顔をあげた。「レイジ?」

「起きなくていいから」ささやいて、胸に抱き寄せた。「いっしょに横になっていたい。それだけでいいから」

彼女の吐息を皮膚から吸い込んで、彼は目を閉じた。彼女の腕が腰にまわってきて、手が脇腹に収まる。

静かだった。

なにもかも静かだ。家のなかも、家の外も。

ばかなことを考えた――彼女を起こして体勢を入れ換えたい。もういちど、あのほっとしたような吐息を肌に感じたい。

もちろんそんなことはせず、彼女の寝息に耳を澄ませ、それに合わせて息を吸ったり吐いたりしてみた。

穏やかな、穏やかなひととき。

静かだ。

20

ジョン・マシューは、レストラン〈モーズ・ダイナー〉で皿洗いをしている。仕事から帰るとき、彼はメアリのことを心配していた。昨日の木曜日、めったにないことだが、〈ホットライン〉に姿を見せなかったのだ。きっと今夜は来るにちがいない。いまは十二時半。彼女が事務所を出るまであと三十分ほどあるから、帰る前につかまえられるだろう。今日はきっと来ているはずだ。

急げるだけ急いで、アパートまでの汚れた六ブロックを十分ほどで歩ききった。帰り道には特別変わったところもないが、彼のアパートはお祭騒ぎだ。正面の入口に近づいていくと、酔っぱらいどうしがだみ声で言いあいをしているのが聞こえてきた。間延びした罵声《ばせい》は大仰《ぎょう》ででたらめだ。大音量の音楽に負けじと、女がなにかわめいている。それにやり返す険悪な声からして、どうも相手の男は武器を持っているようだ。

ジョンはロビーをそそくさと抜け、ふちの欠けた階段をのぼり、ワンルームの自室に飛び込むと、すばやく両手首を返して鍵をかけた。

部屋は狭く、あと五年もすれば居住に不適として取り壊されそうだ。床は半分はリノリウム、半分はカーペット敷きだが、このふたつは互いにアイデンティティを交換しようとしているようだった。リノリウムはささくれだってまるで毛羽が立っているようだし、カーペットのほうは逆に毛羽がつぶれて、板のようにかちかちになっている。窓は汚れほうだいで曇っているが、おかげでカーテンが要らなくてじつは助かっていた。シャワーとバスルームの洗面台は使えるが、キッチンの流しは入居したときから詰まっていた。〈ドラノ〉で流そうとしたが、どうしてもうまく行かないので、この排水管にはもう手を出さないことにした。なかになにが突っ込まれているのか、知るのがこわくなったからだ。

金曜日に帰ってきたときの常で、窓をこじあけて通りの向こうを眺めた。〈自殺防止ホットライン〉のオフィスには煌々《こうこう》と明かりがついているが、いつものデスクにメアリの姿はなかった。

ジョンはまゆをひそめた。ひょっとしてメアリは具合が悪いのだろうか。このあいだ家を訪ねていったとき、そう言えばとても疲れた顔をしていた。

明日は自転車であの家へ行って、ようすを見てこよう。

それにしても、ついに勇気を出して会いに行ってみてよかった。実際に会った彼女は、とてもやさしい人だった。電話で声を聞いているときよりずっとやさしい。それにＡＳＬを知っているとは、なんというめぐりあわせだろう。

窓を閉めた。冷蔵庫に向かい、そのドアを閉じておくのに使っているバンジーコードをはずした。なかに入っているのは、栄養食品〈エンシュア〉バニラ味の六缶パックが四箱。二缶取り出し、バンジーコードを引っぱってはめなおす。このアパートで、ゴキブリがいないのはたぶんこの部屋だけだろう。なにしろ、ふつうの食料はひとつも置いていないのだ。胃がまったく受け付けてくれないから。

マットレスに腰をおろし、壁に寄りかかった。今夜のレストランは忙しく、肩がなんだかひどく痛かった。

用心しいしいひと缶めを飲みくだし、今夜は腹具合が悪くならなければいいがと思いながら、もう二度も読んだ『マッスル&フィットネス』の最新号を手にとった。

表紙を眺める。そこに写っている男は、日焼けした肌が筋肉ではち切れそうだった。詰め込みすぎのビニール袋さながら、二頭筋も、三頭筋も、胸筋も、腹筋もぱんぱんに膨らんでいる。その男っぽさを強調するように、まっ黄色のビキニをつけた美女をリボンのようにまといつかせていた。

何年も前から、ジョンはウェイトリフティングの雑誌を読んで研究し、何カ月も貯金をして小さなバーベルのセットを買った。それで週に六日トレーニングしたが、なんの効果もなかった。どんなにせっせとバーベルをあげても、たくましくなりたいとどんなに必死で願っても、筋肉が発達する気配はまるでなかった。

ひとつは食事の問題がある。吐き気をもよおさずに食べられるのは、ほとんどこの〈エンシュア〉だけだし、これではどっさりカロリーを摂取するのは無理だ。しかし、問題は食事だけではなかった。生まれつきの体質がなっていないのだ。二十三歳で身長は百六十八センチ、体重は四十六キロしかない。ひげもはえていないし、体毛もまるでない。まだ勃起《ぼっき》の経験もない。

男らしさはかけらもなくてひ弱だし、最悪なのはぜんぜん変化がないことだ。身長も体重も身体つきも、この十年ずっと同じままだった。

この変化のなさには、ほとほといやけが差していた。身も心もそのせいですり減っている。いつか一人前の男になれるという希望を失い、現実を受け入れ、そのせいで若さを失った。すっかり年をとったように感じていた。この小さな身体の上に、それにそぐわない老人の頭がのっているような。

けれども救いがないわけではない。楽しみは寝床に入ることだ。夢のなかでは、彼はいつも戦っている。強く、頼りになる……男らしい男だ。目を閉じているあいだは、手に短剣を持つ堂々たる偉丈夫《いじょうぶ》で、尊い大義のために敵を殺す男、そしてそのわざにすぐれた男だ。しかもひとりきりではなく、自分とよく似た男たちとともに戦っている。戦士たち、兄弟たち、死ぬまで裏切ることのない仲間たち。

夢想のなかで、女性と愛を交わすこともある。彼が入っていくと、美しい女たちが奇妙な声をあげる。ときには複数の女と床をともにしていることもあり、彼は女たちを激しく責めたてる。それを彼女たちが望むからだし、また彼自身もそうしたいと望んでいるからだ。恋人たちは彼の背中にしがみつき、爪を立てながら、激しく動く彼の腰の下で悶《もだ》え、身をのけぞらせる。やがて、勝利の雄叫びとともに彼は自分自身を解放する。全身を痙攣させ、女たちが差し出してくる熱いうるおいにみずからを注ぎ込む。そして達したあとには、目をおおう背徳の行為が始まる。彼は女たちの血を吸い、女たちは彼の血を吸い、その狂乱のさなかに白いシーツは赤く染まっていく。しまいに欲求が鎮まり、激情と渇望のときが過ぎ去ると、彼は女たちをやさしく抱きしめ、女たちはつやめいた目でうっとりと彼を見あげる。穏やかな和合のときが天からの祝福のように訪れ、喜びとともに迎えられる。

残念なのは、かならず朝が来て目が覚めてしまうことだ。

現実には、人を倒すことも守ることも彼にはできそうになかった。この体格では無理だ。女性にキスをしたことすらない。そんなチャンスは来ないだろう。異性が彼に示す反応はふたつにひとつだ。年長の女性は彼を子供扱いしたがるし、若い女性は目もくれない。どちらの反応にも傷つけられる。子供扱いされれば、自分のひ弱さをあらためて思い知らされる。そして無視されれば、いつかは守るべき人が見つかるという希望が崩れていく。

彼が女性を求めるのはそのためだった。守りたい、かばいたい、保護したいというやみがたい欲求のせいだ。衝動ばかりあって、どこにもはけ口は見つからない。

だいたい、どんな女性が彼に魅力を感じるだろうか。骨と皮にやせこけていて、ジーンズはぶかぶかだし、肋骨《ろっこつ》と腰骨のあいだはばっかりへこんでいて、シャツがそこでだぶついている。おまけに、靴のサイズは十歳児並みだ。

ジョンは欲求不満がつのるのを感じていたが、その欲求の対象が自分でもよくわからなかった。たしかに女性は好きだ。女性の肌はとてもなめらかそうだし、よいにおいがするからさわってみたいと思う。しかし、あんな夢のさなかに目が覚めたときでさえ、ただのいちども勃起を経験したことがない。完全なできそこないだ。男でもなく女でもなく、どっちつかずで宙ぶらりんになっている。余分な器官こそついていないが、まるで半陰陽《はんいんよう》だ。

ただ、これだけはまちがいない――彼には同性愛の気《け》はまるでない。何年も前から、男たちにさんざん追いかけられてきた。金や薬を渡そうとしたり、あるいは脅《おど》したりしく、トイレや車でフェラチオをさせようとする。しかし、あの手この手でいつも無事に逃げのびてきた。

そう、いつも逃げのびてきたのだ、この冬までは。今年の一月、以前住んでいたアパートの階段で追いつめられ、銃を突きつけられた。

そのあと、彼は引っ越して拳銃を持ち歩くようになった。

〈自殺防止ホットライン〉に電話をしたのもこのころだ。

もう十カ月前のことだが、いまだにジーンズが皮膚にこすれる感触には我慢できない。できれば手持ちの四本をすべて捨ててしまいたかったが、そんな贅沢《ぜいたく》はできない。あの夜にはいていた一本だけ焼き捨てて、その後は夏でもジーンズの下に長い下着をはくようにした。

つまりは、男らしい男にはほど遠いということだ。

たぶんそれもあって、女性を守りたいと思うのだろう。彼には女性の気持ちがよくわかる。自分より力の強い者につねに狙われていて、持っているものを奪いとられる危険にさらされている者どうしだから。

もっとも、だれかと親しくなって、自分の経験にしろなんにしろ打ち明けたいと思っているわけではない。あの階段であったことは、だれにも話すつもりはなかった。そんなことは想像もできない。

しかし、これまでだれかとつきあったことがあるか、と女性に質問されたらどうしよう。なんと答えていいかわからない。

ドアに重いノックの音がした。

ぎょっとして身を起こし、枕の下から銃を取り出した。指先で安全装置をはずす。

またノックの音。

ドアに銃口を向けながら、ドアに体当たりされて、肩が板を突き破ってくるのを待ち受けていた。

「ジョン？」男の声だった。低くて力強い声。「ジョン、いるのはわかってるんだ。トールだよ。一昨日《おととい》の夜に会っただろう」

ジョンはまゆをひそめた。と、こめかみにずきんと痛みが走り、思わずたじろいだ。だしぬけに、堰《せき》を切ったように記憶があふれ出し、どこかの地下へ行ったのを思い出した。そこでレザー姿の長身の男に会ったのだ。メアリやベラといっしょに。

思い出すと同時に、いっそう深いところでなにかが騒ぎだした。夢のみなもとと同じ場所で、なにか古いものが……

「話がしたいんだ。入れてくれよ」

銃を手に持ったまま、ジョンは立ちあがってドアをあけたが、チェーンははずさなかった。首をのけぞらせて——それもかなりのけぞらせて、やっと男の濃青色の目と目を合わせた。

なぜかはわからないが、胸にひとつの言葉が浮かんだ。

兄弟。

「その銃の安全装置をかけてくれないか」

ジョンは首をふった。頭のなかにこだまする奇妙な記憶と、目の前にあるもの——レザーをまとった死神——のあいだで板ばさみになっている。

「しかたがない。ただ、銃口の向きには気をつけてくれよ。そういうものの扱いにあんまり慣れてないみたいだし、身体に穴をあけられるとなにかと不都合だからな」男はチェーンに目をやった。「なかに入れてくれないか」

二軒向こうから、怒鳴り声の応酬が聞こえてきた。騒ぎはどんどんエスカレートし、しまいにガラスの割れる音がしてやっと静かになった。

「なあ、入れてくれよ。これじゃ落ち着いて話ができない」

ジョンは胸の奥深くを探ってみた。危険がないか直感をつついてみたのだが、虫の知らせは感じない。しかし、相手はいかにも強そうな大男で、どう見ても武器を持っている。こういう人種はかならずそうなのだ。

ジョンはチェーンをはずし、一歩さがって、銃口をおろした。

男は入ってきてドアを閉めた。「会ったのは憶えてるだろう?」

ジョンはうなずいたが、なぜこんなに急に記憶がよみがえってきたのか解《げ》せなかった。それに、そのとき頭が割れそうに痛んだのも不思議だ。

「なにを話したかも憶えてるよな。あそこでやってるトレーニングのこととか」

ジョンは銃の安全装置をかけた。なにもかも思い出した。あのとき感じた好奇心がまた戻ってきた。そしてまた、あの灼けつくような憧れも。

「それじゃ、うちに来て訓練を受けてみないか。身体が小さいのは気にしなくていい、きみぐらいの体格の生徒もおおぜいいるから。というより、ちょうどきみぐらいの段階で訓練を始める男子のクラスがあるんだよ」

見知らぬ男にひたと目を当てたまま、ジョンは拳銃を尻ポケットに入れ、ベッドに歩いていった。レポート用紙のパッドとボールペンをとり、お金がないですと書いた。

その紙を見せると、男は言った。「それは心配しなくていい」

ジョンは**そうは行きません**と書いて、また男に見せた。

「あの学校を運営するのに、事務処理をしてくれるスタッフが必要なんだ。トレーニングの費用は働いて払ってくれればいい。パソコンは使える？」

ジョンは情けない気持ちで首をふった。彼の知っていることと言えば、皿やコップを下げて洗うことだけだ。しかし、この人物は皿洗いが欲しいわけではないだろう。

「だったら、あの手のことをなんでも知ってるやつが兄弟にいるから、教えてもらったらいい」男はわずかに笑顔になった。「仕事をして、トレーニングを受ける。悪くないだろ？おれの〝シェラン〟とも相談したんだが、学校に通ってるあいだ、おれたちの家でいっしょに暮らさないか。彼女もぜひそうしてほしいと言ってるし」

ジョンは目を伏せた。警戒心が頭をもたげてくる。さまざまな意味で、まるで救命ボートに出会ったような話だった。しかし、どうしてこんな人物が彼を救いたいと思うのだろうか。

「なんでおれがここまでするのかと思ってるんだろ？」

ジョンがうなずくと、男はコートを脱ぎ、シャツの上半分のボタンをはずした。前を開いて左胸を見せる。

ジョンの目は、そこに現われた丸い傷痕に釘付けになった。

思わず自分の胸に手をやった。ひたいに汗が噴き出し、奇妙な感覚に襲われた。とてつもなく重要ななにかが動いて、あるべき場所に収まろうとしているような。

「きみはおれたちの仲間なんだ。家族のもとへ戻るときが来たんだよ」

ジョンは息ができなかった。脳裏に奇妙な思いがひらめく——やっと、見つけてもらえた。

だがそのとき、いきなり現実に引き戻され、胸に湧きあがる喜びは押しつぶされた。

奇跡など起きるわけがない。彼の幸運は、そこにあると気がつきもしないうちに干上がってしまったのだ。あるいは、わきを素通りして行ってしまったのかもしれない。どちらにしても、黒いレザー姿の人物がどこからともなく現われて、この暗い穴ぐらのような日々から脱出する道を示してくれるなど、そんなうまい話があるはずがない。

「考える時間が必要かな？」

ジョンは首を横にふり、一歩さがって、どこにも行きたくないですと書いた。

それを読むと、男はまゆをひそめた。「あのな、きみはいま人生の危機に差しかかってるんだぞ」

なにをばかな。なぜこんな男をなかに入れてしまったのだろう。たとえ悲鳴をあげられたとしても、助けなどどこからも来ないのに。彼は銃に手を伸ばした。

「わかったよ、そう警戒しないでくれ。じゃあ、そうだな、口笛は吹けるか？」

ジョンはうなずいた。

「この番号にかけてくれれば、おれにつながるから。電話口で口笛を吹いてくれ、そうすればきみからだとわかる」男は小さなカードを差し出した。「二日待つよ。気が変わったら電話してくれ。気が変わらなかったら、そのときはしかたがない。このことは二度と思い出すことはなくなる」

なにを言っているのかさっぱりわからず、ジョンはただカードを見つめていた。くっきりした黒い文字で番号が書かれている。ありそうなこと、ありそうもないことをあれこれ考え込んでいたが、やがてふと顔をあげると、男はすでに立ち去ったあとだった。

ドアが開く音も、閉じる音も聞いた憶えがなかった。

21

飛びあがるほどの驚愕に、メアリはいきなり目が覚めた。

早朝の静けさを木《こ》っ端《ぱ》みじんにして、のどの奥から絞り出すような絶叫がリビングルームに響いている。がばと身を起こしたが、また押し戻されて横向きに寝る格好になった。と、今度はソファが壁から押し飛ばされた。

夜明けの灰色の光のなか、レイジのダッフルバッグが見分けられた。スーツの上着も。そのとき気がついた。ソファの裏側にレイジが飛び込んでいる。

「カーテン！」彼が叫んだ。「カーテンを閉めてくれ！」

その苦しげな声に、ぼんやりしていたのがいきなり覚めて、メアリは飛びあがって部屋じゅう走りまわった。窓という窓のカーテンを閉め、あとはキッチンの戸口から光が漏れてくるだけになった。

「あのドアも……」声がうわずっている。「あっちの部屋のドアも頼む」

メアリは急いでドアを閉じた。テレビがぼうっと光っているだけで、いま部屋は真っ暗だった。

「バスルームには窓がある？」彼がしゃがれ声で尋ねた。

「いいえ、ないわ。レイジ、どうしたの?」ソファのふちから身を乗り出し、裏側をのぞき込もうとした。

「そばに来ないでくれ」のどを絞められているような声。それに続いて派手な悪態が聞こえてきた。

「大丈夫?」

「いまちょっと……ひと息入れたいんだ。少しひとりにしてくれないかな」

それにはかまわず、メアリはソファのかどをまわってのぞき込んだ。暗がりのなか、大きな身体の輪郭がやっと見分けられるだけだ。

「どうしたの、レイジ」

「なんでもない」

「あらほんと、ならよかったわ」もう　強がりなんか言ってる場合じゃないでしょうに。

「日光がだめなのね。アレルギーでしょう」

彼は耳障りな笑い声をあげた。「そう言えないこともないかな。メアリ、こっちに来ちゃだめだ」

「どうして?」

「いまはちょっと見られたくないんだ」

メアリは、手を伸ばして手近の電灯のスイッチを入れた。いきなり、フーッと猫のうなるような声が部屋じゅうに響いた。

目が慣れてくると、レイジが仰向けに横たわっているのが見えた。片腕を胸にそっとのせ、片腕で目をおおっている。そでをまくりあげて剝き出しになった皮膚に、無惨な火傷《やけど》のあとがくっきり残っている。苦痛に顔を歪め、唇がめくれあがって――

全身がぞっと冷えた。

牙だ。

上の歯列に、二本の長い犬歯が収まっている。

この人には牙がある。

思わずはっと息を呑んでいたらしく、彼がつぶやくように言った。「だから見るなって言ったのに」

「まさか」彼女はささやいた。「本物じゃないんでしょ」

「本物だよ」

バランスを崩して後ろ向きによろけ、壁にぶつかった。**そんな……そんなばかな。**

「あなた……なんなの」声を絞り出した。

「日光がだめで、いかした歯がある」彼は苦しそうに息を吸った。「なんだと思う?」

「そんな……まさか……」

彼がうめいたかと思うと、きぬずれのような音がした。身動きしているのだろうか。「悪いけど、その電灯を消してくれないか。網膜が灼けちゃって、もとに戻るまで少し時間がかかるんだ」

メアリは手を伸ばしてスイッチを切ると、急いでその手を引っ込めた。両手を身体にしっかり巻きつけて、彼のぜいぜいという荒い呼吸音に耳を澄ます。

時間だけが過ぎていく。彼はもうものも言わない。起きあがって、笑いながら作り物の牙を抜いてみせたりはしなかった。自分はナポレオンの親友だとか、洗礼者ヨハネだとか、エルヴィスだとか、そんな妄想のたぐいをしゃべりだすこともなかった。

そしてまた、空中に飛びあがって彼女に噛みつこうともしなかったし、コウモリに変身したりもしなかった。

なにを考えてるのよ。まさか彼の言うことを真に受けたわけじゃないでしょ。

ただ、彼はたしかにふつうの人とはらがう。根本的なところで、これまで会ったどんな男性ともちがっている。もしほんとうに……

小さいうめき声がした。テレビの光でブーツがソファの陰から突き出しているのが見えた。彼が自分を何者だと思っているのかはわからないが、いま苦しんでいるのはまちがいない。自宅の床にころがって苦しんでいるのに、ほったらかしにしておくわけにはいかない。なにかしてあげられることはないだろうか。

「なにかわたしにできることない？」彼女は言った。

一瞬の間《ま》があった。彼女の言葉に驚いたかのような。

「アイスクリーム持ってきてくれないかな。もしあれば、ナッツやチョコチップの入ってないやつ。それからタオルを」

ボウルいっぱいのアイスクリームを持って戻ってみると、彼は起きあがろうとしてごそごそ音を立てていた。

「じっとしてて、そっちに持っていくから」

物音がやんだ。「こわくないの」

彼は妄想に取り憑《つ》かれているか、さもなければヴァンパイアなのだから、考えてみればこわがるのが当然かもしれない。

「ろうそくの光でもまぶしい？」彼の質問には答えず、そう尋ねた。「そっちは真っ暗で、なんにも見えないから」

「たぶん大丈夫だと思う。メアリ、おれはきみを襲ったりしないから、心配しないで」

彼女はアイスクリームをおろし、大きめの奉納ろうそく(聖像の前にともす灯明用のろうそく)に火をつけて、ソファのわきのテーブルに置いた。ゆらめく光に、彼の大きな身体が浮かびあがる。片腕はいまも目をおおっている。それに火傷のあと。もう顔を歪めてはいなかったが、口を少しあけていた。

その開いた口から、牙の先端がわずかにのぞいている。

「襲われるなんて思ってないわ」とつぶやきながら、またアイスクリームを取りあげた。

「襲うつもりなら、もうとっくに襲ってるはずだもの」

ソファの背もたれごしに身体を伸ばして、アイスクリームをすくったスプーンを彼の口もとに差し出した。

「ほら、口をあけて。〈ハーゲンダッツ〉のバニラ味よ」

「食べるんじゃないんだ。牛乳のタンパク質と、冷たいのが火傷に効くんだよ」

ここからでは、火傷の部分にはとても手が届かない。ソファをさらに壁から引き離して、彼の寝ているそばに座った。アイスクリームをやわらかく練って指にとり、赤く灼けて火ぶくれのできた皮膚にのばしていく。彼はびくりとし、牙が剝き出しになった。どきりとして、一瞬手が止まる。

ヴァンパイアだなんて、まさかそんな。

「いや、そのまさかだよ」彼がつぶやいた。

メアリは息を呑んだ。「人の心が読めるの？」

「いや、でもきみはいまおれを見てるだろ。きみの立場だったらなにを考えるか、だいたい想像はつくからさ。あのさ、おれたちはちがう種族なんだよ。それだけなんだ。化物なんかじゃなくて、ただ……ちがう生きものなんだ」

なるほどね。火傷した皮膚にアイスクリームをのせていきながら、**それじゃ、その線でちょっと考えてみようじゃないの。**

いまここにいるのはヴァンパイア、ホラー映画のスターだ。身長二メートル、体重百三十キロのホラー映画の主人公で、ドーベルマン・ピンシャーそっくりの牙がある。

そんなことがあるものだろうか。それに、襲ったりしないと言われたからといって、なぜあっさり信じてしまったのだろう。わたしはきっと頭がどうかしているのだ。

レイジがほっとしたようにうめいた。「効いてきた。助かったよ」

ただ、ひとつ言えるのは、いまは痛さ苦しさで手いっぱいで、人を襲ったりする元気はないだろうということだ。こんな火傷が治るには何週間もかかるだろうから。

ボウルから指でハーゲンダッツをすくって、また彼の腕に持っていく。三度めになると、顔を近づけて見なおさずにはいられなかった。いや、見まちがいではない。まるで塗り薬のように、アイスクリームが皮膚に吸収されていく。もう治りかけている。彼女の見ている目の前で。

「すごく楽になった」彼が低い声で言った。「ありがとう」

ひたいにのせていた片腕をおろしたのを見ると、顔と首の半分が真っ赤になっていた。

「そこにもつける?」と、その火傷した部分を指して言った。

不思議な碧を帯びた青い目が開いた。見あげてくるその目には、心配そうな表情が浮かん
でいる。「うん、よかったら頼むよ」

見られているのを感じながら、メアリは指でアイスクリームをすくい、彼のほうへ差し伸
ばした。ほんの少し手が震えてはいたが、まず頬にアイスクリームを塗った。

それにしても、まつげの長いこと。長いダークブロンドのまつげ。それになめらかな肌。

ひと晩ほどのうちに、少しひげが伸びてきてはいるけれど。鼻も立派で、鼻すじは矢のよう
にまっすぐだ。唇も文句のつけようがない。大きすぎず小さすぎず、色はくすんだピンク色。

下唇のほうが上唇より厚い。

またアイスクリームを指にとって、今度はあごにつけた。それから首のほうに指をおろし
ていき、肩からうなじに走る盛りあがった筋肉に塗る。

なにかが肩をかすめた。目をやると、彼の指が髪の毛先をなでていた。

ぞっとして、はじかれたように身を引いた。

レイジは手を下げた。拒絶されても驚きはしなかった。

「ごめん」ぽつりと言って、目を閉じた。

目を閉じてしまうと、やさしい指が皮膚をなでる感触がいっそう強く意識される。彼女はすぐそばにいる。あまり近くて、彼女の香りで鼻孔がいっぱいになってしまう。日光に灼かれた痛みが薄らぐにつれて、今度はべつの熱で全身が灼けつきそうになる。

目をあけた。薄くまぶたをあけて、そのまま見つめていた。焦がれていた。

アイスクリームを塗り終えると、メアリはボウルをわきへ置いて、まっすぐこちらに目を向けてきた。「それじゃ、あなたがその……ちがう種族だってことにしましょうか。だったらどうして、わたしの血を吸わなかったの。いくらでもチャンスはあったのに。つまりその、その牙はただのお飾りじゃないんでしょう」

彼女は全身ぴりぴりしていて、いまにも飛びあがって逃げだしそうに見えた。しかし、恐怖に屈してはいない。こわがってはいても、必要なときに手助けをしてくれたのだ。

ちくしょう、この勇気にはますますそそられる。

「おれたちは同じ種族の女の血を飲むんだ。人間のは飲まない」

彼女は目を見ひらいた。「仲間がおおぜいいるってこと?」

「まあね。ただ、昔にくらべると減ってる。絶滅させようとしてつけ狙うやつらがいるから」

それで思い出した。武器があるのは六メートル先、それもソファの向こうだ。起きあがろうとしたが、体力が弱っていて思うように動けない。

くそったれ太陽め。力を吸いとっていきやがる。

「なにがしたいの?」彼女が尋ねる。

「ダッフルバッグ。持ってきてくれないか、おれの足もとに」

メアリは立ちあがり、ソファの向こうに姿を消した。どさっと音がして、続いてバッグを床に引きずる音が聞こえてきた。

「いったいこれ、なにが入ってるの」彼女がまた視界に入ってきた。手を放すと、把手がだらりと側面に倒れる。

頼むから、なかを見ないでくれよ。

「あのさ、メアリ……いま困ったことになってるんだ」彼は両腕を突っ張って、無理に上体を起こした。

〝レッサー〟がこの家を襲いにくる危険は、いまのところは大きくない。かれらは日が出ていても出歩けるが、夜中に活動しているし、体力を回復するには眠らなくてはならない。だから、たいてい日中はおとなしくしているのだ。

しかし、ラスからなにも返事が来ない。それにいずれはまた夜になる。

メアリがこちらを見つめている。じっと考え込むような表情。「地下に隠れなくちゃいけないの? だったら、穀物用の古い地下蔵があるわ。入口はキッチンの向こうだけど、スライドドアに毛布でも掛けておえば――しまった、天窓があるんだった。あなたになにかをかぶせるほうがいいかもしれないわね。ともかく、地下に隠れてれば安全だと思うんだけど」

レイジは、起こしていた頭を後ろに倒した。いま見えるのは天井だけだ。

この人間の女ときたら。体重は彼の半分もなく、重い病気にかかっていて、自分の家にヴァンパイアを入れてしまったと気がついたばかりなのに——もうこっちを守る心配をしている。

「レイジ?」近づいてきて、そばに膝をついた。「地下におりるなら手伝うけど——」

考えるまもなく、メアリの手をとっていた。手のひらに唇を押しつけ、さらにその手を心臓の上に持っていく。

彼女から恐怖のにおいが吹き出した。つんとする煙いようなにおいが、本来のかぐわしいにおいと混じりあう。それでも、今度は身体を引こうとはしなかったし、戦闘・逃避反応のにおいが混じったのはつかのまだった。

「心配することないのよ」彼女はそっと言った。「今日はだれもあなたに近づかせないから。安心して」

ああ、ちくしょう。そんなことを言われたら、身も心も溶けていきそうだ。なんという女だろう。

彼は咳払いをして、「ありがとう、だけど、心配なのはきみのことなんだ。メアリ、昨夜《ゆうべ》おれたちは公園で襲われたんだよ。きみはそのときハンドバッグを落としたんだ。たぶんおれの敵が拾っていったんじゃないかと思う」

緊張が彼女の腕を駆けくだり、手のひらを抜けて、彼の胸を打った。不安が噴きあげてくるのがわかる。その恐怖を肩がわりする手段があればよいのにと思う。この身に取り込む手段があれば。

彼女は首をふった。「憶えてないわ、襲われたなんて」

「おれが記憶を封じたからだよ」

「どういう意味、封じたって」

彼女の心に入っていき、昨夜の出来事の記憶を解き放った。

メアリは息を呑み、両手で頭を押さえ、さかんにまばたきをしている。いまのうちに急いで事情を説明しなくてはならない。でないと、すぐに自分ですべてを解釈し、この男は人殺しだ、逃げなくてはならないという結論に飛びついてしまう。

「メアリ、あのときはきみを家へ連れて帰らなくちゃならなかったんだ。兄弟から連絡があるまで、きみを守ることができるように」その連絡がまだないのだ、くそ腹の立つ。「あの襲ってきたやつらは人間じゃないんだ。それに、やたらに腕の立つ連中なんだよ」

膝が言うことをきかなくなったのか、彼女は床にぺたんと座り込んでいる。大きく見ひらいた目は焦点が合っていない。首をふった。

「あなたはふたり殺した」魂の抜けたような声で言った。「ひとりは首の骨を折って、それでもうひとりは……」

レイジは自分で自分をののしった。「こんなことに巻き込んで、すまないと思ってる。おれのせいできみは危険にさらされてるんだし、きみの記憶を消したのも申し訳ないと——」

射るような目で彼を見すえて、「二度としないで」

しないと約束できたらどんなにいいだろうか。「わかった、でもきみを救うためにしょうがないときもあるんだよ。もうおれのことを知りすぎちゃったから、きみの身にはいま危険が迫ってるんだ」

「ほかにも消した記憶があるの？」

「おれたちは、トレーニングセンターで会ってるんだ。きみが、ジョンとベラと二人で来たとき」

「いつ？」

「二日ばかり前だ。そっちの記憶も戻すことはできるけど」

「ちょっと待って」まゆをひそめた。「どうしてもっと早く、あなたのことをすっかり記憶から消してしまわなかったの。つまり、なにもかも忘れさせることができたはずでしょう」

　そうしてくれればよかったのに、と思っているのだろうか。

「そうするつもりだった。昨夜、食事のあとに」

　彼女は目をそらした。「でも、公園でああいうことがあって、できなくなったのね」

「うん、それに……」くそ、この話をどこまで進めていいものか。彼女のことをどれだけ想っているか、ほんとうに話してしまっていいのか。いや、だめだ。彼女はショックで完全に動転してる。いまはとても打ち明け話などできる状況ではない。雄のヴァンパイアに懸想《けそう》されたと聞いて、喜ぶとも思えないし。「それに、きみのプライバシーをあまり侵害したくなかった」

　その後の沈黙のなか、彼女があれこれ考えているのがわかった。昨夜の事件のこと、その意味や影響のこと、いまの状況のこと。ふと、彼女の身体から甘い性的興奮の香りが立ちのぼった。彼にキスをされたときのことを思い出しているのだ。

ふいに彼女はびくっとしたように顔をしかめ、甘い香りは消えた。

「あのさ、メアリ、公園で、おれがずっと身体をくっつけないようにしてたのは、ほら、あのとき――」

片手をあげてそれを制し、「これからどうするかってこと以外は話したくないわ」目を合わせてきた。灰色の瞳は揺らぎもしない。なにが来ても受けて立つと腹をくった人の目だった。

「まったく……きみには脱帽するよ、メアリ」

まゆをあげた。「どうして?」

「こんな滅茶苦茶な状況なのに、すごく落ち着いて対処してるからさ。なにより、おれの正体がわかったっていうのに」

彼女は髪の毛を耳にかけて、彼の顔を見つめてきた。「だってそれは、わたしにとってはそんな驚くようなことじゃないから。いえ、驚くようなことではあるんだけど、でも……初めて会ったときから、あなたはふつうの人とはちがうと思ってたもの。もちろん、あなたが……その……あなたたちは、自分のことヴァンパイアって呼んでるの?」

レイジはうなずいた。

「そう、それじゃその、あなたがヴァンパイアだってわかってたわけじゃないけど」と、〝ヴァンパイア〟の語を確かめるように発音した。「でも、あなたにひどいことされたわけじゃないし、こわいと思ったこともないわ。その、ほんとの意味ではね。それに……あのね、わたしこれまで、少なくとも二度死んでるの。一度めは、骨髄移植を受けてる途中で心停止を起こしたの。二度めは、肺炎にかかって、肺に水がいっぱい溜まっちゃったとき。それで、その、そのとき自分がどこに行ってたのか、なんで戻ってきたのかわからないんだけど、向こう側にはなにかがあったのよ。天国じゃないのよ。雲の上に天使がいたり、『オール・ザット・ジャズ（一九七九年アメリカ映画。瀕死の舞台監督が、夢のなかで自身を主役とするミュージカルを演じる）』みたいなことはなんにもなくて、ただの白い光だった。最初のときはそれがなんだかわからなかったんだけど、二度めはまっすぐそのなかに入っていったの。いまでもわからないわ、どうして戻ってきたのか——」

彼女は顔を赤くして、口をつぐんだ。秘密を打ち明けてしまったのを恥じるように。

「きみは〈冥界《フェード》〉に行ってきたんだな」彼は畏怖に打たれてささやいた。

「〈フェード〉？」

うなずいた。「少なくとも、おれたちはそう呼んでる」

彼女は首をふった。この話をこれ以上続けるのは気が進まないらしい。「ともかく、この世には人間に理解できないことがたくさんあるのね。ヴァンパイアが存在するとしたら、それもそのひとつってことかしら」

しばらくものも言えずにいると、彼女はこちらに目を向けて、「なんでそんな目で見るの？」

「きみは往還者《ウォーカー》だったんだな」そう言いながら、立ちあがって彼女に一礼しなくてはならないように感じていた。それが礼儀なのだ。

「ウォーカーって？」

「あの世に行って帰ってきた者のことだよ。おれのところでは、これは名誉の称号なんだ」

携帯電話が不満げに鳴りだし、ふたりはそろって顔をあげた。ダッフルバッグのなかから聞こえてくる。

「バッグをとってくれないか」彼は頼んだ。

メアリは手を伸ばし、持ちあげようとした。びくともしない。「電話を取り出して渡しましょうか」

「だめだ」彼はどうにか膝をついて起きあがった。「バッグを――」

「レイジ、無理しないで――」

「メアリ、よせ」つい命令口調になる。「それをあけちゃだめだ」

彼女はぎょっとして手を放した。なかにヘビでも入っているかのように。

よろめきながら、彼はバッグのなかに手を突っ込んだ。電話が見つかると、すぐに開いて耳に当てた。

「もしもし」ダッフルバッグの口を途中まで閉じながら、怒鳴るように言った。

「どうかしたのか」トールの声だった。「おまえ、いったいどこにいるんだ」

「なんでもない。ただ帰れなかっただけだ」

「ぬかせ。おまえがジムに顔を出さないし、館にも姿が見えないんで、ブッチが心配して電話してきたんだぞ。迎えが必要なのか」

「いや、安全な場所にいるから」

「その安全な場所ってのはどこだ」

「昨夜ラスに電話したんだが、返事が来ないんだ。どっか行ってるのか」

「ベスとふたりで、ニューヨークシティの寝ぐらに引っ込んでお楽しみさ。で、おまえはいまどこにいるんだ」すぐに返事が返ってこないと見て、トールは声を低めた。「レイジ、いったいどうしたんだ」

「おれが話したがってるって、ラスに伝えといてくれよな」

トールは悪態をついた。「ほんとに迎えは必要ないんだろうな。〝ドゲン〟をふたり送ってやってもいいぞ、鉛を内張りしたボディバッグを持たせて」

「いや、大丈夫だ」メアリを置いてはどこにも行けない。「じゃあ、またな」

「レイジ――」

電話を切ると、すぐにまた鳴りだした。発信者IDを確かめ、トールだとわかってボイスメールにまわした。電話をすぐそばの床に置くと、腹がぐうと鳴った。

「なにか食べるもの持ってきましょうか」メアリが尋ねた。

彼はメアリを見つめた。一瞬どきっとして、自分で自分に言い聞かせなくてはならなかった――それがどれほど親密な行為なのか、メアリは知らずに言っているのだ。それでも、彼女が手ずから食事を用意してくれるかと思うと、感激に胸が詰まった。

「目をつぶってよ」彼は言った。

メアリは身を固くしたが、黙ってまぶたを閉じた。

身を乗り出し、彼女の唇にそっと唇を押し当てた。

あの灰色の目がぱっと見開かれたが、彼女より先にレイジは身体を引いていた。

「うれしいな、きみに食事を作ってもらえるなんて。礼を言うよ」

22

朝日が昇るころ、OはUのキッチンのテーブルにつき、広げた建物のスケッチをより分けていた。一枚を選び、向きを上下さかさまにする。

「これだ。建てるのにどれぐらいかかる?」

「あっという間《ま》さ。現場はまわりになんもないとこだし、市の電気や水道なんかとつなぐ必要もないから、建築許可も必要ないしな。百四十平方メートルの土地に、壁を組み立てて羽目板を張り付けるだけだ、大してかかりゃせん。捕虜を閉じ込めとく檻を据えつけるのもべつにむずかしくない。シャワーについちゃ、近くの川から水は簡単に引いてこられるし、ポンプを据えつければ立派な水道になる。金物とか道具みたいな消耗品は全部市販品でまかなうし、板の長さは規格どおりにしてあるから、切らずに使えるしな。発電機はガス式のを設置して、ノコギリや釘打ち銃の電気はそれでまかなう。必要なら照明もつけられるぞ。発電機はそのあともずっと使うことになるし」

「具体的な日数を教えてくれ」

「作業員を五人まわしてくれれば、四十八時間で屋根までつけてみせる。そいつらをいくらこき使ってもよければな。それと、必要な物資が遅れずにそろえば」

「それじゃ、二日でまちがいないんだな」

「このあと〈ホームデポ〉と〈ロウズ〉に行って、さっそく必要なものをそろえにかかるよ。材料は二店に分けて注文しとこう。それと小型のブルドーザーが要る。〈トロ〉社の〈ディンゴ〉がいい、バケットとホウを交換できるやつ。レンタルしてるとこを知ってる」

「けっこう。大いにけっこうだ」

　Oは椅子の背もたれに寄りかかり、腕を伸ばして、なんとなくカーテンをあけた。Uの住まいはなんのへんてつもない中二階《スプリットレベル》のある住宅で、中流家庭の主婦《サッカー・ママ》のなわばりのどまんなかにある。コールドウェル市のなかでも、ニレの木《エルムウッド》とかもみの木が丘《スプルース・ノル》とか松が谷《パイン・ノッチ》といった名前の通りがあって、歩道を子供が自転車で走り、毎晩六時には夕食がテーブルに並ぶ、そんな街だ。

　その幸せいっぱい夢いっぱいぶりに、Oは虫酸《むしず》が走った。建ち並ぶ家々に火をつけてやりたい。芝生には塩をまき、植木は切り倒し、二度と湧《わ》いてこないように徹底的にぶっつぶしてやりたい。その衝動の激しさに、Oはわれながら驚いた。他人の財産を破壊するぐらいなんとも思わないが、彼の専門は殺しで、略奪ではない。なぜこれほど気に障るのか理解できなかった。

「あんたのトラックを貸してくれ」とUが言うのが耳に入ってきた。「トレーラーを借りてきて連結すれば、板や屋根材を渡して一度に運べるからな。なにも〈ホームデポ〉の店員に場所を教えることたあない」

「それで、檻の材料は？」

「あんたの希望はちゃんとわかってるし、どこへ行けば材料が見つかるかもちゃんとわかってる」

ピーと電子音が鳴った。

「なんの音だ」Oは尋ねた。

「午前九時に鳴るようにしてあるのさ。現況報告の時間だ」Uは携帯端末〈ブラックベリー〉を取り出した。小さなキーボードの上を、太短い指が目まぐるしく動く。「あんたの現況もメールしとこうか？」

「頼む」OはUをしげしげと観察した。この〝レッサー〟は〈ソサエティ〉に入って百七十五年になる。皮膚は紙のように真っ白だ。もの静かで鋭くて、まるで留め鋲《びょう》のようだ。一部のメンバーほど血の気が多くはないが、仕事ぶりは確実だ。

「U、あんたは役に立つ男だな」

Uはにっと笑って、〈ブラックベリー〉から顔をあげた。「まあな。それに、役に立つのが好きなんだよ。そう言えば、作業班にはだれとだれを貸してくれるんだ」

「主要部隊をふたつとも投入する」

「ふた晩続けて、みんなして戦線離脱か」

「それと日中もな。休みは現場で交替にとればいい」

「わかった」Uは手に持った端末を見おろし、右側の小さなトラックホイールを指先で操作した。「やれやれ……こりゃ、ミスターXがおかんむりだな」

Oは不審げに目を細くした。「というと？」

「補助部隊《ベータ》全員に、同報メールがまわってるんだ。おれはいまもベータの一員ってことになってるみたいだな」

「で?」

「昨夜、ベータが集団で狩りに出て、公園で〈兄弟団〉の一匹に出くわしたらしい。五人いたうちの三人から現況報告なしだ。へえ、問題の戦士は人間の女といっしょだったとさ」

「あいつら、ときどき人間とやってるからな」

「ああ、うまいことやりやがって」


メアリはこんろの前に立って、先ほどのレイジの目を思い出していた。朝食を作ってあげると申し出ただけで、なぜあんなに驚かれたのかわからない。彼の感激ぶりはまるで、とても価値のある贈り物をされた人のようだった。

オムレツを裏返し、冷蔵庫に向かった。カットフルーツのプラスティック容器を取り出し、残らずすくって鉢《はち》に盛った。足りそうもないと思って、バナナをスライスしてのせた。

包丁を置いて、自分の唇にさわった。ソファの陰でされた口づけには、性的な色合いはまるでなかった。あのキスはただの感謝のキスだ。公園で唇と唇を重ねたときはもっと熱がこもっていたが、彼のほうが距離を置いているのは同じだった。熱くなっていたのは片方だけ――つまり彼女だけだ。

ヴァンパイアは人間とは寝ないのだろうか。彼が引いていたのはそのせいだったのだろうか。相手を思いのままに支配して喜んでいるのではなかったのかも。

でも、〈TGIフライデーズ〉の接客係のことは？　彼はまちがいなくあの女性をじろじろ眺めていたし、まさかドレスをあつらえようと思っていたわけではないだろう。とすれば、べつの種とも問題なくつきあえるにちがいない。やはり、彼女とつきあうことに興味がないだけなのだ。

友だち。ただの友だちだ。

オムレツができあがり、トーストにバターも塗った。フォークをナプキンでくるみ、それをひじにはさんで、皿と鉢を持ってリビングルームに入っていった。急いでドアを閉じ、ソファに向きなおる。

ちょっと待って。

レイジはシャツを脱いで壁に寄りかかり、火傷のあとを調べていた。ろうそくの光のなか、たっぷり拝ませてもらった――がっしりした肩、たくましい腕、胸。おなか。隆々たる筋肉を包む肌は金色で、無毛だった。

気を落ち着けようとしながら、メアリは運んできたものを彼のそばに置き、一メートルほど離れて座った。身体をじろじろ見てはいけないと、顔に目をやった。彼は皿を見おろしている。身じろぎもせず、口もきかずに。

「なにが好きかわからなくて」彼女は言った。

彼の目がさっとあがって、こちらと目を合わせてきた。身体の向きを変えて、正面から向かいあう。前から見ると、横から見たときよりさらに壮観だった。肩幅が広くて、ソファと壁のあいだをいっぱいに埋めている。左胸にある星型の傷痕がたまらなくセクシーで、肌についたブランドマークのようだ。

ゆうに鼓動一拍か二拍のあいだ、彼はじっとこちらを見つめていた。ついに彼女は皿に手を伸ばした。「なにかほかのものと取り替えて――」

手がさっと伸びてきて、彼女の手首をつかんだ。親指で手首の内側をなでながら、「これが好きだ」

「でも、まだ味も見て――」

「きみが作ってくれたんだから、それだけでじゅうぶんだ」フォークをナプキンから取り出すと、前腕の筋肉と腱が動くのが見える。「メアリ？」

「なに？」

「きみに食べさせたい」そう言うそばから、彼の胃袋は大きな音を立てている。

「いいのよ、わたしは自分でなにか食べるから……ねえ、どうしてそんな変な顔するの」

アイロンでしわをのばそうとするかのように、彼は眉間をこすった。「ごめん。きみが知ってるわけないもんな」

「なにを？」

「おれのところじゃ、男が女に手からものを食べさせるっていうのは、儀式みたいなもんなんだよ。相手を尊敬してるとか、えーとその……大事に思ってることを示すためなの」

「でもあなた、おなかすいてるでしょう」

彼は皿を少し引き寄せて、トーストのはしをちぎった。それからオムレツの一部をきれいに四角に切って、トースト片にのせた。

「メアリ、この手から食べてくれ。受け取ってくれ」

彼は上体を傾け、長い腕を伸ばしてきた。碧を帯びた目に頭がぼうっとして、メアリは引き寄せられるように身を乗り出し、口を開いた。彼のために作ったものを口に含むと、レイジはうれしそうにのどを鳴らした。そのひと口を食べ終えると、彼はまた身を乗り出してきて、指につまんだトーストの一片を差し出した。

「あなたは食べないの?」

「きみが満腹したら食べる」

「わたしが全部食べちゃったらどうするの?」

「きみがじゅうぶん食べたとわかれば、こんなにうれしいことはないんだよ」

友だちよ、と自分に言い聞かせた。**ただの友だち。**

「メアリ、おれのために食べてよ」根負けして、また口をあけた。その口を閉じたあとも、彼はじっとこちらの口もとを見つめている。

どうしよう。友だちって感じじゃなくなってきたわ。

彼女がトーストを食べているあいだに、レイジは指先で鉢のフルーツを選んでいた。しまいにメロンのスライスを選び、差し出してきた。まるごと口に含むと、口のはしから少し果汁があふれ出た。手の甲でぬぐおうとしたら、彼はそれを制してナプキンをとり、口もとを軽く押さえてくれた。

「もうおなかいっぱい」

「いや、まだだ。まだ足りないのがわかる」今度はふたつ割りにしたイチゴを差し出してきた。「メアリ、口をあけてよ」

これを少し、あれを少しと食べさせながら、彼は心の底から満足そうにこちらを見ていた。こんな表情は、いままでだれの顔にも見たことがない。

もうひと口も入らないほど彼女に食べさせると、彼は残った料理をあっという間《ま》に平らげた。彼が食べ終えたとたんに、メアリは皿をとってキッチンに持っていった。もうひとつオムレツを作り、ボウルいっぱいにシリアルを盛って、バナナの残りを全部運んでいった。

それを前に並べると、彼は輝くような笑みを浮かべた。「こんなにしてもらって、すごく光栄だよ」

あのときと同じ、きちんとしたきれいな食べかたで食べはじめる。メアリは目を閉じ、頭をのけぞらせて壁に預けた。どんどん疲れやすくなっている。その理由がいまではわかっているだけに、冷たい恐怖に刺し貫かれるようだった。こわい。検査がすべて終わったあと、どんな治療を受けることになるのか、それがわかるときが恐ろしかった。

目をあけると、レイジの顔がすぐ目の前にあった。

ぎょっとしたはずみで、壁に背中をぶつけた。「びっくりした、近づいてくる音がぜんぜんしなかったから」

いましも跳ぼうとする動物のように、彼は四つんばいになっていた。彼女の膝の左右に両腕を突っ張って上体の重みを支え、大きな肩がいよいよ大きく盛りあがっている。近くで見るとほんとうに大きかった。それに肌もあらわな姿で。おまけにとてもいいにおいがする。濃厚なスパイスのような。

「メアリ、もしよかったら、おれの感謝の気持ちを受け取ってよ」

「どういうこと？」声がかすれた。

彼は頭を傾けて、唇を重ねてきた。思わずあえぐと、舌が口に入ってきて、彼女の舌を愛撫した。彼女の反応を確かめるために少し離れたとき、突きあげるような恍惚《こうこつ》の——骨の髄まで沸騰しそうな恍惚の予感に、彼は目を輝かせた。

彼女は咳払いをして、「その……受け取ったわ」

「メアリ、もう一回だけ、いいかな」

「ひとことありがとうって言ってくれればじゅうぶんよ。だって、大した——」

彼の唇のせいで、そのあとは続けられなかった。また舌が入ってくる。侵入し、奪い、愛撫する。身内に熱いものが渦を巻き、メアリは抵抗をやめ、その狂気のような情熱を、胸の高鳴りを、乳房と脚のあいだのうずきをぞんぶんに味わった。

こんなことがあるなんて。あまりに久しぶりだった。いや、これほどの経験は初めてだった。

レイジは低くのどを鳴らしている。彼女の昂りを感じとっているのだろうか。舌が引っ込むのを感じ、次に下唇が彼の——

牙だ。下唇が、牙にくわえられている。

しみわたる恐怖に情熱はいっそう濃密になり、危険の気配に身体がいよいよほころぶ。彼の両腕に両手をかけた。彼の肉体のなんと固く、たくましいこと。上に乗られたらどんなに重いだろう。

「メアリ、おれと寝てくれる？」彼が尋ねた。

メアリは目を閉じ、キスだけの関係からさらに進んで、いっしょに裸になったところを想像した。最後に男性とつきあったのは、発病するずっと前のことだ。彼女の身体は、あのころとはずいぶん変わってしまった。

それにまた、彼女と寝たいという欲望がどこから生まれてくるのか、それがよくわからない。友だちはセックスはしないものだ。少なくとも彼女の考えではそうだ。

彼女は首をふった。「それはちょっと――」

また唇で口をふさがれたが、今度はすぐに離れて、「おれはただ、きみのとなりで寝たいだけだよ。それならいい？」

文字どおりの解釈ってわけ……なるほどね。ただ彼を見ていると、ふたりの差がいやでも目につく。こちらは息を切らしているのに、彼は平然としている。こちらは目がかすんでいるのに、彼の目はすっきり冴えている。

こちらは熱くなっているのに、彼は……冷めている。

レイジはふと身を起こして壁に寄りかかり、ソファにかかっていた毛布を自分の膝にかけた。ほんの一瞬、勃起したのを隠したのかと思った。

ばかね、まさか。上半身裸だから寒くなっただけだろう。

「おれの正体を急に思い出した？」彼は尋ねた。

「えっ？」

「だからその気がなくなったんだろ」

唇に当たる牙の感触を思い出した。彼がヴァンパイアだと思うとむしろ興奮する。「そんなことないわ」

「じゃあ、どうしていきなり引いちゃったのかな。メアリ？」ひたと目を見すえて、「メアリ、どういうことか説明してくれよ」

こちらを見つめる彼の当惑ぶりに、腹が立ってきた。お情けでセックスしてもらって喜ぶとでも思っているのだろうか。

「レイジ、友だちとしてそこまでしてくれるのはありがたいけど、わたしのために無理するのはやめてくれない？」

「きみは楽しんでるじゃないか。おれにはわかる。においでわかるし」

「もうやめてよ、わたしに恥をかかせて楽しい？　はっきり言うけど、こっちはすっかり興奮してるのに、新聞でも読んでるような顔をされて、それでわたしがうれしいとでも思ってるの？　ほんとに……どうかしてるんじゃないの。あなた変よ」

ネオンのような目が、むっとしたように細くなった。「おれがきみとしたがってないと思ってるのか」

「あら、ごめんなさい。あなたがそんなに興奮してるなんて、ちっとも気がつかなかったわ。そうよね、わたしにそそられないわけないものね」

これほどすばやく動けるとは信じられない。さっきまで壁に寄りかかって座って、こっちを見ていたのに。いまは彼女を床に押し倒し、上におおいかぶさっている。腿を脚のあいだに押し込んで開かせ、股間を芯に押しつけてくる。太く固く大きいものが当たっている。

彼女の髪に手を入れて引き寄せ、身体をぴったりくっつけてきた。耳もとに口を寄せた。「わかっただろ、メアリ」固く起きあがったものを、小さい円を描くように動かし、愛撫して、つぼみを開かせていく。「感じるだろ。どういうことかわかるだろう?」

メアリはあえいだ。熱くうるおって、深く貫かれるのを彼女の身体は待っている。「どういうことか言ってくれよ、メアリ」彼女が答えずにいると、首を痛いほど吸い、耳たぶを歯でくわえた。ちょっとしたお仕置き。「言ってくれよ。おれの気持ちをちゃんとわかってるか確かめたい」

あいたほうの手を彼女のお尻の下に差し入れ、しっかり抱き寄せると、固く起きあがったものが押しつけられ、当たるべき場所に当たった。下着とパジャマのズボンを通して、その先端に探られているのを感じる。

「言えよ、メアリ」

また突いてこられて、彼女はうめいた。「わたしとしたいのね」

「それを二度と忘れないように、念押ししておこう」

髪から手を放し、容赦なく唇を奪った。全身が彼の巨体に包まれ、口のなかも身体の上も、彼の熱と男のにおいで満たされ、恐ろしいほど怒張《どちょう》したものが、気も遠くなるほどの激しい悦楽を予感させる。

だが、やがて彼は横に体《たい》を開いて離れ、さっきと同じように壁に寄りかかって座った。なにごともなかったように、完全に落ち着きはらっている。呼吸は乱れていないし、身体も微動だにしない。

メアリのほうは上体を起こすだけで精いっぱいで、手足の動かしかたを一から思い出さなければならないくらいだ。

「メアリ、ほとんど人間そっくりに見えるけど、おれは人間じゃない。いまやったことなんかお遊びみたいなもんだ。ほんとはきみとどんなことがしたいと思ってるか、教えてやろうか。脚のあいだに顔を突っ込んで、きみがおれの名前を叫びだすまでなめてなめてなめつづけたい。それからけものみたいに乗っかって、きみの目を見ながらなかに入りたい。そのあとは、この世のありとあらゆる方法できみを抱きたい。後ろからしたいし、立ったままで壁に寄りかからせてしたいし、上に乗せて、おれが息ができなくなるまで腰をふらせたい」そう言うあいだも視線は揺らぎもせず、残酷なほどまっすぐだった。「ただ、そうはできないんだ。こんなにきみを想ってなかったら、もっとことは簡単だったと思う。でもきみが相手だと、おれの身体にはみょうな反応が起きるんだ。だから、完全に自分を抑えてないときみを抱けない。そうでないとたぶんおれはおかしくなって、きみを死ぬほどこわい目にあわせてしまうと思う。へたをしたら大けがをさせるかもしれない」

その情景が、彼の語ったすべての情景があざやかに脳裏に浮かび、彼女の肉体はあらためて彼を求めて泣き叫んだ。彼は深々と息を吸い、かすかにのどを鳴らした。彼女の情欲のにおいを嗅いで、それを味わっているのだろうか。

「メアリ、きみを喜ばせたい。きみのその甘い快感を、それの望む場所に連れていきたい。いいだろ?」

うんと言いたかった。けれども、彼の言葉を実行に移したらどうなるか、はたと思い当たってぞっとした。彼の見ている前で、ろうそくの光に裸身をさらさなくてはならない。病気が撤退していったあと、彼女の身体にどんな痕跡が残されたか、知っているのは医師と看護師だけだ。それに、あのセクシーな女性たちのことを思い出さずにはいられなかった。彼女の見ている前で、堂々と彼に流し目を使っていた女性たち。

「わたしは、あなたがよく知ってるような女性とはちがうのよ」低い声で言った。「わたしは……きれいじゃないの」彼はまゆをひそめたが、メアリは首をふった。「これは掛け値なしの事実よ」

レイジはけもののように近づいてきた。肩の動くさまはライオンのようだ。「さみがどんなにきれいか、おれが教えてやる。やさしく、ゆっくり時間をかけて。手荒なことはしない。百パーセントきみの気持ちを尊重するよ。約束する」

唇が分かれて、牙の先がちらとのぞいた。と思う間もなく、彼の口に口をおおわれて……魔法のようだった。唇と舌で愛撫されるだけで頭の奥がしびれた。うめき声とともに彼の首に両手をまわし、頭皮に爪を立てていた。

床に仰向けにされたとき、彼の重みを受け止めようと身構えた。ところが彼はとなりに身体を伸ばして、彼女の髪を後ろになでつけている。

「ゆっくり時間をかけて」彼はつぶやいた。「やさしくするよ」

またキスをしてきた。ややあって、長い指がTシャツのすそに伸びてきた。そのすそをめくりあげられながら、彼に吸われている唇だけに意識を集中しようとした。いまなにがあらわにされているか、考えてはいけない。しかし、Tシャツが胸の上まで持ちあげられると、乳房をなぶる冷たい空気を感じずにはいられない。思わず両手で胸をかばい、目をつぶった。暗くてあまりよく見えなければよいと祈りながら。

指先が首の付け根をなでる。気管切開の傷痕が残っている場所。やがて指先は胸におりていき、カテーテルが挿入されていたあとの小さなくぼみをそっとなぞった。パジャマのズボンのウェストがおろされると、栄養チューブを通した穴のあとがすべてあらわになる。そしてまた、腰に残る骨髄移植の切開あとも。

もうこれ以上は耐えられない。起きあがり、身体を隠したくてTシャツをおろそうとした。「メアリ、だめだよ。ここでやめるのはなしだ」彼女の両手をつかまえて、その手に唇を押し当てる。それからシャツをつかんで、「見せてくれよ」

シャツを脱がされているあいだ、彼女は顔をそむけていた。剝き出しになった乳房が、見つめる彼の前で上下に動く。

やがてレイジは、傷痕のひとつひとつにキスをしていった。

身体が震えた。抑えようとしても抑えられない。この身体はいっぱいに毒を送り込まれ、穴や傷痕やざらざらの瘢痕だらけにされている。もう子供も産めない。それなのに、彼女の身に帯びたものはすべて尊いとでもいうように、世にも美しいこの男があがめてくれている。

彼が顔をあげて微笑みかけてきたとき、涙があふれて止まらなくなった。嗚咽《おえつ》が突風のように噴きあげてきて、胸ものども引き裂かれ、胸が締めつけられて肋骨が折れそうだ。両手で顔をおおった。いますぐ彼を押しのけて、べつの部屋に逃げていく強さが欲しかった。泣いているあいだ、レイジは彼女を胸に抱き寄せ、あやすように前後にゆすっていた。泣き疲れるまでどれぐらいかかっただろうか、ようやく嗚咽が鎮まってきたとき、彼がこちらに話しかけているのに気がついた。音も抑揚もまったく耳慣れない言語で、ただの一語も聞き分けられない。しかしその響きは……その響きは美しかった。

そして彼のやさしさに、屈伏してしまいそうでこわかった。

彼に頼って慰めを得ることはできない。いまこの瞬間でさえも。精いっぱい気を張って、それでやっと生きているのだ。気を抜くとたちまち涙におぼれてしまう。ここでまた泣きだしたら、これから何日も何週間も泣き暮らすことになる。心の奥の固い核を守ってきたからこそ、前回は病気と闘い抜くことができたのだ。その核を失ったら、病気に立ち向かう力などどこにもなくなる。

メアリは涙を拭いた。

これが最後よ。二度と彼の前で取り乱したりしない。

咳払いをして、彼女は無理に笑みを作った。「いまのどうだった？ 興《きょう》をそぐのにぴったりだったでしょ」

彼はまたあの外国語でなにか言ったが、首をふり、英語に切り換えた。「泣きたいだけ泣けよ」

「泣きたくないわ」彼の裸の胸を見つめた。

そう、いまは泣きたくない。彼とセックスがしたい。涙の発作が収まったら、また彼の身体に身体が反応している。全身の傷痕を残らず見られたのに、彼の態度は少しも変わらない。おかげでずっと気が楽になった。

「いまでもまだ、わたしとキスしたいって気がある？」

「もちろん」

自分に考えるひまを与えず、彼の肩をつかんで引き寄せてキスをした。彼女の力に驚いたように、一瞬身を引くそぶりを見せたが、すぐに濃厚にキスを返してきた。彼女がなにを求めているか理解したかのように。たちまちのうちに、パジャマのズボンも靴下も消え、下着はかたわらへ放り出されて、彼女は一糸まとわぬ姿にされていた。

彼は両手で彼女の顔から腿へと愛撫していく。その手の動きに合わせて身体が動き、波打ち、のけぞる。乳房や腹部に剝き出しの胸が当たるのを感じ、高価なズボンのなめらかな布地が、ボディオイルのように脚の肌を流れる感触を味わった。身体がうずき、頭がくらくらする。彼は首筋に顔をすりつけ、鎖骨をなめ、少しずつ乳房のほうへおりていく。頭をあげて見ていると、舌を突き出して乳首の周囲を丸くなめ、それから口に含んだ。乳首を吸いながら、片手で腿の内側をなであげていく。

やがてその手が花芯に触れた。彼の下で彼女は身をのけぞらせ、肺が空《から》になるほど激しくあえいだ。

彼がうめくと、その胸の振動が乳房に伝わってくる。

「かわいいメアリ、思ってたとおりだ。やわらかくて……うるおってる」彼の声はかすれて堅苦しく、自分を見失わないように必死で自制しているのが伝わってくる。「脚をもっと開いて。もう少し。そうだ、メアリ。そう……すてきだ」

指を一本、次は二本、なかにすべり込ませてきた。

ずいぶん久しぶりだったが、彼女の身体は向かう先を知っていた。あえぎながら彼の肩に爪を立て、彼が乳房をなめるのを、彼の手がなかに出入りするのを、引くときに親指が愛撫すべきところを愛撫するのをメアリは眺めていた。目もくらむ閃光を発して彼女は爆発し、その解放の力にはじき飛ばされ、底なしの淵《ふち》にまっさかさまに落ちていった。落ちた先にあるのは脈動と白い熱だけだ。

覚めて戻ってきたとき、レイジはまぶたをなかば閉じ、その日に深刻な表情を浮かべていた。顔は暗くこわばり、まるで見知らぬ他人のようだ。彼女の知っているレイジはどこにもいない。

身体を隠そうと毛布に手を伸ばした。シャツでは半分しかおおえないと思ったからだ。身動きしてみて、彼の指がまだなかに入っているのに気がついた。

「きみは美しい」声がしゃがれている。

その言葉を聞いて、いっそういたたまれなくなった。「起きさせて」

「メアリ――」

「これじゃすごくぶざまだわ」起きあがろうと身動きしたせいで、かえって彼の指を強く意識してしまった。

「メアリ、こっちを見てくれ」

いらだちのあまり、思わずにらみつけた。

ゆっくりと、脚のあいだから彼は手を抜いたかと思うと、ぬらぬらと光る二本の指を口に運んだ。唇が分かれて、味わうように彼女の快楽のぬめりを吸い取った。輝く目を閉じて飲み込む。

「きみは、こわいほど美しい」

息が止まった。だが、また彼に押し倒されると、その止まった息が今度は逆に早まった。彼の両手が腿の内側に入ってくる。脚を開かせようとするのに抵抗して、彼女は身を固くした。

「メアリ、頼むよ」と彼女のへそにキスをし、次は腰にキスをし、身体を開かせた。「もっときみを口に入れたい。もっと味わいたい」

「レイジ、わたし——ああ、だめ」

彼の舌に花芯を熱く愛撫され、全身の神経が狂乱の渦に巻き込まれた。彼は顔をあげて彼女を見つめたが、また頭を下げてなめはじめる。

「たまらない」彼が言うと、その息になぶられて身体がうずく。顔をこすりつけ、伸びてきたひげでさらさらと肌を引っかきながら、彼女の花芯に顔を埋めてくる。

目を閉じると、ばらばらに砕け散りそうな気がする。

レイジは顔をこすりつけ、唇で熱いひだをくわえ、吸い、引っぱり、やがて舌で細かく突つきだした。彼女が背中を大きくのけぞらせると、片手をその腰のくびれにまわし、片手を下腹部に当てた。こうしっかり抱え込まれては、いくら身悶えしても彼の口から逃れられない。

「こっちを見ろよ、メアリ。おれのやってることを見てくれ」

言われたとおりにすると、割れ目の頂点の向こうに、思うさまなめまわしているピンクの舌がちらと見え、もうそこまでだった。絶頂に達して砕け散る彼女をよそに、彼はなおもめようとしない。集中力にもテクニックにも尽きるときはないかのようだ。

しまいにメアリは彼に向かって手を伸ばした。あの太くて大きいものでなかをいっぱいに満たしてほしい。彼はそれを難なくかわして、あの牙で罪作りなことをしてくれた。そのせいで彼女がまた粉々になると、そのオルガスムスをじっと見つめている。あざやかな碧を帯びた青い目が、脚のあいだからこちらを見あげ、影が落ちるほどに明るく輝いている。ついに果てると、彼女はかすれた声で問いかけるように彼の名を呼んだ。

流れるような身のこなしで彼は立ちあがっていた。あとじさったかと思うと、ふとこちらに背を向ける。彼女は思わずはっと息を呑んだ。

背中いっぱいに、みごとな多色の刺青が入っていた。ドラゴンの意匠《いしょう》。恐ろしげな怪物が、五本の鉤爪のある四肢《しし》を広げ、たくましい胴体をくねらせている。そしてその居場所から、白く光る目でこちらをにらんでいた。まるでほんとうに見えているようだ。レイジが歩きまわると、筋肉と皮膚のうねりに合わせて怪物も身じろぎし、姿勢を変え、勇みたつ。

外へ出たがっているようだ、と思った。

冷たい風を感じて、メアリは毛布を引き寄せた。顔をあげたとき、レイジは部屋の向こう側にいた。

そしてあいかわらず、あの刺青はこちらを見つめていた。

23

レイジはリビングルームをうろうろ歩きまわり、熱を散らそうとした。彼女の身体に口を寄せる前から、肉体の暴走を抑えるのはひと苦労だった。だが舌が彼女の味を知ってしまってからは、背筋に火がついたようで、その熱が筋肉という筋肉に広がっていく。全身の皮膚がちりちりし、あまりのかゆみにサンドペーパーでこすりとりたいほどだった。

腕を掻《か》いているあいだも、両手が抑えようもなくぶるぶる震えている。

ちくしょう、いますぐ逃げ出さなくてはならない。彼女の快楽のにおいのしないところ、姿の見えないところへ。そして忘れなくてはならない、彼女をいますぐ自分のものにできるということを。彼女は拒まないだろうということを。

「メアリ、おれはちょっとひとりにならなくちゃいけない」バスルームのドアに目をやった。「あそこに入ってるから、だれかがこの家に来たり、みょうな物音が聞こえたりしたら、すぐに知らせに来てくれ。たぶんすぐに出てこられるとは思うんだが」

彼女を見ないようにしながら、ドアを閉じた。

洗面台の上の鏡を見ると、暗がりのなかで瞳が白く光っていた。

まさか、こんなときに変身するわけにはいかない。あのけものが飛び出してきたりしたら……

メアリになにかあったらと思うと、恐ろしさのあまり心臓が早駆けを始めた。ますますまずい。

くそ。おれはいったいどうなるんだ。だいたいどうしてこんなことが起きるんだ。どうして――

よせ。考えるんじゃない。パニックを起こすな。体内のエンジンをアイドル状態に戻すんだ。そのあとならどれだけ気をもんでもいいから。

便器の蓋をおろしてその上に腰かけ、両手を膝に置いた。意志の力で筋肉を弛緩《しかん》させ、肺の動きに意識を集中した。鼻から息を吸い、口から吐く。ゆっくりと深く呼吸することだけを考えた。

吸って、吐く。吸って、吐く。

世界がしだいに縮んできて、音も光もにおいも閉め出され、呼吸だけが残る。

呼吸だけが。

呼吸だけが。

呼吸だけ……

落ち着いたところで目をあけ、両手を持ちあげた。震えは収まっていた。鏡をちらと見やると、瞳も黒に戻っている。両手を洗面台に突っ張り、頭を垂れた。

呪いがかけられてからというもの、セックスはいつも当てにできる手段で、けものを手なずけるのに役立ってきた。女と寝れば興奮はするが、それは必要不可欠なガス抜きにちょうどよいという程度で、けものが目を覚ますほど興奮が高まることはなかった。それにははるかに遠かったのだ。

だがメアリが相手だと、そんな計算がまったく通じなかった。絶頂に達するどころか、正気を保ったままなかに入れるとすら思えない。彼女が呼び覚ますあの不気味な振動が、性衝動をたちどころに危険地帯まで押しやってしまう。

深く息を吸った。唯一の救いは、どうやら短時間で自制を取り戻せるということだ。彼女のそばを離れて、こうして神経を鎮めてやれば、感情の高ぶりを抑え込んで暴走を防ぐことができる。**やれやれ、助かったぜ。**

レイジはトイレを使い、洗面台で顔を洗って、タオルで拭いた。油断するなよ、と自分に言い聞かせながらドアをあける。メアリの顔をまた見たら、あの感覚が少し戻ってくるだろうと思ったからだ。

思ったとおりだった。

メアリは、カーキのパンツとフリースを着てソファに座っていた。ろうそくの光のせいで、不安そうな表情がいっそう強調されて見える。

「やあ」彼は言った。

「大丈夫？」

「うん」あごをこすった。「ごめんな。ときどき、一、二分こうしていたくなるんだよ」

彼女は目を丸くした。

「どうかした？」彼は尋ねた。

「そろそろ六時よ。あなた、八時間近くもこもってたのよ」

レイジはくそ、とつぶやいた。手っとり早い応急処置が聞いてあきれる。「気がつかなかったよ、そんなに時間が経ってたとは」

「わたし、あの、一度か二度のぞいてみたのよ。心配で……それに、だれかから電話があったの。ロスとかいうひと」

「ラスかな」

「そう、そうだったわ。あなたの携帯がずっと鳴ってるから、とうとう出てしまったの」両手を見おろして、「あなた、ほんとに大丈夫?」

「もう大丈夫だよ」

彼女は大きく息を吸って、それを吐き出した。息を吐いても、こわばった肩から力が抜けたようには見えなかった。

「メアリ、その……」ちくしょう、なにが言えるというのか。なにを言っても、彼女をいっそう不安がらせるだけではないか。

「大丈夫さ。なにがあったにしても、もう大丈夫なんだ」

ソファに歩いていき、となりに腰をおろした。

「なあメアリ、今夜はおれんとこへ来てくれないかな。絶対に安全な場所に連れていきたいんだよ。あの公園で襲ってきた〝レッサー〟ってやつらは、たぶんきみを狙ってる。だからまっさきにここを調べに来ると思うんだ。おれといっしょにいたせいで、きみはいま標的になってるんだよ」

「どこへ行くの？」

「おれのとこに泊まってくれ」ラスが許してくれればだが。「ここは危険すぎるし、あの殺し屋どもが追ってくるとしたら、ぐずぐずしてるひまはない。つまり今夜が危ない。いい手だてが見つかるまで、しばらくおれのところにいてほしいんだ」

　いまは長期的な解決策は思いつかないが、いつかは見つかるだろう。この世界に引きずり込んだ以上、彼女を守るのは彼の責任だ。護衛もつけずに放っておくわけにはいかない。

「おれを信用してくれ。ほんの二、三日のことだから」


　メアリは荷物をまとめながら、自分は頭がどうかしていると思った。どこかとも知れない場所へ、それもヴァンパイアといっしょに行こうとしているのだ。

　しかし、相手がレイジなら話はべつだ。彼は信頼できる。正直で嘘のつけないひとだし、頭がいいから危険を過小評価したりしない。それに、病院の検査が始まるのは水曜日の午後からだし、仕事は一週間の休みをもらっているし、ホットラインもとうぶん休むことになっている。不都合なことはなにもない。

　リビングルームにまたおりていくと、レイジがこちらをふり向き、ダッフルバッグを肩にひょいとかついだ。彼の黒いスーツのジャケットを見て、以前はなんとも思わなかったふくらみに目が留まった。

「武器を持ってるの」彼女は尋ねた。

　レイジがうなずく。

「どんな武器？」黙ってこちらを見ている。メアリは首をふった。「そうね、知らないほうがいいかも。行きましょう」

無言のふたりを乗せて車は二十二号線を走り、コールドウェルの寂しい町はずれを過ぎ、なにもない空白地域に入った。ここから先には、となりの大きな町が始まるあたりまで、山がちの森林地帯が広がっている。延々と森が続くばかり、たまに道路ぎわに朽ちた移動住宅があるだけだ。街灯はなく、車もほとんど見かけず、ただ鹿はしょっちゅう見かける。

家を出てから二十分ほどして、車は細い一車線道路に折れた。しだいに登りになってくる。ヘッドライトに浮かぶ光景にメアリは目をこらしたが、どこに向かっているのかわからなかった。不思議なことに、森にも道路にもこれといった特徴がまるで見当たらない。それどころか、あたりの景色はみょうにぼやけていた。説明はつかないが、なにかが邪魔しているかのようで、どんなに目をこらしてもはっきり見えない。

ふと、どこからともなく黒い鉄の門扉《もんぴ》が現われた。

メアリがぎょっとして飛びあがるのをよそに、レイジは開扉用のリモコンを押した。重い門扉が二手に分かれ、車がようやく通れるほどのすきまが開く。そこを抜けるとすぐに次の門が現われた。レイジは窓をおろし、インターホンに暗証番号を打ち込んだ。耳に快い声があいさつしてきて、彼は顔をあげ、左手の監視カメラに向かってうなずきかけた。

このふたつめの門が開くと、レイジはアクセルを踏み込み、長い登りの車寄せを走りだした。かどを曲がったとたんに、高さ六メートルの石塀が出現した。最初の門と同じく、まるで降って湧いたようだった。アーチ門をくぐり、またチェックポイントをいくつか抜け、ようやく出たところは中央に噴水のある中庭だった。

右手には、グレイストーンの四階建ての館がそびえていた。ホラー映画の予告編に出てきそうな建物。ゴシック様式で、陰気でものものしく、なにかがひそんでいそうな暗がりだらけだ。その向かいには小さな平屋の建物があったが、こちらもやはり、ウェス・クレイヴン監督のホラー映画に出てきそうなふぜいだった。

車が六台、きちんと駐まっている。ほとんどヨーロッパふうの高級車だ。レイジはGTOを〈エスカレード〉と〈メルセデス〉のあいだに入れた。

メアリは車をおり、伸びあがって館を眺めた。見られているような気がしたが、その印象は当たっていた。屋根からはガーゴイルが見おろしているし、監視カメラもある。

レイジが近づいてきて、彼女の旅行バッグをとった。口もとをぎゅっと結び、厳しい目をしている。

「なにも心配しないで、おれに任しといてくれ。わかってるよな」彼女がうなずくと、かすかに笑みを浮かべた。「なにも問題はないけど、おれのそばにくっついててくれ。離れないほうがいいから。わかった？　なにがあってもおれのそばを離れないでくれよ」

はげましたり命令したり。問題がないとはちょっと思えない。

ふたりは両開きの古びたブロンズのドアに歩いていき、レイジがドアのいっぽうを開いた。窓のない控えの間に足を踏み入れると、その大きなドアがぴったり閉じて、振動が靴ごしに伝わってくる。真正面にも大きな両開きドアがあった。こちらは木製で、記号のようなものが彫り込んである。レイジがキーパッドに番号を打ち込むと、なにかの動く音がしてロックがはずれた。彼女の腕をしっかりとつかむと、彼はそのドアをあけて広々とした玄関の間に入っていく。

メアリは息を呑んだ。なんて……魔法みたい！

そこにはあざやかな色彩があふれていた。洞窟《どうくつ》に入っていったら、満開の花園に出くわしたような意外さだ。緑の孔雀石《くじゃくいし》の円柱と赤大理石の円柱が交互に並び、その杵の基部を見れば、床は色とりどりのモザイクで飾られている。壁はあざやかな黄色で、金縁の鏡、クリスタルの下がる燭台《しょくだい》が掛かっている。三階ぶん吹き抜けの天井にはみごとな絵画が描かれ、金箔がほどこされている。描かれているのは英雄と馬と天使の情景だ。そして正面、この壮麗な広間の中心にあるのは、バルコニーつきの二階にいたる広い階段だった。

ロシア皇帝の宮殿のよう……だが、聞こえてくる物音には、格調も優美も関係がなさそうだった。左側の部屋からハードコアのラップ・ミュージックが噴き出し、低い男の声が響いてくる。ビリヤードの球がぶつかる音。だれかが叫んだ。「走《ゴー》れ《ロング》、刑事《デカ》！」

フットボールが広間に飛んできて、それを追って筋骨たくましい男が走り出てきた。飛びあがり、ボールを両手でつかんだまさにそのとき、ライオンのたてがみのような髪をなびかせ、さらに大きな男が猛然と突っ込んできた。ふたりは床にころがり、腕と脚のもつれあう塊《かたまり》になって壁に激突した。

「ようし、つかまえたぞ、デカ」

「まだボールはこっちのもんだ、この吸血鬼野郎」

うなり声、笑い声、そして派手な罵声を華麗な天井に反響させつつ、男たちはボールを奪いあい、上になったり下になったり、馬乗りになったりなられたりしている。そこへさらにふたりの大男が駆けつけてきた。どちらも黒レザー姿で、ふたりのプレイに目を光らせている。しばらくすると、今度は右手のほうから、燕尾《えんび》服姿の小柄な老人がやって来た。新鮮な花々を活けたクリスタルの花瓶を持っている。執事はやんちゃな子供を見るような笑みを浮かべ、取っ組みあう男たちをよけて歩いている。

そのとき、ふいに広間じゅうが静まりかえった。全員いっせいに、メアリの存在に気づいたのだ。

レイジがあわてて彼女を自分の背後に押しやった。

「このくそったれ」とだれかがつぶやく。

ひとりの男が、戦車のようにレイジに近づいてきた。黒っぽい髪を軍人ふうに短く切っている。メアリは奇妙な感覚に襲われた――このひとには前にも会ったことがある。

「きさま、いったいどういうつもりなんだ」

レイジは股を広げ、彼女のバッグをおろし、両手を胸の高さにあげた。「ラスはどこだ」

「おれの質問に答えろ」最初の男がぴしゃりと言った。「なにを考えてるんだ、ここへ連れてくるとは」

「ラスに話す」

「始末をつけろと言っただろう。それとも、その仕事をおれたちにやらせようっていうのか」

レイジはあごとあごが触れんばかりに顔をぐいと突き出し、「言葉に気をつけろ、トール。

けがしたくなかったらな」

メアリは後ろをふり向いた。控えの間に通じるドアはいまも開いている。こうなってみると、レイジが話をつけるのを車のなかで待っているのがいちばんいいような気がしてきた。そばを離れるなとは言われたけれど。

あとじさりながら、ずっとレイジに目を当てていた。だがそのとき、背中に固いものが当たった。

くるりとふり向き、上を見て、とたんに声を失った。

逃げ道をふさぐ障害物は、顔に傷痕があり、黒い目をしていた。底冷えのするような怒気を全身から発している。

恐怖に駆られて脱兎《だっと》のように逃げだす前に、腕をつかまれ、部屋のほうを向かされてドアから引き離された。

「逃げようなんて夢にも考えるな」長い牙をひらめかせ、男は彼女の身体を値踏みするように眺めた。「変だな、あいつのいつもの趣味じゃねえな。にしてもいちおう生きてるし、しょんべんちびるほどびびってるから、おれにとっちゃこたえられねえけどな」

メアリは悲鳴をあげた。

広間の全員がいっせいにこちらをふり向いた。レイジが突っ込んできて彼女を引き離し、しっかり抱き寄せた。理解できないあの外国語で、嚙みつくようになにか言っている。

傷痕のある男は険悪に目を細めた。「かっかすんなよ、ハリウッド。たかがおもちゃを館に連れ込んだぐらいで。おれにもやらせろよ、それとも例によってひとりじめか」

レイジはいまにも殴りかかりそうな顔をしたが、そのとき女性の声が割って入ってきた。

「もう、いい加減にしなさいよ！　彼女がこわがってるじゃないの」

メアリはレイジの胸の向こうをのぞいた。女性がひとり、階段をおりてくる。ごくふつうの女性に見えた。長い黒髪、ブルージーンズに白いタートルネック。腕に抱いた黒猫が、ミシンのように盛大にのどを鳴らしていた。彼女がすたすたと歩いてくると、林のように密集していた大男たちがそろって道をあけた。

「レイジ、無事に帰ってきてくれてよかったわ。ラスはすぐにおりてくるから」と言うと、さっき男たちが出てきた部屋のほうを指さした。「ほかのみんなはあっちに引っ込んでてちょうだい。ほら、ぐずぐずしないで。火花を散らしたいんなら、ビリヤード台で球をぶつけっこしたらいいわ。あと三十分でディナーですからね。ブッチ、フットボールはちゃんと向こうに持っていってよ」

広間からあっさり追い払われるのを見ていると、さっきのこわもての荒くれと同じ男たちには見えない。ただひとり、軍人ふうの髪形の男だけがあとに残った。

先ほどよりは落ち着いたようすで、男はレイジに向かって言った。「兄弟、これはかならず報いがあるぞ」

レイジは顔を引き締め、ふたりはまたあの不思議な外国語で話しはじめた。

あいかわらず猫ののどをなでながら、黒髪の女性がメアリに近づいてきた。「心配しないで、なにもかもうまく行くから。それはそうと、わたしはベスよ。この子はブー」

メアリは大きく息を吸った。理屈でなく、ひと目で相手を信用する気になっていた。なにしろ、男性ホルモンのジャングルに迷い込んだところへ、ぽつんと女性の砦《とりで》が建っていたようなものだから。

「メアリです。メアリ・ルース」

猫をなでていた手を差し出して、ベスはにっこり微笑んだ。

牙がある。

メアリは足もとの床が動くのを感じた。

「彼女、倒れそう」ベスがとっさに手を差し伸べながら叫んだ。「レイジ！」

膝が崩れたとき、力強い腕が腰に巻きついてきた。

気を失う直前に聞こえたのは、「おれの部屋に連れていく」というレイジの声だった。


メアリをベッドに横たえながら、レイジは意志の力でぼんやりした照明をつけた。ちくしょう、おれはなんてことをしてしまったんだ。こんなところに連れてくるなんて。

彼女が身動きして目を開くと、彼は言った。「ここにいれば安心だから」

「そうでしょうとも」

「おれがついてるから安心だって言ったら？」

「それなら信じるわ」彼女は小さく微笑んだ。「ごめんなさい、あんなふうに引っくり返っちゃって。しょっちゅう気を失ったりするほうじゃないんだけど」

「無理もないよ。なあ、これからちょっと兄弟たちと話をしてこなくちゃならないんだ。ほらあのドア、スチールのロックがついてるだろ。あれの鍵を持ってるのはおれだけだから、ここにいれば安全だ」

「あのひとたち、わたしがいると迷惑なんでしょう」

「きみのせいじゃない」彼女の顔にかかる髪を払い、きちんと耳にかけてやる。キスをしたいのをこらえて立ちあがった。

彼女はこの大きなベッドにしっくりなじんで見える。彼は山のように枕を積まないと気がすまないのだが、その枕の山にちんまり収まっている。ずっとここにこうしていてほしい。明日も、明後日も……

まちがってなかった。彼女はここにいるべきなのだ。

「レイジ、どうしてわたしのためにここまでしてくれるの。なんの借りもないし、よく知ってるわけでもないのに」

きみはおれのものだから。

その短い言葉は胸に収めたまま、身をかがめて人さし指で彼女の頬をなでた。「すぐに戻ってくる」

「レイジ――」

「おれに任せといてくれ。なんにも心配は要らないから」

外へ出てドアを閉じ、鍵をかけ、廊下を歩きだした。階段の手前で兄弟たちがそろって待っていた。先頭に立っているのはラスだ。王は険しい顔をしていた。黒いまゆがサングラスに隠れている。

「どこでやる？」レイジは尋ねた。

「おれの書斎で」

格調高い部屋に全員でぞろぞろ入っていくと、ラスはデスクの向こうにまわって腰をおろした。トールはそのあとに従い、ラスの後ろ右側に立つ。フュアリーとZは絹張りの壁に寄りかかって立ち、ヴィシャスは暖炉わきのウィングチェアに腰掛け、手巻き煙草に火をつけた。

ラスは首をふった。「レイジ、いいか、これは大問題だぞ。おまえは直接に下された命令に違反した。それも二度だ。おまけにこの館に人間を連れ込んだ。禁じられてることは承知の——」

「彼女の身が危険に——」

ラスがこぶしをデスクにふりおろすと、デスク全体が床からはねあがった。「たまにはひとの話を黙って聞け」

レイジは奥歯を鳴らし、歯ぎしりし、歯噛みした。ふだんならすらすら出てくる謝罪の言葉が、のどに引っかかってなかなか出てこない。「申し訳ありません、わが君《マイ・ロード》」

「いま言ったように、おまえはトールの命令にそむいたうえ、人間を連れて戻ってきてさらに違反を重ねた。いったいぜんたいなにを考えてるんだ。まったくくそったれが、おまえがばかじゃないのはわかってるんだ、いまやってることを見るとそうは思えんがな。あれはべつの世界の女だぞ。つまりおれたちは、あっちの世界に正体をさらしてるわけだ。それにわかってるだろうが、あの女の記憶は長期記憶として定着してるから、いま消せば傷が残るぞ。あの女は、この先ずっとおれたちを危険にさらすことになるんだ」

レイジの胸の奥からうなりが突きあげてくる。それが溜まりに溜まって、ついに呑み込めなくなった。なにかのにおいのように、その声が部屋じゅうに広がっていく。「彼女を殺せっていうのか。そんなことはできない」

「ああ、いいか、それはおまえが決めることじゃない。こっちの領分に連れ込んだ時点で、おまえは決定権をおれに渡したんだ」

レイジは牙を剥いた。「それならおれは出ていく。彼女を連れて」

ラップアラウンドのサングラスのふちの上に、ラスのまゆが飛び出した。「兄弟、いまは脅迫なんぞに耳を貸すひまはないんだ」

「脅迫だと？　おれは本気で言ってるんだ！」気を鎮めようと顔をこすり、強《し》いて呼吸をする。「つまりその、昨夜《ゆうべ》ふたりでいるところへ、〝レッサー〟が集団で飛び出してきやがったんだ。彼女はつかまるし、それを助けるのに忙しくて、〝レッサー〟を少なくとも一匹は取り逃がしちまった。おまけにそのどさくさで、彼女がハンドバッグを落としたんだ。〝レッサー〟が一匹でも生き残ってたら、バッグはまちがいなく拾われてる。記憶をきれいに消したとしても、彼女の自宅は安全じゃない。〈ソサエティ〉に連れ去られるのを、指をくわえて見てるわけにはいかないだろ。ここに置いちゃいかんっていうんなら、いっしょに姿をくらますしかない。それが彼女を守る唯一の手段だ。だからそうする」

ラスはまゆをひそめた。「わかってるのか、おまえは〈兄弟団〉より女をとると言ってるんだぞ」

レイジは息を吐いた。ちくしょう。まさか話がここまで大きくなるとは思っていなかった。

だが考えてみれば、大きくなったのではなく、最初から大きかったのだ。

じっとしていられなくて、床から天井まで届く窓のひとつに歩いていった。外を見ると、階段状の庭園があり、プールがあり、広々とした芝生がある。だが彼が見ていたのは、きちんと手入れされた庭ではなかった。この館の鉄壁の守りを見ていたのだ。

どこを見ても監視ライトが光っている。木々に設置されたカメラが、刻々と記録を残している。地面に落ちる紅葉の一枚一枚を運動センサーがモニターしている。塀を乗り越えて侵入しようとする者があれば、二百四十ボルトの衝撃のひとときを楽しく過ごすことになる。

メアリはここにかくまうのがいちばん安全だ。どこに行くより。

「おれにとって、あれはただの女じゃない」彼はつぶやくように言った。「できるものなら〝シェラン〟にしたい」

悪態をつく者もいれば、驚きにはっと息を呑む者もいた。

「まだ会ったばかりじゃないか」トールが指摘した。「おまけに人間だ」

「それがどうした」

ラスが、低いただならぬ声で言った。「レイジ、これを理由に〈兄弟団〉から抜けるのは許さん。〈兄弟団〉にはおまえが必要だ。一族にはおまえが必要なんだ」

「それじゃ、彼女はここにいていいってことだよな」ラスが低く毒づくと、レイジはそれに向かって言った。「もしベスが危険にさらされたら、どんな障害があったって蹴散らして助けに行くだろ？〈兄弟団〉だって蹴っ飛ばしていくんじゃないのか」

ラスは椅子から立ちあがり、デスクをまわって憤然として近づいてきた。胸と胸が触れあうほどぐいと身を寄せて立つ。

「ベスは関係ない。おまえがなにを選択しようと、そのせいでおれたちがどんな苦境に立たされていようとな。人間と接触するのには限度があるべきだし、こっちの世界に持ち込まないことと決まっている。おまえだってわかってるだろう。この館に住んでいいのは、兄弟たちと、もしいればその〝シェラン〟だけだ」

「ブッチはどうなんだ」

「あれは唯一の例外だ。それだってVの夢に出てきたからだ」

「だけど、メアリはここにずっといるわけじゃない」

「どうしてわかる。〈ソサエティ〉があきらめるとでも思ってるのか。人間どもが急に寛容な種族になるとでも思うのか。寝ぼけたことを言うな」

レイジは、声は落としても目は落とさずに、「ラス、メアリは病気なんだ。ガンなんだよ。面倒を見てやりたいんだ。〝レッサー〟騒ぎのためだけじゃない」

長く沈黙が続いた。

「くそ、あの女ときずながてきたのか」ラスは長い髪に手を突っ込んだ。「やれやれ……兄弟、まだ会ったばかりだろうが」

「そう言うあんただって、ベスに自分のしるしをつけるまでどれぐらいかかった？　二十四時間か？　ああそうか、二日は待ったんだよな。たしかに、じっくり時間をかけたのはよかったよな」

ラスは苦笑いをした。「おまえ、おれの〝シェラン〟を引き合いに出さなきゃ話ができないのか」

「マイ・ロード、その、メアリは……いままでの女とはちがうんだ。正直な話、おれにもよく理由はわからない。ただ、胸が痛むんだよ。だからどうしても無視できない……ちくしょう、そうだよ、無視したくないんだ。〈ソサエティ〉の餌食《えじき》にするなんてことは考えたくもない。メアリのことになると、保護本能が全開で暴走しはじめるんで、見ないふりなんかできないんだ。たとえ〈兄弟団〉のためでも」

レイジは口をつぐみ、沈黙が続いた。何分も。何時間も。それとも、鼓動二、三拍ぶんの短い時間でしかなかったのだろうか。

「ここに置くのを許すとしたら」ラスが口を開いた。「それはひとえに、おまえが自分の連れあいだと言うからだぞ。それに、女には口をつぐんでてもらわなきゃならん。それにもうひとつ、おまえがトールの命令にそむいたのはたしかだし、これはゆゆしい問題だ。見過ごしにはできん。〈書の聖母〉のご判断をあおぐしかないだろうな」

レイジは安堵のあまりへたり込みそうだった。「どんな報いも受けます」

「よかろう」ラスはデスクに戻って腰をおろした。「兄弟、ほかにも話しあいたい問題があるんだ。トール、頼む」

トールメントが進み出てきた。

「まずいことになった。一般の家族から連絡があって、遷移を終えて十年の男性が、昨夜ダウンタウンのあたりで行方不明になったそうだ。一族に同報メールを送って、外出のさいはくれぐれも警戒するように伝えておいた。それから、行方不明者が出たときはただちに通報してほしいとも言ってある。この件で、ブッチといろいろ話をしてみた。デカの頭は飾りじゃない。おれたちの仕事に多少あいつの手を借りたいんだが、異議のある者はいないか」横に首をふる者ばかりと見て、トールはレイジに目を向けた。「それじゃ、昨夜公園でなにがあったのか話せ」

レイジが出ていってまもなく、もう立ちあがっても大丈夫と思い、メアリはベッドをおりた。ドアを確かめに行くと、鍵がかかっているし頑丈そうだし、これなら安心だろうとだいぶ気が楽になった。ドアの左側に、電灯のスイッチがあったので入れてみた。部屋が明るく照らし出される。

すごい……英国王室みたい。

窓に掛かったシルクのカーテンは、赤と金の縞模様。巨大なベッドはジョージ一世時代様式の年代物で、サテンとベルベットで飾られている。ベッドの柱はたぶん、オークの幹から一本一本切り出してきたものだろう。床にはオービュソン織りのカーペットが敷かれ、壁には油絵が掛かり――

まさか、あの『聖母子』は本物のルーベンスだろうか。

しかし、サザビーで扱いそうなものばかりではない。プラズマテレビがあるし、立派なステレオセットは、スーパーボールのハーフタイム・ショーもこなせそうだし、NASA級のコンピュータまである。床にはゲーム機のエックスボックスもころがっていた。

なんの気なしに本棚を見ると、革装の外国語の本が誇らしげにずらりと並んでいた。そのタイトルを感心して眺めていくうちに、ＤＶＤのコレクションに出くわした。

あらあら、趣味がいいこと。

『オースティン・パワーズ』のボックスセット。『エイリアン２』と『エイリアン』。『ジョーズ』。『裸の銃《ガン》を持つ男』全三作。『ゴジラ』、『ゴジラ』、『ゴジラ』……待って、この棚はあとは『ゴジラ』ばっかりだわ。ひとつ下の棚を見ると、『十三日の金曜日』、『ハロウィン』、『エルム街の悪夢』――少なくとも、この三つは続編には手を出さなかったようだ。『ボールズ・ボールズ』。『死霊のはらわた』ボックスセット。

こんなポップカルチャーにどっぷり浸かっていて、レイジはよくまともな頭をしていられるものだ。

メアリはバスルームに入って照明をつけた。大理石の床にはめ込まれたジャクージの大きいこと、彼女の家のリビングルームがすっぽり収まりそうだ。

これこそ美の極致、永久《とわ》の喜びだわ。

ドアのあく音がした。ぎくりとしたが、レイジに名前を呼ばれてほっとする。

「ここよ、お風呂を見せてもらってるの」また寝室に出ていった。「どうだった？」

「ばっちりさ」

それ、ほんと？――と、できれば尋ねたかった。レイジの表情は固く、心ここにあらずというようすでウォークインクロゼットに入っていく。

「心配しなくていい、ここにいていいことになったから」

「でも……？」

「でもはない」

「レイジ、なにがあったの？」

「今夜、これから兄弟たちと出かけなくちゃならない」スーツのジャケットを脱いで出てくると、彼女をベッドのほうへ連れていった。手を引いて座らせ、自分もそのとなりに腰をおろす。「〝ドゲン〟――ていうのは、ここの使用人たちのことだけど、きみがここにいるのを知ってるから。裏切るってことを知らない親切な連中だから、なにもこわがることはない。この家を切り盛りしてるフリッツっていう〝ドゲン〟が、もう少ししたらここに食事を運んできてくれる。必要なものがあったら、なんでもあいつに頼むといい。おれは夜明け前には戻るから」

「わたし、それまでここから出られないの？」

彼は首をふって立ちあがった。

「館のなかは自由に歩きまわってかまわない。だれも手出しはしないから」レザーボックスから紙を一枚取り出し、なにか書きはじめた。「おれの携帯の番号を書いとくよ。なにかあったら電話してくれ、次の瞬間には戻ってくる」

「このあたりには転送装置でも隠してあるの？」

レイジはこちらに目を向け、と思ったら消えた。

猛スピードで部屋から飛び出していったという意味ではなく、文字どおりぱっと消えてしまった。

メアリはベッドから飛びおり、口を手でふさいで悲鳴を抑えた。

背後からレイジの両腕が巻きついてきた。「そら、次の瞬間だ」

手首をつかみ、ぎゅっとにぎって骨の感触を確かめた。幻覚を見ているのではなさそうだ。

「すごいことができるのね」消え入りそうな声で言った。「ほかにはどんな特技を隠してるの？」

「手を使わずにつけたり消したりできる」部屋が急に真っ暗になった。「ろうそくの火もつけられるし」たんすの上で、二本のろうそくにぽっと火が灯った。「鍵をあけたり閉めたりも簡単だ」

ドアのラッチが音を立ててかかったりはずれたりし、次にはクロゼットの扉が開いて閉じた。

「そうだ、それに、舌とサクランボの軸を使ってけっこうすごいことができるんだぜ」

彼女の首筋に軽くキスをすると、バスルームに入っていった。ドアが閉じ、シャワーの音が聞こえてきた。

メアリは凍りついたように身動きもできず、頭のなかは壊れたレコードのように堂々めぐりをくりかえしている。DVDのコレクションに目をやりながら、現実逃避も悪いことばかりではないと思った。とくに、おかしなことばかり立て続けに起きるとか、奇妙な現実に適応しなおさなくてはならないとか、とにかくあまりにも……あんまりなときは。

しばらくして出てきたレイジは、ひげを剃り、石けんのにおいをさせ、タオルを腰に巻いていた。メアリはベッドに寄りかかって座り、テレビ画面には『オースティン・パワーズ ゴールドメンバー』が映っていた。

「それ、傑作なんだぞ」と笑顔になって画面を眺める。

メアリは映画のことなどどうでもよくなった。目に入るのは彼の広い肩、筋肉の盛りあがる腕、タオルごしにわかるお尻の形。そしてあの刺青。白い目をした、のたくる恐ろしい怪物。

「『双児だよ、バジル、双児だ！』」画面に合わせてレイジは言った。タイミングもイントネーションも完璧だ。

こちらにウィンクして、クロゼットに入っていく。

やめたほうがいいと思いながら、彼女はあとをついていき、さりげなさを装ってドアの枠に寄りかかった。レイジはこちらに背を向け、黒のレザーパンツをはこうとしている。コマンド・パンツだ。ジッパーをあげると、その動きに合わせて刺青が動く。

小さなため息が口から漏れた。**なんて美しい人――いいえ、ヴァンパイアだったっけ。もうなんでもいいわ。**

彼が肩ごしにこちらをふり向いた。「どうかした？」

正直に言えば、彼女は全身火がついたようにほてっていた。

「メアリ？」

「いえ、なんでもないの」うつむいて、急に靴がなにより好きになったかのように、床に並んだ靴のコレクションを熱心に見つめはじめた。「じつを言うと、あなたの映画のコレクションで自己治療をしようと思ってるの。なにが起きてもカルチャーショックを起こさなくなるように」

彼がかがんで靴下をはきはじめると、またその肌に目が吸い寄せられる。あの剝き出しの、なめらかな、黄金色の――

「寝るときのことだけどさ」彼が口を開いた。「おれは床で寝るからね」

でもわたしは、あの大きなベッドでいっしょに寝たいわ。

「ばかなこと言わないでよ、レイジ。ふたりとももう子供じゃないんだから。それに、あのベッドなら六人は寝られるわ」

彼はためらった。「わかった。約束するよ、いびきはかかない」

ついでに、ちゃんとこっちに手を出すって約束してくれない？

彼は黒い半袖Tシャツを頭から着て、足をごついブーツに突っ込んだ。そこでふと身動きを止め、金属キャビネットに目をやった。床から天井まで届くキャビネットが、クロゼットの壁にはめ込んである。

「メアリ、ちょっと外へ出てくれないか。一分ほどですむから。いいかな」

彼女は赤くなって、くるりと向きを変えた。「ごめんなさい。プライバシーに踏み込むつもりはなかったんだけど――」

レイジは彼女の手をつかんだ。「そうじゃないんだ。このあとおれがなにをするか、たぶん見たくないだろうと思ってさ」

今日はこんなにいろんなことがあったのに、まだショックなことが残っているとでもいうのだろうか。

「心配しないで」彼女は低い声で言った。「やって……どんなことでも」

レイジは親指で彼女の手首をなでていたが、やがて金属キャビネットをあけた。中身の入っていない黒いレザーのチェストホルスターを取り出し、肩からかけて胸筋の下で留めた。次は幅広のベルト。警官が着けるベルトに似ているが、ホルスターと同じくなにも入っていない。

彼はこちらに目を向け、ついに武器を取り出した。

長い黒刃の短剣が二本。柄《つか》を下に向け、チェストホルスターの鞘《さや》に納める。次は黒光りする拳銃。すばやく確実な手つきで装塡されていることを確認してから、腰に差す。光る星型の手裏剣、つや消しの黒い弾薬用クリップをベルトに詰め込み、もう一本小振りのナイフ、これはどこに入れたのかわからなかった。

黒いレザーのトレンチコートをハンガーからはずすと、さっとはおってそでを通し、ポケットを上から叩いた。武器のキャビネットからまた拳銃を取り出し、すばやく点検してから、レザーのひだのあいだに隠す。さらに何枚か手裏剣をコートのポケットに入れる。最後に短剣をもう一本追加。

こちらに顔を向けられて、メアリはあとじさった。

「メアリ、そんな赤の他人を見るような目で見ないでくれよ。この下の中身はちっとも変わってないんだから」

そう言われても足は止まらず、ついにベッドにぶつかった。「あなたは赤の他人だもの」

彼女はささやいた。

レイジは顔をこわばらせ、淡々とした声で言った。「夜明け前には戻るよ」

あとをも見ずに部屋を出ていった。

メアリは座り込んでじっとカーペットを見つめていた。どれぐらいそうしていただろうか、やがてはっと顔をあげ、立ちあがって電話を手にとった。

24

ベラはオーヴンをかぱっとあけ、なかのディナーをのぞき、戦闘を放棄した。

お話にならないわ。

ペアのなべつかみをとり、ミートローフを引っぱり出した。かわいそうに、ミートローフは縮んで型のまんなかに寄り集まり、表面は黒く焦げて、乾いてひび割れている。とても食べられるしろものではない。ディナーのお皿より、建材店にでも置くほうがぴったりだ。こういうのが数十個にモルタルが少しあれば、前々からテラスのまわりに欲しいと思っていた塀が作れるだろう。

腰でオーヴンの扉を閉じたとき、〈ヴァイキング〉の高級レンジがこちらをにらみつけているような気がした。相手が気に食わないのはお互いさまだ。この農家の内装を整えたとき、兄のリヴェンジはなにからなにまで最高級品を使ってくれた。それが兄のいつものやりかたなのだ。ベラは昔ふうのキッチンのほうが好きだとか、きしむドアや、やさしく年老いていく家のふぜいがいいとか、そんなことには洟《はな》も引っかけてもらえなかった。防犯設備のことで文句を言ったりしたら、どんな恐ろしいことになっていたか。耐火、防弾設備を整え、美術館顔負けの鉄壁の守りでこの家を固めなかったら、リヴェンジはベラの独立を絶対に許さなかっただろう。

まったく、ありがたくて涙が出そう。兄ときたらなんでも思うとおりにしてしまううえに、一から十まで監視してないと気がすまないんだから。

型を取りあげ、裏庭に通じるフレンチドアに向かおうとしたとき、電話が鳴った。

リヴェンジでなければよいがと思いながら、「もしもし?」

短い間《ま》があった。「ベラ?」

「メアリ! さっき電話したとこだったのよ。ちょっと待っててね、アライグマに餌をやってくるから」電話をテーブルに置き、急いで裏庭に飛び出し、なべの中身を捨てて引き返してきた。なべを流しに置くと、また電話をとりあげた。「いまどうしてるの」

「ベラ、訊きたいことがあるんだけど」人間の声は緊張にかすれていた。

「なんでも訊いて。どうしたの」

「あなたは……あなたもそうなの?」

ベラはキッチンテーブルの椅子にへたり込んだ。「それはつまり、あなたたちとはちがうのかっていう意味?」

「ええ、まあ」

ベラは魚の水槽に目をやった。あのなかはいつでも平和そうだ、と思う。

「そうよ、メアリ。わたしはあなたたちとはちがうの」

回線の向こうから、ふうっと息を吐き出すのが聞こえてくる。「ああ、よかった」

「意外ね、ほっとされるようなことじゃないと思ってたわ」

「でもそうなの。わたし……どうしても話し相手が欲しかったのよ。もうなにがなんだかわからなくなっちゃって」

「わからなくなったって……」ちょっと待って。こんな話をしてるなんて、そこからしてそもそもおかしくない？「メアリ、どうしてわたしたちのことがわかったの」

「レイジから聞いたの。それに、見せてもらったし」

「それはつまり、記憶を消さ……彼のことを憶えてるの？」

「いま彼のところに来てるの」

「いま、なんですって？」

「ここ、このお屋敷にいるの。何人も男の人が、いえ、ヴァンパイアが……なんだか、この単語を口にすると……」咳払いをして、「ここには、彼みたいな男性がほかに五人いるの」

ベラは口を手で押さえた。〈兄弟団〉の住まいに足を踏み入れた者はいない。どこに住んでいるのかすら知らない。しかも、この女性は人間なのだ。

「メアリ、どうして……どうしてそういうことになったの？」

いきさつを聞き終えたとき、ベラはぼうぜんとした。

「もしもし、ベラ？」

「ごめんなさい、ちょっと……メアリ、あなた大丈夫？」

「ええ、大丈夫だと思うわ。少なくともいまは大丈夫。あのね、教えてもらいたいことがあるの。なぜわたしたちふたりを、つまり、レイジとわたしを引きあわせたの？」

「彼があなたを見かけて……気に入ったのよ。あなたを傷つけたりしない、約束するって言うから。でなかったら、デートのセッティングなんて承知しなかったわ」

「彼がわたしを見かけたって、いつのこと？」

「ジョンを訓練センターに連れていったでしょう、あの夜よ。あのときのことは憶えてないの？」

「ええ、憶えてないわ。でも、そういうところへ行ったって話は、レイジから聞いてるけど。ジョンは……ジョンもヴァンパイアなの？」

「ええ、そうよ。あの子はもうすぐ変化するところなの、だからわたし、なんとかしなくちゃと思って……遷移が始まったとき、同族がそばについてなかったら死んじゃうのよ。同族の女性から血を吸わなくちゃいけないの」

「それじゃ、ジョンに初めて会ったあの晩から、あなたはわかってたのね」

「わかってたわ」ベラは慎重に言葉を選びながら、「メアリ、あの戦士はよくしてくれてる？　その……いやなことされたりしてない？」

「すごくよく面倒を見てもらってるわ。守ってくれてるの。なぜだかわからないけど」

ベラはため息をついた。わたしにはたぶんその理由がわかる、と思う。あの戦士がこれほど執着するからには、たぶんこの人間ときずなを結んだのだろう。

「でも、すぐに帰れると思うの」人間は言った。「二、三日もしたら」

それはどうかしら。本人が思っている以上に、メアリはこちらの世界に深く足を突っ込んでいる。

鼻につくガソリンのにおいに閉口しながら、Oは暗がりのなかで〈トロ・ディンゴ〉を操縦していた。

「もうじゅうぶんだ。そろそろ次に行こう」Uが声をかけてきた。

Oはエンジンを切り、森を切り開いて作った土地を眺めた。平坦で、一辺およそ十二メートルの正方形。ここには情報収集用の建物に加え、かれらが作業をする部屋ができることになっている。

Uは均《なら》した場所に入ってきて、集まった〝レッサー〟たちに向かって話しだした。「それじゃ、まず壁を立てるところから始めよう。三方の壁を立てて、一方は開いたままにしといてくれ」Uはせっかちに手で合図した。「早く、すぐにかかれ」

男たちは、枠組みを持ちあげて運びはじめた。枠組みは、長さ八フィート（約二百四十センチ）の2×4《ツーバイフォー》（断面が二×四インチ（約五×十センチ）の木材。規格部材）で作ってある。

とそのとき、車の近づいてくる音がした。全員はっと足を止めたが、ヘッドライトの光が見えないということは、おそらく仲間だろう。〝レッサー〟は夜目がきくので、暗がりでも真昼と同じように難なく動きまわれるのだ。だれがハンドルをにぎっているにせよ、やすやすと木々をよけているところからして、同じ能力を持っているのはまちがいない。

ミニヴァンからミスターXがおりてきたのを見て、Oは近づいていった。

「センセイ」Oは言って頭を下げた。このろくでなしがこういう礼儀を喜ぶのはわかっているし、この男を怒らせても、なぜか以前ほど愉快とは思えなくなっていた。

「ミスターO、仕事ははかどっているようだな」

「いまやっている作業を説明します」

金槌の音がやかましく、大声を出さなければ話が通じないほどだが、騒音を心配する必要はない。ここは三十万平方メートルの土地のどまんなかで、しかもコールドウェルのダウンタウン周辺からは車で三十分かかる。土地の西側は湿地で、ハドソン川の洪水危険区域になっている。北と東を囲むビッグノッチ山は州所有の岩山だが、ガラガラヘビの巣があるせいでロック・クライマーには人気がないし、観光するには全体的に魅力のない山だった。人の出入りがありそうなのは南側だが、朽ちかけた農家が点在するだけだし、そこに暮らす貧乏白人たちは、あちこちほっつき歩くような人種には見えない。

「よさそうだな」ミスターXが言った。「それで、監禁施設はどこに作るつもりなんだね」

「ここです」Oは問題の区画に立った。「朝になったら資材が届く予定なんで、一昼夜で客を受け入れられるようになります」

「よくがんばってるな、えらいじゃないか」

くそったれ、この恩着せがましさにはむかむかする。へどが出そうだ。

「ありがとうございます、センセイ」

「それじゃ、ちょっと車まで戻ろう」作業場所から少し離れたところで、ミスターXが口を開いた。「きみに訊きたいことがある。補助部隊《ベータ》とはよく接触しているのか」

Oは見合わせた目を揺らすまいと努めた。「いや、大して」

「最近、ベータのだれかと会ったことは？」

ったく、この筆頭殲滅者《フォアレッサー》はなにを考えてやがるんだ。「ないです」

「昨夜《ゆうべ》はどうだ」

「会ってないですよ。さっきも言ったけど、ベータとはあんまりつきあいがないんで」Oはまゆをひそめた。ここで説明を求めたりしたら、後ろ暗いところがあると勘ぐられるのがオチだ。くそ、かまうもんか。「いったいなんの話ですか」

「昨夜《ゆうべ》公園でやられたベータは、見込みのありそうな連中だった。まさかとは思うが、きみがライバルを皆殺しにしようとしたんじゃないかと思ってね」

「〈兄弟団〉の――」

「ああ、〈兄弟団〉のひとりに攻撃されたんだったな。なるほど、だがそれにしては変だ。兄弟なら、仕留めたあとはかならず胸をひと突きして死体を消滅させる。ところが昨夜《ゆうべ》は、ベータはとどめをさされずに放置されていた。おまけに深手を負っていて、応援が駆けつけたときにはろくに質問に答えられない状態だった。つまり、なにがあったのかわからないわけだ」

「おれは昨夜《ゆうべ》は公園に行ってないし、それはあんたもわかってるはずだ」

「そうかな？」

「くそ、たいがいに――」

「口のききかたに気をつけろ。自分の行動にもな」ミスターXは、淡色の目を糸のように細めた。「首輪をまた締めあげる必要が出てきたら、だれが呼ばれるかわかってるだろうな。もういい、仕事に戻れ。朝一番に、主要部隊のメンバーといっしょに集まるようにな。点呼をとる」

った。

「それを省くためにメールがあるんじゃなかったのか」Oは食いしばった歯のあいだから言った。

「きみの部隊に関しては、今後は直接報告に来てもらう」

ミニヴァンが走り去ったとき、Oは闇の奥を見すえながら、建設作業の騒音に耳を傾けていた。怒りではらわたが煮えくりかえっていいはずだ。それなのに……ただ疲れていた。ちくしょう、この仕事にはもうなんのやりがいも感じない。ミスターXのたわごとに腹を立てる気力もない。

残ったのは幻滅だけだ。


メアリはデジタル時計に目をやった。一時五十六分。夜明けは何時間も何時間も先だし、とても眠れそうにない。目を閉じると、レイジが身に帯びていた数々の武器が、脳裏にまざまざとよみがえってくる。

寝返りを打って仰向けになった。二度と彼に会えなかったら、と思うといても立ってもいられない。その理由をあまり深く考えるのはやめにして、ただそれを受け入れ、しかしうまく処理できずに、なにか救いでもないかと考えた。

彼が出ていったあの時点に戻ることができたら。彼をしっかり抱きしめて、危ないことはしないでときつく説教するのに。戦闘のことはなにひとつ知らないし、たぶん彼は戦闘の達人だろうとは思うけれど。どうか、どうか彼が無事に――

ふいに、ドアの鍵をあける音がした。ドアが開くと、廊下の明かりにレイジのブロンドの髪がきらめく。

メアリはベッドから飛び出し、まっすぐ部屋を突っ切って彼に飛びついた。

「うわ、どうし……」身体に腕がまわってきて、抱えあげられる。そのまま、彼はなかに入ってドアを閉じた。まわした手を放されて、メアリはずり落ちていった。「メアリ、どうかしたのか？」

足が床につくのと同時に、はっとわれに返った。

「メアリ？」

「あの、ううん……なんでもないの」一歩わきによけて、あたりを見まわした。顔を真っ赤にして、「わたし、ただ……その、もうベッドに戻るわ」

「いや、ちょっと待った」レイジはトレンチコートを脱ぎ、チェストホルスターをはずし、ベルトをはずした。「もう一回やってよ。さっきのお帰りのあいさつはすごくよかった」

大きく両腕を広げて待っているところへ、メアリは近づいていってしっかり抱きつき、彼が呼吸するのを肌で感じた。彼の身体は温かく、すばらしいにおいがした。新鮮な空気とさわやかな汗のような。

「まだ起きてるとは思わなかったよ」そうささやきながら、背中をさすった。

「眠れなかったの」

「言ったじゃないか、メアリ、ここにいれば安全だって」指が首の付け根を探しあて、指圧を始めた。「ひでえ、かちかちに固まってる。ほんとに大丈夫？」

「大丈夫よ、ほんとに」

マッサージの手を止めて、「大丈夫かって訊かれて、正直に答えたことないんじゃないの」
「いまは正直に答えたわよ」まあ、ほとんどね。
また背中をさすりながら、「ひとつ約束してよ」
「なに？」
「大丈夫じゃないときは、大丈夫じゃないって教えてくれ」からかうような声になって、
「つまりさ、きみがしぶといのはわかってるから、そう聞いても息が止まったりしないから
さ。心配しなくても、そのせいでぶっ倒れたりしないから」
メアリは笑った。「約束するわ」
指先で彼女のあごを支えて持ちあげる。彼の目は笑っていなかった。「その約束は守って
もらうぞ」頬にキスをすると、「あのさ、キッチンにおりてって食いもんをあさるつもりだ
ったんだ。いっしょに来ないか？　うちんなかは静かなもんだよ。ほかの兄弟たちはまだ帰
ってないんだ」
「それじゃ、着替えるから待ってて」
「おれのフリースジャケットのどれかを引っかけたらいい」彼はたんすに歩いていき、黒く
てやわらかそうなものを引っぱり出した。防水シートかと思うほど大きい。「きみがおれの
服を着ると思うと興奮する」
彼女にそれを着せながら、彼の顔はゆるみっぱなしだった。まさに雄の満足の、所有欲丸
出しの表情だ。
くやしいことに、それは彼の顔にあまりにもよく似合っていた。

食事を終えて二階の部屋に戻るころには、レイジはまともにものが考えられなくなっていた。例の振動が出力全開でうなりをあげている。これほどひどいのは初めてだ。おまけに、彼はすっかり欲情していた。全身が熱く燃えて、血管のなかで血が干上がってしまいそうだ。

メアリがベッドに入って横たわるのをよそに、彼はざっとシャワーを浴びた。バスルームを出る前に、たまりにたまったものを解放しておくべきだろうかと考える。いまいましい、あれが固く起きあがってひどくうずく。身体を流れる湯の感触に、肌に触れるメアリの手のことを思い出した。手のひらでしごきながら、思い出すのは口に当たっていた彼女の動きだった。あのやわらかい秘部を舌で愛撫しているときの……ほんの一分ももたなかった。

むなしいオルガスムスは情欲をつのらせただけだった。ここを出れば、寝室には本物が待っていると身体のほうも承知していて、ごまかされる気はまるでないようだ。

悪態をつきながら、シャワーを出てタオルで身体を拭き、クロゼットに向かった。フリッツが気をつけてくれていることを祈りつつ、ごそごそやっているうちに、ついに——やれやれ、助かった——パジャマの上下が見つかった。一度も着たことがないのだが、ともかく身に着け、念のためそろいのローブも引っかけた。

レイジは顔をしかめた。クロゼットの中身を半分ほども着込んでいるみたいだ。しかし、そもそもそれが目的なのだからしかたがない。

「この部屋、暑くないか？」そう尋ねながら、意志の力で一本のろうそくに火をつけ、電灯を消した。

「ちょうどいいわ」

いっぽう、彼自身はくそ暑い熱帯にいるような気分だった。ベッドに近づくとさらにぐんと気温があがったような気がする。レイジは彼女の反対側に腰をおろした。

「あのさ、メアリ、あと一時間ぐらいすると、つまり四時四十五分になると、シャッターの閉じる音がするんだ。日中はおろすことになっててさ、窓の外の溝をスライドしておりてくるんだ。そう大きな音じゃないけど、びっくりするといけないから」

「ありがと」

レイジは掛け布団の上に横になり、足首と足首を交差させた。なにもかもいらいらする。部屋は暑いし、パジャマもローブもじゃまくさい。プレゼントの気持ちがよくわかる。紙とリボンでぴっちり包まれて、さぞむずがゆいだろう。

「いつもそんなに着込んでベッドに入るの？」メアリが尋ねる。

「もちろん」

「でもそのローブ、まだタグがついてるわよ」

「もう一着欲しくなったとき、商品名がわかって便利だろ」

彼女に背を向けて横向きに寝た。また仰向けになって天井をにらんだ。一分後にはうつぶせになってみた。

「ねえ、レイジ」静かな暗がりのなかで、彼女の声は美しかった。

「うん」

「ふだんは裸で寝るんでしょ？」

「まあその、たいていは」

「だったら脱いじゃってよ。わたしは気にしないから」

「おれはただ、きみが……居心地が悪いんじゃないかと思ってさ」

「たしかに、いまはあんまり居心地がよくないわね。でもそれは、ベッドのそっち側であなたが寝返りばっかり打ってるからよ。こっち側に寝てても、サラダの野菜になってかき混ぜられてるみたい」

そのことさら分別くさい口調に、ふだんなら吹き出していただろう。だがいまは、股間の熱いずきんずきんのせいでそんな余裕はなかった。

ちくしょう、こんな格好をすれば自分を抑えておけると思ったなんて、おれは頭がいかれていたにちがいない。こう彼女が欲しくてたまらないのでは、鎖かたびらでもないかぎり、なにを着ていようが着ていまいが、これっぽっちもちがいはしない。

彼女に背を向けたまま、立ちあがってパジャマを脱いだ。少しばかり身のこなしをくふうしてふとんにもぐり込み、身体の正面側がいまどうなっているか、彼女にちらとも見られずにすんだ。この化物みたいに怒張したものを見られたら大変だ。

彼女に背を向け、脇腹を下にして横になった。

「さわっていい?」彼女が尋ねた。

その目的語に立候補すると言わんばかりに、股間のものが頭をぐいと持ちあげた。「なに?」

「背中の刺青。よかったら……さわってみたいの」

うわ、彼女がすぐそばにいる。それにあの声――あの甘く美しい声――はまるで魔法だった。しかし、身内のあの振動のせいで、腹のなかで攪拌機《かくはんき》がまわっているような気がする。返事をせずにいると、彼女がつぶやくように言った。「ごめんなさい、いやならべつに――」

「いや、そうじゃなくて……」ああ、くそ。そんなよそよそしい声を出さないでくれ。「メアリ、かまわないよ。好きなだけさわってくれ」

シーツとシーツのこすれあう音がした。マットレスがかすかに動く。彼女の指先が肩をかすめた。全身がぞくっと引きつるのを必死でこらえた。

「これ、どこで彫ってもらったの」とささやきながら、呪われたけものの輪郭を指でたどる。「芸術作品だわ」

全身を固くしていても、彼女がけもののどこをさわっているか正確にわかった。いまは左の前脚をなぞっている。自分の身体の対応する部分がぞわぞわするからわかる。

レイジは目を閉じた。彼女の手に触れられている快感と、自分が災厄相手に火遊びをしているという現実の板ばさみになっていた。あの振動、あの熱――すべてが目を覚まそうとしている。彼のもっとも暗く、もっとも破壊的な中核から呼び出されている。

歯のあいだから息をした。彼女はいま、けものの脇腹をなでている。

「肌がすべすべ」手のひらで背筋をなでおろしながら言った。

身動きもならず、呼吸もできず、自制を失わずにいられるように祈った。

「それに……その、とにかく」彼女は身を引いた。「とても美しいと思うわ」

自分が動いたことに気づくより早く、彼女にのしかかっていた。おまけに強引だった。腿を脚のあいだに押し込み、両手を頭上で抑えつけ、口で口をふさいだ。彼女が背中を浮かせて身を寄せてくると、ナイトガウンをつかんで力まかせにむしりとった。自分のものにするのだ。たったいま、このベッドで、ずっとそうしたいと思っていたとおりに。

きっと彼女は完璧だ。

彼女は腿のあいだに彼を迎え入れ、大きく開いて、彼を急《せ》かした。開いた唇のあいだから漏れる、彼の名を呼ぶ声はかすれたうめき声だ。それを聞いたとたん、身内に激しい震えが生じた。目はかすみ、両腕両脚に脈動が走る。彼女を得て彼はすべてを忘れ、本能を抑えている理性の蓋のようなものも消え失せた。あとには剝き出しの、野性の……

あの焦熱の内部破裂の一歩手前だ。呪いが発動しようとしている。

恐怖によって必要な力を得て、レイジは彼女から飛び離れ、よろよろと部屋の反対側に逃げた。なにかにまともにぶつかる。壁だ。

「レイジ！」

床にへたり込み、震える両手で顔をおおった。目が白く光っているのはわかっている。全身の震えがひどくて、声までが揺れていた。「おれは正気じゃない……いまは……くそ、だめだ……きみのそばにはいられない」

「どうして？　わたしはやめてほしくなんか――」

彼女の言葉は耳に入らなかった。「メアリ、きみが欲しくてたまらない。おれは滅茶苦茶に……飢えてるんだが、でもきみを抱くことはできない。これからも……抱くことはないと思う」

「レイジ」声を彼に届かせようとしてか、きつい声で言った。「どうして？」

「きみはおれを求めてないからだ。嘘じゃない。きみはほんとは、おれをこんなふうに求めてるわけじゃないんだ」

「ばかなこと言わないで」

けものに変身しようとしているなどと、彼女に言うわけにはいかない。こわがられるよりは、嫌われたほうがいい。「今週だけで　おれは八人の女と寝てるんだ」

長い間《ま》があった。「そんな……まさか」

「きみに嘘はつきたくない。どうしても……だからはっきり言うけど、おれは名前も知らない女と手あたりしだいにセックスしてきたんだ。おおぜいの女と寝たけど、ただのひとりも好きになったことはなかった。でも、きみのことはそんなふうに使い捨てにするつもりはない。それはわかってくれ」

もう瞳は黒に戻っているようだと思い、彼女に目を向けた。

「コンドームは使ってるのよね」つぶやくように言う。

「女が使ってくれと言えば使うよ」

彼女の目が険しくなった。「言わなかったら？」

「おれには風邪はうつらないし、ＨＩＶもＣ型肝炎も性感染症もうつることはない。それに、そういう病気のキャリアでもない。人間のウイルスはおれたちにはうつらないんだ」

メアリは上掛けを肩の上まで引きあげた。「妊娠させてないってどうしてわかるの。それとも、人間とヴァンパイアのあいだには……」

「めったにないが、たまには生まれることもあるよ。だけど、女が妊娠可能な時期ならすぐにわかるんだ。においでわかる。相手がその時期だとか、その間近だってときはセックスはしないことにしてる。コンドームを使ってもだぜ。いつか子供を持つことがあるとしたら、こっちの世界で安全に生まれるようにしたいし、子供たちの母親はおれの愛する女であってほしいから」

メアリの目がそれたかと思うと、ふと魅入られたように釘付けになった。なにを見ているのかと、顔をあげて視線をたどる。たんすの上に掛けてある『聖母子』の絵だった。

「話してくれてよかったわ」しまいに彼女は言った。「でも、どうして行きずりの女の人とでないとだめなの？　どうして探さないの、だれか、その……いえ、答えないで。わたしには関係ないことだものね」

「メアリ、できればきみとつきあいたい。きみを抱けないのは……拷問だ。きみが欲しくて気が変になりそうだ」大きく息を吐いた。「だけど、正直言って、きみはもうおれとしたいって思わないんじゃないのか。ただ……ちくしょう、したいと言ってくれても、問題はそれだけじゃないんだ。きみといると、前にも言ったけど、おれは頭がおかしくなる。自分を見失いそうでこわいんだ。ほかの女のときは、こんなことはなかったのに」

また長い沈黙があった。それを破ったのはメアリのほうだった。

「ねえ、もういっぺん言って。わたしと寝られなくてほんとにつらい？」乾いた声だった。

「死ぬほどつらい。胸が痛い。いつでも苦しい。頭がぼんやりしていらいらする」

「じゃあいいわ」彼女は小さく笑った。「わたしってひどい女ね」

「とんでもない」

静かになった。しまいに彼は横になり、脇腹を下にして身体を丸め、腕枕をした。

メアリがため息をついた。「まさか、床で寝る気じゃないんでしょ？」

「こっちのほうがいい」

「ばか言わないで、レイジ、こっちに来て寝てよ」

彼は声を落とし、低くうなるように言った。「そのベッドに戻ったら、きみの脚のあいだに突進するのを止められない。言っとくけど、今度は手と舌だけじゃすまないぞ。そしたらさっきと同じことが起きるだけだ。きみにおおいかぶさって、なかに入りたくて全身がうずうずするんだ」

彼女の興奮の甘い香りが漂い、ふたりのあいだの空間が情欲で満たされていく。たちまち身内に緊張が高まり、また生きた鋼鉄のワイヤに逆戻りしていた。

「メアリ、ちょっと出てくる。きみが眠ってから戻ってくるから」

彼女に言葉を発するひまを与えず、彼は外へ出た。ドアを閉じると、廊下の壁にぐったりと寄りかかった。外に出ていると楽だ。あんなにおいを嗅いでいたら耐えられない。

笑い声がした。見れば、フュアリーが廊下をのんびり歩いてくる。

「ハリウッド、しけた顔してるじゃないか。ついでに素っ裸でなにやってるんだ」

レイジは両手で股間を隠した。「おまえ、いったいどうしてやってけるんだ」

兄弟は足を止め、手にしたホットシードルのマグをまわした。「なんの話だ？」

「禁欲してるだろ」

「まさか、彼女に拒否されたのか」

「そういう問題じゃないんだ」

「それじゃ、どうして廊下に出て気をつけをしてるんだ」

「それはその、けがをさせたくないから」

フュアリーは驚いた顔をした。「そりゃおまえは大男だけど、女にけがさせたことなんかないだろう。少なくとも、おれは聞いたことないぞ」

「いや、ただ……やりたいのの度が過ぎて、その……脳天に〝くる〟んだよ」

フュアリーが警戒するように黄色い目を細めた。「つまり、けもののことを言ってるのか」

レイジは目をそらした。「ああ」

フュアリーの口笛が聞こえたが、からかうような響きはなかった。「そうか……そりゃ、用心しなくちゃまずいな。彼女を大事にするのはいいが、正気を保ってないと現実にけがをさせかねないからな。戦闘の相手を見つけるか、必要ならほかの女を見つけてでも、気を鎮めなくちゃだめだ。レッドスモークが欲しけりゃ、おれのとこに来いよ。買い置きを分けてやるから遠慮するな」

レイジは深呼吸をした。「いまんとこ、そっちはパスしとく。ただ、スウェットスーツとシューズを貸してくれないか。へとへとになるまで走ってこようと思うんだ」

フュアリーは彼の背中をぴしゃりと叩いて、「来いよ、兄弟。尻ぬぐいはかんべんだが、尻隠しなら喜んで協力するから」

25

森に射し込む午後の陽光が薄れるころ、Oは〈トロ・ディンゴ〉をあやつり、さっきそれでこしらえた土の山をよけつつバックさせていた。

「もう管を持ってきていいか」Uが大声を張りあげた。

「ああ、いっちょおろしてみてくれ。大きさが合うかどうか見てみよう」

波形の合金でできた下水管——直径一メートルほど、長さ二メートル強——が、縦向きに穴のなかにおろされていく。ぴったりだった。

「よし、ほかの二本も入れよう」Oは言った。

二十分後には、三本の下水管がきれいに一直線に配置されていた。ふたりの〝レッサー〟に管をずれないように押さえさせ、Oは〈ディンゴ〉ですきまに土を押し込んでいった。

「よさそうだな」Uがまわりを歩きながら言った。「うん、立派なもんだ。しかし、お客の出し入れはどうやるんだ」

「ハーネスを使うのさ」Oは〈ディンゴ〉のエンジンを切り、下水管のなかをのぞきに行った。「〈ディックスポーツ用品店〉に行けば、ロック・クライミング用のやつを売ってる。おれたちの腕力がありゃ、一般ヴァンパイアがどれだけ重かろうが引きあげられるさ。それに、たいていは薬でラリってるか、痛い目にあわされて半死半生なんだから、大して抵抗もせんだろうしな」

「こいつはすごい名案だったな」Uはつぶやくように言った。「しかし、蓋はどうする？」

「金網の蓋をかぶせて、まんなかに重しを置いとけばいい」Oは顔をあげ、青い空を眺めた。

「屋根はいつごろ完成する？」

「最後の壁をこれから立てるとこだ。そのあとは、垂木《たるき》を組んで天窓をはめ込むだけだからな。屋根板を葺《ふ》くのにはそう時間はかからんし、壁三枚はもう羽目板が張ってあるしな。あとは道具を運び込んで、作業台を置けば、明日の夜には仕事にかかれる」

「それまでには天窓に覆いもつくんだろうな」

「ああ。引込み式のやつだから、あけたり閉めたりできるぞ」

よし、これはなかなか便利だ。日光は〝レッサー〟にとって最高の召使だ。日光が射し込んで部屋をひとなめすれば、さあお立ち会い、ヴァンパイアの残骸はあとかたもなくなる。

Oは自分のトラックのほうをあごでしゃくって、「〈トロ〉をレンタル屋に返しに行くが、なんか町で買ってくるもんはないか」

「いや、全部そろってる」

〈F150〉の荷台にミニブルドーザーを乗せてコールドウェルに向かいながら、もっと気分が浮き立ってもいいはずだとOは思った。建設作業は順調に進んでいる。部隊では指揮官として認められつつある。ミスターXから、またベータの話を持ち出されることもなかった。それなのになんの感慨もない。まるで死んだように無感覚だった。皮肉な話じゃないか、もう三年も前から死んでいるのに。

そう言えば、以前にもこんな気分になったことがあった。

スー・シティにいたころ、まだ〝レッリー〟になる前、彼は自分の人生にほとほと幻滅していた。ハイスクールをどうにか卒業したものの、余裕がなくてコミュニティカレッジにすら通わせてもらえなかったため、就ける仕事はほとんどなかった。用心棒として働くのは、彼の体格と情け容赦のない性分を活かせる仕事ではあったが、さしたるやりがいも感じなかった。酔っぱらいはまず反撃してこないし、意識のない相手をぶちのめしても、牛を殴るほどの面白みもない。

唯一よかったのは、ジェニファと知りあえたことだ。気も狂いそうな退屈から救ってくれたから、だから彼はジェニファを愛した。単調な日々のくりかえしのなかに、彼女は変化と興奮と意外性をもたらした。彼が逆上するたびに、かならず反撃してきた。彼より身体も小さいし、けがをするだけなのに。彼女が殴り返してくるのは、頭が悪くて勝てっこないのが理解できないからなのか、父親に殴られすぎて慣れっこになっているからなのか、彼には最後までわからなかった。ばかだからにしろ慣れているからにしろ、ともかく攻撃をすべて受け止めたあとで、彼はジェニファを叩きのめすのが常だった。怒りが鎮まったあと、傷ついた彼女を手当してやるときが、人生でいちばんやさしい時間だった。

しかし、よいことはなんでもそうだが、彼女との暮らしも長くは続かなかった。ちくしょう、彼はジェニファが恋しかった。彼の心臓のなかでは、愛と憎しみが隣りあって脈打っているのを理解していたのは彼女だけだった。そしてその両方を同時に受け入れられたのも彼女だけだった。あの長いダークヘアを、ほっそりした身体を思い出すと、恋しくて恋しくて、そばに彼女がいるような気がしてくる。

コールドウェル市内に入ったとき、先日の朝に買った売春婦のことを思い出した。なんのかのと言っても、必要としていたものを与えてはくれた――もっとも、そのために生命を落とすことになったが。いまこうして車を走らせながら、彼はまた歩道に目を光らせて適当なはけ口を探していた。セックス業界では、残念ながらブルネットはブロンドより手に入りにくい。ウィッグを買って、売春婦につけさせてみようか。

これまで何人の人間を手にかけてきたことだろう。初めて人を殺したときは正当防衛だった。ふたりめは手ちがいだった。三人めは冷静に殺す気で殺した。つまり、法の手を逃れて東海岸にやって来たころには、死について多少は心得があったわけだ。

あのころ、ジェニファを失った直後は、胸の痛みは生きもののよう、狂犬のようだった。この狂犬は、当時はまだいわば準備運動をしている段階だったが、いずれは彼を破滅に追いやっていただろう。だから〈ソサエティ〉に出くわしたのは奇跡だった。おかげで苦しい根無し草の生活から救われ、生きがいと目的と、苦悶のはけ口を手に入れたのだ。

だがいま、どういうわけかそんな利点はすべて消え、彼はむなしさを感じていた。五年前スー・シティにいて、ジェニファに出会ったばかりのころとまったく同じだ。

いや、まったく同じってわけじゃないか、と思いながらレンタル屋に車を向けた。

あのころはまだ生きていたのだ。

「もう風呂から出た？」

メアリは笑って、電話を反対側の耳に当て、枕に深く頭をうずめた。四時を少し過ぎたところだ。

「ええ、出たわよ」

こんな贅沢な一日をかつて過ごしたことがあっただろうか。ベッドでごろごろして、食事は本や雑誌といっしょに持ってきてもらえる。おまけにジャクージつき。

スパに泊まっているみたいだ。ちがうのは電話がしょっちゅう鳴るところだろうか。彼が何度電話をかけてきたか、数える気にもなれない。

「フリッツは、おれが頼んだやつ持ってきてくれた？」

「こんな新鮮なイチゴ、十月なのにどこで見つけてきたのかしら」

「おれたちにはおれたちのやりかたがあるんだよ」

「それに、お花もとってもきれい」と言いながら、バラとジギタリスとデルフィニウムとチューリップの大きな花束に目をやった。春と夏がクリスタルの花瓶に同居している。「ありがとう」

「気に入ってくれてよかった。自分で出かけていって選べたらよかったんだけどな。きみのためにいちばんきれいな花ばかり探してくるのは、きっと楽しかっただろうと思うよ。色がきれいで、いいにおいがするやつにしてくれって言っといたんだけど」

「そのとおりのをいただいたわ」

背後で男性の声がする。レイジの声が遠くなった。「よう刑事《デカ》、おまえの部屋使ってもいいか。内密の話がしたいんだよ」

それへの答えはくぐもっていたが、やがてドアの閉まる音がした。

「やあ」とハスキーな甘い声で言う。「いまベッドのなか?」

身体がうずき、熱を帯びてきた。「ええ」

「会いたいよ」

口を開いたが、言葉は出てこなかった。

「もしもし、メアリ?」彼女がため息をつくと、レイジは言った。「どうかした? おれ、ちょっとしつこすぎるかな」

今週だけで、おれは八人の女と寝てるんだ。

ああ、どうしよう。恋に落ちたくない。そんなことはできない。

「メアリ?」

「お願いだから……そういうこと言わないで」

「でも、おれの正直な気持ちなんだ」

彼女は答えなかった。なんと言えばいい? 会いたいのはわたしも同じよ、とでも? 一日じゅう、一時間に一度は声を聞いていても、彼がそばにいなくて寂しいとでも? それは事実だが、喜んで口に出せるようなことではない。相手があまりに美男子すぎる。それに、愛人のリストを作ったら、身長二メートル十六センチのバスケット選手ウィルト・チェンバレンでもおおい隠せるほどの男だ。つまり彼女が健康でぴんぴんしていたとしても、彼は破滅の処方箋なのだ。こんな状況に、いま抱えている健康問題を足すと、その答えは?

彼に想いを寄せるのは完全にばかげている。

沈黙が続くうちに、やがて彼はくそ、とつぶやいた。「今夜はどっさり仕事があって、いつ戻れるかわからない。だけど、なにかあったらいつでも呼んで」

電話が切れたとき、メアリはひどくみじめな気分だった。彼に魅《ひ》かれてはいけないといくら言い聞かせても、ほんとうはなんの役にも立たないのだ。そのことは自分でわかっていた。

26

ごついブーツを地面にめりこませながら、レイジは森を見まわした。なんの気配もない。〝レッサー〟の音もにおいもしない。この静かな樹間の土地には、ここ数年間に人が出入りした形跡はなかった。これまで見てまわったほかの場所も、その点は同じだった。

「こんなとこで、おれたちはなにやってんだ」彼はつぶやいた。

くそ、その答えはよくわかっている。トールが前日の夜、二十二号線の車通りの少ないあたりで〝レッサー〟に出くわした。そいつはダートバイクで森のなかへ入っていったが、その途中で都合よく小さな紙片を落としていった。それが、コールドウェルのはずれで売りに出されている広い土地のリストだったのだ。

というわけで今日、ブッチとVが調査に乗り出し、市内と周辺の町でこの一年以内に売られた土地を検索した。その結果、地方部の五十カ所ほどが浮上してきたのだ。これまでのところ、レイジとVとでうち五カ所を調べ、かれらとはべつに双児も同じ調査を担当している。

いっぽうブッチは〈穴ぐら《ピット》〉に陣取り、現場の調査結果を総合し、地図を作成し、パターンを探している。問題の土地をすべて調べるには、あとふた晩ほどかかるだろう。パトロールのほうも休むわけにはいかないし、メアリの家の監視も必要だ。

レイジは林の周囲を歩きまわりながら、あの影が〝レッサー〟だったらよいのにと思った。木の枝がだんだん憎くなってくる。風に吹かれて揺れるのが、まるでからかっているようだ。

「ちくしょう、どこにいやがるんだ」

「落ち着けよ、ハリウッド」Vはあごひげをなで、〈レッドソックス〉の帽子を深くかぶりなおした。「おまえ、今夜はやけにかっかしてるな」

かっかしてる、という言葉では追いつかない。いまにも皮膚を突き破って飛び出しそうな気分だった。日中メアリのそばに寄らなかったからましになるだろうと思っていたし、今夜戦闘相手が見つかるのを当てにしていた。それに加えて睡眠不足の疲れもあるから、ぴりぴりする元気もないだろうとも思っていた。

しかし、どの方面でも状況は思わしくなかった。メアリ恋しさはつのるいっぽうで、もはや近くにいるとかいないとかには関係がないようだ。おまけに〝レッサー〟は一匹も見つからないし、四十八時間近く一睡もしていないのも、いらいらを悪化させただけだった。なお悪いことに、いまはもう午前三時だ。そろそろ時間切れが迫っている。どうしてもひと暴れして発散しなくてはならないのに。ちくしょう――

「レイジ」Vが手袋をはめた手を目の前でふった。「おい兄弟、聞いてるか？」

「すまん、なんだ」彼は目をこすり、顔をこすり、腕をこすった。どこもかしこもむずがゆくて、全身にアリがたかっているような気がする。

「おまえ、完全に上《うわ》の空じゃないか」

「ばか言うな、ちゃんと――」

「それじゃ、どうしてそうやって腕をがりがりやってるんだ」

レイジは手をおろした。しかし、おろした手は今度は腿を引っかきだした。

「〈ワン・アイ〉に行くしかないな」Vが低い声で言う。「そろそろやばいんだろ。セックスしてこい」

「ぬかせ」

「フュアリーから聞いたぞ。廊下に突っ立ってたんだってな」

「オールドミスの集団じゃあるまいし、うわさ話ばっかしやがって」

「自分の女とやる気がなくて、戦闘相手も見つからないんじゃ、ほかに手はないだろうが」

「こんなはずじゃないんだ」彼は頭をまわし、肩と首の凝りをほぐそうとした。「こうなるはずはないんだ。おれは変わったんだ。二度とああいうことが起きるはずは――」

「〝はず〟は置いといて、くそまみれの現実を見ろ。なにがいちばん役に立つか考えろ。兄弟、おまえはいまやばいとこまで来てるんだ。どうすりゃ抜け出せるか、自分でわかってんだろうが」


ドアが開くのが聞こえて、メアリは目が覚めた。疲れて頭が動かない。ああいやだ、また夜中の発熱が始まっている。

「レイジなの？」寝ぼけた声で言った。

「うん、おれだよ」

なんだか声に元気がない。それに部屋のドアをあけっ放しにしているのは、すぐにまた出ていくつもりなのだろうか。最後の電話のことで、まだ腹を立てているのかもしれない。クロゼットのなかから、金属のぶつかる音と布のばたばたする音が聞こえてきた。きれいなシャツに着替えているのだろうか。出てくると、トレンチコートをなびかせてまた廊下に向かった。「行ってくる」のひとこともなく出ていくのか、と思ったらなぜかショックだった。

ドアノブをにぎったところで、彼は立ち止まった。廊下の照明が、輝く髪と広い肩に落ちていた。逆光を浴びて横顔は影になっている。

「どこに行くの？」起きあがりながら尋ねた。

長い間《ま》があった。「外へ」

なぜこんなに後ろめたそうなのかしら。わたしはお守《も》りしてもらう必要はないし、やらなくちゃならない仕事があるのなら……

ああ……そうか。女性だ。女性をあさりに出かけるのだ。

胸の奥が冷え冷えと湿った洞窟に変わったようだ。あの贈ってくれた花束はなんだったのかしら。彼女を愛撫したあの手で、彼がほかの女性にさわるのかと思ったら吐き気がした。

「メアリ……ごめん」

彼女は咳払いをした。「あやまらないで。あなたとわたしはなんでもないんだから、わたしのために習慣を変えてもらいたいとは思わないわ」

「習慣じゃない」

「そうだったわ、ごめんなさい。中毒ね」

長く沈黙が続いた。「メアリ、その……ほかに方法があったら――」

「方法って、なんのための？」彼女は手を前後にふって、「いいの、答えないで」

「メアリ――」

「いいのよ、レイジ。わたしには関係ないことだもの。行ってらっしゃい」

「携帯の電源は入れとくから、なにか――」

「ええ、きっと電話するわ」

彼はいったんこちらを見つめたが、やがてその黒い影はドアの向こうへ消えていった。

27

ジョン・マシューは〈モーズ〉から歩いて帰宅した。午前三時半の巡回中のパトカーがあとをついて来る。夜明けまでの時間が恐ろしかった。部屋に座っていれば檻のなかのような気分だろうし、そうかと言ってこんな時間に街をうろつくのは気が進まない。それでも……いても立ってもいられず、舌にいらいらの味を感じるほどだ。おまけに話し相手もいない。頭がおかしくなりそうだ。

どうしてもだれかに相談しなくてはならない。トールメントが帰っていってから、頭のなかはごちゃごちゃだった。自分の行動が正しかったかどうか自問自答しては、あれでよかったのだと自分に言い聞かせる。しかし、こうすればよかった、ああすればよかったと思うのは止められなかった。

メアリはどこに行ってしまったのだろう。前の晩に家まで行ってみたが、真っ暗で鍵がかかっていた。それに〈ホットライン〉にも来ていない。まるでこの世から消えてしまったようだ。彼女のことが心配で、それもまたいらいらに拍車をかけている。

近くまで戻ってみると、アパートの前に一台のトラックが駐まっていた。荷台には箱がぎっしり積まれている。だれか引っ越してきたのだろうか。

荷物を眺めながら、こんな夜中に引っ越しだろうかと不思議に思った。まわりに見張り役らしい人間の姿が見当たらない。持主がすぐに戻ってくるならいいが、そうでないとこの荷物はたちまち消えてしまうだろう。

ジョンはアパートに入り、煙草の吸殻やビールの空き缶、くしゃくしゃのポテトチップの袋を見ないようにしながら階段をのぼった。二階にたどり着いたとき、思わず目を細めた。廊下一面になにかが飛び散っている。暗赤色の……

血だ。

階段のほうにあとじさりながら、自室のドアを見つめた。中央に日輪のようにひび割れが入っている。だれかが頭をぶつけたような……だがそのとき、暗緑色の壜《びん》が割れてころがっているのに気がついた。赤ワインの壜だ。なんだ、赤ワインだったのか。となりに住む酔っぱらい夫婦が、また廊下に出てきて派手な喧嘩《けんか》をやらかしたと見える。

ほっと肩の力が抜けた。

「ちょっとごめんよ」上から声が降ってきた。

わきへよけて顔をあげた。

ジョンは凍りついた。

大男に見おろされていた。黒い迷彩ズボンにレザージャケット。髪も肌も真っ白で、淡色の目が不気味に光っている。

悪の化身。不死の化物。

敵。

この男は敵だ。

「この階はすごいことになってるな」男は言って、ジョンのようすに不審げに目を細めた。「どうかしたか?」

ジョンは力いっぱい首をふり、視線を下げた。とっさに自室に逃げ込もうかと思ったが、この男に住まいを知られたくない。

のどの奥で笑うような声がして、「ぼうず、顔が青いぞ」

ジョンは駆けだした。夢中で階段をおり、通りに飛び出す。かどまで全力疾走して左に曲がり、息が切れて走れなくなるまで走りつづけた。レンガの壁と大型ごみ収集容器《ダンプスター》のすきまにもぐり込み、荒い息をついた。

夢のなかで戦っていた相手は白い男たちだった。黒い服の白い男。魂を持たない者の目をした男。

あれは敵だ。

震えがひどくて、手をポケットに入れるのもやっとだった。二十五セント硬貨を取り出し、手のひらに食い込むほどしっかりにぎりしめた。ようやく息が落ち着くと、身を乗り出して路地の左右をのぞいた。人けはなく、アスファルトを蹴る重い足音も聞こえない。

あの男は、彼と敵どうしだと気づかなかったのだ。

ジョンは安全なダンプスターの陰を出て、路地の奥のかどに急いだ。

でこぼこの公衆電話は落書きだらけだが、何度もこれでメアリに電話をかけたから、ちゃんと使えるのはわかっていた。硬貨を入れ、トールメントに教えられた番号を押した。

一度の呼出音のあと、ボイスメールに切り替わり、いまダイヤルした番号を機械の声が復唱する。

ピーと鳴るのを待って、ジョンは口笛を吹いた。

28

夜明けの少し前、メアリは男性の声に気づいた。廊下から聞こえてくる。ドアが開いたとき、胸の鼓動が一拍飛んだ。ドア枠いっぱいにレイジの影。話しているのはべつの男性だ。

「しかし、酒場を出たときの戦闘はすごかったな。おまえ、まるで悪魔みたいだったぜ」

「まあな」レイジがぼそりと答える。

「大したもんだぜ、ハリウッド。それもあの素手の格闘だけの話じゃない。あの女だって——」

「またあとでな、フュアリー」

ドアが閉じ、クロゼットの照明がともった。金属のぶつかる音。武器をはずしているのだろう。出てきたとき、彼は震える息を吐き出した。

メアリが寝たふりをしていると、ベッドの足もとのほうで足音がためらうように止まり、やがてバスルームに遠ざかっていった。シャワーの音。レイジが洗い流そうとしているあれこれを想像する。セックス。戦闘。

とくにセックスを。

両手で顔をおおった。朝になったら家に帰ろう。荷物をまとめてあのドアを出ていくのだ。

ここにいろと強制されるいわれはない。本人がなんと言おうと、レイジには彼女を守る義務などないのだから。

シャワーが止まった。

深い静寂に、室内の空気がすべて吸い込まれていくようだ。じっとしていると息苦しくなってきた。空気を求めてあえぎ、息を切らし……ふとんをめくると、ドアに向かって走った。両手でノブをつかみ、ロックをはずそうとした。髪をふり乱しながら押したり引いたりした。

「メアリ」レイジの声がすぐ後ろで聞こえた。

ぎょっとしたが、ドアと格闘する手にさらに力を込めた。

「出してよ。外へ出ないと……この部屋に、あなたとふたりではいられないわ。ここにはいられない……あなたといっしょには」彼の手が肩におりてくるのがわかった。「さわらないで」

部屋をでたらめに走りまわるうちに、奥のすみにぶつかった。どこにも行き場はない。出口もない。ドアの前には彼がいるし、ロックをはずす気はないようだった。

追いつめられた気分で、胸の前で腕を組んだ。立っていられなくて、壁に寄りかかる。彼にまた触れられたら、自分がなにをするかわからないと思った。

もっとも、レイジは触れようとはしなかった。

彼はベッドに腰をおろした。腰にタオルを巻き、髪は濡れている。片手で顔をなで、あごをこすった。打ちひしがれていたが、それでも彼の肉体は美しい。この世にこれほど美しいものがあるだろうか。あのとき自分がしたように、ほかの女性があのたくましい肩をつかむさまが目に浮かぶ。あのとき彼女の身体にしたように、ほかの身体を彼が喜ばせるのが見える。

彼と寝なくてよかったと思う反面、たくさんの女性としているくせに、わたしとはなぜセックスしてくれないのかと思うとはらわたが煮えくりかえるようだった。

「何人としたの」彼女は尋ねた。声がひどくかすれていて、聞こえたかどうかあやしい。「ねえ、それで、よかった？　相手が喜んだかどうかは訊かなくてもわかるわ。あなたがじょうずなのは知ってるもの」

「メアリ……」彼はささやいた。「よかったら、きみを抱きしめたい。きみを抱きしめられるならどんなことでもする」

「二度とわたしのそばに近寄らないで。それで、今夜は何人としたの。ふたり？　四人？　半ダース？」

「ほんとにくわしい話が聞きたい？」彼の声は低く、悲哀の深さにかすれている。がっくり頭を落とし、力なく垂らした。どこから見ても打ちのめされた男の姿だ。「だめだ……二度とあんなふうに出ていったりしない。べつの方法を探すよ」

「べつの方法？」彼女はぴしゃりと言った。「わたしと寝る気はまるきりないんだから、それじゃ自分の手で処理しようと思っているわけ？」

彼は大きく息を吸った。「この刺青。おれの背中の。これはおれの一部なんだ」

「ああ、そうなの。わたし、今日じゅうに出ていくから」

首をひねってこちらを見た。「それはだめだ」

「出ていくと言ったら出ていくわ」

「この部屋はきみにやる。いやならおれに会わなくてもいい。だからここにいてくれ」

「どうしても出ていくと言ったらどうするの。ここに閉じ込める気？」

「必要ならそうする」

彼女はぎょっとした。「冗談はやめて」

「次の病院の予約はいつ？」

「あなたには関係ないわ」

「いつだ？」

その声にこもる怒りの激しさに、メアリは少し頭が冷えた。「それは……水曜日よ」

「その予約はちゃんと守れるようにするよ」

メアリは彼を見つめた。「どうしてわたしにこんなことするの」

彼の肩があがって、また下がった。「愛してるからだ」

「なんですって？」

「愛してるんだ」

憤怒《ふんぬ》の突風に、メアリの自制心は吹っ飛んでしまった。怒りのあまり口もきけなかった。愛してる？　わたしのことなんかなにも知らないくせに。おまけにほかの……彼がほかの女性とセックスをしているようすを思い描くと、はらわたが煮えくりかえった。

ふいにレイジははじかれたように立ちあがり、こちらに近づいてきた。彼女の感情の動きを感じ、それに力づけられたかのように。

「怒ってるね。おびえて、傷ついてる。メアリ、それをおれにぶつけてくれ」逃げられないように彼女の腰をつかんだが、押しのけようとする手を押さえようとはしない。「我慢しないでおれにぶつけてくれ。おれの身体に感じさせてくれ。メアリ、それで気がすむなら殴ってくれ」

信じられない、ほんとうに殴ってやりたくなった。突きあげてくるこの怒りのエネルギーは、力いっぱい殴りでもしないと収まらないような気がする。

だが、けだものではあるまいし、そんなことはできない。「いやよ。もう放して！」

手首をつかむ手をふり払おうとした。渾身《こんしん》の力を込めて抵抗し、肩の骨がはずれるかと思った。レイジは彼女の抵抗をやすやすと封じると、手の向きを反転させ、こわばって鉤爪のように曲がった指先をこちらに向けさせた。

「おれを利用してくれ、メアリ。きみのかわりに傷つきたい」目にもとまらぬ速さで、彼女の爪で自分の胸を引っかき、両手で彼女の顔を包み込んだ。

「きみのかわりに血を流させてくれ……」口を口に寄せてきた。「怒りを吐き出してくれよ」

なんということか、気がついたら嚙みついていた。レイジの下唇に、まともに。やわらかい肉に歯を埋めて。

罪深いほどに甘美な味が口のなかに広がる。レイジは励ますようにうめき、身体を押しつけてきた。チョコレートを食べすぎたときのように、ブーンという振動が全身を震わせる。

メアリは悲鳴をあげた。

自分のしたことにぞっとし、次にやりかねないことにおびえて、彼女は逃げようとあばれた。だが、それをレイジはしっかり押さえ、キスをし、愛しているとくりかえし語りかけた。固く熱い大きなものをタオルごしに下腹に押し当て、それをこすりつけてくる。彼のしなやかな肉体は、セックスの予感に脈動している。欲しくないと思っても、彼女の身体のなかは痙攣するほどに求めている。

彼が欲しい……ほかの女性と、それもついさっき、してきたばかりとわかっていても。

「ひどい……いや……」ぐいと顔をそむけたが、彼にあごをつかまれ、また正面を向かされる。

「うんと言ってくれ、メアリ……」狂おしくキスをしてきた。口に舌が入ってくる。「愛してる」

頭のなかでなにかがはじけた。メアリは彼を突き飛ばし、その手をふりほどいた。

しかし、ドアに向かって走ろうとはせず、彼を容赦なくにらみつけていた。

四本の引っかき傷が胸に走っている。下唇は切れ、顔を紅潮させてあえいでいた。

彼女は手を伸ばし、彼の腰からタオルをむしりとった。

レイジはぎょっとするほど勃起していた。化物のように大きくいきり立っている。

ふたりして息を呑んだその瞬間、彼女は嫌悪感を覚えていた。彼の完全に無毛のなめらかな皮膚に、引き締まった筋肉に、堕《お》ちた天使のような美貌に。なにより、その誇らしげにそそり立つものが、彼がさんざん使ってきた性器が憎かった。

それでいて、いまも彼が欲しい。

まともな精神状態だったら逃げ出していただろう。バスルームに閉じこもり、なかから鍵をかけただろう。その大きさだけで尻込みしていたにちがいない。しかし、いまの彼女は怒り狂い、自分を見失っていた。片手で固いものをつかみ、片手で睾丸《こうがん》をつかんだ。どちらも彼女の手のひらには収まりきらなかった。彼の頭がびくりとのけぞり、首の腱が緊張し、口から息が噴き出した。

彼の震える声が部屋じゅうにあふれた。「気がすむまでどうとでもしてくれ。ああ、くそ、愛してるよ」

メアリは彼を手荒くベッドに引っぱっていった。手を放し、彼をマットレスに仰向けに押し倒した。彼は乱れたシーツの上に引っくりかえり、両手両脚を大きく投げ出している。なんの隠し立ても、なんの留保もなくすべてを与えるというかのように。

「どうしていまはいいの」彼女は吐き捨てるようにいった。「どうしていまはわたしとしようとするの。それともセックスは関係なくて、ただもっとわたしの手で血を流してもらいたいだけなの」

「きみとしたくて気が狂いそうだ。いまならできるんだ、いまは落ち着いてるから。いまは……消耗してるから」

消耗。どうして消耗したのかと考えると……

彼女は首をふったが、すかさずレイジが口をはさんだ。「おれが欲しいんだろう。だったら好きなだけ奪《と》ってくれ。ただ自分の快楽だけを考えてくれればいいんだ」

欲望と怒りといらだちに理性が消し飛び、メアリはナイトガウンを腰までたくしあげ、彼の上にまたがった。しかし、馬乗りになって彼の顔を見おろし、いざとなってためらった。

ほんとうにこんなことをしていいのだろうか。彼を奪うなんて。ただ快感のため、報復のためだけに彼を利用するなんて――彼はして当然のことをしただけなのに。

彼の身体の上からおりようとした。

と、突然の波のようにレイジの脚がはねあがり、メアリは彼の胸の上に投げ出された。倒れ込むところに、彼の腕が巻きついてくる。

「ここにきみの欲しいものがあるんだ」耳もとでささやいた。「メアリ、やめるんじゃない。欲しいものを奪《と》っていってくれ。好きなだけ使ってくれ」

メアリは目を閉じた。理性のスイッチを切って、本能のままに任せた。

彼の股間に手を伸ばし、それを支えて、思いきり腰を沈めた。根もとまで、恥骨が当たるほどに呑み込み、ふたりはともに叫び声をあげた。彼女の内部で、彼はいよいよ大きかった。無理やり広げられ、身体がふたつに裂けそうだった。身動きができず、ただ深く息をする。腿は張りつめ、内部は彼に合わせようともがいている。

「すごく締まってる」レイジがうめいた。唇がめくれあがり、牙がひらめく。「ああ……完全に包み込まれてる。ああ、メアリ」

彼の胸が波打ち、腹部がぎゅっと締まって、筋肉の影ができる。両手は彼女の膝をしっかりつかみ、瞳孔が広がって、青い部分はほとんど残っていない。そのとき、瞳が白く光った。

レイジの顔が、パニックを起こしたように歪んだ。しかし、頭をはっきりさせようとするかのように首をふり、顔には集中の表情が浮かぶ。意志の力でそうしたかのように、ゆっくりと瞳が黒に戻っていく。

メアリは彼を観察するのをやめ、自分自身のことに意識を向けた。

ふたりの身体が接している部分以外のことはなにも気にせず、両手を彼の肩に突っ張って身体を起こした。その摩擦で全身が感電したようにしびれ、はじける快感のおかげで彼を受け入れやすくなった。固く大きいものを奥まで導き入れ、次いで腰を浮かし、その動作を何度もくりかえした。ゆるやかにすべるようなリズムで、腰を沈めるたびに広がり、浮かすたびに溶けたシルクのように彼にまといつく。

しだいに遠慮は消え、思うさま彼を犯し、欲しいものを奪い取った。太く熱く大きいものが、身体の奥深くに激しくのたくるエネルギーのしこりを生み出す。目をあけ、彼を見おろした。

レイジは男性のエクスタシーを絵に描いたようだった。広い胸と肩はうっすらと汗の膜におおわれている。頭をのけぞらせ、あごを突き出し、ブロンドの髪を枕に散らし、唇を開いている。なかば閉じたまぶたのあいだからこちらを見ていた。彼女の顔に、乳房に、ふたりが結合している部分に、その視線はたゆたっている。

身も心も女のとりこになった男の顔。

彼女はぎゅっと目をつぶり、彼の賛嘆の表情を頭からふり払った。そうでないと、すぐそこまで来ているオルガスムスを逃がしてしまう。彼の顔を見ると泣きたくなるから。

爆発するまで長くはかからなかった。粉々に砕け散りながら、解放の風に翻弄《ほんろう》され、目も見えず耳も聞こえず、呼吸も心臓の鼓動も消えて、彼の上に崩れ落ちることしかできなかった。

しだいに呼吸が鎮まってくる。ふと気がつくと、彼に背中をそっと愛撫され、耳もとでやさしい言葉をささやかれていた。

われに返って恥ずかしくなった。涙が目にしみた。

今夜彼がほかのだれと過ごしていようと、彼を利用していいということにはならない。しかし、彼女がしたのはまさにそういうことだった。始めたときには腹を立てていたし、絶頂に達する直前には、彼を見ないようにして頭から閉め出した。これではまるで性具扱いではないか。

「ごめんなさい、レイジ。ほんとに……ごめんなさ……」

おりようとして、まだ彼がなかに入ったままなのに気がついた。彼のほうは達してさえいなかったのだ。

なんてこと。ひどい。なにもかもひどすぎる。

レイジの手が彼女の腿をつかんだ。「ふたりでしたことを後悔しないでくれ」

彼の目をのぞき込みながら、「あなたを強姦《ごうかん》したような気がして」

「おれが望んだことなんだから。メアリ、いいんだよ。おいで、キスさせてくれよ」

「こんなことをされたあとで、どうして平気でいられるの」

「おれに耐えられないのは、きみに出ていかれることだけだ」

彼女の両手首をとり、せかして口もとに引き寄せた。唇と唇が触れあうと、彼は両腕を巻きつけてひしと抱きしめてきた。体勢が変わったために、彼が爆発寸前なのがはっきり感じられる。固くいきりたって、ぴくぴく動くのがわかる。

　彼は腰をゆっくりと揺らしながら、大きな手のひらで彼女の髪をかきあげた。「この熱を長くは抑えておけそうにない。あんまり高みに連れていかれて、てっぺんに手が届きそうだ。だけど、できるだけ長く、自分をコントロールできるかぎりは、この身体できみの身体を愛したい。どんなふうに始まろうと、どんなふうに終わろうと」

　彼は上下に腰をふり、退《ひ》いてはまた入ってくる。その彼を包み込みながら、彼女はとろけていくようだった。快感は深く、はてがなく、そして恐ろしい。

「今夜、キスをした？」彼女はしゃがれた声で尋ねた。「女の人たちに？」

「いや、キスはしてない。しないことにしてる。それがいやだったんだ。メアリ、もう二度とあんなことはしない。べつの方法を探すよ。手に負えなくなる前に、どうにかできるようにする。きみがそばにいてくれるかぎりは、ほかのだれももう抱きたくない」

　彼女はされるままに横にころがった。彼が上にのってきたとき、そのずっしりとして温かい重みをゆりかごのように受け止めた。彼は入ったままそっとキスをし、舌でなめ、唇でいとおしむ。彼はこのうえなくやさしかった。なかでは大きく猛《たけ》り立っていても、彼女をふたつにへし折れるほどの力をその肉体に宿していても。

「きみがいやなら、おれはいかなくてもいい」口を首に当てたままささやく。「いますぐに抜くよ」

　彼女は両手を彼の背中にまわした。呼吸とともに筋肉が動き、肋骨が拡張と収縮をくりかえすのがわかる。大きく息をすると、甘く官能的な香りがした。濃厚でスパイシーで豊かな香り。それに応えて、脚のあいだがまたあふれるほどにうるおってきた。愛撫かキスでもされたかのように。

「このすてきなにおいはなに？」

「おれのにおいだよ」今度は彼女の口に向かってつぶやいた。「男がきずなを結ぶと、こういうにおいがするんだ。自分ではどうしようもない。このまま続ければ、きみの全身に、髪の毛に、それからきみのなかにも、このにおいが移るんだ」

そう言うと、彼は深く突いてきた。全身を熱いものに洗われて、彼女は快感にのけぞった。

「もう今夜のようなことは二度といや」彼女はうめいた。彼にというより、自分自身に向かって。

ぴたりと動きが止まったかと思うと、彼はメアリの手をとって自分の心臓の上に置いた。

「二度としないよ、メアリ。名誉にかけて誓う」

そのひたむきな目。神ならぬ身には、これ以上に真摯《しんし》な誓いを立てることはできまいと思った。しかし、そんな誓いを聞いて安心しているわけにはいかないのだ。

「でもわたし、あなたに恋をすることはないと思うわ」彼女は言った。「そんなことはできないの。無理なのよ」

「いいんだ。おれひとりでふたりぶん愛するから」深く激しく貫いて、彼女の深みを満たしていく。

「わたしのこと、なにも知らないのに」彼の肩を噛み、鎖骨を吸った。その肌の味に舌は歓喜に震え、あの特別な香りが口のなかで凝縮されていく。

「いや、よく知ってる」身を引いてこちらを見つめてきた。その目は、迷いを知らぬけものの目のように澄みきっている。「太陽が出て、手足をもがれたも同然だったとき、きみはおれを守ってくれた。こわがっているくせに、おれの世話をしてくれた。自分のキッチンのものを食べさせてくれた。きみは戦闘を生き延びてきた戦士だ。きみは往還者《ウォーカー》だ。それに、きみの声はこの世のどんな音より美しい」そっとキスをした。「きみのことはなんでも知ってる。おれの目に映るきみはなにもかも美しい。きみのすべてがおれのものだ」

「わたしはあなたのものじゃないわ」彼女はささやいた。

拒絶を聞いても彼は動じなかった。「わかった。それじゃ、かわりにおれをきみのものにしてくれ。丸ごと全部でも、半分でも、ほんの一部でも、きみの好きなだけでいい。ただ頼むから、かならずどこか一部は受け取ってくれ」

手をあげて彼の顔に触れた。美しい平面、美しい角度を描く頬からあごにかけて愛撫した。

「あなたは傷つくのがこわくないの？」

「こわくない。ただ、こわくてたまらないことがひとつある。きみを失うことだ」彼女の唇を見つめた。「もう抜いたほうがいい？　抜くよ」

「だめ。そのままでいて」メアリは目をあけたまま、彼を引き寄せて唇を重ね、舌をなかにすべり込ませた。

彼は震え、一定のリズムで動きはじめた。貫いては退く、そのたびに、太い先端がいまにも離れそうになる。

「きみは……完璧だ」腰の動きを句読点《くしょう》がわりにして、「おれは……きみのなかに入るために……生まれてきたんだ」

突くごとに、彼の身体から発するあの官能的な香りが強くなっていく。もう彼のことしか感じられない。嗅ぐのは彼のにおい、舌に感じるのは彼の味だけだ。

彼の名を叫びながら絶頂に達し、それと同時に彼もふちを乗り越えたのがわかった。彼の肉体が戦慄しつつ彼女とひとつになり、噴出の勢いは腰の突きにも劣らず力強く、オルガスムスが彼女のなかに注ぎ込まれる。

果てたあと、彼女を抱いたまま彼は寝返りを打って脇腹を下にし、ひしと抱き寄せてきた。ぴったり抱きしめられて、頼もしい心臓の鼓動が伝わってくる。

彼女は目を閉じた。疲れきって、死よりも深く眠り込んだ。

29

その夜、日が沈んで窓のシャッターがあがるころ、メアリは意外に思っていた。レイジからちやほやされるのに、いつのまにか慣れてしまっている。ただ、これ以上食べるのは無理だ。指を彼の手首に置いて、マッシュポテトを山盛りにしたフォークを差し出されるのを止めた。

「もうおなかいっぱい」メアリは言って、枕に背を預けた。「胃がはち切れそう」

レイジは笑顔になり、食事のトレイを取りあげてベッドサイドテーブルにのせ、またとなりに腰をおろした。彼は日中ほとんど部屋におらず、たぶん仕事をしていたのだろう。そのあいだ、彼女はありがたく眠っていた。日ごとに疲れがひどくなってきて、病気に落ち込んでいくのがわかるようだ。なんとかふだんどおりに働こうと身体が悪戦苦闘しているらしく、あちこちが急にしくしく、ずきずき痛みだす。それに、またあざが出るようになった。こわいほどひんぱんに、皮下に青黒いものが広がっているのが見つかる。レイジはそれを見て、セックスのときに自分が傷つけたのだと思い込んで取り乱した。さんざん説明して、彼のせいではないと納得させなくてはならなかった。

メアリはレイジをじっと見つめて、病気のこと、まもなく来る病院の予約のことは考えまいとした。それにしても、レイジのほうも彼女に負けず劣らず具合が悪そうに見える。もっとも、それはぎりぎりにねじを巻かれているからで、すり減って止まりかけているわけではないけれど。気の毒に、ちょっとの間《ま》もじっとしていられなかった。並んでベッドに座りながらも手のひらで腿をこすっていて、ウルシにかぶれたか、水疱瘡《みずぼうそう》にでもかかっているかのようだ。どうしたのか尋ねようとしたとき、彼が口を開いた。

「メアリ、きみのためにやりたいことがあるんだけど」

いまはセックスのことなど考えているときではないのだが、太い上腕に黒いTシャツのそでが張りついているのについ目が行ってしまう。「当ててみましょうか」

彼ののどから低いうなりが漏れた。「そんな目で見ないでくれよ」

「どうして？」

「きみの上に乗っかりたくなる」

「だったら我慢することないのに」

二本のマッチをすったかのように、彼の瞳孔がぱっと白く光った。見ているととても不思議だ。いままで黒かったのが、次の瞬間には白い光を放っている。

「どうしてそうなるの？」

彼の肩がこわばった。脚に体重をかけ、なにかに対して身構えている。と、いきなり立ちあがって歩きまわりだした。身体からエネルギーが漏れてくる。内側から発している。

「レイジ？」

「きみは心配しなくていいんだ」

「そんな深刻な言いかたされたら、いやでも心配になるわ」

彼は笑顔になって、首をふった。「いや、ほんとに心配しなくていいんだ。それでさっきの話だけど、おれたちの一族の医者にハヴァーズってのがいるんだよ。きみの治療のファイルにアクセスさせてもかまわないかな。こっちの医学が役に立つかもしれないし」

メアリはまゆをひそめた。ヴァンパイアの医師に、治療法を調べてもらうなんて。だが考えてみれば、それでなにか損をするわけでもない。

「それはかまわないけど、ただ、どうやってコピーを手に入れたら――」

「兄弟のVってやつが、コンピュータの神さまなんだよ。どこにだって侵入できるし、きみのデータはほとんどオンライン化されてるはずだろう。名前と場所さえ教えてくれればいい。できれば日付も」

彼が紙とペンを手にとったところで、治療を受けた病院と、担当の医師の名前をあげていった。すべて書き留めてから、彼は紙をじっとにらんでいる。

「どうかした？」

「ずいぶん多いな」顔をあげて目を合わせてくる。「メアリ、そんなに悪かったのか」

とっさにすべて打ち明けてしまおうかと思った。化学療法を二クール、骨髄移植を一回受けて、それでやっと生き延びたのだと。だがそのとき、前夜、感情が高ぶって抑えがきかなくなったのを思い出した。いまの彼女はダイナマイトの箱のようなもので、病気の話はかくべつ危険な導火線だ。ここでまたつまずくのはなんとしても避けたい。自制心を失うとろくなことが起きないのは、今度の二回でいやというほどわかった。一回めはレイジの前で大泣きしたし、二回めは……唇に嚙みついただけではすまなかった。

肩をすくめて、後ろめたさを感じながら、つぶやくように言った。「そんなでもないのよ。終わったときはうれしかったけど」

彼は不審げに目を細めた。

ちょうどそのとき、だれかがドアをどんどん叩きはじめた。

そのただならぬ音にもかかわらず、レイジの視線は揺れなかった。「いつかはおれを信用できるようになってほしいな」

「信用してるわよ」

「なに言ってんだ。ひとついいこと教えてやるよ。おれは嘘つかれるの嫌いなんだ」

また激しいノックが始まった。


レイジはドアをあけながら、相手がだれだろうとかまわず追っ払うつもりだった。メアリと口論になりそうな気がしていたし、それをちゃんと片づけておきたかったのだ。

そこに立っていたのはトールだった。スタンガンで撃たれたような顔をしている。

「どうした、なにがあったんだ」レイジは尋ねながら廊下に出て、ドアを半分閉じた。

トールは寝室から漂ってくるにおいに鼻をひくつかせた。「こいつは。しるしをつけたのか」

「なんか問題でもあるか？」

「いや、むしろある意味では好都合だ。〈書の聖母〉が語られた」

「それで」

「その話は、ほかの兄弟たちといっしょの席で——」

「冗談じゃない。トール、いますぐ教えろよ」

兄弟が〈古語〉で話を終えると、レイジは深く息を吸った。「一分くれ」

トールはうなずいた。「ラスの書斎に集まってるからな」

レイジはなかに戻ってドアを閉じた。「メアリ、じつはちょっと兄弟たちに用ができた。今夜は帰らないかもしれない」

メアリは身を固くし、うつむいて彼の顔から目をそらした。

「メアリ、女じゃないんだ、嘘じゃない。頼むよ、おれが戻ってくるまでここにいるって約束してくれ」ためらう彼女に、彼は近づいていって頬をなでた。「病院の予約は水曜日だったよな。もうひと晩ぐらいいいだろ？　またゆっくり風呂に入ってればいい。すごく気に入ったって言ってたじゃないか」

メアリは小さく微笑んだ。「あなたは人をあやつる名人ね」

「思いどおりの結果を出す名人と言ってもらいたいな」

「もうひと晩ここに泊まったら、あなたはまたもうひと晩、もうひと晩って引き延ばそうとするんでしょ……」

彼は身をかがめて熱くキスをした。もっと時間があればいい。そばにいたい、なかに入りたい、この部屋を出ていく前に。しかし何時間余裕があろうとも、そんなことはできないだろう。全身のうずきと身内のブーンという振動音のせいで、身体が激しく震えだして足が地につかなくなりそうだ。

「愛してる」そう言うと身を引き、腕時計をはずして、そのロレックスを彼女の手ににぎらせた。「これを預かっといてくれ」

クロゼットに歩いていき、服を脱いだ。ずっと奥のほう、おそらく一生手を通すことのない二着のパジャマのさらに奥に、礼装用の黒いローブがあった。裸の上に直接その重いシルクをまとい、レザーを編んだ太いベルトを締める。

出てきた姿を見て、メアリが言った。「修道院にでも行くの？」

「おれが戻ってくるまでここにいるって約束してくれ」

しばしあって、彼女はうなずいた。

ローブのフードをかぶった。「よかった。安心したよ」

「レイジ、なにが始まるの」

「いいんだ、待っててくれ。頼むから、絶対待っててくれよ」ドアの手前でふりかえり、ベッドの彼女をもう一度見やった。

別れらしい別れを経験するのは、ふたりにとってこれが初めてだった。次に会うときには、時間的にも経験的にも大きな距離を越えてきたように感じるだろう。今夜を乗り切るのが楽でないのはわかっていた。乗り切って向こう側にたどり着いたとき、懲罰の余波があまり長引かなければよいのだが。そして彼女がまだここにいてくれれば。

「またあとでな、メアリ」そう言いながら、彼女のいる部屋のドアを閉じた。

ラスの書斎に入っていき、両開きドアを閉じた。兄弟全員が顔をそろえていたが、口を開く者はなかった。消毒用アルコールのような、不安のにおいが室内にこもっている。

デスクの向こうからラスが進み出てきた。先ほどのトールと同じように固い表情だ。ラップアラウンドのサングラスの奥から、王のまなざしは突き刺すように鋭かった。見えるというより、肌で感じられるようだ。

「兄弟よ」

レイジは一礼した。「マイ・ロード」

「そのローブを着ているということは、〈兄弟団〉に残りたいのだな」

「もちろんです」

ラスは一度うなずいた。「では、ここに宣言する。おまえはトールの命令をないがしろにし、人間をわれわれの領域に連れ込んだ。そのいずれについても、〈書の聖母〉はおまえが〈兄弟団〉の定めにそむいたと裁定された。レイジ、正直に言うが、おれがメアリを入れていいと決めたのを〈聖母〉は快く思っておられん。出ていかせるべきだと考えておられる」

「その話はすんだはずでは」

「おまえが出ていく覚悟だとお伝えした」

「〈聖母〉はそのほうがうれしいんじゃないかな」レイジはにやりとした。「もう何年も前から、おれを厄介払いしたがってたんだから」

「ともかく、いまはおまえが選ぶときだ。〈兄弟団〉に残りたいというなら、そしてまた、今後も人間をこの壁のうちに住まわせるというのなら、〝フイズ〟を申し出なくてはならん。それが〈書の聖母〉の出された条件だ」

〝ライズ〟は、なされた害をつぐなうための儀式であり、いわば懲罰だ。〝フイズ〟を申し出てそれが受け入れられれば、害をこうむった側は自由に武器をふるうことが許され、害を加えた側はそれを甘んじて受けなくてはならない。刃物でも、ブラスナックルでも、あるいは銃でも、どんな武器を用いることも許されるが、ただし致命傷を与えてはならないと決まっている。

「では〝ライズ〟を申し出ます」

「言っておくが、兄弟全員に申し出なくてはならないんだぞ」

いっせいにうめき声があがった。「くそったれ」とつぶやく声もあった。

「では全員に」

「ならば、おまえの望むとおりにしよう」

「ただ」——突き刺すような声になって——「儀式がとどこおりなく終わったときには、おれの望むかぎりいつまでも、メアリがここにいてよいと認めていただきたい」

「それについては〈書の聖母〉からご了解を得ている。これは言っておくが、〈聖母〉が気を変えたのは、おまえがあの人間を〝シェラン〟に望んでいるという話をお耳に入れたからなんだぞ。それほど深い関係を望んでいると知って、〈聖母〉はたいそう驚いておられた」

ラスは肩ごしにふり向いた。「武器はトールメントに選ばせる。全員がそれを使う」

「三本むちを」トールが低い声で言った。

くそ。これはきついことになりそうだ。

また室内がざわめいた。

「よかろう」ラスが言った。

「ただ、けものはどうする？」レイジが尋ねた。「おれが痛い目にあうと、出てくるかもしれない」

「〈書の聖母〉がおいでになる。抑えておく方法があるそうだ」

考えてみれば当然だ。そもそもあれをこしらえてくれたのは〈聖母〉なのだから。

「やるなら今夜さっそくやろう」レイジは室内を見まわした。「ぐずぐず延ばしたってしょうがないだろ」

「いまから〈廟〉へ向かう」

「よし、さっさと片づけようぜ」

部屋をまっさきに出ていったのはザディストだった。残りの者たちは立ちあがり、押し殺した声で手順の相談を始めた。おれのローブがない、だれか予備を持っていないかとトールが言えば、武器はおれが用意するとフュアリーが言い、またVは〈エスカレード〉に全員で乗っていこうと提案した。

Vの提案はもっともだった。〝ライズ〟のあとでは、レイジを連れて帰る手段が必要になる。

「兄弟」レイジは声をあげた。

全員が口をつぐんだ。身動きする者もいない。レイジはその顔をひとりひとり見ていった。だれもが暗い顔をしている。みなこんなことはしたくないのだ。その気持ちは痛いほどわかる。仲間を傷つけるのは耐えがたい。傷つけられる側にまわるほうがずっと楽だ。

「兄弟、ひとつ頼みがある。ここに連れて帰らないでもらいたいんだ。終わったら、どこかよそへ連れていってくれ。メアリに見られたくない」

ヴィシャスが口を開いた。「〈ピット〉に泊まればいい。ブッチとおれで面倒見てやる」

レイジはにやりとした。「一週間足らずのうちに二回か。これからは、おまえらふたりを子守に派遣できるな」

Vは彼の肩を叩いて出ていき、続いてトールも同じことをして出口に向かった。フュアリーは抱擁していった。

ラスはドアに向かう途中で立ち止まった。

黙ったままなので、レイジは王の二の腕をぎゅっとにぎった。「わかってるよ、マイ・ロード。おれがあんただったら、おんなじように感じると思う。だけどおれは頑丈にできてるから、無事に切り抜けるさ」

ラスはフードのなかに手を入れてきて、レイジの顔を両手で包むように支え、下を向かせ、ひたいにキスをして、しばらくそのまま唇を当てていた。これは王から戦士に与える尊敬のしるし、きずなの再確認だ。

「おまえが残ってくれてうれしい」ラスはささやくように言った。「失ったらさぞかしつらかっただろう」

それからおよそ十五分後、中庭の〈エスカレード〉のそばに全員がまた顔をそろえていた。兄弟たちはみな裸足で、黒いローブを着ている。フードをかぶっていると、だれがだれか見分けがつかなかった。もっともフュアリーだけは例外だ。義足が見えているうえに、ふくれたダッフルバッグを肩にかついでいる。武器のほかに、包帯や絆創膏《ばんそうこう》を詰め込んできたのはまちがいない。

口を開く者もないまま、Vの運転する車は館の裏に出て、松や栂《つが》がうっそうと茂る山すそに入っていった。道は未舗装の一車線道路で、両側から常緑樹が迫っている。

車が進むうちに、重苦しい沈黙にレイジは耐えられなくなった。もう一分も我慢ならない。

「ようみんな、頼むぜ。おれを殺しに行くわけじゃないんだからさ。まったく辛気《しんき》くせえなあ」

だれもこちらに目を向けようとしない。

「V、〈ルダクリス〉か〈フィフティ・セント〉でもかけてくれよ。こう静かだと退屈でしょうがない」

右側のローブからフュアリーの笑い声がした。「こんなときにパーティをやりたがるのはおまえぐらいのもんだよ」

「あのさ、おまえらみんな、おれに言われてむかついたことのひとつやふたつあるだろ。がつんと一発くれてやりたいと思ってたんじゃないのかよ。その願いがついにかなうんだぜ」

フュアリーの腿をぴしゃりとやって、「そうだろ、兄弟。女断ちのことで何年もからかわれて、そうとう頭に来てんじゃないのか。それにラス、二、三カ月前に、おれに冷やかされて壁に短剣を突き刺したことがあったよな。Vなんか、ついこないだこの手を本気で使うぞっておどしてくれたじゃないか。まさか忘れたのかよ、その変てこなひげをおれがどう思ってるか、せっかく教えてやったのに」

Vが含み笑いを漏らした。「もっと早く黙らしてやりゃあよかったよ。このひげを伸ばしだしてからってもの、おまえに出くわすたんびに、排気管にディープキスでもしたのかって言われるんだからな」

「そう言うけどな、おまえおれのGTO相手に絶対やってるだろ。この変態」

それが合図だったように、レイジの行状をあばく声が車内に飛び交いだした。しまいには声が大きすぎて、だれがなにを言っているのかまるで聞きとれなくなった。

兄弟たちが鬱憤《うっぷん》をぶちまけるのを聞きながら、レイジは座席に深く腰かけて夜闇の奥を眺めていた。〈書の聖母〉がちゃんと心得ていてくれればいいが。〈廟〉のなかでけものが飛び出してきたら、まったくしゃれにならない。兄弟たちは進退きわまって、結局は彼を殺すしかなくなるかもしれない。

まゆをひそめて、周囲に目をやった。後ろの席にはラスが座っていた。王の黒ダイヤの指輪が中指に嵌《は》まっているからわかる。

レイジは身体を後ろにひねってささやいた。「マイ・ロード、頼みがあるんだけど」

ラスが身を乗り出してきた。深い落ち着いた声で、「なんだ。言ってみろ」

「もしおれが……その、理由はともかくとして、生きて帰れなかったときは、メアリに気をくばってやってもらいたいんだ」

フードに隠れた頭がうなずいた。〈古語〉で王は言った。「**おまえの望むままにここに誓う。わが血を分けた姉妹のようにうやまい、わが家族のひとりのようにいつくしもう**」

レイジは大きく息を吐いた。「よかった。ほんとに……助かった」

やがてVは〈エスカレード〉を林間の狭い空き地に駐めた。そろって車をおりて周囲に立ち、耳をそばだて、目をみはり、五感を張りつめた。

　こんな状況でなければ快適な夜だっただろうし、ここは心の落ち着く場所だ。森の無数の枝や幹のあいだを吹き抜ける風が、土と松の芳香を運んでくる。頭上をあおげば、満ちていく月が薄い雲の切れ間から輝いていた。

　ラスの合図で、百メートルほど歩いて山中の洞窟に向かった。知らずになかに入ったとしても、この洞窟にとくべつ変わったところはまるで見当たらないだろう。なにを探しているか知らなかったら、奥の壁のわずかな継ぎ目にはまず気がつくまい。しかし、正しく手順を踏めば、岩が動いて入口が開くようになっている。

　その入口の奥へぞろぞろ入っていくと、背後でため息のような音を立ててくさび形の岩が閉じた。壁に取り付けた松明《たいまつ》が、金色にゆらめきながら炎を立ちあがらせ、ぱちぱちとはじけて火花を散らしている。

　地中に続くゆるやかなくだり坂を、一同はゆっくり進んでいく。岩の床が裸足に冷たい。くだりきったところでローブを脱ぎ、錬鉄の両開き扉を開いた。扉の向こうには、長さ十五メートル、高さ六メートルの廊下が伸び、両側に棚が並んでいる。

　その棚に置かれているのは、形も大きさもまちまちの何千何万という陶製の壺だ。光を反射するその壺のひとつひとつに、〝レッサー〟の心臓が入っている。〈ソサエティ〉への入門儀礼のさいに、〈オメガ〉の手で取り出されたものだ。〝レッサー〟が殺戮者としてこの世に在《あ》るあいだ、真に個人的な所有物と言えるのはこの壺だけであり、かれらを殺したあとは可能なかぎりこれを回収してくることになっている。

廊下の突き当たりにまた両開き扉があった。こちらはすでに開いている。

ここが〈兄弟団〉の至聖所だ。これは一七〇〇年代前半、ヨーロッパからの最初の移住者が海を渡ってきたとき、岩盤をくり抜き、黒大理石で化粧張りして造られた。かなり広い部屋で、天井から短剣のような白い鍾乳石《しょうにゅうせき》が垂れ下がっている。巨大なろうそく——太さは男の腕ほどもあり、長さは脚ほどもある——が黒い鉄のろうそく立てにはめ込んであり、松明の炎に劣らず明るく輝いていた。

奥の正面は一段高くなっており、浅い階段がついている。その上の祭壇は、〈古き国〉から運んできた石灰岩の板で、粗削りの石二個で水平に支えられていた。祭壇の中央には頭蓋骨がひとつのっている。

祭壇の奥のなめらかな壁には、かつて〈兄弟団〉に属した歴代の兄弟の名が、創始者までさかのぼってひとり残らず刻まれている。祭壇の頭蓋骨はその創始者のものだ。名前はパネルに刻まれ、それが壁をすきまなく埋めている。ただ壁の中央部だけはあいている。幅およそ百八十センチの帯状に、てっぺんまで大理石の壁が剝き出しに残されているのだ。そしてその中央、床からおよそ百五十センチほどの高さに太い釘が二本突き出している。男が両手ににぎって足を踏ん張るのにちょうどよい位置だ。

室内には嗅ぎ慣れたにおいがこもっている。湿った土と蜜蠟《みつろう》ろうそくのにおい。

「ようこそ、兄弟たちよ」

女の声に全員がふり向いた。

〈書の聖母〉の小さな姿が奥のすみにあった。黒いローブが宙に浮いている。全身すっぽり包まれて顔すら見えなかったが、垂れ下がる黒いひだの下には光が滝のようにこぼれ落ちている。

空中をすべるように近づいてきて、ラスの正面で止まった。「戦士よ」

ラスは深々と頭を下げた。「〈書の聖母〉さま」

ひとりひとりに順に声をかけていき、最後にレイジに呼びかけた。「トーチャーの子、レイジよ」

「〈書の聖母〉さま」レイジは頭を下げた。

「息災《そくさい》でしたか」

「はい」というより、これが終わればたぶん息災でいられるだろう。

「さぞや忙しかったことでしょう。次々に新しい前例を作っているのですからね、それがおまえの性分だから。名誉ある前例でないのは残念だこと」とげのある笑い声をあげた。「ともかくも、おまえのためにここに集まることになったのは、思えば不思議でもなんでもありませんね。気づいているかしら、〈兄弟団〉の者どうしで〝ライズ〟がおこなわれるのはこれが初めてなのですよ」

厳密にはちがう、とレイジは思った。この七月に、ラスが中し出たのをトールが断っているのだ。

とはいえ、それをここで持ち出せるわけもない。

「戦士よ、みずから申し出たものを受け取る覚悟はできていますか」

「はい」それに続く言葉を、彼は慎重なうえにも慎重に選んだ。〈書の聖母〉にものを尋ねるわけにはいかないからだ——生命が惜しくないならべつだが。「ただ、わたしが兄弟たちを傷つけることがありませんように、なにとぞお願いいたします」〈聖母〉の声が厳しくなった。「その言いよう、ものを尋ねているのと変わりないではありませんか」

「ご機嫌を損ねるつもりはなかったのですが」

ふたたび、低いかすかな忍び笑いが聞こえてきた。

ちくしょう、絶対に面白がってやがる。〈聖母〉は昔から彼を嫌っていた。もっとも、それを心外に思っているわけではない。嫌われてもしかたのない理由を山ほど作ってきたのだから。

「機嫌を損ねるつもりはなかったというの？」ローブが動いて、どうやら首をふったらしい。「なにをいまさら。自分の欲しいものを手に入れるためなら、なにを踏みにじってもなんとも思わない。それが昔からおまえの困ったところです。今夜、わたくしたちがここに集まっているのもそのせいでしょう」レイジに背を向けて、「武器は用意してきましたか」

フュアリーがダッフルバッグをおろし、ファスナーをあけて、三本むちを取り出した。木製の握りは長さ六十センチほど。茶色の革が巻いてあるが、多くの手の汗に汚れて黒ずんでいる。その握りの先端から、三本の黒っぽい鋼鉄の鎖が垂れていた。鎖の先にはそれぞれとげのある錘《おもり》が下がり、とがった松ぼっくりがついているようだ。

この三本むちは、古くからあるむごたらしい武器だ。しかし、トールがこれを選んだのは賢明だった。儀式が正しくおこなわれたと認められるには、使用する武器の種類でも、またそれをふるう方法でも、手心を加えるわけにはいかない。手加減などすれば伝統がなし崩しにされ、レイジの示している悔悟《かいご》の情も、真の浄《きよ》めの機会も台無しになる。

「それでは」〈聖母〉は言った。「壁に進みなさい、トーチャーの子レイジ」

レイジは奥に向かい、一度に二段ずつ階段をのぼった。祭壇のそばを通るとき聖なる頭蓋骨に目をやると、火明かりが眼窩《がんか》と長い牙をなめていた。黒大理石の壁の前に顔をこちらに向けて立ち、石釘をつかむと、背中になめらかな冷たい石が当たった。

〈書の聖母〉がすうっと近づいてきて、片腕をあげた。そでが落ち、溶接工のアークのようにまばゆい光が現われる。目を射るその光は、おおよそ人の手の形に見えた。低い電気的な振動が全身を貫き、体内でなにかが動くのがわかった。内臓の配置が変わろうとしているかのようだった。

「儀式を始めなさい」

兄弟たちは列を作った。その裸身は内なる強さに輝いていたが、顔は引き締まって深いみぞを刻んでいる。ラスがフュアリーから三本むちを受け取り、まっさきに進み出てきた。歩みにつれて、鎖が小鳥の声のように甘い歌をかなでる。

「兄弟」王が静かな声で言った。

「マイ・ロード」

レイジはあのサングラスの奥をのぞき込んだ。反動をつけるために、ラスはむちを大きな弧を描いて振りあげた。風を切る音が最初は低く、それが高まったかと思うと、ついにむちが空《くう》を切り裂いて落ちてきた。三本の鎖がレイジの胸を打ち、とげが肉をえぐり、痛みに肺から空気が噴き出す。石釘にすがって身体を支えたが、しかし顔はあげたままだった。視界がかすんだが、やがてもとに戻った。

次はトールの番だ。彼の一撃でレイジは息が詰まり、膝が崩れそうになり、しかしなんとか持ちこたえた。ヴィシャスとフュアリーがそれに続く。

兄弟たちの苦しみを少しでもやわらげたくて、入れかわるごとにつらそうな目と目を合わせてきた。しかし、フュアリーがこちらに背を向けたときには、レイジはもう頭をあげておくことができなかった。がくりと前に垂らすと、胸を流れる血が見えた。胸からしたたって腿に垂れ、足まで流れ落ちている。床には血溜まりができ、ろうそくの光に輝いている。その赤いしみを見ているうちに、頭がぼんやりしてきた。くずおれまいと歯を食いしばり、ひじに力を込めた。いま彼を支えているのは筋肉ではなく、関節と骨の力だった。

次がなかなか始まらない。はっきりとはわからないが、なにか口論が起きているようだ。

何度かまばたきをして、目のかすみを払った。

フュアリーがむちを差し出しているのだが、ザディストがあとじさっている。なにかひどくおびえているようだ。Zはにぎったこぶしを高くかかげ、胸を大きく波打たせている。そのせいで、乳首に通したリングが火明かりにまたたいていた。血の気を失い、灰色に変じた皮膚は不自然にてらてらしている。

フュアリーは穏やかに話しかけ、ザディストの腕をとろうとした。Zはくるりと背を向けたが、フュアリーは逃がさなかった。その奇妙な舞いのさなか、Zの背中一面に残るむちのあとが、筋肉の動きにつれて伸び縮みしている。

あれではだめだ、とレイジは思った。リディストは完全にパニックを起こしかけている。追いつめられたけものさながらだ。もっとべつの方法で説得しなくては。

レイジは深く息を吸い、口を開いた。声が出てこない。もういちどやってみた。

「ザディスト……」その弱々しい声に、全員の目が祭壇に向かった。「けりをつけてくれ、Z……もう……あまり長くは……立ってられそうにない」

「冗談じゃ——」

フュアリーが口をはさんだ。「おまえがやらないと——」

「冗談じゃねえ！　くそったれ、そんなもんが持てるか！」

Zは扉に向かって走りだしたが、〈書の聖母〉に行く手をはばまれた。ぶつかるまいとしてZは横滑りして止まり、そのまま小柄な〈聖母〉を前に立ち往生している。脚をがくがく震わせ、肩も小刻みに揺れていた。〈聖母〉が低い声でなにごとか話しかけていたが、あまりに遠すぎて、苦痛のもやに包まれたレイジの耳には届かなかった。

しまいに、〈書の聖母〉はフュアリーに合図し、武器をこちらへ持ってこさせた。手を伸ばしてZの手をとり、革を巻いた握りをその手ににぎらせる。祭壇を指さすと、Zはうなだれた。ややあって、よろめきながらこちらに近づいてきた。

Zの顔を見たとき、だれかかわってやってくれ、とレイジは言いそうになった。黒い目はかっと大きく見開かれ、虹彩を囲む白目の部分がすっかり見えるほどだった。おまけにずっとつばを飲み込みつづけていて、のどぼとけが動くさまは、突きあげてくる悲鳴を胸に押し戻しているようだった。

「兄弟、大丈夫だ」レイジはつぶやいた。「だけどな、やることはやってもらわなくちゃならん。さあ、早く」

Zはあえぎ、身体を揺らしている。汗が目に入り、顔の傷痕にそって流れる。

「やれ、って」

「兄弟」Zはかすれ声で言うと、肩の上までむちを持ちあげた。

ふりかぶって勢いをつけることはしなかった。たぶんこのときには、腕がうまくあやつれなくなっていたのだろう。しかし、Zは腕っぷしが強い。むちは空を切り裂き、甲高い音をあげて落ちてきた。灼熱の無数の針のように、鎖と錘がレイジの腹を引き裂く。

ひざが崩れ、レイジは腕で身体を支えようとしたが、腕にもうその力はなかった。両膝をがっくり落とし、手のひらを自分の血溜まりに沈めた。

だが、ともかくこれで終わったのだ。ゆっくりと呼吸をしながら、気を失うなと自分に言い聞かせる。

だしぬけに、至聖所を切り裂くようになにかの音が響いた。金属と金属がこすれあうような音。レイジは気にしなかった。胃袋をなだめすかすので忙しかったのだ——空吐きをしようとするのは、いまはちょっとかんべんしてもらいたい。

やっと落ち着いたところで、四つんばいになって祭壇をまわっていき、階段をおりる前にひと休みした。向こうに目をやると、兄弟たちがまた一列に並んでいる。レイジはなにごとかと目をこすり、顔に血をなすりつけてしまった。

こんなのは儀式にはなかったはずだが。

兄弟はみな、右手に黒い短剣を持っていた。ラスが詠唱を始めると、全員がそれにならい、やがて詠唱は怒号となって至聖所じゅうに反響する。声はいよいよ高まり、ついには絶叫に近くなり、そこでだしぬけにぴたりとやんだ。

全員がいっせいに、手にした短剣で白分の胸を横に切り裂いた。

だれよりも深く切り裂いたのはザディストだった。

30

メアリは一階のビリヤード室にいて、この館の来歴を〝ドゲン〟のフリッツから聞いていた。とそのとき、フリッツが耳をそばだてた。メアリにはなにも聞こえなかったが、なにか物音がしたらしい。

「旦那さまがたがお帰りになったようですよ」

窓ぎわに寄ってみると、ちょうど一対のヘッドライトが中庭で方向転換をしていた。〈エスカレード〉が停まり、ドアが開いて、男たちがおりてきた。ローブのフードはおろしてあり、この館に来た最初の夜に見た男たちと知れた。あごひげをはやし、こめかみに刺青のある男。目の覚めるような髪の男。傷痕のあるこわい男に、軍人ふうの男。ひとりだけ初めて見る男がいた。長い黒髪にサングラス。

どうしてあんなに厳しい顔をしているのだろう。だれかけがでもしたのだろうか。

パニックを抑えながらレイジの姿を探した。

一行は〈エスカレード〉の後部に寄り集まっていたが、そのとき門番小屋からだれかが出てきた。小屋のドアが閉まらないように押さえている。あれは、あのとき玄関広間でフットボールをキャッチしていた男だ。

なにしろ巨漢ぞろいだし、それが〈エスカレード〉の後部にすきまなく集まっているものだから、なにをしているのかよく見えなかった。しかし、どうやらなにか重いものを持ちあげて……

ブロンドの髪に光が反射するのが見えた。

レイジだ。意識を失っている。開いた戸口へ運んでいかれようとしている。

いつ走りだしたのかも気づかないうちに、メアリは館から飛び出していた。

「レイジ！　どこへ行くの！　待って！」冷たい空気がどっと肺に流れ込んできた。「レイジ！」

彼女の声を聞いてレイジはびくりと反応し、力の入らない手をそちらへ差し伸ばした。男たちが足を止める。毒づく声が聞こえた。

「レイジ！」地面に爪先をめり込ませて止まり、小石をはねあげた。「どうし……まあ……ひどい」

顔は血まみれで、苦痛のために目は焦点を失っている。

「レイジ……」

彼は口をあけたが、声は出てこなかった。

男たちのひとりが言った。「くそ、こうなったら本人の部屋に運んだほうがましだな」

「ええ、ほかのどこへ運ぶっていうの？　戦闘でけがしたんですか？」

答える者はいなかった。黙って方向転換し、たくましい腕でレイジを抱え、控えの間を抜け、玄関広間を突っ切り、階段をのぼっていく。ベッドに横たえたあと、あごひげと刺青の男がレイジの髪をなでつけていた。

「兄弟、痛み止めかなんか持ってきてやろうか」

レイジの声はくぐもっていた。「いや、このままのほうがいい。規則はわかってるだろ。メアリ……メアリはどこだ」

メアリはベッドサイドに近づき、彼の力ない手をにぎった。手の甲に唇を押し当てたとき、ローブがきれいなのに気がついた。裂け目も破れ目もない。では、けがをしたときはこれを着ておらず、あとからだれかに着せられたということだろうか。

いやな予感がして、革を編んだベルトに手を伸ばした。ゆるめてローブの前あわせを開いてみる。鎖骨から腰骨のあたりまで、白いガーゼにおおわれていた。にじみ出る血が、ぎょっとするほどあざやかに赤い。

見るのは恐ろしく、しかし見ずにはいられず、そっとガーゼのすみのテープを剝《は》がして持ちあげてみた。

「どうしてこんな」身体が揺らいで、兄弟たちのひとりに支えられた。「どうしてこんなことに」

答える者はいない。支えてくれただれかを押しのけ、メアリは全員の顔を眺めた。だれもが身じろぎもせずにレイジを見つめている……

そして彼と同じぐらい苦しそうだった。**まさかそんな。このひとたちがそんなことを……**

あごひげの男と目が合った。

したのだ。

「あなたたちがやったのね」彼女は吐き捨てるように言った。「あなたたちが、彼にこんなことを！」

「そうだ」サングラスの男が言った。「だが、あんたには関係のないことだ」

「よくもそんなこと」

レイジが声をあげ、咳払いをした。「ふたりにしてくれ」

「ハリウッド、またようすを見に来るからな」多色の長髪が言った。「欲しいものはないか」

「人工皮膚のほかにか？」レイジは薄くにやりとし、顔をしかめて身じろぎした。

ドアから出ていく男たちの大きな背中を、メアリはにらみつけていた。**けだものだわ。野蛮なけだもの。**

「メアリ？」レイジがつぶやいた。「メ、メアリ」

なんとか気を取りなおそうとした。いくらいきり立っても、それで彼が少しでも楽になるわけではない。

レイジを見おろし、怒りを呑み込んで、「あなたの言ってたお医者さんを呼びましょうか。なんて名前だったかしら」

「いや、いいんだ」

雄々しく痛みに耐えるタフガイ気取りもたいがいにしてよ、と言ってやりたかった。しかし、そんなことを言えば言いあいになるのは目に見えているし、いまはそんなことをしている場合ではない。

「ローブを脱がせたほうがいい？」

「頼むよ。見苦しいのを我慢できるなら」

「そんなこと気にしないの」

革のベルトをほどき、黒いシルクのローブを脱がせた。痛みにうめきながら、協力しようとレイジは右に左に身体の向きを変えてくれる。それを見ていると悲鳴をあげたくなった。

ようやくローブを彼の下から抜きとると、脇腹の下に血がしみ出していた。

きれいな羽根布団が台無しになると思ったが、そんなことはどうでもいい。

「ずいぶん出血してるわよ」重いローブを丸めながら言った。

「うん」目を閉じて、頭を枕に沈めた。裸の身体がくりかえし小刻みに痙攣し、腿や腹や胸が震えるたびにマットレスが揺れる。

ローブを浴槽に放り込んで戻ってきた。「傷の手当をする前に、消毒はしたの?」

「どうかな」

「そのうち確かめてみたほうがいいかも」

「一時間待ってくれ。そのころには出血も止まるから」深く息を吸って顔をしかめた。「メアリ……しかたがなかったんだ」

「えっ?」彼女は身をかがめた。

「これはしかたのないことだったんだ。おれが……」また息を吸い、またうめく。「だから、あいつらに腹を立てないでくれ」

冗談じゃないわ。

「メアリ」強い口調になって、かすんだ目を彼女に向けた。「おれのせいなんだ。ほかにしようがなかった」

「あなたがなにをしたっていうの」

「もうすんだことだ。頼むよ、あいつらに腹を立てないでくれ」目がまた焦点を失う。

あんないかれた男たちに腹を立てようがどうしようが、彼にあれこれ言われる筋合いはない。

「メアリ？」

「心配しないで」彼の頬をなでながら、顔の血を洗ってあげたいと思った。だが、そっとさわっただけで痛そうに顔をしかめたので、あわてて手を引っこめた。「なにかしてあげられることはない？」

「声を聞かせてくれ。本を読んで……」

書棚を見ると、不毛な荒れ地のようなＤＶＤのコレクションのわきに、何冊か現代ものの本が並んでいる。そのハードカバーのなかから『ハリー・ポッター』の第二巻を取り出し、椅子をベッドのそばに引いてきた。最初はなかなか集中できず、レイジの呼吸ばかり気にしていた。だがやがて調子が出てきて、それは彼のほうも同じだった。呼吸が穏やかになり、痙攣も収まってくる。

やがてレイジは眠り込み、メアリは本を閉じた。見ればひたいにはしわが寄り、唇は色があせてしっかり結ばれている。それを見ているとつらかった。ようやくつかまえた眠りのなかでも苦痛が去らないとは。

歳月がはがれ落ちていくのがわかる。

母の黄色い寝室が目に浮かぶ。消毒薬のにおい。苦しそうな荒い呼吸が聞こえる。またただ。また病床につきそっている。また苦しむだれかを見ている。なにもできずに。

室内を見まわすと、たんすの上の『聖母子』に目が留まった。ここではこの絵は美術品であって、聖画ではない。美術館クラスのコレクションで、たんに装飾に使われているだけだ。だからあんな絵を憎む必要はない。それにこわくもなかった。

母の部屋にあった聖母像はべつだ。メアリはあの像がきらいだった。シシー・ルースの亡《なき》骸《がら》が家から運び出されたとき、さっそくあの石膏像をガレージにしまい込んだものだ。こわしてしまいたかったが、勇気がなくてさすがにそれはできなかった。

翌朝には、〈聖母教会〉に持っていって置いてきた。十字架もいっしょに。教会の駐車場から車を出しながら、メアリは勝利に酔っていた。まぎれもなく神にあかんべえをしてやったのだ。あのときの高揚感は、何年ぶりかに訪れた明るい気分だった。しかし、それも長くは続かなかった。家に戻ってみれば、十字架の掛かっていた壁には影が残っているし、聖像があった床にはそこだけ埃《ほこり》のない場所ができている。

その二年後、あの祈りの対象を捨ててきたのと同じ日に、彼女は白血病と診断された。あれを捨てたから罰《ばち》が当たったというわけではない、頭ではそうわかっている。一年には三百六十五日しかないのだから、ルーレットの球がかならずどこかに止まるように、ガンの告知もたまたまその日に当たってしまったにすぎないのだ。しかし胸のうちでは、ひょっとしたら、と思ってしまうことがある。それでますます神が憎くなった。

くやしい……母はあんなに信心深かったのに、神はその母のためには奇跡を起こそうともしなかった。そのくせ、彼女のような罪びとが相手だと、わざわざ出てきて罰してくれるのか。あんまりだ。

「楽になったよ」レイジが言った。

はっとして彼の目をのぞき込んだ。気を取りなおそうと彼の手をとる。「気分はどう？」

「よくなった。きみの声を聞いてると落ち着くんだ」

母もそうだった。母も、彼女の話し声を聞くのが好きだと言っていた。

「なにか飲物でも持ってきましょうか」

「いまなにを考えてたの」

「なんにも」

彼は目を閉じた。

「身体を拭いていい？」彼女は尋ねた。

レイジが肩をすくめるのを見て、メアリはバスルームに行き、お湯で濡らしたタオルと乾いたバスタオルをとって戻ってきた。顔を拭き、ガーゼのまわりをそっときれいにしていく。

「ちょっと剝がすわよ、いい？」

彼がうなずいたので、慎重に肌からテープを剝がした。ガーゼと当ててものをめくりあげる。

メアリは身震いした。苦いものが込みあげてくる。

むちで打たれたのだ。この傷はそれ以外考えられない。

「レイジ……なんて……」涙で目が曇ったが、こぼれる前にこらえた。「ガーゼを交換するだけにしておくわ。ここはまだ……拭くのは無理だと思うから。どこかにガーゼが——」

「バスルームにある。鏡の右側の、床から天井まで届く戸棚のなか」

戸棚の前に立ち、そこにそろえてある備品に思わずたじろいだ。外科治療道具一式。ギプス用の石膏。さまざまなガーゼや包帯、テープ。必要と思うものを選んでベッドに戻る。三十センチ幅のガーゼパッドの滅菌パックを破ってあけ、胸と腹に貼って、このままにしておこうと思った。彼の胴体をマットレスから持ちあげて包帯を巻くのは彼女には無理だし、すっかりテープで留めようとしたら手間と時間がかかりすぎる。

ガーゼの左下の部分を押さえているとき、レイジがびくっとした。彼の顔に目を向け、

「痛かった?」

「ああ、胸の奥が痛かったよ」

「なんのこと?」

彼は目をぱちっと開き、突き刺すように見つめながら、「ほんとにわかってないんだな」

たしかにわからないわ。「レイジ、どうしてほしいの?」

「きみの話が聞きたいんだ」

「わかったわ、ここをすませちゃうから待っててね」

手当が終わると、メアリは本を広げた。レイジが悪態をつく。

面食らって、メアリは彼の手をにぎった。「わからないわ、なにをすればいいの?」

「ちょっと考えればわかると思うんだけどな」声は弱々しかったが、怒りがこもっている。

「ちくしょう、メアリ、せめていちどくらい本心を聞かせてくれたっていいだろ」

部屋の向こうでノックの音がした。ふたりはそろってそちらをにらみつけた。

「すぐ戻ってくるわ」女は言った。

ドアをあけると、こに立っていたのはあごひげの男だった。料理満載の重そうな銀のトレイを片手で支えている。

「やあ、れはヴィシャスだ。あいつは起きてる？」

ジが言った。

彼女のわきをすり抜け、たんすの上にトレイをのせた。彼がベッドに向かう
「よう、わたしもあれぐらい身体が大きければいいのに、とメアリは思っていた。そんな男をこの部屋に入れやしないのに。

トレスに尻をのせた。「調子はどうだ、ハリウッド」

あだ」

痛みはひいたか」

」

「それじゃ、順調に治ってるんだな」

「もっと早くても文句はないけどな」レイジは疲れたように目を閉じた。

ヴィシャスはしばらくそれを見おろしていた。唇を一文字に結んでいる。「またあとでようすを見にくるからな、兄弟」

「ああ、悪いな」

男はこちらに向きを変え、まともにメアリと目を合わせた。よく合わせられたものだ。そのときの彼女は、この男をレイジと同じ目にあわせてやりたいと思っているところだった。

それが顔に表われているのは自分でわかっている。
「あんた、気が強いな」ヴィシャスがぼそりとつぶやいた。
「兄弟だっていうなら、どうしてあんなひどいことをするの」
「メアリ、やめろって」レイジがしゃがれ声で口をはさんだ。「言ったじゃないか――」
「いいえ、なんにも聞いてないわ」メアリは目をぎゅっとつぶった。いま彼を怒鳴りつけるのは褒められたことではない。方眼紙のような胸をして、身動きもならずに寝ているときなのだ。
「なにもかもぶちまけたほうがいいかもな」ヴィシャスが言った。
メアリは胸の前で腕を組んだ。「だったらいい考えがあるわ。どういうことなのかすっかり説明してくれません？　どうして彼にこんな仕打ちをしたのか、ぜひ教えてもらいたい
ジが口をはさんだ。「メアリ、腹を立てないでくれって――」
ら説明してよ。このひとたちに腹を立てるなっていうのなら、ちゃんとわかるよう
ろ
れなくちゃ」
団〉を
はベッドに目をやった。たぶんレイジはうなずくか、肩をすくめるかしたのだ
や
ならなかっ
顔を向けて、彼は口を開いた。「あんたとつきあうために、レイジは〈兄弟
メアリは息が止ま
た〈兄弟団〉を抜けずにあんたをここに置いとくには、つぐないをしなくち
に。これはみんな彼女のためだったというのか。彼女のせいでこんな

それが顔に表われているのは自分でわかっている。

「あんた、気が強いな」ヴィシャスがぼそりとつぶやいた。

「兄弟だっていうなら、どうしてあんなひどいことをするの」

「メアリ、やめろって」レイジがしゃがれ声で口をはさんだ。「言ったじゃないか——」

「いいえ、**なんにも聞いてないわ**」メアリは目をぎゅっとつぶった。いま彼を怒鳴りつけるのは褒められたことではない。方眼紙のような胸をして、身動きもならずに寝ているときなのだ。

「なにもかもぶちまけたほうがいいかもな」ヴィシャスが言った。

メアリは胸の前で腕を組んだ。「だったらいい考えがあるわ。どういうことなのかすっかり説明してくれません？　どうして彼にこんな仕打ちをしたのか、ぜひ教えてもらいたいわ」

レイジが口をはさんだ。「メアリ、腹を立てないでくれって——」

「**だったら説明してよ**。このひとたちに腹を立てるなっていうのなら、ちゃんとわかるように話してくれなくちゃ」

ヴィシャスはベッドに目をやった。たぶんレイジはうなずくか、肩をすくめるかしたのだろう。こちらに顔を向けて、彼は口を開いた。「あんたとつきあうために、レイジは〈兄弟団〉を裏切った。〈兄弟団〉を抜けずにあんたをここに置いとくには、つぐないをしなくちゃならなかったんだ」

メアリは息が止まった。これはみんな彼女のためだったというのか。彼女のせいでこんな

「すぐ戻ってくるわ」彼女は言った。

ドアをあけると、そこに立っていたのはあごひげの男だった。料理満載の重そうな銀のトレイを片手で支えている。

「やあ、ちなみにおれはヴィシャスだ。あいつは起きてる?」

「よう、V」レイジが言った。

ヴィシャスは彼女のわきをすり抜け、たんすの上にトレイをのせた。彼がベッドに向かうのを見ながら、わたしもあれぐらい身体が大きければいいのに、とメアリは思っていた。そうしたら、あんな男をこの部屋に入れやしないのに。

男はマットレスに尻をのせた。「調子はどうだ、ハリウッド」

「まあまあだ」

「だいぶ痛みはひいたか」

「ああ」

「それじゃ、順調に治ってるんだな」

「もっと早くても文句はないけどな」レイジは疲れたように目を閉じた。

ヴィシャスはしばらくそれを見おろしていた。唇を一文字に結んでいる。「またあとでようすを見にくるからな、兄弟」

「ああ、悪いな」

男はこちらに向きを変え、まともにメアリと目を合わせた。よく合わせられたものだ。そのときの彼女は、この男をレイジと同じ目にあわせてやりたいと思っているところだった。

ことに？

なんてこと。血まみれになるほどのむちうちを彼が甘んじて受けたのは、彼女のためだったと……

おれがついてるから安心だって言ったら？

こんなことをしてもらういわれはなにひとつない——これほどの自己犠牲。彼女のためにこんな苦痛を耐え忍ぶとは。彼を愛しているはずの人々から、こんな仕打ちを受けねばならないとは。

「わたし……少し目まいが……ちょっとごめんなさい……」

メアリはあとじさり、ふらつく足でこのままバスルームに逃げ込もうと思った。ところが、レイジが起きあがろうともがいている。彼女のあとを追うつもりなのだろうか。

「起きちゃだめよ、レイジ」そばに戻り、椅子に腰かけて彼の髪をなでた。「じっとしてなくちゃ。いい子だから……お休みなさい、ね」

レイジが少し落ち着いたところで、ヴィシャスに目を向けた。「どういうことか、わたしにはさっぱりわからないわ」

「そうだろうな」

ヴァンパイアはじっと彼女と目を合わせている。その吸い込まれるような銀色の目がなぜか恐ろしかった。彼の顔に浮き出ている刺青をしばし見つめ、次にレイジに目を向けた。指先で髪をかきあげながら、小声でささやきかけているうちに、彼はまたすうっと眠り込んだ。

「彼にこんな仕打ちをして、苦しかった？」押し殺した声で尋ねた。ヴィシャスがまだそこにいるのはわかっている。「苦しかったんでしょ」

きぬずれの音がした。肩ごしにふりかえると、ヴィシャスがシャツを脱いでいた。たくましい胸に生々しい傷痕があった。刃物で切り裂いたような。

「みんなが死ぬ思いをしたとも」

「当然だわ」

ヴァンパイアは猛々しい笑みを浮かべた。「あんたは、自分で思ってるよりおれたちを理解してるな。ところであの食事だが、あれはあいつが欲しがったときのためだけに持ってきたわけじゃない。あんたのぶんも入ってるんだ」

それはけっこうだが、かれらから差し出されるものを受け取るつもりはなかった。「どうもご親切に。彼にはちゃんと食べさせます」

ヴィシャスは、出ていく途中で立ち止まった。「あんた、自分の名前のことを話したのか」

彼女は驚いてふり向いた。「えっ？」

「レイジだよ。知ってるのか、レイジは」

背筋から首へ悪寒《おかん》が這いのぼってきた。「そりゃ、わたしの名前ぐらい知ってるわ」

「そうじゃなくて、その理由だよ。話してやったらどうだ」ヴィシャスはまゆをひそめた。

「いや、インターネットで知ったわけじゃない。そんなはずないだろ」

信じられない、それはまさにいま彼女の胸によぎった……「あなた、人の心が読めるの？」

「読みたいときはな。ときどきは勝手にわかるときもある」ヴィシャスは、静かにドアを閉めて出ていった。

レイジは横向きにならうとして、うめき声をあげて目を覚ました。「メアリ?」

「ここよ」彼の手を両手で包むようににぎった。

「なにを考えてる?」こちらを見つめる碧を帯びた青い目は、以前より鋭い光をたたえていた。「メアリ、頼むよ。たまにはほんとの気持ちを教えてくれ」

彼女はためらった。「どうしてわたしを放ってこなかったの。そうすれば……こんなことにはならなかったのに」

「おれはどんなことだってするよ。きみの安全のためなら。きみの生命を守るためなら」

彼女は首をふった。「わからないわ。どうしてそんなにわたしのことを想ってくれるのか」

「ああ、あのさ」小さくにやりとした。「その、なんでもわかりたがるのはやめたほうがいいぜ」

「なんでも鵜《う》呑《の》みにするよりはいいと思うわ」彼女はささやき、手を伸ばして、ブロンドの波打つ髪をなでた。「またお休みなさいよ。眠って目を覚ますたびに、ぐんぐんよくなっていくみたいだから」

「きみの顔を見てるほうがいい」とは言ったが、また目を閉じた。「きみに髪をさわられてるといい気持ちだ」

彼は首を伸ばし、もっとべつのところの髪にもさわれるように、顔をあちら側に向けた。

このひとは耳まできれい、と彼女は思った。

レイジの胸が上がって下がり、深いため息が漏れた。しばらくしてから、彼女は椅子の背もたれに背中を預け、両足をあげて、ベッドの大きな基部にのせた。

一時間、二時間と経つうちに、兄弟たちがようすを見にぽつぽつとやって来て、自己紹介をしていった。フュアリーというみごとな髪をした男は、熱いシードルを持ってきてくれ、これはつい受け取ってしまった。あのサングラスをかけたラスという男、それにベスという女性——その目の前で、メアリが気絶してしまったひと——もやって来た。フットボールをキャッチしていたブッチものぞきに来たし、軍人ふうの髪形のトールメントも同じく。

レイジはよく眠っていたが、寝返りを打とうとするたびに目を覚ましていた。彼女が動きまわるとそれを目で追い、姿を見れば力が湧くと思っているかのようだ。メアリは水を持ってきてやり、顔をなでてやり、食事をさせてやった。あまり話はしなかった。触れているだけでじゅうぶんだったから。

まぶたがしだいに重くなり、メアリは頭をぐったり椅子の背に預けた。そのとき、ドアに小さくノックの音がした。たぶんフリッツがまた食事を運んできてくれたのだろう。

伸びをしてドアに向かった。

「どうぞ」と言いながら開いた。

廊下に立っていたのは、顔に傷痕のある男だった。身じろぎもせずに突っ立っている。明かりがごつごつした輪郭を照らし、彫りの深い顔だちを、剃っているような短髪の頭を、ジグザグを描く傷痕を、酷薄そうなあごの線を強調していた。ゆったりしたタートルネックを着て、パンツはずりおろして腰ではいている。どちらも黒だった。

メアリはとっさに、レイジを守ろうとベッドのほうに戻りはじめた。ただ、むだなのはわかっていた。このヴァンパイアのような大きな敵を、彼女の力で防げるわけがない。

沈黙が長く続く。たぶんほかの兄弟たちと同じで、ようすを見に来ただけだろう。まさかまたレイジを傷つけようとはしないだろう、とメアリは自分に言い聞かせた。ただ……男は全身ぴりぴりしているように見える。大きく足を広げていて、いまにも飛びかかってきそうだ。それにさらに薄気味が悪いのは、こちらと目を合わせようとしないことだ。レイジすら見ていないようだった。

「お見舞いに来たんでしょう？」しまいにメアリは尋ねた。

あの目が動いて、彼女の目と合った。この男の冷たく黒い目は、どこを見ているのかわからない。

黒曜石だ、と思った。黒曜石のようだ。光沢があって、底が見えない。魂を持たない者の目。

彼女はさらにあとじさり、レイジの手をにぎった。入口のヴァンパイアがあざけるようににやりとした。

「ずいぶん勇ましいじゃねえか。またそいつをめった切りにしに来たとでも思ってるのかよ」その声は低くて耳に快かった。もっと言えば、よく響くいい声だった。だが瞳と同じく、よそよそしくてなんの感情も伝わってこない。

「めった切りにしに来たの？」

「くだらねえこと訊くな」

「どうして？」

「おれがなんと答えたって信じないだろ。訊くだけむだだ」

また沈黙が落ちた。その静寂のなか、彼をじっと観察するうちに、メアリはふと思いついた。喧嘩腰なのはたしかだが、それだけではなく、この男は彼女の目を気にしてそわそわしているのだ。

たぶん。

レイジの手にキスをして、無理に一歩離れた。「シャワーを浴びようと思っていたところなの。わたしが席をはずしてるあいだ、そばについててあげてくださいな」

ヴァンパイアは、驚いたように目をぱちくりさせた。「おれが近くにいるのに、すっぱだかでシャワーなんか浴びて平気なのか」

じつは、あまり平気じゃないんだけど。

肩をすくめた。「あなたしだいだけど、もしレイジが目を覚ましたら、あなたがついててくれればうれしいと思うわ、ひとりぼっちだってわかるより」

「それじゃ、おれがいるのに明かりを消すつもりなのか」

「なかに入るのか入らないのか、決めてくれません?」返事がないので、彼女は言った。「今夜はあなたもつらかったんでしょう」

彼の歪んだ上唇が引きつって、歯が剝き出しになった。「おまえだけだよ、おれがひとを痛めつけて興奮するんだろうと決めてかからなかったのはな。あれか、マザー・テレサみたいなタイプなのか。大きな傷ついたけものに全力で善を見出すとか、ああいうたわごとを真に受けてんのか」

「その顔の傷、好きでつけたわけじゃないんでしょう。それに、首から下にももっと傷痕があるのはまちがいないと思うし。だから、今夜はきっとつらかっただろうと思ったのよ」

彼が目を糸のように細めたかと思うと、冷たい突風が吹きつけてきた。空気がこちらに押しやられたかのように。「口のききかたに気をつけろよ。臆病なほうが安全でこともあるんだぞ」

メアリは近づいていった。「ほんとのこと言うと、シャワーの話はほとんど嘘よ。ただ、彼とふたりきりにしてあげようとしただけ。あなたが気まずい思いをしてるのは見ればわかるわ。でなかったら、戸口に突っ立ってまごまごしてるわけがないもの。入るにしても入らないにしても、そうやって脅かすのをやめてくれるとうれしいんだけど」

殴られてもかまわないと思った。というより、このときはいらいらしていたし、疲れのあまりぼうっとしていて、たぶんまともにものが考えられなくなっていたのだろう。

「それで、どうするの」彼女は畳みかけた。

ヴァンパイアは、なかに入ってきてドアを閉じた。と、急に部屋が冷えてきた。彼の殺気には実体があるのか、それが漂ってきて彼女の肌を手のようになぶった。ドアのロックがかちりとかかる音がし、メアリは恐ろしくなった。

「おれのせいじゃない」彼はサテンのような声で言った。

「えっ？」のどが詰まりそうだ。

「おれは脅かしてない。おまえが勝手にこわがってるんだ」にやりとした。牙がとても長い。レイジの牙より長い。「こわがってるのがにおいでわかる。塗り立てのペンキのにおいみたいに、鼻につんとくる」

メアリがあとじさると、彼はそれを追って前進してくる。

「うん……いいにおいだ。初めて会ったときから、おまえはいいにおいがすると思ってたんだ」

彼女は足を速めた。片手を後ろに伸ばし、そろそろベッドに触れるころだと思ったが、からまってきたのは窓のどっしりしたカーテンだった。

傷痕のあるヴァンパイアに追いつめられた。その骨格にはレイジほどの筋肉こそついていないが、素手で人を殺す力があるのはまちがいなかった。その冷たい目を見るだけで、そのことはいやというほどわかる。

自分をののしりながら、メアリはうなだれて負けを認めた。向こうに害意があれば、彼女にはそれを防ぐ手だてはないし、いまの状態ではレイジにもそれは無理だ。くやしかった。自分の無力さに腹が立ったが、これはときにどうしようもない人生の現実だ。

ヴァンパイアがこちらに身をかがめてきて、彼女は縮みあがった。

彼は深々と息を吸い、それを長いため息に変えて吐き出した。

「シャワー浴びてこいよ。おれはあんときも、あいつを痛めつけたいとは思ってなかったし、それはいまだっておんなじだ。それに、おまえに手出ししようとも思ってねえ。おまえになんかあったら、あいつはいまよりずっと苦しいだろうからな」

彼がこちらに背を向けると、彼女は全身の力が抜けたようだった。そのとき、彼がレイジのようすを見てびくりとするのがわかった。

「あなた、なんて名前？」彼女はつぶやくように尋ねた。

彼はこちらを見てまゆをあげたが、すぐにまた兄弟のほうに目を向けた。「まだ思いついてなかったんなら教えてやるよ、悪党とでも呼んだらいい」

「名前を訊いたのよ、あだ名じゃなくて」

「ほんとは、悪気があるってよりゃ性分なんだけどな。ザディストだよ。名前はザディスト」

「そう……ザディスト、どうも初めまして」

「礼儀正しいことで」あざけるように言った。

「いいわ、それじゃこれでどう？　彼を、それから今度はわたしを殺さないでくれてどうもありがとう。これならご満足かしら」

ザディストはこちらをふり向いた。彼のまぶたはブラインドのようで、そのすきまをすり抜けてこられるのは、冷たい夜のような目の光のごく一部だった。短く切った髪と傷痕のせいもあって、まさに暴力の権化に見えた。暴力と殺気、それに苦痛が形をとったかのようだ。ただ、ろうそくの光で彼がこちらを見たとき、その顔にわずかにぬくもりの気配がよぎった。だがそれはあまりにかすかで、なぜそれに気がついたのか自分でもわからなかった。

彼はささやくように言った。「おまえ、大した女だな」彼女がなにも言えずにいるうちに、向こうが片手をあげた。「行けよ。兄弟とふたりにしてくれ」

それ以上はなにも言わず、メアリはバスルームに入った。長いことシャワーを浴びているうちに、指がふやけてしわが寄ってきた。湯気のこもる空気は、もうクリームさながらにしっとりと重い。シャワーを出ると、さっき脱いだ服をそのまま着た（着替えを持ってこなかったのだ）。寝室に出るドアをそっとあける。

ザディストはベッドに腰をおろしていた。広い肩をすぼめ、両手を自分の腰に巻きつけていた。眠るレイジにかがみ込んで、身体に触れずにできるだけ身を寄せようとしている。前後に身体を揺らしていると思ったら、かすかなやさしい歌声が漂っていた。

ヴァンパイアが歌を歌っている。彼の声は高く低く響き、何オクターヴもはねあがりはねおりて、高くのぼりつめたかと思うと低く沈み入る。美しい。純粋な美。レイジはくつろいで、見たこともないような安らかな顔で眠っていた。

メアリはそそくさと部屋を突っ切って、廊下に出ていった。いまは兄弟ふたりの邪魔をしたくない。

31

翌日の午後にレイジは目覚めた。なにはさておき、目を閉じたまま手を伸ばしてメアリを探したが、その手を途中で止めた。あの炎がまた燃えあがっては困る。この状態では、あれを押さえつけておける自信がなかった。

目をあけ、顔を横に向けた。メアリはベッドに並んで横たわり、うつぶせの格好で眠っていた。

今度もまた、必要としているときに必要な世話をしてもらった。彼女はなにものにもひるまない強さを持ち、兄弟たちに立ち向かうことさえいとわなかった。

込みあげる愛情に、胸がいっぱいになって息が詰まった。

手を自分の胸に持っていき、彼女が貼ってくれたガーゼパッドにさわってみた。そろそろと、一枚一枚剝がしていく。傷は治っているようだ。すでにふさがって、痛みもなくなっていた。明日にはピンクの筋が残るだけになり、明後日にはすっかり消えているだろう。

考えてみると、このところ彼の身体はかなりのストレスを受けている。まず変身があったし、メアリのことで感情が激しく高ぶり、日の光を浴び、むち打ちを受けた。近いうちに血を飲まなくてはならなくなるだろう。飢えが襲ってくる前にすませておきたかった。

身を養うについては、レイジは几帳面《きちょうめん》だった。兄弟たちはたいてい、ぎりぎりまで飢えを我慢しようとする。それにつきものの濃密な関わりが面倒だからだ。しかし、レイジはそんな愚は犯さなかった。なにしろ、あのけものが血に飢えたりしたら――

ちょっと待て。

深く息を吸ってみた。信じられない……からっぽだ。ブーンという背景音がしない。居ても立ってもいられないあのむずむずがない。あの炎を感じない。いまはメアリのすぐそばに寝ているというのに。

これは……いま、彼のなかには彼しかいない。彼自身しかいない。〈書の聖母〉の呪いが消えている。

ああそうか。〝ライズ〟のさいに変身が起きないように、一時的に取り除いてくれたのだ。そのうえに、回復するまでどうやら休息を与えてくれているらしい。この一時免除はどれぐらい続くのだろう。

レイジはゆっくり息を吐いた。鼻から空気が抜けていく。身内に深く沈み込んでいき、この完璧な平和を心ゆくまで味わった。天上の静けさ。その不在の途方もない大きさ。

一世紀ぶりだ。

声をあげて泣きだしそうだった。

メアリが目を覚ましたとき、泣いている最中だとみっともないから、用心のため両手で目をおおった。

ほかの連中は、どれだけ幸運なことかわかっているだろうか。こんな時間、この轟《とどろ》くほどに静かな時間を持てることが。呪いをかけられる前には、彼自身これほどありがたいものだとは思っていなかった。気づいてさえいなかった。たとえ気づいたときがあったとしても、たんに寝返りを打ってまた眠り込むだけだっただろう。

「気分はどう？　なにか欲しいものはない？」

メアリの声を聞いて、彼はあのエネルギーの高波にそなえてはっと身構えた。だが、なにも起きなかった。感じるのは、ただ胸のなかの温かい輝き――呪いという混沌《こんとん》から解放された愛の輝きだけだ。

顔をこすり、メアリに目をやった。愛《いと》しさがどうしようもなく高まり、この静かな暗がりのなか、メアリのことを恐ろしいとすら思った。

「メアリ、きみを抱きたい。いますぐ。きみのなかに入りたい」

「じゃあキスして」

彼女を抱き寄せた。Tシャツ一枚だったので、手をその下に滑り込ませ、腰に両手をまわした。すでに固くなって、いつでも入れる態勢だ。ねじ伏せねばならないものがなにもないいま、彼女を愛撫するのは至上の歓びだった。

「いますぐ欲しい」と言って、ベッドからシーツも毛布もむしりとった。彼女の身体をすみずみまで見たい。全身くまなく触れたい。その邪魔になるものはなんであれ我慢できない。

彼女のTシャツを頭から脱がせると、意志の力で部屋じゅうのろうそくに火をつけた。その黄金色の光を浴びた彼女はまぶしく輝いていた。首をこちらにひねって、あの灰色の目で彼を見あげている。すでに乳房の先端が張りつめて、ピンクの乳首の下でクリームのように白く盛りあがっている。腹部は平らだった。少し平らすぎると心配になる。しかし、腰の張り、それになめらかな脚は完璧だ。

そしてへその下、脚と脚の合わせ目、このうえなく甘いあの……

「メアリ」ささやきながら、彼女の身体のここにも、そこにも触れたいと、それぱかり思っていた。

彼女の脚にまたがる格好になったとき、股間のものはまっすぐ起きあがり、どっしりと誇らしげに存在を主張していた。しかし、メアリの肌にかがみ込もうとしたとき、ひと息早く両手でそれをにぎられて、全身に震えが走った。どっと汗が噴き出してくる。彼女に触れられている。それを見ながら、しばしわれを忘れ、純粋な欲望に、混じりけのないエクスタシーに身を任せた。

メアリが起きあがった。どこへ行こうというのだろう。「メアリ?」

彼女の唇が分かれて、彼を口に含んだ。

レイジはあえぎ、引っくりかえりそうになるのを両腕を突っ張って支えた。「メアリ……」

呪いがかけられてからというもの、おおぜいの女を抱いてきたが、向こうから彼に挑ませたことはいちどもなかった。望んでいなかったのだ。腰から上にさわられるのはいやだったし、腰から下は言うまでもない。

だが、メアリはべつだ。

彼女の温かい口に吸われていると、というよりも吸っているのが彼女だと思うと、抵抗する力も失せ、いまはなすがままだった。彼女の目がこちらを見あげ、与えられた快楽に彼が漂うさまを見守っている。マットレスにぐったりと身体を沈めると、彼女は彼の上に這いあがり、腿をのぼってくる。その頭を両手で抱き、彼女がリズムをつかむと、身を彼女の口に向かってのけぞらせた。

限界を越える一歩手前で、彼は腰を引いた。まだいきたくない。

「こっちにおいで」と彼女を腹から胸の上に引きあげると、体《たい》を入れ換えて上におおいかぶさった。「きみのなかで果てたい」

キスをしながら、片手を彼女ののどに置き、その手をおろしていって、心臓の上で止めた。鼓動が速い。頭を下げ、唇を胸骨に押し当て、乳房に向かってキスをしていく。彼女を吸いながら、片腕を肩甲骨の下にまわし、口もとにさらに抱き寄せた。

彼女はのどの奥で身もとろけそうな声をあげた。悩ましいあえぎに、顔が見たくて彼は頭をあげた。彼女は目を閉じ、歯を食いしばっている。キスをしながらへそまでおりていき、しばらく時間をかけてなめ、それから腰へ移動した。彼女を腹這いにさせて脚を開かせ、手のひらで花芯をおおった。なめらかなうるおいが手に広がり、その感触に震えながら、腰に、背中にキスをしていく。

指をなかにすべり込ませ、剝き出した牙で背筋を下から上へなぞった。

メアリはうめき、身体を丸めて彼の歯に押しつけてくる。

肩まで来ていったん止まった。鼻を押しつけて髪の毛をどける。あらわになった首筋に、思わずうなり声が漏れた。

彼女がびくりと身をこわばらせる。「こわがらないでくれよ、メアリ。痛い思いはさせないから」

「こわくはないわ」腰を動かし、熱くうるおった部分で彼の手を締めつけてくる。

情欲に全身を貫かれて、レイジは猫のようにうなった。あえぎはじめていたが、不安は感じなかった。みょうな振動は起きないし、おぞましいブーンも聞こえない。ただふたりきりだ。ふたりきりで愛しあっている。

ただ、ほかにも欲しくてたまらないものがある。

「メアリ、怒らないで聞いてくれ」

「なに？」

「きみの……きみの血が飲みたい」耳もとでささやいた。

彼女は震えたが、指を差し入れている部分に熱いものがあふれるのがわかった。これは快感の震えだ。

「ほんとに……飲みたいの？」彼女は言った。

「もちろん」口を彼女の首すじに近づけた。肌を吸うと、ますます飲みたくなる。「きみの首に牙を立てたい」

「どんな感じかしらって、ずっと思ってたのよ」彼女の声は興奮にかすれていた。まさか、ほんとうに許してくれるつもりだろうか。「痛いの？」

「最初はほんの少し痛いけど、そのあとは……セックスみたいな感じだ。きみをおれのなかに取り込むとき、その快感がきみにも伝わる。それに、じゅうぶん気をつけるよ。やさしくする」

「わかってるわ」

情欲の奔流《ほんりゅう》が全身を駆けめぐり、牙が伸びてきた。彼女の首にそれを沈めることを想像した。吸いつき、飲み込む。その味。そしてそのあとは、彼女がこちらに同じことをして、お互いに交感しあうのだ。たっぷり養ってやりたい。好きなだけ飲ませて――

彼女が同じことをする?

レイジははっと身を引いた。いったいなにを考えてるんだ。気でも狂ったか、メアリは人間なんだぞ。身を養ったりしないんだ。

うなだれて、ひたいを彼女の肩に当てた。そして思い出した。彼女は人間で、おまけに病気なのだ。彼は唇をなめ、牙をなだめすかして引っ込めようとした。

「レイジ? どうして……その……」

「やめといたほうがいいと思う」

「わたしはこわくないわ、はんとよ」

「メアリ、わかってるさ。きみにはこわいものなんかない」その勇気もまた、彼がメアリと結びついた理由のひとつなのだ。「だけど、きみの身体をいとおしむほうがいい、もともと無理なことを要求するより」

すばやい身のこなしで起きあがり、彼女の腰を持ちあげ、後ろから入って深くすべり込ませた。熱いものが彼の身内で渦を巻き、侵入されて彼女が身をのけぞらせる。片腕を彼女の乳房のあいだに通し、のけぞった上体を支えた。手で彼女のあごを持ってこちらを向かせ、顔を寄せてキスをした。

熱く切迫した息を口に感じながら、ゆっくりと彼女の奥から抜いた。ふたたび激しく突き入れ、ふたりともにうめき声を漏らす。彼女は信じられないほどきつくて、万力《まんりき》のように締めあげてくる。さらに二度、もう少し抑え気味に突いたが、ついに理性の抑えがきかなくなり、腰がそれ自身の意志を持つかのように動きだして、彼女の唇に唇を重ねていられなくなった。両手で彼女の腰をつかみ、しっかり支えながら激しく突いた。

メアリは胸をベッドに落とし、顔を横に向けた。唇は開き、目は閉じている。彼は腰から手を放すと、両手をこぶしにして彼女の肩の外側についた。こぶしがマットレスに深く埋まる。彼の下で彼女はいかにも小さく、腕の太さにくらべるとますますはかなげに見えた。そのいっぽうで、彼女は先端から根もとまで深々と受け入れ、何度もくりかえし呑まれるうちに、彼はやがてすべてを忘れた。

なんの前触れもなく、手に快い痛みを感じた。見おろすと、彼女が腕に巻きついていた。親指の根もとに口を寄せて嚙みついている。

「もっと強く、メアリ」彼はかすれた声で言った。「そうだ、嚙んでくれ……力いっぱい」

彼女の歯が食い込んでくる、その小さな痛みの爆発に、彼の快感は天井を突き抜け、果てる一歩手前まで昇りつめていく。

しかし、ここで終わるわけにはいかない。

いったん抜いて、すばやく彼女を仰向けにした。背中をマットレスに預けて、彼女は両脚を広げたまま投げ出している。閉じる力がもう残っていないかのように。彼の前に身体を開いている姿、彼のためにうるおっている姿、彼によって充血している姿を目にして、あやうく彼女の腿にぶちまけてしまいそうになった。頭を下げて、さっきまで入っていた部分にキスをする。かすかに感じるのは彼自身の味――彼女の身体じゅうについている、あのしるしの味だった。

絶頂に達して、彼女があられもなく声をあげる。その戦慄が消えないうちに、彼女の上におおいかぶさり、また貫いた。

メアリは彼の名を呼び、背中に爪で溝を刻んだ。

彼女のうっとりと見開かれた目をのぞき込みながら、ついに抑えに抑えていたものを解き放った。抑制の必要はない。何度も何度も解き放ち、彼女のなかに注ぎ込む。オルガスムスははてなく続き、次々に押し寄せる波に翻弄される。エクスタシーには終わるときがないかのようだった。止めようにも止められない。

かりに止める力があったとしても、止めようとはしなかっただろうが。

メアリはレイジにしがみついていた。彼がまた震え、全身が引きつれ、息がどっと吐き出される。胸の奥深くでうめき、びくりとして、またなかで達するのがわかった。

情交というにはあまりに荒々しかった。彼女は完全に落ち着いていたが、彼のはうはくりかえしオルガスムスに達して快感に悶えている。情欲にも気を散らすことなく、彼の肉体のわずかな変化も、ずしりと響くひと突きひと突きも、彼女はすべて感じとっていた。彼の次の絶頂がいつ来るか正確にわかる。おなかと腿の筋肉が痙攣する。そのときが来るとはっと息を呑み、胸と肩が引き締まると同時に腰を突きあげてきて、また噴出のときが来る。

今回、彼はふと頭をあげた。唇はめくれて牙が剝き出しになり、目はぎゅっとつぶっている。全身の筋肉が収縮し、張りつめている。奥で彼が動くのを感じる。

彼は目をあけた。焦点が合っていない。

「ごめん、メアリ」また痙攣に襲われながらも、こらえて言葉を絞り出そうとしている。

「こんなことは……いままで……一度も……止まらないんだ。ちくしょう」

のどの奥から漏れてくる声は、謝罪の言葉と快感のうめきがないまぜになっていた。

微笑みかけながら、メアリは両手で彼のなめらかな背中をなで、彼の下半身がふたたび突きあげてきたとき、分厚い筋肉に締めつけられて彼の骨がきしむのを感じた。彼女の脚のあいだは完全に満たされ、彼からあふれ出る豊かな熱で快くほてっている。彼がきずなを結んだときの、あのえも言われぬ香りが濃厚に垂れ込め、苦みのある芳香が彼女を包んでいた。

彼は両腕を突っ張って身体を起こし、抜こうとするようなしぐさをみせた。

「どこへ行く気？」メアリは彼の腰に脚を巻きつけた。

「きみが……苦しいと思って」またあえぎながら息を呑むと、のどの奥でうなるような音に変わる。

「わたしは大丈夫よ」

「ああ、メアリ……こんな……」彼はまた弓なりになり、胸を突き出し、頭を落とし、首を緊張させ、肩が盛りあがる。なんて絵になる肉体だろう。

いきなり彼はぐったりとくずおれた。のしかかったまま完全に脱力している。その重みは尋常でなく、それを支えたままでは息もできなかった。幸い、まもなく彼は横にころがって彼女を抱き寄せた。彼の胸の奥で心臓が激しく打っている。それが鎮まっていくのが聞きとれた。

「痛くなかった?」かすれ声で尋ねてくる。

「ちっとも」

彼はキスをすると身体を引いて、おぼつかない足どりでバスルームに向かった。タオルを持って戻ってきて、そっと彼女の脚のあいだを拭いた。

「シャワーを出しとこうか」彼が言った。「その、ちょっと汚しちゃったから」

「汚くなんかないわ。それと、シャワーはまだいいの。こうして寝ていたいから」

「なんでこんなことになったのかわからない」彼はまゆをひそめて、落としたシーツや毛布をベッドの上に引きあげ、ふたりの上にかけた。「ただ……そうだな、わかるような気もする」

「理由はともかく、とってもすてきだったわ」彼のあごに唇を押し当てた。「言葉にできないぐらい」

ふたりは並んで横たわったまま、しばらく黙っていた。

「メアリ、あのさ、このところ、おれの身体はいろんな目にあってきたんだ」

「そうね」

「だから、その……健康管理が必要なんだよ」

口調がどこかおかしい。顔をあげて彼に目を向けた。天井をにらんでいる。

冷たいものが背筋を走った。「どういうこと?」

「身を養わなくちゃならないんだ。一族の女の血で」

「ああ……」彼の牙に背筋をなぞられたときのことを思い出した。首を吸われたときのあの戦慄を思い出した。彼が出ていった夜のことが暗い影を落とし、すっと胸が冷えた。あんな思いはもうしたくない。彼がほかの女性と寝ていると知りながら、彼のベッドで帰りを待つなんて。

彼はメアリの両手をとった。「メアリ、自分で自分を抑えられなくなる前に、早めに身を養っておきたいんだ。それで、そのときはきみにもその場にいてもらいたいんだよ。見ていたくなかったら、同じ部屋にいてくれるだけでもいい。その相手とおかしなことがあったんじゃないかとか、きみにほんの少しでも疑ってほしくないから」

「だれから」――咳払いをして――「だれからもらうの？」

「それも考えてあるんだ。これまで関係を持った相手には頼みたくないし」

そうすると、ずいぶん選択の幅が狭まるんじゃないの？　候補者は五人か六人しか残らなかったりして。

メアリは首をふった。こんな意地の悪いことを考えるなんて。

「〈巫女〉たちに頼もうと思うんだ」

よぼよぼのおばあさんたちだといいけど、と思いながら、「〈巫女〉って？」

「基本的に〈書の聖母〉っていう神に仕える集団なんだけど、連れあいのいない〈兄弟団〉のメンバーに、血を提供してくれてた時期があるんだ。最近ではそういうことはしなくなってるけど、連絡してみて、頼めないか訊いてみようと思ってる」

「いつ？」

「できるだけ早く。たぶん明日の夜には」

「そのころには、わたしはここにいないわ」彼の表情が曇るのがわかったが、口をはさむひまを与えず、「そろそろ帰らなくちゃ」

「ばか言うなよ」

「レイジ、冷静になってよ。わたしがずっとここであなたと暮らせるなんて、まさか本気で思ってるの？」

「ああ、思ってるさ。それがおれの望みなんだから」

「でもね、わたしにだって家があるし、持ちものもあるし――」

「こっちに持ってくればいい。なにもかも」

彼女は首をふった。「家に帰らなくちゃならないのよ」

「あそこは危険だ」

「それじゃ、危険を防げるようにするしかないわね。警報装置をつけるとか、銃の扱いを習うとか。よくわからないけど。でも、ともかくわたしにもわたしの生活があるのよ」

彼は目を閉じた。

「レイジ、目をあけて、こっちを見てよ」と彼の手をぎゅっとにぎった。「わたしにはやらなくちゃいけないことがあるのよ。自分の世界に」

彼は唇を一文字に結んだ。「ヴィシャスに頼んで、きみの家に警報装置を取り付けてもらおう」

「ええ」

「それから、ときどきはここに泊まりに来てくれるよな」

彼女は大きく息を吸った。「もしノーと言ったら？」

「そのときは、おれがきみのところへ行く」

「それはどうかと思——」

「前にも言っただろ。あれこれ考えるのはやめろよ」

唇を重ねてきた。しかし、舌が入ってきて理性的にものが考えられなくなる前に、メアリは彼を押し返した。

「レイジ、どうにもならないのはわかってるはずよ。その……わたしたちがどんな関係だとしても。うまくいかないわ。無理よ」

彼はごろりと仰向けになって、片腕を頭の下に入れた。あごが引き締まり、首の腱が浮き出ている。

こんな別れかたはしたくなかった。べつの方法があればと思う。しかし、なにもかもはっきりさせておいたほうがいい。「こんなによくしてもらって、ほんとに感謝してるわ。わたしを守るためにあんな犠牲まで——」

「おれが出ていった晩、なんであんなに怒ってたんだ」

「えっ？」

「おれがほかの女と寝たのをなんであんなに気にしたんだ。それとも、ちょっと荒っぽいセックスがしてみたくて、その口実が必要だっただけなのか」目をこちらに向けて、彼女の視線をとらえた。青い目がネオンのように輝き、見つめているとまぶしいほどだ。「言っとくけど、この次きついやつがしたくなったときは、ひとことそう言ってくれればいい。口実なんかなくてもおんなじようにプレイできる」

ああ、なんてこと。こんなに怒らせるつもりはなかったのに。「レイジ――」

「あのさ、あれはすごくよかったよ。きみに奴隷みたいに扱われて興奮したよ。サディスティックなところもよかった。おれの口を噛んだとき、唇をなめておれの血の味を確かめてただろ。滅茶苦茶に興奮したよ」

その冷たい口調が胸にこたえた。よそよそしく光る目はなお悪い。

「ごめんなさい、でも――」

「じつを言うと、いまもう固くなってきてるんだ、あのときのことを思い出しただけで。驚きだよな、この二十分、さんざんやったあとなのに」

「わたしたちにどんな未来があると思ってるの?」

「そんなことわかるもんか。だけど、ともかく夜が来るまではここにいるんだろ。家に帰るのにおれに送らせなきゃならないもんな。それじゃちょっと待っててくれ、またやれるかどうかいま確認するから。きみの大事な時間をむだにしたくないもんな」上掛けのなかに手を突っ込んで、「あきれたね、きみは大したもんだ。野球のバットみたいに固くなってる」

「ねえ、これからの半年、わたしがどうなるかわかってる?」

「いや、おれにはどうせ知りようもないんだろ。さあ、またセックスしようぜ。きみがおれに望んでるのはそれだけだもんな。なにしろおれはみじめったらしい負け犬で、きみに相手してもらえるならなんでもするんだから、さっさと仕事にかからなくちゃな」

「レイジったら！」彼に話を聞かせようとして、メアリは大声を出した。

「メアリったら！」と口まねをする。「悪かったな、べらべらしゃべりすぎたかな。しゃべってないで、その口をべつのことに使ってほしいんだろ。口に重ねようか、それとも胸のほうがいいか。いや、もっと下だな。そうだ、下のほうがいいだろ。きみを喜ばせる方法ならちゃんとわかってるんだ」

メアリは両手で顔をおおった。「こんな別れかたはしたくないわ。喧嘩別れなんて」

「それでも決心は変わらないんだろ。そうだよな、きみの強さは超人的だもんな。ここを出て、自分の世界に戻って――」

「そうよ、戻って病気になるのよ！　あなたと別れて病気になりに帰るの、わかった？　明日は病院に行くの。家に帰ったって、楽しいパーティが待ってるわけじゃないのよ」

レイジは彼女をまじまじと見つめた。「きみにとって、おれはそんなにつまらない男なのか。おれはきみのそばについてることもできないのか」

「えっ？」

「おれには看病もさせてくれないのか」

メアリは思い出していた――苦しむ彼を見ているのが、痛みを楽にしてやれないのがどんなにつらかったか。

「どうしてそんなことをしたいと思うの」彼女はささやいた。

レイジは口をぽかんとあけた。ひっぱたかれでもしたように。

いきなりベッドから飛び出した。「そうか、わかったよ。勝手にしろ」

長い脚をレザーパンツに突っ込み、たんすからTシャツをつかみ出した。

「荷物をまとめろよ。もう野良犬に我慢してつきあうこともないさ」腕をシャツのそでに通し、頭からかぶった。「Vに頼んで、超特急できみの家に警報装置を取り付けてもらう。長くはかからないだろうから、それまでどこかほかの部屋で寝てればいい。〝ドゲン〟に頼めばべつの部屋に案内してくれる」

メアリはベッドから飛びおりたが、彼のそばへ行く前に、険しいひとにらみで脚がすくみ、身動きできなくなった。

「ああ、メアリ、これも自業自得《じごうじとく》ってやつだよな。当然の報いさ。おおぜいの女に同じことをしてきたんだもんな。ろくに目もくれずに放り出してきたんだ」彼はドアをあけた。「もっとも、おれにやられた女たちは運がよかったよ。少なくともぜんぜん憶えてないんだから。いますぐきみのことを忘れられるんだったら、どんなことでもする。どんなことでも」

ドアを力まかせに閉じていくかと思ったが、そんなことはしなかった。ただ、しっかり閉めて出ていった。

32

Oは男のヴァンパイアにかがみ込み、万力を締めた。ダウンタウンの〈スクリーマーズ〉わきの路地で誘拐してここへ連れてきたのだが、これまでのところ、この完成したばかりの情報収集センターは文句なく機能している。そしてまた、このヴァンパイアのおかげで仕事もかなりはかどりそうだった。なんと、〈兄弟団〉とわずかながら接触があったのだ。

ふつうなら、Oはほとんど勃起に近い興奮を味わっていていいところだった。それなのに、ヴァンパイアが冷や汗を流して震えているさま、うつろな目を力なくさまよわせているさまを見ていると、〈オメガ〉にいたぶられている自分を見ているような気がしてくる。あの重い身体に組み敷かれて。あの無力感。相手のなすがままで。あの苦痛。

その恐怖の記憶は沈泥のように肺を詰まらせ、Oは目をそらさずにいられなかった。ヴァンパイアがうめくのを聞くと、小娘のように耳をふさぎたくなる。

ちくしょう、しゃんとしろよ。

Oは咳払いをした。無理に息を吸った。「それで、その……おまえの姉ちゃんは、〈兄弟団〉とはどういうつきあいなんだ」

「セックスを……してる」

「どこで」

「さあ」

「もっとよく考えてみろよ」Ｏはもう少し万力を締めつけた。

ヴァンパイアは悲鳴をあげた。大きく見ひらかれた目が、薄暗い室内をふらふらとさまよう。また気を失いかけている。Ｏは万力をゆるめた。

「どこで会ってるんだ」

「ケイスはいろんなバーに行ってる」ヴァンパイアは弱々しく咳き込んだ。「〈ゼロ・サム〉とか、〈スクリーマーズ〉とか。こないだは〈ワン・アイ〉に行ってた」

「〈ワン・アイ〉だと?」変だな。かなり辺鄙《へんぴ》な場所にある店だ。

「頼むよ、もう帰らせてくれよ。親が心配――」

「そりゃ心配してるだろう。当然な」Ｏは首をふった。「しかし帰すわけにはいかねえんだよ。いまはまだな」

未来永劫《えいごう》だ。だが、そんなことを教えてやる必要はない。

Ｏは万力をまた締めつけた。「それで、おまえの姉ちゃんの名前はなんだって?」

「ケイス」

「どの兄弟とやってるんだ」

「よく知らな……あごひげのあるの。ヴィシャスとかいう。ほんとはブロンドのが好きなんだけど……してくれないんだって」

化物が出てきたときの、あのブロンドの戦士だろうか。「姉ちゃんが、そのブロンドに最後に会ったのはいつだ」

　意味のわからない言葉がこぼれてきた。

「なんだって？　聞こえなかったぞ」

　ヴァンパイアは口をきこうとしたが、ふいに全身を痙攣させ、口を大きく開いた。窒息しかけているかのように。

「大げさだな」Oはつぶやいた。「そこまで痛いわけがない」

　くそ、この万力の拷問は子供のお遊びのようなものだ。生命に関わるレベルにはほど遠い。ところが、十分後にはヴァンパイアは死んでいた。そばに突っ立って死体を見おろしながら、いったいなにが起きたのかとOは首をひねっていた。

　情報収集センターのドアが開いて、Uが入ってきた。「今夜の首尾は？」

「こいつ、くたばっちまった。なんでかさっぱりわからん。まだ始めたばっかりだったのに」

　Oはヴァンパイアの手から万力をはずし、道具置場に放り込んだ。台の上にだらりと伸びた肉の塊を見るうちに、急にひどい吐き気がしてきた。

「骨が折れたんなら、たぶん血栓ができたんだろう」

「えっ……なんだって。ああ、そうか――いや、ちょっと待て。指の骨でか？　腿の骨ならわかるが、手を締めあげてただけだぞ」

「それは関係ない。血栓はどこでもできるんだ。それが肺までたどり着いてそこで詰まったら、それで一巻の終わりさ」

「そう言や、息が苦しそうだったな」

「だったら、たぶんまちがいない」

「また最悪のタイミングで起きたもんだ。こいつの姉貴が〈兄弟団〉のやつらとやってるらしいんだが、くわしいことは聞き出せなかった」

「家の住所は？」

「だめだ。このばか、おれが見つける前に札入れを盗まれててな。酔っぱらって路地で身ぐるみはがれやがって。ただ、いくつか店の名前を言ってたな。ダウンタウンのいつものクラブだが、田舎のバーがひとつ混じってた。〈ワン・アイ〉だ」

Uはまゆをひそめながら、銃を取り出して薬室《チェンバー》をあらためた。「拷問をやめてほしさに、適当なことをしゃべったんじゃないのか。〈ワン・アイ〉ならここからそう遠くない。あの兄弟どもは都会の住人だろ。つまり、いつもそういうとこで見かけるじゃないか」

「あっちがそういう場所でしか姿をさらさないだけだ。どこに住んでるのかはまるでわからねえ」Oは死体に目を向けて首をふった。「ちくしょう、くたばる前になんか言ってたんだが。ぜんぜん意味がわからなかった」

「こいつらの言葉は厄介だからな。通訳がいればいいんだが」

「無茶言うな」

Uは室内を見まわした。「それで、この建物の使い勝手はどうだ」

そっちが本題か。

「完璧だ」Oは言った。「しばらくあの穴にこいつを入れといて、正気づくまで待ってたんだ。あのハーネスは使えるな」Oは、死んだヴァンパイアの腕を持ちあげて胸にのせかけ、その下になっていたステンレスの板を指でこつこつ叩いた。「それに、この台はおあつらえ向きだ。排水孔があるし、拘束具もついてるし」

「ああ、たぶん気に入ると思ってたよ。死体保管所から盗んできたんだ」

「考えたな」

Uは弾薬の保管に使っている耐火収納庫に歩いていった。「弾丸《たま》を多少もらっていいか」

「そのためにあるんだからな」

Uは手のひら大の厚紙の箱を取り出した。〝レミントン〟と書かれている。クリップに弾丸を装塡《そうてん》しながら、「ところで、ミスターXがここの指揮管理をあんたに任せたって聞いたんだが」

「ああ、鍵はおれが預かってる」

「そうか、ならここの運営は安心だな」

言うまでもなく、この特権は無条件に与えられたわけではない。ミスターXは、Oがここに住むことを要求した。しかし、これは納得できないことではない。数日にわたってヴァンパイアをここで生かしておくつもりなら、だれかが監視していなくてはならない。

Oは拷問台に横向きに寄りかかった。「ミスターXがもうすぐ発表するはずだが、主要部隊《プライム》の運営法が変わる。各部隊をふたりずつに分けてペアを組ませるんだと。おれが最初に選んでいいことになってるんだが、あんたを選びたい」

Uは笑顔になって、弾薬の箱の蓋を閉じた。「おれはカナダで罠猟師をしてたんだ。言ったことなかったよな。一八二〇年代の話だ。野山に出てるのが好きだった。獲物をつかまえてな」

Oはうなずいた。自分が熱意を失う前だったら、Uとは息の合ったパートナーになれただろうと思った。

「それで、あんたとXの話はほんとなのか」Uが尋ねた。

「なんのことだ」

「あんたが最近〈オメガ〉に会ったって聞いたんだが」その名を聞いてOの目が光ったとき、Uはそれに気づき、ありがたいことに完全に誤解した。「やっぱり、ほんとに会ったんだな。あんたはXの副官になるのか。今度のこれは、つまりその布石ってわけか」

腹のなかは吐き気の渦だったが、Oはそれでもつばを呑んだ。「そういうことは、センセイに訊いてくれ」

「ああ、そうだな。きっとそうするさ。なんでそう秘密にするんだかわからんが」

O自身もほかの〝レッサー〟と同様なにも知らないのだから、秘密にするもなにもなかった。

やれやれ。少し前だったら、副筆頭殲滅者《フォアレッサー》になれると思えばさぞうれしかっただろうに。

Uはドアに向かった。「それで、おれはいつから、どこであんたと組むことになるんだ?」

「いま、ここでだ」

「なんか考えがあるのか」

「またダウンタウンに戻る。今夜から生徒を集めて授業を始めるつもりだったのに、肝心の教科書を死なせちまったみたいだからな」

Uはうなずいた。「そうか、それじゃ図書館に行こう。べつのを借りてこんとな」


ダウンタウンのバーの路地をうろつきながら、レイジははけ口が見つかるよう祈っていた。冷たい雨に濡れていらいらしどおしで、怒りと苦悶が胸のなかで沸騰している。話しかけてもむだだと、ヴィシャスは二時間も前からあきらめていた。

またトレード通りに出てきたとき、ふたりは〈スクリーマーズ〉の正面入口のわきで立ち止まった。おおぜいの人間が、寒さに震えながらそわそわと開店を待っている。その人間たちのなかに、四人の一般ヴァンパイアも混じっていた。

「もういちどだけ訊くけどな、ハリウッド」Vは手巻き煙草に火をつけ、〈レッドソックス〉の帽子をかぶりなおした。「なんでそんなに黙りこくってるんだ。昨夜の傷はもう治ったんだろ」

「ああ、もう大丈夫だ」

レイジは路地の暗い片隅に目をこらした。

ああ、まったく大丈夫もいいとこだぜ。夜目がまるきりきかなくなり、どんなにまばたきをしても、いつもの鋭い視力はさっぱり戻ってこない。耳もいつものようには聴こえない。ふだんなら、一キロ半も離れた場所の音でさえ拾う耳なのだ。それがいまでは、クラブ前の列に並ぶ客たちの会話すら、必死で耳をそばだてなければ聞きとれなかった。

メアリとのいざこざで動揺しているのはたしかだ。愛する女から拒絶されれば、男はだれでもそうだろう。しかし、この変化は生理的なものだ。感情的なめめしい愚痴《ぐち》とは関係がない。

なにが問題なのかはわかっている。今夜は彼のなかにけものがいないのだ。

本来なら喜んでいいことのはずだった。たとえ一時的にでも化物を厄介払いできるのだから、いくらありがたがっても足りないくらいだ。ただ彼はどうやら、あの化物の鋭敏な本能にいつのまにか頼っていたらしい。まったく、自分にかけられた呪いと一種の共生関係ができあがっていたとは、この突然の寄る辺《べ》ない気分も合わせて、世界が引っくりかえるほどの驚きだった。もっとも、素手の接近戦の技量や、短剣を持つ手の速さと正確さに不安があるわけではない。頼るようになっていたのは、周囲の状況についてけものが伝えてくる情報だ。それに加えて、あのおぞましい怪物は恐るべき最後の切り札でもあった。たとえ万策尽きたとしても、あれが出てくれれば敵はいちころだ。

「おい、見ろよ」Vが言って、右手のほうにあごをしゃくった。

ふたり組の〝レッサー〟がトレード通りを歩いてくる。通り過ぎる車のヘッドライトに、白い髪が浮かびあがった。同じ糸に引かれるあやつり人形のように、ふたりの頭が同時にこちらを向いた。足どりがゆるみ、ついに止まった。

Vは煙草を捨て、ごついブーツで踏みつぶした。「ちくしょう、一戦やらかすには見物人が多すぎる」

〈ソサエティ〉のふたり組も同じことに気づいたらしく、攻撃しようとするそぶりは見せなかった。〈兄弟団〉と〝レッサー〟が守っている、奇妙な戦争作法に縛られているのだ。ホモ・サピエンスの前では自重しなくてはならない。秘密を守るために、これは不可欠なことだった。おおぜいの人間が見ている前でことに及ぶのは、どちらにとっても絶対に避けたい事態なのだ。

兄弟と〝レッサー〟がにらみあっているいっぽうで、あいだにはさまっている人間たちはまったく気づいていなかった。しかし、列に混じる一般ヴァンパイアたちは、状況を正確に理解していた。そわそわして、どう見ても浮足立っている。レイジは鋭い視線を飛ばしてかれらを釘付けにし、ゆっくり首をふってみせた。逃げるより、いまは人間たちに混じっているのがいちばんだ。このメッセージが通じてくれと、彼は祈るような気持ちだった。

しかし当然というべきか、四人はたまらず逃げだした。

〝レッサー〟たちはにたりと笑い、短距離走の花形選手さながら、ふたりそろって獲物を追って走りはじめた。

レイジとヴィシャスは即座にギヤを入れ換えて、全力疾走に入った。

愚かにも、若いヴァンパイアたちは路地に向かっていた。たぶん非実体化しようと思っているのだろう。それとも、たんにおびえて頭が働いていないだけか。いずれにしても、自分で自分の死亡率を劇的に高めている。氷雨のせいで、裏道に人間の姿はない。街灯もなければ、面する建物の壁には窓もない。〝レッサー〟がおおっぴらに仕事にかかるのを妨げるものはなにもないのだ。

レイジとVはいっそう足を速めた。ごついブーツがぬかるみを叩き、泥水を一面にまき散らす。殺し屋どもとの距離はしだいに縮まり、一般ヴァンパイアたちがつかまる前に仕留めることができそうに思えた。

レイジが右側の〝レッサー〟をつかまえようとしたそのとき、黒いトラックが前方のわき道からこの路地に進入してきて、濡れたアスファルトに横滑りしかけ、なんとか体勢を立て直した。トラックがスピードをゆるめた瞬間、〝レッサー〟ふたりは一般ヴァンパイアのひとりをつかまえた。と思うと、手荒に投げあげてトラックの荷台に放り込み、そこでくるりとこちらをふり返って戦闘態勢に入った。

「トラックはおれがやる」レイジは怒鳴った。

殺し屋ふたりをVに任せて、レイジは飛び出した。トラックはヴァンパイアを受け取るためにスピードを落としていたうえ、タイヤが横滑りして、おかげでさらに一秒か二秒の猶予が生まれた。しかし、駆け寄ると同時に〈F150〉は発進し、彼を置いてみるみる遠ざかろうとする。驚異の瞬発力でレイジは空中に身を躍らせ、あわやのところでトラックの荷台のふちをつかんだ。

しかし、濡れた金属に手がすべった。しっかりつかみなおそうとあせっていると、トラックのリアウィンドウが開き、銃口が突き出してきた。レイジは首をすくめ、弾丸の発射される鋭い音が聞こえるのを待った。しかし、銃口が狙ったのは一般ヴァンパイアのほうだった。彼は飛びおりようとしていたのだが、そこでぎくりと身体を揺らした。肩を押さえ、なにが起きたのかわからないようにあたりを見まわし、ゆっくりと荷台の床にくずおれた。

レイジはトラックの荷台から振り落とされ、落ちるときに身体をひねって背中から着地した。舗道に跳ね返され、勢いあまってすべったものの、レザーのトレンチコートのおかげでずたずたにならずにすんだ。

さっと跳ね起きたとき、トラックは遠くのかどを曲がって姿を消した。すさまじい悪態をつきながらも、くよくよ思い悩むようなことはせず、ただちにVの応援に駆け戻った。戦闘はいまも続いていた。それもかなりの接戦だった。相手は腕に覚えのある殺し屋どもで、新人にはほど遠かった。しかしVは一歩もひかず、短剣を手に余裕をもって戦っている。

レイジは手近の〝レッサー〟に襲いかかった。一般ヴァンパイアをトラックに連れ去られて頭に血がのぼっていたし、メアリのことでなにもかも面白くなかった。こぶしでめった打ちにし、骨を砕き、肉を引き裂いた。黒い返り血を顔に浴び、目にも入ったが、それでもやめなかった。しまいにVに引きはがされ、路地ぎわの壁に背中を押しつけられた。

「このくそ、なにしやがる!」レイジはVに飛びかかりそうになった。〝レッサー〟の前で通せんぼをしているからだ。

Vはトレンチコートのえりを片手でわしづかみにし、目を覚まさせようとレイジに平手を食わせた。「あの〝レッサー〟はもう死んでる。おれを見ろ、兄弟。あいつは地面に引っくりかえって、ぴくりともしてない」

「それがどうした!」身をふりほどこうともがいたが、Vはそれを押さえている——どうにか。

「レイジ、しっかりしろ、ちゃんと話をしろ。いったいどうした、兄弟、いつものおまえはどこに行った」

「おれはただ、あいつを殺さないと……どうしても……」だしぬけに、声にヒステリーの気配が忍び込んできた。「あいつらのやってることを……ふつうのヴァンパイアは応戦できないし……だから殺さないと……」なにを言っているのかわからなくなってきたが、その狂乱を止める方法が思いつかなかった。「あぁくそ、メアリを、あいつらが狙ってるんだ……あのヴァンパイアをつかまえたみたいに。メアリを連れていくんだ……V、ああ、くそ、兄弟……そうなったら、どうやってメアリを助けりゃいいんだ」

「よしよし、心配するな、ハリウッド。ちょっと落ち着こう、な」

Vはレイジの首に手を当てて、親指でレイジの頸《けい》静脈を上下にさすった。その鎮静効果のあるマッサージで、最初は少しずつ、やがては目に見えてレイジは落ち着いてきた。

「よくなったか」Vが尋ねる。

「ああ、よくなった」レイジは深く息を吸い、しばらく歩きまわった。〝レッサー〟の死体のそばへ戻り、ポケットをあさった。札入れと現金、それに拳銃……

しめた、これはついてる。

「見てみろよ、これ」彼はつぶやいた。「ミスター〈ブラックベリー〉を紹介するぜ」

その携帯端末を放ってやると、Vは小さく口笛を吹いた。「しぶいな」

レイジは短剣を鞘《さや》から抜さ、黒い刃を〝レッサー〟の胸に埋めた。ぽんと音と閃光を発して死体は崩れ去ったが、満足感はなかった。あいかわらず、わめきだしたいような泣きだしたいような気分が去らない。

Vとふたりで周辺をざっと見てまわった。どこも静まりかえっている。運がよければ、ほかの三人の一般ヴァンパイアはぶじ家に帰って、いまごろは過剰なアドレナリンのせいでぶるぶる震えているだろう。

「この〝レッサー〟たちの壺を取りに行きたい」レイジは言った。「おまえのやったやつからはなにか見つかったか」

Ｖが札入れをふってみせる。「運転免許証によれば、ラクロス通り一九五番だ。おまえのは？」

レイジは札入れをざっと眺めた。「なんにもなし。免許証もなし。なんでからの札入れを持ち歩いて——あれ。これは面白くなってきたぞ」

三×五インチ（約八×十三センチ）の索引カードがきれいにふたつに折り畳まれていた。開いてみると、ここからそう遠くない住所が書かれている。

「まずこっちを見に行ってから、ラクロス通りにまわろうぜ」

33

メアリが荷物をまとめるのを、フリッツは注意深く見守っていた。手伝いたくてしかたがないらしく、もぞもぞと左右の足に体重を移し変えている。自分のやるべき仕事をメアリにやらせていると感じて落ち着かないようだ。

「終わりました」しまいに彼女は言った。もっとも、気持ちの整理はまだ終わっていなかったが。

フリッツはやっと仕事ができたので笑顔になり、先に立ってバルコニーをまわり、館の裏庭に面した部屋に案内してくれた。これは認めなくてはならないが、執事は信じられないほど慎み深かった。彼女がレイジの部屋を出るのをおかしいと思っていたとしても、そんなそぶりはちらとも見せず、丁重《ていちょう》な態度はいままでと少しも変わらなかった。

ひとりになってから、メアリはこれからどうしようかと考えた。家には帰りたいが、彼女もばかではない。公園で襲ってきたあの化物たちは恐ろしかったし、どれほどプライバシーを求めていても、殺されてまでひとりでいたいとは思わない。それに、防犯システムを取り付けるのに時間はどれぐらいかかるのだろう。あのヴィシャスというひとが、いまごろやってくれているのだろうか。

明日の午後の病院の予約のことを考えた。それには行けるようにするとレイジは言っていたし、部屋を出るときはすっかり腹を立てていたとはいえ、病院に行くのを邪魔だてするはずがない。たぶんフリッツが連れていってくれるだろう。この館を案内されたとき聞いたのだが、彼は日中も出歩けるそうだから。

メアリはバッグに目をやった。二度と戻ってくるつもりはなかったが、レイジとあんなひどい仲たがいをしたまま出ていくことはできない。たぶん、今夜出かけたことで彼も少しは落ち着いているだろう。彼女自身も、いまならもっと理性的にふるまえると思う。

寝室のドアを少しあけたままにして、彼が戻ってきたらわかるようにした。それからベッドの上に座って待った。

いくらも経たないうちに、そわそわと落ち着かなくなってきて、電話を手にとっていた。ベラが出てくれたときは、友だちの声が聞けてほっとした。しばらく他愛のないおしゃべりをしたあと、覚悟を決めて、家に警報装置を取り付けてもらったらすぐに戻ると話した。ベラがくわしく詮索しようとしないのがありがたい。

しばらく話すうちに、ふと長い間があいて、「その、メアリ、訊きたいことがあるんだけど」

「なあに」

「ほかの戦士にも会った？」

「ええ、何人か。ただ、全員と会えたかどうかはわからないけど」

「それでその……顔に傷痕のある戦士には会った？」

「ザディストね。名前はザディストっていうんだって」

「ああ、そうなの。それで、その……」

「なに？」

「その、その戦士のことはいろいろ聞くのよ。こわいってうわさになってるの」

「そうでしょうね。でもね、そんなに悪いひとじゃないような気がするわ。だけどなぜ？なにか気になることでもあるの？」

「いえ、とくに理由はないのよ」


午前一時、ジョン・マシューは〈ヰーズ〉を出て自宅に向かっていた。トールメントはまだ来ない。もう来ないのかも。彼に連れていってもらえるチャンスは、もう失われてしまったのだろうか。

寒い夜だった。歩きながらジョンは頭がおかしくなりそうだった。あのアパートをどうしても出たい——というより、出なくては危ないという気がしてくる。恐怖がつのるあまり、夢にまで出てきた。仕事に行く前にひと眠りしたのだが、恐ろしい悪夢にうなされた。出てくるのは白髪の男たちばかりだった。追いかけられ、つかまって、暗い地下に連れていかれる。

自室のドアに近づくとき、手にはあらかじめ鍵を用意していた。ぐずぐずせずにさっとなかに入り、ドアを閉めて、鍵をすべてかけた。デッドボルトがふたつに、ドアチェーン。床に垂直に差し込む床ボルトもあればいいのにと思った。

なにか食べなくてはならないと思ったが、〈エンシュア〉を口にする元気がなかった。ベッドに座り、消えていくいっぽうの体力が魔法のように戻ってこないかと思っていた。どうしても必要になる。明日はここを出て、部屋探しを始めなくてはならない。自分で自分を守らなくては。

でもああ、あのときトールメントといっしょに行っていれば。そのチャンスが――

ドアにノックの音がした。ジョンは顔をあげた。胸のなかで、恐怖と希望が縄のようにからまりあう。

「ジョン？　おれだ、トールメントだ。あけてくれ」

ジョンは飛ぶように部屋を突っ切り、鍵をあけるのももどかしくドアを開き、そこに立っていた男に飛びつきそうになった。

トールメントのまゆが、濃青色の目にひさしを作った。「どうした、ジョン。なにかあったのか」

階段で出会ったあの白い男のことを、どれぐらい話していいものだろうか。迷ったが、黙っていることにした。トールメントの気が変わったら大変だ――被害妄想の狂人を連れて帰るわけにはいかないと思うかもしれない。

「ジョン？」

ジョンは紙とペンをとり、いっぽうトールメントはドアを閉じた。

来てくれてうれしいです。ありがとう。

トールメントはそれを読み、「ああ、もっと早く来たかったんだが、昨夜はちょっと……

どうしてもはずせない用があってな。それで、考えてくれたか――」

ジョンはうなずき、急いでこう書いた。いっしょに連れていってください。

トールメントはちらと笑みを見せた。「よかった、安心したよ」

ジョンは深呼吸をした。肩の荷がすっかりおりたようだ。

「それじゃこうしよう。明日の夜、また迎えに来ることにする。今夜は連れて帰れないんだ。夜明けまで仕事だから」

またパニックが湧いてくるのを、ジョンは無理に呑み込んだ。しっかりしろよ、と自分に言い聞かせる。もう一日ぐらいなんだっていうんだ。

夜明けの二時間前、レイジとヴィシャスは〈廟〉の入口にやって来た。レイジが森で待っているあいだに、ラクロス通りの〝レッサー〟の住まいで見つけた壺を、Vがなかに持っていく。

もういっぽうの住所は、すでに引き払われた拷問施設だった。安っぽい二階建ての建物だったが、かびくさい地下室では、拷問道具や拷問台、拘束具が埃をかぶっていた。この身の毛もよだつ証拠を見れば、〈ソサエティ〉の戦略が変化しているのはまちがいない。〈兄弟団〉と戦うのでなく、一般ヴァンパイアをさらって痛めつけるようになっている。そこを立ち去るときには、レイジもヴィシャスも込みあげる復讐の念で息もできなかった。

ここに来る前に、いったんメアリの家に立ち寄った。Vが部屋部屋をくわしく調べ、漏れなく警報装置を設置するにはなにが必要か検討している。この家にいると悪夢のようだ。彼女の所持品を見、彼女に会いに来た最初の夜を思い出す。あのソファはまともに見ることもできなかった。ソファの裏の床で、彼女の身体になにをしたか思い出すから。

なにもかも、はるか遠い昔のことのような気がする。

レイジは悪態をつき、洞窟入口周辺の森の監視を再開した。Vが出てくると、ふたりは非実体化して館の中庭に移動した。

「なあハリウッド、これからブッチと〈ワン・アイ〉に寝酒をやりに行くんだが、いっしょに来ないか」

レイジは自分の部屋の暗い窓を見あげた。

〈ワン・アイ〉に出かけるのは気が進まなかったが、ひとりでいるのはまずい。いまの気分からして、メアリを探しだして泣きつき、醜態《しゅうたい》をさらしてしまいそうだ。恥の上塗りにしかならないのはわかっている。メアリはふたりの立場のちがいをはっきりさせたし、彼女は説得に応じるような女ではない。それに、恋わずらいのばか丸出しの役はもうやり終えてしまった。

まあ、あらかたは。

「ああ、おまえらとつるむのも悪くないな」

Vの目が光った。礼儀として誘ってはみたが、まさか乗ってくるとは思っていなかったのだろう。「よし、決まった。十五分後に出かけよう。シャワーを浴びてくる」

「おれもそうする」〝レッサー〟の血を洗い落としたかった。

館の控えの間を抜け、玄関の間に入ったとき、フリッツがダイニングルームから出てきた。

執事は深々とお辞儀をした。「お帰りなさいませ。お客さまがお待ちでございます」

「客？」

「〈巫女の束ね〉さまです。レイジさまよりお呼び出しを受けたと仰せですが」

しまった。要請を出していたのをすっかり忘れていた。それに、もう巫女に頼む必要があるとは思えなかった。メアリがいなくなったら、身を養うのに特別なお膳立ては必要ない。だれでも好きな相手から血を吸って、一発やってかまわないのだ。ひやっほう。

しかし、メアリ以外の女とやることを思うと、ズボンのなかがたちまちしぼむ。

「レイジさま？　お会いになりますか」

否と答えようとしたとき、それはうまくないと考え直した。〈書の聖母〉との過去のいきさつを考えると、〈聖母〉に仕える特別な女性たちの機嫌を損ねるのは得策ではない。

「すぐに行くと伝えてくれ」

階段を駆けあがって部屋に入り、温めるためにシャワーを先にひねってからVに電話をかけた。バーに行くのをやめると聞いても、驚いたようすはなかった。

ヴィシャスがなんと思ったかはわかっているが、残念ながらやめる理由はそれではない。


メアリは目を覚ました。玄関のほうから話し声が聞こえてくる。レイジの声だ。あの胸の奥から響いてくる低音は、どこで聞いてもすぐわかる。

ベッドをおりて、あけておいたドアのすきまから外をのぞいた。

レイジが階段をのぼってくる。シャワーを浴びたばかりなのか、髪が濡れていた。ゆったりした黒いシャツに黒いバギーパンツ。廊下に出ようとしたとき、彼がひとりでないのに気がついた。背の高い女性。長いブロンドを三つ編みにして背中に垂らしている。透けるような白いドレス姿で、レイジと並ぶとゴス・ファッションの新郎新婦のようだ。新郎は黒ずくめ、新婦はゆるやかな薄衣《うすぎぬ》をまとっている。階段をのぼりきったところで、どちらへ行くのかわからないのだろう、女性が立ち止まった。レイジはそのひじをとり、気づかうように見おろしている。相手がとてもか弱くて、二階まであがっただけで骨を折ってしまうとでもいうように。

メアリの見守る前で、ふたりは彼の部屋に入っていった。ドアが閉じる。

ベッドに戻り、ふとんにもぐった。さまざまな場面が頭にのしかかってくる。口と手でメアリの全身を愛撫するレイジ。食事をさせてくれたと礼を言うレイジ。目を見つめながら愛していると言うレイジ。

ええ、たしかにようく愛してくれたわ。それと同じことを、廊下の向こうでべつの女の人にしているのだ。

そんな思いが心を走り抜けた瞬間、理屈に合わないと自分で気がついた。彼を追い払ったのは自分ではないか。彼はそのメッセージを受け取っただけだ。ほかの女性とセックスをしたからといって、責められるいわれはない。

彼女の願いは文字どおりかなったのだ。

レイジは彼女を追うのをやめたのだ。

34

その日の夕方、日没の少し前にレイジはジムに向かった。公共の利益のためというわけだ。ウェイトリフティングを終えると、トレッドミルに乗って走りはじめた。最初の五マイルはあっという間だった。六マイル走るころには汗だくだった。九マイルになって、これからがやっと本番だ。

傾斜角度をあげて、ストライド走法に戻した。腿が悲鳴をあげ、引きつり、ほてる。肺が灼ける。足も膝も痛む。

脱いだシャツをマシンの制御パネルに引っかけておいたので、それをとって目に入る汗をぬぐった。もうかなり脱水症状が進んでいるだろうが、休んで水分をとろうとは思わなかった。なにがあろうとぶっ倒れるまで続けるつもりだ。

この過酷なペースを維持するには、なにかに没頭していなくてはならない。そこでスピーカーからがんがん音楽を鳴らしていた。〈マリリン・マンソン〉、〈ナイン・インチ・ネイルズ〉、〈ニルヴァーナ〉。すさまじい大音量がトレッドミルのうなりを呑み込み、耳をつんざく歌声がウェイトリフティングルームに響きわたる。下品で攻撃的でいかれた歌詞は、いまの彼の気分そのままだ。

曲がやんだとき、レイジは周囲を見まわしもしなかった。ステレオが故障したか、だれかが彼に話しかけようとしているかだろうが、どちらであれ興味がなかった。

トールが正面にまわってきた。その表情を見て、レイジはベルトをおりて停止ボタンを押した。

「なんだ」荒い息をつきながら、またシャツで顔をごしごしやりはじめる。

「消えた。メアリが姿を消した」

レイジは、濡れたシャツをあごの下に当てたまま凍りついた。「どういう意味だ、消えたって」

「メアリが検査を受けてるあいだ、フリッツは病院の前で待っていた。三時間経っても出てこないんで、行ってみたら彼女の受診した診療室は閉まってた。自宅へ行ってみたが、やっぱり姿がないんで、また戻ってメディカルセンターをくまなく探した」

こめかみの血管がどくどくしているのは、疲労のせいではなく恐怖のせいだ。レイジは嚙みつくように言った。「家には、押し入った形跡とか争ったあとがあったのか」

「いや」

「車はガレージにあったか」

「ああ」

「フリッツが最後にメアリを見たのはいつだ」

「三時だ。検査の予約で病院へ送っていったときだ。参考までに言っとくが、フリッツはおまえに何度も電話をしたんだぞ。携帯はずっとボイスメールになってたそうだ」

レイジは時計を見た。六時少し過ぎ。検査に六十分かそこらかかるとして、メアリが行方不明になってもう二時間。

〝レッサー〟が彼女を街角でさらっていくとは考えにくい。帰宅したところを見つかったという可能性のほうが高い。しかし、家に争った形跡がないとすれば、メアリの身は無事かもしれない。

それとも、これはたんなる希望的観測だろうか。

レイジはマシンから飛びおり、「武器が要る」

トールがその手に水のボトルを押しつけてきた。「いますぐこれを飲め。必要なものはフュアリーが持ってくる。ロッカールームで待ってろ」

レイジは走りだした。

「〈兄弟団〉も協力するからな」トールがその背中に声をかける。

夜になると、ベラは上階《うえ》にあがり、意気揚々とキッチンに通じるドアを開いた。日が短くなってきたから、これからはもっと長いこと出歩けるようになる。まだ六時なのに、外はもう真っ暗だ。すてき。

トーストにしようか、それともパンケーキでも焼こうかと考えていると、草地の向こう端に明かりが見えた。メアリの家にだれか来ている。たぶん〈兄弟団〉の戦士たちが警報システムを取り付けているのだろう。

ということは、ひょっとしたらあの傷痕のある戦士にまた会えるかもしれない。

初めて会ったときから、ザディストのことが頭から離れない。日記はあの戦士について空想したことで埋まっているほどだ。彼はほんとうに……剝き出しだった。何年間も過保護な兄に守られてきたあとだけに、広い世界へ出て刺激的なことを経験してみたくてうずうずする。

そしてまちがいなく、ザディストの野獣のような性的魅力は、そんな望みにおあつらえ向きだった。

上着を引っかけ、スリッパをランニングシューズにはき替えた。野原を駆け足で突っ切り、メアリの家の裏庭に近づいたところで足をゆるめた。まさか〝レッサー〟に出くわすことになったりしたら――

「メアリ！　こんなところでなにをしてるの？」

人間は、寝ていたラウンジチェアから顔をあげた。ぼんやりしているようだ。この寒い裏庭で、セーターとジーンズしか着ていない。

「あら……こんばんは。元気にしてた？」

ベラはメアリのそばにうずくまった。「ヴィシャスはもうやってくれたの？」

「なにを？」メアリはぎくしゃくと上体を起こした。「ああ、警報装置のことね。まだだと思うわ。少なくとも、まだだれからもそんな話は聞いてないし、このなかは以前のまんまみたいだし」

「いつからここにいたの」

「そんなに長いことじゃないのよ」腕をさすり、手に息を吐きかけた。「夕陽を見てたの」

家を眺めるうちに、恐怖が頭をもたげるのをベラは感じた。「レイジがすぐに迎えに来てくれるの？」

「レイジは来ないわ」

「それじゃ〝ドゲン〟？」

メアリは立ちあがって一瞬ひるんだ。

「いやだ、すごく寒い」

ゾンビのように家のなかに入っていく。ベラはそのあとについていった。「メアリ、ねえ……ひとりでここにいちゃいけないいんじゃないの」

「わかってるわ。まだ明るいから大丈夫だと思ったの」

「レイジか、〈兄弟団〉のだれかから聞いたの、〝レッサー〟は山があるうちは出歩けないって？　わたしもよくは知らないけど、でもそんなことないと思うわよ」

メアリは肩をすくめた。「これまでのところは大丈夫だったけど、わたしもばかじゃないわ。ホテルに行くつもりなの。ちょっと荷物をまとめるだけよ」

と言いながら二階には行かず、みょうにいつもとちがうようすで一階を歩きまわっている。ショック状態なのかしら、とベラは思った。しかし、なにがあったにしても、メアリもベラもすぐにここから出なくてはならない。

「メアリ、うちで夕食でもいっしょにどう？」裏口に目を向けた。「それからね、ヴィシャスの仕事が終わるまで、わたしのところに泊まってればいいわ。あの家、兄が警報システムをがっちり取り付けてくれてるの。地下に脱出口まで作ってあるのよ。あそこならまず安心だし、だいぶ離れてるから、〝レッサー〟があなたを探しに来てもわたしのところにいるとは思わないでしょう」

たぶん反論されるだろうと思って、頭のなかで反論への反論を数えあげていく。

「そうね、ありがと」メアリはあっさり言った。「すぐ用意するわ」

人間は二階にあがっていき、ベラはうろうろ歩きまわった。武器があって、その使いかたを知っていればいいのにと思う。

五分後、カンバス地のトートバッグを持って人間がおりてきたとき、ベラはほっと深呼吸をした。

「上着は?」ベラは言った。メアリがそのままの格好でドアに向かおうとしたのだ。

「ああ、そうね」バッグをおろし、クロゼットに歩いていって、赤いパーカーを引っかけた。

ふたりで草地を歩きながら、ベラはなんとかメアリを急がせようとした。

「もうすぐ満月ね」草をかき分けかき分け、メアリが言った。

「そうね」

「ねえ、あなたのおうちに着いたとき、レイジに電話したりしないでね。彼とは……わたしたち、別々の道を行くことにしたの。だから、わたしのことで迷惑かけたくないのよ」

ベラは驚きを呑み込んだ。「あなたが出ていったこと、レイジは知らないの?」

「ええ。でも、そのうち気がつくと思うから、知らせないでね」

ベラがうんと言ったのは、そうしないとメアリが立ち止まってしまうと思ったからだった。

「でも、ひとつ訊いていい?」

「もちろん」

「別れようって言いだしたのは彼、それともあなた？」

メアリはしばらく黙って歩いていた。「わたし」

「そう、それじゃ、あの……あなたたち、深い仲になってたの？」

「セックスしたかってこと？」メアリは、〈L・L・ビーン〉のバッグを持ちかえた。「ええ、したわ」

「そのとき、彼の身体からいい香りがしなかった？　その、苦みのあるスパイスかなにかみたいな――」

「どうしてそんなこと訊くの？」

「ごめんなさい、詮索するつもりはないのよ」

ベラの住む農家のすぐそばまで来たとき、メアリがつぶやくように言った。「あんなうっとりする香り、生まれて初めて嗅いだわ」

ベラはうめきたくなるのをこらえた。きずなを結んだ男は、相手の女を手放したりしない。絶対に。ちがいなく追いかけてくる。メアリがなんと言おうと、あのブロンドの戦士はま彼女にも経験がある――だがあのときは、一般ヴァンパイアの男が相手だった。

きずなを結んだ女に去られたとき、戦士だったらどんな行動に出るものか、ベラには想像もつかなかった。

レイジはメアリの家を部屋から部屋へ歩きまわっていた。一階のバスルームで、洗面台下の棚が開いているのに気がついた。なかに並んでいるのは買い置きのトイレタリー用品だ。

石けん、歯磨き、デオドラント用品。きちんと並んだなかにすきまができている。いくつか取り出していったらしい。

どこかに泊まりに行ったのだと思い、窓の外に目をやった。もしホテルだったら打つ手はない。メアリはぬかりなく偽名を使っているだろうから。職場を当たってみようか——

草地の向こうの農家に目が留まった。明かりがまたたいている。

ひょっとしてベラの家に行っていないだろうか。

レイジは階下《した》におりて戸締りをした。一瞬後にはベラの家の玄関ポーチに実体化し、ドアをどんどんノックしていた。出てきたベラは、来るのはわかっていたかのように黙ってわきへよけた。

「二階よ」

「二階のどこ？」

「正面の寝室」

レイジは一度に二段ずつ階段をのぼった。閉まっているドアはひとつしかない。ノックもせずに大きくあけた。廊下の明かりがなかに漏れ入る。

メアリは大きな真鍮《しんちゅう》製のベッドでぐっすり眠っていた。着ているセーターとブルージーンズには見憶えがある。キルトの上掛けが脚にかかっていて、彼女はうつぶせとも横向きともつかない格好で横たわっている。疲れきっているようだ。

とっさに、駆け寄って腕に抱きたいと思った。

しかし、その場に突っ立ったまま動かなかった。

「メアリ」声に感情を表わすまいと努めながら、「メアリ、起きろよ」

まつげがぴくぴくしたが、ため息をついて頭を少し動かしただけだ。

「メアリ」

ちくしょう、頼むよ。

ベッドに近づいていき、両手でマットレスを揺らした。それで目が覚めたようだ。彼女ははっと起きあがった。おびえた目であたりを見まわし、彼に目を留めた。

わけがわからないという顔になる。

「なんでこんなところにいるの？」顔にかかった髪をかきあげる。

「それはこっちのせりふだ」

「うちには帰ってないわよ」

「ああ、それに帰るべき場所にも帰ってないな」

枕に背中を預けたメアリを見ると、目の下のくまが、色あせた唇が痛々しい……そしてまた、彼に突っかかってこようとしないところが。

訊くんじゃないぞ、と自分をいさめた。

くそでもくらえ。「今日はどうだった？」

「少しひとりになりたかったのよ」

「フリッツをどうやって出し抜いたのかって話をしてるんじゃない。その話はまたあとでしよう。病院はどうだったか訊いてるんだ」

「ああ、そのこと」

彼が見つめる前で、メアリはキルトの上掛けのふちをいじっている。無言の彼女を見ていると、いまにもわめきだしそうだった。ものを投げ飛ばし、なにかに火をつけてやりたい。

「で？」無理に声を絞り出した。

「あなたのこと、つまらないひとだなんて思ってないわ」

いったいなんの話をしてるんだ。ああそうか、看病もさせてくれないうんぬんのあの楽しいあれだ。ちくしょう、あくまで話をそらす気だな。

「メアリ、医者はなんて言ったんだ。頼むから、おれに嘘をつこうなんて思うな」

顔をあげて、目を合わせてきた。「来週から化学療法を始めたいって」

レイジは静かに息を吐き出した。生皮を剝がれるような思いなどしていないというそぶりで。

ベッドのすみに腰かけ、意志の力でドアを閉じた。「それは効くの」

「効くと思うわ。主治医の先生がほかの先生たちとも相談したいっていうから、数日後にまた話しあうことになってるの。いちばんの問題は、どれぐらいの治療にわたしが耐えられるかってことで、だから血液検査をして肝臓と腎臓の機能を調べてもらってるところ。できる最大限の治療をしてくださいってお願いしたわ」

レイジは手のひらで顔をこすった。「なんてことだ」

「わたしね、母の臨終を看取ったのよ」メアリがささやくように言った。「むごかったわ。見ている前で、どんどんいろんなことができなくなっていって、しかもずっと苦しんでるの。しまいにはもう別人みたいだった。外見だけじゃなくて、言うこともすることもみんな。母はもうそこにはいなくて、ただ肉体だけが最低限の機能を無理やり果たしてるの。自分がそうなると思ってるわけじゃないのよ。でも、かなりきついと思うの」

ちくしょう、胸が張り裂けそうだ。「それで、おれにそんな思いをさせたくないっていうわけだ」

「そうよ。あなただけじゃなくて、わたしもそんな思いをしたくないの。あなたには、いまのわたしを憶えていてもらいたいの。そしてわたしも、いまのわたしたちがどんなふうだったかを憶えていたいの。思い出せる幸福な場所が、これから必要になるから」

「おれは、そのときそばについていたい」

「でも、わたしはついててほしくないの。表面をとりつくろう元気なんか残らないと思うから。それに、苦しいと……苦しいと人は変わってしまうから」

たしかにそのとおりだ。彼自身、彼女に会ってから一世紀も年をとったように感じる。

「レイジ……」声が震えて、彼女はすぐに咳払いをした。なぜ無理に自分を抑えようとするのか、そう思うとくやしかった。「きっと、あなたが……恋しくなると思うわ」

彼は肩ごしに彼女を見やった。いま抱きしめようとしたら、彼女は部屋から飛び出していってしまうだろう。それがわかっていたから、マットレスのふちをつかんだ。力いっぱいにぎりしめた。

「いやあね、わたしったら」彼女はぎこちなく笑った。「ごめんなさいね、負担になるような話をして。あなたはもう前に進んでるのに」

「前に進んでる?」彼は歯ぎしりするように言った。「どうしてそう思うんだ」

「昨夜、女のひとが来てたでしょ。それはともかく――」

「女のひと？」

彼女が首をふるのを見て、レイジは癇癪《かんしゃく》を起こした。「いい加減にしろよ、変に突っ張らないで、おれの質問に正直に答えられないのか。たまには自己憐憫にどっぷり浸かってみたっていいじゃないか。どっちみちおれはすぐに出ていくから、くせになったらどうしようなんて心配しなくていいんだ」

彼女が肩を落とすのを見て、怒鳴りつけた自分を叩きのめしたくなった。しかし、あやまろうと口を開く前に、彼女が言った。「わたしが言ってるのは、昨夜あなたがベッドに連れていった女のひとのことよ。わたし……あなたが帰ってくるのを待ってたの。あやまろうと思って……それで、あなたが女のひとと部屋に入っていくのを見たの。こんなこと持ち出したからって、あなたを責めてるとか、そんなふうに思わないでね」

もちろんそんなはずはない。メアリは、彼になにかしてほしいとはまるで思っていないのだ。愛してほしいとも、支えてほしいとも。責められて罪の意識を感じてほしいとも思っていないし、いまはもうセックスすら求めていない。

レイジは首をふった。声から感情が抜け落ちていく。釈明をするのにはもう飽き飽きしていたが、反射的に言葉が口をついて出た。「あれは〈巫女の束ね〉だよ。おれの身を養う手筈の相談をしてたんだ。セックスはしてない」

彼は床を見おろした。ベッドから手を放し、その手で顔をおおった。

沈黙が落ちた。「ごめんなさい、レイジ」

「ああ。こんなことになって残念だ」

しゃっくりが聞こえたような気がして、指を少しずらしてすきまから彼女の顔を盗み見た。しかし、彼女は泣いていなかった。そうだ、メアリが泣くわけがない。彼女は強いから泣いたりしない。

だが、彼はそれほど強くない。目に涙が浮いてきた。

レイジは咳払いをし、何度もまばたきをした。また彼女のほうを見ると、こちらを見つめていた。その目に宿るいたわりと悲しみに、はらわたが煮えくりかえった。

上等じゃないか。とうとう憐《あわ》れまれてしまった。みじめったらしくめそめそしてるからだ。ちくしょう、これほど愛していなかったら、いまこの瞬間に彼女を憎んでいただろう。

立ちあがった。負けるものか。声をけっして揺らすまいとしながら、彼は言った。「きみの家の警報装置は、おれたちのところにつながることになってる。侵入者を感知したら、おれが」——と言いかけて——「おれたちのだれかがすぐに駆けつける。設置がすんで使えるようになったら、ヴィシャスからこっちに連絡があると思う」

沈黙が続いた。彼はついに肩をすくめて、「じゃあ……さよなら」

ふり向きたいのをこらえて、彼はドアから出ていった。

階下《した》におりていくと、ベラがリビングルームで待っていた。そして彼の顔を見た瞬間、目を飛び出しそうに大きく見ひらいた。どうやら、さんざんな胸のうちがそのまま顔に出ていたようだ。

「ありがとう」彼は言ったが、ベラになにを感謝しているのか自分でもよくわからなかった。

「いちおう言っとくが、この家を〈兄弟団〉の巡回コースに入れておくから。メアリが出ていってからも」

「ご親切に、ありがとう」

彼はうなずいたが、それ以上ぐずぐずしてはいなかった。胸のうちをなにもかもぶちまけたりせず、赤ん坊のように泣きわめいたりもせずに、歩いて外へ出ていくだけでいまは精いっぱいだった。

家を出て、しばらく芝生を歩きながら、なにをしていいのか、どこへ行っていいのかわからなかった。たぶんトールに電話したほうがいいだろう。ほかの兄弟たちがどこにいるか聞いて、連絡をとるのだ。

だが、ふと足が止まって動けなくなった。見あげると、木々の上にちょうど月が顔を出したところだった。ずいぶん丸くなった。凍てつくような雲ひとつない夜空に、ふっくらとして輝いている。手のひらを上にして腕をあげ、片目を閉じた。見る角度をずらし、月の光が手のひらに収まるようにして、落とさないように慎重に捧げ持った。

かすかに、ベラの家のなかからぱたぱたと音が聞こえてきた。リズミカルになにかがなにかを叩いているような。

レイジはふり向いた。その音がだんだん大きくなってくる。

玄関のドアが大きく開き、メアリが飛び出してきた。ポーチを飛びおりた。階段をおりるひまも惜しいというように。霜のおりた芝生を裸足で走って、思いきり飛びついてきた。両腕で首にしがみつく。力いっぱいしがみつかれて、首の骨がぽきぽき鳴った。

彼女は泣いていた。泣きじゃくっていた。全身が震えるほど身も世もなく泣いていた。

彼はなにも訊かず、ただ自分の身体で彼女を包み込んだ。

「大丈夫じゃない」嗚咽の下から、かすれた声で彼女は言った。「レイジ……わたし、大丈夫じゃないの」

目を閉じてしっかり抱きしめた。

35

Oは下水管の檻から金網の蓋《ふた》を持ちあげ、懐中電灯で穴のなかを照らした。なかの若い男は、前夜トラックでとらえてきたヴァンパイアだ。まだ生きている。この日中をぶじ乗り越えたらしい。監禁施設はみごとに役に立ったわけだ。

センターのドアが開いた。ブーツの音と鋭い目とともにミスターXが入ってくる。「生きてたか」

Oはうなずき、金網の蓋をまた閉じた。「ええ」

「けっこう」

「いまこいつを外へ出そうとしてたんですが」

「いや、いまはだめだ。この連中のようすを見てきてもらいたい」と、一枚の紙を差し出してきた。七人ぶんの住所が書いてある。「Eメールの現況報告は便利だが、いささか信頼性に欠けることがわかってきたんでな。このベータの連中からはだいたい報告を受け取ってるんだが、部隊の者と話してみたら、この七人は数日以上も姿を見せてないというんだ」

本能が用心しろと言っていた。公園でベータが殺されたとき、ミスターXはおまえが犯人だと言わぬばかりだった。それなのに、なぜいまになってベータのようすを見に行けなどと言いだすのか。

「問題でもあるのかね、ミスターO」

「いえ。いえ、べつに」

「それともうひとつ。入会させようとしてる新人がいま三人いてね。この一週間半で入門儀礼をすませることになっている。きみも来るかね。はたから見ているとなかなかの見ものだよ」

Oは首をふった。「おれはこっちに専念しないと」

ミスターXはにやりとした。「きみの魅力に〈オメガ〉の気が散っては困ると心配してるのか」

「〈オメガ〉はなにがあっても気を散らしたりしませんよ」

「まるでわかってないな。〈オメガ〉はきみの話ばかりしているぞ」

ミスターXはこちらを怒らせようとしているだけだろう、とOは思ったが、身体のほうはそれほど自信たっぷりとはいかなかった。膝ががくがくし、冷や汗が噴き出してくる。

「すぐにこの住所をチェックしに行きます」と言って、上着とキーをとりに行った。

ミスターXの目が光った。「頼んだぞ。残らず見てきてくれ。そのあいだ、この客人と少し遊ばせてもらうよ」

「いくらでもどうぞ、センセイ」

「これからは、ここがわたしの家なのね」レイジが寝室のドアを閉じたとき、メアリはぽつりと言った。

彼の両腕が腰にまわってきて、後ろから抱き寄せられた。時計を見やると、ベラの家を出てからまだ一時間半しか経っていない。だが、彼女の人生はがらりと変わっていた。

「ああ、ここがきみの家だ。おれたちの家だよ」

壁ぎわに並ぶ三つの箱には、彼女の衣服と好きな本、それにDVDや写真が詰まっている。ヴィシャスとブッチとフリッツが手伝いに来てくれて、荷物をまとめるのに長くはかからなかった。それをVの〈エスカレード〉に積み込み、この館まで運んでもらったのだ。あとでレイジと戻って、やり残した仕事を片づけることになるだろう。明日の朝には法律事務所に電話して、辞めると伝えることになる。それから、不動産屋に頼んであの納屋を売ってもらうつもりだった。

信じられない、ほんとうにこんなことになるなんて。レイジの部屋に引っ越して、これまでの人生をすべて捨ててしまうなんて。

「荷物を解かなくちゃ」

レイジは彼女の両手をとり、ベッドのほうへ引っぱっていった。「休んだほうがいい。立ってるのもやっとみたいに見えるぞ」

メアリが身体を伸ばしている横で、彼はトレンチコートを脱ぎ、短剣のホルスターとガンベルトをはずした。となりにレイジが横になるとマットレスがへこんで、メアリは吸い寄せられるように彼にくっついていた。明かりがいちどに消え、部屋はいきなり墨《すみ》を流したように真っ暗になった。

「ほんとにいいの？」窓から漏れ入る外の光に目が慣れると、彼女は言った。「こんなに……わたしのものを運んできちゃって」

「またおれに悪態をつかせないでくれよ」

メアリは笑った。「わかったわ。ただ――」

「メアリ、愛してるよ。きみのものならなんでも大歓迎だ」

彼女は片手をレイジの顔に当て、ふたりはしばらくなにも言わず、ただいっしょに呼吸をしていた。

眠り込みそうになったとき、レイジが言った。「メアリ、おれの身を養う手配のことなんだけど、きみの家から〈巫女〉に電話をしたんだ。きみが戻ってきてくれたからには、彼女らに頼まなくちゃならないから」

メアリは身を固くした。しかし、ヴァンパイアと暮らすのなら、そして彼がメアリの血では生きられないのなら、いずれにしても解決法が必要になる。

「いつやるの？」

「今夜、来てくれることになってる。前も言ったけど、そのときはついていてもらいたいんだ。いやでなかったら」

どんなふうにするのだろう。その女性を腕に抱いて、首から血を吸うのかしら。たとえセックスはしないとしても、そんなようすを見て平静でいられるとは思えない。

レイジが手にキスしてきて、「信用してくれよ、その場にいるほうが絶対いいから」

「もしその、もし見ていられなくなったら――」

「無理に見ろとは言わないさ。ただ……そりゃ、どうしても多少の接触があるのはしかたがないけど、きみがそこにいたほうが、きみもおれもずっと気が楽だと思うんだよ。そうすれば、どういうことをするのかはっきりわかるからね。隠さなくちゃならないことも、やましいこともないんだから」

メアリはうなずいた。「わかったわ」

彼は深く息を吸った。「これはどうしようもないことだから」

メアリは彼の胸に手を這わせた。「たしかにちょっとこわいけど、わたしが養ってあげられればいいのにと思うわ」

「メアリ、おれもほんとにそう思うよ」

ジョンは腕時計を確かめた。トールメントはあと五分ほどで来てくれるはずだから、そろそろ階下《した》におりたほうがいい。両手でスーツケースを持ちあげ、ドアに向かった。おりる途中、あるいは待っているあいだに、あの白い男に出くわさなければよいのだが。しかし、部屋で待っているのはいやだった。それではあまりにずうずうしいという気がする。

歩道に出て、これまで何時間も眺めて過ごしたふたつの窓を見あげた。マットレスとバーベルのセットは残してきた。勝手に賃貸契約を打ち切るのだから、敷金も、今月ぶんの家賃も返してもらうつもりはなかった。トールメントが来たら、さっさと部屋に戻って自転車をとってこなくてはならないが、それを除けばもうこのアパートにはなんの用もない。

通りを眺めた。トールメントはどっちから来るのだろう。どんな車に乗っているのだろう。どこに住んでいるのか、奥さんはどんな人だろうか。

寒さに震えながら、ジョンはまた腕時計を見た。九時ちょうどだ。

右のほうから、ひとつきりのヘッドライトが近づいてくる。まさかトールメントがオートバイで迎えに来るはずがない。しかし、バイクで夜を突っ走るのを想像すると楽しかった。

〈ハーレー〉が轟音とともに通り過ぎると、通りの向かいの〈自殺防止ホットライン〉のオフィスを眺めた。先週、メアリは金曜の夜も、それに土曜の夜にも姿を見せなかった。たんに休暇をとっているだけならいいが。落ち着いたらすぐメアリにまた会いに行って、変わりがないか確かめよう。

ただ……考えてみたら、これからどこへ行くのかまるで知らないのだ。近くだと勝手に思い込んでいたが、どうしてそんなことがわかる？　ひょっとしたらすごく遠くへ行くのかもしれない。想像もしなかったが、コールドウェルを出ることになるのかも。別天地で一からやり直せるならどんなにいいだろう。それに、どこに行こうとメアリに会いに来る方法はあるはずだ。バスに乗ってきたっていいんだし。

さらに乗用車が二台、トラックが一台通り過ぎていった。

この悲惨な境遇から抜け出すのは、あまりにも簡単だった。いきなり辞めると言ったのに、〈モーズ〉ではだれも気にしなかった。皿洗いなどいくらでも見つかるからだ。また言うまでもなく、アパートの住人は彼がいなくなってもなんとも思わないだろう。同様にアドレス帳も真っ白だ。電話をかける友だちも、家族もいない。

それどころか、そもそもアドレス帳すら持っていない。持っていても使い道がないし。

ジョンは自分の格好を見おろし、きっとみすぼらしく見えるだろうと思った。スニーカーは汚れて、白い部分は灰色に変わっている。着ているものは清潔だとはいえ、ジーンズは二年前に買ったものだし、ボタンダウンのシャツは、これでも彼の持っているいちばんよいシャツなのだが、〈グッドウィル（非営利の福祉団体。古着を集めて売却し、貧民救済に当てる）〉に持っていっても受け取ってもらえそうにない。おまけに上着さえ着ていない。先週〈モーズ〉でパーカーを盗まれてしまって、新しいのを買うには、また貯金から始めなくてはならないからだ。

もう少しいい格好ができればよかったのにと思う。

トレード通りのかどを、猛スピードでヘッドライトがまわってきた。と思うとそれががくんと上を向いて、どうやら運転手がアクセルを踏み込んだらしい。いやな予感がした。このあたりでは、車をぶっ飛ばすのはたいてい警察から逃げている人間だ。もっと悪いものから逃げていることもある。

ジョンはでこぼこの郵便ポストの陰に引っ込んだ。なるべく目立たないようにと思ったのだが、問題の黒い〈レンジローヴァー〉は、タイヤをきしませて彼の真ん前に停まった。黒い窓ガラス、ごついクロームホイール。車内では〈Gユニット〉ががんがん鳴っている。ブロックじゅうに響きわたるほどの大音量だった。

ジョンはスーツケースをつかみ、アパー[illegible]い白い男に出くわしたとしても、アパートのロビーのなかにいるほうが安全だ。こんな〈ローヴァー〉を乗りまわすのは麻薬ディーラーに決まっているし、そんな車の近くにいたらなにが起きるかわからない。玄関に急いでいるとき、曲がやんだ。

「ジョン、出かけられるか？」

トールメントの声にジョンはふり向いた。〈ローヴァー〉の正面をまわって近づいてくる。影のなかに立っていると、ぞっとするほど恐ろしく見えた。ぬっとそびえる人影は、正気の人間なら一目散に逃げ出しそうだ。

「どうした、なにかまずいことでも？」

街灯の弱い光のなかにトールメントが入ってきたとき、ジョンの目はその顔に釘付けになった。この男がどれだけ恐ろしげな風貌か忘れていた。軍人ふうの髪形に、あのがっちりしたあご。

やっぱりやめておいたほうがよかったのだろうか。恐怖心からこちらを選んだが、さらに厄介な状況に深くはまり込むだけかもしれない。これからどこへ行くのかさえ知らないのだ。彼のような若僧なら、川に浮く破目になったとしても少しもおかしくない。あんな車に乗り込めば。それもこんな男といっしょに。

ジョンのためらいを感じとったのか、トールメントは〈ローヴァー〉に寄りかかり、足首を交差させた。

「無理強いされたみたいに思ってほしくないな。だけどな、うちじゃ〝シェフン〟がごちそうを用意して待ってるし、おれは腹ぺこなんだ。とりあえず来るだけ来て、いっしょに食事して、家を見てみないか。その目で観察したらいい。なんなら荷物はここに置いていってもいいぞ。どうだ？」

その声は静かで、落ち着いていた。脅すような響きはない。しかし、ジョンを車に乗せたいと思っているときに、わざわざ悪党づらをしてみせる男がいるだろうか。

携帯電話が鳴りだした。トールメントはレザージャケットのなかに手を入れ、電話を開いた。

「やあ。いやまさか、いまいっしょにいるよ」男の唇の線が、小さい笑みに崩れた。「考えてるとこだ。ああ、言っとくよ。わかったわかった。わかったたって。うん、それも言っとくから。ウェルシー、あの……うん、わかってるって。いや、出しっぱなしにするつもりはないか――次から気をつけるよ。約束する。いや……うん、だから……わかった。おれが悪かったよ、〝リーラン〟」

奥さんからだな、とジョンは思った。どうやらこのこわもての男を叱り飛ばしているらしい。それをこの男は神妙に聞いている。

「うん、愛してるよ。じゃあ」トールメントは電話を閉じて、ポケットに入れた。またジョンに目を向けたとき、彼が妻を大切にしているのがよくわかった。やれやれとばかりに目をぎょろつかせたりせず、女はうるさくて困るなどとうそぶいたりもせずに、「ウェルシーが、会うのをすごく楽しみにしてるってさ。ぜひうちで暮らしてほしいって言ってるんだ」

奥さんが……そうか、それじゃあ。

直感の声に従うことにした。そしてその声は、どんなにこわそうに見えようとも、トールメントは危険な男ではないと言っていた。ジョンは背をかがめて荷物を車に運ぼうとした。

「荷物はこれだけ？」

ジョンは赤くなってうなずいた。

「なんにも恥ずかしがることなんかないぞ」トールメントはそっと言った。「おれに対してはな」

彼は手を伸ばし、重さなどないかのようにスーツケースを持ちあげ、ひょいとバックシートに放り込んだ。

トールメントが運転席側に向かったとき、ジョンは自転車を忘れていたことに気がついた。〈ローヴァー〉のボンネットを軽く叩いて、向こうがこちらに目を向けたところで、アパートを指さし、次に人さし指を一本立ててみせた。

「一分待ってくれって？」

ジョンはうなずき、急いで階段をのぼって自分の部屋に入った。自転車をとり、鍵をカウンターに置いてから、立ち止まって室内を見まわした。とうとう出ていくのだと思って眺めると、このワンルームの見すぼらしさがあらためてよくわかる。とはいえ、短いあいだでもここは彼の城だったし、乏しい財布ではこれが精いっぱいだったのだ。ふと思いついて、尻ポケットからペンを取り出し、作り付けのがたがたの戸棚を開くと、奥の壁に自分の名前と今日の日付を書き込んだ。

それから自転車を廊下に出し、ドアを閉じ、いそいそと階段をおりていった。

36

「メアリ？　メアリ、起きろよ。来たぞ」

肩を突つかれて目をあけると、レイジが上からのぞき込んでいた。なにか式服のようなものに着替えている。白い長袖の上着に、白いゆったりしたズボン。

起きあがり、しゃんとしようとした。「少し待ってもらえる？」

「もちろん」

バスルームに入り、顔を洗った。冷たいしずくをあごから垂らしながら、鏡に映る自分の顔を見つめた。恋人がこれから血を吸うのだ。彼女の見ている前で。

しかも、それよりもっと奇妙なのは、自分ができそこないのような気がすることだ――彼を養うのが自分でないという理由で。

そんな心理的きりもみ状態に落ち込んでいる場合ではない。タオルをとって顔をごしごしこすった。ブルージーンズとセーターのままだったが、着替える時間はなかった。それにともかく、ほかに着たい服があるわけでもないし。

バスルームを出ると、レイジが時計をはずそうとしていた。

「わたしが持ってる？」以前に、このロレックスを預かったときのことを思い出す。

彼は近づいてきて、そのずしりと重い時計を彼女の手のひらにのせた。「キスしてくれよ」

メアリは爪先立ちになり、彼は身をかがめた。唇が軽く触れあった。

「行こう」と手をとり、廊下に出ていく。面食らった顔をすると、彼は言った。「この寝室ではやりたくない。ここはおれたちふたりの場所だから」

彼はメアリを連れてバルコニーをまわり、べつの客室に向かった。ドアをあけ、ふたりでなかに入っていった。

まずバラの香りがして、すみに立つ女性に気がついた。みずみずしい肉体を白いラップアラウンドのドレスに包み、ストロベリーブロンドの髪は巻いてアップにしていた。ドレスのえりぐりは大きくあいているし、髪は結いあげてあるしで、首はこれ以上はないほどあらわになっている。

女性は微笑んでお辞儀をし、あの聞き慣れない言葉で話しだした。

「いや」レイジは言った。「英語で。英語でお願いします」

「承知しました」と言う声は高く澄んで、小鳥の歌声のようだ。淡い緑の美しい目が、レイジの顔でたゆたった。「お仕えできてうれしゅうございます」

メアリはもじもじして、独占欲が頭をもたげるのを抑えつけようとした。お仕えするですって？

「お名前は」レイジが尋ねた。

「レイラと申します」またお辞儀をする。身体を起こしながら、その目でレイジの身体を下から上になめていった。

「こちらはメアリ」と、レイジは彼女の肩に腕をまわした。「おれの……」

「ガールフレンドです」メアリがぴしゃりと言った。

レイジが口を歪めて、「おれの連れあいです」

「さようでございますか」女性はまた、今度はメアリに向かってお辞儀をした。顔をあげて、にこやかに微笑んだ。「お連れあいさまにもお仕えできて光栄に存じます」

けっこうだこと。だったら、そのきれいなお顔をさっさと引っ込めて、牙剝き出しの恐ろしい醜女《しこめ》にムームーを着せて、かわりに寄越してくださらないかしら。

「どこでいたしましょう」レイラが尋ねた。

レイジは部屋を見まわし、豪華な天蓋ベッドに目を留めた。「あそこで」

メアリはたじろぎそうになるのをこらえた。わたしだったら、絶対あれは選ばないわ。

レイラは言われたとおりそちらへ歩きだした。シルクのドレスのすそがふわりと渦を巻く。サテンの羽根布団に腰をおろし、脚をベッドにあげようとすると、レイジが首をふった。

「いや、座ったままで」

レイラはまゆをひそめたが、なにも言わなかった。また微笑んで、彼が近づくのを待っている。

「来いよ」彼は言ってメアリの手を引いた。

「ここからでも見えるわ」

彼はメアリにキスすると、女性に近づいていき、その前で両膝をついた。脱ごうとするように女性が自分のドレスに手をやると、レイジはそれを止めた。

「手首から吸わせてもらいます。あなたは、おれにさわる必要はありません」

レイラの顔に失望が広がり、目が見開かれた。また頭を下げたが、今度は礼儀からではなく、屈辱感のためのようだった。「お使いいただくために、わたくしは作法どおりに身を浄めてまいりました。お望みでしたらどうぞお調べくださいませ」

メアリは手で口を押さえた。この女性は、自分のことを道具のようにしか思っていないのだ。なんてひどい。

レイジは首をふった。女性の答えを聞いて、彼も明らかに困っている。

「ほかの〈巫女〉をお望みでしょうか」レイラがささやくように言った。

「こういうことは望んでないんです」彼はぼそぼそと答えた。

「それでは、なぜ〈巫女〉をお召しになったのですか。お使いになるおつもりがなかったのなら」

「こんなにむずかしいとは思ってなかった」

「むずかしい？」レイラの声が低くなった。「それは申し訳ございません。でも、どのようなご面倒をおかけしているのか、わたくしにはわからないのですが」

「そうじゃない、あなたを責めてるんじゃないんだ。メアリは……彼女は人間で、彼女から血を吸うことはできないから」

「でしたら、床《とこ》の歓びのためだけに加わっていただけばよいではありませんか。わたくしは喜んでそのお手伝いをさせていただきます」

「ああ、いや、その……彼女をここに呼んだのは……つまりその、三人でそういうことをするためでは――」信じられないが、レイジは赤くなっていた。「メアリがここにいるのは、おれがほかの女性とはする気がないけど、でも身は養わなくちゃならないからなんです。わかります？」レイジは悪態をついて立ちあがった。「これじゃ無理だ。こういうやりかたはよくない」

レイラの目が光った。「御身を養わなくてはならず、お連れあいさまからは飲むことができないとおっしゃるのですね。でしたら、わたくしがここにおります。お役に立ちたいと望んでおります。お入り用のものを差しあげるのがわたくしの喜びなのです。いったいなにがご不快なのかわかりません。それとも、もう少しあとにしようとお思いなのですか。飢えで物狂いなさって、お連れあいさまの御身を危うくなさる寸前まで？」

レイジは髪に手を突っ込み、つかんで引っぱった。

レイラが脚を組むと、ドレスのすそが割れて腿があらわになる。まるで絵のようだ。豪華なベッドに腰をおろす姿は、あつらえたように嵌まっていて、それでいて身震いするほど悩ましかった。

「戦士の君、習わしもしきたりももうお忘れでございますか。長らくおこなわれていなかったのは存じておりますが、奉仕をお受けになるのを、なぜそのようにためらわれるのでしょうか。これはわたくしの務めでございますし、それを果たすことができますのは、身に余る名誉と思っておりますのに」レイラは首をふった。「いえ、思っておりましたと申しましょうか。わたくしだけではございません。〈巫女〉は何世紀もずっと悲しんでおりました。〈兄弟団〉のかたがたは、どなたもわたくしたちをお召しにならず、いまのわたくしたちは用なしの役立たずになっております。ようやくご連絡をいただいたときは、みなどれほど喜んだかしれません」

「申し訳ない」レイジはメアリに目を向けた。「だが、どうしても——」

「お気になさっているのは、お連れあいさまのことなのですね」レイラがつぶやくように言った。「わたくしの手首にお口をつけておられるのを、お連れあいさまがご覧になってなんとお思いになるか」

「メアリは、おれたちのやりかたに慣れていないから」

レイラは片手を差し出した。「奥方さま、わたくしの横にいらしてくださいませ。そうすれば、旦那さまがお飲みのあいだに、奥方さまのお顔を見、お肌に触れ、においを嗅ぐことができますし、奥方さまも加わっていただけます。そうでないと、戦士の君はわたくしからお飲みにならないでしょう。それでいったい、おふたりはこれからどうなさるおつもりなのですか」だれからも返事がなく、メアリは突っ立ったままだ。女性はいらいらと差し招いた。「こうする以外に、旦那さまがわたくしからお飲みになる道はございません。それはおわかりのはずです。旦那さまのために、さあ」

「さあ、着いた」トールメントが言った。〈ローヴァー〉は、瀟洒《しょうしゃ》な現代ふうの家の前に駐まっている。

このあたりは、ジョンにはなじみのない街区だった。家々は通りから引っ込んで建ち、隣家とは遠く離れている。黒い鉄の門がいくつもあり、広々とした芝生が続いている。街路樹はカエデやオークだけではなく、名前も知らない珍しい木々が混じっている。

ジョンは目を閉じた。シャツのボタンがひとつとれているのが気にかかる。腕をずっと腹にまわしていれば、奥さんに気づかれずにすむかもしれない。

そうだ……このうちに子供がいたらどうしよう。きっと笑われるにちがいない……

お子さんはいますか？ ジョンはうっかり手話を使っていた。

「なんだって？」

ジョンはあわててポケットを探り、折り畳んだ紙を引っぱり出した。ボールペンを見つけて、急いで書いてそれを見せた。

トールメントは黙り込み、自分の家を見あげた。そのなかにあるものを恐れるかのように、あのいかつい顔をこわばらせている。

「生まれるかもしれない。あと一年とちょっとしたら。ウェルシーは妊娠してるんだが、おれの一族の女たちは、子供を産むときとんでもなく苦労するんだ」トールメントは首をふり、口をぎゅっと結んだ。「おとなになったら、妊娠の恐ろしさがわかってくる。それで〝シェラン〟を失う男はおおぜいいるんだ。正直言って、ウェルシーを失うくらいなら、子供なんかいなくていいと思ってる」咳払いをして、「ともかく、なかに入ろうじゃないか。腹ごしらえがすんだら、訓練センターをすみからすみまで案内してやるよ」

トールメントは、ガレージのドアオープナーを押して外へ出た。ジョンがバックシートからスーツケースを引っぱり出しているあいだに、トールメントは後部から十段変速自転車を取り出した。ふたりは歩いてガレージに入り、トールメントが電灯のスイッチを入れる。

「自転車はこの壁ぎわに置いとくからな」

ジョンはうなずき、なかを見まわした。〈ボルボ〉のステーションワゴンに……一九六〇年代の〈コルベット・スティングレイ〉のコンバーチブルだ。

ジョンはただ見つめるばかりだった。

トールメントがかすかに笑った。「もっと近くで見てやってくれよ」

ジョンはスーツケースをおろし、恋に落ちたようにうっとりと〈コルベット〉に近づいていった。手を伸ばし、なめらかな金属のボディをなでようとしたが、そこで手を引っ込めた。

「どうした、なでてやれよ。そいつも喜ぶから」

ああ、なんて美しい車だろう。冷たいメタリックブルーに輝いている。幌《ほろ》はおろしてあり、なかが見えた。豪華な白いシート、ぴかぴかのハンドル、ずらりと計器の並ぶダッシュボード。エンジンをかけたら、きっと雷みたいな爆音を立てるだろう。ヒーターを入れたら新しいオイルのにおいがするだろう。

トールメントを見あげたとき、自分の目は飛び出しそうになっているにちがいないと思った。口がきけたらいいのに。この車をどんなにすごいと思っているか、この人に伝えるためだけにでも。

「どうだ、すごい美女だろ？　おれが自分で修理したんだ。冬が来る前にブロックの上にのせとこうと思ってたんだが、今夜はこいつでセンターまで行ってもいいな。どう思う？　寒いだろうが、どっさり重ね着していけばいい」

ジョンは顔を輝かせた。重い腕を薄い肩にまわされたときも、顔はずっとゆるみっぱなしだった。

「よし、腹ごしらえといこうか」

トールメントはスーツケースを取りあげ、ジョンの自転車を置いたそばのドアに向かった。家のなかに入ると、メキシコ料理のにおいが漂ってきた。スパイスのきいた濃厚な香り。

ジョンは鼻がむずむずし、胃がむかむかしてきた。まずい、こういう料理だと食べられるものがなにもないかもしれない。どうしよう、トールメントの奥さんが気を悪くしたら……

目の覚めるような赤毛の美女が目の前に現われた。軽く百八十センチはあるだろう。肌は白磁《はくじ》のようになめらかで、ゆったりした黄色いワンピースを着ていた。それにしてもあの髪。川のように波打ちながら、頭から背中へ流れ落ちている。

ジョンは腕を腹にまわして、ボタンホールを隠した。

「お帰りなさい、〝ヘルレン〟」女性は言って、顔をあげてトールメントのキスを受けた。

「ただいま、〝リーラン〟。ウェルシー、ジョン・マシューを紹介するよ。ジョン、これがおれの〝シェラン〟だ」

「いらっしゃい、ジョン」と手を差し出してきた。「うちに来てくれてほんとにうれしいわ」

ジョンはその手をにぎり、急いで腕をもとの位置に戻した。

「さあどうぞ。夕食ができてるわよ」

キッチンは、桜の木の食器棚、花崗岩のカウンター、つやつやした黒い電化製品でいっぱいだった。窓のあるアルコーヴにガラスと鉄の丸テーブルが置かれ、三人ぶんの座席が用意してある。なにもかもまっさらの新品のように見えた。

「あなたたちふたりは座ってて」ウェルシーが言った。「お料理を運んでくるから」

ジョンは流しを見やった。白い陶製で、上品な真鍮の水栓がすらりと高く伸びている。

「手を洗う？」彼女は言った。「どうぞ、遠慮しないで」

小さな石けん受けに石けんが置いてあり、彼は念入りに手を洗った。爪の下まできれいにしてから、トールメントといっしょに腰をおろした。ウェルシーが料理を山盛りにした皿を運んできた。エンチラーダ。ケサディヤ。次の皿をとりにまた引き返していく。

「これだよ、おれがいつも言ってたのは」トールメントは、自分の取り皿に料理をてんこ盛りにしながら言った。「ウェルシー、すごくうまそうじゃないか」

ジョンは目の前に出されたものに目をやった。このテーブルには、彼が食べられるものはなにもない。しかたがない、もう食べてきたと言えば……

と、彼の前に深皿が置かれた。ライスに、なにか薄いソースがかかっている。香りはかすかだったが、おいしそうだった。

「これならあなたの胃にもやさしいわよ。ショウガが入ってるの」ウェルシーは言った。「それに、このソースは脂肪分が多くて、体重をつけるのにいいのよ。デザートにはバナナプディングを用意してありますからね。消化しやすいし、カロリーも高いから」

ジョンは料理を見つめた。知っているのだ。この人はちゃんと知ってる。他になにが食べられないか。なにが食べられるか。

目の前の皿が曇ってきた。急いでまばたきした。まにあいそうにない。

口をぎゅっと結んで、膝に置いた両手を関節が鳴るほど固くにぎった。子供みたいに泣くわけにはいかない。そんなみっともないまねができるものか。

ウェルシーが低い声で言った。「トール、ちょっとだけはずしててくれない?」

椅子を引く音がして、ジョンは分厚い手が肩に置かれるのを感じた。その重みが消えると、重い足音が部屋から出ていく。

「もう我慢しなくていいのよ。トールはいないから」

ジョンは目を閉じ、うつむいた。涙が頬をこぼれ落ちる。

ウェルシーが椅子を近くに引いてきた。ゆっくりと弧を描くように、背中をさすってくれた。

まるで夢のようだ。絶望しかけているときにトールメントが現われて、彼を見つけてくれた。これから暮らすこの家は、とてもきれいで清潔だ。ウェルシーは、彼のために特別に、胃が受け付けるものを作ってくれる。

そのうえ、トールメントもウェルシーも、プライドを尊重してくれる。

いっぽうに引き寄せられたと思ったら、抱きしめられた。やさしく揺すられた。

渇ききって、彼はそのやさしさを吸い込んだ。

しばらくして顔をあげると、ナプキンが手もとに差し出された。顔を拭き、背筋をしゃんと伸ばし、ウェルシーに目を向けた。

にっこりして、「落ち着いた?」

彼はうなずいた。

「じゃ、トールを呼んできていいかしら」

ジョンはまたうなずき、フォークを手にとった。ライスを口に運んでみて、思わず息をついた。あまり味はしなかったが、胃に入れてもむかつくどころか、逆に快い空腹感が湧いてくる。彼の消化器官になにが必要かわかっていて、それにぴったり合わせて作ってあるかのようだ。

トールメントとウェルシーが戻ってきて席に着いたとき、沈まりが悪くて顔をあげられなかった。ほっとしたことに、ふたりはすぐにごくふつうの会話を始めた。雑用のこと。友だちのこと。これからの計画のこと。

ジョンはライスをたいらげて、まだあるだろうかとレンジのほうに目を向けた。なにも言わないうちに、ウェルシーが皿を取りあげて、おかわりを盛ってきてくれた。三杯食べて、バナナプディングも食べた。スプーンを置いて初めて気がついた——これが満腹というものか。

深く息を吸って、椅子の背もたれに背中を預けた。目を閉じて、トールメントの深く響く声と、ウェルシーの耳に快い返事を聞いていた。

子守歌みたいだ、と思った。とくに、ふたりが彼の知らない言葉に切り換えてからは。

「ジョン？」トールメントが言った。

身体を起こそうとしたが、眠くて眠くて、目をあけるのがやっとだった。

「部屋に案内しよう。もう寝たほうがいい。訓練センターには二、三日後にでも行こう、な？　ここに少し慣れてから」

ジョンはうなずいた。いまはなにもできそうな気がしない。ただただ、ひと晩ぐっすり眠りたかった。

それでも自分の皿を流しに運んで、水でゆすぎ、食器洗い機に入れた。テーブルを片づけるのを手伝おうとしたが、ウェルシーは首をふった。

「いいのよ、ここはわたしがやるから。トールと部屋に行って」

ジョンはペンと紙を取り出した。言いたいことを書いて、それをウェルシーのほうに向けた。

彼女は笑った。「どういたしまして。それとええ、作りかたを教えてあげるわ」

ジョンはうなずいたが、そこで不審に思って目を細めた。

ウェルシーは満面の笑みを浮かべていて、口もとに歯がこぼれていた。二本、とても長い歯がある。

はっとしたように、彼女は口を閉じた。「もうお休みなさい、ジョン。なんにも心配することはないのよ。考えごとは明日にしてね、時間はいくらでもあるから」

トールメントに目をやると、知らん顔をしていた。

それで気がついた。教えられるまでもなく悟っていた。自分が周囲の人間とちがうのはずっと気がついていたが、ついにその理由を知るときが来たのだ。この親切なふたりは、彼がほんとうは何者なのか教えてくれるだろう。

ジョンは夢のことを思い出した。牙を立てる夢。血の夢。

あれはただの夢ではなかった。

記憶だったのだ。

37

メアリは、〈巫女〉の差し出した手を見つめ、その目をレイジに向けた。むずかしい顔をして、身体をこわばらせている。

「手を貸して差しあげてくださいな」レイラが言う。

大きく息を吸うと、メアリは進み出て、差し出された手のひらに自分の手のひらを置いた。レイラは彼女を引き寄せ、小さく微笑んだ。「不安なお気持ちはわかります。でもご心配なく、すぐに終わりますから。終わったらすぐわたくしは帰りますので、あとはおふたりで。抱きあいさえすれば、わたくしのことなどすっかり忘れてしまわれますわ」

「どうして平気でいられるんですか。こんな……使い捨てみたいに」メアリは言った。

レイラはまゆをひそめた。「わたくしは必要とされるものを差しあげるだけです。使い捨てとは思いません。それに、〈兄弟団〉のかたにご奉仕するのは当然のことですもの。わたくしたちが生きていられるのは、〈兄弟団〉に守られているからです。〈兄弟団〉のかたがたが娘を授けてくださるから、わたくしたちの伝統は続いて……その、少なくともかつてはそうでした。最近では〈巫女〉の数は減りつづけております。〈兄弟〉がもう来てくださらないからです。どうしても子供が必要なのですけれど、わたくしたちは〈兄弟〉以外のかたと子供を作ることを法で禁じられておりますから」レイジに目をやった。「今夜わたくしが選ばれたのはそのためです。欲求期が近いので、わたくしを受け入れてくだされぱと期待して」

「あなたと寝るつもりはない」レイジが低い声で言った。

「わかっております。でも、それでもお役に立ちたいのです」

メアリは目を閉じ、レイジの子供はどんなふうだろうと想像した。自分の平らな腹部に触れ、これが大きくふくらんだところを思い描く。きっと天にものぼる喜びだろう。それはまちがいないと思った。なぜなら、自分にそんな日は来ないと思うと、身を切られるように苦しいから。

「さあ、戦士の君、どうなさいます？　わたくしが喜んで差し出すものを受け取ってくださいますか。それとも、お連れあいさまを傷つける危険を冒すおつもりですか」

レイジはためらっている。しかし、メアリにはわかっていた。ふたりの抱える問題を解決する方法はひとつしかない。そしてその解決法が、いま目の前に差し出されている。やるしかないのだ。

「飲ませてもらいなさいよ」きっぱり言った。

彼は目を合わせてきた。「メアリ？」

「飲んでちょうだい。さあ」

「本気で言ってるのか」

「ええ」

鼓動一拍ぶんほど、凍りついたような沈黙があって、彼はまたレイラの前にひざまずいた。彼が身を乗り出すと、レイラはそでをあげて腕を膝に置いた。手首の内側の血管が、真っ白な肌に薄青く浮き出ている。

メアリの手をにぎりながら、レイジは口をあけた。牙が長くなっている。ふだんより三倍も長い。かすかに猫のうなるような声を漏らし、頭を下げて口を手首につけた。レイラは一瞬びくりとしたが、すぐに身体の力を抜いた。

レイジの親指がメアリの手首をなでている。にぎった彼の手は温かかった。なにをしているのかはっきりとは見えなかったが、頭のわずかな動きから、血を吸っているのがわかる。手を強くにぎりしめられたとき、応える彼女の手には力が入らなかった。文字どおり異世界の体験だったし、それに彼の言うとおりだった——ぎょっとするほど、セックスに似ている。

「なでてあげてください」レイラがささやいた。「もうやめようとなさってます。でもまだ早すぎます。じゅうぶんに飲んでらっしゃいません」

恐る恐る、メアリはあいたほうの手を伸ばし、彼の頭をなでた。「大丈夫よ、わたしは大丈夫」

レイジが身を引こうとするように動いた。嘘をついているのがわかったかのように。メアリはそのとき、彼女のためなら彼はどんなことも喜んで耐え忍ぶだろうと思った。そしてまた、彼女のために彼がすでにどんなことを耐え忍んできたかを思った。

メアリは彼の頭を押さえ、もとの位置に押し戻した。「まだやめちゃだめ。嘘じゃないわ、わたしは大丈夫」

手をぎゅっとにぎってやると、こわばっていた肩から力が抜け、こちらに身を寄せてきた。身体をまわして向きを変える。メアリは脚を開き、腿のあいだに彼が身体を入れられるようにした。彼の胸を腿にのせると、彼女の身体はいかにも小さく、彼の広い背中はますます広く見えた。ブロンドの髪をなでてやると、豊かな波がさらさらと指のあいだに沈んでいく。

ふいに、こうしているのがそれほど変とは感じなくなった。

レイラの手首を彼が吸っているのは感じられるが、触れあうレイジの身体はいつものとおりだし、手首をなでるしぐさから、身を養っているいまもメアリのことを考えているのがわかる。レイラに目をやった。レイジを見守ってはいるが、その顔に浮かぶ真剣な表情は医師か看護師のようだった。

メアリはレイジの言葉を思い出した。噛まれれば、彼女も彼の快楽を感じるだろうと言っていた。しかし、いまの彼と〈巫女〉のあいだには、快楽のやりとりがあるようには見えない。どちらの肉体も鎮まっている。どんな情熱の昂《たかぶ》りも見受けられない。

レイラが目をあげて微笑んだ。「順調に飲んでらっしゃいます。あと一分ほどでしょうか」

やがて終わった。レイジはわずかに頭をあげ、こちらに向きなおると、メアリの腰に頭をもたせて、両腕をまわしてきた。顔は腿に当てているから表情は見えないが、全身の筋肉が弛緩して、深く一定のリズムで呼吸している。

レイラの手首に目をやった。穴がふたつあいて赤くなり、わずかに血が流れている。

「落ち着かれるまで、少しお時間がかかります」と言うと、レイラは自分の手首をなめた。そでをおろして立ちあがる。

メアリはレイジの背中をさすりながら、そちらに目を向けた。「ありがとうございました」

「いえ、お礼には及びません」

「必要になったら、また来てくださいます？」

「おふたりとも、わたくしをお望みですか。とくにわたくしを？」

彼女の興奮ぶりに、メアリは自分を押し殺して答えた。「ええ、わたし、というかその、わたしたち、あなたに来ていただきたいです」

レイラはぱっと顔を輝かせた。目がうれしさに見開かれている。

「奥方さま、光栄に存じます」とお辞儀をした。「お呼びくださる方法は、戦士の君がご存じです。いつでもお声をおかけくださいませ」

レイラは、はずむような足どりで部屋を出ていった。

ドアが閉じると、メアリはかがんでレイジの肩にキスをした。彼は身じろぎし、頭を少しあげて、手のひらで口をぬぐった。口についた血を見せたくないのだろう。

こちらを見あげたとき、まぶたは垂れ下がり、明るい碧を帯びた青い目が少しかすんでいた。

「どう」彼女は言って、髪をかきあげてやった。

レイジはあの特別な笑顔を見せた。まるで天使のような笑顔。「うん」

その下唇に親指で触れてみた。「おいしかった？」ためらう彼に、メアリは言った。「わたしに嘘はつかないで」

「うまかったよ。だけど、きみだったらとずっと思ってた。ずっときみのことを考えてた。

きみから飲んでるんだと想像してた」

メアリは身体をふたつに折って、彼の口をなめた。驚きに目をみはる彼をよそに、舌をなかにすべり込ませ、口に残るかすかな味をとらえた。甘い赤ワインのような。

「よかった」彼女は唇を重ねたままつぶやいた。「あのときは、わたしのことを考えてね」

レイジは両手を彼女の首に当て、親指で血管をなぞりながら言った。「もちろん」

彼が唇を重ねてきて、メアリはその肩をつかんで引き寄せた。セーターのすそを彼が引っぱりあげると、腕をあげて脱がされるのを手伝い、ベッドに仰向けに倒れ込んだ。レイジは彼女のジーンズと下着を脱がせ、自分も服を脱ぎ捨てた。

レイジはそびえるように立ちあがり、片腕で彼女を抱えてベッドの中央のほうへ連れていく。腿を脚のあいだに入れ、重みで彼女はマットレスに沈み込んだ。あのどっしりと大きなものが身体の芯を突きあげてくる。彼の下で彼女は身をくねらせ、自分自身を、そして彼を同時に愛撫していた。

彼の口は切羽詰《せっぱ》まったように重ねた唇をむさぼっていたが、なかにはゆっくり入ってきた。そっと開かせ、押し広げて、ゆっくりひとつになる。うっとりするほど大きく固く、ゆったりと深く入ってくる。あの苦みのある陶酔の香りが彼の身体からあふれ出し、こちらにしみ込んでくる。

「二度とほかの女は抱かない」首に舌を這わせながら言う。「きみ以外は欲しくない」

メアリは彼の腰に脚を巻きつけ、もっと奥深くへ導こうとした。永遠に離れずにいられるように。

ジョンはトールメントのあとについて家じゅう見てまわった。部屋数は多く、家具調度はどれもほんとうに立派で、ほんとうに古いものだった。山の風景画の前で立ち止まった。金めっきの額縁に小さな真鍮の銘板がついていて、フレデリック・チャーチ（十九世紀後半に活躍した米国の風景画家）と書かれている。どういう人なのか知らないが、とてつもなく絵がうまいのはたしかだと思った。

　廊下の端まで来て、トールメントはドアを開いて明かりをつけた。「スーツケースはもうここに運んでおいたから」

　ジョンはなかに入った。壁と天井は濃青色で、大きなベッドには美しいヘッドボードがあり、ふかふかの枕が山をなしている。机とたんすもあるし、ガラスのスライドドアの向こうにはバルコニーが見える。

「バスルームはこっちだ」トールメントがべつの明かりをつけた。

　ジョンは頭を突っ込んでみた。濃紺の大理石がふんだんに使ってある。シャワーはガラスのブースのなかにあって……すごい、水栓が四つもある。

「必要なものがあったらウェルシーに言うといい。おれも午前四時ごろには戻ってくる。毎晩それぐらいの時間に階下《した》におりるんだ。日中におれたちに用があるときは、どの電話からでもシャープのあとに1を押してくれ。いつでも歓迎だから遠慮するなよ。ああ、それからうちには〝ドゲン〟が、つまり手伝いがふたりいる。サルとレジーヌって言って、ここらの仕事を助けてもらってるんだ。これからおまえがここで暮らすのはふたりとも知ってる。毎朝五時ごろ通ってくるから、出かけたいときは声をかけて連れてってもらうといい」

ジョンはベッドに近づいていき、枕カバーに触れた。とてもやわらかくて、さわっているのかどうかわからないぐらいだ。

「大丈夫、うまくやって行けるさ。慣れるまで少し時間はかかるかもしれないが、おまえなら大丈夫だ」

ジョンは部屋の向こう側に目をやった。勇気を奮い起こし、トールメントに近づいていくと、自分の口をあけた。それから、トールメントを指さしてみせる。

「ほんとにいま見たいのか」トールメントがささやくように言った。

ジョンがうなずくと、トールメントはゆっくり唇を開いた。二本の牙が剝き出しになる。

うわ……やっぱり……

ジョンはごくりとつばを呑み、指を自分の口に向けた。

「ああ、おまえにも生えてくるんだ。この二、三年のうちに」トールメントは部屋の奥に歩いていき、ベッドに腰をおろすと、膝にひじをついた。「おれたちはみんな、二十五歳ぐらいで変化する。そのあとは、生きていくために女性から飲まなくちゃならない。言っとくが、ミルクのことじゃないぞ」

ジョンはまゆを吊りあげた。だれから飲めばいいのだろう。

「変化を乗り越えられるように、適当な女性を見つけてやるよ。どういうことが起きるか前もって説明する。楽なことじゃないが、乗り越えると強い身体に変身できるんだ。苦しい思いをした甲斐《かい》があったと思うはずだ」

ジョンは目を見開き、トールメントの大きさを目で測った。ふいに両手をまず横に、次に縦に広げてみせて、自分の胸を親指でさしてみせた。

「ああ、おまえもおれと同じぐらい大きくなるんだ」

ジョンは〝まさか〟と口を動かした。

「嘘じゃない。だから遷移は大仕事なんだ。ほんの数時間のうちに、身体がものすごく変化するんだから。そのあとは、一からいろんなことを学びなおさなくちゃならない。歩きかたや動きかたを」トールは自分の身体を眺めて、「この身体ってやつは、慣れるまではなかなか操縦がむずかしいんだぞ」

ジョンは無意識に自分の胸をさすっていた。あの丸い傷痕のある場所を。トールメントの目が、その手の動きを追っている。

「ジョン、正直に言うが、おまえについてはわからないことがいろいろある。第一に、おれたちの血がどれぐらい混じっているかわからない。それに、おまえがだれの子孫なのかさっぱり手がかりがない。その傷も説明がつかない。生まれたときからあったと言ってたな。それを疑う気はさらさらないが、そのしるしはあとから与えられるもので、持って生まれるものじゃないんだ」

ジョンは紙をとって書いた。**みんなにあるんですか。**

「いや、おれとおれの兄弟たちだけだ。だから、ベラはおまえをおれたちのところへ連れてきたんだ」

あなたとその兄弟たちはどういうひとたちなんですか、とジョンは書いた。

「〈黒き剣兄弟団《ブラック・ダガー》〉、戦士の集団だよ。一族を守るために戦ってる。おまえを訓練するのはそのためなんだ。同じクラスのほかの男たちは兵士になるんだが、そのしるしを持っているからには、おまえはいつかおれたちの一員になるかもしれん。まだわからないが」トールメントは首筋をもみほぐした。「近いうちに、おまえをラスに紹介するつもりだ。ラスはおれたちのボスで、一族の王だ。それから、一族の医師のハヴァーズにも診てもらおう。そうすればおまえの血統がわかるかもしれない。かまわないだろう？」

ジョンはうなずいた。

「見つけられてよかったよ、ジョン。でなかったらおまえは死んでたところだ。必要なものを与えてくれる者がいないんだから」

ジョンは近づいていって、トールの横に腰をおろした。

「なにか訊きたいことがあるのか？」

ジョンはうなずいたが、頭のなかにあるものを筋道を立ててまとめることができなかった。

「それじゃ、ひと晩かけてじっくり考えてみたらいい。また明日話そう」

自分でもはっきり気づかないうちに、ジョンは返事がわりにうなずいていた。トールメントが立ちあがり、ドアに向かって歩きだした。

どこからともなくパニックの弾丸が飛んできて、胸のなかで跳ねまわった。ひとり取り残されると思うと心細くなる。安全きわまる街区で、親切なひとたちといっしょに、こんなきれいな家にいるというのに。なぜか、自分がとても……ちっぽけに思えた。

トールメントのごついブーツが、視界に入ってきた。

「なあジョン、しばらくここでいっしょにいてもいいか。いいだろ？　テレビでも観ようや」

　とっさにジョンは手を動かしていた。うれしいです、なんか変な気分なんです。

「それはイエスって意味だな」トールメントは枕に身体を投げ出し、リモコンをとるとテレビのスイッチを入れた。「兄弟のひとりにヴィシャスってのがいて、そいつがこの家のアンテナとか配線をやってくれたんだ。たしか七百ぐらいのチャンネルが観られるはずだ。なにが観たい？」

　ジョンは肩をすくめ、もぞもぞとあとじさってヘッドボードに寄りかかった。

　トールメントは次々にチャンネルを変えていき、やがて『ターミネーター2』をやっているところを見つけた。「好きか？」

　ジョンは歯と歯のあいだから小さく口笛を吹き、うなずいた。

「おれもだ。傑作だよな。リンダ・ハミルトンもいかしてる」

38

レイジは遅くまで、それもずいぶん遅くまで起きていたが、恐ろしい胸騒ぎのせいで目が覚めた。あの不穏な感じ、うずうずする不快感がまた身内によみがえっている。〈書の聖母〉が与えてくれた猶予期間が過ぎたのだ。けものが戻ってきた。

目をあけると、枕に広がるメアリの髪が見えた。首の曲線が。剝き出しの背中が。どっと汗が噴き出し、心臓の鼓動より早く勃起していた。

身を養ったあと、ふたりいっしょに達したときのことを思い出した。この部屋に戻ってきてからもう一度。日中にもさらに二回彼女に手を伸ばしながら、あまり求めすぎではないかと後ろめたかった。全身を激しくむさぼったあとだったから。それでも、そのたびにメアリは笑顔で迎え入れてくれた。きっともうくたくただろうし、たぶん少しは痛みもあるだろうに。

いままたレイジは彼女を欲していたが、それはこれまでとはちがう、突きあげてくるような欲望だった。激しい飢え。まるで一度も彼女を抱いたことがないような、何カ月ぶりかで再会したかのような。衝動と戦っていると、両手がひとりでに鉤爪のように曲がり、指が震え、皮膚が引きつれる。限界まで引き延ばされたかのように、骨まで振動している。

ベッドを出てシャワーを浴びに行った。戻ってきたときにはやや落ち着きを取り戻していたが、見ればメアリは上掛けをはいでしまっていた。うつぶせで眠る裸身は輝かしく、美しい尻を見ると欲情に胸を食い破られそうだ。

「キッチンで食べるものをとってこようか」かすれ声で言った。

「眠い」女はつぶやき、寝返りを打って仰向けになった。外気に触れて、ピンクの乳首が固くなっている。

目の毒だ……ちょっと待て、なにかようすがおかしい。冷たい風に当たりすぎでもに、顔が赤らんでいる。それに、脚でマットレスを盛んに擦《す》っている。いていって、ひたいに手を置いてみた。熱くて肌がかさついている。

「メアリ、熱があるみたいだぞ」

微熱よ。よくあることなの」

恐ろしさに、抱きたいという欲望が一気に冷えた。「アスピリンかなにか持ってこようか」

「いいの、眠ってるうちに下がるから」

「そばについていようか」

彼女は目をあけた。その目が濁《にご》っているのが見ていてつらい。「いいのよ、慣れてるから。嘘じゃないわ、大丈夫よ。ただ眠ってれば下がるの」

レイジはしばらくぐずぐずしていたが、やがて黒いナイロンのスウェットスーツにTシャツを着た。部屋を出る前に、ベッドの彼女を見つめた。微熱を出している姿さえ見ていてつらい。本格的に具合が悪くなってきたとき、それに耐えていけるだろうか。

ハヴァーズ。そうだ、まだハヴァーズの意見を聞いていなかった。もうとっくにファイルにアクセスしているはずだ。携帯電話をとり、廊下に出ていった。

医師との会話に長くはかからなかった。彼女のためにできることはなにもないというのだ。ヴァンパイアはガンにはかからないから、ガンにはとくに注目してこなかったし、それは同業者たちも同じだと。

レイジが電話を切ろうとしたとき、ハヴァーズが言った。「失礼、立ち入ったことをうかがうようですが……このかたは非常に幅広く治療をお受けになってますが、それはご存じですか」

「ずいぶんいろんな治療を受けたのは知ってる」

「ですが、どれぐらい強い治療だったかおわかりでしょうか。これだけの治療を受けたあとで白血病が再発したとなると、今後とりうる選択肢は非常に――」

「礼を言うよ、ファイルを見てくれて。恩に着る」どれだけ深刻な状況か、わざわざ念押ししてもらう必要はない。

「[illegible]とお待ちを……わたしにできることがあれば、お力になります。化学療法に関しては[illegible]立てませんが、これまで投与された鎮痛剤やさまざまな薬物に関しては、こちらでも処方[illegible]ります。人間の病院で治療を受けておられても、苦痛を緩和《かんわ》したり、看護したりすること[illegible]能です。ぜひまたご連絡ください」

「わかった。[illegible]ヴァーズ……礼を言うよ」

電話を切ったあと、[illegible]スの書斎に向かったが、姿がなかったので一階におりようと階段に向かった。ラスはベスとなにか食べているのだろう。

だしぬけに、黒い長髪の頭をのせたレザーの壁が目の前に実体化した。今日のラスのサングラスは銀のラップアラウンドだ。

「おれに用か?」王は言った。

「やあ、うん。メアリが越してきたんだ。これからはずっとここで暮らす」

「その話なら聞いた。荷物を運んできたとフリッツが言ってた」

「そうなんだ。それでさ、今夜ここでちょっとパーティをやりたいんだけど、いいかな。メアリを友だちのベラに会わせたいし、〈兄弟〉のいいとこを見せてやりたいんだよ。正装とかしてさ。ウェルシーにも来てもらえるといいな。おれがついてるって言っても、ほかの連中ともつきあいたいだろうし。ひとりぼっちだなんて思わせたくないんだ」

「それはいい考えだ。ベスは今夜、街に出たがってたんだが――」

「いや、もう予定があるなら変えないでくれよ。そんな大げさな集まりじゃないんだし」

「そうだな、〝ジェラン〟は出かけるのを楽しみにしてたんでな。その、おれを独占したいっていうかな。それにおれも、その、そうされて悪い気はしないというか、ま、そういうことだ」

レイジは小さくにやりとした。ラスの全身から熱い風が吹き出してくる。「うん、わかるよ」

やや間があって、王が口を開いた。「兄弟、ほかにもなにかあるのか」

「ええと、うん。メアリはもうすぐ具合が悪くなると思うんだ。それで、できるだけ夜は兄弟と出るようにはするつもりだけど、病状が、その――」

「わかってる。やるべきことをやってくれ」

「迷惑かけてすまない」

ラスは首をふった。「あのな――おまえは立派な男だ。じつに見あげたやつだ」

「うん、あのさ、それはあんたの胸に納めといてくれよな。手前勝手なろくでなしっていうせっかくの評判が台無しになるからさ」

「これがトールだったら、驚きはしないだろう。フュアリーはもちろんだ。たぶんVもな」

レイジは顔をしかめた。「そんな、大層な犠牲を払うみたいな言いかたはやめてくれよ。おれはメアリを愛してるんだ」

「それを犠牲と言うんだ。おまえはメアリを愛している。遠からず〈冥界《フェード》〉に旅立つとわかっているのに」

「彼女はどこにも旅立ったりしない」レイジは奥歯を噛みしめた。「よくなるんだ。治療は大変だろうが、それでも治るんだ」

「これは、おれが悪かった」ラスは頭を下げた。「そうだな、そのとおりだ」

レイジは目を伏せた。謝罪を受けてどうすればよいかわからなかったのだ。謝罪はいつもする側で、受けた経験がなかったから。それに、メアリが死ぬことを考えるたびに、胸の奥をバーナーで灼かれるような気がする。

「ではまた、マイ・ロード」レイジは言った。感情をあらわにしてみっともないところをさらさないうちに、ここを立ち去りたかった。

ところが、顔をあげてみたら、ラスの目をまっすぐのぞき込んでいた。こんなことは初めてだった。王はサングラスをはずさないのだ。かたときも。

レイジは息もできずに、こちらを見返してくる輝く銀緑色の瞳を見つめていた。瞳孔らしい瞳孔はなく、小さな黒い点があるだけだ。その見えない輝く瞳には、しかしはっとするほどのぬくもりが宿っていた。

「おまえを兄弟と呼べるのを誇りに思うぞ」ラスは言った。

ずっしりした両腕が身体にまわされるのを感じた、と思ったら、レイジは分厚い胸に引き寄せられていた。とっさに身体がこわばったが、すぐにラスの大きな肩をしっかりつかんだ。

「ラス……」

「うん」

レイジは口を開いたが、声が出てこなかった。

ラスはその声なき問いに答えた。「おれたちがずっとついてるぞ。助けが必要なときはそう言え。万が一そのときが来たら、正式な〈フェード〉の儀式を執りおこなおう。戦士の〝ジェラン〟にふさわしくな」

レイジは目をぎゅっとつぶった。「感謝します……マイ・ロード」

その夜、メアリはバスルームで髪をブラッシングしながらドライヤーを当てていた。それが終わると、鏡のなかをのぞいて、波打つ茶色の髪をなでつけた。指にふれる髪はやわらかく、ここの照明で見るとわずかに金色と赤が混じって見える。

この髪がまたすっかり抜け落ちてしまうのか。だが、そのことは考えないようにした。頭の外に追い払ってしまおう。くよくよするのは、実際にそのときが来てからでも遅くない。

「昨日と変わらずきれいだよ」レイジがシャワーから出てきて言った。タオルで身体を拭きながら後ろに近づいてきて、鏡のなかの彼女に投げキスをする。

メアリは笑顔になった。「ベラとジョンを招待してくれてほんとにありがとう。ベラとはいい友だちになれたし、ジョンのことは心配してたのよ」

「ここにいるからって、みんなとつきあいがなくなっちゃ寂しいもんな。それに、〈兄弟団〉もたまには礼儀ってもんを思い出さなくちゃ。いい機会だよ」

「それにしても、トールメントとウェルシーはいいひとたちね。ジョンを引き取ってくれるなんて」

「あのふたりは最高だからな」

レイジがバスルームを出ていくとき、背中の刺青の目がこちらを見つめていた。不思議だとは思うものの、不愉快というわけではなかった。大きな番犬が、なでてもらいたくて見つめているような感じなのだ。

出ていってベッドのふちに腰をおろした。「ねえ、今朝はごめんなさいね。眠れなかったんじゃない？　微熱が出ると、つい寝返りばっかり打っちゃって」

レイジがクロゼットから出てきて、黒いズボンのジッパーをあげた。「ぜんぜん気にならなかったぜ。だけどさ、その微熱はなんとか治せないのか」

「しかたないことなのよ。気になるならべつの部屋で寝るけど」レイジの顔を見てメアリは笑った。「やっぱりやめとくわ」

「ハヴァーズのことだけどさ、なんとかできるんじゃないかと思ってたんだが」

「気にしないで。でも、いろいろ心配してくれてありがとう」

「次に専門医に診てもらうのはいつ？」

「もうすぐよ。でも、もうこの話はやめましょうよ。今夜は楽しみたいの。いまは気分がいいんだし、こういう時間は一分もむだにしたくないわ」

レイジの口の両端があがり、さすが、とでも言いたげに目が輝いた。

わたしはほんとうに、このひとを拒絶しようなんて一瞬でも考えたのだろうか。信じられない。

メアリは笑顔を返した。今夜のパーティが終わって、またふたりきりになれるときが待ちきれない。暗闇のなか、肌と肌を隔てるものをすべて取り去って。

彼がクロゼットのなかに姿を消したとき、メアリはそのあとについていった。パーティが始まる前に数分でもふたりきりになって、楽しみの先どりでもできないかと思ったのだ。レイジは、ハンガーにかけてずらりと並んだドレスシャツを眺めていた。その背中に手を当てた。ちょうどけものの肩の上に。

レイジがびくりとして身を引いた。

「背中が痛いの？」

後ろにまわろうとするが、彼はそのたびに体《たい》を返し、二度三度とふたりは位置を入れかわった。

「どうもしてない」

「レイジ――」

「急がないと遅れる」声が少しかすれている。胸筋がぴくぴく引きつっていた。

「背中をどうかしたの？」

彼はハンガーからシャツをひっぺがし、そでを通して、手早くボタンを留めた。「どうもしてない」

レイジはメアリの頬に軽くキスをし、そそくさとわきをすり抜けていった。寝室に出ると、廊下に通じるドアをあけ、たんすから時計をとって手首にはめた。留め金をいじる指が震えている。

どうしたのかと重ねて尋ねようとしたとき、戸口にフュアリーが顔を出した。

「やあ、兄弟、メアリ」笑顔で言った。「いっしょに下へおりようぜ」

メアリはいらだちを押し殺した。邪魔が入るにしても、こんな美貌の邪魔が入るとは思わなかった。目もあやな七色の髪は広い肩のまわりにふさふさと広がり、文字どおり頭のてっぺんから爪先まで、一分のすきもなくびしっと決まっていた。濃紺のスーツには薄いピンストライプが入っていて、淡いピンク色のシャツのおかげで、たくましい首とみごとな肌の色つやが強調されている。ローファーは恐ろしく洒落ているし、フレンチカフスは大きな金のカフスリンクで留めてあるし、小指にはダイヤモンドのピンキーリングが光っている。

このまま、男性ファッション誌『GQ』のモデルになれる。ベラと並んだらさぞかし絵になるだろう。

「ねえフュアリー、もうベラには会った？」

彼は胸ポケットのチーフをいじりはじめた。どこもおかしなところはないのに。「ああ、会ったよ。きみとあの男の子がセンターに来た夜に」

「今夜来てくれるのよ」

「うん、その、そうらしいね」

「彼女、いまつきあってるひといないんだけど」

まあ、赤くなるとますますすてき。フュアリーはほんとうに魅力的だわ。

「そいつにそんなこと言ってもむだだよ」レイジは言いながら、拳銃を腰のくびれにはさみ込んだ。

メアリはレイジをにらんだが、ジャケットのそでに手を通していて、彼はそれに気づかなかった。

「でも、あなたもシングルなんでしょう」とフュアリーに言う。「ちがうの？」

「そりゃ、シングルはシングルだけどな」

「レイジったら、本人に返事をさせてあげてよ。ねえフュアリー、ふたりともいまフリーなんだし、いつか食事にでも誘ってみたら？」

フュアリーはスーツのえりをなでつけながら、ますます顔を赤くした。「その、それはどうかな」

「ベラはほんとにきれいだし――」

レイジが首をふって、彼女を急かして廊下に出ていった。「それぐらいにしといてやれよ、メアリ。行こう」

階段をなかばほどおりたところで、メアリはレイジを引っぱって立ち止まらせた。フュアリーを先に行かせて、小声で言う。「どうして止めるのよ。ベラとうまく行くかもしれないじゃない」

「フュアリーが相手じゃ、おしゃべりしかできないんだぜ」

「それはどういう――」

「フュアリーは女とはしないいんだよ」

「ゲイなの？」

「いや、だけどベラとくっつけようとするのはやめろよ、な？　どっちにとっても気の毒だからさ」

メアリはフュアリーに目をやった。ちょうど玄関広間のモザイクの床におりたところだ。わずかに脚を引きずってはいるが、さっそうと歩く姿は、全身どこの機能にも自信たっぷりの男性の姿に見える。しかし、それはただの見せかけなのかもしれない。ひょっとしたら戦闘で負傷したのかも。

「その、ひょっとして、不能とか？」

「いや、そんなことはないだろう。あいつは禁欲主義者なんだよ」

まあ、なんてもったいない。彼の歩く姿を見ながら思った。

「それじゃ、修道会かなにかに入ってるの？」

「いや」

「じゃあなぜ？」

「フュアリーの場合、なんでも最後には双児のザディストに行き着くんだ。ああ、あのふたりがぜんぜん似てないのはわかってるよ」レイジに軽く突つかれて、メアリはまた階段をおりはじめた。

「フュアリーはどうして脚を引きずってるの」

「義足なんだ。左脚が半分ないんだよ」

「まあ、どうして？」

「自分で吹っ飛ばしたのさ」

メアリは足を止めた。「自分で？　なにかの事故だったの？」

「いや、わざとやったんだ。メアリ、行こうぜ。この話はまたあとでしよう」彼女の手をとり、先に立って歩きだした。


車で迎えに来てくれた〝ドゲン〟とともに、ベラは館の控えの間を抜けた。あたりを見まわして息を呑む。彼女の家族は豪壮な邸宅を構えているが、これには遠く及ばない。ここは……王宮だ。だが、考えてみればそれも当然だろう。ここには盲目の王と、王の選んだ女王が住まっているのだから。

「ようこそ、ベラ」男性のよく響く声がした。

そちらに顔を向けると、あの華麗な髪の兄弟だった。あの夜の訓練センターで、彼女とザディストのあいだに割って入ってきたひとだ。

「フュアリーです。以前ジムで会いましたね」

「お招きいただきまして」彼女は言って、深々とお辞儀をした。兄弟たちを前にすると、どうしてもかしこまらずにはいられない。こんな兄弟が相手ではとくにそうだ。とても大きくて、とても……あの髪は本物かしら。

「来てくださってうれしい」彼は微笑んだ。黄色の目がやさしい。「どうぞ、コートをとってください」と、脱ぐのを手伝ってくれた。

ベラは脱いだコートを腕にかけた。「正直に言いますけど、ここにお招きいただけるなんて夢を見てるようです。あら、メアリ！」

ふたりは抱きあい、フュアリーと三人で話しはじめた。ほどなく、ベラはこの戦士の前でもすっかりくつろげるようになった。とても穏やかで信頼できる雰囲気を持っているし、それにあの目には魅きつけられる。正真正銘の黄色をしているのだ。

彼に魅力を感じながらも、ベラはやはりあの傷痕のある兄弟を探していた。会話を続けるいっぽうで、広大で色あざやかな広間を控えめに見まわす。ザディストの姿はどこにもなかった。パーティには出ないのかもしれない。社交好きなタイプには見えなかった——どう見ても。

メアリがそばを離れてレイジのほうへ戻っていったとき、ベラはがっかりすることはないと自分に言い聞かせた。ほんとにもう、どっちにしても、ザディストのような男のあとを追いかけまわすために来たわけじゃないでしょ。

「それで、フュアリー」彼女は言った。「あの……ぶしつけなお願いなのはわかっているけど、髪にさわってもいいかしら」ノーと言うひまもあらばこそ、ベラはついと手を伸ばしていた。ブロンドと赤に波打つ房をとり、その長い髪を手にすべらせる。「ほんとうにきれい。この色、ため息が出そう。それに……まあ、すごくいいにおい。どんなシャンプーを使ってるの？」

そう言いながら、彼の目をのぞき込んだ。てっきり軽くいなすような言葉が返ってくると思っていたのに、彼は凍りついたように固まっていた。まばたきすらせずにこちらを見おろしている。

ふと気がつくと、レイジがこちらを凝視していた。ドアの前に立って、あっけにとられた顔をしている。あごひげを生やした戦士も同様だった。大柄な人間の男性も。それに……急ブレーキでもかかったように、パーティがだしぬけに止まってしまったようだった。

ベラは手をおろし、ささやくように言った。「ごめんなさい。わたし、とんでもないことをしちゃったみたい。そうでしょう？」

なにゆえの茫然《ぼうぜん》自失かわからないが、フュアリーははっとわれに返った。「いや、そんなことないよ」

「それじゃ、どうしてみんなわたしを見ているの？」

「ただ慣れてないだけだよ、おれが……その、女性と……つまり……」フュアリーは彼女の手をとり、ぎゅっとにぎった。「ベラ、きみはなにも変なことはしてない。これは嘘じゃないから。兄弟たちのことは気にしないで。いいね。焼きもちを焼いてるんだよ、自分も髪をさわってもらいたいだけなんだ」

そうは言いながらも、彼はやはりひどく動転していた。その後まもなく口実を設けて離れていったが、ベラは意外とは思わなかった。

彼女の前に〝ドゲン〟が進み出てきて、「まことに申し訳ございません、もっと早くにコートをお預かりいたしませんで」

「あら、どうもありがとう」

コートを〝ドゲン〟の手に預けて顔をあげると、パーティの場はビリヤード室らしい場所へ移っていた。そちらへ向かおうとして、背後から冷たい風が吹きつけてくるのに気づいた。玄関のドアが風であいたのだろうか。

後ろをふり向いた。

ザディストが立っていた。控えの間のそばの薄暗いすみ、その影のなかからこちらを見つめている。初めて会ったときと同じような、黒いタートルネックにゆるやかな黒いズボンをはいていた。そしてあのときと同じく、漆黒の目は野性の目——野性の雄の目だった。

ああそうだ、頰を紅潮させながら彼女は思った。わたしはこのためにここに来たのだ。どうしてもこの男にもういちど会いたくて。

大きく息を吸って、近づいていった。

「こんばんは」彼が答えないので、無理に小さく微笑んだ。「いいパーティね」

「気持ちよかったか、おれの双児にさわって」

このひとの双児？　このふたりがどうして……いや、よく見ると似ている。顔の傷痕を消して、髪の毛を伸ばせば……

「質問に答えろよ。あいつの髪の毛にさわって気に入ったか」黒い目が、彼女の身体をなめるように下へおりていく。シルクのブラウスとタイトスカートのラインをなぞっていく。その目がまた顔に戻ってくると、今度は山もとをじっと見つめている。「ようねえちゃん、答える気があるのか」

「ベラよ」とっさにつぶやいていた。「ベラと呼んで」

ザディストが目を細めた。「おれの双児はいい男だろう?」

「その……ええ、すてきだと思うわ」

「すてきか。ああ、その言いかたがあったな。どうだ、あいつにそんなにのはせてんなら、おれと寝てみないか」

身内に熱いものが湧さあがってきた。まるで火がついたようだ。彼の口にした言葉のせいで。雄の欲望の宿るあんな目で、じっと見つめられたせいで。だがそのとき、彼の言葉の意味に気がついた。

「それはどういう――」

「おれの双児はな、がちがちの禁欲主義者なんだよ。だから、ソュアリーをものにしたくても、いちばん近いところでおれがせいぜいだろうってことよ」チッチッと舌を鳴らして、「もっとも、おれじゃとてもかわりにゃならねえか」

ベラは片手を自分の首に当てた。このザディストの身体に組み敷かれて、なかで動かれている、そのイメージに圧倒されていた。どんなふうだろう。この男に奪われるのは。彼女のなかの向こう見ずな部分が、それをどうしても知りたいと焦がれている。

なんてこと。想像しただけで身体が震える。

ザディストは冷笑した。「そんなにショックだったか。そりゃ悪かったな。面倒なことになる前に教えといてやろうと思ったんだがな。手の届かねえものが欲しいってのはうんざりだろうからさ」彼の目はベラののどもとに釘付けになっている。「もっとも、おれはそんな目にあったことはねえけどな」

彼女がつばを呑むと、そののどの動きを見守っている。「どうして?」彼女はささやいた。

「欲しけりゃ奪《と》るだけだからさ」

そうね。あなたはきっとそうなんでしょうね。

そのせつな、彼に見おろされている場面が頭にひらめき、身体がかっと熱くなった。ふたりの肉体がひとつになり、彼の顔が顔のすぐ上にある。そのイメージに、思わず知らず手が動いていた。この指先で、あの傷痕を口もとまでなぞってみたい。その感触を確かめてみたい。

ぱっと横に動いて、ザディストはベラの手をよけた。ぎょっとしたかのように目を見開いたが、その表情はたちまち消えた。

抑揚のない冷たい声で、「気をつけろよ、ねえちゃん。嚙みつくぞ」

「わたしの名前を呼んでくれないの?」

「ベラ、飲物は?」フュアリーが割って入ってきた。彼女のひじをとって、「バーはこっちのビリヤード室にあるんだ」

「ああ、連れてけよ」ザディストが冷やかすように言った。「おまえはまったく正義のヒー

ハヴァーズ。そうだ、まだハヴァーズの意見を聞いていなかった。もうとっくにファイルにアクセスしているはずだ。携帯電話をとり、廊下に出ていった。

医師との会話に長くはかからなかった。彼女のためにできることはなにもないというのだ。ヴァンパイアはガンにはかからないから、ガンにはとくに注目してこなかったし、それは同業者たちも同じだと。

レイジが電話を切ろうとしたとき、ハヴァーズが言った。「失礼、立ち入ったことをうかがうようですが……このかたは非常に幅広く治療をお受けになってますが、それはご存じですか」

「ずいぶんいろんな治療を受けたのは知ってる」

「ですが、どれぐらい強い治療だったかおわかりでしょうか。これだけの治療を受けたあとで白血病が再発したとなると、今後とりうる選択肢は非常に――」

「礼を言うよ、ファイルを見てくれて。恩に着る」どれだけ深刻な状況か、わざわざ念押ししてもらう必要はない。

「ちょっとお待ちを……わたしにできることがあれば、お力になります。化学療法に関してはお役に立てませんが、これまで投与された鎮痛剤やさまざまな薬物に関しては、こちらでも処方はわかります。人間の病院で治療を受けておられても、苦痛を緩和《かんわ》したり、看護したりすることは可能です。ぜひまたご連絡ください」

「わかった。ハヴァーズ……礼を言うよ」

電話を切ったあと、ラスの書斎に向かったが、姿がなかったので一階におりようと階段に

ベッドを出てシャワーを浴びに行った。戻ってきたときにはやや落ち着きを取り戻していたが、見ればメアリは上掛けをはいでしまっていた。うつぶせで眠る裸身は輝かしく、美しい尻を見ると欲情に胸を食い破られそうだ。

「キッチンから食べるものをとってこようか」かすれ声で言った。

「眠いの」彼女はつぶやき、寝返りを打って仰向けになった。外気に触れて、ピンクの乳首が固くなっている。

くそ、目の毒だ……ちょっと待て、なにかようすがおかしい。冷たい風に当たりすぎでもしたように、顔が赤らんでいる。それに、脚でマットレスを盛んに擦《す》っている。近づいていって、ひたいに手を置いてみた。熱くて肌がかさついている。

「メアリ、熱があるみたいだぞ」

「微熱よ。よくあることなの」

恐ろしさに、抱きたいという欲望が一気に冷えた。「アスピリンかなにか持ってこようか」

「いいの、眠ってるうちに下がるから」

「そばについていようか」

彼女は目をあけた。その目が濁《にご》っているのが見ていてつらい。「いいのよ、慣れてるから。嘘じゃないわ、大丈夫よ。ただ眠ってれば下がるの」

レイジはしばらくぐずぐずしていたが、やがて黒いナイロンのスウェットスーツにTシャツを着た。部屋を出る前に、ベッドの彼女を見つめた。微熱を出している姿さえ見ていてつらい。本格的に具合が悪くなってきたとき、それに耐えていけるだろうか。

ローだよ。いつでもだれかを救ってる。いいこと教えてやろうか、その女、おまえのことすてきだとさ」

フュアリーは顔をこわばらせたが、なにも言わなかった。そのまま彼女をエスコートして、玄関広間を突っ切っていく。

ベラがふり向いたときには、ザディストの姿は消えていた。

腕を軽く引かれてそちらに顔を向けると、フュアリーが言った。「あいつに近づいちゃいけない」答えずにいるベラをすみに引っぱっていき、彼はその両肩をつかんだ。「おれの双児は壊れてるんじゃない。破滅してるんだ。ちがいがわかる？　壊れてるだけなら治せるかもしれない。でも破滅してしまったら、埋葬するときを待つことしかできないんだ」

ベラはわずかに口を開いて、「そんな言いかた……冷たすぎるわ」

「でも事実なんだ。先にあいつに死なれたら、おれは自分が死ぬよりつらいと思う。でも、だからってあいつが変わるわけじゃない」

当てつけるように、ベラはフュアリーから身を引いた。「よく憶えておくわ。ご忠告ありがとう」

「ベラ――」

「飲物をとりにいきましょうよ」

39

Oは道路わきに車を駐めた。目の前にはマンションがそびえ立っている。巨大な醜い建物。コールドウェル有数の高層建築で、どこかの開発業者が河岸地区の再開発をねらって建てた豪華マンションだ。Cの部屋は川に面する二十六階にあった。

大層な。大層にもほどがある。

たいていの〝レッサー〟はごみためのような場所に暮らしている。〈ソサエティ〉は戦争のある場所にしか金をかけない主義だからだ。Cが贅沢な生活をしていられるのは、本人にそれだけの財力があるからだった。七〇年代に入会するまで、Cはトラスタファリアン（おもに白人の富裕層の若者で、信託財産などのおかげで働かずに優雅に暮らしつつ、ヒッピーを気取る人々のこと）だったが、その財産をなぜかいまも保っているのだ。ディレッタントのくせに連続殺人傾向があるという、珍しい人種だった。

十時を過ぎてもうドアマンもいないし、ロビーのドアの電子錠をあけるぐらいはちょろいものだった。Oはスチールとガラスのエレベーターに乗って二十七階まであがり、そこから階段をおりて二十六階に向かった。必要があってというより、もう習慣になっているのだ。おまえはだれだとか、どこへ行くのかとか、そんなうるさいことを訊いてくるやつに出くわすとは考えにくい。だいたい、夜のこの時刻には、このマンションはゴーストタウンも同然だった。有閑貴族《ゆうかん》の住民たちは、〈ゼロ・サム〉あたりでエクスタシーかコカインでもやっているのだろう。

Cの部屋のドアをノックした。

ミスターXに指示されたとおり、姿を見せないメンバーの住居を訪ねているところだ。渡されたリストのうち、ここは五番めの住居であり、今夜最初の襲撃対象だった。前夜の襲撃はなかなかの成果をあげていた。ワシントンDCの仲間に手を貸すと勝手に決めて、州外に出ていたメンバーがひとり。ルームメイトどうしで争いになって、あげく重傷を負っていたメンバーがふたり。とはいえ傷は治ってきていて、二、三日中には戦線に戻れそうだった。

四人めの〝レッサー〟はぴんぴんしていたが、部屋でテレビを観ながらごろごろしていた。しかしぴんぴんしていたのは、Oの去りぎわに不運な事故に見舞われるまでの話だ。また立ちあがって走れるようになるまでゆうに一週間はかかるだろうが、今回の訪問のおかげで、ものごとの優先順位ははっきり理解できたはずだ。

両膝の皿にひびを入れてやると、そういう効果が表われるというのも愉快な話だ。

もういちどCの部屋のドアをノックしてから、錠をこじあけた。ドアを開いたとたんにぎょっとした。**くそったれ**。ひどいにおいだ。生ごみの腐ったような。

キッチンに向かった。

いや、生ごみではない。Cのにおいだった。

問題の〝レッサー〟は床にうつぶせに倒れていた。まわりに黒い血が溜まって固まっている。手の届く場所に、包帯と針と糸が落ちている。自分で傷を縫おうとしたのだろう。その応急処置道具のそばには携帯端末の〈ブラックベリー〉が落ちていて、キーパッドが血で汚れていた。身体をはさんで反対側には、やはり血に汚れた女もののバッグがあった。

仰向けに引っくりかえしてみた。のどが切り裂かれている。みごとにざっくりやられていた。傷口の腐食具合から見て、〈兄弟団〉のいまいましい黒い短剣で切り裂かれたにちがいない。なにかはわからないが、あの金属に含まれているなにかが、〝レッサー〟の傷口には硫酸のように作用するのだ。

Cののどが動いて、ごろごろと音を絞り出している。死の一歩手前で立ち往生しているしるしだ。手を持ちあげてみたらナイフをにぎっていた。浅く切ったあとがシャツにいくつかついている。自分で胸を刺そうとしたが、とどめを刺すだけの力が残っていなかったのだろう。

「調子悪そうだな」Oは言って、そのナイフを取りあげた。かかとに体重をのせて上体を起こし、Cがゆるゆると手足を動かすのを見守った。こんなふうに仰向けにころがって手足を無益に動かしていると、生命が尽きる寸前のコガネムシにそっくりだ。

Oは女もののバッグに目をやった。

「C、おまえ、生きかたを変えようとしてんのか」バッグを手にとり、なかをあさった。薬壜。ティッシュペーパー。タンポン。携帯電話。

お待ちかね、札入れだ。

運転免許証を取り出した。茶色の髪。灰色の目。この女がヴァンパイアなのか人間なのか、写真では見分けがつかない。住所は二十二号線の先の奥まったところだ。

「おれの思ったとおりなら教えてくれ」Oは言った。「おまえは〈兄弟団〉のひとりと一騎討ちになった。向こうは女連れだった。おまえは切りつけられたが逃げのびて、途中でこのバッグを手に入れた。あとで戦士の彼女を襲おうと考えたわけだ。誤算だったのは、受けた傷が深すぎたことだ。そのせいで、帰ってはきたものの、ずっとここに伸びてて動けなかった。合ってるか？」

Oは札入れをバッグに放り込み、Cを見おろした。目がきょろきょろ動いていた。空気の抜けた袋のように頭の中身がしぼんで、支えのゆるんだ眼球がビー玉のように揺れている。

「なあC、おれの勝手が通るんなら、おまえをこのまま放っておくとこだ。気づいてるかどうか知らんが、死んでぱっと消滅したあと、おれたちは〈オメガ〉んとこへ戻るんだぞ。言っとくが、あっち側で〈オメガ〉に会ったときは、いまのこの苦しさなんか屁とも思えなくなるだろうよ」Oは周囲に目をやった。「ただあいにく、おまえのせいでここはひでえにおいだ。放っとけばいずれ人間がやって来て、厄介なことになっちまうからな」

Oはナイフを取りあげ、柄《つか》をしっかりにぎった。肩の上にふりあげると、安堵したのか、Cがもがくのをぴたりとやめた。

「ほんとなら、喜ぶようなことじゃねえんだぞ」Oはぽつりと言った。

刃を〝レッサー〟の胸に沈めた。光が一閃し、はじけるような音がしたかと思うと、もうCの姿はなかった。

Oはハンドバッグを拾って部屋をあとにした。

　メアリはレイジに近づいていった。片手を背中に隠して、適当なタイミングを見計らっていた。彼はプールゲームのさいちゅうで、ブッチと組んでVとフュアリーを叩きのめそうとしている。

　ゲームに興じる四人を見守りながら、〈兄弟〉たちがほんとうに好きになってきた、と彼女は思っていた。ザディストも含めてだ――不気味なところもあるけれど。みんなとてもよくしてくれる。言ってみれば、あがめたてまつってくれる。そこまでしてもらえるようなことを、なにかわたしがしたのだろうか。

　レイジがこちらにウィンクしながら、ビリヤード台に身を乗り出した。キューの角度を決めようとしている。

「あんたがあいつを大事にしてるからだ」耳もとで声がした。

　ぎょっとして飛びあがりそうになった。見れば、ヴィシャスがすぐ後ろに立っていた。

「いったいなんの話？」

「だから、おれたちはあんたが好きなのさ。ひとの心を読むなと言われる前に先に言っとくが、読もうと思って読んだわけじゃないぜ。あんまり声が大きすぎて、勝手に聞こえてきたんだ」ヴィシャスはずんぐりしたグラスからウォトカをひと口飲んだ。「ともかく、だからおれたちはあんたを仲間だと思ってるんだ。あんたがあいつを大切にすれば、おれたちに面目をほどこしてくれたことになるから」

　レイジが顔をあげてまゆをひそめた。ショットを終えると、すぐに台をまわって近づいてきて、当てつけがましく身体をねじ込んでVを押しのけた。

ヴィシャスが笑った。「心配するな、ハリウッド。おれなんかメアリの眼中にはないって」

レイジはうなり、彼女を脇に抱え込んだ。「それを忘れるなよ。手足をばらばらにされたくなかったらな」

「おまえがそんなに独占欲の強いやつだとは知らなかったよ」

「いままでは独占したいものがなかったからな。兄弟、おまえの番だぞ」

Vがグラスをおろして、真剣にゲームに没頭しだしたところで、メアリは手を差し出した。指先にサクランボをぶら下げている。

「もうひとつの特技を見せてくれない？」彼女は言った。「前に言ってたでしょ、舌とサクランボの軸ですごいことができるって」

レイジは笑った。「よせよ——」

「どうして？　見せてくれないの？」

にやにやしながら、「それじゃお嬢さん、おれの口の動きをよく見とくんだぞ」

なかば閉じたまぶたの下からこちらを見ながら、レイジは彼女の手に口を近づけた。舌が出てきてサクランボをとらえ、口のなかに引き込む。もぐもぐやってから、飲み込んで首をふった。

「いまひとつだな」彼はつぶやいた。

「なにが？」

「きみのほうがずっと甘い」

顔がほてって、メアリは片手で目をおおった。

いやだ、その気にさせようとしてるのね。

深く息を吸うと、あの官能的な苦みのある香りがした。なかに入りたがっているとき、彼はいつもこの香りをさせている。手を少し浮かして盗み見た。

すべてを忘れ去ったように、レイジは彼女を見つめていた。その瞳の中心が、降り積もったばかりの雪のように純白に輝いている。

メアリは息が止まった。

なかにべつのものがいる。なにか……べつのなにかが、彼の目を通してこちらを見つめている。

フュアリーが笑顔で近づいてきた。「ハリウッド、そういうことはべつの部屋でやれよ。そう見せつけなくたって、みんなわかってるからさ」

そう言って、レイジの肩をぽんと叩いた。

レイジはくるりとふり向き、その手に嚙みつこうとした。上下のあごが閉じたとき、ぎょっとするほど大きな音がして、室内が水を打ったように静まりかえった。

フュアリーは手をぱっと引っ込めて飛びすさった。「こんちくしょう、レイジ、いったい――まずい。おまえ、その目。色が変わってるぞ」

レイジは蒼白になり、ふらついて、顔をしかめ、まばたきをした。「すまん。フュアリー、すまん。ぜんぜん気がついてなかった、まさか――」

部屋のあちこちで、男たちはみな手にしているものをおろした。近づいてきて、レイジを取り巻く。

「どれぐらい近づいてる？」フュアリーが尋ねた。

「女はみんな外へ出せ」だれかが声をあげた。「二階に連れていくんだ」

あたふたと部屋を出ていく気配で騒然とするなか、ヴィシャスがメアリの腕をつかんだ。

「いっしょに来るんだ」

「そんな」メアリはあらがった。「彼を放ってはいけないわ」

レイジがこちらに目を向けた。とたんに、あの奇妙な取り憑かれたような表情が戻ってきた。白く光る目がぎろりとヴィシャスに向かい、唇が分かれて牙が剝き出しになる。ライオンを思わせる、腹に響くうなり声が漏れた。

「V、彼女から手を放せ。早く」フュアリーが言った。

ヴィシャスは手をおろしたが、メアリの耳にささやいた。「ここを出るんだ」

冗談じゃないわ。

「レイジ……」彼女はそっと話しかけた。「レイジ、どうしたの」

彼は首をふり、彼女から目をそらし、大理石のマントルピースに背中を預けた。顔を汗で光らせながら大理石をにぎりしめ、壁からマントルピースを引きはがそうとするかのように全身を緊張させている。

時がのろのろと這うように進み、彼は自分自身と闘っていた。胸が上下し、手足が震える。長い間があって、ようやく全身から力が抜けて、ぐったりとへたり込んだ。どんな闘いがあったにしても、彼はそれに勝ったのだ。しかし、大差で楽勝とは行かなかった。

顔をあげたとき、目はいつもの色に戻っていたが、顔は真っ青になっていた。

「みんな、すまん」つぶやくように言った。メアリに目を向け、口を開きかけたが、なにも言わずに頭を垂れた。恥じているかのように。

大男たちの壁をすり抜けて輪のなかに入ると、メアリはレイジの顔に両手を当てた。

驚いてはっと息を呑む、その彼の口にキスをして、「ねえ、サクランボはどうなったの。やってみせてよ」

まわりに立つ男たちが肝をつぶしている。かれらの視線でそれがわかった。レイジも驚いている。しかし、これ見よがしに彼だけを見つめていると、レイジは口を動かしはじめた。歯でサクランボの軸をいじっている。

メアリは戦士たちにふり向いて、「もう大丈夫よ。彼もわたしも。だからまたふつうにしてて、ね？　少しそっとしておいて。みんなでそんなふうに見つめてても、なんにもいいことないから」

フュアリーが低く笑って、ビリヤード台のほうに歩きだした。「まいったな、まさに女傑だね」

Vはキューとグラスを取りあげた。「ああ、まったくだ」

パーティが再開され、ベラとウェルシーも戻ってきた。メアリはレイジの顔と首をなでていたが、彼は目を合わせるのをためらっているようだ。

「大丈夫？」そっと尋ねた。

「ほんとにごめん――」

「あやまらないでよ。なんだか知らないけど、どうしようもないことなんでしょ」

彼はうなずいた。

「だったら、あやまることなんかないわ」

なにが起きたのか訊きたかったが、いま、ここではだめだ。なにも起きていないふりをするのが、なにか起きたときの最高の解毒《げどく》剤という場合もある。ふりをしていればいつかそうなる、というのは、ただの俗流心理学のたわごとではない。

「メアリ、こわがらないでくれよな」

彼が口とあごを動かして軸をいじっているのを、彼女はしばらく眺めていた。

「こわくなんかないわ。VとフュアリーはImages危ない目にあいかけたのかもしれないけど、あなたがわたしを傷つけるはずがないもの。絶対に。どうしてって言われると困るけど、でもわたしにはわかるの」

彼は大きく息を吸った。「メアリ、愛してるよ。心の底から愛してる」

そう言うと、にっと笑ってみせた。

彼女は盛大に吹き出し、その笑い声に、部屋じゅうの頭という頭がくるりとこちらを向いた。

笑った彼の牙には、サクランボの軸がきれいに結ばれていた。

40

ベラはじっと見つめていた。いけないのはわかっている。

ただ、どうしてもやめられなかった。ザディストの姿しか目に入らない。

もっとも、彼がパーティにまともに参加しているわけではない。レイジの一件が起きたときをべつにすれば、ザディストはつねにひとり離れている。だれとも話さず、なにも飲まず、なにも食べない。背の高い窓のそばに立つ姿は彫像のようだ。その静けさに魅きつけられる。呼吸さえしていないように見える。動いているのは目だけだった。

そしてその目は、つねに彼女の目を避けている。

彼のためにも自分のためにもいい加減にしなくてはと、ベラはまたワインをとりに行った。ビリヤード室は暗くて豪華な部屋で、濃緑色のシルクの壁紙、窓を縁どる黒と金のサテンのカーテンが花綱のようだ。バーカウンターは奥のひとすみにしつらえてあり、そのひときわ濃い影のなかにベラは紛れ込んだ。

ここからなら、見つめていてもあまり目立たないだろう。

数日前からあちこちで尋ねてまわって、ザディストのうわさを聞けるかぎり聞き込んできた。掛け値なしにおぞましい話ばかりだったが、女性関係についてはとくにそうだった。面白半分に女性を殺すとも聞かされたものの、どこまで信じていいのかと疑わざるをえない。彼のように恐ろしげな外見の男は、どうしてもあることないこと話の種にされるものだ。彼女の兄がいい例だ。リヴェンジのうわさは何年も前から耳にしてきたが、正直な話、どれもこれも事実とはかけ離れていた。

ザディストについて言われていることも、すべてほんとうのはずがない。あきれたことに、人間の売春婦の血を飲んで生きているという話まである。そんなことは生理的に不可能だ。ひと晩おきに飲んでいるのならべつだが、かりにそうだとしても、そんな薄い血でどうやってあの強靭な肉体を維持できるというのだろう。

ベラはカウンターからふり向いて室内を見まわした。ザディストはいなくなっていた。ドアの外、玄関広間に目をやった。出ていくところすら見ていない。非実体化したのかも

――

「おれを探してんのか」

飛びあがって、首をまわした。ザディストがすぐ後ろに立っていた。グラニースミス種の青りんごをシャツでこすっている。それを口に運びながら、彼女ののどもとを見つめていた。

「ザディスト……」

「あのな、貴族の女にしちゃ、おまえずいぶん礼儀知らずだな」牙を剥き出しにして、あざやかな緑のりんごに音を立ててかぶりつく。「ひとをじろじろ見るもんじゃないって、おっ母《か》さんに教わらなかったのかよ」

彼がもぐもぐやるさまをベラは見つめていた。あごが輪を描くように動く。その唇を見て

いるだけで息が苦しくなる。「気を悪くしたならごめんなさい」

「そら、いまもじろじろ見てやがる。おまえがそういうことするせいで、おれの大事な双児まで気を悪くしてると思うぜ」

「えっ?」

ザディストの目は彼女の顔にしばしとどまっていたが、やがてそれが髪のほうに移っていく。またりんごをひと口かじった。「フュアリーはおまえが気に入ってんだよ。惚れかけてんじゃないかと思うね。だとしたら初恋ってやつだな。ま、おれと会う以前のことはわかんねえけどな。あいつは女に気をとられたりしねえんだ」

不思議だ。ベラ自身は、そんな雰囲気をまったく感じなかった。だが考えてみれば、彼女はずっとザディストに気をとられていたのだ。

「そんな、フュアリーがまさか——」

「あいつ、ずっとおまえを見てんだぞ。おまえがおれを見てると、あいつはおまえをじっと見てんだよ。言っとくが、心配して見てるわけじゃねえぞ。おまえの身体を見てるんだ」ザディストは首を横にかしげた。「あのな、おれの早とちりだったかもしんねえな。おまえのためなら、あいつ禁欲主義を捨てる気になるかもしんねえ。ちぇっ、おまえは美人だもんな。あいつだって生身の男なんだし」

ベラは赤くなった。「ザディスト、言っておきたいんだけど、わたし、その、あなたのこと——」

「胸くそ悪いと思ってんだろ。派手な自動車事故に出くわしたみたいなもんで」彼はまたりんごをかじった。「こわいもの見たさってのはわかるけどよ、そのお目めはよそへ向けたほうがいいぜ。これからはおれじゃなくてフュアリーを見てやれ、いいな」

「わたしはあなたを見ていたいの。あなたを見てるのが好きなのよ」

彼は険悪に目を細めた。「ばか言え」

「ばかなことなんて言ってないわ」

「おれを見たいやつがいるもんか。自分でだって見たかねえ」

「でもわたし、あなたを醜いとは思わないわ」

彼は笑って、これ見よがしに指先で顔の傷痕をなぞってみせた。「こりゃまた、けっこうなお褒めの言葉をいただいたもんだ。ついでに言や、嘘っぱちもいいとこだけどな」

「あなたは魅力的だと思うわ。あなたのことが頭から離れないの。つきあってほしいの」

ザディストはまゆをひそめ、しばらく黙り込んだ。「つきあってどうすんだよ」

「どうするって、つきあうのよ」ベラはますます真っ赤になったが、だめでもともとと覚悟を決めた。「わたし、あなたと……あなたと寝たいの」

ザディストはぱっと飛びすさり、その勢いでバーのカウンターにぶつかった。酒の壜ががたがた鳴るのを聞きながら、うわさはみんなでたらめだとベラははっきり悟った。このひとが女を殺してまわっているはずがない。ベラが自分に性的魅力を感じていると聞いただけで、腰を抜かしそうになっているではないか。

ベラは口を開こうとしたが、彼にさえぎられた。

「ねえちゃん、おれに近づくな」食べかけのりんごをごみ入れに投げ込んだ。「近づいてみろ、おれは自分を守るためならなにをするかわからねえぞ」

「守るってなにから？　わたしがこわいわけじゃないでしょう」

「ああ、だがな、これは保証してやる。おれにちょっかい出すと、健康を損ねる恐れがあるんだよ。だれもおれには近づかねえが、それにはちゃんとした理由《わけ》があるんだ」

彼は歩いて部屋を出ていった。

ベラは、ビリヤード台のまわりの人々に目をやった。だれもがゲームに気をとられている。願ったりかなったりだ。考えなおせなどとだれにも言われたくなかった。

ワインのグラスを置いて、ビリヤード室からこっそり抜け出した。玄関広間に出ていくと、ザディストが階段をのぼっていた。しばらく待って先に行かせてから、足音を忍ばせて階段をのぼり、こっそり二階にあがっていった。階段をのぼりきったとき、彼のブーツのかかとがかどを曲がって消えるのが見えた。カーペットの上を小走りに進み、距離を置いてついていくと、ザディストは廊下を歩いて、バルコニーとその下の玄関広間から遠ざかっていく。

ふと彼が立ち止まった。ベラは大理石の彫像の陰にさっと身をひそめた。

身を乗り出してみたときには、もうザディストの姿はなかった。さっき立っていた場所に歩いていくと、そばのドアがわずかに開いている。首だけなかに入れてみた。部屋は墨を流したように真っ暗で、廊下の明かりもほとんど射し込んでいない。おまけに凍えるほど寒い。今夜だけ暖房が切ってあるというより、夏の暑さが消えてから、ただの一度も暖められたことがないように思えた。

目が闇に慣れてきた。大きい豪華なベッドがあり、どっしりした真紅のベルベットがかかっていた。そのほかの家具も同じく贅沢なものだったが、すみの床におかしなものが見えた。毛布を重ねただけの寝床。それに髑髏《どくろ》がひとつ。

腕をつかまれ、室内にぐいと引きずり込まれた。ドアが音を立てて閉まり、部屋が完全な闇に呑まれる。あえぐより早く、後ろ向きにされて顔から先に壁に押しつけられた。ろうそくに火がともる。

「このあま、なにしについて来やがった」

息を吸おうとしたが、ザディストの前腕が背中に押しつけられていて、肺に空気が入ってこない。

「あの、わたし……話がしたくて」

「へえ、そうかい。ここまであがってきてそれが望みか。話がな」

「ええ、わたし――」

手でうなじを押さえつけられた。「話なんかする気はねえ。おれのあとをついてくるようなばかな女が、どんな目にあうかよく教えてやる」

太い腕が腹に巻きついてきて、腰を壁からぐいと引き離され、頭を押し下げられた。バランスを崩しそうになって、彼女は壁の繰形《くりがた》にしがみついて身体を支えた。

勃起したものが花芯に当たった。肺からどっと息が噴き出す。

熱いものが脚のあいだをなめ、彼の胸が背中をかすめる。ブラウスがスカートから引っぱり出され、手が腹にまわされた。長い指と広い手のひらが腹部をおおう。

「おまえみてえな女は、おんなじ貴族とつきあってりゃいいんだよ。それとも、この傷痕と悪いうわさにコーフンしてんのか」息が切れて返事ができずにいると、彼はつぶやいた。

「ああ、そんなとこだろうな」

すばやい手つきでブラを押しあげ、乳房をつかむ。ぎらぎらした欲情の奔流に呑まれて彼女はびくりと震え、猫のようなうなり声を漏らした。ザディストが低く笑った。

「早すぎたか」指先で乳首をつまんでねじられ、快感と苦痛がいっしょに襲ってくる。悲鳴をあげた。「荒っぽすぎるか。もうちっと押さえ気味にしちゃみるが、なんせおれは野蛮なけだものだからな。だからおれにされたいんだろ、ええ?」

だがベラは、早すぎるとも荒っぽすぎるとも思わなかった。信じられないが、それで興奮していた。いますぐに激しく奪われたい。彼に奪われたい。礼儀も良識も捨ててしまいたい。危険とスリルを味わいたい。彼の荒々しい熱とエネルギーを浴びたい。これ以上ないほどうるおっていたが、スカートを腰までめくりあげられるとさらに熱くなった。小さな下着をずらしさえすれば、あとは深く貫くばかりだ。

ただ、貫かれるときは彼を見ていたかった。それに身体に触れたかった。起きあがろうとしかけたが、彼はそれを許さず、首筋にのしかかって押さえ込んだ。

「悪いがおれは不器用でな。これでないとできねえんだ」

彼女はもがいた。どうしても彼にキスしたい。「ザディスト——」

「後悔するにゃちっと遅すぎたな」耳もとに聞こえるうなり声がたまらなく悩ましい。「なんでかおまえとやりたくなった。止められん。だから、お互いのためにいい子にして歯を食いしばってな。長くはかからねえからよ」

手が乳房から離れて脚のあいだに伸び、花芯を探り当てた。

その手が凍りついた。

無意識に彼女は腰をまわし、彼の指に身体をすりつけた。ぞくぞくするような快感が――

彼は飛びすさった。「出ていけ」

わけがわからず、血がたぎるほどに昂って、ベラはふらつきながら身を起こした。「えっ？」

ザディストはドアに歩いていき、そのドアを大きく開いて、床を見つめている。ベラが突っ立っていると、「出ていけ！」と怒鳴った。

「どうして――」

「おまえにはへどが出る」

顔から血の気が引くのがわかった。スカートをおろし、震える手でブラウスとブラを直した。部屋から飛び出していく。


ザディストはドアを力まかせに閉じ、バスルームに駆け込んだ。便座をあげるなりかがみ込み、先ほど食べたりんごを吐いた。

水を流し、床にへたり込んだ。身体が震え、吐き気がやまない。深呼吸をしようとしたが、ベラのにおいがどうしても去らない。あのかぐわしい昂りの香り。その不可解な香りが指に残っている。タートルネックをむしりとって、それで手をくるんでにおいを薄めようとした。

ちくしょう、サテンのようになめらかだった。情欲のたまらない芳香。甘美な雨に濡れたような。

この百年間、彼のために濡れた女はいなかった。血隷の日々が終わってからは、ただのひとりも。血隷だったころは……望んでいなかった。欲情の昂りは恐怖の対象だったから。

現在に意識を集中しようとし、このバスルームに自分を釘付けにしようとした。しかし、よみがえる過去にどうしようもなく呑み込まれて……

あの独房に引き戻されていた。枷《かせ》につながれ、わが身すら自由にならない。女主人の手の感触。軟膏のにおい——女主人は、軟膏を使って彼を刺激させていたのだ。望みどおりに勃起すると、馬乗りになって、絶頂に達するまで腰を振る。その後には、牙を立てられて血をすすられるという責め苦が待っている。女主人は彼の血管から身を養っていたのだ。

すべてがよみがえってくる。凌辱《りょうじょく》の記憶。屈辱感。何十年も虐待されて、いつしか時間の観念もなくなり、自身の存在も消え、頑固な心臓の鼓動と、機械的な肺の拡張と収縮が残るだけになっていた。

みょうな音がする。気がつけば自分のうめき声だった。

ああ……ベラ。

上腕でひたいをこすった。ベラ。ちくしょう、彼女を思うと自分の傷痕と醜さがうとましくてならない。くずれた外見と、どす黒く汚れた中身とが。

パーティの座で、彼女は兄弟たちや女たちと苦もなく歓談し、微笑み、笑い声をあげていた。身に着いた愛嬌や伸びやかさは、彼女の恵まれた境遇を物語っている。おそらく悪意のある言葉も、残酷な行為も知らずに生きてきたのだろう。そしてもちろん、無慈悲で容赦ない仕打ちなどしようと思ったこともあるまい。けっしておろそかにしていい女性ではない。彼がこれまで血を飲んできた、底辺に生きる怒りに満ちた人間たちとはまるでちがうのだ。

あなたと寝たいと言われたとき、彼はその言葉を信じなかった。だが、彼女は本気だったのだ。あのシルクのようなぬめりがその証拠だ。女はどんな嘘でもつけるだろうが、あれは無理だ。ありえない。

ザディストは身震いした。前かがみにさせて乳房に触れたとき、口ではああ言ったものの、最後までやる気などなかった。脅かしてやれば寄ってこなくなるだろう、ちょっとこわい思いをさせてやれば、変な色気を起こすこともなくなるだろうと思ったのだ。

まさか、本気で欲しがるとは思わなかった。

腿と腿のあいだに手を入れたときのことを、頭のなかで反芻《はんすう》してみた。とても……やわらかかった。信じられないほど熱くて、なめらかにうるおっていた。彼のためにあんなふうになった女に触れるのは初めてで、どうしていいかわからなかった。とそのとき、混乱した頭のなかから、女主人の記憶がよみがえってきた。顔が見え、上にまたがる身体を感じる。

女主人は、彼のもとへ来ればかならず興奮していた。そしてあの手この手でそのことを彼にわからせようとした。もっとも、手で身体に触れさせようとはしなかった。ずる賢い女だった。さんざんな目にあわせてきたから、手を出すのを許したが最後、狂ったけだものと化した彼にまっぷたつに引き裂かれていただろう。そのことはふたりともわかっていた。枷をはめられた暴力、それが彼だった。女主人はそこに興奮していたのだ。

ベラが彼に魅かれるのも、要するにそれと同じことだろう。支配欲を満たすためのセックス。鎖につながれた野獣を使役する快感。

ベラの場合は、危険な男に手を出す火遊びのスリルか。

また吐き気が込みあげてきて、便器にがばと取りついた。

「ただ侮辱しようとして言っただけかと思ったのに」背後でベラの声がした。「ほんとに吐いてるなんて」

くそ。ドアに鍵をかけてこなかった。

まさか戻ってくるとは思わなかったのだ。


ベラは身体に両腕を巻きつけた。どんなに想像をたくましくしようとも、ひとのうわさがどこまで根も葉もないものか、これほど明らかに物語る光景はほかになかっただろう。ザディストが便器の前に半裸姿で伸びている。シャツを手に巻きつけ、空吐きの発作に身体を痙攣させて。

悪態をつく彼をよそに、ベラはその身体を見つめていた。なんてひどい、あの背中。広い背中には筋状に傷痕が残っている。その過去のむちうちのあとは、顔の傷痕と同じく、なぜかきれいに治っていなかった。どうしてそんなことになったのか、ベラには想像もつかない。

「なんで戻ってきた」彼の声が、陶器のふちに反響している。

「わたし、あの、怒鳴りつけてやろうと思って」

「それじゃ、へど吐き終わるまで待ってくれ」水が流れて、ごぼごぼと吸い込まれていく。

「大丈夫?」

「ああ、楽しくってしょうがねえ」

バスルームに足を踏み入れたとたん、なんて清潔なのだろうとちらと思った。真っ白で、所有者の気配がなにひとつない。

まばたきの間に、ザディストが立ちあがって目の前に立ちはだかっていた。

はっと息を呑みそうになったが、ベラはそれをこらえた。

見るからに力強い肉体だった。しかし、筋肉はまるで浮き彫りのようにくっきりと盛りあがり、筋繊維の一本一本が筋を描いて見える。戦士にしては——というより、どんな男性としてもやせている。やせすぎだ。はっきり言えば飢餓状態に近い。身体の正面にも傷痕があったが、背中とはちがって左胸と右肩の二カ所だけだ。両方の乳首にピアスをしていて、小さな球のついた銀の環が、呼吸のたびに照明を反射して光っている。

しかし、驚いたのはそのどれのせいでもなかった。ぎょっとしたのは、首と手首のまわりに、太い帯状に黒い刺青が入っていたからだった。

「どうして血隷のしるしを入れてるの」かすれた声で尋ねた。

「どうしてだと思う」

「でも、それは……」

「おれみたいな男が、そんな目にあうわけがないってか」

「その……ええ。だってあなたは戦士だもの。高貴の身分だもの」

「運命ってのは残酷なもんさ」

同情で胸がいっぱいになり、彼に対して抱いていた思いのすべてが変化した。彼はもうただの火遊びの相手ではなかった。慰めてやりたいひとりの男だった。いたわり、抱きしめたい。思わず一歩前に足を出していた。

彼は黒い目を険悪に細めて、「ねえちゃん、おれに近づくんじゃねえ。とくにいまはな」

しかし、ベラの耳には入らなかった。彼女が迫ってくると、彼はあとじさり、しまいにガラスのシャワーブースのドアと壁とのかどに追いつめられた。

「なんのつもりだ」

彼女は答えなかった。自分でも答えがわからなかったのだ。

「さがれ」嚙みつくように言った。口をあけると、伸びた牙はトラの牙ほども長かった。

それを見て、ベラはいったん足を止めた。「でも、わたし――」

「おれを救いたいってのか。そうだろうとも。おまえの空想の世界じゃ、おまえに見つめられておれが身動きできなくなる場面なんだろ、ここは。野獣のおれが、乙女《ヴァージン》の腕に身を投げ出すってわけだ」

「わたしはヴァージンじゃないわ」

「そうか、そりゃよかったな」

彼女は手を伸ばした。彼の胸にこの手を置きたい。心臓の上に。

ザディストは身を縮め、大理石の壁にぴったり背中をつけた。全身に汗が噴き出し、首をひねって顔をそむけた。その顔はたじろぐように歪んでいる。胸が激しく波打ち、乳首のリングがちらちらとまたたく。

かすれた声をようやく絞り出して、「さわるな。さわられると……我慢できないんだよ。

痛えんだ」

　ベラは手を止めた。

「どうして？」ささやくように言った。「どうしてさわられると――」

「いいから出てってくれ、頼む」言葉を出すのもやっとだった。「なにかを滅茶苦茶にぶっ壊しそうだ。おまえだって、そのなにかにゃなりたくねえだろうが」

「あなたがわたしに暴力をふるうはずないわ」

　彼は目を閉じた。「ちくしょう、てめえら上流の連中はどうなってんだ。ひとをいたぶって喜ぶように生まれついてんのかよ」

「まさか、ちがうわ。わたしはただ、あなたの力になりたいの」

「嘘をつけ」吐き捨てるように言った。目を飛び出さんばかりに見開いて、「この大嘘つきが。力になりたいもんか、ただガラガラヘビを棒で突ついてどうなるか見てみたいだけだろうが」

「それはちがうわ。少なくとも……いまは」

　彼の目が冷たくなった。底無しの穴のようだ。声からもすっぽり感情が抜け落ちている。

「おれとやりたいのか。いいとも、やってやろうじゃないか」

　飛びかかってきた。彼女を床に押し倒し、裏返して腹這いにさせ、両手を背中にまわす。大理石の床が顔に冷たい。両膝が割り込んできて、脚を大きく開かされた。なにかの裂ける音。下着だ。

　ベラはぼうぜんとしていた。彼の動きが速すぎて、思考がついていけない。それに感情も。

しかし、肉体は自分の欲するものを理解していた。怒っていようがいまいが、彼が欲しいことに変わりはない。

彼の重みがつかの間《ま》消えて、ジッパーの音が聞こえた。次にのしかかってきたときには、彼のいきり立つものと彼女のひだを隔てるものはもうなにもなかった。だが、彼は突いてこなかった。その場で凍りついたかのように、ただ息をあえがせている。耳もとに聞こえる息が荒い。ひどく荒くて……泣いているのだろうか。

顔をうなじに押しつけてきた。と思うと体《たい》を開いて横に転がり、離れるときに彼女のスカートをおろしていった。仰向けに横たわって、両腕を顔の上で交差させている。

「ちくしょう」彼はうめいた。「……ベラ……」

手を差し伸べたかったが、ぎりぎりまで張りつめているようすに、その勇気が出なかった。ぎこちなくよろめきながら立ちあがり、彼を見おろした。ズボンを腿まで下げていたが、もう勃起してはいなかった。

なんと痛ましい。ザディストはがりがりにやせ細っていた。腹はへこみ、腰骨は皮膚を破って突き出しそうだ。人間からしか飲まないと聞いたが、あの話はほんとうだったのかもしれない。それにあまり食べてもいないのだろう。

手首と首の刺青の帯を見つめ、傷痕を見つめた。

破滅している。ただ壊れているのでなく。

いまとなっては恥ずかしくて認めたくないが、彼に魅かれた最大の理由は、闇を抱えていたからだ。彼女の知っている世界から見ると、それはとても異常な、まるで異質なことだった。だから危険に見えた。震えが来るほどセクシーに思えた。だが、それは幻想だった。現実はこうだ――

彼は苦しんでいる。性的な魅力も、ぞくぞくするような興奮もそこにはない。

タオルを一枚取って、彼の剝き出しの身体にそっとかけてやった。彼はぎくりとして、そのタオルをひっつかんで身体に押しつけた。こちらを見あげる目は血走っていたが、涙はなかった。泣いていると思ったのは勘ちがいだったのだろうか。

「頼む……出てってくれ」

「わたしはただ――」

「出ていけ。いますぐ。ただもなにもない。なんでもいいから出てってくれ。二度とおれのそばに近づくな。近づかないと言え。言えよ」

「ちか……近づかないわ」

ベラはあたふたと彼の寝室をあとにした。廊下をかなり進んでからやっと立ち止まり、髪を手で梳いて整えようとした。下着が腰までずりあがっているが、このままにしておこう。脱いだとしても捨てる場所がない。

階下のパーティはまだたけなわで、ベラは自分を場ちがいに感じた。それに疲れきっていた。メアリに近づいていっていとまを告げ、家へ送ってもらおうと〝ドゲン〟を探した。

だが、そのときザディストが部屋に入ってきた。白いナイロンのトレーニングウェアに着替え、手には黒いバッグをさげている。彼女には目もくれず、一、二メートルほど離れて立つフュアリーに後ろから近づいていった。

ふり向いてそのバッグを見ると、フュアリーはたじろいだ。

「Z、かんべんしてくれ。それは――」

「兄弟、おまえがやってくれないなら、やってくれるやつを探しに行くだけだ」

ザディストはバッグを差し出した。

フュアリーはそれを見つめていた。ついに受け取ったとき、その手は震えていた。

ふたりは部屋を出ていった。

41

　メアリは汚れた大皿を流しの横に置き、いっしょに汚れものを集められるように、レイジにトレイを渡した。パーティが終わって、いまは全員が片づけの手伝いをしているのだ。

　玄関広間に出ていきながら、メアリは言った。「ウェルシーとトールがジコンを引き取ってくれて、ほんとによかった。今夜会えなかったのは残念だったけど、大事にしてもらってるみたいで、すごくうれしいわ」

「トールが言うには、ベッドから出られないらしいぜ。よっぽど弱ってたんだな。寝て食って、いまはそれだけやってるってさ。そう言えばさ、きみの言ったとおりだったみたいだな。フュアリーのやつ、ベラに気があるぜ。ずっとそっちばっかり見てたもんな。あいつのあんなとこ初めて見たよ」

「でも、あなたの話からすると――」

　大階段の前を通ったとき、階段下の隠しドアが開いた。

　出てきたのはザディストだった。顔には殴られたあとがあり、トレーニングウェアのシャツは破れていた。血も出ている。

「くそ、またか」レイジがつぶやいた。

ザディストはふたりのそばを歩いていったが、うつろな目はこちらに気づいたそぶりもない。かすかに満足の笑みを浮かべているのが、ひどく不釣り合いに見えた。まるでたらふく食べたか、セックスでもしてきたあとのようだ。どう見てもさんざんに殴られているのに。のろのろと階段をのぼっていくのを見れば、片脚の膝がちゃんと曲がらないようだった。

「フュアリーのようすを見てきてやらんと」レイジはトレイをメアリに渡し、軽くキスをした。「ちょっと時間がかかるかもしれない」

「なぜフュアリーの……えっ……まさか」

「好きでやってるわけじゃないんだぜ。無理にやらされてるんだ」

「そう……遅くなってもいいから、よくしてあげてね」

しかし、レイジがその隠しドアに入るより早く、フュアリーが姿を現わした。トレーニングウェアを着て、ザディストと同じく疲れきった顔をしていたが、そのほかには変わったようすはない——いや、そう言っては正確ではない。両手の指関節のあたりにあざや裂傷が見える。胸には血のしみもついていた。

「よう」レイジが声をかけた。

フュアリーはあたりに目をやり、驚いたような顔をした。なぜこんなところにいるのかわからないというように。

レイジはフュアリーの前にまわり込んだ。「おい、兄弟」

ぼうぜんと生気を失った目が焦点を結んだ。「よう」

「二階にあがって、ちょっと休んだらどうだ」

「ああ、そうだな……いや、大丈夫だ」メアリにちらと目を向けた。その目をすぐにそらして、「その、いや、大丈夫だ。うん、大丈夫だから。パーティは終わったのか」

レイジはバッグをとった。フュアリーの薄いピンクのシャツが飛び出して、バッグのジッパーに引っかかっている。

「いいからいいから、いっしょに二階にあがろうぜ」

「彼女をほっといていいのか」

「メアリはわかってくれる。さあ兄弟、行こう」

フュアリーはがっくり肩を落とした。「ああ、そうだな。うん、いまはその……いまはひとりきりにはなりたくないな」

ようやくふたりの部屋に戻ってきたとき、彼女が眠っているのはわかっていたから、レイジはそっとドアを閉じた。

ナイトスタンドのろうそくに火がついていて、ベッドが乱れているのがわかった。メアリは上掛けを押しのけ、枕もあちこちに散らばっている。仰向けに横たわっている。美しいクリーム色のナイトガウンが腰のあたりでよれて、腿までめくれあがっていた。

初めて見るシルクのガウン。今夜を特別な夜にしたくて着たのだろう。その姿を見ただけでエンジンがかかって、振動に身を灼かれるようだったが、彼はベッドのそばにひざまずいた。近くに寄らずにはいられない。

フュアリーがどうしてやっていけるのかわからない。こんな夜はとくにそうだ。愛するたったひとりの相手が血を流したがって、苦痛と懲罰を与えてくれと要求してくる。フュアリーは言われたとおりにしてやり、相手の不幸をわが身に引き受ける。いま、Zはまちがいなくぐっすり眠っているだろう。そしてフュアリーはといえば、これから数日はいたたまれない思いをするのだ。

　フュアリーは立派な男だ。誠実で、たくましくて、Zを大事にしている。しかし、なにかあるたびにザディストの罪悪感を晴らしてやり、そのために死ぬ思いをしている。

　だれにそんなことが耐えられるだろうか。愛する者に乞《こ》われて、その愛する者をさんざんに打ちすえなくてはならないとは。

「いいにおいをさせてるのね」メアリはつぶやき、わきを下にして身体を丸め、こちらに目を向けてきた。「〈スターバックス〉みたい」

「レッドスモークのにおいだよ。フュアリーがばかすか吸ってたからな。まあ、無理もないが」レイジは彼女の手をとり、まゆをひそめた。「また熱が出てるな」

「引いてきたところよ。気分はずっとよくなったわ」彼の手首にキスをして、「フュアリーはどう？」

「悲惨だよ」

「しょっちゅうあることなの？」

「いや。今夜はなにが原因だったのかわからないが」

「ザディストもだけど、フュアリーのほうがもっとかわいそうね」

　レイジは彼女に笑みを向けた。兄弟たちを気にかけてくれるのが愛しい。

メアリはゆっくり起きあがり、脚をまわしてベッドから垂らした。ナイトガウンのボディスはレースで、模様を透かして乳房が見える。腿がこわばり、レイジは目を閉じた。まるで悪夢だ。彼女のそばにいたい。それなのに自分の肉体が恐ろしい。セックスのことを考えているならまだしも、ただ腕に抱きたいだけなのに。

メアリが両手で顔に触れてきた。親指が口をかすめたとき、唇がひとりでに分かれた。その破滅への誘いを彼女は受け入れて、身をかがめてキスをしてきた。舌がなかに入ってくる。そうさせてはいけないとわかっているのに。

「……おいしい味がするわ」

フュアリーといっしょに何本か吸ってきたからだ。彼女のもとへ戻ったとき、その鎮静作用で少しは落ち着くのではないかと思って。ビリヤード室であったような、あれがまた起きたら一大事だ。

「レイジ、来て」体勢を変えて脚を開き、彼を引き寄せた。

沸騰するエネルギーが背骨に沿って凝集され、そこから放射されて両手両足に打ち込まれる。手足の爪がずきずきと痛み、髪の毛がぞわぞわと逆立つ。

彼はのけぞった。「メアリ、ちょっとあの……」

彼女は微笑み、ナイトガウンを頭からするりと脱いで投げ捨てた。ふわりと渦を巻いて床に落ちる。ろうそくの火に輝く裸身に、彼はがんじがらめにされ、身動きもできなかった。

「ねえ、レイジ、じらさないで」彼の両手をとり、乳房に押し当てた。触れてはいけないと自分に言い聞かせていても、そのふくらみに指をそわせ、親指で乳首を愛撫せずにいられない。彼女は弓なりに背をのけぞらせ、「ああ、たまらないわ」

首筋に顔を寄せ、血管に沿ってなめあげた。飲みたくてたまらなかった。彼女もそれを望んでいるかのように、彼の頭を支えてくるではないか。身を養うことが必要なわけではない。この身のうちに、この血のなかに彼女を導き入れたい。彼女に養われ、彼女に拠《よ》って生きたい。彼女にも、それと同じことができればどんなによいだろう。

彼女は両腕を彼の肩にまわし、こちらへ引き寄せて、ともにマットレスに倒れ込もうとした。いけないとわかっていながら、彼はそれに従った。いま彼女は彼の下になって、彼を迎え入れようと情欲の香りを立ちのぼらせている。

レイジは目を閉じた。彼女にいやとは言えない。身内のエネルギーを止めることもできない。板ばさみになりながら、彼女にキスをした。そして祈った。

なにかおかしい、とメアリは思った。

レイジに手が届かない。シャツを脱がせようとしたが、ボタンに手をかけさせようとしなかった。起きあがった股間のものに触れようとしたら、腰を引かれた。乳房を吸い、脚のあいだに手をもぐり込ませてはいるが、まるで遠くからセックスをしているようだ。

「レイジ……」声がかすれた。彼の唇がへそを吸っている。「レイジ、どうかしたの?」

彼の大きな両手に脚を開かれ、口が腿の内側に入ってくる。軽く噛み、牙でなぶるが、けっして痛い思いはさせない。

「レイジ、ちょっとやめて……」

彼は口を脚のあいだに当て、唇でくわえて引っぱった。吸い、前後に動かし、味わう。ベッドから上半身をもたげると、彼のブロンドの頭が低く沈み込むのが見えた。盛りあがった両肩が彼女の膝の下にある。その大きな身体にくらべると、彼女の両脚が白く、か細い。あと一秒でもこうしていたら、完全にわれを忘れてしまう。

髪をつかんで、彼の頭を引き離した。

碧を帯びた青い目を興奮に輝かせ、濡れた唇を開いて荒い息をしている。これ見よがしに下唇を上下の歯でくわえ込んで吸ってみせた。それから舌を突き出し、上唇をゆっくりと時間をかけてなめた。

メアリは目を閉じた。熱いものがこみあげて、全身がとろけそうだ。

「いったいどうしたの?」かすれ声で尋ねた。

「なんのことかわからないな」彼は手の甲で彼女の花芯を愛撫し、敏感な肌をなぶっている。

「気持ちよくない?」

「そんなことないけど……」

彼の親指が円を描きはじめた。「じゃあ、続きをやらせてくれよ」

彼がまた頭を沈めて舌を使いだす前に、その手をはさむようにして、脚をできるだけぴったり閉じた。

「どうしてさわらせてくれないの」

「さわってるじゃないか」と指を動かす。「ここで触れあってる」

ああ、これ以上に熱くなることなんてあるだろうか。「触れあってないわ」

レイジから離れて上体を起こそうとしたが、彼のあいたほうの腕がさっと伸びてきた。手のひらが胸に当てられて、ベッドに押し戻される。

「まだ終わってない」胸の奥に響く声で言った。

「わたし、あなたの身体にさわりたいの」

彼の目がぱっと光った。だがそれもつかのま、現われたときと同様にすぐに光は消え、彼の顔色がさっと変わった。こわがっているのだろうか。しかし、はっきりとはわからなかった。彼が頭を下げてしまったからだ。彼女の腿の付け根にキスをし、頬とあごと口をすりつけてくる。

「きみはこれ以上ないくらい熱くて、おいしくて、やわらかい。メアリ、きみを喜ばせたいんだ」

その言葉にぞっとした。以前にも聞いたことがある。最初のころに。

彼の唇が脚の内側に移ってきて、目当ての場所に近づいてくる。

「だめ。やめて、レイジ」彼は言われたとおりにした。「こっちだけされるいっぽうじゃうれしくないわ。奉仕なんてしてほしくない。いっしょじゃなきゃいや」

彼は唇をぎゅっと結び、急に思いきったようにベッドをおりた。彼女を置いていく気だろうか。

いや、ちがう。床にひざまずき、両腕をマットレスに突っ張って、頭を垂らしている。心を鎮めようとしている。

メアリは脚を伸ばして、彼の前腕に足先で触れた。

「まさか、ノーと言う気じゃないでしょ？」つぶやくように言った。

彼は顔をあげた。低い位置から見あげているせいで、目は細い切れ込みのようにしか見えないが、そこからネオンブルーのまぶしい光があふれ出ている。

彼女は身体を弓なりにそらし、脚をずらして、彼がのどから手がでるほど欲しがっている場所をちらと見せた。

そのとき、彼女は思わず息を呑んだ。

力強くも流れるような動きで、レイジが床から身を躍らせ、ベッドの上に飛びあがったかと思うと、彼女の脚のあいだに降り立っていた。ズボンをおろして――

ああ、これを待っていたのよ。

彼女はたちまち達して、寄せては返す固い波にしがみついた。最初の高波が鎮まったとき、上でもなかでも彼が震えているのがわかった。無理に自分を抑えないで、と言おうとしたとき、そういう問題ではないと気がついた。軽いひきつけでも起こしたかのように、筋肉という筋肉を痙攣させている。

「レイジ？」顔を見あげた。

目が白光を放っていた。

落ち着かせようとして両手を彼の背にまわしたら、なにかみょうな感触があった。肌がまだらに盛りあがっている――というより、盛りあがって模様を描いているようだ。

「レイジ、背中になにか――」

彼女から飛び離れて、彼はまっすぐドアに向かった。

「レイジ?」ナイトガウンをとり、手早く頭からかぶると彼のあとを追った。

廊下に出てみると、彼はいったん立ち止まり、ズボンを直しているところだった。メアリは悲鳴をあげそうになった。あの刺青が生命を持っている。背中から盛りあがって、影を落としている。

しかも、彼は動いていないのにうごめいている。あの恐ろしいドラゴンが、のたうちながらこちらをまっすぐ見つめていた。頭と目を彼女のほうに向け、身体をくねらせている。

出口を探している。

「レイジ!」

彼は弾丸のように突っ走り、玄関広間におりると、階段の下の隠しドアに飛び込んで姿を消した。

レイジは休まず走りつづけ、訓練センターに走り込んだ。ロッカー室のドアを破らんばかりの勢いであけ、シャワー室に向かう。コックをひねり、タイルの壁からすべり落ちるように座り込み、冷水のシャワーに身体を打たせた。

これで、なにもかもはっきりした。あの振動。あのブーンというなり。メアリに近づくといつでもそうだった。とくに彼女が感じているときは。

それにしても、なぜこれまで思いつかなかったのかわからない。真実から目をそむけていたかったのかもしれない。

メアリが相手だとこれまでとちがったのは……彼女と愛しあいたいと望んでいるのが、彼ひとりではないからだ。

けものも彼女を欲している。

彼女をわがものにしようと、けものが外へ出たがっているのだ。

42

家へ帰ってからも、ベラは落ち着かなかった。一時間も日記をつけてから、ジーンズとトレーナーに着替え、パーカーを引っかけた。外へ出ると、四方八方からでたらめに雪が吹きつけ、渦巻く冷たい風に舞っている。

パーカーのファスナーをあげて、固い草が高く茂っているほうへ歩きだした。

ザディスト。目を閉じるたびに、バスルームに仰向けに横たわる彼の姿がよみがえってくる。

破滅している。ただ壊れているのでなく。

立ち止まり、雪を眺めた。

二度と近づかないとは言ったものの、その約束を守りたくなかった。どうしても、もういちど彼と……

メアリの家のほうを見やると、周囲をだれかが歩きまわっていた。ぎょっとして凍りついたものの、黒っぽい髪が見えて、〝レッサー〟ではないとわかった。

そうだ、ヴィシャスが警報装置の取り付けに来ているのだ。ベラはそちらに向かって手をふり、近づいていった。

パーティで話をしてから、Vがとても好きになった。頭が切れる者は往々にして社交性に難があるものだが、あの戦士にかぎってはまるで完全無欠だった。セクシーで、なんでも知っていて、たくましくて、このひとの子供を産みたい、DNAを遺伝子プールに残すためだけにでも、と思わせられる。

それにしても、なぜあんな黒いレザーの手袋をしているのだろう。それに顔の横のほうに入っている刺青はなんのためなのだろう。差し支えなさそうなら、ちょっと訊いてみよう。

「もう取り付けなくてもよくなったのかと思ってたわ」彼女はテラスに近づきながら声をあげた。「だって、メアリは——」

彼女の前に立ちはだかったダークヘアの男はヴィシャスではなかった。生きた人間でもなかった。

「ジェニファか?」〝レッサー〟は畏怖したように言った。

とっさにベラは凍りついたが、一瞬後には身をひるがえして走っていた。飛ぶように草地を逃げていく。ころびもせず、迷いもしなかった。おびえてはいたが、草地を走る足は速く、またたしかだった。家までたどり着ければ、〝レッサー〟を閉め出すことができる。ガラスを破って侵入してくる前に地下室におりれば、もうだれにも手出しはできない。そこからヴェンジに電話をして、地下トンネルを通って地所の反対側に出ればいい。

〝レッサー〟は追ってくる——走る足音と、服のこすれる音が聞こえる——が、距離は縮まらないまま、ふたりは霜がおりて固くもろくなった草を踏んで走った。わが家の温かい光にひたと目を当て、彼女は脚を励まして力をふりしぼった。

なにかが当たって、刺すような痛みが太腿に走った。二度めは、パーカーを通して背中のまんなかに当たった。

腿があがりにくくなり、足はまるで巨大な足ひれに変わったかのようだった。縮めるべき距離が長くなっていく。無限に引き延ばされていく。それでもめげずに進みつづけた。裏口のドアにたどり着いたときにはふらついていた。なんとかなかに入ったが、鍵をかけるのもひと苦労だった。まるで骨がなくなったかのように指に力が入らない。

ふらふらとドアに背を向けて地下室に向かったが、フレンチドアの蹴破られる音がみょうに小さく聞こえる。どこかずっと遠いところで起きているようだ。

肩に手がかかった。

闘争本能がむくむくと頭をもたげ、彼女は腕を引いて、にぎったこぶしで〝レッサー〟の顔を殴りつけた。相手は一瞬ひるんだものの、すぐに殴り返してきて、彼女は反転して床に倒れた。〝レッサー〟の手で仰向けにされ、また殴られた。平手が頬骨に当たり、その勢いで頭を床に打ちつけた。

彼女はなにも感じなかった。平手を受けたときも、頭を床にぶつけたときも。おかげでたじろぐこともなく、男の腕に思いきり嚙みついた。

いっしょになって手足を激しくふりまわし、キッチンテーブルにぶつかり、椅子が引っくりかえった。その椅子をつかんで起きあがり、それを相手の胸に叩きつけた。方向感覚を失い、息を切らし、彼女は這って逃げようとした。

地下室におりる階段の手前まで来て、ついに力尽きた。

意識はあっても身体が動かず、その場に倒れ込んだ。なにかが目に流れ込んでくるのをぼんやり感じる。たぶん自分の血か、一部はあの〝レッサー〟の血だろう。

視野がぐるりと回転して、気がつけば仰向けにされていた。

目の前に〝レッサー〟の顔があった。黒っぽい髪、薄茶色の目。

なんてこと。

〝レッサー〟は泣きながら彼女を床から抱えあげ、両腕に抱きしめた。薄れていく意識のなかで最後に見たのは、彼女の顔に落ちてくる〝レッサー〟の涙だった。

それを見ても、まったくなにも感じなかった。


トラックの運転台から、Oは女をそっと抱きあげた。情報収集センターで寝起きすることに同意して、自分の部屋を手放したことを激しく後悔していた。ほかの〝レッサー〟の目には触れさせたくなかったが、とはいえここなら、けっして逃がさないように監視することができる。もしほかの〝レッサー〟が手出しをしたら……そういうときのために刃物はあるのだ。

ドアのなかへ運び込みながら、女の顔を見おろした。ジェニファにほんとうによく似ている。目の色はちがうが、ハート形の顔はそのままだ。豊かなダークヘアも、そしてこの身体——ほっそりして均整のとれた身体つきも。

じつを言えば、ジェニファより美しかった。それに、殴る力も強い。

女を台に横たえ、頬の打撲傷に、裂けた唇に、のどのあざに指で触れた。あの取っ組み合いはすさまじかった。手加減も小休止もなしの死闘が続いた――ついに彼が勝って、疲れきった彼女の身体をこの腕に抱くまで。

女を見つめながら、昔のことを思い出していた。あのころは、いつかジェニファを殺してしまうのではないかとたえず恐れていた。殴っているうちに、取り返しのつかない一線を越えてしまうのではないかと。だが現実には、彼が殺したのは酔っぱらい運転のドライバーだった。彼女の車と正面衝突したそのろくでなしは、夕方五時に泥酔して運転していたのだ。ジェニファは仕事から帰る途中だっただけなのに。

彼女を殺した男をばらすのは造作もなかった。住所を突き止めて、べろんべろんでご帰館のところを待ち伏せした。あとはタイヤレバーで頭を叩き割り、階段から突き落としてやった。その死体が冷えるのも待たず、Oは北東に車を走らせ、そのまま国を横断してきた。

そしてそこで、〈ソサエティ〉の手に落ちた。

外に車が停まった。Oはあわてて女を抱えあげ、穴に運んだ。胸にハーネスを巻き、蓋をあけてなかへおろした。

「またつかまえてきたのか」と言いながら、Uが入ってきた。

「ああ」Oはわざとべつの穴をのぞき込みながら答えた。こちらに入っているのは、前夜ミスターXにいたぶられた男だ。下水管のなかで身動きし、おびえた猫のような声をあげている。

「それじゃ、さっそく新しい獲物の尋問と行こうじゃないか」Uが言った。

Oは女を入れた穴の蓋にブーツをのせた。「こいつはおれのだ。この女に手を触れてみろ、この歯で生皮をはいでやる」

「女？　女をつかまえたのか！　そりゃ、センセイが有頂天だな」

「このことはセンセイには言うな。わかったな」

Uはまゆをひそめたが、肩をすくめた。「わかった、好きにするさ。だけどな、そういつまでも隠しちゃおけないぜ。いつか知られても、おれがばらしたとは思わないでくれよ」

Uはたしかに秘密は守るだろう。それがわかって、Oはとっさに例の住所を教えていた。先ほど侵入してきた、納屋を改造した住宅の住所だ。この〝レッサー〟の誠実さに対するちょっとした謝礼というわけだった。

「そこにはメアリ・ルースって女が住んでる。〈兄弟団〉のひとりといっしょにいたのを目撃されてる。つかまえてきてくれ」

Uはうなずいた。「わかった、だがもう夜明けが近いし、ひと眠りしなくちゃならん。このふた晩ってものあんまり寝てないんで、もうくたくたなんだ」

「それじゃ明日でいい。さあ、もう邪魔せんでくれ」

Uは首をかしげ、下水管の穴を見おろした。「なんの邪魔だ」

「いいから、もう帰れ」

Uは出ていった。耳を澄ましていると、車の音が遠ざかっていく。

満足して、Oは金網の蓋からなかを見おろした。頬がゆるむのを抑えることができない。

43

レイジが本館に戻る気になったときは、もう午後五時になっていた。足音も立てずにトンネルを歩いていく。ぐしょ濡れになったので靴を脱いだのだが、どこに置いたか憶えていない。彼は生きた鋼鉄のワイヤさながらだった。疲れきっているはずなのに、身内に燃え盛る火を消すことができない。どんなに重いバーベルを持ちあげても、どんなに長い距離を走っても。いまとなってはそんなことをする気にはなれないが、百人の女たちと片端からセックスしてもたぶんむだだろう。

逃げ道はどこにもない。しかし、メアリと話をしなくてはならない。一世紀前に呪いをかけられたと話すのは恐ろしかった。それに、けものが彼女とセックスをしたがっているなどと、なんと言って説明したらいいのだろう。しかし、彼女に近づかない理由を説明しないわけにはいかない。

彼は覚悟を決めて寝室のドアを開いた。メアリの姿はなかった。

階下《した》におりて、キッチンでフリッツを見つけた。

「メアリを見なかったか？」平静を装って尋ねた。

「お見かけいたしました。出ていかれるところを」

全身の血が凍った。「どこに行くと言ってた?」

「なにもおっしゃいませんでしたが」

「なにか持ってたか? ハンドバッグとか、ボストンバッグとか」

「はい、本とビーグルとパーカーをお持ちでした」

外へ出たのか。レイジは地下トンネルに向かい、三十秒後には〈穴ぐら《ピット》〉の前にいた。ドアをどんどん叩く。

ヴィシャスはなかなか出てこず、やっと出てきたときはボクサーショーツ姿で頭はぼさぼさだった。「なんだよ、いった――」

「メアリが館の外に出たんだ。ひとりきりで。すぐ見つけないと」

目をこすり、ぼんやりしていたVだが、たちまち完全に目を覚ました。パソコンに向かい、屋外のあらゆる映像を呼び出して、館の正面玄関の前にいるのを見つけた。身体を丸めて陽を浴びている。賢い選択だ。なにかが襲ってきても、あそこなら難なく控えの間に逃げ込める。

レイジは深く息をついた。「これ、どうしたらクローズアップにできるんだ?」

「右上すみのズームをマウスでクリックすればいい」

言われたとおりに焦点を合わせると、メアリは二、三羽のすずめに餌をやっているところだった。ビーグルを小さくちぎって投げてやっている。ときどき顔をあげてはあたりに目を配っている。顔に浮かぶ笑みはひそやかな笑みで、口角がほんの少しあがっているだけだ。

レイジは画面に触れた。彼女の顔を指先でなでる。「なあ兄弟、おまえでもまちがうことがあるんだな」

「なんのことだ」

「おれの運命の相手はメアリだよ」

「いつそうじゃないなんて言った？」

レイジは、山のようなコンピュータ機器ごしに、Vの刺青に囲まれた目を見つめた。「おれは彼女の最初の相手じゃなかった。でもおまえは、おれの運命の相手はヴァージンだって言ったじゃないか。だからまちがってる」

「おれがまちがうことはない」

レイジは顔をしかめた。では、いつか彼にとってもっと大切な女が現われるのか。彼の心のなかで、メアリより大きな位置を占めるようになるというのか。

ほかの女と愛しあう日が来るような、そんな運命ならくそくらえだ。ついでにVの予言もくそくらえ。

「なんでもわかるってのは気分いいだろうな」彼はつぶやいた。「まあ、おまえがそう思ってるだけかもしれないけどさ」

背を向けて地下トンネルに向かおうとしたとき、腕を強くつかまれた。

Vのダイヤモンドの目はふだんは穏やかそのものだが、いまは怒りに細められていた。

「おれがまちがうことはないと言ったのは、自慢でもうぬぼれでもない。未来が見えるのは呪いもいいとこだ。兄弟たちがみんな、どんな死にかたをするか知ってるんだぞ。それでも気分がいいと思うか」

レイジがたじろぐと、ヴィシャスはにやりと笑った。「ああ、そこんとこようく考えてみるんだな。それと言っとくが、おれにわからないことがひとつだけある。いつ起きるかってことだ。だからだれひとり救うこともできない。これでもおれが自分の呪いを鼻にかけられると思うなら、その理由を言ってみろ」

「そんなこととは……兄弟、すまん……」

Vはふっと息を吐いた。「ああ、気にすんな。それより、彼女を連れに行ってきたらどうだ。午後じゅうずっとおまえのことばっか考えてたぞ。気を悪くすんなよ、だけどそろそろうんざりしてきてるんだよ。頭んなかでメアリの声がずっと聞こえててんだから」


大きな真鍮のドアに背中を預けて、メアリは空を見あげた。頭上には真っ青な空が広がっている。前夜は季節はずれに早く雪が降り、そのせいで空気は乾燥してぴんと張りつめている。陽が沈む前に庭を歩こうと思っていたのだが、パーカーを通して伝わってくる陽光の暖かさに、なんだか動きたくなくなってしまった。それとも、たんに疲れているだけだろうか。レイジが部屋を出ていってから一睡もできず、一日じゅう彼が帰ってこないかと待っていたのだ。

昨夜はなにがあったのか見当もつかない。見たと思ったものをほんとうに見たのかも自信がなかった。いくらなんでも、刺青が皮膚から浮きあがってくるはずがない。それに動くはずもない。少なくとも彼女の知るかぎりではそうだ。

しかし、眠れないのはレイジのせいばかりではなかった。医師たちからどんなことをされるのか、そろそろわかるころなのだ。明日にはドクター・デラ＝クロースの話を聞きにいくことになっている。その話を聞けば、どれぐらいつらい治療になるかわかるはずだ。

ああ、神さま……このことをレイジとよく話しあいたい。彼に心がまえをしてもらわなくてはならない。

太陽が木々の向こうに姿を隠すと、冷気が身にしみてきた。立ちあがり、伸びをして、最初の両開きドアを通って控えの間に入った。ドアを閉じてからカメラに顔を向けると、内側の第二のドアが開く。

入ってすぐの床にレイジが座っていた。ゆっくり立ちあがる。「やあ、待ってたよ」

彼女ははにかんだ笑みを浮かべて、手にした本をしきりに持ち替えた。「どこにいるか教えとこうと思ったんだけど、携帯を持たずに出ていったでしょ、あのとき――」

「メアリ、あのさ、昨夜《ゆうべ》のことなんだけど――」

「ちょっと待って。その前に話があるの」と片手をあげて、深く息を吸った。「明日は病院に行かなくちゃならないの。治療を始める前の話しあいがあるのよ」

彼は思いきりまゆをひそめた。左右の眉根がくっつくほどに。「どこの病院？」

「〈聖フランシス病院〉よ」

「何時？」

「午後なの」

「だれかについて行ってもらおう」

「〝ドゲン〟のだれかに？」

彼は首をふった。「ブッチがいい。刑事《デカ》の銃の腕はたしかだから。きみを無防備で出かけさせたくない。それじゃ、上階《うえ》へ行こうか」

メアリはうなずき、レイジは彼女の手をとって二階にあがった。寝室に入ると、彼女はベッドに腰をおろし、彼のほうは落ち着きなく歩きまわっている。

彼に心がまえをさせたいと思って始めたことだが、病院の予約の話をするうちに、彼女自身も気持ちの整理がついてきた。やがて沈黙が落ちた。

「それじゃレイジ、昨夜《ゆうべ》なにがあったか説明して」彼がためらっていると、メアリは言った。「どんなことだって、いっしょに乗り越えていけるわよ。わたしにはなんでも話して」

レイジは足を止め、彼女を正面から見た。「おれは危険なんだ」

メアリはまゆを寄せた。「まさか、そんなことないわ」

「おれの背中――面になにがあるか知ってるだろ？」

背筋がぞっとした。あの刺青が動いていたのを思い出し――

いい加減にしなさいよ、と自分を叱った。動いていたなんて、そんなはずはない。彼が荒い息をしていたかなにかで、それで位置がずれたように見えたのだろう。

「メアリ、あれはおれの一部なんだ。あのけものは、おれのなかにひそんでるんだ」彼は胸を掻き、腕を掻き、次には腿を掻いている。「いつもなんとか抑えようとしてるんだ。でもあれが……きみを傷つけたくない。どうすればいいかわからないんだ。いまでも、こうしてきみのそばにいると、おれは……ちくしょう、もう滅茶苦茶だ」

両手をあげるとその手が震えていて、たしかに動転しきっているようだった。

「おれが戦わずにいられないのは、ひとつには戦闘がガス抜きになるからなんだ。女あさりをしてたのもそのせいだ。精力を発散させると、けものが飛び出してくるのを防げるんだよ。ただ、いまはセックスができないから不安定になってる。だから昨夜《ゆうべ》、あやうく抑えがゆるみそうになったんだ。二度も」

「ちょっと待って……それどういうこと？　わたしとしてるじゃない。わたしとセックスをしてるわ」

「二度とあんな危険は冒せない」彼は食いしばった歯のあいだから言った。「二度と……もうきみとは寝られないんだ」

ぼうぜんとして、メアリは彼を見つめるばかりだった。「つまり、わたしとはぜんぜんしないっていうの？　もう二度と？」

彼はうなずいた。「二度とできない」

「ばか言わないでよ。わたしを欲しがってるくせに」彼のズボンの大きなふくらみにちらと目をやった。「もう大きくなってるじゃない。においもするわ、わたしを欲しがってる」

ふいに彼がまばたきをやめたかと思うと、その目が白い閃光を発した。

「どうして目の色が変わるの」ささやいた。

「あれが……目を覚ますからだよ」

彼女が黙り込むと、彼は奇妙なリズムで呼吸しはじめた。二回吸って、長く一回吐く。短くあえぐように二回吸って、ゆっくり一回吐き出す。

彼はいったいなんのことを言っているのだろう。頭をしぼったが、メアリにはほとんど理解できなかった。凶悪な第二の人格が出てくるとか、きっとそういう意味にちがいない。

「メアリ、きみと……もう寝られないっていうのは……きみのそばにいると、あいつが出てきたがるからなんだ」一回短く吸って、「あれが欲しがってる……」

「なにを？」

「きみを欲しがってる」彼はあとじさってメアリから離れた。「メアリ、あいつは……きみに入りたがってる。言ってる意味わかる？　もうひとりのおれが、きみを抱きたがってるんだ。もう……もう行かないと」

「待って！」彼がドアの前で立ち止まった。ふたりの目が合う。「それじゃ、させてあげてよ」

レイジはぽかんと口をあけた。「気でも狂ったのか？」

とんでもない。ふたりは飢えたようにセックスをしてきた。暴力的と言ってもいいほどの。これまでも、ずいぶん激しく突きあげられてきた。彼のもうひとつの人格がどんなに乱暴でも、耐えられないはずはないと思った。

「自分を押し込めないで。大丈夫よ」

二回短く吸って、一回長く吐き出す。「メアリ、きみはわかってない……どういうことかわかってないんだ」

わざと軽口を叩こうとした。「いったいなにが起きるの？　わたし、食べられちゃうの？」

あの白い目で黙って見つめられて、冷水を浴びせられたようだった。ひょっとしたら、彼の心配はもっともなのかも……

やはり彼女は気が狂っていたらしい。

「あなたを縛ってみればいいわ」

彼は首をふり、よろめきそうになってドアノブをにぎった。「そんな危険なことはできない」

「待ってよ！　なにが起きるか、ほんとにちゃんとわかってるの？」

「いや」彼は首と肩を引っかき、身体をよじっている。

「押さえつけるのをやめて解放したら、それですむって可能性はないの？」

「ないとは言えない」

「だったら試してみましょうよ。もし……その、もしおかしなことが起きたら、逃げればいいんだし。レイジ、お願いだからやらせて。それに、ほかに道があるの？　わたしはここを出ていって、二度とあなたには会えないの？　わたしたち、二度とセックスもできないの？ほら、いまだって、そんなにあちこち引っかいてるじゃない。皮膚を破って出てこようとしてるみたいに」

彼の顔が恐怖に歪んだ。口をきつく結び、目を大きく見開いている。メアリは恥ずかしくなった。胸の破れるような恐ろしい後悔に、部屋を突っ切って彼に近づいていった。にぎった彼の手が震えている。

「レイジ、あなたのそんな姿を見ていたくないの」彼が口を開こうとするのをさえぎって、「ねえ、いまなんの話をしてるのか、あなたはわかってるのよね。でも、わたしにはわかってないのよ。あなたが暴れ出せないように万全の用意をして、それで……それで、どうなるか試してみましょうよ」

レイジはこちらを見おろしている。せっつきたかったが、それではかえって逆効果になるという気がした。

「Vと話してみる」しまいにレイジは言った。

「チェーンが要るんだ」レイジはまた言った。〈ピット〉のリビングルームのまんなかに突っ立っている。

Vはコンピュータ画面ごしにこちらを見やって、「たとえばどんなやつだ」

「車を牽引《けんいん》するのに使うようなやつ」

ブッチがキッチンから入ってきた。片手にバドワイザーの缶を、片手にサンドイッチを持っている。「よう、なんの話だ?」

「おまえらふたりに頼みがあるんだ。チェーンでおれをベッドにくくりつけてくれ」

「SMかよ」

「それで、使えそうなチェーンはあるか、V」

ヴィシャスは〈レッドソックス〉の帽子をかぶりなおした。「ガレージだな。たぶんガレージに行きゃあると思う。だがな、レイジ、いったいなにを考えてるんだ」

「おれはその、メアリと……しなくちゃならないんだ。だが、そのときあれが――」いったん言葉を切り、息を吐き出した。「変身が起きるんじゃないかと心配なんだ。興奮しすぎて」

Vの淡色の日が不審げに細くなった。「そう言や、ほかの女とやるのをやめたんだったな」

レイジはうなずいた。「メアリとしかしたくないんだ。いまじゃ、ほかの女が相手だと立たないと思う」

「くそ、まったく」ヴィシャスが声を殺して悪態をついた。

「一夫一妻でなにがいけないんだ」ブッチは言いながら、腰をおろして缶ぶたをあけた。「だってさ、あんないい女を手に入れたんじゃないか。メアリは性格もいいし」

Vは首をふった。「デカ、あの林んなかでなにを見たか、もう忘れたのか。惚れた女のそばにあんなものを近づけたいかよ」

ブッチは口もつけずに缶ビールを置いた。レイジの頭のてっぺんから足の先まで、その目で値踏みしていく。

「ごついチェーンがどっさり要るな」ぼそりと言った。

44

Oはそわそわしはじめていた。女の意識がまだ完全に戻っていない。もう十八時間経つというのに。あの麻酔銃は男のヴァンパイアに合わせて調整してあるが、それにしてもいまごろは醒《さ》めてよいはずだ。

殴られたせいで、脳震盪《しんとう》を起こしているのではないだろうか。

ちくしょう、まるきりあのころとおんなじだ。ジェニファと喧嘩をしたあとは、取り返しのつかない大けがをさせたのではないかと気もそぞろだった。手当しているあいだ、いつも慎重に傷の具合を確かめ、骨が折れていないか、深い切り傷がないかと調べたものだ。そして大した傷はないと安心すると、彼女がまだぐったりしていても、ベッドに連れ込むのが常だった。やりすぎずにすんだと知ってほっとして、そのあとに彼女の上でいくのはいつも最高だった。

誘拐してきたこの女と、セックスができないのが残念だ。

女を入れた穴のそばに歩いていった。金網の蓋をあげ、懐中電灯をつけてなかを照らす。女は底にうずくまり、力なく下水管の壁に寄りかかっている。

外へ出したかった。抱きしめ、キスをして、肌と肌を触れあわせたい。穴のなかに入りたい。しかし、〝レッサー〟はみな不能なのだ。〈オメガ〉め、あんちくしょう、まったく嫉妬深いご主人だぜ。

蓋をもとに戻して、Oはうろうろ歩きまわった。〈オメガ〉と過ごしたあの夜と昼のことを思い出し、以来ずっと抑うつに落ち込んでいたのを思い出した。不思議だ——あの女を手に入れたいま、彼の頭はすっきりと冴え、生きる理由を得て気力が湧いてきた。

穴のなかの女がジェニファでないのはわかっている。しかし、彼の手から奪いとられた女にこれほど似ているのだから、贅沢を言うつもりはなかった。与えられた贈り物をありがたく受け取って、それを守るだけだ。

今度こそは、だれにも彼の女を奪わせるものか。だれにも。

夜になってシャッターがあがり、ザディストは寝床から起きあがって、寝起きしている部屋を裸で歩きまわった。

昨夜《ゆうべ》のベラとの一件で、いても立ってもいられない気分だった。ベラに会ってあやまりたかったが、なんと言ってあやまればいいのか。

けだものみたいに飛びかかってすまん。それと、へど吐いてたのはあんたのせいじゃない。嘘じゃないから。

ちくしょう、おれは腐りきったろくでなしだ。

目を閉じて、シャワーのそばの壁に追いつめられたときのことを思い出した。裸の胸に彼女が手を伸ばしてくる。指は長くて上品で、きれいな爪にはマニュキアは塗っていなかった。

きっと彼女の手は軽かっただろう。軽くて温かかっただろう。

どうしてあそこで取り乱してしまったのか。落ち着いていられれば、自由の身になって初めて、女のやわらかい手にじかにさわられる感触を味わえたのに。血隷のときはいやというほどさわられたが、あれはこちらの気持ちはおかまいなしだったし、解放されてからは……

それに、あれはただの女の手ではない。ベラの手だったのだ。

あの手のひらが胸に、胸筋と胸筋のあいだに置かれていたら。少し愛撫もしてくれたかもしれない。ゆっくりやってくれれば、快いと感じたかもしれない。考えれば考えるほど、きっと快いと感じたにちがいないと――

まったく、なにをばかなことを延々考えてやがるんだ。相手がだれであっても、親密な接触にはとっくの昔に耐えられなくなっているくせに。いずれにしても、ベラのような女のことを夢に見てもしょうがない。不機嫌な人間の売春婦から身を養わざるをえない男だが、その売春婦たちほどの価値も彼にはないのだ。

ザディストは目を開き、くだらない夢を頭からふり払った。ベラのためにしてやれるせめてものことは、つぐないをする最善の方法は、二度と彼女の前に姿を現わさないことだ。たとえ偶然にでも。

もっとも、彼のほうはベラの姿を眺めつづけるだろう。毎晩彼女の家を訪ね、彼女の無事を確認するだろう。いまは一般のヴァンパイアにとって危険な時期だから、見守ってやらなくてはならない。影にひそんでこっそりとその務めを果たそう。

彼女を守るのだと思ったら心が慰められた。

自分が彼女とつきあえるとはとうてい思えない。しかし、彼女の身を守る能力には絶対の自信がある。たとえ何人の〝レッサー〟を生きたまま丸飲みにすることになろうとも。

45

　メアリは寝室のドアのすぐ外、二階のバルコニーを歩いていた。とても見ていられない――ブッチとVがあんなごついチェーンを持ってくるとは思わなかった。それに、あのふたりがいまやっているのは、レイジが彼女とセックスをするための準備なのだ。それに、これはひどく興奮していいことなのか、それとも身の毛がよだつほどこわいことなのだろうか。

　ドアが開いた。

　ブッチは目を泳がせ、彼女のほうを見ようとしない。「用意できたぜ」

　ヴィシャスが外へ出てきて、手巻き煙草に火をつけた。深々と吸うと、「おれたちは廊下のこのあたりで待ってるから。なにかあったときの用心に」

　そんな必要はないと思わず言いそうになった。いくらなんでもぞっとする、彼女とレイジがセックスをしているときに、このふたりがすぐ外で待ち構えているなんて。ふたりきりの空間が必要なのはもちろんだが、プライバシーというのは気持ちの問題でもあるのだ。

　だがそのとき、ふたりが運んできたあの鋼鉄の山のことを考えた。まさかあんなに必要だなんて。ロープや手錠ぐらいならともかく、あれだけあれば、自動車のシリンダーブロックを丸ごと持ちあげることもできそうだった。

「ほんとにそんな必要があると思う?」

　ふたりはそろってうなずいた。

「これについちゃ信用してくれ」ブッチがぼそぼそと言った。

　メアリは部屋に入り、ドアを閉じた。ベッドの両側にろうそくが灯してあり、レイジは裸で横たわっていた。両腕は曲げて頭の上にあげ、両脚は広げていっぱいに伸ばしている。手首と足首に巻かれたチェーンは、どっしりと重いベッドのオークの脚台に巻きつけてあった。

　レイジは頭をもたげた。碧を帯びた青い目が暗闇を切り裂く。「ほんとにいいんだね?」

　正直言って答えはノーだったが、彼女は言った。「なんだか苦しそう」

「そうでもないよ」彼は頭をおろした。「もっとも、ベッドの脚だからいいけどさ、これが別々の方向に進む馬四頭につながれてたら悲惨だよな」

　彼の堂々たる体軀《たいく》を眺めた。四肢を投げ出しているさまは、彼女に捧げられたエロティックな生贄《いけにえ》かなにかのようだ。

　信じられない……これは現実なのだろうか。ほんとうにこんな――

　いい加減にしなさいよ。こんな格好で彼をいつまで待たせる気? これが終わって、なにも問題はないってわかったら、もう二度とこんなことしなくていいんだから。

　メアリは靴を蹴り脱いで、フリースとタートルネックを頭から抜き、ジーンズを脱ぎ捨てた。

　レイジがまた頭をあげた。彼女がブラをとり、下着も脱ぐと、彼の股間のものがうごめいた。伸びてくる。待ちわびたように変容していくさまを見つめた。太く、大きくなってくる。

興奮のために顔は紅潮し、無毛の美しい肌にうっすらと汗がにじんでいた。

「メアリ……」瞳孔が白くなり、のどを鳴らしながら腰をまわしはじめた。勃起したペニスは腹部のほうへ動いていき、その頭はへそまで、ついにはその先にまで届きそうだ。いきなり激情に駆られたか、縛《いまし》めを解こうとするように前腕を突き出した。チェーンが派手な音を立てる。

「大丈夫？」

「ああ、くそ、メアリ……おれは……おれたちは飢えてるんだ。きみが欲しくてたまらない」

　勇気をふるってベッドに近づきながら言った。身をかがめて彼の口にキスをし、マットレスの上に、さらに彼の上にのった。

　腰にまたがると、下になった彼の身体が波打つようにのたうった。

手でにぎってなかに入れようとした。一度ではうまく行かなかった。大きすぎるうえに、彼女のほうはまだ用意ができていなかった。痛い。もう一度やってみようとして顔を歪めた。

「まだ火がついてないんだな」レイジは言った。メアリがまた彼の太いものの先を花芯にあてがうと、彼は身をのけぞらせた。なにか荒々しいブーンという振動音をさせている。

「大丈夫よ、ちょっと――」

「こっちへおいで」声が変わっていた。いつもより低い。「メアリ、キスしてくれ」

　上体を彼の胸に倒し、唇を重ねた。なんとか気持ちを盛りあげようとするが、うまく行かなかった。

冷めているのを感じたかのように、彼は唇を離した。

「もっとあがっておいで」チェーンが動いて、金属のぶつかる音が鐘の音のようだ。「胸をさわらせてくれ。口もとに持ってきて」

肩をゆすって身体をずりあげ、乳首を彼の唇に落とした。やさしく吸われたとたん、身体が反応した。目を閉じ、ほっとして、熱いものに身を任せる。

彼女の変化に気がついたらしく、のどを鳴らす音が大きくなってきた。うっとりするようなごろごろという響きがあたりに満ちる。唇で彼女を愛撫しながら、彼女の下で彼の身体は大きくうねるように動き、胸があがり、次に首と頭をぐいとそらした。全身にまた汗が噴き出し、彼女を求めるにおいがつんと立ちのぼる。

「メアリ、なめさせてくれ」いよいよ声は低くなり、言葉がひずんで聞こえるほどだった。

「きみの甘い蜜を。脚のあいだを。なめさせてくれ」

見おろすと、白く輝く双眸《そうぼう》がこちらを見あげていた。見つめていると魅入られるようだ。肉の歓びにいざなうその光を、彼女はとても拒みきれなかった。ここにいるのはレイジだけではないとわかっていても。

彼の身体の上を這い進み、胸もとまで来てふと動きを止めた。見も知らぬ他人とこんなことを、と思ってぎょっとした。相手は縛られて身動きができないのだからなおさらだ。

「メアリ、もっとこっちへ」彼女の名を呼ぶ呼びかたすらいつもとちがう。「口もとまで来てくれ」

彼女はおずおずと移動して、彼の体勢に合わせようとした。しまいに片膝を彼の胸に当て、片膝を反対側の肩のそばに置いた。彼が首をのばし、頭をひねってあげ、唇でひだをとらえた。

彼のうめき声が振動となって身体の奥を震わせ、彼女は片手を壁についた。なめられ、吸われて、その快感に抑制はすべて消え去り、いまは完全に情欲のとりことなっていた。身体が反応してどっとあふれるほどにうるおうと、チェーンが力いっぱい引っぱられて鋭い音を立て、ベッドの木枠が抗議するようにきしむ。たくましい腕が縛めにあらがって緊張し、筋肉が固く張りつめ、大きく広げた指の先は鉤爪のように鋭く曲がっている。

「その調子」彼女の脚のあいだから言った。「わかるよ、きみが……感じてるのが」

その声は低く沈んで、うなり声に溶けていった。

快感に全身を貫かれて彼女は倒れ込み、ベッドに突っ伏した。脚が彼の顔の上を滑り、足首が首筋に引っかかる。脈打つうずきが鎮まると、すぐに彼に目をやった。またたかない白い目が、驚きと感動に大きく見開かれている。なにもかも忘れて彼女に夢中になっている。そこに横たわり、二回短く、一回ゆっくりという、あのパクーンで呼吸しながら。

「メアリ、いましてくれ」その声は低く、ひび割れていた。レイジの声ではない。

だがこわいとは思わなかったし、もう彼を裏切っているようにも感じなかった。

彼のなかから現われてきたものがなんだとしても、それは邪悪な存在ではない。まったく見知らぬ存在でもなかった。このなにかが彼のなかにあるのはずっと感じていたし、恐れる必要などないのもわかっていた。いまその目をのぞき込むと、ビリヤード室のときと同じく、べつのなにかが彼女を見返してくる。しかし、それでもレイジであることに変わりはなかった。

腰のほうへおりていき、彼をなかに導き入れると、ぴったり密着した。彼の腰が突きあげられたかと思うと、のどからふたたび高い叫びが噴き出してきて、腰を上下に動かしはじめる。突きあげるたびに奥に達しては遠ざかり、その甘美な激しい突きはいよいよ力を増してくる。その勢いで身体が跳ねあがりそうになり、彼女は両手両足に力を込め、身体を揺らすまいとした。

泣き叫ぶような声はいよいよ高まり、それとともに突きあげも激しくなる。叩きつけるように腰を動かし、全身を震わせる。切迫感はいよいよ高まり、つのり、嵐が近づき、襲ってこようとする。ふいに彼は上体をもたげようとし、両腕両脚が緊張してベッドがきしんだ。裂けんばかりに目を見開くと、まばゆい白光が闇を貫き、部屋が真昼のように明るくなる。身体の奥深くで彼の絶頂の痙攣を感じ、その刺激に彼女もふたたび絶頂に達して、はるかな高みに連れ去られていく。

終わったとき、メアリは彼の胸に倒れ伏し、ふたりはともに身動きもできなかった。聞こえるのは息の音だけ——彼女はふだんどおり、彼のほうはあの奇妙なリズムで。

頭をあげて、彼の顔を見つめた。燃えるような白い目が、混じりけのない愛情を込めて見つめ返してくる。

「愛しいメアリ」あの声が言った。

とそのとき、弱い電気ショックが彼女の全身を貫き、空気を帯電させた。照明という照明が一度にともり、光の洪水が部屋を満たす。彼女はあえぎ、あたりを見まわしたが、そのエネルギーの噴出は、始まったときと同じくだしぬけに終わった。同様に、あの振動も消えていた。メアリはレイジを見おろした。

目がもとに戻っていた。あの碧を帯びて輝いている。

「メアリ？」ぼんやりとくぐもった声で言った。

何度か息をしてから、やっと口がきけるようになって、「戻ってきたのね」

「きみも無事だったんだな」彼は腕をあげ、指を曲げてみた。「変身しなかったのか」

「変身って、どういう意味？」

「それはつまり……あれが出てきているときも、きみが見えてた。ぼんやりとだけど、ひどい目にあってないのはわかってた。なにかを憶えてるのは初めてだ」

なにを言っているのかわからない。だがそのとき、チェーンで彼の皮膚がすりむけているのに気がついた。「それ、はずす？」

「うん、頼むよ」

チェーンを解くのにはいささか時間がかかった。自由の身になると、彼は手首や足首をマッサージしながらメアリをじっと見守っている。彼女の無事を自分に納得させようとしているのだろうか。

メアリはあたりを見まわしてローブを探した。「ブッチとVに、もう大丈夫だからって言ってこないと」

「おれが言ってくるよ」と寝室のドアに向かい、頭を突き出した。

彼が仲間たちとしゃべっているとき、メアリはその背中の刺青を見ていた。まちがいなくこちらに向かってにっこりしている。

信じられない。わたし、頭がどうかしてるわ。そうに決まってる。

ベッドに飛び乗り、毛布をかぶった。

レイジがドアを閉じ、そのドアに寄りかかって立っている。達したあとだというのに、あいかわらず思いつめた顔をしている。「こんなことがあって……とうとうおれのことがこわくなった?」

「まさか」

「ほんとにこわくないのか……あれが」

メアリは両手を差し伸ばした。「こっちに来て、抱きしめてあげる。窒息しかけてるみたいな顔をしてるわよ」

彼はベッドにそろそろと近づいてきた。気をつけないと、彼女がおびえて逃げてしまうと思っているかのようだ。メアリはじれて、手招きして急かした。

レイジはとなりに横になったが、手を出してこようとはしない。

鼓動一拍ぶんほど待ってから、自分から彼に手を伸ばした。身体に脚を巻きつけ、両手で身体じゅう愛撫する。その手が脇腹をかすめてドラゴンの尾の先に触れると、レイジはびくりとして身体の向きを変えた。

刺青に近づかせたくないのね。

「ねえ、引っくりかえってよ。腹這いになって」

彼が首をふるので、肩をつかんで裏返そうとしたが、グランドピアノを動かそうとするのも同然だった。

「うつぶせになってってば。レイジ、ねえったら」

いかにも不承不承に彼は動きだした。ぶつぶつ言いながら、体《たい》を返してうつぶせになる。

メアリは彼の背筋をなでおろした。ドラゴンの真上を。

レイジの筋肉がでたらめに引きつる。いや、でたらめではない。刺青にさわられると、それに対応する部分の筋肉がぴくぴくするのだ。

なんて不思議。

彼女はもうしばらく彼の背中をなでていた。まるで猫のように、刺青が自分から手のひらに身体をこすりつけてくるようだった。

「またおれと寝たいって気になると思う？」レイジがこわばった口調で言った。彼女のほうに顔をひねったが、目をあげようとはしない。

彼女はドラゴンの口のあたりをなでていた。唇の線を指先でなぞると、レイジ自身の唇が分かれて、まるで彼女の指先を感じているかのようだった。

「どうしてそんなこと訊くの？」

「だって、ちょっと変だっただろ」

メアリは笑った。「変だなんて。わたしはいま、ヴァンパイアでいっぱいのお屋敷で寝起きしてるのよ。おまけに、恋に落ちた相手は――」

メアリは口をつぐんだ。ああ、なんてこと。わたしったら、いまなにを言ったの？

レイジはベッドから上体を起こし、肩をひねってこちらに目を向けた。いまなんて言った？」

　こんなつもりじゃなかったのに、と彼女は思った。恋に落ちるのも、それを口にするのも。しかし、どちらも起きてしまったのだからしかたがない。

「よくわからないけど」とつぶやきながら、彼の力強い肩と腕に目を留めていた。「でも、そうね、たぶん『愛してる』っていう意味のことだったかも。ええ、そうだったわ。わたしね、その、わたし、あなたを愛してるの」

　なんてつたない言いぐさ。もっとましな言いかたができるはずだ。

　メアリは彼の顔をつかんで、口に強く唇を押し当て、目をまっすぐに見つめた。

「レイジ、愛してるわ。とっても熱烈に愛してるわ」

　ずしりと重い腕が巻きついてきた。彼女の首に顔を埋めて、「きみにそう言ってもらえる日が来るとは思わなかった」

「わたし、そんなに頑固かしら」

「いや、おれにはそんな価値がないから」

　メアリは身を引いて、彼をにらんだ。「二度とそんなこと言わないで。あなたはわたしの一生の宝ものなんだから」

「けものがいっしょでも？」

　けもの？　とはいえ、たしかに、彼のなかにべつのなにかがいるのは感じていた。でも、けものって？　とはいえ、レイジがあまり心配そうなので、冗談にまぎらせて答えた。

「ええ、そのひとも込みでね。ただ、この次はこんな鉄のチェーンはなしでやらない？　あなたがわたしにひどいことするはずがないもの」

「ああ、チェーンはなしでも大丈夫だと思うよ」

メアリは、自分ののどもとに彼の頭を抱き寄せると、部屋の奥の『聖母子』に目を向けた。その絵を眺めながら、「奇跡が起きることもあるのね。すごく変わった奇跡だけど」とささやいた。

「なんだって？」と彼女ののどに向かって言う。

「なんでもないのよ」ブロンドの頭のてっぺんにキスをして、また聖母に目を向けた。

46

ベラは深く息を吸った。土のにおいがする。

ああ、頭がずきずきする。膝もひどく痛い。なにか固いものにつっかえている。固くて冷たいものに。

はっとして目を開いた。暗い。真っ暗。目が見えない。

手をあげようとしたが、ひじがでこぼこの壁にぶつかった。後ろにも壁がある。前にも、横にも。パニックを起こして、狭い空間であちこちにぶつかった。あくびでもするように大きく口をあけた。息ができない。空気がない。ただ湿った土のにおいがするだけ。詰まっている……鼻になにか……

悲鳴をあげた。

頭上でなにかが動いた。顔をあげると、光に目がくらんだ。

「出てくるか?」男の声がかすかに聞こえた。

とたんに思い出した。わが家に向かって草地を逃げたこと、〝レッサー〟と格闘したこと、意識が途切れたこと。

いきなり、胸のハーネスでぐいと引っぱりあげられた。それで初めて、地中に埋めた管に入れられていたのがわかった。おびえて周囲に目をやったが、ここがどこなのか見当もつかない。部屋はさほど広くなく、壁は内装されていない。窓はなく、低い屋根に天窓がふたつあるきり。いまはどちらも黒い布で覆いがされている。裸電球が三つ、コードで吊るしてあった。甘ったるいにおいがこもっている。新しい松材の香りと、〝レッサー〟のベビーパウダーのにおいが入り混じっているのだ。

ステンレス鋼の台、何十本という刃物やハンマー。それを目にして全身が激しく震えだし、そのせいで咳が止まらなくなった。

「あれは気にすんな。おとなしくしてりゃ、おまえには使わないから」

両手を彼女の髪に突っ込んで、広げて肩に落とす。「すぐにシャワーを浴びて髪を洗え。おれのために洗うんだ」

男が丸めた服を取りあげて、こちらに押しつけてきた。手にしてみると、自分のだった。

「おとなしくしてれば、それを着させてやる。ただし、きれいにしてからだぞ」と、開いたドアのほうに押しやった。そのとき携帯電話が鳴りだした。「シャワー室に入れ。早く」

わけがわからず、混乱していて言い返すこともできなかった。よろめくようにバスルームに入ると、ここも内装はされておらず、トイレもなかった。ぼうぜんとドアを閉じ、震える手で水栓をひねった。そこでふり向くと、〝レッサー〟がドアをあけてこちらを見ていた。

携帯電話の送話口を手で押さえ、「服を脱げ。早く」

男の背後の刃物に目をやった。込みあげてくる苦いものをこらえながら、彼女は服を脱いだ。脱ぎ終わると、両手で身体を隠して震えていた。

〃レッサー〃は電話を切り、下におろした。「おれの前で隠すな。手をおろせ」

彼女はあとじさりながら、弱々しく首を横にふった。

「おろせ」

「お願い、やめ——」

彼は二歩前に出て、彼女の顔に平手を食わせた。壁に倒れ込んだところをつかまえる。

「おれを見ろ。見るんだ」言われたとおり目を合わせると、彼の目は興奮にぎらぎら光っている。「ちくしょう、おまえを取り戻せてよかった」

両腕をまわしてきつく抱きしめてきた。その甘ったるいにおいに、ベラは息が詰まりそうだった。


こんな護衛がついてたら、なんの心配も要らないわね。ブッチとふたりで〈聖フランシス病院〉の腫瘍《しゅよう》科をあとにしながら、メアリはそう思っていた。黒いウールのコート、一九四〇年代ふうの帽子、飛行士用のごついサングラスをかけた姿は、まるでとびきりシックな暗殺者《ヒットマン》のようだ。

その印象はあながちまちがいではない。彼が完全武装しているのは知っていた。ふたりを送り出す前に、レイジがブッチの武器をあらためていたからだ。

「帰る前になんか用事ある？」外へ出るとブッチが尋ねた。

「ありがと、でも大丈夫。もう帰りましょう」

つらい午後で、しかも結論は出なかった。ドクター・デラ＝クロースは同僚医師たちとまだ協議中で、ＭＲＩのはかにもういちど健康診断を受けるようにと指示してきたのだ。肝機能をいくつか再検査したいというので、また採血もされた。

　明日も来なくてはならないと思うと憂鬱だった。それに、これからどうなるのかわからないまま、もうひと晩過ごさなくてはならない。屋外駐車場を歩いていって〈メルセデス〉に乗り込んだときは、神経が張っているのに疲れているという最悪の状態だった。いまほんとうに必要なのはベッドに入ることだが、不安が大きすぎてとうぶん眠れそうにない。

「そうだわ、ブッチ、帰る途中でうちにちょっと寄ってもらえない？　薬を置いてきたやつをとりに行きたいの」あの軽い睡眠薬があれば役に立つだろう。

「できればあそこに行くのはやめたほうがいいと思うけどな。コンビニとか薬局じゃ買えないのか？」

「処方薬なのよ」

　彼はまゆをひそめた。「わかった。だけど手早く頼むぜ。おれもついていくからね」

　十五分後、車は彼女の家の車寄せに停まった。沈む夕陽の黄金色の輝きを浴びて、家は荒れ果てて見えた。玄関のドアには枯れ葉が吹き寄せられているし、育てていた菊は枯れかけ、庭には折れた木の枝が落ちている。

　次にこの家を買う人が、わたしと同じぐらいここを愛してくれますように。

　家のなかに入ってみると、冷たい風がリビングルームに吹き込んでいた。見れば、キッチンの流しの上の窓が七、八センチほどあいている。それを閉めながら、たぶんＶがあけていったのだろうと思った。彼女がここを出ると決める前に、警報装置をつけに来てくれていたから。窓に鍵をかけてから、二階にあがって〈アンビエン〉をとってきた。

家を出る前に、裏のスライドドアの前で立ち止まり、裏庭を眺めた。プールは枯れ葉の膜におおわれてもの悲しげに見えた。その向こうの草地には、色あせた草がうねり――

遠くのベラの家で、なにかがちかちかしている。

胸騒ぎがする。「ブッチ、ちょっとあれ見てきていい？」

「とんでもない。あんたを連れて帰らなきゃならんのに」

彼女はドアを開いた。

「メアリ、危ないからやめろって」

「でも、あれはベラの家なのよ。いまぐらいの時間に、彼女の家でなにかが動いてるなんて変よ。見に行きましょうよ」

「車から電話してみればいいじゃないか」

「ここからするわ」しばらくして電話を切り、またドアに向かった。「返事がないわ。行って見てこないと」

「おい、こら――メアリ、待てって！　こんちくしょう、肩にかついででも連れて帰るからな」

「そんなことしたらレイジに言いつけるわよ。身体じゅうべたべたさわられたって」

ブッチは目を剝いた。「まったく、とんでもない強請屋《ゆすりや》だな。レイジといい勝負だ」

「レイジには負けるわ、いま修行中なの。ねえ、いっしょに来てくれるでしょ。ひとりで行けなんて言わないわよね」

ブッチはひとしきり悪態をつくと、銃を手にとった。「気に入らねえ」

「よく憶えとくわ。ねえ、ベラが無事かどうか確かめに行くだけなのよ。十分もかからないから」

ふたりは草地を歩いていった。ブッチは周囲を油断なくうかがっている。農家を改造した住宅に近づいてみると、裏口のフレンチドアが風に揺れていた。これが夕陽の残照を反射していたのだ。

「おれのそばを離れるんじゃないぞ」庭を歩きながらブッチが言った。

ドアがまたはね返って開く。

「くそっ」ブッチはつぶやいた。

ドアの真鍮の鍵が壊れていた。ガラスも何枚か割れている。

そろそろとなかに入った。

「ひどい」メアリが息を呑んだ。

キッチンは椅子が引っくりかえり、割れた皿やカップが散乱し、ランプが粉々になっていた。焼け焦げのあとが床に筋を描いている。黒いインクのようなものの筋もある。

その油っぽい汚れをよく見ようとメアリがかがむと、ブッチが言った。「それにさわっちゃだめだ。〝レッサー〟の血だぞ」

彼女は目を閉じた。公園で襲ってきた化物に、ベラがつかまってしまった。

「寝室は地下にあるのか」

「ええ、そう言ってたわ」

ふたりで小走りに地下におりると、寝室の両開きドアが大きく開いていた。たんすの引出しがいくつか、抜かれて床に放り出されている。衣服が何枚かなくなっているようだ。いったいどういうことだろう。

階段をのぼってキッチンに戻りながら、ブッチは携帯電話を開いた。

「Vか。押し込みだ。ベラの家に」ひび割れた椅子に黒いしみがついている。「ずいぶん善戦したみたいだが、たぶんベラは〝レッサー〟につかまってると思う」

レイジはレザーの上下を身に着けながら、携帯電話を肩と耳ではさんでいた。「デカ？ちょっとメアリとかわってくれ」

がさごそと音がして、「もしもし、レイジ？」

「やあ、メアリ、大丈夫か？」

「わたしは大丈夫よ」その声は恐ろしく震えていたが、声を聞いただけで心底ほっとした。

「すぐ迎えに行くからな」チェストホルスターを引っつかみながら、足をブーツに突っ込んだ。「もう陽は沈むから、すぐに行ける」

メアリには安全な館にいてほしい。兄弟たちとともに、あの外道《げどう》どもを追いかけているあいだは。

「レイジ……ねえレイジ、ベラはどんな目にあわされるの？」

「わからん」それは嘘だった。ベラがどんな仕打ちを受けるか、ほんとうはいやと言うほどわかっているのだ。なんと痛ましい。「あのさ、ベラのことが心配なのはわかるけど、いまは自分のことだけ考えてくれ。ねじ蓋みたいにブッチに取りついて離れるんじゃないぞ、いいな？」

レイジが非実体化してあちらへ迎えに行くほうが、デカに送ってきてもらうより早い。しかし、彼女が無防備な場所にいると思うと気が気でなかった。

短剣をホルスターに収めているとき、電話の向こうから返事がないのに気がついた。「メアリ、おれの言ったこと聞こえたか？　自分のことだけ心配してくれ。ブッチから絶対離れるな」

「ええ、いまもすぐそばにいるの」

「よかった、そのままで待ってろよ。心配するな、ベラはなんとかしてきっと取り戻すから。愛してるよ」電話を切り、ずっしりと重いトレンチコートを引っかけた。

廊下に飛び出したとき、フュアリーに出くわした。こちらもレザー姿で重武装している。

「いったいなにがあったんだ」ザディストが廊下を歩いてきた。「Vから、やたらやばそうなメッセージが来ててよ。女がどうとか――」

「ベラが〝レッサー〟にさらわれたんだ」レイジは言いながら、〈グロック〉をあらためた。

つむじ風のように、Zから冷たいものが吹きつけてきた。「いま、なんて言った？」

その剣幕にレイジはまゆをひそめた。「ベラだよ。メアリの友だちの」

「いつだ」

「わからん。ブッチとメアリが家に行ったら――」

最後まで聞かず、ザディストは消えた。

レイジとフュアリーもそれに続き、ベラの家の前に実体化した。三人そろって正面玄関の階段を駆けあがる。

メアリはキッチンにいた。そのすぐそばで、ブッチが床のなにかを調べている。レイジは彼女に突進し、骨と骨が触れあうほどひしと抱きしめた。

「すぐ連れて帰るよ」髪に向かってつぶやいた。

「〈メルセデス〉はメアリんちに駐めてある」床の黒いしみを調べていたブッチが立ちあがった。キーの束をレイジに放ってやる。

フュアリーは悪態をつきながら椅子を起こした。「なにか見つかったか」

デカは首をふった。「生きたまま連れ去ったらしいな。ドアまで焼け焦げのあとが筋になって続いてる。血のあとが陽に当たって焼けて――」

ブッチははっと口をつぐんでメアリに目をやったが、すでにレイジは彼女を連れてドアに向かっていた。おぞましい具体的な話を聞かせたくない。

ブッチは続けた。「それに、死んでたらさらっていっても意味がないし――ザディスト、おい、大丈夫か」

出ていく途中で、レイジは肩ごしにZを見やった。

Zは憤怒のあまりぶるぶる震えていた。左目の下の傷痕に沿って顔が引きつっている。まるでいまにも爆発しそうだった。ただ、女がひとりさらわれたのを、Zが多少でも気にするとはちょっと思えないのだが。

レイジは足を止めた。「Z、どうした」

見られたくないかのようにZはそっぽを向き、目の前の窓に向かって身を乗り出した。ふと低いうなり声を発したかと思うと、非実体化して消えた。

レイジは外に目をやった。見えるのは、野原の向こうのメアリの家だけだ。

「行こう」彼女に向かって言った。「こんなところにいちゃいけない」

うなずくメアリの腕をとり、家の外へ連れ出した。ふたりとも無言のまま、急ぎ足で草地を突っ切る。

メアリの家の庭に足を踏み入れたとき、派手にガラスの割れる音がした。

なにか――だれか――がメアリの家から吹っ飛んできた。スライドドアを突き抜けて。テラスに叩きつけられてはねあがったところへ、ザディストがドアの破れ目から飛び出してきた。牙を剝き出し、怒りに顔を歪めている。〝レッサー〟に飛びかかると、髪をつかんで地面から引っぱりあげた。

「彼女をどこへやりやがった」Zはうなった。相手が答えないとみるや、手を持ちかえ、分厚いレザーコートごしに肩に嚙みついた。〝レッサー〟が痛みに絶叫する。

ここにぐずぐずして、ショーを見物するつもりはない。レイジはメアリを急かして家の側面にまわったが、そこで〝レッサー〟ふたりに遭遇する破目になった。彼女を背後に押しやり、自分の身体でかばいながら銃に手を伸ばす。安全装置をはずすのと同時に、右のほうでパンパンとはじけるような音がした。銃弾が耳をかすめてピシッと家に当たり、腕と腿に命中し……

けものの出現がこれほどうれしかったことはない。雄叫びを発しつつ渦に身を投げ、諸手《もろて》をあげて変身に応じ、噴き出す熱と骨肉の爆発を歓迎した。

レイジからエネルギーが噴出してきたとき、メアリは吹き飛ばされて家にぶつかり、はずみで頭を羽目板に強くぶつけた。壁を伝い落ちるように地面にくずおれながら、レイジのかわりに巨大なものが現われたのをぼんやり意識していた。

また銃声。悲鳴、耳を聾する咆哮。地面を這いずって、ビャクシンの茂みの陰に隠れた。とそのとき、だれかが屋外の電灯のスイッチを入れたようだった。

これは……いったいなに？

あの刺青の怪物がそこにいた。ドラゴンのような。きらめく紫と緑のうろこにおおわれ、とげのある尾で風を切り、黄色い鉤爪は鋭く長く、黒いたてがみを振り立てている。顔は見えなかったが、発する咆哮はすさまじかった。

そして強暴だった。あっという間に〝レッサー〟を片づけていく。

メアリは両腕で頭を抱え、その光景を見ないようにした。あのけものがこちらに気づきませんように。万一気づいてしまったときは、どうかわたしのことを憶えていてくれますように。

また咆哮。また絶叫。なにかを噛み砕く身の毛もよだつ音。

家の裏から、けたたましい速射の音が聞こえてきた。

だれかが叫んでいる。「ザディスト、やめろ！　生け捕りにするんだ！」

戦闘はいつまでも続くかと思えたが、ほんとうはせいぜい五分か十分のことだったのだろう。終わったときには、聞こえるのは呼吸の音だけだった。一回吸って、一回ゆっくりと吐き出す。

顔をあげると、けものは彼女が隠れている茂みの上にそびえ立っていた。あのまばたかない白い目でこちらをじっと見つめている。大きな顔。口にはサメのような歯がびっしりと生え、たてがみが広いひたいに垂れかかっている。胸を黒い血が伝い落ちていた。

「どこにいる、メアリはどこだ」Vの声が家のかどをまわって聞こえてくる。「メアリ？うわっ……まずい」

けものの頭がさっとまわって、ヴィシャスとザディストがぴたりと足を止めた。

「おれが惹きつけとくから」ザディストが言った。「おまえはメアリを逃がせ」

けものは兄弟たちに身体を向け、攻撃体勢をとった。鉤爪をあげ、頭を前に突き出し、尾を一定のペースで左右に振っている。後半身の筋肉が緊張にびりびりしている。

ザディストはそのまま進み、Vはメアリのいるほうへじりじり近づいてくる。

けものはうなり、あごを嚙み鳴らした。

Zがけものに向かって悪態をついた。「いいか、おれはいままでさんざんな目にあってるからな。ちっとやそっとのことじゃ驚かねえぞ」

メアリはぱっと立ちあがった。「ザディスト！　やめて！」

その彼女の声で、全員が活人画のように凍りついた。ザディストは前進の途中で。けものはとびかかろうと身構え、ヴィシャスはこちらにそろそろと近づこうとする体勢のまま。三者ともにこちらに目を向けたが、それもつかのま、すぐにその日をもとに戻し、ふたたび衝突進路をたどりはじめる。

「あなたたちふたりはあっちへ行ってよ！」メアリが声を殺して言った。「これじゃだれかがけがしちゃうじゃない。あなたたちが怒らせてるのよ！」

「メアリ、あんたを逃がさなくちゃならないんだよ」Vの口調が気に障る。交通事故のときに、「まあまあ、そう興奮しないで」と言う男の口調にそっくりだ。

「わたしが襲われることはないわ。だけど、あなたたちふたりは八つ裂きにされるわよ。さがってなさいったら！」

だれも彼女の言葉に耳を貸さない。

「どうしてヒーローってこう厄介なのかしら」彼女はつぶやいた。「このくそったれ、さがってろって言ってるのよ！」

これには全員が驚いた。ふたりの兄弟は思わず足を止め、けものは肩ごしにこちらをふり向いた。

「ほら」彼女は低い声で言って、茂みの陰から進み出た。「わたしよ。メアリよ」けものは大きな頭を馬のように上下にふり、たてがみを黒く光らせた。巨大な身体を少しこちらに向ける。

美しい、と彼女は思った。コブラの美しさだ。むだのないなめらかな動き、あなどれない肉食獣の賢さは、その醜さも忘れさせる。

「あなた、ほんとに大きいのね」大声を出さないように注意しながら、ゆっくり近づいていった。レイジが彼女の話し声を好きだと言っていたのを思い出す。「あの〝レッサー〟からわたしを守ってくれたのね。すごかったわよ、ありがとう」

すぐそばまで近づくと、けものはあごを開いて、空に向かってひと声吼《ほ》えた。そのあいだもずっと彼女から目を離さない。と、ふいに大きな頭を下げてきた。さわってもらいたがっているようだ。手を伸ばし、なめらかなうろこをなでた。がっしりした首と肩にこもる途方もない筋力が伝わってくる。

「近くで見るとすごくこわいわ。ほんとにこわい。でも、手ざわりはやさしいのね。うろこがこんなにやわらかくて温かいとは思わなかった」

あの白い目がさっと左に向けられ、険悪に細くなった。唇がめくれあがって牙を剝き出す。

「まさか、だれも近づいてきてないでしょうね」彼女は口調を変えず、ふり向きもせずに言った。目はひたとけものの大きな顔に向けている。

「ブッチ、さがってろ」Vがつぶやいた。「メアリが舌先だけでやつをなだめてるから」

けものがのどの奥で低くうなった。

「ほらほら、ほかのひとのことは気にしないのよ」彼女は言った。「あのひとたちはなんの手出しもしないから。それはそうと、あなた、今夜はもうじゅうぶん働いたんじゃない？」

けものは大きく息をついた。

「そうでしょ、もう疲れたわよね」そうささやきながら、たてがみの下をなでてやった。うろこの下には、分厚い筋肉が太い綱のように走っている。脂肪はなく、ただ力だけがみなぎっている。

けものがまたヴァンパイアたちに目をやった。

「いいから、あのひとたちのことなんか気にしなくていいの。わたしといっしょにここにいて――」

なんの前ぶれもなく、けものがぐるりとまわれ右をし、尾が当たって彼女は引っくりかえった。けものは彼女の家を目がけて宙に身を躍らせ、上半身を窓のなかに突っ込んだ。〝レッサー〟が夜闇のなかへ引きずり出され、怒り狂った咆哮が途切れたかと思うと、けものはそのあごに〝レッサー〟をとらえていた。

メアリは身体を丸めて横たわり、尾のとげから身を守っていた。耳をふさぎ、目を閉じて、肉が裂け骨が折れる音や、殺戮のおぞましい光景を頭から閉め出そうとする。

ややあって、身体をつつかれるのを感じた。けものが鼻先で押している。

そちらに寝返りを打って、白い目を見あげた。「わたしは大丈夫。だけど、あなたには食事のマナーを教えてあげなくっちゃだめね」

けものはのどを鳴らし、彼女と並んで地面に身体を伸ばした。前肢のあいだに頭を休めている。と、まぶしい閃光が走り、それとまったく同じ姿勢でレイジが現われた。黒い血にまみれ、寒さに震えている。

彼女が肩をゆすってコートを脱いでいると、兄弟たちが駆け寄ってきた。全員が上着を脱いでレイジにかけてやる。

「メアリ？」しゃがれ声で言った。

「わたしはここよ。みんなも無事。あなたとけものが、いっしょになってわたしを守ってくれたの」

47

一部始終をこの目で見たのでなければ、ブッチにはとても信じられなかっただろう。あの獰《どう》猛《もう》なけものを、メアリはおとなしいペットに変えてしまったのだ。

まったく、彼女にはどこか常人とちがうところがある。おまけに肝《きも》が据わっている。あのおぞましい化物が〝レッサー〟を食い殺すのを目の当たりにしていたのに、そいつの前で立ちあがって、あろうことか手でさわったのだ。彼にはとてもそんな度胸はない。

メアリは横たわるレイジから顔をあげて、「だれか、車に乗せるの手伝ってくれない？」

ブッチは即座に進み出て、レイジの両脚を抱えあげた。Vとサディストがそれぞれ腕をとる。三人は彼を〈メルセデス〉に運んでいき、腕力にものを言わせてバックシートに押し込んだ。

「わたしには運転していけないわ」メアリが言った。「道を知らないの」

Vが運転席側のドアに向かった。「おれが送ってくよ。デカ、二十分で戻ってくるからな」

「気をつけてな」ブッチはつぶやいた。ふり向くと、フュアリーとトールがこちらを見つめている。その目に浮かぶのはブッチにはおなじみ、指示を待つ者の表情だった。

まるで当たり前のことのように、彼は殺人課刑事の役どころにすんなり収まって、〝捜査〟

の指揮をとりはじめていた。

「これまでにわかったことを説明するよ」と、ふたりを引き連れてメアリの家の裏にまわり、地面に残る黒いしみを指さした。「この芝生に焦げたあとがあるだろ。ベラは〝レッサー〟につかまったあと、草地の向こうの自宅からここまで運ばれてきたんだ。彼女は血を流していた。だから陽が昇ったとき、血のあとが燃えあがって地面にこんな焦げあとを残したわけだ。だが、どうして〝レッサー〟は彼女を草地の向こうから運んでこなくちゃならなかったのか。たぶんメアリを探しに来て、たまたまここらでベラに出くわしたんだな。ベラが自宅に向かって逃げたんで、また連れて戻らなくちゃならなかった。たぶん車をこっちに駐めてたんだろう。こっちだ」

家の側面をまわって通りをしばらく行くと、縁石に寄せて〈フォード・エクスプローラ〉が駐まっていた。

「やつらにとって、ベラはラッキーな手ちがいだった。今夜また戻ってきたのは、メアリをつかまえて本来の目的を果たそうとしたんだろう。Vにこの車のナンバーを調べてもらおう」ブッチは空を見あげた。軽い雪が風に乗って吹きつけてくる。「厄介なやつが降ってきてるから、屋外の現場を保存するのはむずかしいな。だが、外を調べてわかることはもう残ってないと思う。おれはSUVを調べてみるから、おまえらふたりは〝レッサー〟の死体を片づけてくれ。言うまでもないのはわかってるが、札入れとか〈ブラックベリー〉とか携帯とか、はずせるものはなんでもはずしといてくれよ。Vが戻ってきたら残らず渡して、〈ピット〉に運んでもらおう。それから、おれが検証を終えるまではどっちの家にも入らないでくれ」

兄弟たちが仕事にかかると、ブッチは目の詰まった櫛《くし》で〈エクスプローラ〉の調査に取りかかった。それが終わるころには、ヴァンパイアたちも〝レッサー〟の死体を消滅させる仕事を終えていた。

「SUVはすっからかんだったが、ユーステッドってやつの名前で登録されてる」登録書類をフュアリーに渡した。「たぶん偽名だろうが、ともかくこの住所を調べてくれないか。おれはベラの家に戻ってあっちの検証をすませるから」

トールが時計を見た。「このユーステッドの住所を調べたら、一般ヴァンパイアに総当たりで聞き込みをしたいんだが、こっちに手伝いは必要ないか」

「いや、ひとりのほうがやりやすい」

トールはすぐには立ち去ろうとせず、「しかしデカ、掩護《えんご》も必要ないのか。〝レッサー〟どもがまた現われるかもしれんぞ。さっきここに来てたやつは一匹も逃さなかったが、あいつらから報告がなければ、仲間がようすを見にやって来る可能性もある」

「自分でなんとかするさ」と銃を取り出して調べた。「ただ、弾丸《たま》を撃ち尽くしちまって。べつのを貸してもらえないか」

フュアリーが〈ベレッタ〉を差し出した。「これを使え。がんばれよ」

トールも〈グロック〉を一挺提供して、ブッチが受け取るまでは立ち去ろうとしなかった。

一挺をホルスターに突っ込み、もう一挺を手に持って、ブッチは草地を走りだした。気力体力がみなぎって、ほとんど汗もかかずにあっという間に駆け抜けた。走る彼の頭は今夜の空気のように澄みきり、これからこなすべき作業のリストと、ベラがどこに連れ去られたかという推理がめまぐるしく駆けめぐっていた。

農家の裏口に着いたとき、なかで動くものがちらと見えた。壊れたフレンチドアの横の壁にぴったり張りつき、〈ベレッタ〉の安全装置を静かにはずした。キッチンのなかでガラスを踏みしだく音がする。レンジでポップコーンがはじける音のようだ。だれかが歩きまわっている。大柄なやつだ。

近づいてくるまで待ってから、ブッチは戸口にさっと飛び出して胸の高さに銃を構えた。

「デカ、おれだよ」Zがぼそりと言った。

ブッチはあわてて銃口を上に向けた。「なんだよ、もう少しで撃つとこだったじゃないか」

しかし、あやうく弾丸をぶち込まれるところだったというのに、Zは気にするようすもなかった。ただ身をかがめて、指先で皿の破片かなにかをいじっている。

ブッチはコートを脱ぎ、そでをまくりあげた。ザディストに出ていってくれと言うつもりはない。言いあいをして耳を貸す相手ではないし、それをべつにしても、Zのふるまいは完全におかしかった。まるで魂が抜けてしまったようだ。生気のない静かさがひどく不気味だった。

Zが床からなにかを拾いあげる。

「なにがあった?」ブッチは尋ねた。

「なんでもねえ」

「あのな、現場をいじんないでくれよな」

あたりを見まわしながら、ブッチは声に出さずに悪態をついていた。警察でのかつてのパートナー、ホセの手が欲しかった。殺人課のチーム全員の手が。科学捜査研究所の鑑識班が。しかし、無益ないらだちに費やしたのはほんの二、三秒で、すぐに仕事にかかった。まずは破られたフレンチドアからだ。たとえ夜明けまでかかろうとも、この家のなかは一インチも余さず調べ尽くすつもりだった。

メアリはまた、バスルームから〈アルカセルツァー〉を溶かした水を運んでいった。レイジはふたりのベッドに横たわり、ゆっくり呼吸している。ひどく顔色が悪い。

その水を飲んだあと、彼はメアリを見あげた。顔はこわばり、目は探るような不安の表情を浮かべている。

「メアリ……きみにはあんなところを見せたくなかった」

「いいから。もうしばらく休んでて、ね。話すのはあとでもできるわ」

彼女は服を脱いで彼のとなりにもぐり込んだ。ふとんのなかに入ったとたん、レイジの大きな身体が巻きついてきて、生きた毛布にくるまれたようだ。

彼のとなりに横たわり、なんの心配もなく守られていると、どうしてもベラのことを思い出す。

胸が締めつけられて、目をぎゅっとつぶった。神を信じていれば、いまこそ神に祈っていただろう。そのかわりに、ベラの無事を全身全霊を込めて願った。

しまいに眠りが訪れてきた。だが数時間ほどしたころ、レイジが大声を張りあげた。

った。


「メアリ！　メアリ、逃げろ！」

両腕を激しくふりまわすので、彼女は頭を下げ、腕の下をかいくぐって胸にのしかかり、押さえつけ、話しかけた。まだ手がばたばたするのをつかまえて、彼女の顔にさわらせてやった。

「大丈夫よ、わたしはここよ」

「ああ、よかった……メアリ」彼女の頰をなでて、「目がよく見えない」

ろうそくの光で見おろすと、彼の目は焦点が合っていなかった。

「もとに戻るまでどれぐらいかかるの？」彼女は尋ねた。

「一日か二日」と答えてから眉をひそめ、脚を伸ばしてみた。「だけど、いつもほど身体が固くなってないな。腹具合はひどいけど、痛みはそれほどでもないし。変身のあとは――」

そこで口をつぐんで、あごをこわばらせている。彼女を抱く手の力をゆるめた。逃げられないと思わせてはいけないと恐れるかのように。

「心配しないで」彼女はつぶやいた。「こわいなんてちっとも思ってないから。あなたのなかになにがいるかわかってても」

「ちくしょう、メアリ……あれをきみには見せたくなかったんだ」彼は首をふった。「ぞっとする。なにもかもぞっとすることばっかりだ」

「そうかしら。じつを言うと、わたしすぐそばまで寄ったのよ。あのけものに、いまのわたしたちぐらいにくっついてたの」

レイジは目を閉じた。「メアリ、そんなことしちゃだめだ」

「でもね、そうしないと、Vとザディストが食べられちゃいそうだったんだもの。文字どおりの意味でよ。でも心配しないで、あなたのけものとわたしはすごく仲良しになったの」

「二度とそんなことしないでくれ」

「そうは行かないわよ。あなたにはあれを抑えられないんでしょ。兄弟たちの手にも負えないし。でもあの子、わたしの言うことは聞くのよ。あきらめてもらうしかないわ、あなたにもあの子にもわたしが必要なの」

「だけど、あいつは……おぞましいだろ？」

「そうかしら、そうは思わないけど」彼の胸に唇を押し当てた。「凄《すご》くて、こわくて、強くて、見てるとひれ伏したくなる感じだったわ。それにね、わたしがだれかに襲われそうになったら、あの子が出てきてそのへんをすっかりなぎ払ってくれるのよ。これでぐっと来なかったら女じゃないわ。ともかく、あの〝レッサー〟が襲ってくるのを見てからは、あの子には感謝してるの。だって安心だもの。あなたがいて、あのドラゴンがいれば、この世にこわいものなんかないわ」

笑顔で見あげると、レイジはせわしなくまばたきしていた。

「まあ、レイジ……大丈夫よ。そんな――」

「おれはてっきり、あれの姿を見られたら」声がしゃがれていた。「二度と会ってくれなくなると思ってた。あの醜い怪物のことで頭がいっぱいになって」

彼女はレイジにキスをして、顔の涙を拭いてやった。「あの子はあなたの一部だけど、あなたのすべてでもなければ、あなたと同じでもないもの。それにわたしはあなたを愛してるの。あの子がいてもいなくても」

彼はメアリの身体にしっかり両腕をまわし、のどもとに彼女の頭を抱き寄せた。深い吐息を漏らすのを聞いて、メアリは尋ねた。「生まれたときから、ずっとあれといっしょだったの？」

「いや。あれは罰なんだ」

「なんの罰？」

「鳥を殺したんだよ」

メアリは彼の顔を見た。それは少し罰として重すぎるのではないだろうか。

レイジは彼女の髪をなでながら、「ほかにもいろいろやってきたんだよ。鳥を殺したときに、ついにこれ以上は捨てておけないってことになったんだ」

「説明してくれる？」

彼は口ごもった。ずいぶん経ってから、「まだ若僧の、遷移を終えたばっかりのころ、おれは……手に負えない悪たれだった。精力と体力がありあまってて、それを考えなしに使ってた。性悪だったわけじゃない。ただその……阿呆だったんだよ。力をひけらかして、喧嘩してまわって、それにその、手あたりしだいに女と寝てまわった。ほかの男の〝シェラン〟だから、手を出しちゃだめだってわかってるのに。彼女らの〝ヘルレン〟を怒らせようと思ってやったわけじゃなくて、誘われるままに手を出してたんだ。つまりその……なんにでも手を出してたんだよ。酒は飲む、阿片は吸う、阿片チンキにははまる……あのころのおれをきみに見られなくてよかったよ。

そんな感じで二十年、三十年過ぎた。わざわいはすぐそこまで迫ってたんだが、やっぱりっていうか、とうとうある女に出会ったんだ。いくら追いかけてもじらされるばっかりで、でもじらされればじらされるほど、どうしても自分のものにしたくなる。おれが〈兄弟団〉に入団を許されて、やっと向こうがその気になった。武器とか、戦士とかに興奮するたちだったんだ。〈兄弟団〉のメンバーならだれでもよかったのさ。ある夜、おれは彼女を森に連れ出して、短剣と銃を見せてやった。彼女はライフル銃をおもちゃにしてた。いまでも、あの銃を持ってるとこが目に浮かぶよ。一八〇〇年代に製造されてた火打ち石銃だった」

一八〇〇年代？　信じられない、いまいったいいくつなのかしら。

「それはともかく、それがなにかのはずみで発射されちまって、なにかが地面に落ちる音がした。メンフクロウだった。きれいな白いメンフクロウで、羽根に血がしみ出してきて、いまでもあの赤いしみが見えるようだ。拾いあげたらすごく軽くて、考えが足りないってのは一種残酷なことだってそのとき気がついた。つまり、いつも自分に言い訳してたんだよ。悪気はなかったんだから、なにが起きてもおれのせいじゃないと思ってたんだ。でもあのとき、それはちがうとわかった。おれが女に銃を持たせなかったら、鳥が撃たれることはなかった。引金を引いたのはおれじゃなくても、やっぱり責任はおれにあるんだ」

彼は咳払いをした。「あのフクロウにはなんの罪もなかった。おれにくらべるとひどくきゃしゃで小さくて、それが血を流して死んでいったんだ。すごく……すごく後ろめたくて、どこに埋めてやろうかと思ってたら、〈書の聖母〉がやって来たんだ。怒ってた。腹の底から激怒してた。もともと鳥が好きなところへ持ってきて、メンフクロウは〈聖母〉の聖なる象徴なんだ。でももちろん、それはただのきっかけだった。〈聖母〉はおれの手から死骸を取りあげて、息を吹き込んで生き返らせて、夜空に向かって放りあげた。フクロウが飛んでいくのを見たときは、心底ほっとしたよ。石板がきれいにぬぐわれたみたいな気分だった。罪の意識から解放されて、浄められたんだと思った。だけど、〈書の聖母〉がこっちに向きなおって、おれに呪いをかけたんだ。それ以来、かっとなって自分を見失うと、あのけものが出てくるようになった。ある意味では完璧な罰だったよ。おかげで、自分の精力や気分をコントロールすることを憶えたし、自分のしたことがどんな結果を生むか、それをちゃんと考えることも憶えた。この身体にどんな力があるか理解するのにも役立ったよ。あいつがいなかったら、ここまで理解できなかったと思う」

小さく笑った。「〈書の聖母〉はおれが嫌いなんだけど、すごくいいことをしてくれたわけさ。ともかく……あれが生まれたのには、こういうとんでもない理由があったんだ。鳥を殺して、けものをもらった。単純だったり複雑だったり、いろいろだろ」

レイジが大きく息を吸うと胸がふくらんだ。彼の後悔の念が、自分のことのように胸に迫る。

「そうね、いろいろね」彼女はつぶやき、彼の肩をなでた。

「ただありがたいのは、呪いはあと九十一年ぐらいで解けるってことだな」そうなったときのことを考えているのか、彼はまゆをひそめた。「そうしたらけものは消えるんだ」

変ね、なんだかちょっと不安に思ってるみたい。

「いなくなったら寂しいんじゃない？」彼女は言った。

「まさか。とんでもない……いい厄介払いだよ」

ただ、あいかわらずまゆはひそめたままだった。

48

翌朝九時ごろ、レイジはベッドのなかで伸びをして、どこもなんともないのに驚いた。これまでこんなに早く回復したことはなかったのに。おそらく変身に抵抗しなかったからだろうという気がした。たぶんそれがみそなのだ。抵抗せずに身を任せること。

メアリがバスルームから出てきた。両手に山のようにタオルを抱えて、シュートに落とすためにクロゼットへ運んでいく。疲れたようすで、暗い顔をしている。無理もない。日付が変わるころからずっとベラの話をしていたのだ。励まそうとレイジはできるだけのことをしたが、楽観できないのはふたりともわかっていた。

それに、ほかにも心配する理由がある。

「今日はおれもいっしょに病院に行くよ」彼は言った。

彼女はクロゼットから出てきた。「目が覚めたのね」

「うん。おれもきみといっしょに行く」

こちらへ歩いてくる彼女は固い表情をしていた。口論をしようとするときはいつもそうなのだ。

当然の反論を見越して、彼は先に口火を切った。「予約を遅い時刻に変えてもらえばいいだろ。いまは五時半には陽が沈むんだから」

「レイジ――」

不安のせいで、ついきつい口調になった。「変えてもらえって」

彼女はむっとしたように両手を腰に当てて、「あなたにあれこれ指図されたくないわ」

「わかった、言いなおそう。頼む、予約の時刻を変えてもらってくれ」しかし、断固たる口調はもとのままだった。どんな知らせにせよ、彼女がそれを聞くときはそばについているつもりだった。

彼女は電話を手にとったが、ずっと声には出さずにぶつぶつ言っていた。電話を切ったとき、驚いたような声で言った。「あのね、ドクター・デラ＝クロースが、夕方六時にわたしに……わたしたちに会ってくださるって」

「よかった。さっきは横柄《おうへい》な言いかたしてごめん。ただ、きみがその話を聞くときはどうしてもついていたいだけなんだ。できるだけおれも参加しなくちゃ気がすまない」

彼女は首をふりながら、かがんで床からシャツを拾いあげた。「あなたみたいに口のうまい悪党って、ほかに知らないわ」

彼女の身のこなしを見ているうちに、固くなってくるのがわかった。

内部でけものも身じろぎしている。だが不思議なことに、例の不穏な感じがしない。エネルギーがどっと押し寄せることもなく、ただゆっくりと熱くなってくるだけだ。けものがこの肉体を共有するだけで満足しているようだった。乗っ取ろうとしてこない。支配ではなく、交流を望んでいるような。

たぶん、レイジの形を通じてでなければ、メアリを抱くことはできないとわかっているからだろう。

彼女は部屋じゅう歩きまわってあちこち片づけている。「なにを見てるの?」

「きみを」

髪をかきあげながら彼女は笑った。「それじゃ、目が見えるようになったのね」

「それだけじゃないぞ。こっちへ来いよ、メアリ。キスさせてくれ」

「魂胆《こんたん》はわかってるわよ。えらそうにした埋め合わせに、身体でごまかそうとしてるでしょ」

「使える手はなんでも使わなくちゃ」

身体に掛けていたシーツや羽根ぶとんをめくって、胸から腹へ、さらにその下へと手でなでおろす。すでに大きくいきり立ったものを手でにぎると、彼女が目を丸くした。自分で自分をしごくうちに、彼女の興奮の香りが花束のように部屋に広がっていく。

「来てくれよ、メアリ」腰をひねってみせた。「どうもやりかたがまずいような気がするんだ。きみにやってもらうほうがずっと気持ちがいいからさ」

「懲《こ》りないひとね」

「ちょっとこつを教えてくれればいいんだよ」

「嘘ばっかり」そうつぶやいて、メアリはセーターを脱いだ。

ふたりは急がず、夢見心地で愛を交わした。しかし、終わったあとでメアリを腕に抱きながら、彼は眠れなかった。そして彼女も。

その日の夕方、ふたりでエレベーターに乗って病院の六階に向かいながら、メアリは落ち着いて呼吸をしようと努めていた。夕方のことで、〈聖フランシス病院〉はふだんより静かだったが、それでも人でいっぱいだ。

受付の女性はふたりをなかに入れると、チェリーレッドのコートを引っかけ、ドアに鍵をかけて出ていった。五分後、ドクター・デラ＝クロースが待合室に入ってきた。

じょうずに隠してはいたが、女医が目を疑うようにレイジを二度見するのがわかった。スラックスに黒のニットのタートルネックを着て一般人のふりをしてはいても、レザーのトレンチコートが広い肩から流れるさまは、やはりほれぼれする眺めだった。

なにしろ、レイジは……レイジだから。目もくらむ美貌の持主なのだ。

医師は笑顔になった。「ああ、メアリ、こんばんは。わたしのオフィスに来てくれる？　それともおふたりいっしょのほうがいいかしら」

「いっしょにお願いします。こちらはレイジって言って、わたしの——」

「連れあいです」レイジがきっぱりと言いきった。

ドクター・デラ＝クロースのまゆが飛びあがったのを見て、全身がちがちに緊張しているときなのに、メアリはにやにやせずにいられなかった。

三人は廊下を進み、診察室のドアの前を通り、体重計のある一角、そしてコンピュータステーションの前を過ぎた。世間話などはなかった。天気がどうとか、休暇が迫っているのがどうとか、医師はそんな無意味なおしゃべりを始めようとはしない。メアリがそんなむだ話を嫌っているのを知っているのだ。

そう言えば、〈ＴＧＩフライデーズ〉で初めてデートしたとき、レイジはすぐにそのことに気づいたのだった。

信じられない、あれからもう何年も経ったような気がする。ここにふたりで来ることになるなんて、あのときだれが予想しただろうか。

ドクター・デラ＝クロースのオフィスは、きちんと積みあがった書類やファイルや本でいっぱいだった。スミス大学とハーヴァード大学の修了証書が壁にかけてあるが、なにより心強いとメアリがいつも思っているのは、窓枠にずらりと並ぶ元気なセントポーリアの鉢植えだ。

彼女とレイジは椅子に腰かけ、医師のほうはデスクの向こうにまわっていく。

医師が椅子に座らないうちに、メアリは口を開いた。「それで、どんな治療をしていただけます？　わたしはどれぐらいの治療に耐えられるでしょうか」

ドクター・デラ＝クロースは顔をあげた。カルテ、ペン、バインダークリップ、そして電話ごしにこちらに目を向ける。

「ここの同僚たちのほかに、専門医ふたりとも相談したわ。あなたのカルテを調べて、昨日の検査の――」

「ええ、それはよくわかってます。結果を教えてください」

医師は眼鏡をはずし、深く息を吸った。「メアリ、身辺の整理を始めたほうがいいと思うわ。わたしたちにはもう打つ手がないの」

午前四時半、レイジは茫然自失の態《てい》で病院をあとにした。メアリを置いてひとりで帰ることになるとは思っていなかった。

彼女は輸血のために入院したのだが、それだけではなく、夜間の発熱と疲れには明らかに、膵臓《すいぞう》炎の初期症状という面もあったからだ。状態が改善されれば翌朝には退院できると言われたが、だれにもたしかなことは言えない状況だった。

ガンは強力だった。二週間前に年四回の定期検診を受けてから、前日に血液検査を受けるまでのごくわずかな期間にも、ガン細胞は何倍にも増えていた。ドクター・デラ＝クロースも専門医たちもみな意見は同じだった。メアリはすでにかなりの治療を受けているため、これ以上の化学療法は無理だ。肝臓がぼろぼろになっていて、大量の薬物にはとても耐えられない。

ちくしょう。きつい闘いになるだろうと覚悟はしていた。ずいぶん苦しいだろうと――とくに彼女のほうが――とも思っていた。しかし、まさか死ぬとは。それもそんなにすぐに。

残された期間はたった数カ月。春か、運がよくて夏まで。

レイジは館の中庭に実体化し、〈ピット〉に向かった。メアリとふたりの部屋にひとりで帰るのは耐えられない。いまはまだ。

ただ、ブッチとVの住まいのドアの前に立ったとき、ノックをする気になれなかった。ふり向いて館の正面を見やり、メアリがすずめに餌をやっていたのを思い出した。あそこに、あの階段に座っているのが見えるようだ。あの愛しい笑みを浮かべて、髪に陽光をためて。

ああ、ちくしょう。彼女を失ったらどうして生きていけばいいのだろう。

ほかの女から彼が身を養うのを見ていながら、彼女が迷いのないまっすぐな目をしていたことを思い出す。けものを見たあとでも、彼を愛してくれたことを。ひそやかな、それでいて胸に食い込むあの美しさを。彼女の笑い声を。あの鈍色の目を。

なにより思い出されるのは、あの夜、ベラの家から飛び出してきた彼女の姿だった。冷たい地面を裸足で走ってきて、彼の腕に飛び込み、大丈夫じゃないと言ったこと……とうとう彼に助けを求めてくれたこと。

顔をなにかが伝っている。

情けないやつだ。泣いてるのか。

そうとも。

めそめそする自分を恥ずかしいとは思わなかった。

車寄せの砂利を見おろすうちに、投光照明《フラッドライト》のせいで真っ白に見えるな、とくだらないことを考えていた。それに、中庭を囲むスタッコ塗りの擁壁《ようへき》もそうだ。中央の噴水も、いまは冬で水が涸れているが——

レイジははっと凍りついた。目を大きく見開いた。

ゆっくりとまわれ右をして館に向きなおると、顔をあげてふたりの部屋の窓を見つめた。目的を得て奮い立ち、わき目もふらずに控えの間に駆け込んだ。

病院のベッドの上で、メアリはブッチに笑顔を向けようとした。帽子もサングラスもとらずに、ブッチは病室のすみの椅子に座っている。レイジが帰ると入れかわりに来てくれたのだ。夜が来るまで、そばについていて彼女を守るために。

「おれに気を使わなくていいから」ブッチは小声で言った。愛想よくするだけでひと苦労なのはわかっているというように。「自分の好きなようにすればいい」

メアリはうなずき、窓の外を眺めた。腕に刺してある点滴の管は気にならなかった。とくに痛くもなんともない。それに、いまは無感覚になっているから、血管に釘を打ち込まれてもたぶんなにも感じないだろうと思った。

なんてこと。ついに終わりのときが来た。死という避けようのない現実がついに襲ってきたのだ。今度は逃げ道はない。なにもできることはなく、戦おうにも戦闘はない。死はもう抽象的な概念ではなく、目前に迫る現実だった。

心の平安などなかった。受容もない。ただ……憤怒があるだけだった。

死にたくない。愛するひとを残して逝《い》きたくない。生《せい》という、この滅茶苦茶な混沌を手放したくなかった。

お願い、助けて。だれか……だれか助けて。

目を閉じた。

なにも見えなくなると、レイジの顔が浮かんだ。心のなかで彼の頬に触れ、肌のぬくもりを、その下の頑丈な骨格を感じる。言葉が頭のなかを行進しはじめた。どこからともなくやって来て、どこへ行くのか……たぶんどこへも行かないのだろう。

死にたくない。彼を置いていきたくない。どうか……

神さま、彼のそばにいさせてください。もう少し長く彼を愛したい。一分一秒もむだにしませんから。彼を抱きしめて二度と離さない……神さま、お願いです。どうか助けてください……

メアリは泣きだした。気がつけば祈りを唱えているではないか。全身全霊で祈っていた。胸の奥底までさらけ出して懇願していた。信じてすらいなかったなにかに対して呼びかけながら、絶望のさなかに思いがけない啓示が訪れた。

そうか、だから母は信じていたのか。母のシシーは遊園地の乗物をおりたくなかった、メリーゴーラウンドを止めたくなかった、そしてなにより……メアリを残していきたくなかったのだ。生命が終わることよりも、愛する娘との別れが迫っていることこそが、母の信仰をあれほど強くしていたのだ。愛する者と少しでも長くいっしょにいたいと思うからこそ、母は十字架をにぎりしめ、聖像の顔を見つめ、宙に向かって祈りを投げかけていたのだ。

なぜそんな祈りはいつも天に向かうのだろう。考えてみれば、ある意味で当然のことかもしれない。肉体にとっては万策尽きたときにも、心からの願いはなんとか出口を見つけだすものだ。熱が高きに行くように、愛は高みをめざす。それに、魂の本質には飛びたいという願望がある。ということは、魂の故郷は天にあるにちがいない。それに、恵みは空から来るものだ。春の雨も夏の微風も、秋の太陽も冬の雪も。

メアリは目をあけた。まばたきをして涙を払うと、市の林立する高層ビルの向こう、明けそめた空の輝きに目を向けた。

お願いです……神さま。

彼のそばにいさせてください。
わたしを去らせないでください。

49

レイジは館に走り込み、トレンチコートを脱ぎながら玄関広間を駆け抜け、階段をのぼった。部屋に入ると時計を放り出し、白いシルクのシャツとズボンに着替えた。クロゼットの最上段の棚から漆《うるし》塗りの箱をつかみ出すと、寝室の中央で両膝をついた。箱をあけ、ビー玉ほどもある黒真珠の首飾りを取り出し、首にかけた。

かかとに体重を移し、手のひらを上に向けて腿にのせ、目を閉じた。しだいにゆっくり呼吸をする。その姿勢を保ったまま深く内奥に沈んでいき、やがては肉でなく骨の力のみで身体を支えるまでになる。できるだけ頭を真っ白にし、そして待った。メアリを救う力のある唯一の存在に、目を留めてもらえるよう請い願いながら。

肌の上で真珠が熱を帯びてきた。

目をあけたとき、そこは白大理石のまばゆい中庭だった。ここの噴水は涸れているどころか、きらめく水を高々と噴きあげては水盤に落としている。白い花をつけた白い木がすみにはえ、その枝に止まってさえずる小鳥たちだけが、この中庭に点々と色彩を散らしていた。

「いかなる僥倖《ぎょうこう》でしょう、おまえが訪れてくれようとは」背後から〈書の聖母〉の声がした。「まさかけもののことで来たのではありますまい。記憶ちがいでなければ、それにはまだまだ早すぎるはず」

レイジはひざまずいたまま、頭をあげなかった。言葉が出てこない。気がつけば、なんと言って切り出したものか見当もつかなかった。

「なぜ黙っているの」〈書の聖母〉がささやいた。「おまえらしくもない」

「言葉を慎重に選ぼうとしているのです」

「賢いこと。とても賢いことです。おまえがなんのためにここに来たかを考えれば」

「ご存じなんですか」

「わたくしにものを尋ねるのはおやめ」ぴしゃりと言った。「まことに〈兄弟団〉の者たちは、いつになったらこの礼儀をわきまえるのやら。戻ったら、ほかの者にもよく言い聞かせておやりなさい」

「申し訳ございません」

〈聖母〉の黒いローブのすそが目に入ってきた。「頭をあげなさい。顔をお見せ」

大きく息を吸って、命令に従った。

「おまえの苦しみのなんと大きいこと」静かな声だった。「背負う重荷が感じられますよ」

「胸が張り裂けそうです」

「あの人間の女のためにですね」

彼はうなずいた。「彼女を救っていただきたいのです、もしお心にかないますならば」

〈書の聖母〉は彼に背を向けた。宙に浮きあがり、大理石の中庭をゆっくりとまわりはじめる。

〈聖母〉がなにを考えているのかわからなかった。彼の用向きのことを考えているのですらないかもしれない。彼にわかるかぎりでは、〈聖母〉は軽い運動に出ただけかもしれないし、彼を置いて立ち去ろうとしているのかもしれなかった。

「そんなことはいたしませんよ」彼の心を読んで、〈聖母〉は言った。「わたくしたちのあいだに行きちがいはあったけれど、そんなふうにおまえを見捨てたりはしない。ひとつ訊くけれど――おまえの女を救うかわりに、終生けものから解放されるときは来ないとしたらどうします。女を助けるかわりに、〈フェード〉に渡るときまで呪いが解けないとしたら」

「喜んでけものとともに生きます」

「あれほど憎んでいたのに」

「彼女を愛しておりますので」

「これは。本気なのですね」

胸に希望の火がともった。そういう取引ができるのか、そうすればメアリは生きられるのかと、舌先まで出かかるのを呑み込んだ。また質問をして〈書の聖母〉の機嫌を損ねるような、危ない橋は渡れない。

〈聖母〉はすべるように戻ってきた。「あの森で最後にふたりで会ったときから、おまえはずいぶん変わりましたね。おまえがおのれを犠牲にしようとするのは、これが初めてではないかしら」

彼は息を吐き出した。甘美な安堵感で全身の血管が歌いださんばかりだ。「彼女のためならどんなことでもします。どんな犠牲もいといません」

「それを聞いて安心しました」〈書の聖母〉がつぶやくように言った。「なぜなら、けものを生涯背負っていくことに加えて、おまえはメアリを手放さなくてはならないのだから」

レイジはぎょっとした。聞きまちがいだ、そうにちがいない。

「そうではない。聞きまちがいではありませんよ」

全身にぞっと冷たいものが走り、息が止まった。

「よろしいですか。女を運命の連環から解き放ち、病《やまい》をいやしてやることはできます。その後は年をとることもなく、二度と病にかかることもない。いつ〈フェード〉に渡るか自分で選ぶことができる。そしてまた、この贈り物を受けるかどうかは女に決めさせましょう。しかしながら、この申し出を耳にしたときに、女はおまえのことを忘れ去るのです。そして申し出を受けるかいなかに関わりなく、おまえもおまえの世界も彼女にとっては無縁のものとなる。同様に、〝レッリー〟も含めて、これまで彼女に会ったことのある者はみな、女のことを忘れ去ります。憶えているのはおまえひとりになるのです。しかも、その後におまえが近づくならば、彼女はその場で生命を失うのですよ」

レイジはふらつき、前のめりに倒れ込んで、両手を床についた。長いことかかって、ようやくのどから声を絞り出した。

「そこまでわたしを憎んでおられるとは」

軽い電気ショックが全身を走った。気がつけば、〈書の聖母〉が肩に触れていた。

「そうではない。わが子よ、わたくしはおまえを愛しています。けものの罰を与えたのは、身を律することを教えるため、おのれの限界を知り、内に目を向けさせるためだったのですよ」

彼は顔をあげた。この目に浮かぶ表情を、〈聖母〉に見られてもかまいはしない。憎悪。苦痛。そして殴りかかりたいという衝動。

震える声で言った。「わたしの生命を奪うとおっしゃるのですか」

「そのとおりです」これ以上はないほどやさしい声だった。「戦士よ、これが陰陽というものなのです。おまえにとっての象徴的な意味での生命が、女にとっての現実の生命になるのですよ。バランスを崩してはならない。贈り物をするためには犠牲が払われなくてはならない。おまえのためにあの人間を救うならば、おまえはそれだけの重大な誓いを立てなくてはならない。それが陰陽というもの」

彼は頭を垂れた。

そして絶叫した。顔に血がのぼってきて痛みだすまで絶叫した。涙が浮き、眼球が眼窩から飛び出しそうになるまで絶叫した。声が割れ、ついにはかすれて出なくなるまで絶叫した。しまいに、彼はようやく目の焦点を合わせた。〈書の聖母〉が目の前にひざまずいていた。彼女のまわりにローブが大きく広がり、白大理石に黒い池ができたようだ。

「戦士よ、おまえにこんな思いをさせずにすめばと思います」

その言葉が信じられるような気がした。〈聖母〉の声があまりにうつろだったから。

「やってください」彼はぶっきらぼうに言った。「彼女に選ばせてやってください。いますぐ死なせるぐらいなら、おれのことを忘れても長く幸せに生きてほしい」

「ではそのように」

「ですが、ひとつだけ……どうかさようならを言わせてください。最後にいちどだけ」

〈書の聖母〉は首をふった。

苦痛のあまり、身体がふたつに裂けそうだった。切り刻まれるようだった。ほんとうに血が流れていないのが不思議なほどだ。

「どうか――」

「いまでなければ、もうそれきりです」

レイジは身震いした。目を閉じた。心臓が鼓動を止めたかのように、死に触れられるのをはっきりと感じた。

「では、いますぐに」彼はささやいた。

50

病院から戻ると、ブッチはまっさきに館の二階の書斎に向かった。レイジから電話があって、メアリの病室を出ろと言われたのだが、その理由がわからなかった。ふだんなら反論するところだが、レイジの声がみょうだったので黙って従ったのだ。

〈兄弟団〉はラスの書斎に集まっていた。全員が厳しい表情で考え込んでいる。そしてブッチが来るのを待っていた。全員に目を向けながら、警察署で報告をするときのようだと思った。何カ月ものらくらして過ごしたあと、仕事に戻れるのは悪い気分ではない。

もっとも、自分の能力がこんな形で役に立つのは残念でならなかった。

「レイジはどこだ」ラスが尋ねた。「だれか呼んでこい」

フュアリーが出ていった。戻ってきたとき、ドアをあけたままにして、「いまシャワー浴びてる。すぐに来る」

ラスはデスクの向こうからブッチに目を向けてきた。「それで、いまどこまでわかった？」

「それが大して。ただ、ひとつ楽観材料がある。ベラの衣服が何着かなくなってるんだ。ちゃんと整理整頓されてたから、なくなってるのはジーンズや寝間着ばかりなのはまちがいないと思う。クリーニングに出すような服じゃない。だから、たぶんしばらくは生かしておくつもりなんじゃないかと」背後でドアの閉まる音がした。レイジが入ってきたのだろう。「ともかく、メアリの家もベラの家も、どっちもあんまり手がかりは残ってなかったが、もう一度徹底的に――」

だれも聞いていないのに気づいて、ブッチはふりかえった。

先ほど入ってきたのは亡霊だった。レイジにとてもよく似た亡霊。

白い服を着て、のどにスカーフのようなものを巻いていた。両の手首にも白い布が巻いてある。どれも血を吸う場所だとブッチは思った。

「彼女はもう〈フェード〉に渡ったのか」ラスが尋ねた。

レイジは黙って首をふり、窓のそばに歩いていった。シャッターがおりていてなにも見えないのに、それでも外を眺めている。

ブッチは仰天した。どうやら死はあっという間《ま》に訪れたらしい。先を続けていいのかどうかわからず、ラスに目をやった。ラスが首をふって立ちあがる。

「レイジ、兄弟、なにかおれたちにできることはないか」

レイジは肩ごしにふり向いた。室内の男たちの顔を順に見ていき、最後にラスに目を向けた。「おれは今夜は出かけられない」

「わかっているとも。全員今夜は残っておまえとともに哀悼《あいとう》する」

「いや」レイジはきっぱりと言った。「ベラがつかまったままだ。見つけてくれ。彼女は……助けてやってくれ」

「しかし、なにかおれたちにしてやれることはないのか」

「おれはただ……ただ、集中できないんだ。なにに対しても。ただ……」レイジの目がふらふらとさまよい、ザディストの上で止まった。「おまえはどうして生きていけるんだ。こんな怒りや、痛みを抱えて、それに……」

Zはそわそわと身じろぎし、床をじっとにらんでいる。

レイジはまた全員に背を向けた。

沈黙が垂れ込める。

やがて、ゆっくりとためらいがちに、ザディストがレイジに近づいていった。となりに立ったとき、彼はひとことも発せず、手も差し伸べず、物音ひとつ立てなかった。ただ胸の前で腕組みして、レイジの肩に肩を寄せかけた。

レイジは驚いたようにびくりとした。ふたりは互いの顔を見あい、やがてなにも見えない窓の外をそろって見つめた。

「続けろよ」レイジが死人のような声で言った。

ラスがデスクの向こうに腰をおろした。ブッチがまた話しだす。

その夜の八時には、ザディストはベラの家の片づけを終えていた。

キッチンの流しに最後の洗剤液のバケツをあけて、そのバケツとモップを、ガレージのドアのわきにある棚にしまった。

家のなかはきれいに整とんされて、なにもかもあるべき場所に収まった。彼女が帰ってきたとき、目に映るものはすべてふだんどおりの顔をしているはずだ。

首にかけた細いチェーンを指でいじった。小粒のダイヤモンドが嵌まっている。前夜に床に落ちていたのを見つけて、切れたチェーンをつなげて首にかけたのだ。彼の首まわりでは、やっと届くかどうかという長さだった。

もういちどキッチンを見まわしてから、階段をおりて寝室に向かった。すでに彼女の服はきちんと畳みなおしてある。たんすの引出しももとどおりにはめ込んだし、香水の壜は化粧台に並べた。掃除機もかけた。

クロゼットをあけて、ブラウスやセーターやワンピースに触れた。身を乗り出して深々と息を吸った。彼女のにおいがする。胸が灼かれるようだ。

あの外道ども、この報いはかならず受けさせてやる。素手で八つ裂きにして、黒い血を滝のように頭から浴びてやる。

復讐の念に血をたぎらせながら、ベッドに歩いていって腰をおろした。壊れはしないかと恐れるように、そろそろと仰向けになって、頭を枕にのせてみた。羽根布団の下にらせん綴《と》じの本が置いてある。手にとってみると、なかのページは彼女の手書き文字で埋まっていた。彼は読み書きができないので、なにが書いてあるかはわからなかったが、美しく整った文字だった。ページに流れる筆跡がまるでみごとな模様のようだ。

でたらめにページを繰《く》るうちに、彼にも読める単語に目が留まった。

ザディスト。

ベラが彼の名前を書いている。ぱらぱらめくってしさいに眺めてみた。最近の書き込みには彼の名前が何度も出てくる。なんと書いてあるか想像すると身が縮んだ。

その本を閉じて、もとあった場所にきちんと戻しておいた。右手のほうを見ると、ベッドスタンドにヘアリボンが置いてある。ベッドに入る前に無造作にほどいたのだろうか。その黒いサテンのリボンを手にとり、指に巻きつけてみた。

階段の足もとにブッチが姿を現わした。

Zはぱっとベッドから飛び起きた。悪いことをしているのを見られたかのように——というより、実際そのとおりなのだ。ベラの私的空間をあちこちうろつく権利などないのだから。しかし、ここでばったり出くわして決まりの悪い思いをしているのは、どうやらブッチも同じらしかった。

「デカ、いったいここでなにやってんだ」

「もういちど現場を見ようと思ったんだ。なのにおまえ、掃除がずいぶん得意らしいな」

ザディストは部屋の奥からにらみつけた。「きさまになんの関係があるんだ。おれたちの一族の女が誘拐されたからって、それがきさまにとってなんだっていうんだ」

「重大な事件だ」

「おれたちの世界ではな。きさまには関係ない」

デカはまゆをひそめた。「言いたくないがな、Z、おまえの評判からすると、おまえこそなんでそうこだわるんだ」

「自分の仕事をやってるだけだ」

「ああ、そうかい。それじゃ、なんでベラのベッドでのらくらしてるんだ。なんで何時間もかけてベラの家の掃除なんかやってるんだ。それになんで、そのリボンをそんなに力いっぱいにぎりしめてるんだ。手の関節が白くなってるじゃないか」

Zは自分の手を見おろし、こぶしをゆっくり開いた。そこでまた人間に突き刺すような目を向ける。

「おれを怒らせんなよ、デカ。どんな仕返しがあるかわからねえぞ」

ブッチは悪態をついた。「なあZ、おれはただベラを見つける手助けがしたいだけなんだ。つまりその……おれにとっては重要なことなんだよ。女がいたぶられるってのに我慢がならないんだ。その手のことで、個人的にいやな思い出があるんでな」

ザディストはサテンのリボンをポケットに突っ込み、円を描くようにして人間に近づいていった。ブッチは攻撃にそなえて身を低くし、防御体勢をとっている。

Zはブッチの真ん前で立ち止まった。「〝レッサー〟はたぶん、もう彼女を殺しただろうな」

「ひょっとしたらな」

「たぶん、だろ」

Zは身を乗り出して深く息を吸った。人間は、大きな身体を緊張させて戦闘にそなえてはいたが、恐怖のにおいはしなかった。けっこう。〈兄弟団〉の修羅《しゅら》の砂場で本気で遊ぶつもりなら、よほど肝っ玉が据わっていなくてはならない。

「ひとつ訊きたいことがある」Zはつぶやくように言った。「ベラをさらった〝レッサー〟をばらすのを手伝ってくれるか。デカ、おまえにそんだけの度胸があるか。ていうのは……ぶっちゃけた話、これについちゃ、おれは正気じゃいられねえから」

ブッチは考え込むように薄茶色《ヘーゼル》の目を細くして、「おまえの復讐はおれの復讐だ」

「おれがおまえにとってなんだってんだ」

「わかってないな。〈兄弟団〉にはよくしてもらってる。おれは義理堅いんだよ、言ってる意味はわかるだろ」

Zは値踏みするように人間を見た。ブッチが放っているオーラはあくまで実際的だった。骨の髄まで実際的なやつだ。

「礼は言わねえぞ」Zは言った。

「わかってるさ」

Zは覚悟を決めて、握手のために手を差し出した。さわられればぞっとするのはわかっていたが、協約のしるしが要ると思ったのだ。ただ幸い、ブッチは強くにぎってはこなかった。他者との接触が苦手なのをわかっているかのように。

「いっしょに追おうぜ」手をおろしながら、デカが言った。

Zはうなずき、ふたりはそろって上階《うえ》に向かった。

51

メアリは手をふった。大型の〈メルセデス〉がすべるように病院の前に停まる。あっという間に駆け寄って、フリッツが運転席からまだおりきらないうちに、もう車に飛び乗っていた。

「ありがと、フリッツ！　あのね、レイジにもう六回も電話したんだけど、携帯に出ないのよ。なにかあったの？」

「いつもどおりでございますよ。レイジさまも午後にお見かけしましたし」

メアリは〝ドゲン〟に輝くような笑みを向けた。「よかった！　それにまだ八時だから、レイジが出かけるにはまだ早いわよね」

フリッツは車を発進させ、車の行き交う道路になめらかにすべり込んだ。「なにかご用でもございましたら――」

メアリは助手席から身を乗り出し、小柄な老人に腕をまわしてほっぺたにキスをした。

「一刻も早くうちに連れて帰って、フリッツ。いままでやったことないくらい速く走って、交通法なんかみんな破っちゃって」

「なんとおっしゃいました？」

「もう、聞こえてるくせに！　飛ばせるだけ飛ばして！」

フリッツはメアリにかまわれてすっかり面食らっていたが、すぐに気を取りなおしてアクセルを踏み込んだ。

メアリはシートベルトを締め、バイザーをおろして照明つきの小さな鏡をのぞき込んだ。頬に触れるとその手が震えている。抑えようもなくくすくす笑いが漏れてくる。車がななめにかしいでかどを曲がり、ドアに放り出されそうになると、もう笑いが止まらなかった。

サイレンが聞こえてくると、彼女はますます笑いころげた。

「申し訳ないのですが」〝ドゲン〟がちらとこちらに目をくれて、「パトカーをまかなくてはなりませんので、かなり揺れるかと思うのですが」

「フリッツ、パトカーなんかふり切ってみせて」

〝ドゲン〟がなにかのスイッチを押すと、車のなかも外も、すべての照明が消えた。〈メルセデス〉が雄叫びをあげ、レイジのGTOで山中をすっ飛ばしたときのことを思い出させる。もっとも、あのときはヘッドライトがついていたけれど。

メアリはシートベルトのストラップにしがみついて、タイヤの金切り声に負けじと声をはりあげた。「フリッツ、暗闇でもちゃんと目が見えるんでしょうね!」

フリッツは穏やかな笑みを向けてきた。まるでキッチンでおしゃべりでもしているように。

「もちろんでございますとも」

左に急カーブを切り、ミニヴァンをまわり込んで狭い裏道に飛び込んだ。急ブレーキを踏んで歩行者をよけ、道があくが早いかまたアクセルを踏み込む。反対車線を飛ばしてタクシーを追い越し、バスをよける。〈クイーンエリザベス二世〉号と見まごう巨大なSUVすらたじろいで、前に入ってこようとはしなかった。

ハンドルをにぎらせたら、この老人はまさにアーティストだ。

アーティストとは言っても、出たとこ勝負のジャクソン・ポロック（二〇世紀前半の米国の抽象画家。アクション・ペインティングの代表的存在で、カンバスに絵の具を豪快にぶちまけたかのような画風で有名）的なアーティストではあるが、それでもほれぼれする腕前なのはまちがいない。

やがて、フリッツは車を駐車区画にすべり込ませた。それも大通りの。当たり前のことのように。

耳を聾するサイレンのコーラスのなか、メアリは大声で叫んだ。「フリッツ、パトカーが――」

二台のパトカーがすぐわきをすっ飛ばしていった。

「もうしばらくお待ちを」

さらにもう一台が猛然と走り抜けていく。

フリッツは車を発進させ、また快調に走りだした。

「すごいわざね、フリッツ」

「お気を悪くなさらないでいただきたいのですが、人間の心を操作するのはたやすいことでございまして」

疾駆する車のなかで、メアリは笑いながらそわそわし、アームレストを指で叩き続けていた。館に着くまでの道のりが果てしなく遠く感じられる。

最初のゲートにたどり着いたときには、興奮のあまり身体が振動しているようだった。館の正面に停まった瞬間に、彼女は車から飛び出した。ドアを閉めるのすらもどかしかった。

「ありがとう、フリッツ!」肩ごしに声をはりあげた。

「どういたしまして!」フリッツも叫び返す。

控えの間を駆け抜け、大階段をはずむように駆けあがった。のぼりきったところで全力でかどを曲がり、ふりまわされたハンドバッグが当たってランプが倒れる。あわてて引き返して、床に落ちて割れる前にもとどおりに起こした。

声に出して笑いながら、ふたりの寝室に飛び込んで——

つんのめって立ち止まった。

寝室の中央で、レイジは全裸姿でひざまずいていた。トランス状態で、黒い石のようなものに乗って。首と手首には白い帯が巻いてある。カーペットに血がしたたっていたが、どこから落ちてくるのかわからなかった。

最後に会ってから、何十歳も年をとったような顔をしている。

「レイジ?」

彼はゆっくりと目をあけた。膜がかかったように濁っている。こちらを見て目をぱちくりさせ、まゆをひそめた。

「レイジ……レイジ、どうしたの?」

その声にはっとわれに返ったようだった。

「ここでなにを——」そこで言葉を切った。目がよく見えないかのように首をふって、「ここでなにをしてるんだ」

「わたし治ったの！　奇跡が起きたのよ！」

駆け寄ろうとすると、彼はとびのき、両手をあげて狂おしい目であたりを見まわした。

「出ていくんだ！　殺されるぞ！　なにもかも取りあげられる！　ちくしょう、そばに来ちゃだめだ！」

メアリは立ちすくんだ。「なんの話をしてるの？」

「贈り物を受け取ったんだろう！」

「どうして……どうして知ってるの、あの不思議な夢のこと」

「贈り物を受け取っただろう！」

信じられない。レイジはすっかり度を失っている。全裸姿で震えて、すねから血を流し、顔は石灰のように白い。

「レイジ、落ち着いてよ」この話をこんなふうにすることになるとは、まさか夢にも思わなかった。「贈り物ってなんのことかわからないけど、でも聞いて！　またMRIを受けさせられたんだけど、その途中に眠り込んじゃったの。そしたらそのとき機械になにか起きたらしいの。爆発かなにかが起きたんだと思うけど、なんだか光が走ったんですって。それはともかく、また病室に連れていかれて、血をとられて、そしたらどこも悪くなかったの。きれいさっぱり治っちゃってたの！　なにがあったのかまるでわからないんだけど、白血病がぱっと消えちゃって、肝臓もひとりでに治っちゃったみたいなのよ。医学的にありえない、奇跡だって言われたわ！」

幸福の輝きがあふれ出してくる。だが、レイジは彼女の両手をとり、痛いほど強くにぎりしめた。

「ここにいちゃいけない。いますぐ出ていくんだ。おれのことを憶えてるはずがないんだ。出ていって、二度と戻ってきちゃいけない」

「なんですって？」

レイジは彼女を部屋から押し出そうとし、抵抗すると引きずり出そうとしはじめた。

「なにするのよ、レイジ。わたし――」

「出ていくんだ！」

「戦士よ、その必要はありません」

聞こえるはずのない女性の声に、ふたりともぎょっとして動きを止めた。

メアリは彼の肩の向こうに目をやった。部屋のすみに、黒衣に身を包んだ小柄な人物が立っていた。流れるようなローブの下から光が漏れている。

「夢に出てきた」メアリがささやいた。「夢に出てきた女のひとだわ」

レイジは両腕を彼女にまわし、ぎゅっと抱きしめると、また押しのけた。

「会いに行ってないです、〈書の聖母〉さま。嘘じゃない、おれは――」

「落ち着きなさい。おまえが約束を守ったのはわかっています」小柄な人物は浮きあがって近づいてきた。歩いてではなく、ただ部屋を横切って近づいてくる。「なにも案じることはありません。おまえは、ひとつちょっとしたことを言い忘れましたね。彼女に近づくまで、だからわたくしはそのことを知らなかった」

「は？」

「子供を産めない身体だということを言わなかったでしょう」

レイジはメアリに目を向けた。「知らなかった」

メアリはうなずき、腕を自分の身体に巻きつけた。「でもそうなの。治療のせいで不妊症になったのよ」

黒いローブが動いた。「女よ、こちらへおいでなさい。この手で触れてあげよう」

メアリはぼうぜんと前に進み出た。黒いシルクのあいだから、輝く手が現われる。手と手が触れあうと、温かなエネルギーが身体に満ちてくるようだった。

女性の声は低く、力強かった。「生命を産み出す能力を失ったとは、まことに残念なこと。わたくしはつねに産みの喜びに支えられてきた。おまえがけっしてわが肉の肉を腕に抱けないのは大きな悲しみです。おまえと同じ目でおまえを見あげる顔を見ることもできず、自分自身の本質を愛する男の本質とひとつにすることもできない。おまえはすでに大きな犠牲を払っている。そのうえにこの戦士を奪うのは……それでは代償が大きすぎるというもの。あのときも言ったとおり、おまえに永遠の生命を与えます。〈フェード〉にいつ渡るか、それはみずから決めるがよい。この戦士に世を去る順番が来たときに、その選択はすればよいことだと思いますけれどね」

女性はメアリの手を放した。すると、それまで感じていたあふれる歓喜けたちまち消え失せ、彼女は泣きたくなった。

「ああ、やっぱり……わたしはいま夢を見てるんですね。これはみんなただの夢なんだわ。そうよね、ほんとうに奇跡なんか起きるはずが……」

ローブのなかから、低い女性の笑い声が漏れてきた。「女よ、戦士のそばへお帰り。その身体のぬくもりを感じれば、現実だと得心が行くでしょう」

メアリはふり向いた。レイジもまた、あっけにとられたようにローブの人物を見つめている。

近づいていって、両腕をまわし、彼の胸の奥で脈打つ心臓の音に耳を傾けた。

黒いローブの人物は消え、レイジは〈古語〉でなにか言いはじめた。矢継ぎ早に口から言葉があふれ出て、たとえ英語だったとしても聞きとれないだろうと思った。

お祈りだわ、と彼女は思った。レイジは祈っているのだ。

それがついに終わると、彼はこちらを見おろして、「メアリ、キスさせてくれ」

「待って、いまなにがあったのか説明してくれない？　あの女のひとはだれ？」

「あとで説明するよ。いまは……いまはものがちゃんと考えられない。というより、しばらく横になってたほうがいいと思う。なんだか気が遠くなりそうだ。きみに倒れかかりたくない」

メアリは彼の重い腕を肩にのせ、腰に腕をまわした。寄りかかられると、その重さに思わずうめいた。

ベッドに横になったとたん、レイジは手首と首に巻いた白い飾帯をむしり取った。そのとき、彼のすねの血に光るものが混じっているのにメアリは気づいた。黒い石に目をやると、なにかのかけらがのっている。ガラスか、ひょっとしてダイヤモンドだろうか。まさか、あの上にひざまずいていたなんて。傷だらけなのも無理はない。

「あなた、さっきなにしてたの？」

「喪《も》に服してたんだ」

「どうして」

「あとで説明するよ」彼女を自分の上に引き寄せて、強く抱きしめた。

身体の下に彼の身体を感じながら、奇跡がほんとうに起きることもあるのだろうか、とメアリは思っていた。信じられないほど運がよかったという意味での奇跡ではなく、神秘的な、人の理解の及ばないたぐいの奇跡が。血液検査の結果やカルテを持って、医師たちが走りまわっていたのを思い出す。そしてまた、あの黒いローブの女性に触れられたとき、腕から胸に電気ショックが走ったことを。

さらに、空に向かって投げかけた、あの必死の祈りのことも考えた。

そうだ、この世でも奇跡はほんとうに起きることがあるのだ。

彼女は笑うのと同時に泣きだした。その感情の高ぶりをなだめようと、レイジが声をかけてくる。その言葉をむさぼるように味わった。

ややあって、彼女は言った。「お母さんだったら、きっとすぐに信じられたわ」

「なにを？」

「母は信心深いカトリック教徒だったの。神や救済や永遠の生命を信じてた」彼の首にキスをした。「だから、母ならすぐに信じたと思うわ。さっきの黒いローブの女性は神の母だって、きっと信じて疑わなかったでしょうね」

「でも、あれは〈書の聖母〉だぜ。たしかにいろんな顔を持ってるが、キリストのママじゃない。少なくとも、おれたちの辞書によればちがう」

彼女は顔をあげた。「あのね、母はいつもわたしに言ってたの、神さまを信じていてもいなくても、あんたはかならず救われるんだって。神の恩寵から逃れられるはずがないっていうの、そのためにその名前をつけたんだからって。だれかがわたしの名前を呼んだり、なにかに書いたり、わたしのことを考えたりするたびに、わたしは守られるんだって」

「きみの名前って？」

「メアリよ。聖母マリア《ヴァージン・メアリ》からとったの」

レイジは息が止まった。それから、低い声で笑いだした。

「なにがおかしいの？」

彼の碧を帯びた青い目が明るく輝いている。「いや、ただVの……ヴィシャスの言ったとおりだと思ってさ。ああメアリ、おれの美しいヴァージン、生きてるかぎりきみを愛したい。おれが〈フェード〉に渡るときは、きみもいっしょに来てくれる？」

「もちろんよ」彼の頬をなでながら、「でも、あなたはそれでいいの？　わたしにはあなたの子供を産むことはできないのよ」

「そんなのかまうもんか。きみがいればそれでじゅうぶんだ」

「ねえ」とささやくように言った。「いつでも養子はもらえるわ。ヴァンパイアは養子はもらわないの？」

「トールメントとウェルシーに訊いてみたらいい。もうすっかりジョンは自分たちの子供のつもりだぜ」レイジは笑顔になった。「赤んぼが欲しいならもらってこよう。それにさ、おれだってそう悪くない父親になれるかもしれないよな」

「悪くないどころか、すごくいいパパになると思うわ」

かがんでキスをしようとする彼女を、彼は押しとどめた。「そうだ、もうひとつ言っとくことがあった」

「なあに？」

「それがその、あのけものがずっといっしょなんだよ。〈書の聖母〉と、なんていうか、取引をして——」

メアリははっと身を起こした。「取引？」

「なんとかきみを救いたかったから」

彼女はレイジを見つめた。ぼうぜんとして、やがて目を閉じた。歯車を最初にまわしたのはレイジだったのだ。彼が救ってくれたのだ。

「だから、それでなにかと引き換えに——」

彼女はレイジに熱烈にキスをした。「ああ、あなたを愛してるわ」と息をあえがせる。

「だけど、あのけものとずっといっしょなんだぜ。だって、呪いが解けるときは来なくなっちまったんだ。二度と消せない、永遠の呪いになって」

「前にも言ったじゃない、わたしは気にしないわ」メアリは微笑んだ。「だってそうでしょ、あの子はけっこうかわいいもの。ゴジラみたいで。二対一の取引みたいなものと思って受け入れるわ」

レイジの目が白く光った。体《たい》を入れ換えてのしかかってきて、口を彼女の首筋に押し当てる。

「きみがあいつを好きになってくれてよかった」とつぶやきながら、両手で彼女のシャツを引っぱりあげる。「あいつもおれもきみのものだから。きみがおれたちのそばにいるかぎり」

「じゃあ、永遠にってことね」彼女は言った。

そしてすべてを忘れて、ありったけの愛に身をゆだねた。

訳者あとがき

本書は〈黒き剣兄弟団《ブラック・ダガー・ブラザーフッド》〉シリーズ第二作、*Lover Eternal* の全訳です。

今回の物語は、前作 *Dark Lover*（邦題『黒き戦士の恋人』）の幕切れから、三カ月ほどが過ぎたところで始まります。〈兄弟団〉のリーダーだったラスがヴァンパイア一族の王となり、衰退するいっぽうの一族の絶滅を防ぐため、〝レッサー〟との戦いをもっと組織的に進めると決定する――というのが前作の締めくくりでした。本作ではそれを受けて、トールメントを除く〈兄弟団〉のメンバー全員が、守りの堅い要塞のような館《やかた》に集まって寝起きするようになっています（もっとも要塞のようなのは外側だけで、一歩なかに入るとエルミタージュかヴェルサイユか、という豪華さですが）。いっぽうヴァンパイア一族の敵〝レッサー〟のほうも、反逆児ながら優秀なミスターOというメンバーの台頭もあって、対ヴァンパイア戦争の戦略を大きく変えてこようとしています。このように、ヴァンパイアと〝レッサー〟の戦争が重要なターニングポイントを迎えようとしているところで、第二作の物語は波瀾《はらん》含みの幕をあけます。

本作のヒーローであるレイジは、先ごろ刊行された *The Black Dagger Brotherhood: An Insider's Guide*（著者ウォード自身による〈黒き剣兄弟団〉の裏話集、とでも言うのでしょうか）によれば、年齢は百六十五歳、〈兄弟団〉に入団を許されたのが一八九八年だそうです。前作でも少し触れられていましたが、彼には恐ろしい呪いがかかっており、かっとなって自制を失うと、強暴な〝けもの〟に変身してしまいます。レイジがなにより恐れているのは、敵味方の区別もつかないこのけものが、兄弟たちを、あるいはなんの罪もない無関係なだれかを傷つけてしまうのではないかということです。前作でもプレイボーイぶりをヴィシャスにからかわれたりしていましたが、じつはレイジが女あさりに走るのも、そしてたえず敵と戦いたがるのも、それが「ガス抜き」になるから——つまり、それでエネルギーを発散することで、けものがあばれだすのを食い止めることができるからだったのです。欲しい女は片端からものにする、はたからは享楽的なミスター・パーフェクトに見えるレイジですが、その内面にはじつは深い苦しみと恐れを抱えていたわけです。

そのレイジをひと目で（ひと耳で、と言うべきでしょうか）とりこにしてしまうのが、人間の女性であるメアリ・ルースです。鈴をころがすような美しくやさしい声の持主でありながら、その声にそぐわない強いまなざしを持つ彼女に、レイジはますます魅《ひ》かれていきます。しかし、彼女がそんな「戦士の目」を持つようになったのは、過去につらい体験を乗り越えてきたからでした。そしていまでも、いつ白血病が再発するかわからないという不安を抱えています。レイジがけものにおびえているように、メアリのほうも病気におびえている。ふたりとも、いつあばれだすかわからない〝呪い〟を身内に抱え、それにがんじがらめにされているのです。そのせいで、お互い魅かれあっているのに、まっすぐ相手の胸に飛び込んでいくことができない。お互いに、相手は自分にはもったいないと思って苦しんでいる。その苦悩、その迷いをふたりがどのように乗り越えていくのか、胸の痛む切ない場面をいくつもちりばめながら、物語は揺らぐことなくその過程をしっかり描いていきます。

さてもうひとつ、本作で見逃せないのがザディストの物語です。顔に醜い傷痕があり、言葉にできないほどむごい過去を背負っているために、双児の兄弟のフュアリーにすら心を開くことができないザディスト。しかし、「ただ壊れているのではない。破滅しているのだ」とまで言われる彼にも、救済の光がかすかに見えてきます。その光が最後にとんでもないことになってしまい、それがシリーズ第三作 *Lover Awakened* の序章になっているあたり、さすがウォード、だてにベストセラー作家とは呼ばれていないというところでしょうか。なお、この第三作は引き続きこの二見文庫でご紹介する予定ですので、ザディストがどうなるか気になる、というか要するにはっきり言ってザディストが好きだ！　というかた（著者ウォード自身「いちばん好きな兄弟」だと公言していますし）、楽しみにお待ちいただければと思います。

ところでこの〈黒き剣兄弟団〉シリーズ、当初は全六作で終わると言われていたようですが、このたびめでたく第七作が発表されます。タイトルは *Lover Avenged*。この第二作でも名前だけは出てくるリヴェンジというヴァンパイアがヒーローで、今年五月刊行予定とのこと。シリーズの根強い人気はもちろんですが、これはやはり著者ウォードの旺盛な創作意欲のたまものでしょう。なにしろ旺盛などとは言うもおろか、Amazon.com の情報によれば、この第七作はハードカバー版で五百四十四ページ、十二月刊行予定のペーパーバック版ではなんと七百五十二ページ！　にもなる超大作です。先にも少しふれた *An Insider's*

Guide で、ウォードは「頭に浮かぶ場面場面をすべて書かずにいられないので、だからわたしの作品はどれも長くなってしまう」という趣旨のことを書いています。なるほど言われてみれば、第一作にもこの第二作にも、印象に残る映像的な場面がとても多いと気づかされるのですが、こんな場面やあんな場面が次から次に浮かんでくるとは、しかし著者ウォードはどんな頭をしているのでしょうか。ともあれ、シリーズの今後の展開から、ますます目が離せなくなってきたのはまちがいないところです。

本書の訳出にあたっては、前作同様、二見文庫翻訳編集部のかたがたにたいへんお世話になりました。この場をお借りしてあつくお礼を申し上げます。

二〇〇九年三月

ザ・ミステリ・コレクション

永遠《えいえん》なる時《とき》の恋人《こいびと》

著者　J. R. ウォード

訳者　安原和見《やすはらかずみ》

発行所　株式会社 二見書房
東京都千代田区三崎町2-18-11
電話 03(3515)2311 [営業]
03(3515)2313 [編集]
振替 00170-4-2639

印刷　株式会社 堀内印刷所
製本　合資会社 村上製本所

落丁・乱丁本はお取り替えいたします。
定価は、カバーに表示してあります。

ISBN978-4-576-09053-5
http://www.futami.co.jp/

黒き戦士の恋人
J・R・ウォード
安原和見［訳］
〔ブラック・ダガー シリーズ〕

NY郊外の地方新聞社に勤める女性記者ベスは、謎の男ラスに出生の秘密を告げられ、運命が一変する！ 読み出したら止まらない全米ナンバーワンのパラノーマル・ロマンス

運命を告げる恋人
J・R・ウォード
安原和見［訳］
〔ブラック・ダガー シリーズ〕

貴族の娘ベラが宿敵〃レッサー〃に誘拐されて六週間。だれもが彼女の生存を絶望視するなか、ザディストだけは彼女を捜しつづけていた…。怒濤の展開の第三弾！

闇を照らす恋人
J・R・ウォード
安原和見［訳］
〔ブラック・ダガー シリーズ〕

元刑事のブッチがヴァンパイア世界に足を踏み入れて九カ月。美しきマリッサに想いを寄せるも梨の礫。贅沢だが無為な日々に焦りを感じていたところ…待望の第四弾

情熱の炎に抱かれて
J・R・ウォード
安原和見［訳］
〔ブラック・ダガー シリーズ〕

深夜のパトロール中に心臓を撃たれ、重傷を負ったヴィシャス。命を救った外科医ジェインに一目惚れすると、彼女を強引に館に連れ帰ってしまうが…急展開の第五弾

危険な夜の果てに
リサ・マリー・ライス
鈴木美朋［訳］

医師のキャサリンは、治療の鍵を握るのがマックという国からも追われる危険な男だと知る。ついに彼を見つけ、会ったとたん……。新シリーズ一作目！

略奪
キャサリン・コールター＆J・T・エリソン
水川　玲［訳］

元スパイのロンドン警視庁警部とFBIの女性捜査官。謎の殺人事件と〃呪われた宝石〃がふたりの運命を結びつけて――夫婦捜査官S＆Sも活躍する新シリーズ第一弾！